소설 예수

⑥

땅으로 내려온 하늘

나남
nanam

나남창작선 164

소설 예수 ❻ 땅으로 내려온 하늘

2022년 7월 25일 발행
2022년 7월 25일   1쇄

지은이   尹錫鐵
발행자   趙相浩
발행처   (주) 나남
주소   10881 경기도 파주시 회동길 193
전화   (031) 955-4601 (代)
FAX   (031) 955-4555
등록   제 1-71호 (1979.5.12)
홈페이지   http://www.nanam.net
전자우편   post@nanam.net

ISBN   978-89-300-0664-4
ISBN   978-89-300-0652-1 (전7권)

책값은 뒤표지에 있습니다.

나남창작선 164

윤석철 대하장편

소설 예수

⑥

땅으로 내려온 하늘

나남
nanam

〈예수 당시의 이스라엘〉

시돈

페 니 키 아

헤르몬산

두로

카이사레아 빌립

이 투 레 아

갈 릴 리

바 타 네 아
(드라고닛)

프톨레마이스   가버나움
        막달라   벳새다
    아벨산 갈릴리
세포리스 티베리아스 호수   거라사
베들레헴   나사렛
(갈릴리)   티볼산

지 중 해

카이사레아

요
단
강

데 가 볼 리

세바스테

세겜

사 마 리 아

베 뢰 아

욥바

벧엘

엠마오   벳바게   여리고
예 루 살 렘   베다니
        올리브산

나 바 테

유 대

베들레헴
(유대)

마케루스

헤브론

소금호수
(사해)

이 두 매

브엘세바

N
W ✦ E
S

성서고고학적 검토에 따라 수정.

0   20km

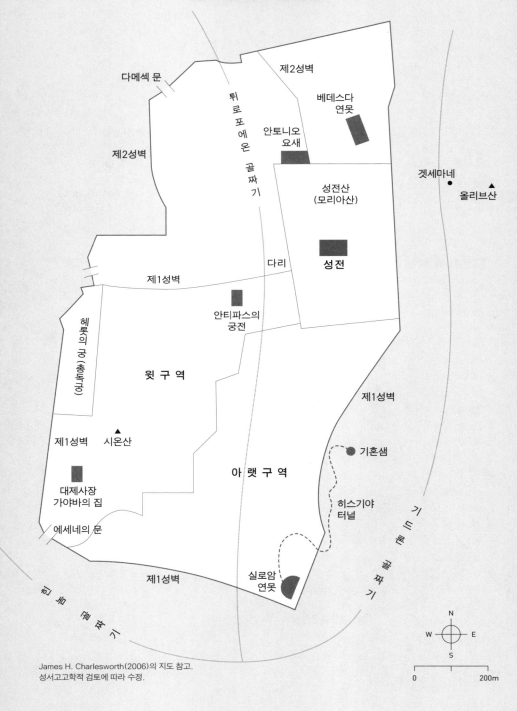

〈예수 당시의 예루살렘〉

제2성벽

다메섹 문

튀로포에온 골짜기

베데스다 연못

안토니오 요새

제2성벽

성전산 (모리아산)

겟세마네

올리브산

성전

다리

제1성벽

안티파스의 궁전

헤롯의 궁 (총독궁)

윗 구 역

제1성벽

제1성벽

시온산

기혼샘

아랫 구 역

히스기야 터널

대제사장 가야바의 집

에세네의 문

기드론 골짜기

제1성벽

실로암 연못

힌놈 골짜기

James H. Charlesworth(2006)의 지도 참고.
성서고고학적 검토에 따라 수정.

N
W   E
S

0   200m

〈예루살렘 성전 내부구조〉

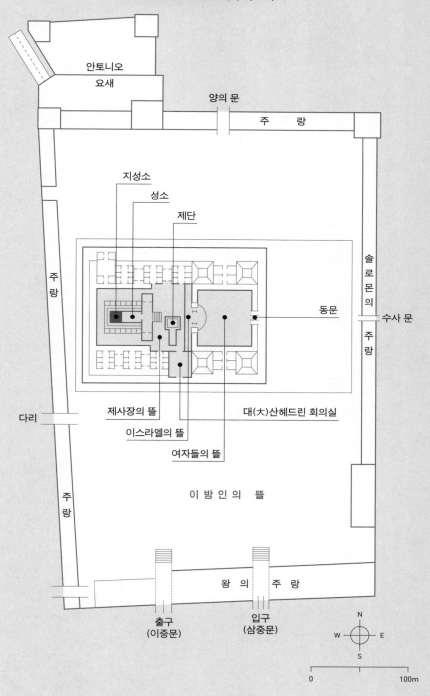

안토니오 요새

양의 문

주 랑

지성소

성소

제단

주 랑

주 랑

동문

솔로몬의 주 랑

수사 문

다리

제사장의 뜰

대(大)산헤드린 회의실

이스라엘의 뜰

여자들의 뜰

주 랑

이 방 인 의 뜰

왕 의 주 랑

출구
(이중문)

입구
(삼중문)

N
W — E
S

0   100m

소설 예수 6권
땅으로 내려온 하늘

차 례

소설 예수 7권
문이 열리다

소설 예수 전 7권

등장인물 소개

예수   하느님의 뜻을 깨닫고 하느님을 가슴에 품고 산 사람.

히스기야   예수의 어릴 적 친구. 의적단 '하얀리본' 두목.
바라바   의적단 '하얀리본' 부두목. 바리새파 학생의 아들.
요한   세례자. 예수에게 세례를 베풀고 광야 수행으로 이끌어준 선생.

요셉   예수의 아버지.
마리아   예수의 어머니.
야고보   예수 바로 아래 동생.
다른 동생들   유다, 시몬, 요셉, 마리아, 요한나.
시몬   갈릴리 베들레헴에 사는 요셉의 삼촌. 예수에게 할례를 베풂.
예수   주인공 '나사렛 예수'와 같은 이름의 나사렛 마을 촌장 겸 회당장.

마리아 (막달라) 막달라 출신의 여자 제자.
시몬   갈릴리 호수 어부. 벳새다 출신. 예수에게서 '게바'라는 새 이름을 받음. '게바'는 헬라어로 베드로.
안드레   갈릴리 호수 어부. 벳새다 출신. 시몬의 동생.
요한   갈릴리 호수 어부. 세베대의 아들. 야고보의 동생.
야고보   갈릴리 호수 어부. 세베대의 아들. 요한의 형.
빌립   벳새다 출신. 스승이었던 세례자 요한이 처형된 후 예수를 따름.
유다   예수의 제자.
시몬   예수의 제자. '작은 시몬'으로 불림.
레위   가버나움 세리 출신. 알패오의 아들. 헬라식으로 '마태'라고도 불림.
야고보   레위의 동생. 알패오의 아들. '작은 야고보'라고 불림.

도마	쌍둥이라는 별명을 가진 제자.
므나헴	예수의 제자.
삭개오	여리고의 세리장.
글로바	엠마오 출신 예수의 제자.

빌라도	현 로마총독(5대 총독). 유대, 사마리아, 이두매 관할.
아레니우스	로마 원로원 의원의 조카. 빌라도를 따라 예루살렘에 옴.
클라우디아	빌라도의 아내.

헤롯	예수 탄생 후 사망한 유대의 왕.
안티파스	갈릴리와 베뢰아를 다스리는 분봉왕. 헤롯왕과 네 번째 부인의 아들. '헤롯 안티파스'라고 불림.
알렉산더	분봉왕 안티파스의 최측근 신하. 로마에서 유학함.
헤로디아	안티파스의 현 아내. 헤롯왕의 다른 아들 '로마의 헤롯'과 이혼한 후 딸 살로메를 데리고 안티파스와 재혼함.

가야바	예루살렘 성전의 현 대제사장. 전임 대제사장 안나스의 사위.
마티아스	가야바의 아들. 성전 제사장.
야손	성전 제사장. 성전 정보조직 책임자.
가말리엘 (랍비)	랍비 힐렐의 손자. 바리새파 선생. 예루살렘 대산헤드린 의장.
시몬 (랍비)	랍비 힐렐의 아들. 바리새파 선생. 가말리엘의 아버지.
요하난 (랍비)	자카이의 아들. 바리새파 큰 스승. 훗날 랍비 유대교의 지도자.
니고데모	예루살렘 대산헤드린 의원.
요셉	아리마대 사람. 예루살렘 대산헤드린 의원.

요셉 (구레네)	구레네 사람으로 예루살렘 아랫구역 주민. 구레네 사람 시몬의 형.

사람의 힘으로 이루는 나라

———·———

눈에 모두 담으려는 듯 예수는 밤하늘을 올려다보았다. 한 귀퉁이를 잡아 흔들면 찰랑찰랑 소리를 내며 출렁거리다가 한쪽으로 주르륵 미끄러질 만큼 별이 빼곡하다. 하늘 길 절반 너머, 니산월 13일 달이 올리브산 동쪽 베다니 마을 마르다네 여인숙을 내려다본다. 푸르스름한 달빛이 부슬부슬 마당에 쳐 놓은 천막을 적신다.

'아!'

예수는 길게 한숨을 쉰다. 천막에 흥건히 고였던 달빛이 방울이 되어 아래로 뚝 떨어졌다. 이제나저제나 눈치를 보고 있던 시간이 말을 걸어왔다.

"예수! 때가 됐어!"

"나도 알아! 때가 됐어!"

정말 때가 되었다는 것을 알기에 예수도 조용히 말을 되받았다.

그런데 일어나는 사건과 때가 정확하게 맞지 않고 어긋난 것처럼 느

꺼진다.

'내게 무슨 일이 일어나든, 세상은 눈 하나 깜짝하지 않으리….'

댕그랑댕그랑 소리를 내며 쏟아져 내렸던 별도, 쿵 땅에 처박혔던 달도 아무 일 없었던 듯 다시 하늘에 올라 예전처럼 제자리를 지키거나 제 길을 흘러갈 것이다. 사람들도 그럭저럭 지금처럼 살아갈 것이다. 오늘 편안하게 잠자리에 든 사람은 내일도 모레도 여전히 편안하게 잠을 청하고, 걱정 때문에 잠을 설치는 사람은 꿈속에서도 늘 쫓겨 달아나리라.

예수는 고개를 돌려 서쪽 하늘을 쳐다본다. 올리브산 너머에 깊은 잠에 빠진 도성 예루살렘이 있다. 그곳 성전 뜰에도 푸른 달빛이 가득하리라. 대제사장, 제사장들은 성전을 비워 둔 채 제 집에 돌아가 편안한 침상에 누웠을 것이다. 그중 귀가 열린 사람은 수상한 속삭임을 들을 것이다.

'때가 되었다!'

그러면 돌아눕고 다시 또 돌아누우면서 이스라엘의 하느님 야훼를 모셨던 텅 빈 성전을 은신처로 삼아 그날을 피할 궁리를 하리라.

'땅굴에 숨은 뱀은 혀를 날름거리고, 성전에 몸을 숨긴 사제들은 꿈틀꿈틀 허물을 벗지! 그래서 예루살렘 성전에서는 늘 음산한 비린내가 풍겼지!'

성전 뜰에 들어갔을 때마다 햇빛 따가운 낮에도 예수는 차가운 기운을 느꼈다. 언제든 때가 되면 스르르 다가와 물고 덤비려고 노려보는 번득이는 눈을 보았다. 갈릴리로 돌아가라고 설득하던 마티아스 제사장의 눈도 뱀눈처럼 번득였다.

14

'뱀은 언제나 발뒤꿈치를 물지.'

예수가 성전 뜰에 나타나기 전까지 대제사장, 제사장들은 더할 수 없이 좋은 날을 보냈다. 끄는 대로 따라오고 모는 대로 줄지어 몰려가는 양 떼 같은 유대인이 있고, 성전을 지탱해 주는 로마제국의 무력이 있으니 하느님이 성전에 머물든 떠났든 문제될 일이 없었다. 성전에 들어와 소란 떠는 사람만 없고, 지금 차지한 자리를 지킬 수만 있으면 '세상은 평화롭고 모두 평안하다!'고 말하며 살았다.

그래서 대제사장, 제사장 그리고 성전 전체가 예수를 위험한 사람이라고 점찍었다. 이스라엘의 평화와 안정을 위해 반드시 제거해야 할 사람, 영원히 그 이름을 지워야 할 사람으로 지목했다. 아무도 걸어 본 적 없는 길을 걷자는 사람, 생각해 본 적 없던 때가 왔다고 외친 예수는 이스라엘과 유대에 예고된 끔찍한 불행이다. 평화를 깨뜨리는 사람이다.

예수를 없애기 위해 성전은 때를 기다렸다. 예수를 살려 두고는 이스라엘의 해방명절 유월절을 온전히 지킬 수 없기 때문이다.

'이제 오로지 하나의 길뿐….'

예수는 길을 걷다가 사거리에 먼저 이른 셈이다. 성전이 그곳에 모습을 드러내기를 서서 기다린다. 획 먼저 건너가 피할 일이 아니다. 주춤주춤 다가오는 성전을 지켜본다.

'이젠 되돌아갈 수 없으니!'

지나온 길에 여러 번 갈림길이 있었다. 되돌아가는 길, 피할 수 있던 길, 앞으로만 가는 길. 그때마다 예수는 머뭇거리지 않고 오직 앞길을 걸었다. 눈뜨지 못한 채 줄레줄레 선생을 따라오는 제자들을 이끌고.

예수는 다시 하늘을 올려다보았다. 서쪽 하늘에서 흘러들어 온 구름이 슬쩍슬쩍 달을 가렸고 그럴 때마다 사방은 어둠에 덮였다. 방 안에 있는 제자들 마음에도 구름이 흘러들고 있을 것이다. 이틀 전 성전 뜰에서 만났던 요하난 벤 자카이의 말이 옳게 생각됐다.

"조직이 어떻게 생겨나고 커 가는지 나는 알아요. 예수 선생의 제자들도 그렇게 될 것이오. 어느 때쯤 되면 선생의 가르침보다 선생을 따른 제자라는 자기들 조직을 앞세우고, 그 조직의 운명을 더 중요하게 생각하는 날이 올 것이오. 그러면 선생의 가르침보다 선생과 어떤 관계였느냐, 그것을 훨씬 더 중요하게 생각할 겁니다. 선생의 가르침이 세상을 향한 것이 아니라 자기들에게 맡겨 주고 남겨 준 가르침이라는 믿음을 꼭 붙잡고…."

예수는 혼자 고개를 끄덕였다. 때가 되면 무서워 달아났던 제자들 가슴에 그가 남긴 말들이 살아나리라. 뜨거운 샘이 솟아오르듯. 그러면 다시 모이리라. 커다란 독수리가 마당을 덮쳐 어미 닭을 채 가면 병아리들이야 당연히 달아나지 않겠는가? 나무 밑으로, 구덩이로, 닭장으로. 그러다가 한참 후에 다시 모여들고 삐악삐악 어미를 찾겠지.

'그럴 것이다. 분명 나를 찾을 것이다!'

예수의 제자들을 직접 겪어보지 않았던 요하난이 왜 대뜸 그렇게 얘기했는지 이제 알 수 있을 것 같다. 예수가 떠나면 제자들은 예수를 찾아 기억 속으로, 과거 속으로, 그리고 안으로 걸어 들어갈 것이다. 그런데 예수는 밖으로 퍼져 날아간 씨였다.

'가르쳤던 말을 기억하며 살아가는 일이 아니고, 가르침에서 출발하여 각자 자기 걸음으로 세상을 살아가라는 말인 것을…. 가르침이 빼곡히 기록된 경전 두루마리를 펼쳐 드는 것이 아니고, 무수한 자기 발자국을 남기며 세상에 흩어져 사는 일이라고 가르친 것을…. 나는 그 지점까지 저들을 이끌어 낸 사람일 뿐!'

제자들이 들어 있는 방은 불이 꺼진 채 조용했다. 이미 잠에 든 사람, 아직도 이리저리 몸을 뉘이며 뒤척이는 사람이 있을 것이다.

그들을 생각하니 가슴이 저리고 아팠다. 주저주저하며 마지막 한 모퉁이를 돌면 더 이상 앞으로 나갈 길이 없음을 저들도 알게 되리라. 그러면 돌아갈 것이다. 캄캄한 밤길을 허둥지둥 달려가지만, 오싹오싹 머리 뒤끝을 잡아끄는 공포를 떼어 놓으려고 멀리멀리 달아나지만 그러면서 씨를 뿌렸다는 역설을 문득 깨달을 것이다. 밤이 깊으면 깊을수록, 절망이 크면 클수록 손에 들고 있던 씨를 뿌리는 사람이 되기도 하고 그들 스스로 씨가 될 것이다. 가을보리는 추운 겨울을 겪으면서 싹이 트지 않던가?

'마리아가 말한 대로 저들 중 누구 한 사람을 지도자로 세워 다른 제자들을 이끌도록 할까? 그러면 한 사람도 잃지 않고 밤을 견뎌낼 것인가?'

'그건 불가능한 일!'

예수는 고개를 흔들었다. 어둠을 함께 겪어낸 공동체는 으레 차돌처럼 똘똘 뭉치지 않던가?

'그런 단단함 속에 어찌 생명이 깃들 수 있겠는가?'

그것은 예수의 방식이 아니다. 담으로 둘러싸인 집이 아니라 사방으로 문이 열린 것처럼 그는 제자들을 받아들였다. 자격을 갖추었거나 몫이 정해진 사람만 드나들 수 있는 방을 따로 만들지 않았다. 오직 예수와 맺은 선생과 제자 관계일 뿐 그들 중에 누가 더 높고 낮은 서열이 없었다. 조직이라고 부를 수도 없을 만큼 느슨했고 아무라도 따라 나서고, 언제든 떠나갈 수 있는 무리여서 사람들은 그들을 예수 도당 徒黨이라고 불렀다.

그런데 어느 때부터인지 제자들은 예수의 뜻과 달리 눈에 보이지 않는 벽을 세웠고 어디를 가든 자기들이 선생을 빙 둘러싸려고 나섰다. 만일 그들이 세운 벽 밖으로 예수가 앞장서서 걸어 나가지 않았더라면 그는 아예 제자들에게 둘러싸여 갇힌 사람이 되었을 것이다.

"새로 선생님의 제자가 되려는 사람은 특별한 의식을 치러야 하는 것 아니야? 말하자면 요한 선생님처럼 물로 세례를 주든지⋯."

갈릴리를 떠나 유대 지방에 들어설 때부터 빌립이 그런 말을 하기 시작한 것을 예수는 알고 있었다. 세례자 요한을 따르다 예수의 첫 제자가 된 그는 제자들을 하나로 묶는 의식이 중요하다고 생각한 모양이었다. 워낙 예수가 엄중하게 단속해서 제자들은 감히 그럴 생각을 못하고 빌립의 말을 그저 그러려니 들었다.

그러나 시간이 지나고 예루살렘 성전에 드나들면서부터 한 사람 두 사람 빌립의 의견에 동조하고 나섰다. 성전과 맞서려면 최소한 예수의 제자라는 조직은 갖추어야 한다고 생각했다. 어마어마한 성전 건물과 잘 차려 입은 제사장들을 보자니 자기들이 얼마나 초라한 무리인지 알게 된 모양이었다. 그들 스스로도 선생을 따라 우르르 갈릴리에서 내려온 어중이떠중이 조직되지 않은 무리로 보였을 것이다.

며칠 전, 예수가 성전 뜰에서 장사하는 사람들을 몰아냈던 니산월 10일, 늘 다른 사람보다 생각이 더딘 시몬 게바까지 고개를 끄덕이며 제자들 얘기에 끼어들었다.

"세례? 그거 좋은데! 그런데 여기 예루살렘에는 강이 없어서….”

"강물에 들어갔다 나오지는 못해도…그러니까 실로암 연못이든 베데스다 연못에 들어가든지, 아니면 물 자루에서 물을 조금 따라 머리에 부어주는 것도 괜찮고…. 하여튼 이제까지 살아왔던 삶을 뒤로하고 선생님을 따르겠다고 작정한 사람이라면 그에 합당한 표를 받아야 한다는 생각이야, 나는…. ”

빌립의 말에 이스라엘 역사와 토라에 밝은 나다나엘이 나섰다.

"맞아! 우리 이스라엘이 할례를 받아 지극히 높으신 분의 백성이 되었듯…. ”

무엇이든 눈에 띄는 표시를 만들어 예수의 제자라고 서로 확인하고, 선생을 따르는 마음을 새롭게 다잡자는 생각이었다. 일이 잘되어 예수가 이스라엘의 지도자가 되었을 때 제자들과 다른 사람, 그리고 제자들 중에서도 처음부터 갖은 고생을 다하며 따른 사람들과 나중에 참여한 제자들 사이에는 당연히 구분이 있어야 한다고 믿었다.

따지고 보면 제자들은 서로 다른 두 가지 생각을 붙잡고 씨름하는 셈이었다. 로마군과 성전의 위협은 점점 노골적으로 커지는데, 순례자들과 예루살렘 주민들 태도는 예상과 달리 조금씩 싸늘해졌다. 그런 변화를 보면서 무서운 일이 일어날지 모른다는 두려움이 제자들 가슴을 파고들었다. 그러나 한편으로는 예수가 마지막에는 예루살렘 성전을 이겨낼 수 있으리라는 기대도 가지고 있었다. 제자들을 이끌고 예루살렘을 찾아온 선생에게 그만한 준비는 있으리라고 믿고 싶었기 때문이다.

제자들의 생각을 알아챈 예수는 속으로 한숨을 쉬었다. 그러나 드러내서 나무랄 수는 없었다. 그들이 살아온 세상, 그들이 내다보는 세상을 생각하면 그럴 수밖에 없는 제자들이 안쓰러울 뿐이었다.

'불안할수록 점점 더 그렇겠지…서로 믿고 의지하는 동지가 되고 싶겠지. 함께 있으면 덜 두려울 테니. 저들이라고 이제 와서 몸을 빼내 갈릴리로 돌아갈 수도 없을 테고….'

옛날을 뒤적거리며 머뭇거리거나 맴돌지 말고, 각자 자기 눈에 보이는 세상을 걸어가라고 예수는 가르쳤다. 사람의 운명이 그러하다고 깨달았기 때문이다. 사람의 운명을 생각하니 아버지 요셉이 들려준 얘기가 떠올랐다. 예전이나 지금이나 아버지는 꼭 필요한 말을 때맞추어 들려준다. 유월절 명절까지 이틀 남은 지금도 그렇다.

"헬라라는 나라에서는 프로메테우스가 신의 나라에서 불을 훔쳐 추위에 떨고 있는 사람들에게 주었다더라!"

예수가 지금 해야 할 일이 마치 불을 받아오는 일이라고 아버지는 말하는 것 같다.

"불을 넘겨받았으니 어디에 어떻게 쓸지 그건 사람들에게 달린 일이 아니겠느냐? 사람들이 불을 쓸 수 있으려면 누군가 나서서 불이 얼마나 무서운지 보여 주어야 하지 않겠느냐?"

무엇을 하라는 말인지 예수는 알아들었다.

'자기 몸을 맨 먼저 불에 태워야 하는 사람! 올리브산 너머 예루살렘성에서 불을 건네는 의식이 처음으로 이뤄져야 할 때가 왔는가?'

예수는 다시 하늘을 올려다본다. 북극성이 눈에 들어왔다. 어디에서 보든 유난히 밝은 별, 나사렛에서도 밝았고, 갈릴리 호수에서도 밝았고, 바람이 이리저리 밤을 휘젓고 돌아다니는 유대 광야에서도 밝았다. 어떤 때는 앞날을 비춰 주는 길잡이였고, 어떤 때는 나사렛 집 마당 밀짚 멍석에 아버지 어머니 사이에 누워 올려다보던 그때로 그를 데려가는 별이었다.

그때 어머니와 아버지는 예수를 늘 가운데 두고 누웠다. 두런두런 얘기하던 아버지가 가끔 그의 머리를 쓰다듬어 주면 그렇게 마음이 포근할 수 없었다. 웬일인지 그럴 때마다 어머니는 깊은 한숨을 쉬다가 소리 죽여 울었다. 그중에 어머니가 했던 말을 예수는 지금도 또렷이 기억한다.

"우리 아들 예수가… 왜?"

그러면 아버지는 예수 위로 팔을 길게 뻗어 어머니를 다독였다. 예수의 기억 속에는 그때 하늘을 길게 가르며 별똥별이 흘렀다. 별똥별은 하늘 가운데서 시작했고 아주 빠른 속도로 하늘을 가로질러 산 너머로 사라졌다.

"별똥별이다! 야!"

예수가 신기해서 탄성을 지르면 아버지는 예수를 그 억센 팔로 으스러지게 끌어안고 한참 등을 쓸어 주었다. 그러다 보면 어머니의 한숨소리도 잦아들고 예수도 잠이 들었다.

나사렛 집 마당에서 올려다보았을 때도 반짝였던 북극성, 베다니 여인숙 마당에서 올려다보니 여전히 반짝였다. 그러나 이제 그날로 돌아갈 수 없다. 여기까지 얼마나 먼 길을 걸어왔던가?

그때 집 밖에서 인기척이 들리더니 시몬 게바와 작은 시몬이 여인숙 마당으로 들어섰다. 한참 전에 밖으로 나갈 때도 굳은 얼굴이더니 여전히 아주 심각한 표정이다. 예수의 눈길을 피하던 게바가 마지못해 입을 열었다.

"선생님! 저희끼리 먼저 좀 상의한 후에 말씀드리겠습니다. 조금만 계십시오."

"밤이 이렇게 늦은데 자지 않고…."

서둘러 방으로 들어가는 그들의 뒷모습을 한참 바라보다가 예수는 조용히 고개를 끄덕인다.

'하기야!'

그 두 사람이 들어가자 방에 불이 켜졌다. 그리고 곧 큰 소리가 들리기 시작했다. 목소리로는 도마와 요한이 다투고 요한의 형 야고보가 동생을 나무라면서 도마를 다독이는 것 같았다. 얼마 후 큰 소리는 잦아들었지만 무언가 두런거리는 소리는 계속 밖에까지 들렸다.

얼마 후, 므나헴이 방을 나왔다. 그는 방 앞에 한참 혼자 서 있었다. 무언가 망설이듯 방을 돌아보고 또 돌아보더니 힘이 쭉 빠진 모습으로 예수 앞으로 걸어왔다. 방 안에서 무슨 일이 있었는지 예수는 곧 알아챘다. 므나헴이 왜 혼자 방을 나왔는지, 그가 무슨 말을 할지 듣지 않아도 알 수 있었다.

그는 고개를 푹 숙이고 무너지듯 예수 앞에 엎어졌다. 말도 하지 못하고, 울지도 못하고 그는 한참 그렇게 엎어져 있었다. 그가 말을 하지는 않았지만 예수는 므나헴의 고통과 후회와 탄식소리를 하나도 빼놓지 않고 알아들었다. 예수가 므나헴을 일으켜 앉혔다. 그는 떨고 있었다.

소리도 못 내고 울고 있었다. 그러더니 천천히 작은 목소리로 말했다.

"선생님! 저는…저는 일단은 제자리로 돌아가겠습니다. 저들이 그냥 보내 주는 것만으로도 저는 감사할 뿐입니다."

"므나헴! 그대의 자리는 지금 가려는 그곳이 아니오. 그리고 내가 그대와 다시 얼굴을 마주하고 설 때도 곧 오겠지요. 그 일을 위해 오랫동안 나를 따랐으니…. 무슨 일이 벌어지든, 무슨 말을 하든, 므나헴 그대는 내 제자요. 곧 돌아올 거요. 몸이 어떤 자리에 있든 중요하지 않소. 마음 있는 자리가 중요하오. 그 자리에 그분도 계시고."

떠나는 므나헴에게 예수는 밧줄 하나를 던져 준 셈이다. 거센 물결에 휩쓸려 속절없이 떠내려가다 그 밧줄 붙잡고 헤쳐 나올 수 있도록.

예수가 물었다. 그를 바라보며 조용한 목소리로 물었다.

"들판의 소가 그대 므나헴을 보면 뭐라고 부를까요?"

뜬금없는 질문을 던져 놓고 예수는 조용히 지켜본다. 그는 어떻게 대답해야 할지 몰라 당황했다. 그러더니 작은 목소리로 중얼거리듯, 자신 없는 태도로 대답했다.

"'사람이다!' 그럴 것 같습니다."

"맞아요! 므나헴! 소는 분명 '사람이다!' 그럴 거요!"

"그 말씀은?"

"나는 그대를 므나헴이라고 부르지요?"

"예, 선생님!"

"그대는 사람 중에서도 므나헴이기 때문이오."

"그리 말씀하시는 뜻을 아직 잘 모르겠습니다."

"그대는 므나헴으로 해야 할 일이 있다는 말이오. 때가 됐소! 자!

가시오, 므나헴!"

"선생님! 저는 그럼….".

므나헴은 아주 깊숙이 몸을 숙여 예수에게 인사하고 떠나갔다. 얼핏 보니, 시몬 게바와 작은 시몬이 방문에 서서 내다보고 있었다. 한발은 방 안에, 한 발은 방 밖으로 내놓은 채.

므나헴이 떠나고 오래지 않아 제자들이 우르르 다 함께 몰려나왔다. 한 사람이 나서서 선생에게 얘기하기 어려운 문제가 있을 때마다 제자들은 언제나 무리를 지어 예수 앞에 나온다. 그들은 천막 아래 자리를 잡고 앉았다. 그러고서도 아무도 먼저 입을 열지 않았다. 침묵이 흐른다. 침묵은 어둠보다 무겁고, 두려움보다 더 깊고, 집에 두고 온 식구들 생각할 때보다 더 답답했다. 예수도 먼저 무슨 일인지 묻지 않았다.

여인숙 안방에 마르다 자매와 함께 머물던 막달라 마리아와 요안나가 무슨 낌새를 챘는지 조심스럽게 걸어오더니 제자들 뒷자리에 조용히 앉는다. 마르다 자매와 나사로도 방 밖으로 나와 목을 길게 빼고 일행을 바라본다. 시몬 게바가 마리아에게 고개를 끄덕이자 마리아가 그들도 불렀다. 예수도 천막 아래 그들 앞에 자리를 잡고 앉았다. 선생과 제자들로 마주 앉은 셈이다.

아무도 먼저 나서서 입을 열지 않았다. 앞으로 무슨 일이 일어나든 스스로 해결하여야 한다고 이미 여러 번 얘기해 두었으니 그들이 어찌 시작하는지 두고 볼 일이다. 전 같으면 예수가 누군가에게 눈길을 주며 묻겠지만, 더 이상 그렇게 이끌 수 없을 때가 됐다.

"선생님! 저….."

뜻밖으로 세베대의 아들 야고보가 나섰다. 워낙 말도 없고 사람들 앞에 나서기를 꺼려하는 사람이라서 자기가 그 일을 맡아야 한다는 것을 아마 여러 번 거절했으리라. 그러나 벳새다 출신 시몬 게바 형제에게 주도권을 넘기기 싫어하는 요한이 형을 부추겼음이 틀림없다.

모처럼 야고보가 나섰기 때문에 예수는 그를 부드러운 눈길로 바라본다. 야고보가 큼큼 헛기침을 하더니 입을 열었다.

"선생님! 알고 계셨습니까?"

목구멍에 무엇이 걸린 듯 아주 듣기 이상하고 거북한 소리였다. 그 짧은 말을 하는 동안에도 그는 침까지 삼켰다. 그만큼 긴장했고 거북하다는 표시다. 예수는 야고보의 질문을 받자마자 멈칫거리지 않고 대답했다.

"예!"

제자들 모두 깜짝 놀랐다. 그들은 선생이 이렇고 저렇고 설명하거나, 몰랐다고 대답할 줄로 믿었다. 예수의 대답이 떨어지자마자 요한이 참지 못하고 나섰다.

"아니! 므나헴이 그런 사람이라는 것을 진작 알고 계셨다고요? 그러면서….."

다른 제자들도 웅성거리거나 한숨을 쉬거나 그제야 무언가 깨달은 듯 고개를 끄덕이는 사람, 이리저리 고개를 꼬는 사람도 있다.

"그럼 왜 저희들에게 아무 말씀도 없으셨습니까? 우리가 여태까지 첩자를 끌고 갈릴리를 돌아다녔고, 예루살렘까지 그자를 데리고 내려왔습니다! 선생님께서 가르치신 내용과 하신 일, 우리가 했던 모든 일들이 갈릴리의 분봉왕과 그 부하 알렉산더에게 넘어갔음이 틀림없습니다. 어쩐지… 성전이나 분봉왕이 우리 일을 너무 잘 알고 있다는 생각이 들더라고요. 그래서 우리 중에 누군가 첩자가 끼어든 모양이라고 생각은 했지만…. 그런데, 선생님은 이미 다 알고 계시면서도 모른 척하시고…아이고!"

요한은 대단히 분한 일이라는 듯 가슴을 불룩거리며 거칠게 항의했다. 그러면서 전날 밤 알렉산더의 하인이 막달라 마리아를 찾아왔던 일이 떠올랐는지 가끔가끔 그녀를 쳐다보았다. 힐끔 요안나에게도 곱지 않은 눈초리를 보냈다. 요안나는 분봉왕의 왕성에서 일하는 관리 구사의 아내다. 무엇이 답답하여 남편과 가족을 갈릴리의 왕도王都 티베리아스에 남겨 놓고 여자의 몸으로 예루살렘까지 따라왔겠는가? 의심하기로 말하면 끝이 없다.

요한의 말이 끝나자 시몬 게바와 작은 시몬이 번갈아 나섰다.

"선생님! 일이 이렇게 된 이상 대비책을 단단히 세워야겠습니다."

"우리 내부에 첩자가 더 있는지도 좀 살펴봐야 합니다, 선생님! 그래서 아까 제가 게바하고 밖에 둘이 나가서 일일이 꼽아가며 따져봤는데, 아직 미심쩍은 사람들이 몇 명 남아 있습니다. 그 사람이 언제 우리를 배신하고, 등에 칼을 꽂을지 알 수 없습니다."

이제까지 함께 예수를 따르던 제자들이 갈가리 찢어지는 순간이다. 의심은 한번 일어나면 검은 연기처럼 낮게 옆으로 퍼진다. 내 옆에 있는 동료를 믿을 수 없다고 생각하기 시작하면 그 순간부터 그들은 낯 모르는 사람보다 더 무섭고 위험한 인물이 된다. 작은 시몬의 말이 채 끝나기 전부터 제자들은 서로 뜨악한 얼굴로 쳐다보았다.

"멀리서 찾아보고 말고 할 것도 없어요! 내 눈엔 다 보이니까…."

요한이 오래 가슴속에 담아 두었던 말을 내뱉었다. 그러면서 누구를 지목하는지 알 수 있을 만큼 작은 시몬을 똑바로 바라보았다.

"왜? 시방 나도 그렇다고 말하는 거여? 요한! 그럼 안 되지, 어찌 나한테 그럴 수가 있어?"

"모를 줄 알고? 처음에는 작은 시몬이 열심당원인 줄 알았는데, 이제 보니 하얀리본 도적떼와 한패거리더라고…. 유다도 그렇고…."

"요한! 그러면 안 돼!"

야고보가 동생을 강하게 제지하고 나섰다.

"지금 므나헴 한 사람 일로도 정신이 없는데, 너는 왜 엄한 사람들을 끌어들여 분란을 일으키냐!"

"형이 그렇게 말하니 내가 지금은 입을 다물겠지만, 나는 지금 이 순간부터 우리 형제, 가버나움에서 나고 자란 사람들 말고는 누구도 믿지 않겠어요! 누가 뒤로 무슨 일을 꾸미는지 어찌 알아? 선생님이 이 사람 저 사람 다 그냥 받아 주시니 별의별 사람이 다 모여들었잖아요? 나는 이제부터 두 눈 똑바로 뜨고 조심하면서 살랍니다. 얼렁뚱땅 나를 속여 먹을 생각들 마쇼!"

그는 말로는 뒤로 물러나는 척했지만, 다시 회복할 수 없을 만큼 제자들을 찢어발겼다. 가버나움에서 고깃배를 다섯 척이나 부리는 세베대의 아들이 같은 마을 출신이 아닌 사람은 모두 의심할 수밖에 없다고 내뱉은 셈이다. 그 말대로라면, 시몬 게바와 안드레 형제 그리고 빌립은 애당초 가버나움 사람이 아닌 벳새다 사람이라 의심스럽고, 레위와 그 동생 작은 야고보도 원래 가버나움 사람이 아니고 타지에서 흘러들어 온 사람이니 의심스럽고, 나다나엘, 막달라 마리아, 요안나, 도마, 모두 의심스러울 수밖에 없는 사람들이라고 말한 셈이다.

그때 예수는 보았다. 작은 시몬의 얼굴에 무척 험악한 표정이 스쳐 지나갔다. 그의 얼굴에 깊게 패인 상처가 꿈틀거리는 것을 어두운 중에서도 볼 수 있었다.

'아! 요한이 원한을 심는구나, 작은 시몬의 가슴에….'

예수는 동무 히스기야가 이끄는 하얀리본에 속한 작은 시몬이나 유다가 다른 제자들을 어떻게 생각하는지 짐작하고 있었다.

하얀리본은 밤낮으로 험한 일을 당하면서 부잣집 담장을 넘어 들어가 곡간을 털어 가난한 사람들, 당장 한 끼 끼니거리도 남아 있지 않은 사람들에게 나눠 주고 새벽길을 되짚어 떠나는 사람들이었다. 그런 하얀리본의 눈으로 볼 때 가버나움 세베대 아들들이나 시몬 게바나 안드레나 다른 제자들 모두 오로지 자기들 목구멍을 위해 살았다. 잘못된 세상에 대하여 저항은 고사하고 꿈틀거릴 줄도 모르는 사람들, 그러면서도 예수의 제자라고 으스대며 따라다니고, 선생이 큰일을 이루면 다른 사람들보다 더 높은 자리 좋은 자리는 자기들이 차지할 것이라고 우쭐거릴 사람들로 보였을 것이다.

아니나 다를까, 작은 시몬이 분통을 터뜨렸다.

"뭐라고? 도적떼라고? 요한! 네가 어찌 감히…. 갈릴리 호수 그 흔하디흔한 새끼 정어리만도 못한 주제에…."

"뭐야? 정어리? 지금 내 동생을 정어리라고 했어? 시몬 네가?"

야고보가 동생을 역성들고 나섰다. 예수는 제자들을 나무랄 마음이 전혀 없다. 큰 물고기를 만나면 작은 물고기가 바위틈이나 수초에 몸을 감추듯, 모든 생명은 자기를 보호하려는 본능을 가졌다. 몸을 숨기는 것이 자기를 보호하는 첫 번째 행동이다. 예수는 제자들이 보이는 분란이야말로 지금 때가 어떠하다는 것을 그들도 깨닫고 무엇을 두려워하기 시작했는지 보여 주는 징조라고 생각했다.

므나헴이 갈릴리 분봉왕 측이 심어 놓은 첩자라는 것을 알게 된 제자들이 가장 먼저 한 일은 그를 내쫓은 일이었다. 예수가 보기에 그건 제자들이 스스로 몸을 숨기겠다고 마음먹은 것이나 마찬가지였다. 예수가 이끄는 제자들이 어떤 사람들인지 분명하게 드러나기 시작했다.

"므나헴이 나를 따르지 못할 이유가 있소?"

예수가 물었다. 그의 목소리는 늘 그렇듯 낮고 조용했다.

"아니! 선생님! 그자는 갈릴리 분봉왕의 첩자였지 않습니까? 선생님이 가르치신 말씀이나 하셨던 일을 정탐해서 모두 분봉왕에게 보고했고…. 그러니 우리 움직임이 모두 드러났고."

야고보가 볼멘소리로 예수에게 항의하는 듯 말하다가 점차 목소리가 수그러들더니 끝내 말을 맺지 못했다. 예수의 눈길을 그대로 받아넘길 수 없었다.

"곧 때가 되면 그대들은 모두 뿔뿔이 흩어져 어둠 속으로 달아날 것이오!"

예수가 다시 이제까지 여러 번 들려주었던 무서운 말을 입에 올렸다. 제자들은 그 말을 듣고 가슴이 철렁했다. 그들이라고 므나헴보다 별반 나을 것 없다는 말처럼 들리기도 하고, 진짜 무서운 일이 일어날 때가 됐다는 확인처럼 들렸다. 그래도 선생에게 어떤 마지막 대비책이 있으리라고 믿었는데, 선생은 마치 아무런 대책도 없이 그 일을 그냥 받아들일 수밖에 없다고 말하는 것 같았다.

그런데 예수는 한마디를 덧붙였다.

"그대들은 므나헴 때문에 이번에 목숨을 부지할 수 있을 거요."

무척 마음이 불편한 말이지만 아무도 감히 나서지 못했다. 제자들의 마음을 아는지 모르는지, 예수는 말을 이었다.

"므나헴은 내 가르침을 널리 전하는 첫 사람이 될 거요!"

그러자 제자들이 일제히 소란스러워졌다. 원래는 왜 므나헴의 수상한 신분을 알고서도 제자로 받아들였고, 예루살렘까지 끌고 왔느냐고 따지고 싶었는데, 이제 그런 말은 더 이상 의미가 없어졌다.

제자들이 보기에 예수는 지난 일을 되돌아보며 그 자리를 맴돌지 않고 성큼성큼 앞으로 걸어가고 있다. 어물어물 뒤를 돌아보며 이것저것 따지다 보면 선생은 휘적휘적 혼자 올리브산을 넘어가 버릴 것 같다, 지금으로서는.

"선생님! 무슨 일이 벌어지든 선생님의 뜻을 받들고 세상에 그 뜻을 퍼트릴 사람은 바로 저희들입니다."

도마가 마치 자기 몫을 빼앗겨서 억울하다는 듯 예수를 빤히 쳐다보면서 힘을 주어 말했다.

"그럴 것이오! 그대들 모두 그럴 것이오."

예수가 고개를 끄덕이자 제자들은 그제야 조금 안심이 된다는 표정을 지었다. 천막으로 비껴들어 비추는 달빛이 여러 번 그들 얼굴 위에 그림자를 던지고 벗겼다. 그들의 흔들리는 마음을 빤히 바라보면서 예수는 한 마디 한 마디 당부하듯 말을 이었다.

"여기 있는 사람 모두 각자 자기 생각하는 대로, 깨달은 대로 세상에 내 말을 전할 거요. 분명 그리하겠지요. 나도 믿어요. 그런데….”

제자들은 모두 예수의 입을 바라본다. 무슨 뜻밖의 말이 나올 것인가? 므나헴 얘기인가, 제자들 모두의 얘기인가?

“그대들은 각자 기억한 대로 전할 것이오, 그대들의 생각을 덧붙여서…. 그러나 오직 한 사람 므나헴은 내 입에서 나온 얘기를 그대로 전할 것이오. 이러니저러니 해석하는 일은 그의 몫이 아니었으니까….”

“선생님이 하신 말씀을 그대로 전하는 것이라면 그건 저도 할 수 있습니다. 이 도마도 그만한 생각은 있습니다.”

“그러겠지요, 도마! 그대도 분명 그러할 것이오.”

그때 조용히 얘기를 듣고 있던 마리아가 나섰다.

“선생님! 제가 나서기 어려운 자리이고, 입에 올리기 두려운 일이지만 용기를 내어 여쭙니다. 왜 선생님이 직접 말씀하시지 않고 앞으로는 저희들이 대신 전해야 하는지요?”

역시 마리아였다. 그녀는 예수가 말하려는 뜻을 분명히 깨닫고 있었지만, 제자들이 직접 선생에게서 들을 수 있도록 그렇게 물었다.

“하느님 나라는 내가 혼자 이루려는 나라가 아니고, 그대들 모두, 세상 사람 모두 이뤄야 할 나라이기 때문이오. 내가 ‘하느님 나라는 지금 여기에 이뤄지고는 있지만 아직 아니라’고 그대들에게 얘기한 적이 있지요? 시작은 됐으나, 모든 사람이 그 나라에 들지 않으면 완성된 것이 아니라고? 그렇소! 한 사람이라도 문밖에서 눈물 흘리는 사람이 있다면 이뤄진 것이 아니오. 그러니 그대들에게 내가 다 이루지 못한 일을 맡겨야 하지 않겠소? 남은 사람들이 그 일을 계속 해야 하지 않겠소? 그 일은 해가 지고 달이 뜨고, 달이 지고 또 해가 뜨고, 그런 일이 매일 반복되고 오랜 세월을 거치면서 천천히 이뤄질 일입니다."

"그 말씀은?"

빌립이 물었다. 그는 하느님 나라가 그렇게 천천히 이뤄진다는 말을 받아들일 수 없었다. 아무리 생각하고 또 생각해도, 하느님이 직접 개입해서 순식간에 새 세상을 이루지 않고 사람에게 맡겨 놓고 그렇게 느릿느릿 이뤄진다는 것은 믿기 어려웠다. 비록 예수를 따르고 있지만 그는 아직도 세례자 요한의 가르침에 머물러 있기 때문이다.

예수는 빌립의 얼굴을 바라보며 말을 시작했다. 비록 그에게 얘기하지만, 모든 제자들에게 들려주는 말이다. 이제 그들이 마음에 둘러쳐 놓은 담장을 허물어야 할 때가 됐다.

"하느님 나라는 하느님이 이뤄 주는 나라가 아니고 사람의 힘으로 이뤄지는 나라입니다. 누구나 들어갈 수 있는 나라입니다. 그러니 이 사람은 이래서 빼고, 저 사람은 저래서 빼놓고 남은 사람들끼리 모여 이루는 나라가 아니고, 그가 누구였든 함께 손잡고 이루어야 합니다."

제자들을 한 사람 한 사람 둘러보니 어떤 사람의 얼굴은 천막 그늘에 가렸고, 어떤 사람은 달빛 속에 고스란히 드러났다. 그들과 지냈던 날들이 떠올랐다. 같이 먹고 같이 자고 같이 길을 걸었던 제자들.

비록 더디기는 했지만 그동안 제자들이 많이 자랐음을 예수도 안다. 눈에 보이지는 않아도 깨고 자고 또 깨다 보면 어느덧 밀밭 보리밭에 싹이 트고 자라듯, 때가 되면 누렇게 익어 바람에 흔들리면서 물결치듯 그들도 많이 변했다. 그들은 므나헴을 두들겨 패서 내쫓지 않았고, 성질 급한 작은 시몬이 세베대의 작은아들 요한의 멱살을 잡지도 않았고, 마리아가 여자의 몸으로 제자들을 대표하여 예수에게 질문하는 것을 막지도 않았다.

예수는 그들 사이에 조금씩 자리 잡아가는 하느님 나라를 보았다. 모진 바람을 맞아 쓰러지고, 때 아닌 추위에 바싹 주저앉고, 뜨거운 햇빛으로 말라가겠지만, 붙잡은 끈을 끝까지 놓지 않기를 바랄 뿐이다. 아직까지 그들은 외부로부터 방어적 공동체로 자기들을 생각한다. 그래서 끼어들어서는 안 되는 사람이 제자무리에 끼어 있었다는 것에 놀라고 분개했다.

므나헴 일을 계기로 제자들 내부 일은 스스로 조정하고 처리할 수 있을 만큼 자라기는 했지만, 아직 세상에 가슴을 온통 드러내고 마음을 열기에는 앞으로도 꽤 오랜 시간이 걸릴 일이다.

"때가 되면, 그대들 모두 알게 될 겁니다. 세상은 나 혼자 살아가는 것이 아니라 우리가 함께 살아가는 곳이라고⋯. 마치 갓난아기는 내가 누구인지, 세상이 무엇인지, 아무것도 모르는 것과 같습니다. 그렇지만 엄마의 젖을 빨고 눈을 맞추면서 조금씩 눈을 뜨지요. 엄마를 나보다 먼저 알아본다는 점을 생각해 보세요. 나 아닌 다른 사람, 내 눈에 띄는 세상을 먼저 알아본다는 말은 나보다 우리를 먼저 깨닫는다는 말입니다. 우리라는 말은 그래서 나와 하나가 된 세상을 부르는 말입니다. 우리에 속한 그 어떤 것을 떼어 놓거나 밀어내면 나를 밀어내는 일입니다."

제자들은 그 말을 듣고 전날 밤의 가르침과는 다르다는 생각이 들었다.

'버려야 할 나는 우리 속에 빠져 있는 나, 그 나를 버리면 자유를 찾고 멍에를 지게 된다고 말씀하시더니 이제는 오히려 나와 우리를 떼어

놓으면 안 된다니 …'

예수는 제자들 가슴 속에 떠오르는 물음을 알아들었다. 그들이 전날의 가르침을 떠올리며 궁금해 하는 것이 기뻤다. 그들이 두고두고 그 길을 찾아 걸을 수 있도록 한마디를 덧붙였다.

"들으세요! 생명은 모두 하나로 연결돼 있으니 너와 내가 없겠지요. 그런데 밀밭 보리밭에 들어선 밀 한 포기 보리 한 포기는 따로따로 싹을 냈습니다. 따로 싹을 낸 밀이 한 밭에 서 있어야 밀밭이 되지요. 따로 그리고 함께, 함께 그리고 따로, 생명과 생명이 다른 생명과 손을 잡는 신비에 눈을 뜨면 하느님 나라에 들어가 있는 셈입니다."

그때 제일 구석자리에 누이들과 앉아 있던 나사로가 조심스럽게 나섰다. 그는 그동안 제자들을 열심히 뒷바라지하고, 동네에 있는 병든 사람들을 여인숙으로 데려와 예수에게서 치료받도록 애썼다. 그런 일을 통해 이제까지 누추하다 여겼던 삶에 활기가 도는 것을 느끼며 지냈다.

"선생님! 저희 삼남매를 받아 주시고 일깨워 주셔서 감사합니다. 그리고 누추한 이 여인숙에 며칠씩 머무시니 저희는 얼마나 좋은지 모르겠습니다."

사람들은 여인숙이란 원래 더러운 곳이라고 여겼다. 집을 떠난 사람들이 머무는 곳, 정결의식을 제대로 치르지 못한 사람들과 한방에 누워 잠을 자야 하는 곳, 그런 사람들을 받아들여 여인숙을 운영하는 사람들은 거지나 도적이나 창녀나 백정보다는 조금 높지만 어쨌든 사회의 하층에 속한 사람으로 대우받았다. 혼기가 지난 마르다나 나사로 그리고 동생 마리아까지 아직 삼남매 중 한 사람도 혼인하지 못한 것도 그들이 여인숙을 하는 사람들이기 때문이다. 세상이 그러하니, 그들은 그저 베다니 마을의 여인숙 삼남매로 살아갈 뿐이었다.

"선생님! 잃어버렸던 한 마리의 양을 찾아 채워야 백 마리 양이 되어 완전해지듯, 한 사람이라도 빠지면 하느님 나라가 완전하지 않다고 말씀하셨다고 들었습니다. 그 말씀을 전해 들으면서 저희 삼남매는 길을 잃고 들판에 쭈그리고 앉아 울면서 누가 찾으러 오기를 기다리는 양 같았다고 생각했습니다."

그들도 바리새파 토라 선생들이 머무르고 있는 왕의 주랑건물에 찾아가 예수가 입에 올렸던 얘기를 이미 들었던 모양이다.

"그래요! 나사로가 아주 중요한 것을 깨달았군요! 잃어버렸던 한 마리 양을 찾아다니듯 끊임없이 누가 뒤처졌는지 빠졌는지 찾으세요. 내가 길을 잃어버린 양이었다고 생각한다면 누구인들 받아들이지 못하겠어요? 찾아오는 사람, 손을 잡아 달라고 뻗치는 사람, 그가 누구든 밀어내지 말고, 손을 잡아 일으켜 주고 두 팔로 끌어안으세요. 하느님 나라는 다른 사람을 빼놓고 나와 우리만 들어갈 수 있는 나라가 아닙니다."

제자들은 마르다 마리아 나사로 삼남매의 얼굴에 흘러내리는 눈물을 보았다. 달빛에 비친 눈물을 보면서 처음 그들이 예수의 제자가 됐던 때를 떠올렸다.

'나야말로 얼마나 보잘것없는 사람이었던가?'

따지고 보면, 자랑스럽게 고개를 들고 가슴을 펴고 세상에 큰소리칠 만한 사람이 그들 중 아무도 없었다. 가버나움 토박이니 떠돌다 홀

러온 사람이니 어쩌니 가르고 나눠 보지만, 갈릴리 호수 한쪽에 배를 떠우고 밤새 그물질하던 사람들이었을 뿐이다. 가버나움에서는 고깃배를 다섯 척이나 가진 세베대의 아들이라고 야고보나 요한이 어깨를 펴고 살았지만 예루살렘에서는 그저 갈릴리 어부로 불리는 천한 직업의 사람, 아무도 눈길조차 주지 않는 사람이었다.

그들이 방에서 몰려나올 때는 예수를 붙잡고 거칠게 항의할 마음이었다. 그러나 이제 더 이상 므나헴 일을 가지고 이러니저러니 따질 수 없게 됐다. 배신자 므나헴, 분봉왕의 첩자까지 끌어안고 함께 하느님 나라를 이루어야 한다는 예수의 가르침을 당장에 따를 수는 없지만, 그러나 하느님 나라는 그래야 한다는 말은 그들도 알아들었다.

요한은 예수와 제자들 사이에 오고 가는 말을 듣고 앉아 있는 내내 마음이 무척 불편했다.

'므나헴 얘기를 하다가 선생님은 왜 하느님 나라로 방향을 바꾸시는 걸까? 아무 일도 없었다는 듯 그 일은 옆으로 밀쳐 두라는 말씀인가? 게다가 선생님과 우리 모두를 배신한 그자에게 따로 맡기실 일이 있다고? 그럼 우리는 뭐야! 다른 사람들은 몰라도 우리 형제한테는 그러시면 안 되지! 므나헴 때문에 우리 모두 위험에 빠진 일에 대해서는 선생님이 직접 뭐라고 한 말씀 하셔야 되는 것 아냐?'

아무리 불만스러워도 함부로 그런 말을 꺼낼 수 없는 분위기였지만 그는 끝내 한마디를 했다.

"선생님! 므나헴 얘기하고 하느님 나라는 제 생각으로는…. 맞지 않는 것 같고…."

말은 꺼냈지만 더 이상 말을 잇지 못했다.

선생은 혼자 휘적휘적 걸어 제자들 앞 저만치 떨어진 산모퉁이를 돌아가고 있는 것처럼 생각됐다. 우물우물하다가는 그나마 선생의 뒤를 놓칠 것 같았다. 이미 일어난 일은 되돌아서도 바꿀 수 없다는 생각이 들었다. 계획한 대로 되는 일도 없고, 물릴 수 있는 일도 없고, 닥치면 닥치는 대로, 몰리면 몰리는 대로 받아들일 수밖에 없는 형편이 됐다고 느꼈다.

'무엇이 잘못되어 우리가 여기까지 줄렁줄렁 따라왔는가?'

생각해 보니 아득하게 먼 길을 걸어왔다. 아버지 어머니 그리고 아내가 기다리는 가버나움의 따뜻한 집은 꿈길처럼 멀었다. 막막했다.

'이건 아닌데… 정말 이건 아닌데….'

입 밖으로 나오지 못한 말이 요한의 가슴속을 자꾸 맴돌았다.

"선생님!"

그때, 나다나엘이 침을 꿀꺽 삼키면서 예수를 불렀다. 그의 목소리는 듣기에도 이상했다. 한참 마음을 진정시키려는 듯 여러 번 깊이 숨을 들이쉬고 내쉬었다. 요한처럼 아직 므나헴 일에 매달려 있는 제자도 있었지만 이스라엘의 역사와 토라에 대해 잘 알고 있는 나다나엘은 예수의 가르침이 불러 온 위험을 눈으로 보았다. 그는 므나헴이 아니라 예수의 가르침이 문제라는 점을 꿰뚫고 있었다.

"성전 뜰에서 사람들에게 '왜 그런지' 물으라고 가르치셨으니, 저쪽 사람들은 선생님이 성전을 무너뜨리고 토라를 거부하는 분이라고 믿게 생겼습니다. 만일 저들이 그 말씀의 뜻을 진정 깨달았다면 말입니다. 무서운 일입니다."

나다나엘은 새삼 두렵다는 듯 몸까지 부르르 떨었다. 그 말을 듣자 제자들은 갑자기 숨이 콱 막히는 두려움을 느꼈다. 검은 보자기로 눈앞을 확 가린 듯, 하늘에 가득하던 별이 갑자기 다 구름 속으로 숨고 천천히 흘러가던 달마저 어디로 사라진 듯, 캄캄한 어둠이 세상을 덮은 것처럼 제자들은 암담하고 막막함을 느꼈다.

누구를 마을에서 쫓아낼 때 어떻게 이름 지어 붙이는지 그들은 모두 잘 알았기 때문이다.

'토라를 거부하는 사람.'

그렇게 불리는 사람은 이스라엘에서 살아갈 수 없게 된다. 같은 하늘 아래 머리를 두고 살아갈 수 없는 사람이라는 선언과 같다, 특히 유대 지방에서는.

그런데 그런 일은 이미 다 알고 있었다는 듯 예수는 아주 평온한 목소리로 천천히 말했다.

"그렇겠지요, 당연히⋯. 토라는 사람이 어떤 일의 원인을 묻고 스스로 해석하는 것을 금지했지요. 토라의 가르침과 성전이 치르는 의식, 그리고 바리새파의 해석은 세월이 가도 변하지 않는 영원하고 전능하신 하느님의 가르침이니 그대로 믿고 따라야 한다고 말하지요."

나다나엘뿐만 아니라 제자들 모두 예수의 말을 다시 곱씹어 생각하면서 말 속에 어떤 뜻이 숨어 있는지 찾아내려고 애썼다. 제자들을 바라보던 예수가 다시 말했다. 목소리는 여전히 나지막하고 편안했다.

"그동안 무슨 일을 보면 '왜 그러냐?' 물어보라고 말했지요? 묻지만 말고, 대답도 스스로 찾아보라고? 그러다 보면 내가 묻고 대답을 찾는 것과 마찬가지로 다른 사람도 똑같이 묻고 대답을 찾는다는 것을 알게 됩니다. 그런데, 내가 찾은 대답이 우리의 대답이어야 하고, 우리의 대답이 당연히 나의 대답이어야 한다면, 하느님 나라는 이룰 수 없습니다. 들으세요! 그 대답이 서로 달라도 함께 살아가는 나라가 하느님 나라입니다."

며칠 전 니산월 10일 아침, 솔로몬 주랑건물 안에서 예수가 들려주었던 말을 제자들은 다시 떠올렸다. 그동안 갈릴리에서 그리고 예루살렘에 내려오는 길에 수없이 들었던 말, '왜 그런지 이유를 찾아보라는 말'이 무엇을 어떻게 하라는 말이었는지 그들은 새삼 깨달았다. 머리끝이 쭈뼛할 만큼 무서운 말이었음도 알게 됐다.

"누가, 언제, 어디서, 무엇을, 어떻게 했는지 다섯 가지를 아는 일과 '왜' 그랬는지 아는 일은 다릅니다. 다섯 가지에는 모든 사람이 같은 대답을 하더라도, '왜?'라는 질문에 대한 대답은 사람마다 달라야 합니다. 전해져 내려온 대로 듣고 배워 알았다고 오직 그 한 가지로 대답하지 말고, 스스로 묻고 자신이 찾은 대답에 따라 살아야 합니다."

얘기를 시작하고 보니 한 가지만 붙잡고 밤을 새울 수는 없을 만큼 예수의 마음은 급했다. 그는 경중경중 여기저기 씨를 뿌리는 농부가 됐다. 농부는 씨를 멀리 뿌리려고 팔을 높이 치켜들었다. 므나헴이라는 씨는 저쪽 밭에 뿌리려고 준비해 둔 씨였다.

광야를 휩쓸며 불던 바람소리가 하늘에서 들렸다. 광야에서의 그날 이후 한 번도 잊은 적 없던 말이 다시 떠올랐다.

"너 혼자 세상을 구하려느냐?"

하느님의 음성을 듣고 예수는 그가 메시아로 세상에 나설 수 없음을 깨달았다. 마찬가지로, 어떤 한 제자에게 씨 뿌리는 일을 도맡길 수 없다. 세상 사람 모두 자기 씨를 들고 있으니 그들이 각자 씨 뿌리는 사람이 되어야 한다.

"'왜 그러냐?' 물으면 그 사람 스스로 씨가 됩니다. 지혜의 길에 들어서게 됩니다."

"지혜라고 하셨습니까?"

"그렇습니다. 지혜!"

"지혜의 길에 들어선다는 말씀이 너무 무겁습니다. 여러 번 '왜 그런지 물어라!' 그렇게 말씀하셨는데, 이제 다시 생각해 보니, 참으로 어려운 가르침입니다."

제자들은 예수가 이스라엘의 전통으로부터 얼마나 멀리 떨어진 사람인지 다시 깨달았다.

전통은 신에 의해서 주어진 것이라고 세상 사람들은 믿는다. 신이 관장하는 우주질서와 상관없이 세상이 따로 돌아간다고 생각하는 사람은 아무도 없다. 사람이 땅에 두 발 디디고 살아온 지난날은 신이 역사役事한 역사歷史였고 사람이 살아갈 미래는 신의 계획이라고 믿었다.

그러니 전통이 역사의 산물이거나 사람들에 의해 이뤄진 것이고, 세상의 변화에 따라 발전하거나 변경하거나 폐기해야 한다고는 꿈에도 생각하지 못했다. 전통을 따르는 사람들의 눈에는 사람이 살아가는 세상과 그의 개인적 처지는 이미 신이 정해 준 일이다. 신이 베풀어 준 대로 허락한 대로, 사람은 일생 그 길을 걸어야 한다고 믿었다.

어느 나라든 몇 가지 서로 다른 전통이 동시에 서로 다른 계층이나 지역에서 각각 다른 방식으로 작용하기 마련이다. 어떤 계층의 사람이 어떤 전통을 지키며 살아가느냐, 즉 지배자가 지키는 전통과 피지배자들이 지키는 전통 사이에 수직적 구분이 있고, 지방을 중심으로 수평적 구분이 있을 수 있다.

전통은 단순히 문화가 아니다. 정치, 경제, 사회, 종교 그리고 인종과 민족을 모두 아우르는 틀이다. 전통 위에 사회가 서 있는 셈이다. 전통은 사회가 지키려는 이익을 보장해 주는 장치였다.

문제는 서로 다른 전통이 평화롭게 공존하지 않는다는 점이다. 서로 다른 전통이 맞부딪치면 무슨 일이 일어나는가? 두 전통 중 하나가 다른 전통을 일방적으로 흡수하거나 서로 융합하거나 아니면 치열한 충돌이 일어나기 마련이다.

예수의 눈에는 이스라엘을 조각조각 갈라놓은 전통들이 보였다. 특히 유대 지방 예루살렘 지배자들이 그들의 기득권을 보호하는 토라 전통에 매달려 있다는 사실에 주목했다. 성전을 중심으로 한 지배세력, 성전에 협력하는 바리새파, 그리고 옛 하스몬 왕가와 헤롯 왕가의 귀족들이 그러했다.

'저들은 목숨을 걸고 자기들 전통을 고수하려고 할 텐데⋯.'

도성 예루살렘을 벗어나면 유대 산간지방 산비탈 밭에서 농사짓는 농부들, 거친 광야와 산을 타고 옮겨 다니며 양이나 염소를 치는 사람들이 흩어져 살았다. 토라 전통을 제대로 지킬 수 없는 사람들로 죄인 소리를 들어가며 살지만, 토라가 기록되기 이전부터 하느님을 섬기며 살던 전통이 그들에게 남아 있었다. 하느님에게 복을 빌기 위해, 하느님 눈에 벗어나 벌을 받지 않으려고 명절제사를 드리러 성전을 찾을 뿐이었다.

북쪽 갈릴리 지방도 마찬가지였다. 원래 남쪽 유대 지방 출신으로

130여 년 전에 갈릴리로 이주했거나, 헤롯 왕가가 끌고 올라와 지배층이 된 소수의 유대인은 토라 전통을 지키며 살았다. 그러나 수백 년 그 땅에 몸 붙여 살아온 갈릴리 토착민들은 유대가 강요한 토라가 아니라 그들이 지켰던 하느님 섬김 전통을 따랐다.

헤롯왕이 죽고 난 다음 이스라엘 남북 여러 곳에서 연이어 일어났던 메시아 운동은 지배체제가 지켜온 공식 전통을 뒤집어엎으려는 민간 전통의 폭력적 저항이었다.

하얀리본의 바라바가 니산월 13일로 날짜를 잡은 유월절 거사는 폭력적으로 성전을 개혁하겠다는 운동이다. 성전 지도부를 바꾸어 토라의 나라를 회복하겠다는 뜻이니, 지배전통, 공식전통 안에서의 충돌이다. 바라바는 민간전통을 공식 지배전통으로 삼겠다는 히스기야의 뜻을 철저하게 변질시키면서 하얀리본을 가로챈 셈이다.

예수는 북쪽 갈릴리 지방의 민간전통이 뿌리로 삼았던 하느님을 전혀 새롭게 이해하는 데서 출발했다. 그리고 하얀리본과 달리 비폭력적 방법으로 새 세상을 이루겠다는 운동을 이끌었다. 따라서 이스라엘의 지배전통과 민간전통을 모두 바꿔 새로운 세상 질서를 세우자는 예수의 운동은 어느 전통 어느 한 세력도 선뜻 나서서 호응하지 않는 외로운 운동일 수밖에 없었다. 게다가 그는 해방이라는 과정을 통해서 모든 사람이 모든 억압으로부터 벗어날 수 있다는 새로운 정치를 내세운 사람이다.

"왜 그러냐?"

그렇게 묻는 일은 예수가 살아가는 현실 세상에서 이스라엘이든 로마든 어느 나라 어느 백성에게도 허락된 물음이 아니다. 정해진 길이 아니라, 묻고 답하면서 스스로 길을 찾아 걸으라는 말이기 때문이다. 결국 사람들이 그 길 끝에 만나는 하느님은 사람마다 다를 수 있다는 말처럼 들렸다.

'길 끝에 하느님이 기다리는 것이 아니고, 사람과 함께 그 길을 걸으신다.'

사실 예수는 그렇게 말하고 있지만 제자들이든 누구든 아직 그렇게까지 예수의 말을 깨닫지는 못했다.

"지혜…그러면, 영원불변하신 하느님을 찾아가는 것이 아니고, 사람마다 각각 다른 분을 만난다는 말씀입니까? 어디로 그분을 찾아가야 합니까?"

예수의 말을 오래오래 곱씹던 나다나엘이 당혹스럽다는 듯 물었다.

"들으세요! 하느님이 지금 여기 계신데, 왜 천 년 이천 년 전 그때 거기로 거슬러 올라가서 그분을 찾습니까? 사람들이 하루하루 살아가는 지금 여기서 만나세요! 그저 묵묵히 순종하지 말고! 내가 말합니다! 옛날 옛적 어느 때에 정해 준 대로 살아야 한다는 것에 대해 의문을 제기하거나 '왜 그러냐?' 묻지 않고, 자기가 살아가는 삶의 목적을 스스로 알아보려고도 않고, 자기가 이루려는 일을 스스로 결정하지도 않고, 그렇게 정해진 대로 살아가지 말고 몸을 일으키세요!"

제자들은 벌린 입을 다물지 못했다. 자기가 살아가는 목적을 찾으라니, 하느님께 영광을 돌리기 위해 살아야 한다는 가르침과는 전혀 다른 말이다. 이어지는 예수의 말은 더욱 통렬했다.

"'하느님을 아는 것이 지혜의 근본이다. 하느님이 축복을 내려 사람에게 지혜를 허락해 주셨다.' 그렇게 배웠지요? 그러나 나는 말합니다. 전해진 지혜를 그대로 따르지 말고, 그대들이 찾은 지혜로 길을 삼으세요!"

제자들은 구름 밖으로 흘러나온 달빛에 비친 예수의 얼굴을 바라보았다.

'선생님이 걸어온 그 길이 이 길인가?'

예수는 매여 사는 사람들을 풀어놓고 싶었다. 하고 싶은 일을 하기 위해 집을 떠나지도 않고, 직업을 바꾸지도 않고, 다른 사람들을 사귀려 돌아다니지도 않고 오직 자기 가족과 친족 마을 대대로 내려온 직업에 따라 사람들은 살았다. 전해진 대로 전통을 지키고 살아가는 일이 법을 지키는 일이라고 믿고, 그렇게 사는 일이 도덕이고 윤리고 하느님을 섬기는 일이라 믿는 사람들을 생각하면 너무 가슴이 아팠다.

예수에게 제자들은 그래서 귀중한 사람들이다. 아직 깨닫지 못했더라도, 무엇을 바라고 그를 따랐든, 그들은 현실에 그대로 주저앉아 세상을 그저 바라보며 한숨만 쉬는 사람들이 아니다.

예수는 자리에서 일어섰다. 그리고 제자들을 천천히 둘러보았다. 늘 그랬던 것처럼 이제부터 중요한 얘기를 하겠다는 신호다.

"들으세요! 이 세상에 고통의 신음소리와 울음이 가득한데 누가 나서야 합니까?"

다시 나다나엘이 나서서 대답했다.

"하느님께서 직접 나서서 해결해 주시기를 기다리며 우리는 그분의 법에 따라 살아야 한다고 배웠습니다."

예수는 주르르 미끄러지는 제자들 모습을 보았다. 겨우겨우 한 고개 거의 올라왔다 싶은데, 다시 미끄러져 내려가는 제자들, 이제부터는 그럴 때마다 그가 나서서 잡아 올릴 수 없는 일이다. 미끄러졌다가 그들 스스로 다시 몸을 일으켜 올라야 한다. 미끄러지면 또 일어서서 올라가야 한다. 고개를 넘을 사람들은 그들이고 일어나는 것도 그들의 몫이다. 다만 제자들이 깨우치기를 바랄 뿐이다. 예수는 단호한 어조로 말하기 시작했다.

"그대들이 지난 4년 동안 나를 따르면서 내가 한 말을 들었지만, 오늘 밤에 내가 다시 말합니다. 들으세요! 하느님은 사람에게 그 일을 맡기셨습니다. 그대들에게 맡기셨습니다. 오래전에 내려 준 가르침인 토라에 따라 살아온 이스라엘에게 하느님은 사람으로 사람의 길을 따라 살라고 말씀하십니다. 네 옆 사람이 아프면 네가 돌봐 주고, 옆집이 굶으면 네가 가진 것을 나눠 먹고, 다른 사람이 억울한 일을 당하면 네가 나서서 위로하고, 부당한 일을 함께 바꾸라고 말입니다. 하느님이 역사하시기를 기다리지 말고 사람이 나서서 해결하라고 말씀하십니다."

그리고 예수는 두 팔을 앞으로 폈다. 그가 벌린 두 팔은 마치 세상 모든 사람을 초대한다는 몸짓 같았다.

"그래서 나는 말합니다. 이 세상에서 아무리 낮고 약하고 작은 사람이라도 온 세상 크기만큼 귀한 사람입니다. 하느님 앞에는 세상의 왕도 없고, 제사장도 따로 없습니다. 모두 같은 사람입니다. 하느님 앞에는 로마와 이스라엘과 이집트와 바타네아가 다른 나라가 아니고, 로마 사람과 이스라엘과 시리아와 이집트 사람이 서로 다르지 않습니다. 남자와 여자가 다르지 않고, 주인과 종이 다르지 않습니다."

제자들은 전날 아침 왕의 주랑건물 안에서 바리새파 선생들과 충돌했다는 예수의 그 가르침을 다시 생각했다. 예수는 말을 이었다.

"해방은 위에서 그리고 밖에서 옥죄어 들던 억압에서 벗어나는 일이고, 우리 자신을 안에서 스스로 옭아매 두었던 굴레에서도 벗어나는 일입니다. 깃발을 앞세우고 강을 넘어오는 일만 해방이 아니고, 자기 스스로 얽매어 있는 두려움으로부터 벗어나는 일도 해방입니다. 사람이 살아가는 세상을 다름이 없고 차별도 없고 힘으로 억누르지 않고 힘에 굴복하지 않아도 되는 세상으로 바꾸기 위해 일어서시오! 이 말을 깨닫고 지키면 그대들은 하느님의 아들딸이 될 것입니다. 해방의 세상을 살아가는 사람이 될 것입니다."

예수는 '해방'이라는 말에서 목소리를 높였다.

"내가 다시 얘기합니다. 세상과 더불어 살아가십시오! 그대들은 세상 속에서 살기 때문입니다. 그대들이 세상의 주인이고, 세상은 그대들 하기 나름입니다. 세상 속에서 살아가는 사람은 나인데, 세상일을 모두 하느님께 떠밀어 맡겨 놓은 채 살 수는 없습니다. 잘된 일도 잘못되는 일도 모두 사람에게 달렸습니다."

하느님의 개입을 기다린다고 말했던 나다나엘이 고개를 숙였다. 그때 마리아가 나섰다.

"선생님! 그 말씀을 들으니 두렵습니다."

그녀는 예수가 무엇을 하라고 말할지 미뤄 짐작했기 때문이다.

"그렇지요. 무섭고 두려운 일이 분명합니다. 억압하던 가르침, 꽁꽁 묶어 놓았던 법에서 스스로를 풀어내는 일이니, 스스로 이뤄내는 해방이지요."

머뭇머뭇 하던 도마가 예수에게 부탁하듯 말했다.

"선생님! 오늘 선생님의 가르침을 제가 다 깨닫지 못했습니다. 그러니 때가 되면 다시 한 번 풀어 설명해 주십시오."

예수가 말없이 그를 바라보며 여러 번 고개를 끄덕였다. 제자들은 예수의 입에서 무슨 말이 나올지 기다렸다. 그렇게 한참 앉아 있다가 예수가 입을 열었다. 왠지 그가 침을 꿀꺽 삼키는 소리가 들리는 것 같았다.

"도마! 마음속에 남아 있는 말을 붙잡고 씨름하다 보면 이미 그 길을 걷고 있음을 어느 날 문득 깨달을 것이오."

도마와 다른 제자들은 고개를 갸웃거렸다. 그러나 막달라 마리아는 예수가 하려는 말을 알아들었다. 비록 달빛 아래였지만 예수의 눈에 배어 있는 깊은 허허로움도 그녀는 보았다. 진리를 찾아 안으로 침잠 沈潛하라고 가르치는 말이 아니고 세상에 반응하면서 살라는 것을 남자 제자들은 아직 알아듣지 못했다. 오직 마리아만 알아들었다.

여리고 삭개오의 집 동산에서 예수에게서 받았던 말, '근원으로 돌아가라' 그 뜻을 붙잡으려고 씨름했던 마리아는 이제 분명하게 깨달았다.

'선생님이 말씀하셨던 근원은 영혼이나 정신이 아니라 사람이 살아가는 여기 이 세상이었던 것을….'

뒤돌아보면, 예수가 걸어온 길이 그러하지 않았던가?

'그래서 선생님은 세상의 배꼽, 세상의 중심이라는 예루살렘으로 제자들을 이끌고 오셨구나. 여기서 시작하라고. 사람 살아가는 일에

서 길을 찾으라고!'

그런데 예수가 한 말을 알아듣지 못한 도마는 아직 예수가 무어라고 대답해 줄 것을 기다렸다. 예수는 한 귀로 듣고 금방 다른 귀로 흘리는 제자들에게 다시 한 마디 한 마디 천천히 말을 남겼다. 깨닫지 못한 사람의 잘못이 아니다. 그들 모두 그런 세상을 한 번도 살아보지 못했으니 누군가 보여 주어야 하지 않겠는가? 예수에게 이제 시간이 없다. 그동안 떠나야 할 때를 날로 세었지만 이제는 시간으로 세고 있다.

"들으시오! 내가 그대들과 이렇게 마주 앉아 얘기를 나누는 일이 앞으로 얼마나 더 있을지 모르겠소. 때가 왔고, 나는 내가 해야 할 일을 할 뿐이오. 그대들에게 남겼던 말을 기억하시오. 주르르 미끄러질 때 내가 했던 말을 기억하고, 그 자리에서 일어나 다시 시작하시오. 뒤로 물러서지 말고 앞으로 나가시오. 세상을 살아가야 할 사람은 남아 있는 그대들 아니겠소?"

제자들은 예수의 말을 들으면서 마음이 울컥해졌다.

"그러나…,"

예수가 말을 하다가 순간 멈췄다. 그의 가슴속에 천 가지 만 가지 생각이 한꺼번에 떠올랐기 때문이다. 숨을 깊이 들이쉬고 내쉬던 예수가 말했다. 아주 깊은 외로움이 배어 있는 목소리다.

"때가 되면, 무서운 일이 일어나는 것을 눈으로 보거나 귀로 듣게 되면 뒤돌아보지 말고 떠나시오. 갈릴리 가버나움 옛집에 돌아가서 문을 걸어 닫고 방구석에 숨는다 해도 나는 그대들을 나무라지 않겠소. 그대들은 옛 자리로 돌아간 것이 아니고, 새 길을 떠난 사람들이기 때문이오. 그곳에서 새로 시작할 사람들이오."

예수의 말을 들으며 제자들은 숙연해졌다.

"내가 그대들에게 남긴 말은 그대들 속에서 싹이 트고 자라고 열매를 맺고, 그리고 또 씨가 되어 퍼지겠지요. 그것은 그대들과 내가 함께하는 일입니다. 시작으로, 처음으로 돌아가지 않고 끝없이 앞으로 계속 퍼져 나가는 일입니다. 처음 뿌려진 씨가 땅에 떨어져 새싹을 틔웠을 때 그 씨를 죽었다고 말할 것입니까? 새싹은 이 세상에 처음으로 태어난 완전히 새로운 생명이라고 하겠습니까? 들으세요. 처음 씨의 생명은 새싹을 통해, 그리고 그 싹이 자라 맺은 열매를 통해 이어지는 것이지요."

이제 제자들 중 어느 누구도 나서지 않았다. 다만 예수의 가르침을 온 정신을 집중해서 받아들이고 있었다.

"그래서 생명은 이어지고, 퍼지지요. 밀알 하나가 싹을 틔우면 한 포기가 되고 열 배 스무 배 백 배로 늘어나지요. 그러니…."

예수는 제자들의 얼굴을 한 사람 한 사람 찬찬히 둘러보았다.

듬직한 일꾼 야고보, 늘 앞에 나서기 좋아하던 요한, 묵직하면서도 한 번 마음먹은 일은 꾸준히 이뤄내는 시몬 게바, 늘 형의 뒤에 서서 따르는 시몬의 동생 안드레도 있다. 레위와 그의 동생 작은 야고보는 아직 그들이 겪고 살았던 아픔을 다 이겨내지 못했다. 가장 먼저 예수를 따랐던 빌립은 세례자 요한의 가르침만 벗어나면 누구보다 뛰어난 일꾼이 될 사람이다. 나다나엘, 작은 시몬, 도마도 저들 속에 숨어 있는 불씨가 어느 날 자기 몸도 태우고 세상도 활활 태울 사람들이다.

여제자들, 막달라 마리아는 예수의 가르침을 누구보다 가장 잘 알아듣고 깨우친 사람, 예수 가르침의 중심을 붙잡고 있을 사람이고, 요안나는 여전히 말없이 제자들을 뒷받침하면서 씨가 싹이 트고 자라나고 열매 맺는 것을 지켜볼 것이다. 여인숙 삼남매는 베다니에서 예루살렘을 드나드는 모든 사람에게 슬그머니 씨 한 주먹을 손에 쥐여 줄 사람들이다. 만난 지 며칠 되지 않았지만 예수는 그들 삼남매야말로 세상과 예루살렘을 연결하는 관문이 되리라는 것을 알았다.

그동안 수없이 많은 사람들이 예수를 따랐고, 가르침을 받았고, 그리고 흩어졌다. 그러나 지금 축 처진 모습으로 기죽은 사람들로 눈앞에 앉아 있는 그들을 통해서 예수의 가르침이 몸을 입고 삶으로 바뀔 것이다. 그들은 예수의 가르침을 통해 세상을 알았으니 그 세상을 어찌 살아야 할지, 몸으로 먼저 살아야 할 사람들이다.

지금은 미약하고 두려움에 움츠러든 그들에게서 새 세상 소식은 퍼져 나갈 것이다. 그러나 그 일이 어찌 하루아침에 이루어지랴! 예수는 그들이 앞으로 살아가면서 겪어야 할 일들이 눈에 보였다.

"이번에 내가 겪을 일을 나는 압니다. 그러나 그대들은 내가 그 일을 겪고 있다는 소식을 들으면 모두 멀리멀리 떠나세요. 그대들에게는 그대들 일이 있고, 그 일을 위해 살아야 합니다. 귀중한 씨가 한 자루 가득한데 활활 타는 모닥불 앞에 주저앉아 불 속에 씨를 던져 넣지 말고, 들이나 밭에 뿌리세요. 그 일이 여러분의 새 출발입니다."

"선생님! 저희들더러 달아나라는 말씀입니까? 그럴 수 없습니다. 죽어도 같이 죽고, 살아도 같이 살고!"

도마는 목이 멘 소리로 항의했다. 다른 제자들도 절대로 그럴 수는 없다는 듯 고개를 가로저었다.

"죽음으로 이룰 수 있는 일은 없습니다. 죽기 전에 해야 합니다. 나는 내 손에 들려진 씨를 뿌렸지만, 그대들은 아직 그냥 들고 있습니다. 그 씨를 다 뿌리고, 제대로 싹이 나는지 들여다보고 또 들여다보는 일이 그대들의 몫입니다. 그러면 씨는 죽지 않고 다시 살아나고 또 살아나고, 생명을 이어갑니다. 들을 귀가 있는 사람은 들으시오! 들었으면 그대로 사시오. 나를 증언할 사람은 정해 두었으니 그대들 스스로를 증언하면서 사시오. 그대들은 스스로 씨를 뿌리는 사람이며 한편으로는 씨가 돼야 한다는 것을 깨닫는 날, 하느님 나라가 그대들로부터 더욱 확장될 것입니다."

그러더니 예수는 하늘을 우러러보았다. 천막 가장자리로 시간이 흘러 떨어지는데 하늘 높이 뜬 달은 무심히 구름을 누비고 있었다.

"하늘 아버지! 아빠 아버지! 저에게 주신 씨를 하나도 잃지 않게 하셨으니 감사합니다."

그 말을 듣고 요한은 므나헴의 일을 떠올리며 마음속으로 혼잣말을 했다.

'선생님을 배신한 사람, 분봉왕의 첩자 므나헴도 방금 전까지 입으로는 선생님 선생님 부르면서 따랐습니다.'

요한의 마음을 알았는지 예수가 말했다.

"나는 어느 누구도 잃지 않았소! 심지어 므나헴까지도⋯. 어느 날 그대들 모두 깨달을 것이오."

그러나 아직은 제자들 중 누구도 므나헴을 용서하고 받아들일 수 없었다. 그 일의 때가 아직 이르지 않았기 때문이다.

자리에 앉아 예수는 제자들과 좀 더 얘기를 나누었다. 위로도 하고,

용기도 불어넣고, 그리고 경계도 했다. 그런 다음 제자들과 함께 방으로 들어갔다. 그들은 벽 쪽 가장 넓은 자리를 예수의 잠자리로 남겨 두었다. 예수는 자리에 눕자마자 곧 잠에 들었다.

예수는 언제나 그랬다. 아무리 어려운 일이 있어도, 머리와 등을 바닥에 대기만 하면 곧 깊은 잠에 든다. 잠 속에서 그는 고향을 찾고, 아버지 어머니 동생들을 만나고, 세포리스 언덕 공사장에서 여전히 돌을 쪼며 지낸다. 잠 속에서만 자기 자리를 가진 사람이다. 꿈속에서만 아버지 어머니의 아들이고 동생들의 오빠고 형이다. 눈 흘김 받으며 자랐지만 나사렛 마을 사람이다. 마을에서 추방되기 전까지는 머리 두고 누울 곳이란 오직 나사렛 마을뿐이었던 사람이다.

✠

그 시간, 밤 깊은 총독궁에 로마군 위수대장이 보고할 일이 있다고 들어왔다.

"총독 각하!"

군례를 올리는 위수대장의 인사를 받는 둥 마는 둥 빌라도는 털썩 자리에 앉았다. 그리고 턱을 쳐든 채 퉁명스럽게 물었다.

"웬일로 위수대장이 이렇게 늦은 밤에 들어왔어? 갑자기 무슨 일이 생겼나?"

총독 마음이 불편하다는 것을 눈치챈 부장이 조심스럽게 위수대장보다 먼저 입을 열었다.

"위수대장의 보고를 제가 먼저 들어봤습니다. 각하께 꼭 보고드려야 할 일 같아서 같이 들어왔습니다."

그러면서 그는 슬쩍 위수대장을 바라보았다. 이제는 위수대장이 직접 보고하라는 신호다. 빌라도는 아무 말도 없이 위수대장을 지켜보았다. 부장의 눈짓을 받은 위수대장이 공손하게, 그러나 지금부터 보고하는 일은 위수대장에게 맡겨진 일이라는 것을 확인하려는 듯 입을 열었다.

"각하! 날이 밝으면 명령대로 도성을 봉쇄하고 성전을 포위하겠습니다. 그런데 그 일로 드릴 말씀이 있습니다."

빌라도는 아무 말도 없이 다음 말을 기다렸다.

"갈릴리 예수라는 자가 부하들을 이끌고 성전 안에 들어온 다음 봉쇄하는 것이 좋겠습니다. 그리고 예수를 체포하는 시간과 장소는 저에게 일임하시면 틀림없이 처리하겠습니다. 성전 경비대를 지휘해서 성전 경내에서의 소요를 방지하고 기회를 보아 예수를 조용히 체포하여 끌고 오는 것까지 소관이 책임지겠습니다."

"위수대장에게 그 일을 모두 일임하면 잘할 수 있다, 이 말이야?"

"예, 모두 성전 뜰 안에 가둬 놓고 상황을 지켜보면서 한 가지씩 처리하겠습니다."

빌라도가 아무 말 없이 듣고 있자 위수대장은 한마디 덧붙였다.

"도적떼 하얀리본의 두목과 부하들을 모두 체포할 수 있는 계획을 별도로 진행하고 있습니다."

"잡아들였다면서?"

"두목을 잡아들였는데 더 극렬한 자가 그 자리를 이어받았습니다. 날이 밝으면 성전 경내에서 소란을 피울 계획으로 움직이는 것을 알아냈습니다. 제사드리러 올라온 유대인 군중과 섞이지 않도록 분리해서 도적떼만 고스란히 체포할 방안을 마련했습니다."

"그건 좋군!"

빌라도가 모처럼 한마디 했다. 그 말에 자신을 얻은 듯 위수대장이 한 발 앞으로 나서더니 은근한 목소리로 말했다.

"총독 각하께서 그동안 얼마나 소관을 아끼고 믿어 주셨는지 제가 잘 압니다. 각하의 신임에 보답하기 위해 소관이 할 수 있는 모든 일을 다 하겠습니다. 그런데…성전 경내에서 일어나는 모든 일을 조정하고 통제할 수 있는 권한을 소관에게 허락하시면 조금도 실수 없이 조치하겠습니다. 제가 그동안 준비한 일들이 있는데 아무래도 끝까지 맡아 처리해야 할 것 같습니다."

"예루살렘 위수대장에게 그만한 권한이야 있지. 뭘 특별히 더 허락해 달라는 거야?"

"각하! 감사합니다. 각하의 신임에 보답하고 충성을 다하겠습니다."

그러자 부장이 나섰다.

"예, 각하! 저도 위수대장을 믿고 그렇게 하는 것이 좋겠다는 생각입니다. 성안으로 들어오고 나가는 모든 외곽 통로는 이미 병력을 배치했으니, 총독 각하의 최종명령이 떨어지면 즉각 조치하겠습니다."

"뭐 달리 또 명령할 것 없이, 부장이 알아서 조치해!"

그러더니 갑자기 생각난 듯 말을 이었다. 그는 다른 사람이 보고한 내용을 자기 의견인 것처럼 가로채서 입에 올리는 버릇이 있었다.

"외곽 봉쇄는 제3시에 실시하고, 성문 봉쇄는 외곽 봉쇄하면서 즉시로. 성전 봉쇄는 그 갈릴리 무리가 들어온 다음 위수대장의 재량으로 상황을 보아 처리하도록!"

외곽부터 봉쇄해 점점 안으로 조여 들어오는 전략이다. 바로 어떤 세력을 일망타진할 때 로마군이 즐겨 사용하는 전략이었다.

그런데 총독이 부장과 위수대장을 만나는 집무실 밖에 클라우디아의 여종이 바짝 벽에 붙어 엿듣고 있었다.

✝

"로마에 살고 있는 유대인을 본토에 계신 분들이 너무 경원하지 말기 바랍니다."

시간은 벌써 니산월 13일, 자정이 가까워질 무렵이다. 로마에서 온 사반이 나지막한 목소리로 천천히 말했다. 그래도 그는 유대를 '본토'라고 불렀다. 방 안 가득 둘러앉은 사람들 모두 고개를 끄덕였다. 그들은 각 지역 세관의 세리장이거나 큰 장사꾼이었다.

"그거야 뭐 로마니까…. 그리고 여기 유대에서 죄인이다, 부정하다, 오히려 욕이나 먹고 사는 사람들 주제에 우리가 나서서 뭐라고 말할 형편은 아니지요."

비록 자기들은 그렇지 않다고 하는 말이지만 본토 유대인들, 특히 예루살렘 지배층이 어찌 생각하는지 고스란히 그 말속에 들어 있었다. 이방에서 몸을 굴리며 사는 유대인들을 한껏 낮추어 보는 뜻이 은연중 담겨 있다.

연락을 받고 모여들기는 했지만 그들 나름대로 목적을 가지고 찾아왔다. 다른 사람에게서 전해들은 대로 믿지 않고 자기 눈으로 로마에

서 건너온 사반이 어떤 사람인지, 그의 힘이 어느 정도인지 확인하려
는 생각이었다. 언제나 그렇듯, 확신이 들기 전에는 한 발도 움직이지
않는 사람들이다. 왜 자기들을 청했겠는가? 사반의 목적을 짚어낼 때
까지, 그리고 서로 마음을 터놓을 수 있을 때까지 잡아당기는 줄이 팽
팽할 수밖에 없다.

"그러시군요!"

사반도 느긋한 목소리로 한발 뒤로 빼듯 말을 받았다. 슬쩍 건드리
기도 하고 밀어도 보면서 상대의 힘을 가늠하기는 로마에서든 유대에
서든 생존을 위해 그들이 몸으로 터득한 기술이다.

명절 때만 되면 이방에 나가 살던 유대인 부자들이 기를 쓰고 예루
살렘을 찾아온다. 이방에서는 현지인들에게 굽실거리면서 살았지만
유대에 돌아와 권력과 친해질 길을 찾겠다고 배를 타고 말을 타고 그
먼 길 유대를 찾는다. 그리고 거룩한 도성 예루살렘에 도착하면 일부
러 돈 냄새를 풍기려고 애썼다. 그러면 유대에 사는 사람들은 약간 시
기심이 섞였지만 그 속을 다 안다는 듯 더욱 무시하는 태도였다.

'이방 땅에서 사는 오로지 돈밖에 가진 것 없는 놈들!'

로마가 총독을 내려보내 직접 유대를 통치하면서부터 로마에 사는
유대인들을 조금씩 동경하는 사람들이 유대 안에서도 생겨났다. 세상
은 조금씩 변했다. 토라에 따른 거룩의 기준과 세상 권력의 힘이 맞부
딪칠 때 믿음과 그들이 살아가는 현실 사이에서 혼란을 겪는 사람들이
늘어났다. 게다가 이방에서 온 유대인 부자들이 돈을 앞세워 정치권력
과 쉽게 가까워지는 현실을 눈으로 보면서 더욱 그런 생각이 들었다.

'돈과 권력은 언제나 한패다.'

권력이 돈을 탐하거나, 돈으로 권력을 매수한다는 비난처럼 들리는 말이기는 하지만 사실은 아주 정확하게 현실을 짚어 냈다. 원래부터 돈의 가치는 권력의 가치다. 그래서 돈은 언제나 정치권력과 결탁하기 마련이다. 돈이 가진 묘한 힘은 가만히 있으면서도 상대를 슬그머니 끌어당긴다. 유대 예루살렘은 눈에 보이지 않는 신의 힘과 현실적으로 행사할 수 있는 재물의 힘이 맞닿는 곳이다. 그래서 세상에 흩어져 살던 유대인들이 명절 때마다 돈을 싸 들고 모여든다. 따지고 보면 예루살렘은 돈이 정치권력으로 바뀌는 장소다. 정치권력으로 변신할 수만 있다면 돈으로 세상을 움켜쥘 수 있게 된다.

아무나 우연히 돈을 벌 수 있는 세상이 아니다. 한동안 이방제국의 힘을 등에 업고 어떤 나라나 지방의 전체 세금징수권을 움켜쥔 사람들이 돈을 벌었다. 그런 권한을 '세금 추수권'이라고도 불렀다. 세금 추수를 제외하고 큰돈을 벌 수 있는 길은 어떤 물건을 독점하여 사고팔거나, 다른 나라나 지방과의 무역통상을 독점해서 얻는 수입이 있다. 독점은 언제나 정치권력이 보호해 주어야 가능하기 마련이다.

어느 나라 어느 지방에 가든 그들에게는 그들이 사고파는 재화가 모든 것의 기준이 되었다. 그 나라 그 지방 사람들이 믿고 섬기는 신이 강하든 약하든, 높든 낮든 상관없이 오로지 재화가 기준이 됐다. 그 재화에 지불하는 돈의 액수가 많고 적음에 따라 재화는 흘러가고 밀려들어왔다.

로마에서 온 사반을 만나려고 모여든 사람들은 어디에서 무엇을 하며 돈을 벌었든 재화의 흐름을 가장 잘 아는 사람들이다. 언제까지나 서로 뻗대고 앉아 상대를 가늠만 하며 시간을 보낼 수는 없다.

모임을 주선한 주인이 때맞추어 끼어들었다.

"자! 우리가 뭐 깨끗하고 더러운 것을 따지는 사람도 아니고, 어느 신이 높냐 낮냐, 힘이 있느냐 없느냐 밤새 토론할 이유도 없는 사람들이고…이제 한번 터놓고 얘기를 나눠 봅시다. 돈은 돈이지요. 내가 뭐 새삼스럽게 얘기할 필요도 없이 세상 어디를 가든 통용되는 힘이 돈 아니겠어요?"

돈에는 출신 성분이 없고, 민족이 없고, 돈이 섬기는 신도 없다. 다만 신이 받아들이는 돈이 있을 뿐이다. 돈에는 이상한 힘이 있다. 겉으로 보이는 힘과 속으로 가진 힘이 다르다. 그는 이제 겉을 보지 말고, 사반이 가져온 일의 속을 보자고 제안한 셈이다.

초보자라면 누가 더 힘이 센지 밤새 밀고 당기겠지만, 세리장의 말이 없었더라도 방안에 모인 사람들은 이미 조금씩 몸이 달아오르기 시작했다. 한번 건드려 반응을 보았던 그들은 로마에서 건너왔다는 유대인 사반에게서 결코 놓쳐서는 안 될 특별한 기회의 냄새를 맡았다. 한 사람이 나서서 조심스럽게 사반에게 물었다.

"이번에 큰 사업을 성사시키게 됐다고 들었소만…."

"여러분의 재산을 빼앗기지도 않고, 오히려 그 재산으로 권력을 잡을 수 있는 방법을 가지고 건너왔습니다."

"그런 일이? 총독을 끌어들인다면서요?"

"자, 들어 보세요!"

그러더니 사반은 어떻게 총독을 만나게 됐는지, 총독을 만나 무엇을 담판지었는지 흥미진진하게 얘기를 풀어놨다.

"내가 로마에서 끌어오는 돈, 여기 유대에서 여러분이 출자하는 돈,

우선 그 돈으로 시작합시다. 그리고 곧 그 돈을 두세 배로 불릴 수 있는 방안을 총독과 함께 찾아봅시다. 사람들은 모두 돈을 보고 몰려들 겁니다. 유대인이든 이방인이든, 내로라하던 유대 선생들, 지금 총독 빌라도나 다음 총독 누구든 앞다퉈 모여들 겁니다."

그 말에 어떤 사람은 꿀떡 침 삼키는 소리를 냈다. 이처럼 대담한 소리를 천연덕스럽게 늘어놓는 사람을 이제까지 한 번도 본 적이 없다. 사반은 돈으로 유대의 정치를 주무를 수 있다고 말하는 셈이다.

"우리가 힘을 합치면 세상이 바뀌었다는 것을 보여 줄 수 있습니다. 신은 권력을 이기지 못하고 권력은 재물을 이기지 못한다는 것을…. 재물을 모은다는 일이 무엇이었습니까? 우리가 이제껏 어떻게 살아왔습니까? 이제 우리를 무시하던 사람들이 우리 손에 들려 있는 재물 앞에 절하는 시대가 옵니다."

사반의 말이 자못 비장했다.

'재물을 모으는 일!'

사반의 그 한 마디가 방 안에 가득 모인 사람들 마음을 찌르르 울렸다. 그 말이 그들을 하나로 모았다. 그들이야말로 재물을 모은 사람들이 아닌가? 가난한 사람은 가난한 사람대로, 권력자는 권력자대로 문을 두드리며 찾아들 수밖에 없는 신을 만난 순간이다. 더러운 사람들이라고 멸시와 천대를 받던 그들이 새로운 신의 사제司祭가 될 수 있는 길이 보였다. 총독뿐만 아니라 잘하면 로마의 권력자들까지 찾아와 고개를 숙일 수밖에 없는 새로운 신이 유대에서 죄인이라 불리며 살던 사람들을 불러 모은 셈이다.

'세상을 바꿀 수 있는 길!'

삭개오는 사반이 입에 올렸던 그 말을 속으로 새기고 또 되새겼다. 세상을 바꾸려는 예수 선생의 제자로서 그가 할 수 있는 또 하나의 일에 눈을 뜬 셈이다. 그는 자기도 모르게 속마음을 내비쳤다.

"그렇지 않아도 세상을 바꾸고 유대를 위하는 일이 있는데, 그 일에 동참하기를 권하려던 참입니다."

유다에게 부탁을 받은 일을 생각하며 삭개오가 입을 열자 집주인이 얼른 그의 말을 막았다.

"삭개오! 아까 말한 대로 그 돈은 내가 마련해 줄 테니 걱정 말아요. 일이 성사되면 약속한 일만 잘 지켜요."

"그러지요."

집주인의 생각을 알 수 있어서 삭개오는 입을 다물었다. 어떤 기회가 왔을 때 여러 사람에게 골고루 문을 열어 주는 사람도 있고, 먼저 본 사람이 모두 혼자 차지하는 일도 있다. 집주인은 아마도 혼자 차지한 다음 큰 이문을 남겨 다른 사람들에게도 조금씩 문을 열어 주려는 생각인 모양이다.

"사반!"

삭개오가 사반을 바라보며 말을 걸었다. 언뜻 생각나는 일이 있어서 그랬다. 그의 목소리가 콱 잠겨서 이상하게 들렸다. 무슨 중요한 일이 있는 모양이라고 사람들은 생각했다.

"로마군 천부장이라는 사람과 친분이 생겼다고 했지요?"

"그럼요! 아까 얘기한 대로 마르쿠스 천부장이 연결해 줘서 내가 총독을 만날 수 있었지요. 돌이켜 생각해 보면 지극히 높으신 분이 이런 일을 미리 다 마련해 주셨음이 분명해요. 누가 일부러 계획해도 이렇게 잘 될 수는 없었을 거요."

"잠시 나랑 둘이 얘기 좀 합시다."

사반을 끌고 방 밖으로 나간 삭개오는 한참 동안 정성을 다해 설득했다. 처음에는 고개를 가로젓던 그도 나중에는 할 수 없다는 듯 받아들였다. 그러자 삭개오는 서슴지 않고 다짐했다.

"나도 틀림없이 출자하겠어요. 그만한 돈이야 큰 문제 아니란 말이오!"

여리고 세리장으로 세상을 알 만큼 아는 삭개오다. 죄인이라고 사람들로부터 손가락질 받는 세리장의 신분으로 드러내 놓고 예수 일행과 어울려 다닐 수는 없었다. 다만, 돈을 내놓아 할 수 있는 일이 있다면 마다하지 않기로 마음먹고 급히 예루살렘에 올라오지 않았던가?

세상일에는 잘되기보다 실패하는 경우가 언제나 훨씬 더 많다는 것을 그는 너무 잘 알았다. 앞으로 나아가는 길만 보는 사람은 뒤로 물러날 길에는 관심을 두지 않는다. 그렇더라도 누구 한 사람은 일이 잘못됐을 때를 대비해야 하는 법이다. 돌아갈 길을 살피고 뒷문도 열어 놓고 만일의 상황에는 어떻게 하겠다는 계획을 세워야 하는데, 예수의 제자들 중 아무도 그런 사람이 없어 보였다. 그릇 크기로 보면 그나마 유다가 좀 달랐지만 그도 일이 실패했을 때를 대비해 둔 것 같지는 않았다. 그는 오히려 일을 키우려고 손을 벌리지 않았던가?

로마군 천부장과 친분을 맺었다는 사반의 얘기를 들으면서 삭개오는 올리브산 자락에 주둔한 로마군에 생각이 미쳤다. 해질 무렵 올리브산을 넘어올 때 보니 로마군은 예루살렘 동쪽 접근로를 완전히 장악하고 있었다. 분명 무슨 낌새를 챘음이 분명했다. 총독뿐만 아니라 천부장과도 관계를 맺은 사반을 시켜 만일의 때를 준비하기로 마음먹었다. 그런 대비책을 실제로 쓸 일이 없기를 바라면서….

✝

자정 무렵, 유다는 조심조심 예루살렘 아랫구역으로 들어섰다. 거리로만 따진다면 로마군 위수대가 있는 안토니오 요새에서 골짜기를 건너 직접 윗구역으로 올라온 다음 경비초소를 거쳐 아랫구역으로 내려오는 것이 훨씬 빠르다. 그러나 아무리 로마군이 만들어준 임시통행 패찰을 지녔다 해도 로마군 경비병들이 여기저기 삼엄하게 경계하는 윗구역을 통해 내려오기는 마음이 꺼려졌다. 그는 성전 서쪽 벽을 따라 죽 이어진 튀로포에온 골짜기를 걸어 내려왔다.

"흐흐! 까짓 것…. 이 유다에게 그런 일쯤이야…."

그는 가볍게 코웃음을 쳤다. 아무리 천하제일 로마군이라고 해도, 다룰 수 있는 방법은 있기 마련이었다. 자기야말로 정확하게 그 길을 알고 있는 사람이라는 뿌듯함에 어깨를 몇 번 으쓱거렸다. 다른 하얀 리본 동지들과 다르고, 선생 예수의 뒤만 줄렁줄렁 따라다니는 올망졸망 그만그만한 제자들과 다르다는 자부심이 그의 가슴에 가득했다. 밤공기가 유난히 상쾌하게 느껴졌다.

"두고 보라고! 이 밤이 지나고 날이 밝으면 세상이 바뀐다, 이 말이야!"

누구에게 대놓고 말할 수는 없고 그저 혼잣말일망정 입 밖에 내어 중얼거렸다.

"이 유다가 어떤 사람인지 똑똑히 보여 주겠어! 나는 열두 명이든 70명이든 그냥 예수 선생님의 제자 중 한 사람이 아니야! 하얀리본 동지들 500명 중 한 사람으로 대우받을 수도 없어!"

방금 전에 위수대 감옥에서 만난 히스기야도 정말 믿을 수 없는 일이라는 듯 놀란 얼굴로 거듭거듭 확인하지 않았던가?

"히스기야 동지! 기다리시오! 내가 다 준비합니다. 유다가 그쯤은 할 수 있습니다. 나는 한다면 하는 사람입니다. 돈이 좀 크게 들어가지만 그 돈의 몇 배, 몇십 배를 뽑아낼 수 있습니다."

그래도 히스기야는 끝내 긴가민가하는 표정이었다.

유다는 로마군 위수대장의 번들거리는 눈과 통역하던 병사의 탐욕스러운 입술을 떠올렸다. 사실 위수대장이 제대로 생각할 줄 아는 사람이라면 이번 기회를 결코 놓치지 않으리라고 그는 굳게 믿었다. 별 위험도 없는 일에 입이 벌어질 만큼 큰돈이 한몫에 생기는데 마다할 사람이 있겠는가?

'히스기야 동지만 성전 뜰로 빼낼 수 있다면, 거사는 거의 성공한 거나 마찬가지! 히스기야 동지야말로 예수 선생님과 손을 잡고 천하를 한 번 크게 도모할 만한 그릇이 아니던가? 나는 그 두 사람을 뒤에서 조종하는 사람이고!'

사실 성전 경비대를 통해 로마군의 전갈을 받고 위수대 감옥으로 히스기야를 찾아갈 때만 해도 위수대와 연결할 줄을 찾지 못해 혼자 애를 태울 때였다. 그런데 오히려 위수대에서 그를 찾는다는 말을 듣고 한동안 망설였다. 함정 속으로 스스로 걸어 들어가는 느낌이 들기 때문이었다. 그런데 막상 히스기야가 위수대장을 놀려 먹은 얘기를 싱

글싱글 웃어가면서 털어놓은 순간, 유다는 아무도 상상할 수 없는 엉뚱한 계획을 세우기 시작했다.

'위수대장이 하얀리본의 소굴을 자꾸 캐물었다?'

히스기야와 마찬가지로 유다도 곧 그 이유를 짐작할 수 있었다. 입으로는 소굴을 물으면서 속으로는 손을 벌리는 뜻도 알아들었고, 잡아 가둬 놓은 양을 보여 주며 애가 닳아 찾아다니던 목동을 꾀고 있다는 것을 눈치 챘다. 위수대장의 속내를 짚어보니 잘만 하면 상황을 단번에 뒤집을 수 있는 길이 보였다. 별것도 아닌 사소한 실마리를 붙잡고 살살 잘 풀어서 닫힌 문을 열어젖히려는 그 자신이 스스로도 대견하고 자랑스러웠다. 입이 떡 벌어져서 그를 쳐다볼 하얀리본 동지들 얼굴이 떠올랐고, 고개를 끄덕이는 예수의 표정도 눈에 보였다.

그렇지 않아도 유다는 바라바가 이끄는 하얀리본의 거사의 방향을 틀고 싶었다. 바라바가 거사의 명분이라고 내세운 '토라의 나라'에 선뜻 찬성할 수 없기 때문이었다. 게다가 히스기야 대신 새로 두목을 맡은 바라바는 동지들의 뜻을 모으기보다 자기 뜻을 위압적으로 내세우고 명령하면서 하얀리본을 이끌었다. 이러저런 일로 불만스러웠던 차에 위수대장이 슬쩍 문을 열어 보이자 유다는 서슴지 않고 그 문 안으로 들어선 셈이었다.

'토라의 나라? 우리 하얀리본이 언제부터 유대에서 토라의 수호자가 됐단 말인가?'

유다는 원래 이스라엘을 통째로 뒤엎고 싶은 사람이었다. 꼼짝 못하게 억누르면서 맡긴 제 물건 찾아가듯 빼앗아 가는 세상, 힘있는 사람들이 거들먹거리며 살아가는 세상이 싫었다. 바라바가 얘기하는 토라의 나라는 그런 세상을 뒤엎어 근본부터 해결하려는 일이 아니었다. 성전의 지배자만 바꾸자는 것이었고, 따라서 유대 안에서 일어나는 권력투쟁으로 보였을 뿐이다.

'히스기야가 거사의 중심인물로 다시 들어서고, 예수 선생님마저 그 일에 끌어들인다면 이스라엘의 역사를 새로 쓰는 일이야! 그런 다음 하얀리본은 바람처럼 사라진다! 멋진 일 아닌가? 그러면 누가 이 유다의 역할과 공헌을 무시할 수 있겠는가?'

멋진 일 하자고 목숨을 거는 사람은 없다. 유다의 가슴 바닥 깊이 가라앉아 있던 공명심이 슬그머니 떠오르고 있는데 그는 애써 외면하는 셈이다.

'성전 뜰에서 소동이 일어나면 위수대장이 바로 내 목을 칠 것인가?'

'내 목을 벤다고 바뀔 게 무어야? 그저 분풀이할 뿐이지…. 그러니 나를 걸고 협상하지 않겠나…. 놈들은 나를 아주 중요한 사람이라고 생각하고 있으니….'

'거사가 성공하면 나는 갇혀 있든 나와서 돌아다니든 살 수 있고, 설사 실패해도 나를 죽일 수 없지! 내가 바로 돈줄이잖아, 돈줄!'

유다는 돈으로 위수대장을 꾀어 목숨을 보장받을 계획까지 세워 놓았다.

'위수대장이 예루살렘에서 권세를 휘두를 수는 있지만, 누가 그에게 돈을 갖다 바치겠는가? 큰일은 총독이 정하고 웬만한 일은 대제사장이 정하는데…. 그러니 무력을 움켜쥔 위수대장이라도 스스로 나서서 재산을 만들 방법이 없었겠지!'

위수대장에게 무엇이 아쉬울지 깨닫고 보니, 그를 꾀어 일을 꾸밀 수 있는 길도 보였다. 삭개오에게 부탁한 돈을 받으면 한 번에 덜컥 다 위수대장에게 내놓지 않고, 몇 번에 나눠서 단계별로 돈을 건네기로 작정했다. 돈이 아까워서라도 위수대장은 한 발짝씩 유다의 계획대로 따라올 수밖에 없을 것이다. 로마군 예루살렘 위수대장의 권한을 행사하는 일이라고 믿겠지만 어떤 의미를 가진 일로 커질지 그는 꿈도 못 꿀 것이다.

로마군과 정면으로 대치하며 협상을 벌일 수 있는 상황까지 하얀리본이 일으킨 거사가 커진다면 그것이 바로 거사의 성공이라고 유다는 판단했다. 로마군이 무력으로 나서고, 하얀리본은 이스라엘 군중을 결집해서 마주 선다면, 그다음부터는 그냥 봉기나 거사가 아니고 혁명이라고 부를 일이다. 그러면 이스라엘의 운명을 결정짓는 거대한 정치적 사건이 된다. 수천 수만 명의 목숨이 달린 일, 땅 위에서 이스라엘이라는 이름이 영원히 지워지느냐, 하느님이 지켜주는 백성으로 살아남느냐 결판을 짓는 일이다.

역사에는 강의 흐름을 바꾸는 일이 종종 일어난다. 예수 선생의 가르침대로 물이란 언제나 낮은 곳으로 흐르지만, 물이 땅 위를 흐르는 한 지형에 따라 방향이 바뀔 수밖에 없다. 흐르는 시간 위에 줄줄이 걸어 놓은 사건들이 역사라면, 때에 따라 지형에 따라 그리고 상황을 제대로 이용하면 얼마든지 흐름을 바꿀 수 있다고 유다는 믿었다.

"주어진 대로 살 수 없다면 바꿀 수밖에!"

유다는 스스로 다짐하듯 그 말을 입 밖으로 내뱉었다. 다짐은 다시 귀로 들어가 가슴으로 흘러들고, 그러면 더욱 굳은 다짐이 되고 용기가 된다. 가슴을 폈다. 예루살렘과 유대와 이스라엘에 새 날을 가져올 사람, 역사의 물줄기를 바꿀 사람답게 뚜벅뚜벅 걸었다.

이 시간에 예루살렘 밤거리를 마음 놓고 걸어 다닐 수 있는 사람은 많지 않다. 총독이 통행금지 포고령을 내리기도 했지만, 이미 밤이 많이 늦어 자정 무렵이 됐다. 텅 빈 골목을 돌아다니는 사람은 수상한 사람이거나 로마군이든 성전과 특별한 관계에 있는 사람일 뿐이다.

로마와 성전과 하얀리본과 예수의 세력이 맞닿아 겨루는 곳, 그 자리에 먼저 이른 사람이라는 자부심을 가슴에 품고 유다는 가슴을 쫙 펴고 아랫구역으로 걸어 내려갔다.

약속한 장소에 이르렀으나 삭개오는 아직 모습을 드러내지 않았다. 어느 골목 어느 집에 그가 묵고 있는지 전날 미리 확인하지 못한 것이 못내 아쉬웠다.

'허 참! 내가 이런 실수를 하다니….'

마냥 길 가운데 버티고 서서 기다릴 수 없어 어두운 골목으로 몸을 숨겼다. 벽에 바짝 붙어 선 채 예루살렘 아랫구역의 위쪽을 자꾸 올려다보았다. 아랫구역이라고 해서 낮은 저지대가 아니고, 윗구역보다 낮은 지대라는 말일 뿐, 예루살렘 남동쪽 성문에서 보면 그곳에서부터 계속 위쪽으로 올라가는 지형이다. 큰길을 따라 좀 더 올라가면 끝에 약간 내리막길이 나오고 그다음부터는 다시 또 오르막이다. 그곳이 아랫구역과 윗구역의 경계다. 길게 담이 쳐져 있고, 경비병이 지킨다. 원래 성전 경비대가 지키는 곳이었지만 총독이 성안으로 들어온 이후부터는 로마군이 경비책임을 맡고 성전 경비대는 로마군에 배속된 병력으로 운용된다.

해가 떨어지면 로마군과 성전 경비대 병력이 골목골목 훑으며 순찰을 돈다. 그러면 길가에 나와 앉아 있던 아랫구역 주민들은 슬슬 자리를 걷어 집 안으로 들어가 평평하고 단단한 지붕으로 올라간다. 사람들은 지붕 위에 올라가 식구들끼리 얘기하거나 옆 지붕에 올라앉은 이웃과 얘기를 나눈다. 자정이 되면 모두 지붕에서 내려가야 한다. 말을 듣지 않으면 순찰병들이 지붕까지 쫓아 올라와 굴러 떨어뜨리거나 몽둥이질을 하기 때문이다.

순찰 병력의 거친 명령을 듣고 사람들이 슬슬 지붕에서 내려갈 무렵, 아랫구역과 윗구역의 경계 부근 어느 골목에서 삭개오가 하인을 데리고 천천히 걸어 내려왔다. 어두운 골목에 들어가 있던 유다가 불쑥 몸을 드러냈다.

"아이구! 깜짝이야!"

놀라서 몸을 움츠리는 삭개오 앞을 얼른 하인이 가로막았다. 하인들은 주인의 심부름뿐만 아니라 주인의 신변을 보호하는 일도 맡는다.

"나요, 유다! 뭘 그리 놀래요? 여기서 만나기로 해 놓고….."

유다의 말을 듣고 삭개오가 놀란 가슴을 쓸어내리는 몸짓을 했다.

"아니, 어둔 데서 불쑥 나타나니….."

"그래, 그건 그렇고…. 내가 부탁한 것은?"

"준비는 됩니다. 다만 이 밤중에 내가 그 많은 돈을 들고 다닐 수도 없고…. 내일 아침에 절반, 일이 끝나면 절반 나눠서 드리겠소."

"그럼 됐어요."

"유다가 정하는 장소까지 운반해 드리기는 할 텐데, 성안에 사람들이 너무 많이 들어와 있어 걱정이 되네요. 여기 이 장소까지 누구를 보내 호위해 주면 좋겠고."

"좋아요. 호위하는 일이야 문제없어요. 내가 책임지고 주선하리다. 삭개오! 이건 정말 중요한 일이오. 생각해 봐요! 선생님이 하시려는 일을 돕는 일이기도 하지만 삭개오든 친구 누구든 예루살렘 세관을 책임지는 자리에 앉을 수 있다는 것을…. 아니면, 세관의 권한을 훨씬 더 크게 늘려줄 수도 있고…."

"선생님 일이라면 나야 아무런 보상이 없어도 어떤 일이든 나서지요. 그런데, 여기 예루살렘 친구들은 다르지요. 그 사람들이야 자기 돈을 떼먹히지 않을 방법을 먼저 생각하니까요. 나중에 큰돈을 벌 수 있는 일이라고 해도, 지금 수중에 가진 돈을 먼저 내놓으라면 여기 사람들은 절대로 안 합니다. 그래서 내가 보증 서기로 했어요. 유다가 가져가는 돈은 이 삭개오가 다 책임진다고…. 그런데 이런 중요한 일을 예수 선생님 말씀을 직접 들어보지도 않고 이리 처리해도 되는지 그것이 좀 꺼림칙해요."

"걱정하지 마시요! 예수 선생님이 예루살렘에서 하시는 일은 내가 뒤에서 조정하고 있으니…. 들어 봐요! 나 아니면 이런 일을 할 사람이 없어요. 더구나 내가 얘기했잖소? 저번 안식일 끝난 그 밤에 여리고로 우리를 찾아왔던 바로 그 사람이 히스기야 동지라고! 선생님과는 어릴 적부터 고향 마을에서 같이 자랐어요. 생각해 봐요! 이런 중요한 일을 누가 삭개오한테 얘기해 주겠어요? 지난번 여리고에서부터 내가 삭개오를 위해 생각해 둔 게 있어서 이번 일을 귀띔하고 협력하자고 하는 거지…. 다른 사람은 아무도 이 일을 몰라요, 그러니 당분간 꼭 비밀을 지켜야 해요, 삭개오! 세 방향에서 동시에 일이 벌어지게 돼 있어요."

재물을 가진 사람이라면 언제나 재물을 안전하게 지키는 쪽으로 생각한다. 아무리 명분이 좋아도 거사나 혁명에는 절대로 자금을 대지 않는 법이다. 그래서 유다는 삭개오에게 예수 이름을 여러 번 들먹였다. 삭개오는 이미 여리고에서 예수를 처음 만났을 때부터 자기 재산을 털어서라도 예수가 하려는 일에 내놓을 각오를 했었다. 세리장을 하는 사람이 직접 나서서 예수를 돕는다면 오히려 말이 나쁘게 돌 것같이 머뭇거렸는데 유다가 크게 쓸 일이 있다고 설득하는 바람에 그중 일부를 들어주기로 했다. 그러나 마음 한편으로는 꺼려지는 면도 적잖게 있었다.

방금 전까지 로마에서 왔다는 사반을 만나 총독을 끼고 큰 사업을 벌이는 것을 의논했는데, 금방 다시 유다를 만나 예수 선생의 일에 돈을 대고 나서는 일은 어찌 보면 앞뒤가 맞지 않는 일이다. 그렇다고 예수를 찾아가서 사정을 확인할 방법도 없고.

"내가 더 자세하게는 설명할 수가 없소. 기밀이기 때문이오. 그러나, 선생님이 차마 나서서 하실 수 없는 일이기에 내가 나서서 이리저리 주선하면서 추진하는 일이라는 것만은 알아 두시오."

삭개오가 생각하기에 유다는 필요 이상으로 장황하게 설명하는 것처럼 보였다. 일이 그렇다면 오히려 설명하려 하지 않고 기밀이라는 말 한 마디면 족할 것을….

'돈은 상대가 누구인지 묻지 않는다. 다만 사랑만 확인할 뿐이다.'

세리나 장사들이 돈을 모을 때 늘 입버릇처럼 하는 말이다. 섣불리 돈에다 대고 의리니 명분이니 정의라는 말을 속삭여주면, 돈은 즉각 위험한 일이라고 판단하고 자리를 뜨기 마련이다. 한번 자리를 뜬 돈은 아무리 사정하고 애원하고 매달려도 그러면 그럴수록 더 매정하게 뿌리치고 떠나가는 법이다.

삭개오가 비록 예수의 제자가 되겠다고 마음먹었지만, 그를 찾아오는 돈을 물리치면서 쌓아 놓은 돈만 풀어 쓸 수는 없다. 벌 수 있는 한 벌어서 좋은 곳에 쓴다면 그보다 더 좋을 수 있겠는가? 그래서 예루살렘 친구도 선뜻 돈을 빌려주겠다고 나선 일이 아니겠는가?

예루살렘 세리장 자리의 권한을 지금보다 더 키워주겠다는 유다의 말을 삭개오는 별로 믿지 않았다. 총독이든 대제사장이든 예루살렘 세리장에게 허용할 수 있는 권한이란 눈으로 보듯 뻔하기 때문이다. 그러고 보면, 은밀하게 예수를 위해 쓸 곳이 있다는 유다의 말을 반쯤 믿고 돈을 대주는 것이고, 예루살렘 친구는 삭개오가 보증하는 일이니 돈을 내놓을 뿐이다.

"돈은 준비할 테니 알아서 잘 쓰시고, 선생님을 잘 지켜드리세요. 여기 예루살렘 사람들 공기가 좀 수상합니다."

"수상해요?"

"틀림없이 무슨 일이 벌어진다고… 게다가 그것도 내일 저녁이라고 딱 집어 얘기하는 사람도 있어요."

"그래서 시간하고 싸우는 중입니다. 그 일보다 우리 일이 먼저라니까!"

"유다! 나는 예수 선생님이 돈으로 세상을 바꾸려고 하는 분이 아니라는 것은 압니다. 다만, 그대가 선생님과 그 동무분의 얘기를 하면서 중요한 일이라 말하기에 좀 지원하는 겁니다. 선생님에게 나쁜 일이 일어나지 않도록 손을 쓰는 일 같아서….”

“걱정 마요. 내가 다 알아서 하는 일이니까! 내가, 이 유다가 누구요?”

삭개오는 아무 말 없이 유다를 쳐다보면서 혼자 고개를 끄덕거렸다. 세상 가장 밝은 곳 바로 뒤가 가장 어두운 곳이기 마련이다. 큰돈이기는 하지만, 그 돈 때문에 삭개오가 빈털터리가 되고 망할 만큼의 돈은 아니다. 그 돈이 어디로 어떻게 흘러가며 무슨 조화를 부리는지 지켜볼 일이다.

“돈을 내가 내놓았다는 말은 절대 누구에게도 하지 마시오, 유다!”

유다는 크게 고개를 끄덕였다. 그러면서 단호하게 말했다.

“걱정 마시오! 세상에서 아무도 모를 일이오.”

그때 아래쪽 성문 방향에서 로마군 순찰병들이 올라오다가 그들을 발견했다.

“너희들은 뭐냐? 포고령도 몰라? 체포한다!”

순찰 병력에 배속된 성전 경비대원이 날카로운 소리로 외쳤다.

유다가 체포하겠다고 덤비는 그들을 막아섰다. 그러더니 품속에서 조그만 패찰을 꺼내 로마군 병사와 성전 경비대원에게 보여 주었다. 패찰을 받아들고 달빛에 비춰 보더니 그들은 고개를 끄덕였다.

“이분과 하인을 저 위쪽 집까지 잘 보호해서 모셔드려요!”

유다는 마치 자기가 그렇게 명령해도 되는 위치에 있는 사람인 것처럼 행동했다. 그리고 삭개오에게 다시 다짐받듯 말했다.

“내일 아침, 제3시에 여기서 봅시다.”

“알겠습니다. 선생님을 잘 보호하시오, 유다!”

더 이상 길에서 이러니저러니 길게 얘기할 형편이 아니다. 삭개오를 돌려보낸 다음 유다는 아랫구역을 내려와 튀로포에온 골짜기에 들어섰다. 무언가 한참 생각하던 그는 북쪽으로 방향을 잡고 달리다시피 빨리 걸어 위수대 쪽으로 올라갔다.

✝

아무것도 보이지 않는 암흑이다. 가끔 누군가 살금살금 다가와 조그만 구멍을 통해 안을 들여다보는 기척만 느낄 뿐이다.

'유다 동지가 무슨 일을 꾸미는 걸까?'

빙글빙글 웃으며 눈을 꿈쩍꿈쩍하던 그의 얼굴이 떠올랐다.

'엉뚱한 짓인데… 나를 감옥에서 빼낸다니… 게다가 큰돈까지 들여가지고.'

그는 유다의 남다른 그릇을 이미 알아보았다. 생각이나 배포로 보아 바라바에 뒤지지 않는 사람이었다. 그래서 예수 밑에 들어가 도우라고 그를 제자로 들여보냈다.

'내가 유다 동지 이름을 농담처럼 입에 올렸는데 다음 날 바로 그를 감옥에 불러들여 나를 면회시키다니…. 하얀리본의 소굴을 알아보려고 그런 일까지 할까? 로마군이?'

알 수 없었다. 무언가 눈에 보이지 않는 그물에 걸린 느낌이다. 그러자 이투레아 현인의 가르침이 떠올랐다.

"생각이 얽히고설키거든, 처음 시작했던 자리로 돌아가라!"

처음 시작했던 자리, 히스기야는 성전 지하감옥에 갇혀 있던 때를 떠올렸다. 성전 경비대가 그를 성전 주랑건물까지 끌어올려 그 높은 곳에서 뜰 안을 내려다보게 했던 일이 마치 한나절 전의 일처럼 눈에 선했다.

뜰 안에서는 예수가 채찍을 머리 위로 빙빙 돌리며 장사꾼들을 쫓아내고 있었다. 하얀리본 동지들은 아무런 움직임도 없이 조용히 숨어 지켜보기만 했다. 위치는 다르지만 예수와 히스기야, 그리고 하얀리본이 동시에 성전 뜰에 들어와 있었던 셈이다.

'만일 그날, 하얀리본이 거사를 했으면 어떤 일이 있었을 것인가? 나를 그냥 주랑건물 위에 세워 놓고 동지들의 거사를 구경하도록 나두었을 것인가?'

'아니지 … 아니지 … 하얀리본이 처참하게 실패하는 것을 구경하라고 나를 그 자리에 세웠을 리가 없어!'

'그럼! 무엇이었나? 왜 그랬나?'

그는 곰곰이 생각했다. 무언가 깊은 어둠 속에서 형체를 드러냈다가 얼른 사라지고, 또 슬그머니 모습을 드러내는 느낌이다. 잡을 만하면 사라지고, 사라졌다가 다시 슬쩍 드러내는 것이 있다. 그러면서 어느덧 히스기야는 위수대장의 생각 속으로 흘러들어 갔다. 위수대장의 눈으로 상황을 보기 시작했다.

1만 명이나 되는 유대인들이 가득 들어찬 성전 뜰, 그곳에서 비명을 지르며 이스라엘의 뜰, 제사장의 뜰로 로마군을 피해 달아나는 군중들 모습이 보였다. 로마군은 주랑건물과 위수대에서 칼과 창을 꼬나들고 쏟아져 내려오고, 성전 경비대는 군중들을 막을 생각도 못 하고 주춤주춤 뒤로 물러나고 있다. 군중 틈에 섞인 하얀리본이 교묘하게 군중을 가로막기도 하고 몰기도 하면서 성전 문턱을 넘고 있었다.

"아하! 아하!"

히스기야는 자기도 모르게 신음소리를 냈다. 아무리 로마군이라 한들, 유월절 명절에 유대인 군중 1만여 명을 성전 뜰에서 도륙하는 참극을 벌일 수는 없었으리라.

'그렇다면, 하얀리본만 꼭 집어 제거하는 방법을 택할 수밖에…. 예수는?'

'예수와 제자 무리는 얼마 안 되고 이미 얼굴이 모두 드러났으니.'

'그렇구나! 얼굴도 모르는 하얀리본을 군중 속에서 드러나게 하는 일, 그 일에 나를 쓰려고 했구나!'

이제 확실히 알 수 있게 됐다. 왜 로마군 위수대가 히스기야를 성전 감옥에서 이송해 끌어다 놓고 직접 통제하려고 생각했는지. 결국은 적당한 때에 히스기야를 성전 뜰에 풀어놓으려는 계획이 분명했다.

그가 모습을 드러내면 바라바가 지휘하던 하얀리본이 일순 혼란에 빠지리라. 새로운 계획을 아무것도 모르는 옛 우두머리 히스기야와 실제로 거사를 지휘하는 새 우두머리 바라바, 당황한 하얀리본은 두 사람 주변으로 몰려들 것이 틀림없다. 군중 속에 몸을 숨긴 하얀리본이 고스란히 드러나는 순간이 올 것이다.

"아! 무서운 놈들! 놈들의 이런 계획을 모르고…."

위수대장을 골려 먹은 것이 아니고, 그가 히죽히죽 웃으면서 덫을 놓았음을 히스기야는 깨달았다.

'어쩐다?'

그가 할 수 있는 일이 무엇일까? 위수대장의 함정을 깨달았는데 그가 할 수 있는 일은 없어 보였다.

'거사를 중단시켜?'

그것은 불가능해 보였다. 히스기야가 체포돼 갇혀 있음을 알면서도 바라바는 거사를 강행하려 하지 않는가? 히스기야의 목숨과 거사를 흥정할 바라바가 아니다. 그는 토라의 나라를 위해 순교할 각오가 돼 있는 사람, 순교의 제단에 히스기야를 기꺼이 바칠 사람이다.

'문제는 성전 뜰에 들어온 군중이야!'

그렇다. 히스기야는 하얀리본을 안전하게 피신시키는 일보다는 군중을 보호하는 일이 더 중요하다고 생각했다. 하얀리본의 거사를 사전에 중단시킬 수 없다면, 그들 500명의 동지들이 희생되더라도 1만여 명 유대인의 목숨을 지켜야 한다. 로마군은 이참에 하얀리본을 일망타진하되 군중과 섞이는 것만은 방지하려는 계획이 분명해 보였다.

"아! 동지들 목숨을 내려놓는 결정을 내가 해야 한다니….."

마음이 무척 괴롭다. 피할 수 있으면 그 일은 피하고 싶다. 그러나 무슨 방법으로 피할 수 있단 말인가?

"내가 겨우 로마군 하급 장교의 손에 놀아났다니…부끄러운 일!"

한편으로는 하얀리본과 군중을 분리하려는 로마군의 계획이 다행스러웠다. 유대인의 생명을 귀중하게 생각해서 그리하지는 않겠지만, 결과적으로는 1만여 명 유대인의 목숨을 구하는 일이 될 수 있다.

히스기야는 시간을 가늠해 봤다. 때는 이미 13일 자정이 넘었을 것이다. 13일이면 하얀리본이 기어이 봉기하기로 정했다는 날이다. 날이 밝으면 군중이 성전으로 들어오고, 하얀리본도 들어오고, 예수와 마리아도 들어올 것이다.

혹 유다가 정말 그를 감옥에서 빼낼 수 있다면, 다만 한나절이라도 빼낼 수 있다면, 성전 뜰에 나가야 한다고 마음먹었다. 성전 뜰에서 해야 할 일을 하나씩 마음속에 생각하기 시작했다.

하얀리본 동지들을 만나기보다 예수를 만나는 일이 더 어려운 일이다. 사람들에게 의적義賊이라고 불렸든 어쨌든 하얀리본과 연관이 있었다는 사실이 알려진다면 그 일 하나만으로도 예수의 하느님 나라 운동은 큰 타격을 받게 될 것이 분명했다. 예수도 오랜 세월 갈릴리에서부터 차곡차곡 준비하고 마지막 단계를 위해 예루살렘에 들어왔을 텐데, 하얀리본의 거사에 휩쓸리게 되기 때문이다.

사실 히스기야는 아직 예수가 얘기하는 하느님 나라를 충분히 잘 이해하지는 못했다. 그전에는 나른하고 답답한 얘기라고 생각했고, 여리고에서 만났을 때는 거사를 생각하느라 예수의 말이 귀에 잘 들어오지 않았다. 감옥 속에 갇혀서 혼자 생각하다 보니 예수는 이미 어디로 옮겨갔다는 느낌이 들었다.

"아! 예수! 내가 자네 쪽으로 조금씩 다가갔더니 이미 자네는 그곳을 떠났더군! 어디로 가는 건가, 자네는?"

이스라엘이 기다리는 메시아가 아니라고 말했던 예수, 메시아는 없다고 말했던 예수, 그리고 그는 메시아가 꼭 있어야 한다면 누구나 메시아가 될 수 있다고 말했다.

"자네는 끊임없이 아래로 흐르는 물 같은 사람!"

개울인 줄 알았더니 호수에 가 있고, 호수로 찾아갔더니 벌써 강물이 되어 저만치 출렁이며 흘러가는 사람. 뒤따라 흐르는 물은 결코 앞물을 따라잡을 수 없는 법이다. 예수가 그랬다. 그러나 마지막 가장 낮은 곳에 이르면 그곳에서 조용히 기다리고 있을 사람이 예수다. 히스기야는 동무 예수와 얘기를 나누고 싶었다. 나사렛 뒷산 독수리바위 앞가슴에 앉아 마을을 내려다보며 얘기했듯.

✠

유월절을 이틀 앞둔 13일 새벽, 성전 망루에서 4경을 알리는 나팔소리가 울린 지 이미 오래됐다. 조금 있으면 세상이 조금씩 눈을 뜨고 부스럭거리기 시작할 시간이다. 아직 동이 트려면 시간이 좀 남아 있지만 움막마을 사람들 중에서 나이 먹은 사람들은 성벽에 기대 쳐 놓은 천막을 빠져나와 한 사람 두 사람 성문 앞 빈터로 모여든다.

매일 몸으로 벌어먹는 사람들이 요즈음 할 일 없이 성전이 내려 주는 빵을 먹으며 지내다 보니 몸이 쑤시는 모양이다. 힘들게 일하며 살 때는 다만 한숨이라도 더 잠을 자고 싶었는데, 할 일이 없으니 오히려 일찍 일어나게 된다. 하기야 해 떨어지자마자 천막 아래에 등을 붙이고 누웠으니 잠을 잤어도 어지간히 잔 셈이다.

그렇게 몇 사람이 빈터에 모여 두런두런 얘기를 나누다 보면 곧 스무 명도 넘고 서른 명도 넘는 사람들이 모여든다.

"이번에 틀림없이 일이 벌어질 텐데…걱정이네!"

"저도 들은 얘기는 있는데, 어찌 생각하세요?"

"이런 때 우리가 할 일이 무어 있겠어? 그저 몸조심하고 휩쓸리지 말아야지. 안 그러면 큰일 나!"

"점점 아슬아슬하고, 어이구….."

걱정이야 땅이 꺼질 만큼 크지만 막상 그들이 나서서 할 수 있는 일은 아무것도 없다. 무슨 일이든 한 번도 뜻대로 이뤄 본 적도 없고, 늘 눌려서 살았던 사람들이라 닥치는 위험만은 누구보다 먼저 알아챈다. 그건 살면서 터득한 지혜다.

"이러다가 언제 다시 움막을 얽을 수 있을지 모르겠네. 어수선한 것으로 봐서는 성전이 마음을 바꿀지도 모르겠고….."

"그럼 안 되지! 일단 한 번 허락했으면 그대로 지켜야지!"

"그러게 말이야! 그러니, 이건 내 생각인데….."

그러면서 그는 갑자기 목소리를 낮추었다.

"움막을 얽으려면 우리 뭐 가진 게 있어야 하지 않겠어? 저기 올리브산에 가서 나무를 베어 오더라도 다 성전 허가를 받아야 하고."

성전에서는 제사드릴 나무를 언제든 마음껏 베어 들여도 움막마을 사람들은 나무 한 그루 맘대로 벨 수 없다. 들키기라도 하면 성전 관리가 득달같이 쫓아 나와 고래고래 소리를 지르며 야단을 친다.

"그러니 이번에 성전에서 우리를 눈여겨보고 있을 거여! 더구나 저번부터 예수 선생 그 사람을 쫓아다니지 말라고 여러 번 단단히 얘기한 일로 봐서는, 만일 우리가 쓸데없는 짓 하다가는 움막을 다시 얽는 것은 고사하고 당장 산 너머로 쫓겨나게 생겼어!"

하기야 그들은 모든 일이 걱정일 수밖에 없었다. 세상 가장 끄트머리, 더 물러설 수 없는 곳까지 밀려난 채 살아가는 사람들이라 한 발짝도 뒤로 물러날 수 없고 옆으로 비켜설 수 없는 사람들이다. 그들에게는 조금이라도 더 나빠진다는 것은 세상의 종말이나 마찬가지다. 어떻게 하든 발 디디고 서 있는 그 땅을 지켜야 하는 사람들이다.

"성안 아랫구역 사람들이야 굶는지 먹는지 그래도 성전 사람들이 챙겨주는데 우리는 세상천지 누구 하나 나서서 챙겨주지 않으니…."

"예수 선생이 곧 좋은 세상 온다고 했는데…."

"좋은 세상이 오면 언제 우리 차례가 되던가?"

"우리가 먼저라던데?"

"곰곰이 생각해 보니 그건 우리 듣기 좋으라고 한 소리지…말도 안돼! 어찌 그런 일이 있을 수 있어?"

"그나저나, 예수 선생이 무슨 힘으로 좋은 세상을 이뤄 준다는 말이오? 그러니 전부 헛소리지…."

사람들은 첫날 올리브산을 넘어온 예수가 산자락에 모인 그들에게 가르침을 베풀던 때를 똑똑히 기억했다. 눈물을 흘리며 예수의 가르침을 받아들였고, 하느님이 그들의 울부짖음과 한숨과 고통소리를 듣고 보내 준 구원의 소리처럼 들었다. 그러나 하루이틀 지나고, 예수가 성전 뜰에 들어가 한 일과 가르친 말을 들어보니 그건 그저 말뿐이었다. 기분은 좋았으나 달라진 것은 아무것도 없었다. 가슴은 뿌듯하고 설렜으나 배는 여전히 고팠고, 천막 아래 몸을 누이면 밤바람은 차고 바닥도 차갑고 암담하기는 마찬가지였다. 그나마 아침저녁으로 빵을 내려 주는 사람은 성전의 대제사장 가야바였다.

"내 말은…."

그는 어렵게 말을 이어갔다. 움막마을 사람들을 대표해서 예수를 환영하고 찬양하고 그를 따라 성전에도 들어갔던 그였다. 그러나 하느님 나라가 내일모레 이뤄질 일도 아닌 것은 분명했다. 언제 이뤄질지 모를 먼 훗날 일보다는 매일 사는 일이 더 중요했다. 그런 말을 하려니 생각은 있는데 말로 나오지 않았다.

겨우 한마디 했다.

"이제 성전 사람 만나면 우리가 단단히 말해 둬야겠다는 생각이 든다는 말이오."

"예! 그러세요! '절대 대제사장 각하나 성전이 걱정하시는 일에는 나서지 않겠습니다. 죽을 때까지 충성하고 받들겠습니다. 우리를 불쌍히 여겨 주시고, 우리에게 기회를 주시고, 붙잡아 인도해 주십시오.' 그렇게 매달려 보세요."

옆에 앉은 사람이 그렇게 말을 거들자 처음부터 예수를 탐탁하게 여기지 않았던 사람이 퉁명스럽게 말을 받았다.

"그래야 하지 않겠어요? 우리에게 다른 방법은 없다는 것, 그거야 처음부터 다 알고 있었던 일 아닌가요? 괜히 하느님 나라니 뭐니 마음이 붕 떠 가지고 휩쓸려 다닐 일이 아니었지요."

그가 공박하는 말을 나이 먹은 사람이 그대로 받아들였다.

"그려! 내가 잘못 생각한 거여!"

그 말을 듣고 이제까지 퉁명스럽게 말하던 사람이 슬그머니 목소리를 낮추면서 한 자락 까는 소리를 했다.

"무슨 공을 세워야 그래도 매달릴 거리가 되겠는데, 어디 원⋯."

"공이라니? 갑자기?"

"말로만 충성한다고 하지 말고, 뭔가 눈에 뜨일 만한 일을 해야 한다는 말입니다."

"그건 그려!"

그들에게 성전은 절대적인 후원자다. 후원을 받으면 후원자에게 무엇으로든 갚아야 한다. 고향 마을에서도 그러했고, 비록 성벽 밖에 움막을 짓고 살아도 여기서도 그랬다. 하느님에게 돌봄을 받아도 감사제사를 드리는데, 성전이나 대제사장의 돌봄을 받았다면 그에 합당한 보답을 하는 것은 당연한 일이다.

"무슨 일로 공을 세울지 좀 생각들 해 두라고⋯."

그런 얘기를 하는 중에 한 사람이 갑자기 기드론 골짜기 쪽을 내려다보며 소곤거리듯 말했다.

"어? 저 사람들 뭐하는 사람들이지? 저기 수레 3대를 끌고 사람들이 기드론 골짜기 위쪽으로 올라가고 있잖아요? 꽤 여러 명인데?"

"이 이른 새벽에 웬일일까?"

그중에 한 사람이 슬그머니 일어나 언덕을 내려가며 말했다.

"내가 한번 가서 살펴볼게요."

"나도 가세!"

"그려! 두 사람이 가 봐! 기드론 골짜기에서 일어나는 일을 우리 움막마을 사람들이 몰랐다면 말이 안 되지. 조심해서 가 봐! 웬 사람들이 무슨 일을 하려는 건지. 수레를 끌고 간다니 이상하구만."

두 사람은 조심스럽게 언덕을 내려갔다. 나머지 사람들은 다시 두런두런 얘기를 시작했다. 그런 자리에서 늘 그러했듯 언제나 고향 마을 얘기였다. 어떤 사람은 잠긴 목소리로 얘기하고, 어떤 사람은 이제 다 지난 옛 일이라는 듯 아주 건조한 목소리로 얘기하고, 어떤 사람은 아직도 그날을 잊지 못해 한마디 하고는 한참 쉬고 또 힘들여 한마디를 이었다.

그렇게 한참 앉아서 얘기하는데, 무슨 일인지 살펴보려고 갔던 두 사람이 돌아왔다. 얼마나 급히 언덕을 달려 올라왔는지 숨이 턱에 닿을 정도로 헐떡였다.

"정말 이상하네요! 그 사람들이 성전 동쪽 수사문, 예 거기 골짜기에서 계단을 올라가면 수사문이 있잖아요? 아이고!"

그 둘 중 한 사람이 좀 차근차근 설명했다.

"수레 3대를 끌고 기드론 골짜기에 나 있는 조그만 길을 올라갔어요. 수사문 올라가는 계단 아래 이르자 몸을 숨기고 한동안 주위를 살피더니 수레에서 길쭉한 자루들을 꺼내 어깨에 둘러메고 수사문 바깥 계단을 조심스럽게 올라가는데, 계단이 꽤 가파르고 높잖아요? 그걸 그냥 아무렇지도 않은 듯 가뿐가뿐 오르내리더라고요. 자루도 수십 자루인데, 꽤 무거운 것 같았어요. 자루를 수사문 밖 계단에 다 내려놓자 소리 없이 문이 열리고 그 안에서, 그러니까 성전에서 두 사람이 나타나 메고 올라간 사람들과 함께 담 밖 덤불 속에 안 보이도록 자루들을 숨기더라고요."

그러자 다른 사람이 말을 받았다.

"그다음에 사내들이 종종걸음으로 계단을 내려와 수레를 끌고 위쪽으로 사라졌고, 성전에서 나온 사내 둘도 수사문 안으로 들어갔어요."

"이게 무슨 일일까요? 왜 성전 사람들이 몰래 자루를 거기 숨겨 둘까요? 날 밝으면 들여가지 않고?"

"글쎄! 성전에서 쓸 물건이면 성전 북문으로 들여가지 왜 거기다 감춰 둘까? 수사문은 속죄일 제사드리는 날만 열어서 그 문으로 저주받은 염소를 끌어내는 곳인데 정말 이상하네."

"흐음! 음! 그럼 그게….."

나이 많은 사람은 무엇인지 알겠다는 듯 혼자 고개를 끄덕였다. 그러더니 엄숙하게 입을 열었다.

"자네들! 아무도 이 일을 함부로 떠들지 말게. 이건 말이야 우리가 성전에 공을 세울 수 있는 일이 될 수 있을 게야. 그러니 그때까지 모두 입을 다물어야 해. 공을 세울 일거리를 하나 잡았으니 제대로 써먹어야지. 중요한 일이야, 절대 입조심! 내가 처리하겠네."

그러더니 그는 계속 혼자 고개를 끄덕였다. 무언가 단단히 짚이는 것이 있다는 몸짓이었다. 다른 사람들은 그 일을 곧 잊고, 유월절 명절에 성전에서 무슨 먹거리를 내려 줄지 얘기를 주고받았다. 빵만 줄 것이라고 말하는 사람, 양고기도 준다는 말을 들었다는 사람. 늘 배고픈 사람들이라 그런지, 먹는 것 얘기가 나오자마자 갑자기 눈이 반짝거렸다.

예수를 불편하게 생각하던 사람이 다시 다짐했다.

"그러니… 오늘도 예수 그 사람이 성전에 들어갈 텐데, 너무 시끌벅적 요란하게 인사하고 떠들고 그러지 않으면 좋겠어. 아, 성전 경비대도 몇 사람씩이나 로마군과 함께 성문에 서 있는데, '선생님, 선생님' 너무 그래 대면 성전 사람들이 우리를 어떻게 보겠어요? 내가 알기로는 성문에 있는 경비대 병력은 매일 성전 윗분들한테 하나도 빼놓지 않고 보고한다던데…."

"그러네… 그럴 거여…."

"아무리 그래도 예수 선생님을 모른 척 외면할 수는 없잖아? 나는 저번에 산자락에 있을 때, 쌩 돌아앉았던 일이 지금도 마음에 걸리는데…그래도 사람은 그러는 것이 아녀!"

그러자 늘 성전을 편들던 사람이 다시 퉁명스럽게 말을 받았다.

"아니! 그러면 예수 그 사람을 아예 따라나서든지! 빵은 성전이 내려 주고, 좋은 말씀은 예수에게서 듣겠다? 빵 주는 사람이 좋은 사람인 거예요! 저기 누워 있는 식구들 다 어찌하고? 생각해 봐요, 생각을!"

그 말끝에 전날 예수를 따라 성전 뜰까지 들어갔다가 나왔던 사람이 조용히 한마디 했다.

"우리를 시험에 들지 말게 하시고, 내일 먹을 빵을 오늘 마련해 주십시오!"

"응? 그게 뭔 소리요?"

"예수 선생님이 성전 뜰에서 가르쳐 준 기도인데, 하느님께 이렇게 기도드리래요."

그러자 나이 제일 많은 사람이 한숨을 푹 쉬더니 말을 이었다.

"참 가슴 아픈 얘기네…. 예수 선생님은 어찌 우리의 어려움을 그리도 잘 아셨을꼬!"

사람들은 각자 살아가는 형편에 따라 어쩔 수 없는 일을 눈 꾹 감고 해야 할 경우가 있다. 그건 제국의 황제든, 왕이든, 마을의 촌장이든, 움막마을 사람이든 누구나 늘 겪는 일이다. 그럴 때 마음과 달리 모진 결정을 해야 하는 경우 무덤덤하게 해치울 수 있는 사람은 많지 않다. 움막마을 사람들은 자기들을 위해 마음을 써 준 유일한 사람 예수를 외면해야 한다. 그 일이 바로 마음 아픈 시험이 된다.

오늘 먹을 빵을 오늘 마련해서 먹고, 내일은 다시 내일 먹을 빵을 찾아 돌아다니지 않고, 내일 먹을 것도 오늘 미리 마련해 놓고 안심하는 마음으로 오늘 빵을 먹을 수 있는 행복, 그것은 움막마을 사람들이라면 누구라도 간절하게 바라는 소망이다. 평생 먹어도 다 못 먹을 만큼 그득그득 쌓아 놓게 해달라고 기도하지 않고, 굶어 죽지 않도록 도와 달라는 기도였다.

"빵과 새로 얽어야 하는 움막 때문에 이렇게 걱정하다 보니, 예수 선생님이 가르쳐 주신 기도가 생각나서요…."

처음 기도 얘기를 꺼냈던 사람이 고개를 푹 숙이고 알아들을 수도 없을 만큼 기어들어가는 목소리로 말했다. 그 말을 듣자 모두 가슴이 미어지듯 아프고 쓰리었다. 그것은 예수에게 불편했던 마음을 가진 사람도 마찬가지다. 자기들이 살아가는 세상과 다른 세상을 꿈꾸었던 예수라는 것을 그도 알고는 있었다.

아마 예수가 그 자리에 함께 있었더라면, 그는 조용히 일어나서 한 사람씩 껴안고 등을 쓸어 주었을 것이다. 빵 때문에 등 돌리고 앉아 있던 움막마을 사람들 마음을 다 알았던 그였으니, 어찌 지금 그들이 겪는 아픔을 모른 척할 것인가? 더구나 예수는 사람들이 속마음을 숨기고 겉으로 충성을 바쳐야 하는 세상 지배자들이나 권세가들과는 다른 사람이 아니던가?

움막마을 사람들에게 예수는 특별한 사람이다. 부드러운 목소리로 위로해 주는 말은 그들 귀로 들어오고 가슴속으로 천천히 흘러내려 간다. 그들은 잔잔히 웃음을 띤 예수 얼굴, 사람들 가슴속으로 쑥 들어오는 그의 눈길을 느꼈다.

"빵 때문이라면 내 욕을 해도 돼요! 등 돌리고 앉아도, 나에게 돌을 던져도 괜찮아요! 여러분이 굶고 앉아 있는 일을 면할 수만 있다면, 나는 어찌 되든 상관없어요. 하느님 나라는 굶는 사람이 없는 나라예요!"

"그 나라가 언제 옵니까?"

"여러분 가운데 이미 시작됐어요. 다른 사람의 아픔이 내 아픔이 되면, 그 나라는 벌써 시작된 겁니다."

조금씩 밝아지는 동쪽 하늘, 그 아래 올리브산 너머 베다니 마을에 예수가 있다. 이 아침에도 예수는 산을 넘어 예루살렘으로 들어올 것이다. 어떤 모습으로 예수를 맞이할 것인가? 움막마을 사람들이 이럴 수도 없고 저럴 수도 없는 갈등의 아침이 시작된다.

✠

유대인 사반은 삭개오의 부탁에 따라 날이 채 밝기 전에 예루살렘 북서쪽 성문 밖에 있는 천부장 마르쿠스 군막을 찾아갔다. 천부장이 외부인을 만나기로는 너무 이른 시간이지만 마르쿠스는 그를 반갑게 맞아들이며 물었다.

"그래, 어제 각하는 잘 찾아뵈었고요?"

"예! 덕분에 아주 얘기가 잘됐습니다. 고맙습니다."

"고맙기는…. 그런 귀한 소식을 알려 주어 내가 고맙지요. 덕분에 총독 각하께서 나한테 아주 깊은 신임을 보이시는 것 같습니다. 다 사반 덕이요."

"제 덕이라고 할 게 무엇이겠습니까? 그저 우연히 알게 된 것을 말씀드렸을 뿐이지요."

"그런데, 어찌 이렇게 이른 새벽에 나를 찾아왔소?"

"천부장께서 예루살렘성 외곽의 봉쇄를 맡고 있다는 얘기를 들었습니다."

그는 말을 빙빙 돌리지 않았다. 아침시간 바쁜 사람을 찾아왔으니 직접 용건을 얘기하는 것이 좋으리라 판단했다.

"아니 로마에서 온 사람이 어찌 그 일까지? 발도 넓소!"

"여기저기 배치된 병력이 모두 천부장께서 이끌고 올라온 군사들이던데요, 뭘⋯."

"그래요. 그런데?"

"천부장께 꼭 부탁드릴 일이 있어 사람들 눈에 띄지 않도록 이렇게 일찍 찾아뵈었습니다."

"무슨 일인지요? 내가 웬만하면 좋게 생각해 보리다."

"이렇게 생긴 패찰을 보여 주는 사람들 몇 사람을 막지 말고 보내 주세요."

그러면서 그는 품안에서 손바닥보다 작은 둥그런 구리 패찰 하나를 꺼내 보여 줬다.

"그게 뭐요?"

"유대 지방 각지에서 로마를 위해 일하는 세리장들 패찰입니다. 명절을 맞아 예루살렘에 올라왔는데 여기 일 마치면 바로 각 임지任地로 다시 내려가야 하는데 혹 천부장의 군사들이 막고 나설까 걱정돼서 그럽니다."

"그건 어렵지 않지요. 세리장들이라면 모두 우리 로마를 위해 일하는 사람들 아닙니까? 그리고 황제 폐하와 총독 각하께 충성을 바치는 사람들이고요."

"그렇습니다. 이 사람들은 가급적 빨리 자기가 맡은 곳으로 제때 돌아가서 일해야 할 사람들입니다. 예전 같았으면 이 사람들은 명절이라고 해도 예루살렘에 올라오는 일이 거의 없었지요. 그런데 이번에는 중요한 모임이 있어 각지에서 많이 올라왔습니다. 다 합쳐서 쉰 명도 넘는다고 합니다."

"세리장이 그렇게 많습니까?"

"세관을 맡은 세리장뿐만 아니고 여기저기 통행세를 걷는 사람들도 많이 올라왔더군요. 특히 요단강 지역에 있는 세관들, 저 남쪽 헤브론 지역에서 올라온 사람들이 많습디다."

"그런데 사반이 어찌 그들을 그리 많이 압니까? 로마에 산다는 사람이···."

"그 사람들과 사업을 좀 해 보려고 어젯밤 몇 사람을 만나봤습니다."

"허허, 사반! 정말 발이 넓소!"

"언젠가 천부장께도 도움이 될 일입니다."

"그러면 더욱 좋고. 알겠소. 내가 각 지대장들에게 말해 두겠소."

"이 패찰을 놓고 갈까요? 부하들에게 보여 주시려면···."

"그래요!"

사반은 천부장 마르쿠스 탁자 위에 패찰을 놓고 나오면서 한마디를 덧붙였다.

"올리브산을 넘어 동쪽으로 흩어져 나갈 사람이 스무 명쯤 됩니다."

"알겠소! 내가 그쪽 지대장에게 특별히 일러두리다. 걱정 마시오."

사반이 천부장 군막을 나설 때쯤 동쪽 하늘에 햇빛이 비치기 시작했다. 일이란 참으로 신기하게 척척 풀리기도 하고 때로는 별의별 수단을 다 부려도 꼭 막힐 때가 있다. 그리고 어떤 한 사람을 아는 일이 모든 사람을 아는 일이 될 수도 있다.

로마에 사는 유대인 부자 중에는 황제가 가장 신임하는 나비우스 마크로와 친분을 가진 사람이 있었다. 마크로는 티베리우스 황제의 밀명을 받아 황제의 가장 가까운 측근이었던 권력자요, 근위대장인 세자누스를 처형하고 2년 전부터 그 자리를 이어받은 사람이었다. 그는 황제의 가장 충직한 부하이기도 했지만 한편으로는 카프리섬 황제 곁에 머물며 연금軟禁생활하던 젊은 가이우스에게 남다른 호의를 가지고 있었다.

마크로를 통하여 카프리섬에서 벌어지는 일을 소상하게 알게 된 로마에 사는 유대인 부자는 티베리우스 다음에는 가이우스를 황제로 세우려는 사람들 얘기를 들었다. 그리고 그들이 자금을 마련하러 로마 각지로 흩어진다는 소식도 들었고, 유대 쪽으로도 사람이 떠난다는 것을 알아냈다. 그가 사반에게 얘기했다.

"유대총독 빌라도, 예루살렘 성전 그리고 갈릴리와 베뢰아의 분봉왕 안티파스 등, 로마의 정치에 귀를 기울이는 사람들에게서 자금을 마련하려고 가는 사람이 있으니, 그 일을 잘 이용하면 총독을 우리 편으로 끌어들일 수 있을 거요. 유대총독 빌라도만 끌어들이면 유대와 사마리아 지방에서 우리가 하려는 일은 힘들이지 않고 큰 이문을 남길 수 있습니다."

"그것 좋은 생각이네요. 우리는 이문을 챙기고, 훗날 필요한 때를 생각해서 자금도 모아 놓을 수 있으니….."

"자금만 마련되면, 황제에게 내놓고 유대를 우리에게 넘겨 달라고 청원을 넣어봅시다."

"돈만 준다고 그것이 가능하겠습니까?"

"1년에 걷는 세금의 열 배쯤 턱 내놓으면…그리고 절대적으로 황제의 보호 아래 영원히 로마의 속국으로 있겠다고 서약하고."

"그건 자금이 그만큼 마련된 다음 다시 상의하기로 하고. 내 생각으로 중요한 것은 우리가 초기 자금을 어떻게 마련하느냐 그걸 좀 더 정교하게 생각해야 될 겁니다. 돈을 로마에서 가져간다고 하면 우리가 화를 당하게 될 것이고, 유대에서 끌어모으자니 아직은 그만큼 큰돈이 유대에 조성돼 있지 않고. 그러니, 로마에서 얼마, 유대에서 얼마 그렇게 자금을 조성하여 시작하는 것으로 합시다."

유대로 오는 배에서 아레니우스와 또 한 사람을 발견한 사반은 늘 그 주변을 맴돌면서 그들끼리 주고받는 말을 엿들었다. 카이사레아에 도착하자마자 아레니우스의 뒤를 따라 그가 총독궁으로 들어가는 것을 확인한 후, 총독궁과 접촉하는 방법을 찾기 시작했다.

예루살렘 성안으로 들어온 지 며칠 안 됐는데 사반은 벌써 할 수 있는 일은 모두 성공적으로 해 놓은 셈이다. 총독을 끌어들이기로 얘기를 나눈 일이 가장 큰 성공이었고, 모아 놓은 돈을 내놓겠다고 나선 유대인들을 많이 만났으니 그 일 또한 대만족이었다.

"흠! 돈이란 사랑해 주는 사람에게 따라온다는 것을 알아야 돼!"

혼잣말로 중얼거렸다. 돈을 끌어모으려면 물이 아래로 흘러내려 가듯, 돈이 흘러들 수 있는 물길을 마련해야 한다. 막을 곳은 막고 터 줄 곳은 터 주어야 원하는 곳으로 물을 끌어들일 수 있는 법이다. 유대인들의 수중에 들어 있는 돈을 끌어내려면 그들에게서 신망을 받아야 한다. 총독을 끌어들인 일과 삭개오의 부탁으로 천부장 마르쿠스를 이른 아침부터 찾아가 만난 일도 그의 능력과 인맥을 보여 주기 위한 일이었다.

"좋아! 지금까지는 아주 좋아!"

✠

아직 날이 밝으려면 한참 기다려야 하는 니산월 13일 새벽, 예수는 늘 그랬듯 누구보다 먼저 눈을 떴다. 사내 여럿이 한방에서 내뿜는 열기 때문에 방 안 공기는 후끈했고 답답했다. 제자들이 잠에서 깰까 조심조심 휘장을 젖히고 밖으로 나갔다. 마당에 피워 놓았던 모닥불이 다 사그라지고 허연 재만 남아 있다. 한때 생명을 지녔던 나무가 제 몸을 불에 태우고 사라진 흔적이다.

생명이 사라진다는 생각이 가슴속에 들어와 한동안 맴돌더니 철렁 밑으로 떨어졌다. 생명은 누가 말해 주지 않아도 끝이 다가오는 것을 안다. 늘 주인을 따르던 양들도 명절이 되면 슬슬 뒷걸음치는 것처럼. 한 생명의 끝자락은 뉘엿뉘엿 해가 지기 시작하면 점점 깊어지는 산그늘처럼 눈에 보인다. 그래서 마당에 나오자마자 지난밤 모두 불타 버리고 남은 허연 재가 먼저 눈에 띄었나 보다.

여인숙 밖으로 나가 작은 돌 위에 앉았다. 지난 며칠간 아침에 눈을 뜨면 으레 그 자리에 앉아 저 멀리 동쪽 하늘 아래를 내려다봤다. 달은 이미 올리브산을 넘어갔고, 동쪽이 밝아지면서 어둠 속에 묻혀 있던 세상이 조금씩 모습을 드러낸다. 차라리 어둠에 담겨 있는 세상이 예수에게는 편했다. 꼿꼿하게 몸을 일으켜 세웠든, 꾸부정하게 허리를 굽히고 살았든 어둠은 사람들을 눕게 한다. 사람이 땅과 가장 적게 접촉하는 때가 일어섰을 때고, 제일 많이 어쩌면 땅에 온몸을 맡겼을 때는 몸을 뉘였을 때다. 겨우 두 발만 땅에 대고 살면 도대체 무슨 수로 땅이 하는 말을 사람들이 알아들을 수 있단 말인가?

땅에 눕지 않고 두 발로 서니, 배고픔이 생기지 않았을까? 어릴 적부터 예수는 하느님이 하늘에 계신 분이 아니고 땅에 계신 분일지 모른다고 가끔 생각했다. 그래서 사람이 두 발을 디디고 일어서는 일은 하느님과 조금씩 틈을 벌리는 일이라는 생각도 했다.

'사람은 아마도 두 발로 서던 날부터 먹을 것을 찾아다녔으리….'

세상 살아가는 일에 먹을 것이 항상 문제라는 일이 생각할수록 가슴이 저렸다. 사람도 짐승도 새도 물고기도 끊임없이 먹을 것을 찾아 돌아다닌다. 예수가 살던 마을에서도 그러했고, 나사렛을 떠난 이후 눈길 마주치며 살아온 사람들이 다 그렇게 살았다.

그중에도 강제로 땅을 빼앗기고 먹거리를 찾아 헤매는 사람이 그렇게 슬플 수 없었다. 그들은 제 몫을 잃고 허기진 배를 움켜쥔 채 살았다. 그들이 어찌 살아가든 명절은 해마다 때마다 어김없이 닥치고, 희생제물 태우는 연기가 성전 하늘 위로 올라간다. 토라의 가르침에 따라 제단 앞에서 곡식단을 흔들어 바치는 제사를 위해 첫 곡식을 베어 들고 예루살렘 성전을 찾아 올라오는 사람들을 보는 일도 슬픈 일이다.

'무엇을 할 수 있을까? 무엇이 바뀔까? 이미 이스라엘의 하느님은 사람들의 울부짖음을 듣지 않기로 작정하신 분인 것을…. 모질게 마

음 다짐하며 젖을 동여매고 옷으로 가슴을 가린 어머니인 것을….'

예수는 어릴 적부터 해 떠오르기 전 밝아지는 동쪽 하늘이 좋았다. 어둠도 빛도 함께 섞여 있고 어느 쪽이 다른 쪽을 완전히 배제하지 않고 포용하는 때라서 그랬다. 사람들은 어둠을 악이라고 생각했고, 악은 원수였다. 특히 세상에서 물러나 소금호수 부근에 모여 사는 에세네파 사람들이 더욱 그랬다.

'빛과 어둠이 어찌 서로 배척할 것인가? 결국 사람의 삶이 그러한데….'

아침이 된다고 세상은 갑자기 밝아지지 않는다. 빛에도 어둠이 스며 있고, 어둠에도 빛은 배어 있다. 세상을 빛과 어둠으로 딱 잘라 구분할 수 없는 이유다.

"태초에 땅이 혼돈하고 흑암黑暗이 있었다. 하느님이 빛이 있으라 하니 빛이 있었고, 빛과 어둠을 나누어 빛을 낮이라 부르고 어둠을 밤이라 부르니 저녁이 되고 아침이 되었다. 이는 첫째 날이다."

이스라엘이 믿고 따르는 토라에 따르면 빛은 하느님이 천지를 창조하는 첫째 날에 만들었다. 어둠은 세상 처음부터, 하느님이 세상을 창조하기 이전부터 있었다. 하느님은 세상을 채운 흑암 속에서, 혼돈과 공허 속에서 창조를 시작했다. 해와 달은 빛이 만들어지고, 어둠이 빛과 구분된 이후, 넷째 날에 만들어졌다.

예수는 빛을 만들었다는 하느님의 첫째 날의 창조 역사를 듣고 난 이후, 그저 그렇겠거니 받아들이지 않았다. 세례자 요한에게도 묻지 않았고 경전을 암송하는 다른 제자에게도 묻지 않았지만, 그는 '도드라졌다'라는 말로 알아들었다. 그에게 빛이란 흑암 속에 도드라진 밝음으로 생각됐다. 햇빛은 밝음의 하나였을 뿐, 빛이 해에 달려 있다고 생각하지 않았다.

'밝음과 어둠이 번갈아 세상을 덮는 것 같아도, 밝음이 어둠 속에 도드라진 한 가지 상태라면, 나머지 어둠 모두를 버릴 것인가?'

그럴 수 없다. 어둠 속에서 소곤거리면 싹이 트고, 밝음 속에서 생명이 자란다고 그는 믿었다. 어둠과 밝음이, 밤과 낮이, 서로 숨바꼭질하듯 하늘을 떠가는 달과 해가, 세상의 근본일 수 없었다. 밝음 속으로 나온다는 말은, 눈을 뜬다는 말은, 예수에게는 성장과 관련이 있었다. 눈을 뜨는 행위보다 눈을 감고 있는 생명의 존재가 더 귀중했다.

예수는 존재가 움직임으로 표현되는 날을 이루려는 사람으로 스스로를 생각했다. 삶이란 존재가 다른 존재와 관계를 맺는 일이다. 물이 흘러나온 샘을 떠나듯, 시작한 곳에서 떠나는 일이 삶이라고 생각했다. 물에게 밤과 낮이 무슨 상관이 있으랴? 어제와 오늘이 무슨 의미가 있으랴? 오직 높낮이를 따라 흘러갈 뿐이다.

유대 광야에서 나온 이후, 호수를 건너고 산을 넘고 언덕을 내려가서 마을에 들르고 사람들을 만나면서 예수는 광야에서 처음 가졌던 생각이 서서히 바뀌는 것을 느꼈다. 그는 더 이상 광야에 매달리지 않았다. 광야는 중요한 한 과정이었다. 호수를 건너려면 쉼 없이 노를 저어야 하는 것처럼 산을 넘어가려면 한 걸음 한 걸음 걸어 오르고 내려가야 한다. 펄쩍 한 걸음 뛰어 호수를 건널 수 없다. 그건 사람이 할수 있는 일이 아니다. 결국 예수에게 중요한 일은 세상 모든 일이 사람이 사람과 더불어 이뤄내야 한다는 깨달음이었다.

'사람들에게 맡겨진 세상!'

처음에는 하느님이 세상을 지어 놓고 사람들에게 그 세상에서 생육生育하고 번성하라고 넘겨준 것으로 생각했다. 하느님이 사람에게 부어주는 축복, 특별히 그분이 사랑했던 아브라함의 후손들에게 특권적으로 허용한 은총이라고 생각했다. 그런데 빛이란 어둠 속에서 도드라지게 드러난 밝음이라는 생각을 하기 시작한 이후, 세상을 달리 생각하게 됐다.

노를 저어야 호수 건너편에 이를 수 있듯, 그저 바라보고 소리치고 원하기만 해서는 닿을 수 없고 이룰 수 없다는 것을 깨달았다. 빛과 어둠이 다르지 않다면, 호수 저편과 이편이 영원히 이어질 수 없는 분리라고 생각하지 않는다면, 하느님의 창조가 한 번으로 끝나는 일이 아니고, 사람과 더불어 영원히 계속될 것이라는 생각이 들었다.

'하느님은 좋은 집을 지어 놓고 사람들을 불러들여 날마다 잔치 벌이며 살라고 초청하는 분이 아니다. 그분은 함께 집을 짓자고 부르는 분이다. 세상 창조의 얘기는 과거의 얘기가 아니고, 창조라는 전체 과정에 대한 비전이다. 이루어진 일과, 이루어지고 있는 일과, 이루어야 할 일의 비전이다. 그래서 그분은 사람을 지으셨다.'

결국 창조는 완성하는 것이 아니고 순환하는 일이라고 생각했다. 지난 4, 5년 동안에, 걸음을 떼면서 누워 잠을 청하면서, 언덕을 오르면서, 내를 건너면서, 나무 그늘 밑에 앉아 쉬면서 조금씩 영글어 가던 생각이 이제 손으로 잡힐 만큼 그리고 말로 그려낼 만큼 확실해졌다. 그러자 새로운 제도를 세우고, 새로운 가르침을 내놓는다고 번뜩 새 세상을 이룰 수는 없다는 것을 깨달았다.

그런 생각의 끝에, 세상에는 영원히 멸살滅殺시켜야 할 악인도 없고, 한 번도 악한 생각을 해 본 적 없는 절대적으로 선한 사람도 없다는 결론에 이르렀다. 오직 어떤 사람들은 어떻다는 정형화만 있을 뿐이었다. 정형화는 결국 추상抽象을 구상具象으로 바꾸는 일이다. 서로 다른 개념을 강제로 맞붙이는 일이다. 키 큰 사람이 선하다거나 그 반대라거나 누가 그런 말도 안 되는 틀을 그대로 받아들일 것인가?

그런데 이스라엘은 그런 정형화된 가르침 안에서 살도록 명령을 받은 사람들이라면서 스스로 그 틀 속으로 걸어 들어갔다. 그 틀 안에서 살면 하느님의 보호하심과 축복이 영원이 이어진다는 믿음을 가지고.

'이스라엘의 역사가 고난의 연속이었다면, 하느님이 정해 주신 틀 속에 스스로 들어간 일이 잘못 아니겠는가?'

그러나 기대를 배반한 실망을 이스라엘은 받아들였다. 하느님의 법을 온전히 지키며 살지 못한 죄에 대한 징계라는 설명을 받아들였다. 그래서 예언자들은 외칠 수 있었다.

"이스라엘아! 하느님께 돌아서라!"

한 사람의 잘못으로 천 사람, 만 사람, 온 이스라엘이 고통을 겪어야 한다면 그것은 애초부터 틀의 문제일 수밖에 없다. 법의 문제다. 가능하지 않은 목표를 설정한 태초의 문제라고 예수는 생각했다.

'하느님이 잘못한 일인가?'

법도 하느님이 만들어 내려 주고, 벌도 하느님이 내린다면, 그건 처음부터 하느님의 잘못이 아니겠는가? 아예 가능하지 않은 일을 가능하다고 떠드는 예언자들을 그대로 두고 보아 넘긴 이스라엘의 하느님 야훼의 책임이다.

'하느님은 그런 분이 아니었건만 그러리라고 믿고 하늘에 희망을 걸

었던 어리석음의 결과다.'

오직 한 분 하느님만 해결할 수 있는 문제라고 생각하면서 그분의 개입과 역사를 기다리는 동안 사람들은 피 흘리며 죽어가고, 고픈 배를 움켜쥐고 쓰러지고, 죄를 지은 사람들 때문에 징벌을 받는다고 다른 사람을 원망하고 미워하며 눈을 감았다.

'백 명 중에 한 사람에게 손가락질하고, 한 마을, 한 지방 사람들에게 비난을 퍼붓고 멀리하고 증오했다.'

'혁명으로 이스라엘을 바꿀 수 있는 일인가?'

'아니다.'

'회개 운동으로 바꿀 수 있는가?'

'아니다.'

법으로 정하고 법을 어긴 사람을 처벌하므로 세상에 정의가 실현된다고 믿는다면 그것은 하느님이 사람과 맺은 관계를 잘못 생각한 일이라고 예수는 생각했다.

사람들은 기적을 기다렸다. 날마다 일어나는 일이라면 절대 기적이라고 부를 수 없기 때문에 천 년에 한 번, 500년에 한 번 특별한 사람에 의해서 그런 기적이 일어난다고 생각했다. 세상은 하느님의 아들, 기적을 일으키는 사람을 기다렸다.

사람들은 그래서 예수가 성전 뜰에서 새 역사를 이룰 줄 알고 눈을 반짝이며 기대했다. 예수가 그럴 수 있는 사람인지 요모조모 살피고 뜯어보다가 이제 그들은 실망하고 고개를 돌렸다. 예수는 기적을 일으킬 수 없는 사람이기 때문이다. 그들이 기다리는 기적을 일으킬 힘이 없는 사람이라고 판단했다. 기적은커녕 오히려 서서히 덮쳐 오는 죽음에 저항도 못 하고 무너질 사람으로 보였다. 예수도 사람들의 그런 기대와 실망을 알았다.

"애야! 애야!"

누가 예수를 불렀다. 흠칫 뒤돌아보니 아무도 없다. 전날 성전 뜰에서 들었던 목소리였다. 나지막하고, 깊은 울림이 실려 있고, 예수가 고민하고 있는 모든 것들을 다 알고 있는 것처럼 들리는 목소리, 때때로 그를 찾아와 흔들어 놓고, 붙잡으려고 하면 가뭇없이 사라졌던 존재의 흔적이다.

예수는 대답하지 않고 그저 조용히 앉아 있다. 다시 말을 걸어오리라는 것을 알기 때문이다.

'그분은 왜 언제나 숨으실까?'

숨는다고밖에 말할 수 없다. 목소리를 듣고 싶을 때, 지켜보는 눈을 확인하려고 할 때, 손잡아 일으켜 세워 주기를 바랄 때, 그분은 언제나 거기 없었다. 마치 자식들 모두 남겨 놓고 집을 떠난 아버지처럼⋯. 텅 빈 자리를 보며 부재不在를 실감하거나, 그럼에도 불구하고 임재臨在를 확신하는 것은 자식들에게 달린 일이라는 듯.

"예수야!"

아니나 다를까? 그분은 다시 그를 불렀다. 이제는 이름으로 불렀다. 예수를 특정하는 부름이다.

"예!"

"두렵지?"

머뭇거리지 않고 대답했다.

"예! 두렵습니다. 어디 멀리 달아나고 싶을 만큼 두렵습니다."

"그건, 그건 말이야…나도 마찬가지란다. 나도 피하고 싶단다."

예수는 왜 그러냐고 묻지 않았다. 이미 며칠 전 그분은 말하지 않았던가? 사람에게 맡겨 놓고, 사람이 힘들게 걸어가는 그 걸음을 지켜보는 일이 그분에게도 처음일 뿐만 아니라 힘든 일이라고.

어미 아비의 마음이 그럴 것 같다. 비척비척 위험하게 첫발을 떼는 자식을 바라보면서 기뻐 손뼉만 치지 못하는 부모의 마음을 알 수 있을 것 같다. 세상을 살아가는데 어찌 평탄한 길만 걷겠는가? 넘어지지 않고 걸음마를 배우는 아이는 없다. 아이는 그렇게 엎어지며 넘어지며 세상으로 걸어 들어간다. 그 걸음을 보면서 부모라면 어찌 마음 졸이지 않을 것인가?

"너에게 곧 닥치는 일도 두렵지만, 그 뒤를 따르는 사람이 더 걱정이다."

"그러게요!"

예수는 아버지 요셉에게 대답하는 투로 말했다. 그분의 목소리는 이미 아버지의 목소리와 닮아 있었다.

"그 많은 사람들 중에 네가 첫 사람이란다."

그분의 목소리에는 첫 사람을 만난 기쁨보다 그 일을 맡은 예수에 대한 미안함이 담뿍 담겨 있다.

"누군가 언제든 가야 할 길이라면 제가 가겠습니다."

"고맙다. 예수야!"

세상을 짓고, 빛과 어둠을 가르고, 물 가운데 궁창을 두어 위의 물과 아래의 물로 나누었다는 분, 그분이 사람에게 고맙다고 하다니….

예수에게 고맙다고 하다니…. 예수는 그가 그분의 뜻을 받아들인 유일한 사람, 첫 사람이라는 사실을 깨달았다. 그것은 마치 물에 몸을 맡기고 바닥에서 발을 떼는 일과 같다. 몸을 띄워 보지 않으면 사람이 물에 뜰 수 있다는 사실은 영원히 불가능의 영역에 속한다.

예수는 점점 힘 떨어지는 아버지와 어머니, 까만 눈의 어린 동생들에게 하루 한 끼라도 빵을 먹이려고 나사렛 언덕마을을 내려와 호숫가를 더듬던 날을 떠올렸다. 잘랑잘랑 목까지 차오르는 곳까지 강을 걸어 들어가 세례자 요한을 만났던 일, 광야의 햇빛과 바람과 밤의 추위와 철저한 고독과 배고픔을 겪으며 보낸 날들, 제자들을 모아 가르치고 예루살렘까지 걸어온 일이 모두 떠올랐다.

사실 따지고 보면 그렇게 걸어온 한 걸음 한 걸음이 날마다 새로움이었다. 깨달았다고 믿었던 자리에 주저앉아 머무르지 않았기 때문에 가능했다. 이루려는 하느님 나라가 이 세상의 왕국과 같지 않기 때문에 가능했다. 누구든지 받아들이고 누구든 찾아 들어올 수 있는 나라이기에 틀과 제도와 법이 필요 없었다. 법에 따라 합당한 사람만 받아들이는 나라가 아니고, 모든 사람을 받아들여야 하기 때문에 법이 필요 없는 나라다.

제자들 중에 하느님 나라가 그렇게 모두에게 열려 있다고 깨달은 사람이 아직은 마리아 한 사람뿐이다. 이제 곧 그 일이 닥치고 모든 것이 드러나면 아마 므나헴도 깨달을 것이다. 철저하게 선생을 배반한 사람이 여전히 제자가 될 수 있는 나라, 원수가 형제가 될 수 있는 세상, 강고한 세상의 법이 스르르 무너지고 묽어져 벽이 허물어질 때, 하느님 나라가 모습을 드러낼 것이다.

하느님 나라를 드러내면서 예수가 의지할 수 있는 유일한 힘은 하느님의 뜻과 그분의 능력이 아니다. 오직 사람의 사람됨뿐이다. 하느님 나라는 하느님이 주인 되는 나라가 아니고, 그분이 사람에게 맡겨주신 세상에 사람이 주인 되어 사는 나라다. 그것은 하느님이 세웠다고 믿는 울타리를 벗어나는 일이고, 그분을 섬긴다는 신전을 허무는 일이다. 섬김을 받고 높은 곳에서 굽어 내려다보는 그분을 사람과 함께 살아가는 하느님이라고 부를 수는 없다.

'사람을 해방하는 일은 결국 하느님과 사람 사이에 세워진 벽을 허무는 일이다.'

'왕이 성벽으로 둘러싸인 왕성에 살듯, 그분도 거대한 성벽으로 둘러싸인 성전 깊은 곳에서 세상을 감찰하는 분이라고 믿고 세상과 분리해 놓았던 세상 권세가들의 허상을 무너뜨려야 한다.'

'이집트 종살이에서 해방시켜 주었다는 사실을 거듭거듭 들먹이면서 백성을 토라로 옭아맨 분을 이스라엘은 하느님이라고 섬기지 않았던가? 그것은 잘못이었다.'

누가 예수의 그런 생각을 받아들일 것인가? 예루살렘 성전 지도자들 앞에, 그리고 구름처럼 성전 뜰에 모여든 이스라엘 사람들 앞에서 외치리라 마음먹었던 예수의 처음 생각은 성전과 뜰과 주랑건물 위에 늘어선 로마군 병사들을 바라보는 순간 바뀔 수밖에 없었다.

'누구에게서 누구를 해방할 것인가?'

'무엇으로부터 해방할 것인가?'

근본적인 생각의 변화를 겪었다. '어떻게'가 아니라 '무엇을?' '왜?'라는 질문으로 바뀌었다.

이제 해가 뜨고, 베다니를 떠나 예루살렘성에 들고, 니산월 13일 하루를 지나면 사람들은 미래를 바라보지 않고 과거의 시간으로 예수를 기억할 것이다. 그들에게 예수는 과거의 사람일 뿐, 미리 시간의 저만치 앞에서 그들을 기다리고 있다고는 전혀 생각하지 못할 것이다.

"선생님!"

마리아, 갈릴리에서 받아들인 여제자 막달라의 마리아 목소리였다. 일부러 그런 시간을 기다렸다는 듯, 그녀는 예수 앞에 나타났다. 어슴푸레, 빛도 아니고 어둠도 아닌 그 중간 시간에 그녀가 서 있다. 애매한 빛 속에 서 있지만 그녀의 자태는 여전히 고왔다. 언제나 그러했던 것처럼 그녀가 몸을 움직일 때마다 얼핏 얼핏 잘 익은 살구의 달착지근한 향이 풍겼다.

"마리아!"

"선생님! 시간이 없어서 기다리지 못하고 이렇게 다시 선생님 앞에 나섰습니다. 아직은 갈 길도 멀고 깨우쳐야 할 것도 많은데, 선생님은 벌써 떠나시려고 준비하십니까?"

"그럴 수밖에 없지 않겠소? 내가 이룰 일이 아니고, 때가 돼야 이루어질 일이니….."

"이제는 돌이키실 수 없음을 압니다. 안타깝지만, 받아들여야 한다고 마음먹은 지 오래됐습니다."

"고맙소!"

한참 만에 마리아가 조심스럽게 입을 열었다.

"남자 제자들 모두 잠시 선생님과 헤어지는 정도로만 알고 있습니다."

"나와 헤어지면 그들도 자신을 만나겠지요! 이제 자기 자신을 길로 삼고 법으로 삼아 걸어가겠지요!"

"그 말씀은?"

"자신이 걷는 길이 목적지에 이르는 길이라는 말입니다. 누가 정해 준 길이 아니고, 누가 지켜보며 인도하거나 감찰하는 길이 아니고, 왼쪽으로 가든 오른쪽으로 가든 오로지 그의 책임이라는 말입니다."

"이제까지 그런 일은 한 번도 없었습니다."

"모든 사람이 다 내가 걸어간 길을 따라 똑같이 걸어야 한다고 말하는 것이 아니오. 한 번도 그들에게 그런 자유가 주어진 적 없었지만, 이제는 그들 스스로 선택해야 한다는 말이오. 죽음까지도⋯."

"제가 선생님의 말씀을 지금은 제대로 알아듣지 못합니다만, 언젠가는 눈이 떠지고 환히 그 길을 볼 수 있기를 희망합니다."

"그대 마리아는 분명 그 길을 찾을 것이고, 그 길을 걸을 것이오. 그러나 여자이기 때문에 마리아에게는 소리 높여 외칠 광장이 허락되지 않을 것이오. 나는 그것이 안타깝소."

"그거야 제가 받아들여야 할 일이 아니겠습니까? 지금까지 그렇게 살았듯이⋯."

"어느 날인가 여자가 마음 놓고 진리를 말할 수 있는 날이 오겠지요. 하느님 나라는 그렇게 이뤄지지요."

그러다가 예수는 무슨 생각을 했는지 고개를 흔들다 입을 열었다.

"내가 이제까지 '하느님 나라'라는 말을 참 여러 번 했는데, 그 나라는 '하느님이 다스리는 나라'라기보다 '하느님이 사람에게 맡긴 사람의 나라'라는 말이 맞을 것 같네요. '하느님이 사람과 일치한 나라' 그런

뜻….”

"예에….”

마리아는 알 듯도 하고 모를 듯도 한 예수의 말에 그저 애매하게 고개를 끄덕였다. 예수의 그 말보다 제자들을 남겨 놓고 그가 떠날 것이고, 한 번 떠나면 다시 돌아오지 못한다는 얘기를 들은 놀라움과 슬픔이 가슴을 가득 채웠다.

'그런데도 어떻게 저리 태연할 수 있을까?'

이제까지는 예수가 가진 든든한 믿음 때문이라고 생각했지만, 얘기를 들고 보니 그는 알아서 걸어가도록 하늘 아래 혼자 덩그러니 남겨진 사람이다. 그가 그렇게 힘주어 얘기했던 하느님의 사랑은 과연 무엇이었다는 말인가?

'어린 자식을 끌어안고 어르고 달래 주던 하느님, 아버지라기보다는 차라리 어머니라고 부르라던 그 하느님, 가장 어리고 약하고 성치 않은 자식을 제일 아끼고 돌본다는 하느님, 가장 낮은 곳에 엎드려 있는 사람을 찾아 내려가시는 하느님, 그분은 과연 누구라는 말인가?'

마리아는 이제까지 예수가 가르치고 보여 주었던 하느님을 떠올리면서 꼬리에 꼬리를 무는 의문을 막을 수 없었다.

"마리아!”

어둠과 빛 속에서 곤혹스러운 생각에 빠져 있는 마리아를 나지막한 목소리로 예수가 불렀다.

"사람이 태어나 자라면서 '나'와 '남'을 구분하기 전에 가장 먼저 깨닫는 것은 익숙한 냄새, 나에게 젖을 먹여 주고 돌봐 주는 어머니의 냄새, 목소리, 그리고 살에 와닿는 감촉 아니겠어요? 그런 면에서 하느님은 어머니이고 아버지이고 사랑이시고, 내 생명의 근원이시지요.
그런데, 사람이 자라면서 세상에 눈을 뜨면 나와 부모 외에 형제자매
들, 이웃들, 자주 만나는 사람들을 알게 되고 나중에는 부모님이 세상
을 뜬 이후에도 형제와 이웃과 다른 사람들과 어울려 살아가지 않나
요? 마리아가 지금 부모님 곁을 떠나서 홀몸으로 살아가듯….”

“예!”

“아무리 사랑이 지극한 어머니도 장성한 아들에게 젖을 물리지 않는
것처럼, 아무리 효성이 극진한 자식도 어릴 때처럼 평생 부모 곁에만
머물러 살아갈 수는 없지요. 어느 날부터 어머니는 자식에게서 강제
로 젖을 떼고, 자식은 부모의 품을 벗어나서 세상을 살아가기 마련이
지요. 젖을 먹던 아기가 빵을 먹고, 고기를 먹듯….”

마리아는 조금씩 예수의 말을 알아들었다.

“그러니, 사랑으로 자식을 키운 부모님이 ‘이제 세상을 네가 살아봐
라!’ 말씀하시면서 뒤로 물러나고 어느 때가 되면 사라지지요.”

“그래서, 그래서 선생님께서는 집을 나갔다가 돌아온 작은아들 얘
기를 하셨습니까?”

“맞아요! 그런 뜻도 있었어요. 다른 뜻도 있었지만….”

“이제 그분께서는 사람에게 맡겨 놓으시고 뒤로 물러나셨다고 말씀
하시는 겁니까?”

“그래요! 물러난 척하시다가 자식이 잘못될 성 싶으면 다시 나서서
이끄시는 부모님이 아니고, 이제는 완전히 맡겨 놓고 떠나신 하느님
이라고 생각하세요.”

“그런데, 하느님의 한없는 사랑을 말씀하셨습니다. 그분의 돌보심

을 가르치셨고, 그 말씀을 듣고 사람들은 힘을 얻었습니다. 희망을 가지고 일어섰습니다."

"달라진 것은 없어요. 아직 아기인 사람들에게 그런 하느님이시고, 어른이 된 사람들에게는 맡겨 놓고 떠나신 하느님이시지요. 떠나셨다기보다, 그분이 계신다고 믿었던 그곳을 비우고 사람들 속으로 스며드신 하느님, 그러니까 사람과 함께 살아가시는 하느님이 되셨다는 말이지요. 다만 사람을 앞에서 이끄시는 분이 아니고, 함께 걷되 한 발 뒤에서 걸으시는 분, 스스로를 비우신 분이라고 생각하세요. 그러려면, 사람 스스로 내가 어느 지점에 와 있는가, 아직 젖을 먹을 때인가, 고기를 먹을 때인가 가늠해야 합니다."

"계속 하느님 품 안에 머무르고 싶어 한다면 그분은 받아주십니까?"

"스스로 책임질 나이가 됐는데도 계속 어린 아기처럼 매달리고 안 일어난다면 일으켜 세워 문밖으로 내보내시겠지요. 세상을 보게 하시겠지요."

"그런데 왜 선생님이 고난을 받으셔야 합니까? 오히려 더 오래 머물면서 사람들에게 그런 일을 깨우쳐 주셔야 하지 않겠습니까?"

"사람이 사람과 어찌 더불어 살아가는지, 더불어 살아간다는 일이 무엇인지, 그러면 세상이 어찌 바뀔지 누군가는 보여 주어야겠지요. 사람들이 마음속에 품고 있는 미움과 불화와 적개심이 '너를 죽이겠다. 어디 견뎌봐라!' 위협하고 덤벼든다고 생각해 봐요. 죽음으로도 이길 수 없는 것이 있다는 것을 알게 된다면, 죽음으로 위협하던 미움과 증오는 실패하게 되지요."

그렇게 얘기를 주고받는 사이에 동쪽 하늘이 점점 밝아지더니 해가 떴다. 해가 뜨니 햇빛에 얼비쳐 이제까지 눈에 보이던 산 아래 골짜기와 멀리 동쪽 고원까지 끝없이 펼쳐져 있던 산과 들과 강과 계곡이 빛 아래 묻혔다.

"선생님! 지난밤 저희들에게 마지막 가르침이라면서 남겨 주신 그 말씀, 아직 제대로 깨우치지 못했습니다."

"그렇겠지요. 시간이 걸리겠지요."

"그런데, 무슨 일이 생기면 갈릴리로 돌아가라는 말씀은…, 저희들 보고 뒤도 돌아보지 말고 달아나라는 그 말씀은… 참으로 받아들이기 어렵습니다. 저희들은 그럴 수 없습니다."

"내가 이미 얘기했듯, 그대들은 씨를 뿌리는 사람이기도 하지만 씨가 되어야 할 사람이기도 합니다. 그러니, 나와 함께 사라질 이유가 없습니다. 돌아가서 해야 할 일이 있고, 땅에 뿌려진 씨가 되어 싹을 내야 할 사람들이기 때문에 떠나라고 했지요."

예수는 이미 제자들이 겪고 있는 마음의 갈등을 읽고 있었다. 그들이 주저 없이 돌아갈 수 있으려면 예수의 한마디가 필요하다는 것을 잘 알았다. 게다가 그의 말대로 제자들이야말로 씨를 뿌리는 사람이면서 씨가 될 사람들이 아니던가?

"사람을 낚는 어부가 되라!"

예수가 제자들을 모을 때 했던 말이었다. 그 말을 듣고 따라나섰던 제자들은 예루살렘 성전에 드나들면서 조금씩 마음이 흔들리는 것을 예수는 알았다. 야고보와 요한 형제뿐만 아니고 다른 제자들도 마음 속으로 어찌해야 할지 갈피를 잡지 못하고 있었다.

'갈릴리로 훌쩍 돌아가? 그럼 지금까지 몇 년 동안 선생을 따라다니며 고생한 일이 헛일이 되잖아! 그렇기는 하지만, 여기 돌아가는 꼴을 보니 무언가 무서운 일이 벌어지고, 큰일 날 것 같기도 하고…어쩐다!'

예수는 제자들의 믿음 없음을 나무랄 일이 아니라고 생각했다. 세상에서 벌어지는 모든 일이 후원자와 후원받는 사람의 관계에 따라 결정되지 않던가? 아무리 그들이 예수의 제자가 되었다고 한들, 평생 겪으며 살아온 세상에 눈감고 대뜸 새로운 세상에 눈을 뜰 수는 없었으리라. 더구나 갈릴리에서 처음 제자들을 모을 때, 중간에 다른 사람을 통하지 않고 직접 하느님을 후원자로 삼을 수 있다고 가르쳤던 일을 예수는 떠올렸다.

"후원자 하느님이 여러분을 돌보아 주시는 세상이 옵니다."

그런데 그들은 삶에 소리 없이 스며들어 온 하느님을 깨닫지 못한 채 기적처럼 그들 앞에 모습을 드러낼 후원자 하느님을 기다렸다. 예수가 그 후원자 하느님을 소개해 줄 사람이라고 믿고 있었다.

예수는 사람이 하느님을 체험하는 방식이 늘 똑같지 않다는 것을 깨달았다. 땅 속에 아무리 물이 많이 고여 있어도 샘이 되어 솟아오르려면 적당한 조건이 맞아야 하듯, 때와 장소와 사건이 한가지로 맞추어 얽어져야 한다는 깨달음이다.

'그러니, 시간도 다르고 장소도 다르고 방식도 다른 것을…. 어디로 걸어가라고 방향은 알려 줄 수 있어도 끌고 갈 수는 없는 것을….'

그렇게 끌고 가고 몰고 간다면 토라에서 하느님 만나는 일을 가르치는 것과 마찬가지라는 생각이 들었다.

'저들은 각자 자기의 하느님을 만나야 하지 않겠는가?'

아버지와 어머니 모습에서, 나사렛 언덕길에서, 갈릴리 호수 깊은 물길을 들여다보면서, 지글지글 달아오르는 광야의 뜨거운 열기 속에서, 푸른 달빛 가득한 광야를 타고 넘나드는 바람소리 속에서 예수는 하느님을 만났지만, 제자들은 그들 방식으로 하느님을 만날 수밖에 없다는 사실을 깨달았다.

'그들이 만나는 하느님의 모습은 내가 만난 하느님과 다른 분일 수밖에 없구나!'

그 사람 가슴속에 깃든 하느님을 내치고, 내가 모신 하느님을 받아들이라고 강제할 수 없다. 그분은 사람에 따라 다른 방식으로 스며들고 다른 방식으로 역사役事하기 때문이다.

"마리아!"

한참 생각에 잠겨 있던 예수가 마리아를 불렀다. 그녀도 무언가 깊은 생각에 잠겨 있는 듯 고개를 숙이고 있었다.

"마리아!"

그녀는 고개를 들지 않았다. 그리고 들릴 듯 말 듯 작은 목소리로 대답했다.

"선생님! 말씀하십시오. 제가 듣고 있습니다."

그녀는 울고 있었다. 소리도 못 내고 울고 있었다. 무너지는 가슴을 억지로 추슬러 세우면서 버티는 것을 예수는 알았다. 그녀를 일으켜 세워야 할 때다.

"하느님은 마리아에게 어떤 모습으로 다가오셨소?"

"하느님이신지, 제가 보는 환상인지 아직 알 수 없습니다."

"들으시오! 하느님은 그대가 가장 그리워하고 보고 싶어 하는 사람의 모습으로 오실 거요. 그분은 마리아에게 참고 견디라거나 별거 아니니 그저 무시하라거나, 그대 자신을 내던져 무엇을 이루라고 말씀하지 않으실 게요. 다만 그대가 겪는 일을 가장 가슴 아파하시면서 위로하시는 분이오. 그분은 목적지에 서서 그대가 걸어오는 모습을 지켜보지 않고, 그대가 가는 길을 함께 걸으시는 분이오."

"왜 저에게는 그러셨을까요?"

살아온 날들을 생각하면서 목멘 소리로 마리아가 물었다. 그녀는 아직 예수가 하는 말을 알아듣지 못하고 지나온 길을 뒤돌아보고 있었다.

"그대가 겪은 아픔, 앞으로 겪으며 살 고통이 그분에게도 아픔이기 때문이오. 그 마음으로 마리아가 세상을 위로하시오. 위로받지 못하고 내몰려 살아가는 사람들이 위로받고 일어설 수 있도록 손잡아 이끄시오!"

마리아는 겨우 고개를 들어 예수를 바라보았다. 뒤만 돌아보고 주저앉아 있지 말고 앞을 내다보라는 말로 알아들은 모양이다. 아침 햇살이 막 그의 얼굴을 비추기 시작했다.

"선생님께는 그분이 어떤 모습으로 오셨습니까?"

예수는 동쪽 하늘을 바라보고 또 바라보다가 한참 만에 한마디 했다. 마리아에게 어디에서 몸을 일으켜 길을 떠나야 할지 그 출발점을 말해 주기로 했다.

"첫 빛줄기를 본 사람이 해야 할 일을 가르쳐 주신 분이 그분이었소, 나에게는."

빛줄기, 예수는 아침 첫 빛줄기를 가슴에 받은 사람이다.

주저앉은 혁명

—.—

대제사장 가야바는 니산월 13일 아침 제사를 드리러 성전으로 올라가고 있었다. 언제나 그랬듯 집을 나와 윗구역 위쪽으로 좀 올라갔다. 중간에서 오른쪽으로 꺾어 돌아 큰길을 따라 튀로포에온 골짜기 위에 놓인 다리를 건넜다. 다리에 올라서면 아직 어둠 속에 묻혀 있기는 하지만, 다닥다닥 조그만 집들이 달라붙은 아랫구역이 한 덩어리가 되어 한눈에 들어온다.

먹여도 먹여도 늘 배고프다고 떠들고 투덜거리고, 염치도 없고 예의도 없고 냄새나는 사람들이 그곳에 모여 산다. 가야바는 아랫구역에서 살아가는 사람들까지 책임져야 하는 일이 늘 불편하고 싫었다. 무언가 끈적끈적 달라붙어 떼 내려고 해도 떨어지지 않는 느낌이 들었다. 그래서 그런지, 다리 위에 올라서서 아랫구역을 바라볼 때마다 그는 짜증이 났다.

뒤를 따르는 제사장 몇 명, 그리고 하인들을 쓱 둘러보다가 아들 마티아스에게 퉁명스러운 목소리로 가야바가 물었다.

"예수가 저 무식한 아랫구역 사람들과 순례자들을 선동했다는 말이지?"

"그러게 말입니다. 이제까지 빵이든 포도주를 조금씩 내려 주면 잠잠했는데, 예수 그자가 성전 뜰에서 떠들어 댄 얘기를 들은 다음부터는 저 무지렁이들이 빵이 아니라 하느님 나라를 이루자니 어쩌니 떠들고 있습니다."

"그러니 방법이 없다는 게야! 빵이야 줄 수 있지만 하느님 나라를 어떻게 저들에게 열어 줘?"

"이게 다 바리새파 선생들의 잘못입니다. 할 일과 못 할 일, 바랄 것과 아예 생각도 말 일을 가르치는 일이 그들의 임무 아닙니까? 이제껏 토라 선생이라고 위엄을 떨며 대접받더니 막상 시골구석을 떠돌던 예수라는 선생 하나를 감당 못 하다니…."

"내가 가만히 생각해 보니까, 그렇기 때문에 갈릴리 안티파스가 저자를 유대로 밀어냈다는 생각이 든다. 세례자 요한을 목 베었으니 이제 자기 손에 더는 피를 묻히기 싫은 거였겠지. 그것을 눈치채지 못한 그자는 예루살렘으로 쫓겨 왔고."

그러면서 가야바는 방금 전에 그 앞을 지나온 하스몬 왕궁을 돌아다보았다. 총독궁으로 쓰이는 옛 헤롯 왕궁보다는 훨씬 못 하지만 그래도 왕궁이라고 여기저기 밝혀 놓은 불이 희끄무레하게 건물을 비추고 있었다. 돼지처럼 먹고, 고래처럼 마셔 댄다는 갈릴리 분봉왕 안티파스가 그곳에서 깊은 잠에 곯아 떨어져 있을 것이다.

곁에 다가온 마티아스가 조심스럽게 아버지 말에 동조했다.

"그래서 예수를 체포해서 갈릴리로 끌고 가는 것보다는 여기 예루살렘에서 처형하려고 저럽니다. 아예 총독에게 떠넘기려고…."

"그런데 총독에게 떠넘긴다는 얘기는 결국 우리 예루살렘 성전에게 떠넘긴다는 말 아니냐? 그토록 얘기했는데도 갈릴리로 내려가기를 거부했다니 그자 스스로 예루살렘에서 죽겠다고 작정을 한 모양이고 … 이제는 다른 방법 없다. 조용히 처리할 방법을 찾을 수밖에. 그리고 우리도 총독에게 미루는 방법을 찾고."

"그렇지요, 아버님이 밝게 보셨습니다. 총독궁하고는 얘기가 다 돼 있어서 별문제 없습니다."

"그나저나, 예루살렘 전체가 술렁거릴까봐 걱정이다. 사람들을 가라앉히려면 바리새파가 나서야 하는데 제대로 역할을 못 하는 것 같더라. 네가 랍비 가말리엘이나 누구를 좀 만나 보거라!"

"알겠습니다. 그런데 또 다른 큰 일이 있는 것 같습니다."

"뭐?"

"토라의 나라, 토라를 제대로 지키며 살아가는 세상을 이뤄야 한다는 얘기가 나오기 시작했답니다."

"그게 무슨 소리야?"

마티아스는 지난밤 그가 들었던 일을 입에 올리기 시작했다.

"지금은 토라를 제대로 지키지 않는다는 말이지요."

지금은 토라를 제대로 지키지 않는다고 비난하는 사람이 있다는 말에 가야바는 벌써 벌컥 화부터 냈다.

"도대체 어느 놈들이 그따위 소리를 해? 지금이 어느 때인데?"

"바리새파가…."

"뭐야? 그들이?"

"그중에서도 지도부에 속한다는 사람들 중에서 슬슬 그런 얘기가 나오는 모양입니다. 이번 일을 잘 정리한 다음 바리새파를 좀 손보아야 하겠습니다."

"음! 그건 적을 만드는 일, 조심스러운 얘기다. 천천히 다시 생각하자. 절대로 서두르지 마라!"

그러면서 가야바는 속으로 생각했다.

'이런 때에 바리새파가 머리를 들고 일어선다? 대산헤드린 의장을 맡은 가말리엘이 바리새파를 잘 다독이고 있는 줄 알았더니….'

입에 올리기 조심스러운 말이다. 혹여 누가 듣기라도 한다면 대제사장과 대산헤드린 나시 사이에 갈등이 있다고 소문이 날 것이다.

주위를 흘깃 살피더니 마티아스가 목소리를 낮추며 말했다.

"아마 바리새파 중에서도 일부, 아주 일부의 강경한 사람들이 그러는 모양입니다. 힐렐파와 샤마이파가 건건마다 부딪치면서 으르렁거리니 이걸 잘 이용하면 쉽게 가라앉힐 수도 있을 겁니다."

그는 아직 힐렐파 가말리엘의 집에서 나온 얘기라는 말은 하지 않았다.

마티아스의 말에 대꾸하지 않고 다리 아래를 한참 내려다보던 가야바가 혼잣말하듯 입을 열었다.

"토라의 나라 얘기는 어떤 놈들이 하는 소리야? 이제까지 그럼 토라의 나라가 아니고 어떤 나라였다는 게야?"

말은 그렇게 하면서도 가야바의 목소리에는 꼭 집어 말할 수 없을 만큼 당황스러운 기운이 배어 있었다. 마티아스가 조심스러운지 목소리를 아주 낮추어 소곤거리듯 대답했다.

"좀 더 알아보는 중입니다. 저에게 그 얘기를 전해 준 자가 있는데, 불쑥 입에 올리더니 아차 싶었는지 곧 입을 다물었습니다. 아버님 말씀을 듣고 보니 함부로 손댈 일이 아닌 것 같습니다. 명절 지나고 차근차근 조치해야겠습니다. 그때까지 제가 더 알아보고 다시 말씀드릴게요. 지금은 우선 눈앞에 닥친 일이 워낙 엄중해서요."

조금 전 바리새파를 손보겠다고 했던 마티아스가 아버지의 마음을 눈치챈 다음 금방 신중하게 처리하겠다고 한발 물러섰다.

"그래라! 바리새파 문제는 조심 또 조심! 잘못하면 파당 싸움으로 번질 수 있으니까! 그런데 오늘도 갈릴리 그자들이 성전에 올라와 계속 떠들어 댈 텐데 …."

그 말에 마티아스는 조금 뒤처져서 걸어오는 다른 제사장들 듣지 않게 조용하게 소곤거렸다.

"우선 총독궁과 상의한 대로 하기로 하고요, 명절 전에 끝내도록 조치해야겠습니다. 그렇게 보면 오늘 내일밖에 시간이 없습니다."

"해치우려면 최대한 조용하게 신속히 처리해야 할 텐데 …."

"성전 밖의 일은 위수대와 로마군이 맡고, 안에서는 경비대가 맡아 처리하는데, 지금은 총독 각하 명령으로 위수대장에게 경비대 지휘권한이 넘어가 있는 상태입니다. 그러니 따지고 보면, 모두 총독 각하께 달린 일입니다."

그 말에 걸음을 멈춘 가야바는 어지럼증이 도졌는지 잠시 눈을 감았다. 눈을 감아도 나비는 날아다니고, 벌도 날아다니고, 흰 구름 검은 구름이 몰려왔다 몰려간다. 왼쪽에서 오른쪽으로 오른쪽에서 왼쪽으로 번쩍번쩍 번개가 치는 듯 밝고 날카로운 빛이 찌르고 지나갔다. 그건 늘 안 좋은 징조였다. 더구나 그렇게 번개 치는 빛을 보게 되면 곧 불길한 일이 생긴다는 얘기도 떠올랐다.

'내가 예루살렘 성전 대제사장으로 얼마나 할 일이 많은 사람인데, 겨우 갈릴리 거지 떼 때문에 이렇게 며칠씩 마음이 어수선하다니…. 총독하고 처리할 일, 세금 문제, 바리새파의 세력을 조정하는 일, 할 일이 쌓이고 쌓였는데 일이 손에 안 잡히니!

이미 15년이나 대제사장 자리를 지키고 있는 가야바에게는 성전 뜰에서 벌어지는 어떤 소란도 결국 그의 명예에 관련된 일일 수밖에 없다. 가야바가 그렇게 생각한다는 것이 바로 유대의 비극이고, 나아가 로마 통치의 한 바퀴를 맡고 있는 모든 지배자들의 비극이다. 그들의 통치를 받으며 살아가는 사람들이 겪어야 할 슬픈 운명이다. 점점 홀쭉해지는 백성의 배를 생각하는 사람은 아무도 없고, 오로지 통치자 지배자의 얼굴만 생각하는 정치가 불러올 비극을 아무도 마음에 두지 않았다.

"가자! 이제는 더 이상 이럴까 저럴까 우물쭈물 시간을 허비할 수 없다. 남은 길은 오로지 하나 뿐. 다른 길이 없구나. 이제 제사드리러 가자! 이러다가 늦겠다."

토라에 따르면 예루살렘 성전은 하느님과 이스라엘이 제사를 통하여 만나는 유일한 장소다. 따라서 성전 제사는 하느님과 사람이 소통疏通하는 유일한 방법이다. 가야바 대제사장이든 성전의 제사장들이든 유대의 지도자들은 토라에 정해진 대로 제사를 드리는 일이야말로 성전의 존재 목적이라고 생각했다. 야훼 하느님 섬김이 바로 제사라고 믿었기 때문이다.

이스라엘을 야훼 하느님의 땅이라 부르는 한, 유대와 갈릴리 사마리아를 이방제국 로마가 통치하는 현실을 받아들일 수는 없다. 그리고 토라의 백성을 가혹하게 다루는 로마의 정책에 저항하는 사람이 나타나는 것을 이상하다고 말할 수도 없다. 토라를 연구하는 율법학자나 바리새파 사람들뿐만 아니라 성전에서 일하는 제사장들 중에도 내심 그런 생각을 하는 사람들이 있었다.

그런데 성전이 토라를 제대로 지키지 않는다고 비난하는 사람들이 있다는 말을 듣고 가야바는 무어라 설명할 수 없을 만큼 큰 충격을 받았다. 로마를 비난하던 손가락이 갑자기 성전으로 방향을 바꾸었다는 생각이 들었다.

'갖은 굴욕을 참아가며 성전을 지키려 애썼던 모든 일이 허사가 되려는가? 어떤 불순세력이 이런 일을 꾸미는가? 조직적인 움직임처럼 보이는데….'

말없이 성전으로 걸어 올라가면서도 그의 가슴은 벌렁벌렁 떨렸다. 야훼 하느님이 크게 화내면서 유대를 덮었던 보호의 보자기를 확 걷어 젖히는 모습이 눈에 보였다. 성전을 비난하는 일은, 야훼 하느님을 무능하다고 말하는 것이라고 받아들일 수밖에 없었다.

'우리 유대에 피바람이 불어 닥치려는가? 내가 그렇게 막으려고 했던 일이 기어코 벌어지는가?'

✛

　가말리엘은 집을 나서기 전 매일 아침 그러했듯 먼저 아버지 시몬의 방에 들었다.

　"아버님! 오늘 성전에서 큰일이 벌어질 것 같습니다."

　시몬은 답답한 듯 계속 가슴을 쓸어내렸다. 점점 건조해지는 유대 날씨 때문에 숨쉬기가 어려워 그렇기도 하지만, 사실 그로서는 전해져 내려온 또 한 갈래의 예언이 떠올라 숨이 막히는 것 같았다. 한참 가슴을 진정한 후 조용히 입을 열었다. 그의 목소리는 가늘게 떨렸다.

　"너에게 이스라엘의 운명이 걸려 있구나! 그리고 네가 이때에 대산헤드린 의장을 맡고 '나시'라고 불리고 있으니 힐렐 가문의 명예를 지킬 줄 믿는다. 3대에 걸쳐 의장을 맡은 우리 집안밖에는 대산헤드린을 지킬 사람이 없구나!"

　"가문의 명예와 이스라엘의 대산헤드린을 제가 지키겠습니다."

　아버지의 방에서 나온 가말리엘은 가족을 모두 불러 모았다. 아내와 시몬이라 불리는 아들과 다른 아들, 그리고 딸을 방 안에 들인 다음 그는 조용하면서도 엄숙하게 입을 열었다.

　"내 말을 잘 들어라!"

　매일 아침 성전에 올라 대산헤드린에 들어가는 아버지가 다른 날과 달리 엄숙한 어조로 입을 열자 모두 바짝 긴장했다.

　"오늘 무슨 일이 벌어지든, 함부로 이리저리 움직이지 말고 대산헤드린 나시의 가족답게 행동하도록. 그리고, 시몬 너는 한시도 할아버지 곁을 떠나지 말고 지켜드려라! 둘째는 한눈팔지 말고 네 어머니와 누이를 지켜라!"

그의 표정이 하도 굳어 있어서 감히 아무도 나서서 물어보지 못했다. 나이 먹은 부모를 지키고 집안 여자들을 보호하는 일이야 당연히 남자가 해야 할 일이다. 늙은 부모의 눈에서 뜨거운 눈물이 흐르게 하거나, 집안 여자들이 하늘을 우러러 가슴을 치면서 통곡할 일이 생긴다면 남자로서는 맷돌을 목에 걸고 물에 빠져 죽어야 할 만큼 수치스러운 일이다.

"나는 이제 나간다."

개인보다는 이스라엘 모든 사람을 생각해야 하고, 대산헤드린 의장으로 역사에 부끄럽지 않도록 행동하겠다고 다짐하며 집을 나섰다. 일이 불리하게 돌아간다고 집으로 달려올 수도 없는 자리, 가말리엘이 맡은 대산헤드린 의장 자리다.

집으로 찾아온 몇 명의 바리새파 의원들과 함께 하인들을 거느리고 튀로포에온 다리를 건너면서 아침 햇빛 아래 눈부시게 빛나는 하얀 성전을 바라보았다. 성전뿐만 아니라 뒤돌아본 예루살렘 윗구역도 잘 가꾼 나무숲 사이에 군데군데 대저택이 아침 햇빛을 정면으로 받고 서 있다. 예루살렘 성전을 지으면서 하얀 대리석을 많이 쓴 이후, 윗구역 사람들도 으레 새로 집을 지을 때면 대리석을 사용했다. 유달리 물이 귀한 예루살렘에서 싱싱한 나무숲이 보인다는 것은 끌어올린 물을 그곳에 아끼지 않고 흘려보내고 뿌려 준다는 말이다.

그래서 윗구역을 바라보다가 예루살렘 아랫구역으로 눈을 돌리면 그저 가슴이 턱 막힌 듯 답답하기 마련이다. 대제사장이든 대산헤드린 의장이든 그들은 결코 예루살렘 아랫구역으로 내려가는 일이 없다.

그저 멀리서 바라보고, 푹 한 번 한숨을 쉬고는 고개를 돌려 성전으로 들어간다.

✛

바라바는 함께 성전에 들어갈 하얀리본 지도부 몇 명을 이끌고 예루살렘으로 내려가는 길, 올리브산 북쪽 등성에 올라섰다. 아침 햇빛에 환하게 드러난 예루살렘을 보면서 그의 가슴은 세차게 고동쳤다.

"이제 때가 왔다! 예루살렘이여! 두 손을 들어 흔들며 새 날을 맞아들여라!"

그는 큰 소리로 외쳤다. 그 목소리가 산비탈을 타고 내려가 골짜기를 건너 예루살렘 성전까지 울리는 것 같다.

"동지! 그렇게 소리를 지르면…."

"괜찮아요!"

그는 굽어보는 마음으로 성전을 바라보았다. 오늘은 특별한 느낌으로 성전이 눈에 들어왔다.

"두고 보시오! 예루살렘과 성전은 이제 나 바라바를 두 손 들어 환영하게 될 거요!"

바리새파 의인義人이었던 아버지를 두고두고 칭송했듯 사람들이 바라바를 칭송하리라고 믿었다. 큰아버지 집을 떠나 세상을 떠돌던 날들이 떠올랐다. 그 끝 무렵, 갈릴리 호수 동쪽 가말라에서 히스기야를 만나 함께 하얀리본 결사를 조직하여 갈릴리와 유대를 누빈 지 4년이나 됐다.

"동지! 지난 세월이 모두 오늘 이 순간을 위한 날들이었소!"

평소 늘 침착하고 냉정했던 바라바인데 오늘 아침에는 무척 들떠 보인다. 그를 바라보는 동지들 가슴속에 불안한 생각이 스쳐 지나갔다.

원래 벳바게에서 성전에 들어가려면 예루살렘 북쪽 성문을 통과하는 것이 빠르지만 오늘은 일부러 기드론 골짜기를 걸어 내려갔다. 그곳 수사문 밖에 칼을 숨겨 놓기로 했으니 그 밑을 지나가면서 눈으로나마 확인하고 싶어서였다. 허연색 조그만 헝겊 하나가 나뭇가지에 걸려 있었다. 이상 없이 칼을 잘 숨겨 두었다는 표시다.

기드론 골짜기 건너편 올리브산 자락에 주둔한 로마군 병사들이 죽 늘어서서 골짜기를 걸어 내려가는 사람들을 바라보고 있었다.

'수사문으로 퇴각하게 되면 저들이 곧장 골짜기를 건너와 막아서겠구나!'

그러나 그 문을 통해 퇴각할 일은 없다. 일이 잘못되면 성전 안에서 죽으리라 마음먹었다. 예루살렘 남동쪽 성문 앞에는 이미 많은 사람들이 문이 열리기를 기다리고 있었다. 먼저 도착한 동지들의 모습이 보였지만 서로 모르는 체 눈길을 돌렸다. 지난밤, 하얀리본 지도부 동지들 대부분은 그들이 맡아 지휘해야 할 동지들이 묵고 있는 장소로 떠났다. 곧 30명에서 50명씩 동지들을 이끌고 예루살렘에 들어올 것이다. 그것도 많은 인원이라 네 명씩 다섯 명씩 소조를 짜서 성전에 들어오도록 조치했다.

바라바는 성벽에 잇대어 쭉 늘어선 천막을 바라보았다. 전에 움막이 있던 곳이다. 천막 아래 사람들이 우글거렸고, 아이들은 무엇이 그리 좋은지 깔깔거리며 천막 사이를 뛰어다녔다. 하얀리본 때문에 졸지에 집을 잃고 겨우 천막에서 살아가는 움막마을 사람들을 보면서도 그는 아무런 느낌도 없이 무덤덤했다.

시커멓게 그을린 성벽을 보자 불 속에서 동지들을 이끌고 언덕을 굴러 탈출했던 일이 떠올랐다. 그가 직접 처형했던 배신자 움막주인의 모습도 떠올랐다. 눈물을 흘리면서도 그는 살려 달라고 목숨을 구걸하지는 않았다.

'그는 그의 일을 위해 죽었고, 나는 내 일을 위해 죽였지!'

고개를 도리질하며 그 생각을 떨쳐버렸다.

'나였으니 그리 처단했지, 히스기야 동지라면 절대로 그 배신자를 처단할 수 없었을 것이야…. 우리 두 사람, 세상을 살아가는 걸음이 달라!'

그러나 바라바가 생각하듯 세상을 살아가는 방법이 달라서 그런 것이 아니라 두 사람이 걸어가는 목적지가 다르기 때문이었다.

혹시라도 움막마을 사람 중에 하얀리본을 알아보는 사람이 있을지 몰라 바라바는 다른 쪽으로 고개를 돌리고 성문이 열릴 때를 기다렸다. 성문 앞에는 아침 일찍부터 아주 많은 사람들이 길게 줄을 서 있었다. 어떤 사람들은 로마군 병사들이 검사하기 쉽도록 아예 바구니 덮은 것을 미리 벗겨 놓거나 자루 아가리를 풀어놓고 기다렸다.

'이제 하느님이 돌보시는 나라를 이루겠소! 더 이상 당신들이 이방민족에게 부끄러운 일을 당하지 않는 나라를 만들겠소!'

그는 이날을 위해 부름 받은 자신의 운명을 생각하니 다시 가슴이 울렁거렸다. 눈에 보이는 일들이 모두 언젠가 한 번 경험했던 일처럼 느껴졌다. 어두운 동굴 속에서 바깥으로 걸어 나왔을 때 느꼈던 아찔함이 몸을 감쌌다. 갑자기 하얀 빛 아래 몸을 드러낸 자기가 서 있다.

'전능하신 하느님! 힘을 주소서!'

이날을 위해 참 먼 길을 걸어왔다. 성전에 들어가 벌이려는 일은 거사의 끝이 아니고 새로운 시작이라는 것을 바라바는 잘 안다. 사람의 힘만으로 이룰 수 없는 일이다. 결정적 순간의 문을 그가 열어젖히면 하느님이 주권을 선언하며 개입하리라. 눌려 지냈던 백성들이 뜨거운 가슴으로 들고 일어나리라.

"아! 아버지!"

바라바는 얼굴 한 번 본 적 없는 아버지를 떠올렸다. 성문이 열려 그 안으로 들어서면 아버지가 그러했듯 다시는 뒤돌아설 수 없는 선을 넘는 일이 된다. 높이 걸린 황금독수리를 찍어 내리려고 허리춤에 도끼를 차고 성전 문을 올랐을 아버지. 그의 가슴속에 아버지의 숨결이 섞여 함께 뛴다.

'아버지가 얼마나 이날을 기다렸을 것인가? 성전 문에 황금독수리를 매달아 놓고도 여전히 제사를 드리고 분향했던 제사장들, 그들이 아버지 앞에 얼마나 부끄러웠을꼬?'

그날 사람들이 외쳤던 함성이 귀에 들렸고, 탄식과 울음이 가슴속에 스며들었다. 슬픔을 꾹꾹 참고 어린 아들 손을 만지고 등을 쓰다듬어 주던 어머니, 바라바가 세상을 떠돌아다니는 중에 눈을 감은 어머니는 입을 굳게 다물고 한 번도 아들 이름을 부르지 않았다는 말을 전해 들었다. 바라바는 어머니의 그 마음을 알 수 있을 것 같았다.

'왜 어머니는 그런 고통스러운 일을 거듭거듭 겪어야 했을까?'

그것은 어머니의 운명만 그런 것이 아니라 이스라엘의 운명이었다. 입을 꼭 다물고 어머니는 운명을 받아들였을 것이다. 어느 날 아들이 끈질긴 질곡을 끊어낼 날을 기다리며.

성문이 열리자 기다리던 사람들이 우르르 한꺼번에 출입구 쪽으로 몰렸다. 로마군 병사와 성전 경비대원들은 사람들을 한 줄로 세우고 일일이 짐을 검사했다. 짐은 뒤졌지만 몸을 수색하지는 않았다. 유대인들의 몸에 손을 대는 일은 서로 꺼리는 일이다. 자칫 생각지도 못했던 불상사가 일어날 수 있는 일이라서 전날과 달리 오늘은 로마군 병사들도 조심스러워 했다.

"후! 이놈들! 돼지 냄새!"

바라바 앞에 선 사람이 코를 찡그리며 불평했다. 로마병사들이 아침에 말린 돼지고기를 먹은 모양이다. 괜히 그 사람이 말썽을 일으키면 안 좋을 것 같아 바라바가 그를 타일렀다.

"그냥 넘어가지요. 돼지 같은 놈들이 뭘 먹든 제 놈들 일이니…."

"그러게 말이에요. 그런데 냄새를 맡으니 속이 다 뒤집힙니다. 거룩한 도성 성문에서 아침부터 더러운 냄새를 맡다니, 세상이 어찌 돼 가지고…."

"곧 지극히 높으신 분이 손을 펴서 우리 이스라엘을 품에 안으시겠지요. 때가 왔습니다."

"그러면 오죽이나 좋겠습니까? 그런 일이라면 내 목숨이라도 내놓겠습니다."

그렇게 얘기를 주고받으면서 그들은 경비병들 앞을 통과했다. 성전으로 올라가는 길과 아랫구역 올라가는 갈림길에서 헤어질 때 그가 바라바에게 물었다.

"그런데 어디서 왔소?"

"원래 예루살렘 사람입니다. 일이 있어 시골에 갔다가 올라오는 중입니다."

"그럼, 예수 그 사람 일은 좀 압니까?"

"예수? 이름은 들어봤습니다."

"그 사람이 메시아 맞습니까?"

"메시아요? 누가 그런 소리를?"

"다들 그러던데요? 나는 오늘 예수 그 사람이 무얼 가르치는지 이따가 성전 뜰에서 좀 들어 볼 생각입니다. 예루살렘 사람들은 그 사람에 대하여 어찌 생각하는지 그것도 궁금하고."

"메시아야 지극히 높으신 분이 세우는 일이지요."

그 사람과 더 이상 한가하게 메시아가 이러니저러니 얘기할 형편이 아니었다. 거사를 위해 성전을 올라가는 중인데 쓸데없는 일에 개입할 시간이 없기도 하지만 예수를 메시아라고 믿는 사람이 있다는 말에 기분이 상했다.

'예수가 메시아? 주제에 무슨! 벌벌 떨며 도망 나갈 길을 찾을 텐데.'

성전 이방인의 뜰에 들어간 바라바는 그를 따라온 동지들을 이끌고 주랑건물 밑에 들어가서 주위를 살폈다. 그 동지들은 일이 벌어지면 몰려들 동지들을 이끌고 바라바의 직접 통솔에 따르는 직할부대장의 역할을 맡을 사람들이다.

성전 본 건물 남쪽에 있는 대산헤드린 회의실로 매일 아침 그러했듯 의원들이 속속 들어가고 있었다. 아직 시간이 일러서 그런지 성전 뜰에는 고작 해야 천 명 조금 넘는 사람들이 들어와 있었다. 적어도 만명은 들어차야 로마군이든 성전 경비대든 함부로 움직이지 못할 터라 조금 더 기다리기로 했다.

그 사이 바라바는 주변을 둘러보았다. 성전 북쪽 '양의 문' 밖에는 제물로 바칠 양과 염소를 끌고 온 사람들로 점점 분주해지기 시작했다. 수사문 부근에 배치한 하얀리본 동지 두 사람은 사람들이 눈치채지 못하도록 얼마큼 떨어진 거리에서 문을 지켜보며 대기하고 있었다.

바라바가 옆에 따라붙은 동지에게 물었다.

"성전 제사를 드리러 오는 동지들은 어디 있소?"

"저기 북문, 양의 문 밖 조금 떨어진 곳에 있을 겁니다. 동지가 신호하면 바로 들어올 겁니다."

이미 대략 200명 넘는 동지들이 성전 안에 들어와 있는 것으로 보였다. 곧 500명 모든 동지들이 들어와 북쪽 '양의 문' 부근, 성전 동문 밖이방인 구역과 수사문 사이, 남쪽 이방인 뜰 동쪽 솔로몬의 주랑건물부근, 그리고 위수대에서 북쪽 이스라엘의 뜰로 나오는 문 부근에서 신호를 대기할 것이다. 그러는 사이, 동지들이 네댓 명씩 짝을 지어 바라바 옆을 지나면서 눈을 끔쩍끔쩍하며 아는 체를 했다. 그들은 왕의 주랑건물에서 뜰로 내려오는 계단을 봉쇄하는 임무를 맡은 동지들이다.

"어, 저기 예수도 들어왔습니다."

동지의 말이 아니더라도 바라바는 예수를 곧바로 알아볼 수 있었다. 전날에는 왕의 주랑건물부터 들르더니 오늘은 제자들을 이끌고 곧장 이방인의 뜰을 걸어 솔로몬 주랑건물 쪽으로 걸어왔다. 제자들과 성전에서 기다리던 사람들이 그를 따르니 금방 숫자가 2~300명으로 불어났다.

곧 벌어질 일을 아는지 모르는지, 따르는 무리들과 얘기를 나누며 예수는 편안한 얼굴로 걸어왔다. 바라바는 자기도 모르게 슬쩍 기둥 뒤로 몸을 숨기며 혼잣말로 중얼거렸다.

"예수! 그대가 무슨 생각을 했든, 이제 내가 하는 일에 그대는 저 많은 사람들 중 한 사람으로 휩쓸리게 될 거요. 죽지 않으려면 나를 찾아오든지⋯."

하얀리본이 성전을 장악하게 되면 예수가 어떤 태도를 취할 것인가? 달아날 것인가? 그때서야 뒤늦게 하얀리본 편에 설 것인가? 아니면 솔로몬 주랑건물 한구석에 제자들과 몰려서서 덜덜 떨고 있을 것인가?

'아무 상관없어! 그대가 어찌하든⋯. 이번 거사에서 그대에게 맡기려고 했던 중요한 역할은 이미 사라졌어! 감히 내 제안을 거절하다니. 갈릴리 떠돌이 주제에!'

예수가 성전 뜰 안에 들어오고 난 후 바로 예루살렘에 진주한 로마군이 총독의 명령에 따라 일제히 움직이기 시작했다. 총독궁 북쪽 날개건물 끝에 있는 3개의 탑에서 여러 개의 나팔소리가 길게 울렸다. 그러자 성전을 둘러싼 로마군, 예루살렘 외곽에 주둔한 로마군 각 부대에서 차례차례 순서대로 응답의 나팔소리가 울렸다.

나팔소리가 채 사라지기 전에, 예루살렘성 외곽에 진을 치고 대기하던 천부장 마르쿠스의 4개 보병 부대도 일제히 주둔지 군영에서 쏟아져 나와 예루살렘으로 들어오고 나가는 모든 통행로를 봉쇄했다.

그리고 곧 로마군은 예루살렘 성문을 모두 닫았다. 동시에 도성 안 모든 골목에 로마군이 경비초소를 세우고 주민들의 통행을 막았다. 예루살렘 주민들은 깜짝 놀라 모두 집 안으로 들어가 문을 닫았다.

성전 북쪽에 있는 안토니오 요새 제일 높은 탑 위에 3개의 황금 깃발이 햇빛에 번쩍이며 바람에 휘날렸다. 그 탑 위에서 곧 나팔신호가 울렸다. 그 신호에 따라 성전의 일곱 군데 출입구를 밖에서는 로마군이, 안에서는 경비대 병력이 모두 봉쇄하기 시작했다.

몇 번 길게 울리던 나팔소리가 끝나자마자 성전 뜰 동쪽 남쪽 서쪽 주랑건물 위에 배치된 로마군 병사들이 일제히 큰 함성을 지르기 시작했다. 갑자기 허리에 찬 칼을 빼 들어 방패를 두드렸다. 북소리도 울렸다.

둥둥둥둥 북소리, 철컥철컥 절그럭 탁탁 칼로 방패를 두드리는 소리, 탁탁 창 자루로 바닥을 치는 소리, 일정한 박자를 맞추어 울렸다.

박자에 맞추어 로마군이 '우우 우우우' 짧고 굵은 괴성을 질렀다. 전쟁기계라고 불리는 로마군의 야성野性이 드러나는 순간이다. 한 사람의 병사는 그 순간 개인이 사라지고 로마군이 된다. 그리고 식민지 이스라엘 유대를 지배하는 로마가 된다. 개인 병사의 힘이 무한히 뻗어나가 로마제국의 힘으로 수렴되어 성전을 흔들었다.

성전 뜰 안에 이미 들어온 사람들은 모두 꼼짝할 수 없을 정도로 포위된 셈이고, 이미 성문을 들어와 성전 언덕을 오르던 사람들은 한 사람도 예외 없이 움직이지 말고 그 자리에 그대로 앉아 있어야 한다.

'흥 그래도 나는 한다!'

로마군의 위협에 바라바는 흔들리지 않았다. 그런 정도는 이미 예상하고 있었다. 로마에서는 원형 경기장 안에서 검투사들끼리 칼싸움을 벌인다는 말을 들었다.

'이제 너희들은 우리 하얀리본 혁명군이 얼마나 용맹스럽고 신속하게 성전을 장악하는지 주랑건물 위에서, 안토니오 요새 위에서 구경하게 될 것이다.'

바라바는 아무리 로마군이 위협한다고 해도 이유 없이 성전 뜰 안으로 난입하지 못한다는 것을 알고 있다. 설사 진입한다고 하더라도 그 사이에 성전 뜰에 가득 들어찬 1만여 명 군중이 로마군의 진입을 막는 방어벽이 될 것이다.

"동지! 이만큼 사람들이 들어와 있으니 시작해도 되겠습니다. 제가 '양의 문'에 가서 수레가 도착했는지 살펴보고 오겠습니다."

"그러세요! 이제 시작합시다."

바라바의 눈짓을 받고 그는 주위를 살피며 '양의 문'으로 걸어갔다. 마음이야 달리고 싶겠지만 성전 뜰에서는 그 누구도 특별한 일 없이 달리거나 큰 소리를 지를 수 없다.

대산헤드린 회의실을 장악하기로 돼 있는 동지들이 이방인의 뜰과 유대인의 뜰을 구분하는 소레그 쪽으로 슬금슬금 접근하고 있다. 신호가 떨어지면 우선 몸에 숨겨 들어온 시카 칼을 들이대며 소레그를 넘어 들어가 회의실 출입문을 장악하고, 나머지 동지들은 동시에 수사문 밖 덤불 속에 숨겼던 칼과 수레에 실어 숨겨 온 칼을 재빨리 나눠 줘 동지들을 무장하고 제사장의 뜰로 함께 쳐들어가는 계획이었다.

바라바도 다른 동지와 함께 성전 동문 앞으로 이동했다. 그곳에서는 성전 본 건물 내부의 이스라엘의 뜰, 제사장의 뜰, 그리고 성소 건물을 바라볼 수 있다. 게다가 수사문과는 백 걸음 조금 넘을 뿐이다.

'양의 문' 밖에 소금 자루와 유황 자루 아래 무기를 숨긴 수레가 도착하면 아나톨리아에서 온 사람을 가장한 동지들이 들어와 동문 앞에서 마티아스 제사장을 찾기로 돼 있다. 제사장들이 양을 잡아 제사를 드릴 때 레위 사람들이 으레 제사장의 뜰 밖 난간에 도열해서 찬양을 부르고 나팔을 분다. 그 나팔소리를 신호로 삼아 일제히 움직이기로 정했다.

'양의 문'으로 갔던 동지가 허겁지겁 달려왔다. 그가 뛰어 오는 것을 바라본 바라바는 분명 낭패스런 일이 생겼다는 예감이 들었다.

"바라바 동지! 수레가 한 대도 안 보입니다."

"뭐요? 다섯 대 중 한 대도 없어요?"

"예, 수레도 없고 수레를 끌고 오기로 한 동지들도 안 보입니다. 어찌할까요?"

"그럼⋯수사문 밖에 있는 것을 우선 급한 대로 나눠 줄 수밖에. 그런데 유황이 없으면 위수대 통로와 주랑건물에서 내려오는 계단을 막을 수가 없을 텐데, 어쩐다?"

잠시 생각하다가 단호한 표정으로 명령을 내렸다.

"제사드리는 역할을 맡은 동지들은 곧 들어와서 예정대로 마티아스를 찾으라고 해요!"

바라바의 지시를 받자마자 그는 부지런히 '양의 문' 쪽으로 걸어가서 대여섯 명의 동지를 데리고 들어왔다. 아나톨리아에서 돈을 많이 번 부자 상인처럼 옷도 제법 잘 차려 입었고 행동도 제법 의젓했다. 그중에 한 사람은 양을 끌고 들어오다가 제사장의 뜰 북쪽 문밖에서 기다리는 제사장에게 넘겨주었다. 나머지 사람들은 천연덕스럽게 성전 동쪽으로 걸어와 동문 앞에 서 있는 성전 경비병에게 말을 걸었다.

"안에 연락을 좀 해 주시오. 우리는 아나톨리아에서 온 사람들이오. 마티아스 제사장님을 찾아왔소이다."

그는 이미 지시를 받았는지 두말하지 않고 안으로 들어가 전갈을 전했다. 그들은 기웃기웃 동문 안을 들여다보기도 하고, 방금 들어온 '양의 문' 쪽을 바라보기도 하면서 태연하게 안에서 소식이 오기를 기다렸다. 바라바가 보기에도 영락없이 제사드리러 온 사람들 같았다. 곧 안에서 사람이 나와 그들을 맞아들였다. 마티아스는 아니고 그보다 아래 제사장처럼 보였다.

"들어갑시다. 지금 다른 일이 있어 잠시 후에 오실 겁니다."

동지 중 한 사람이 힐끗 바라바를 바라본다. 바라바는 들어가라는 신호로 고개를 끄덕였다. 그 사이 제사장의 뜰 안에서는 그들이 바친 양을 이미 잡아 껍질을 벗기고 있었다.

워낙 익숙한 일들이고 명절 무렵에는 하루에도 수백 마리 잡아 제사를 드려야 해서 양을 잡는 제사장들은 한 시도 쉬지 않고 양을 잡고, 커다란 대접에 피를 받는다. 잡은 양을 고리에 끼워 거꾸로 매달아 껍질을 반쯤 벗기고 배를 갈라 내장을 꺼내고 제물을 바칠 준비를 끝낸다. 제사장 네댓 사람이 달려들어 하는 일이니 순식간에 준비가 끝난다. 이제 레위인들이 나팔을 불면 제사장이 제단에 올라 피를 뿌리고 활활 타오르는 불에 제물을 얹어 태울 순서다.

제사장 뜰 앞 이스라엘의 뜰까지 들어갔던 동지 한 사람이 아주 굳은 얼굴로 달리듯 밖으로 나왔다.

"동지! 마티아스 제사장도 안 나오고, 대제사장은 코빼기도 안 보입니다."

"나오겠지요! 어서 들어가 준비하시오. 시카 칼은 가지고 있지요?"

"예! 그런데 어째 좀 수상쩍어서⋯."

"자! 걱정 말고 들어가세요. 침착하게⋯. 침착하게⋯."

그는 내키지 않는 표정으로 다시 안으로 들어갔다.

"무기를 끌어 들입시다."

바라바가 신호를 보내자 수사문 부근에서 대기하던 동지 두 사람 외에 십여 명이 우르르 문을 열고 밖으로 나갔다.

그때 제사장의 뜰 안에서 나팔 소리가 울렸다. 이제 제사가 시작된다는 신호다. 성전 뜰 안에 들어와 있던 500명 하얀리본 동지들이 일제히 움직였다. 로마군이 내려올 계단을 막기로 한 사람들, 위수대에서 내려오는 통로를 막기로 한 동지들, 성전 지하 무기고로 내려가 성전 경비대 무기고를 접수해야 할 사람들 그들 각 조에서 몇 사람이 무기를 수령하기 위해 동문 앞으로 달려왔다. 바라바와 함께 제사장의 뜰로 쳐들어가기로 한 동지들도 모여들었다.

바라바는 침착하게 그들의 움직임을 지켜보며 계산했다. 수레에 싣고 와야 하는 칼이 도착하지 않았으니 칼을 다 합해야 수사문 밖에 감춰둔 200개밖에 안 된다. 제사장 뜰에 들어가기로 한 300명 중 100명에게 칼을 나눠 주면 나머지는 100개. 그중에서 50개는 성전 무기고를 접수하러 가는 동지들에게, 그리고 대산헤드린을 봉쇄하는 동지들에게 10개, 위수대에서 내려오는 통로를 막는 동지들에게 40개를 배분하기로 했다. 성전 뜰을 둘러싼 주랑건물 위에서 쏟아져 내려올 로마군을 대적할 무기가 없다. 유황도 없고, 칼도 없다.

무기를 수령하러 온 동지들에게 바라바가 명령을 내렸다. 형편은 아주 곤란했지만 그의 표정은 아주 근엄했다.

"동지들! 칼이 부족하오! 저 군중들을 주랑건물에서 내려오는 쪽으로 끌고 가서 몸으로 막아요. 어떻게든 시간을 끌어요. 그동안에 칼을 전달할 테니…."

그들은 황당한 표정이다. 무기도 없이, 시카 칼 하나로 로마군과 맞서라니….

"어서! 군중을 끌고 가서 방패로 삼아요!"

그들은 달려갔다. 말도 안 되는 상황이지만 그 방법밖에 없었다.

그때 수사문 밖에 숨긴 칼을 가지러 갔던 동지들이 우르르 몰려들어 왔다. 맨손이다.

"칼은?"

"없어요!"

"왜? 아침에 거기 칼을 잘 숨겨뒀다는 신호를 내 눈으로 분명 봤는데…. 없다니?"

"하여튼 없습니다. 혹시나 해서 샅샅이 뒤졌습니다."

바라바는 즉각 결단을 내려야 했다. 전투용 칼이 하나도 없다. 유황도 없다. 오직 500명 동지와 그들이 숨겨 들여온 시카 칼뿐이다.

"각자 맡은 위치로 이동! 이 칼 가지고라도 해 봅시다. 자! 안으로 들어가기로 한 동지들은 나를 따르시오!"

안으로 뛰어 들어가면서 외쳤다.

"동지들! 대제사장을 잡으면 죽이지 말고 내 앞으로 끌고 오시오. 죽이면 안 됩니다."

순간적으로 그는 대제사장을 인질로 삼기로 마음을 바꾸었다. 성전 동문을 들어가면 이스라엘 여자들이 들어가는 뜰이 나오고, 그 안쪽으로 들어가면 이스라엘 남자들의 뜰, 반원형으로 생긴 계단을 올라가면 제사장의 뜰이 나온다. 300명 하얀리본이 함성을 지르며 뜰 안으로 들이닥치자 그곳에서 제사를 기다리던 사람들이 비명을 지르며 벽에 몸을 붙이며 피했다.

바라바는 오직 제사장 뜰 서쪽에 높이 솟은 성소 건물을 바라보면서 달렸다. 제사장의 뜰에 발을 들여 놓는 순간 질펀한 피가 보였다. 그리고 제단에서 불에 타는 내장 냄새, 피 비린내가 코를 찔렀다.

그런데 제사장의 뜰 안 양쪽으로 성전 경비대 병력이 빡빡하게 들어차 있었다. 병력은 순식간에 하나로 합치더니 바라바의 앞을 막아섰다. 제사장들은 경비대 뒤쪽 벽에 붙어 서 있고, 레위인들은 나팔을 든 채 벌벌 떨며 달아나기 바빴다. 제사드리러 들여보낸 동지들은 모두 포박되어 제사장의 뜰 양과 염소를 매달아 놓는 기둥에 묶여 있었다.

"아!"

그제야 바라바는 깨달았다. 함정에 빠졌다.

'이대로 끝인가?'

땅이 빙글빙글 돌았다. 제사장의 뜰을 둘러싼 건물도 빙글빙글 돌더니 머리 위로 무너져 내리는 것 같다. 이스라엘의 하느님 야훼를 모신 성소가 눈에 들어왔다. 마치 입을 크게 벌린 듯 문을 활짝 열려 있으나 그 안은 그저 캄캄해 보였다. 열린 입 안쪽은 깊은 어둠, 암흑이었다.

힐끗 뒤를 돌아보니 동문 밖에서 이스라엘 여자의 뜰로 경비대 병력이 쏟아져 들어오고 있었다.

바라바는 외쳤다. 피를 토하고 쓰러질 만큼 비통한 심정이다.

"동지들! 퇴각! 퇴각하시오! 큰 뜰, 이방인의 뜰로, 자 나를 따르시오!"

그는 당황해 어쩔 줄 모르는 동지들 사이를 지나 제사장의 뜰에서 이스라엘의 뜰로 나왔다. 맨 처음 맞닥뜨린 사람이 나이 어려 보이는 경비대원이다. 쓰러지듯 몸을 비틀면서 그의 다리를 걸어찼다. 겁먹은 눈으로 바라바의 험악한 얼굴을 바라보던 병사는 갑작스러운 공격에 그대로 픽 쓰러졌다. 바라바가 얼른 그 병사의 칼을 주워 들고 휘둘렀다. 그의 기세가 워낙 험하고 악에 받쳐 죽기 살기로 날뛰니 경비대 병력이 주춤주춤 물러났다. 그중 몇 사람은 바라바가 휘두른 칼에 상처를 입고 칼을 떨어뜨리거나 미처 뒤로 피하지 못하고 그 자리에 쓰러졌다.

하얀리본 동지들은 쓰러진 경비대원에게서 칼을 뺏거나, 바닥에 떨어뜨린 칼을 주워들었다. 대여섯 명의 동지들이 칼을 손에 넣을 수 있었다. 전투용 칼을 손에 넣은 동지들이 바라바를 중심으로 뭉쳐서 앞장서고, 그 뒤에는 시카 칼만 든 동지들이 따라 나갔다. 맨 뒤쪽 동지들은 시카 칼을 내두르며 성전 경비대에 저항했지만 곧 여기저기 칼에 베이고 찔려 쓰러졌다.

동문 밖에는 경비대원 30여 명이 대오를 갖추고 하얀리본이 동문을 벗어나지 못하도록 완강하게 저지했다. 양쪽이 대치하는 동안 갑자기 성전 이방인의 뜰 이쪽저쪽에서 2백 명 넘는 하얀리본 동지들이 큰 함성을 지르며 몰려왔다. 그들은 고작 시카 칼을 휘두르며 몰려오지만 기세는 무서웠다. 경비대가 주춤주춤하는 사이 바라바는 동문 밖으로 나올 수 있었다.

"바라바 동지! 수사문으로 탈출합시다!"

몇 명 동지가 외쳤다. 원래 수사문은 무기 반입에 이용하기도 하지만 일이 실패할 경우 그 문을 통해 탈출하기로 계획했던 통로였다. 멈칫하더니 바라바가 외쳤다.

"아니오! 모두 뜰로 나갑시다."

뜰로 나가야 1만여 명 군중의 목숨을 걸고 담판할 수 있겠다는 생각이 순간 들었기 때문이다.

"동지들! 내게 생각이 있소! 솔로몬 주랑건물 앞으로, 예수를 찾아! 예수를 잡아!"

그는 예수를 시켜 군중을 동원할 생각이었다.

막 성전건물 남쪽 이방인의 뜰로 방향을 돌리려 할 때 그를 부르는 소리가 들렸다.

"바라바 동지! 바라바 동지! 잠깐만…."

흘깃 뒤돌아보니 히스기야였다. 감옥에 갇혀 있던 히스기야가 달리듯 급한 걸음으로 다가왔다.

'잘됐군!'

바라바는 못 들은 척 내처 솔로몬 주랑건물로 달렸다. 1백여 명 동지들만 그의 뒤를 따랐고, 나머지는 눈치를 보더니 슬금슬금 수사문을 빠져나갔다. 히스기야는 동지들이 수사문 밖으로 탈출하도록 손으로 지휘하고 있었다.

'배신자! 내가 네 놈의 배를 가르고, 네 창자를 모두 꺼내 제단 위에서 불 사르리라!'

그 광경을 본 바라바는 이를 부드득 갈았다. 그러나 지금은 우선 성전 뜰에 나가 예수를 붙잡는 일이 먼저다. 그는 내달렸다. 성전 이방인의 뜰로 달렸다. 눈앞이 캄캄했다. 달리기는 하지만, 한 발 내딛을 때마다 땅이 갑자기 물러지기라도 한 듯 푹푹 발을 잡아당겼다.

✝

성전 본 건물, 특별히 잘 다듬은 돌로 벽을 두른 대산헤드린 회의실, 의장의 자리에서 가말리엘은 맞은편에 있는 의원들의 자리를 바라보았다. 의장 자리 맞은편 반원형 의원들 자리는 크게 세 구역으로 나뉘어 성전을 대표한 의원, 바리새파를 대표한 의원, 그리고 유대의 장로들을 대표한 의원들 69명이 23명씩 나눠 자리를 차지하고 앉는다. 가말리엘 바로 비켜 오른쪽 앞에 마련된 부의장 자리는 비어 있다. 원래 샤마이파에 배정된 자리지만 그들이 부의장을 선출하지 않았기 때문에 벌써 3년째 공석이다.

지난밤 바리새파 모임에 참석했던 사람 중 혹 빠진 사람이 있는지 눈으로 확인해 보니 한 사람도 자리를 비우지 않아 우선 마음이 놓였다. 그들을 믿고 은밀한 얘기를 꺼냈던 것이 잘한 일이었다는 것을 확인한 셈이다. 위험한 일이 닥칠 것을 뻔히 알면서도 대산헤드린에 들어온 사람들, 하기야 그런 그릇의 사람들이니 의원이 되었음이 틀림없다.

대산헤드린 회의실은 두 군데로 통하는 출입문이 있다. 하나는 성전 본 건물 안의 이스라엘의 뜰로 들어가는 문이고 다른 문은 바깥쪽 이스라엘의 뜰로 나가는 문이다. 그 바깥 이스라엘의 뜰을 지나면 이방인의 뜰로 나가는 경계 소레그가 있다.

가말리엘은 출입문을 눈여겨 지켜보았다. 혁명을 일으키려는 세력이 문을 봉쇄하면 70여 명 의원은 모두 꼼짝하지 못하고 갇히게 될 것이다. 극도의 혼란에 빠진 의원들을 안정시키고, 유대의 안전과 유혈 사태를 피할 수 있는 조치를 취해야 한다. 그는 어깨에 올려진 짐이 감당할 수 없을 만큼 무겁게 누르고 있음을 느꼈다.

의원들이 거의 모두 출석해서 자리를 채웠다. 으레 그러했듯, 성전을 대표한 의원들 자리는 듬성듬성 많이 비어 있다. 다른 의원들이야 유월절 준비 때문에 그러려니 하겠지만 가말리엘은 예사롭게 보지 않았다.

대산헤드린 회의를 여는 기도와 여러 절차를 거친 다음 전날 성전이 제출한 안건을 의논하려고 할 때였다. 갑자기 양쪽 문으로 우락부락하게 생긴 건장한 사내 10여 명이 들이닥쳤다. 그들은 문 안으로 들어와 문을 가로막더니 아무 말도 하지 않고 버티고 섰다.

"누구야? 웬 놈들이야?"

"여기는 대산헤드린이야! 네놈들 누구야?"

자리를 박차고 일어나 소리를 지르는 의원들을 바라보던 가말리엘이 조용히 일어섰다. 그리고 문을 가로막고 선 사내들에게 물었다. 목소리는 엄숙했다. 조금도 흔들림 없는 그 모습은 대산헤드린 의장다웠다.

"여기는 이스라엘의 대산헤드린! 그대들은 누구인데 감히 이곳에 난입했는가?"

그래도 사내들은 아무도 나서지 않았다. 어떤 사람은 팔짱을 끼고, 어떤 사람은 한 손을 품속에 넣은 채 그저 그림자처럼 거기 서 있다.

"왜 말을 하지 않는 거야? 나시님이 물으시잖아?"

성격이 급한 몇 사람 의원이 그들에게 다가갔다. 상대가 무장하지 않았음을 보고 용기를 냈으리라.

"물러서시오!"

가말리엘이 급하게 외쳤다. 문을 가로막고 선 사내들의 자세로 보아 그들은 책임자급이 아니라고 판단했다. 더구나 일이 잘못되면 의원들이 다칠 수 있기 때문이다. 그들이 비록 맨몸 같아도 몸에 무기를 숨겼음이 틀림없어 보였다.

그래도 의원 중에 용기 있는 사람 하나가 그들에게 다가가 몇 마디 말을 주고받더니 부지런히 가말리엘 앞으로 걸어왔다. 거의 뛰다시피 걸어왔다. 하얘진 얼굴에 숨까지 헐떡이며 다가오더니 다른 사람들도 다 알아들을 수 있을 만큼 큰 소리로 말했다.

"나시님! 혁명이랍니다!"

이미 모든 일을 다 예상하고 있었고, 그 사내들이 문을 막아섰을 때부터 알고 있었지만 막상 '혁명'이라는 말을 들으니 가말리엘은 가슴이 덜컥했다. 이제 피할 수 없는 막다른 길에 들어섰다. 전날 자기 아들의 부축을 받으며 찾아왔던 사람, 바리새파 의인義人의 형이 한 마디한 마디 힘들게 남겼던 말이 생생하게 떠올랐다.

"이번 일은 혁명입니다. 그리고 성전 뜰에 가득한 동족이 피를 흘리고 거꾸러지느냐 마느냐, 모두 나시님에게 달렸소이다. 이스라엘의 운명이 달린 일이오. 그 많은 사람들의 목숨을 로마군의 칼과 창 아래 던져 놓고, 우리가 어찌 '이스라엘의 선생' 소리를 들으며 살 수 있겠소?"

"어른께서 저에게 이 일을 말씀하셨으니, 무엇을 원하시는지 말씀하시지요."

"이 늙은이의 생각으로는 혁명이 성공하느냐 여부는 오로지 나시님께 달렸습니다."

그 말을 마친 노인은 가만히 가말리엘의 얼굴을 바라보았다. 가말리엘은 부르르 몸을 떨었다. 사실 그는 바리새파 선생 중에서도 힐렐파에서 가장 온건하고 신중한 사람으로 소문났다. 아버지 시몬의 뒤를 이어 힐렐파 수장을 맡고 있지만 그 스스로는 가능하면 권력을 놓고 싸우는 일은 멀리하면서 지냈다. 그런데 대산헤드린 의장이라는 자리는 그를 정치의 소용돌이 한가운데로 밀어 넣었다. 이제 유대는 전에 없었고 앞으로도 없을 큰 소용돌이에 휩싸일 것이 분명했다. 이 혼란의 시기에 그는 자기가 해야 할 일에서 달아나지 않기로 마음먹었다. 어쩌면 지극히 높으신 야훼 하느님의 뜻이 그러리라고 받아들였다.

지난밤부터 날이 밝으면 성전에서 벌어질 일을 각오하면서 마음을 다졌다. 그러나 막상 눈앞에 벌어지는 것을 보자 그는 다리가 후들거리는 것을 느꼈다.

"나시님! 혁명이랍니다."

가말리엘이 아무 말 없이 서 있자 그 의원은 다시 큰 소리로 외쳤다.

그 말을 받아 회의실이 소란에 빠졌다.

"혁명?"

"도대체 어떤 놈들이 이 판국에….."

"어이쿠! 로마군은 어찌 하누!"

"경비대는 다 어디 갔어? 이게 무슨 일이야? 내가 나가 봐야겠네."

"나시님! 나시님!"

떠들썩했다. 가말리엘은 그들이 외치는 소리가 아득하니 먼 곳에서 들리는 것 같았다. 눈앞에 많은 의원들이 앉았다 일어섰다, 제자리를 떠나 몇 사람씩 모여 떠들고, 여러 사람이 의장 자리로 몰려오는 것이 보였다. 그 모습도 아른아른 봄 아지랑이 저쪽에서 일어나는 일처럼 보였다.

"나시님! 이럴 때 우리 대산헤드린이….."

바로 눈앞에 다가온 의원 한 사람이 나지막한 목소리로 말했다. 그는 지난밤 가말리엘의 집 모임에 참석했던 사람이다. 나머지 대여섯 사람은 모두 이게 무슨 일이냐는 듯 놀라고 당황한 표정이다.

가말리엘은 자리에 도로 털썩 주저앉았다. 그리고 혼자 말을 내뱉었다.

"올 것이 오고야 말았구나!"

"예? 나시님! 무어라고 말씀하셨습니까?"

듣기는 들었지만 그들은 다시 한 번 확인하는 뜻으로 물었다.

"올 것이 왔다고 했소. 그나저나….."

그는 문을 다시 바라보았다. 지금쯤이면 혁명의 주모자라는 사람이 모습을 드러내야 할 시간이다. 그런데 성전 안쪽 뜰 안에서 큰 소리가 나고 사람들 달리는 소리, 무언가 넘어지는 소리, 놀라 외치는 소리가 들리기는 했지만 혁명군의 우두머리는 대산헤드린 회의실에 모습을 드러내지 않았다. 시간이 너무 걸렸다. 길게 끌면 아무리 체통 차리고 명예를 중요하게 생각하는 대산헤드린 의원들이지만 불상사가 벌어질 것이 뻔했다.

"의원님들! 좀 진정하세요!"

가말리엘이 두 손을 크게 벌려 앞으로 내뻗어 흔들면서 의원들에게 외쳤다.

"무슨 일인지는 아직 모르겠으나 분명 심상치 않은 일이 벌어진 듯 생각합니다. 이런 때일수록 우리 대산헤드린에서 중심을 잃지 말고 이스라엘의 법과 전통, 그리고 장로의 가르침을 지켜야 할 것입니다. 무슨 일이 벌어졌든, 이스라엘을 안정시키는 최종 임무는 우리 대산 헤드린이 지고 있다는 점을 잊지 마십시오. 작은 일에는 서로 다른 의 견을 내놓고 얼굴을 붉혔습니다만, 비상한 일을 당하면 의원 한 사람 한 사람의 의견을 내세우기보다 대산헤드린의 통일된 의사를 모으고 일치단결하는 일이 중요합니다."

그 말끝에 샤마이파의 지도자인 의원이 물었다.

"의장께서 이번 일에 대해서 좀 알고 계신 일이 있습니까? 왜 저리 바깥이 소란스럽고, 이 거룩한 대산헤드린을 봉쇄한 저자들은 누구인지?"

역시 날카로웠다. 그는 유대의 정치적 격변의 낌새를 채고 있음이 분명했다. 하느님을 섬기고 토라를 따르는 일이 따지고 보면 정치다. 대산헤드린은 이스라엘이 지키는 토라를 해석하고, 토라에 따라 재판 하는 최고재판소이지만 이스라엘, 특히 유대를 다스리는 통치기구의 하나다. 그리고 의원들은 모두 정치가다.

"제가 의장 자리에 있지만 아직 성전으로부터 아무런 보고를 받지 못한 상황이라 여러분이나 마찬가지로 무슨 일이 일어났는지, 일어나고 있는지 알지 못합니다. 그렇다고, 우리가 우르르 성전 뜰에 몰려나가 끼웃끼웃 알아보고 다닐 수도 없고, 상황을 좀 지켜봅시다."

날카로운 눈으로 지켜보는 샤마이파 지도자의 말을 듣고 보니, 섣불리 혁명에 대해 먼저 입을 열 수도 없다는 생각이 들었다. 문을 지키는 사람들 때문에 성전의 바깥 뜰 상황도 알 수 없어 답답했다. 지금쯤 혹 로마 군인들이 성전 뜰 안으로 밀고 들어오지나 않는지 점점 걱정이 됐다.

그때 문을 가로막고 지키던 사내들이 갑자기 모두 우르르 몰려나갔다. 그 사내들 중 우두머리로 보이는 사람이 다급한 소리로 외쳤다.

"철수! 철수!"

그들은 문을 모두 열어 둔 채 황급하게 물러났다. 그렇지만 아무도 선뜻 문밖을 내다볼 생각을 하지 못했다. 바깥 상황이 궁금하기는 해도 뛰어나가 알아볼 만큼 용기는 없었다. 사내들이 물러나는 것을 보면서 가말리엘은 갑자기 머리끝에서부터 온몸을 타고 흘러내리는 커다란 불안에 자기도 모르게 몸을 떨었다.

'실패한 건가?'

혁명군의 우두머리가 대산헤드린에 나타나지도 않고, 문을 막아섰던 사내들이 사라진 것으로 보아서는 계획대로 일이 이뤄지지 않은 것 같았다.

"어찌 됐는지 알아보세요!"

가말리엘은 힐렐파 의원 한 사람에게 말했다. 그러자 샤마이파의 의원이 나섰다.

"나도 같이 나가서 알아보고 오겠습니다."

"그러세요. 무슨 일이 있었는지, 왜 성전에서는 대산헤드린에게 상황을 즉시 보고하지 않았는지, 지금 상황이 어떤지, 그리고 성전 뜰 안에 들어온 많은 사람들의 안위를 확인해서 의원들께 보고하세요."

순간 그로서는 지난밤 바리새파 지도자들을 집에 불러 입에 올렸던 말이 걱정되기 시작했다. 누구든지 그 말을 들었던 사람이라면 대산헤드린의 의장이 혁명을 일으키려는 세력과 내통했다고 몰아붙여도 할 말이 없을 형편이 됐다.

다행히 그 모임에 참석했던 사람들이 모두 힐렐파 의원들이었기에 안심은 되지만 그중 요셉과 니고데모 두 사람이 마음에 걸렸다. 보통 그런 모임에는 얼굴을 보이지 않던 사람들인데 다른 날과 달리 두 사람이 참석했던 이유가 못내 궁금했다.

아니나 다를까, 그 두 의원은 꼼짝도 않고 자리에 앉아 의장석을 바라보고 있다. 마치 모든 것을 알고 있다는 듯.

눈이 마주치자 니고데모 의원이 고개를 끄덕였다.

"아!"

가말리엘은 자기도 모르게 가볍게 한숨을 쉬었다.

니고데모는 가말리엘이 처한 곤란한 처지를 이미 꿰뚫어 보고 있음이 틀림없다. 그래서 걱정하지 말라는 듯, 자기는 입을 다물겠다는 듯 고개를 끄덕여 신호를 보냈음이 분명했다. 그도 니고데모에게 고개를 끄덕여 주었다. 그러자 니고데모가 바로 옆에 앉은 요셉 의원에게 몸을 돌려 다른 사람이 알아듣지 못하도록 무언가 설명하는 것을 볼 수 있었다.

가말리엘은 이제까지 유대와 예루살렘에서 일어나는 모든 일을 자기가 다 알고 있다고 생각하며 살았다. 할아버지 힐렐, 아버지 시몬, 그리고 자기까지 3대에 걸쳐 대산헤드린 의장 자리를 맡았던 가문으로 유대의 운명이 곧 자기의 운명이라고 믿고 살았다. 그러나 이제 생각해 보니, 세상에는 혁명을 일으켜 성전을 무너뜨리자는 세력도 있고, 성전과 운명공동체로 묶여 한 몸처럼 움직여야 하는 사람들도 있고, 그저 지켜보다가 유리한 쪽을 선택하려는 사람도 있었다.

'나는 누구인가? 나는 어떤 사람인가?'

'나는 이스라엘을 위해 무엇을 하는 사람인가? 토라의 나라를 세우겠다는 사람들의 의기를 생각하면 한없이 부끄러운 사람이구나!'

스스로 일어서서 잘못된 것을 바로잡을 용기도 없고, 현실의 체제를 적극적으로 옹호하고 지키려는 의지도 없다. 토라 선생이라는 이름에 매달려, 힐렐파의 후계자요 지도자, 대산헤드린 의장으로 '나시'라 불리는 자리에 앉아 무엇을 지켜야 할지 무엇을 바꿔야 할지 아무 생각 없이 살아온 사람일 뿐이라는 것을 깨달았다. 이스라엘이 피 흘리지 않도록 수습해야 한다는 명분으로 혁명군의 등에 올라타려고 하지 않았던가?

'이제 나에게 닥칠 일을 어찌 해결할꼬!'

그가 책임져야 할 일에 생각이 미치자 대산헤드린 의장, 힐렐파의 수장이며 바리새파 선생으로 지켜야 할 명예가 더 중하게 생각됐다. 대산헤드린의 부의장이 없으니 회의 주재를 잠시 넘길 사람도 없는 셈이다. 무슨 일이 벌어졌든 앞으로 어떤 일이 벌어지든 그가 혼자 대산 헤드린을 대표해서 맡아 처리할 일이다.

그러나 지금은 아무것도 할 수 없다. 아무 말도 할 수 없고, 대산헤 드린 회의를 끝낼 수도, 아무 일도 없었다는 듯 전날 올라온 안건을 토 의할 수도 없다. 그저 알아보려고 나간 사람들이 돌아오기만 앉아서 기다릴 수밖에 없다. 문을 막는 사람이 있으면 겁나서 뚫고 나가지 못 하고, 막는 사람이 없어도 두려워서 밖에 나가는 사람이 없는 예루살 렘 대산헤드린, 선뜻 나서서 혁명을 지지하지도 못하고, 그렇다고 혁 명을 거부하지도 못하는 유대 지도자들, 그들에게 주어진 때와 장소 가 그러했다. 가말리엘도 그런 사람이었다.

✝

캄캄한 어둠 속에 있더라도 히스기야는 시간을 가늠할 수 있다. 아 침 해가 뜬 지 오래됐고, 아마 제3시가 조금 지났을 시간이다. 어둠 을 깨뜨리는 것은 빛뿐만 아니라 소리도 그렇다. 어디선가 어렴풋이 나팔소리가 들렸다. 그때 열쇠로 문을 여는 소리가 들렸다. 그 소리에 그때까지 조용하던 어둠이 갑자기 꿈틀 흔들렸다.

곧 문이 열리고 사람들이 들어왔다. 갑자기 들어온 불빛 때문에 눈 을 감았다.

"동지! 히스기야 동지!"

유다였다. 약속한 대로 정말 유다가 감옥으로 찾아왔다.

"동지! 지금 아마 하얀리본이 일을 벌일 때쯤 됐습니다. 나가서 상황을 장악하세요."

"유다 동지…. 그럼 이게?"

"동지가 다시 돌아올 때까지 내가 여기서 좀 쉬고 있기로 했습니다. 만일 돌아오고 싶지 않으면 그래도 됩니다. 나는 여기서 하얀리본의 우두머리 히스기야가 되어 자랑스럽게 죽을 각오가 돼 있으니…."

그러더니 그는 무엇이 우스운지 혼자 쿡쿡 웃었다.

"어떻게 이런 일을?"

"손 좀 썼습니다. 들인 돈 아깝지 않도록 동지가 충분히 일할 것으로 믿습니다."

"동지가 여기 들어온 것 누가 압니까?"

"아무도 모릅니다. 내가 갑자기 사라졌으니 사람들은 벌어질 일이 두려워서 도망친 배신자로 생각하겠지요. 그까짓 것 누가 어떻게 생각하는지 나는 전혀 상관없습니다. 이런 일을 위해서라면 천 번 아니라 만 번이라도 배신할 수 있습니다. 자! 시간이 없습니다. 어서 나가 보세요. 아니면 늦습니다."

사람들이 어찌 생각하든 상관없다는 유다의 말을 듣고, 히스기야는 그를 끌어안았다. 그 한마디 말만으로도 유다가 어떤 사람인지 충분히 알 수 있다. 모든 사람은 남이 자기를 어찌 생각하는지 그것을 제일 중요하게 생각하며 산다. 다른 사람이 기대하는 대로 살아야 하고, 다른 사람들의 평판에 따라 내가 누구인지 결정되는 세상을 살았다. 그런데 이제 보니 유다는 다른 사람들과는 정반대의 생각을 가진 사람이다.

"동지! 내가 반드시 돌아오리다."

"동지! 동지가 그냥 돌아온다면 그건 거사가 실패했다는 말이 될 겁니다. 돌아오지 말고, 거사를 성사시키세요. 아마 거사가 성공하든 실패하든 이자들이 나를 죽이지는 않을 겁니다. 그런데 거사가 실패하면⋯."

그러더니 그는 크게 한숨을 쉬더니 생각하기도 싫은 일이라는 듯 말을 내뱉었다. 한 마디 한 마디 천천히, 그러나 또박또박.

"거사를 실패하면 동지나 나나 죽은 목숨입니다. 동지는 실패해서 죽고, 나는 죽은 것이나 마찬가지 목숨이지요. 살아서 나를 한 번이라도 다시 더 보고 싶으면 반드시 거사를 성공시키세요. 성공하려면, 예수 선생님을 반드시 끌어들여야 합니다. 그 방법밖에 없습니다. 바라바 동지가 너무 자만하면서 그런 사정을 모르니까 문제지요."

있을 수 없는 일이다. 로마 위수대에 갇혀 있는 사람을 잠시라도 풀어 준다는 일은 누구도 감히 생각할 수 없는 일이다. 그런데 유다는 감히 그 일을 이루려고 스스로 감옥을 찾아온 사람이다. 히스기야로서는 위수대가 무슨 생각으로 자기를 풀어 주는지 알게 됐지만 유다에게 설명할 시간이 없었다.

"동지! 내 얼른 다녀오리다."

"어서 가세요."

유다를 안내해서 들어왔던 로마병사, 늘 히죽히죽 웃으면서 서툰 유대말로 통역하던 병사가 히스기야를 감옥에서 끌고 나왔다. 이번에는 눈을 가리지 않았다. 앞뒤로 댓 명의 병사들이 그를 둘러싸고 위수대가 있는 안토니오 요새 문밖까지 끌고 나와 놓아 주었다.

150

요새 밖은 바로 예루살렘 성전 북쪽에 있는 이방인의 뜰이다. 요새에는 성전을 둘러싼 성벽 밖으로 통하는 문과 이방인의 뜰로 통하는 문이 따로 있다. 그들은 히스기야를 성전 뜰 안에 풀어놓은 셈이다. 뜰 안에서는 누구도 로마군의 감시를 벗어날 수 없으니 안심하고 풀어놓은 모양이었다.

빠른 걸음으로 성전 건물을 오른쪽으로 끼고 돌아 동문 쪽에 이르렀을 때 성전 건물 안에 있는 이스라엘의 뜰을 벗어나려고 경비대와 충돌하는 하얀리본을 목격했다. 요새 안에까지 들렸던 떠들썩한 소리와 함성은 하얀리본과 경비대 사이에 벌어진 전투소리에 틀림없었다.

하얀리본 동지들 맨 앞에 바라바가 칼을 맹렬하게 휘둘렀다. 기세가 어찌나 험한지 그를 막아섰던 경비대가 주춤주춤 뒤로 물러났다.

"어허? 바라바 동지가!"

그를 처음 만났을 때 그저 경전공부만 한 바리새파 사람으로 알았는데, 어디서 어떻게 배웠는지 그는 정통으로 배운 솜씨로 칼을 휘둘렀다. 처음 칼을 손에 잡은 사람은 생각처럼 쉽게 칼을 휘두를 수 없는 법이다. 무게도 가늠해야 하고, 길이도 생각해야 하고. 칼을 올리고 내리고, 칼끝으로 겨누고, 찌르고 비틀고, 그 모든 동작을 몸에 익히려면 꽤 오랜 시간 연습해야 한다. 그래야 칼이 마음먹은 대로 겨눌 곳을 똑바로 겨누고, 상대방 칼 끝 방향을 교란시킬 수 있다.

그런데 바라바가 칼 쓰는 것을 보니, 그는 마주선 경비병의 허점을 정확하게 노리고 있었다. 그가 칼을 한 번 휘두를 때면, 적어도 앞을 가로막은 병사 서너 명의 치명적인 급소를 동시에 노리는 듯 보였다. 그가 번쩍 칼을 휘두르면 칼에서 뻗어 나온 시퍼런 살기殺氣가 원을 그렸다. 상대를 제압하려는 칼 솜씨가 아니고, 생명을 끊어 놓겠다는 독한 힘이 실려 있었다. 부하들이 바라바 한 사람에게 밀려 주춤주춤 물러나는 것을 본 경비대 장교가 용기를 내어 바라바를 막아섰다.

장교는 큰 소리로 외쳤다.

"항복해라! 이미 너희는 포위됐다."

"흥! 어림없다. 받아라!"

바라바는 칼을 쭉 뻗었다. 그에 맞서 경비대 장교도 칼을 뻗었는데 그는 왼손잡이였다. 바라바가 슬쩍 장교의 칼을 오른쪽 옆으로 되받아 치며 성큼 한 발 다가섰다. 그의 왼손에는 어느새 빼 들었는지 시카 칼이 번득였다. 시카 칼로 목을 겨누고 달려드는 바라바를 피하려고 경비대 장교는 한 걸음 뒤로 물러섰다. 몸이 흐트러진 그 틈을 타서 바라바가 칼을 번쩍 휘두르자 버티면서 바라바의 칼을 받아내던 장교는 칼을 놓치고 급히 몇 걸음 더 물러났다. 그 사이 이미 바라바는 장교의 옆에 서 있던 병사 서너 명을 동시에 공격해서 쓰러뜨렸다.

정말 눈 깜짝할 사이에 일어난 일이었다. 그 짧은 순간에 바라바는 찌르고 비틀고 뿌리치고 휘감는 여러 가지 검술 동작을 보이면서 네댓 걸음이나 앞으로 밀고 나갔다. 바라바의 뒤를 따르던 동지들은 경비대 장교와 병사들이 땅에 떨어뜨린 칼을 잽싸게 주워 챙겨 다른 동지들에게 넘겼다.

"저 정도의 솜씨가 있었던가?"

히스기야가 이투레아 산속에서 칼을 익힐 때 스승으로부터 여러 번 지적받으며 겨우겨우 바로잡을 수 있었던 자세를 바라바도 터득하고 있었다. 그만한 솜씨를 감추고 그저 경전공부만 했던 사람처럼 행동했던 이유가 무엇일까? 늘 히스기야보다 한 걸음 뒤에 서서 조용히 그를 보좌하는 역할만 맡았던 바라바에게서 뜻밖의 용맹한 모습과 칼 솜씨를 보게 되자 자기가 알지 못했던 다른 부분이 바라바에게 숨어 있었음을 느꼈다.

성전 경비대에게 체포된 이후 히스기야가 깨달은 것은 하얀리본이 함정에 빠졌다는 것이다. 그냥 하얀리본 거사만 실패하는 것이 아니고, 예수가 이끌어왔던 운동까지도 모두 한꺼번에 무너뜨릴 만큼 주도면밀하게 계획한 함정을 그들이 파 놓고 기다리고 있었다.

주랑건물 위에 끌려 올라가 성전 뜰을 내려다보면서 거사에 성공할 수 없다는 것을 그는 즉각 깨달았다. 하늘이 둘둘 말려 내려오거나 땅이 꺼지고 솟아오르는 기적이 일어나지 않는 한, 하얀리본의 거사는 실패할 수밖에 없어 보였다.

제사장의 뜰에서 뛰쳐나오는 하얀리본을 보았을 때 히스기야는 그들이 대제사장은 고사하고 제사장 한 사람도 제거하지 못했으리라는 것을 대뜸 알아챘다. 그들은 함정에서 벗어나려고 발버둥치고 있을 뿐이다.

'바라바 동지는 정말 거사가 성공하리라 믿고 처음부터 계획을 제안했을까?'

예루살렘과 성전과 로마군 사정을 누구보다 잘 아는 바라바가 500명의 동지들만으로 거사하겠다고 계획한 일이 무모했다기보다 다른 뜻이 있었던 것처럼 느껴졌다.

'순교殉教? 토라를 지키려고?'

'분명 그래! 바라바 동지는 순교의 길을 택할 모양이야! 안 돼! 성전 뜰에서는 안 돼!'

히스기야는 바라바의 뜻을 짚어냈다. 그는 성전 뜰을 순교의 피바다로 만들 셈이다.

"동지들!"

큰 소리로 그들을 불렀다. 힐끔 돌아본 바라바는 히스기야를 알아보지 못했는지 아니면 경황이 없어 그랬는지 동지들을 이끌고 그대로 이방인의 뜰 쪽으로 내달려 갔다.

'역시 그랬구나!'

히스기야는 외쳤다.

"동지들! 저기 저 문으로 빠져나가세요, 어서! 시간이 없어요. 바라바 동지도 무사히 빠져나가도록 내가 길을 찾아볼게요! 나가세요! 어서 나가세요!"

옛 두목 히스기야 앞으로 모여드는 동지들에게 수사문 밖으로 나가도록 지휘했다. 그러다보니 바라바와 그를 따르던 100여 명 동지들이 사라졌음을 알아챘다. 히스기야는 남쪽 이방인의 뜰로 달려갔다. 뜰 안에는 이미 많은 사람들이 들어와 있었다. 방금 전에 성전 안에서 일어난 소란 때문인지 뜰에 모인 사람들이 마치 파도처럼 이리 몰려오고 저리 몰려갔다.

군중이란 원래 그렇다. 무슨 일이냐고 서로 묻고 알아보다가 위험하다는 생각이 들면 걷잡을 수 없기 마련이다. 다른 사람들이 몰려가는 쪽으로 휩쓸려가는 사람도 있고, 반대 방향이 안전하다고 생각해서 따로 움직이는 사람들도 있지만, 결국은 모두 그 장소를 벗어날 수 있는 출구로 몰리게 마련이다.

이전에 헤롯 아켈라우스가 병력을 동원하여 군중을 진압할 때 몽둥이에 맞아 죽은 사람보다 밟혀 죽은 사람이 더 많았고, 두 해 전 총독 빌라도가 성전에 들어온 군중을 진압한다고 병력을 동원했을 때도 그런 혼란이 있었다. 이미 각오는 했지만 어떻게 저 많은 사람을 가라앉혀 질서 있게 성전 뜰을 빠져나가도록 인도할지 다시 걱정이 됐다.

그런데 이방인의 뜰로 뛰어 들어간 1백여 명의 하얀리본 동지들은 군중 속으로 숨어들었는지 주랑건물 어느 구석에 몸을 숨겼는지 한 사람도 눈에 띄지 않았다.

'어? 이상한데!'

주위를 돌아보다가 히스기야는 주춤 그 자리에 멈춰 섰다. 주랑건물 위에 배치된 로마군은 조금도 동요하지 않고 그대로 내려다보고 있고, 성전 경비대 병력도 성전 뜰까지 따라오지 않았다. 동문 앞에서 하얀리본과 맞붙었던 경비대 병력은 그저 동문만 지키고 있다. 히스기야는 순간 상황을 파악했다.

'역시!'

로마군과 경비대의 속셈은 알겠는데, 군중 속으로 들어간 하얀리본이 이제 무슨 짓을 저지를지 히스기야는 그 일이 걱정되기 시작했다. 로마군이 무지막지하게 성전 뜰로 칼을 휘두르며 달려 내려오지 않는 것이 정말 다행이다. 관리하기에 따라 더 악화시키지 않고 상황을 수습할 수도 있을 것으로 보였다.

'로마군이 계획한 대로 하얀리본을 분리하는 방법….'

끔찍한 유혈사태로 번지지 않게 하려면 그 방법을 찾아야 한다. 그러나 워낙 사람이 많아서 바라바와 동지들을 찾을 수 없었다. 마음이 점점 초조했다.

'잘못되기 전에 조치를 해야 하는데.'

가장 걱정되기로는 바라바가 그 혼자뿐만 아니라 성전 뜰에 들어온 모든 사람을 순교자로 만들겠다고 생각했을지 모른다는 점이다.

'혹시?'

히스기야는 솔로몬 주랑건물을 바라보았다. 며칠 전, 주랑건물 위에서 성전 뜰을 내려다보았을 때 예수가 그쪽으로 걸어갔던 일이 생각났기 때문이다.

"아!"

자기도 모르게 히스기야의 입에서 신음소리가 터져 나왔다. 거기에 그들이 있다. 칼을 든 바라바와 하얀리본 동지들이 예수와 제자들을 둘러쌌다. 거리가 꽤 떨어졌지만 기세로 보아 하얀리본이 예수를 겁박劫迫하는 것으로 보였다.

"안 돼!"

짧게 외치면서 히스기야는 급히 그곳으로 달려갔다. 그가 나타나자 하얀리본 동지들이 길을 터 줬다. 늘 그를 따라다니던 동지가 히스기야를 보더니 묘한 표정을 지으며 그에게 말을 걸었다.

"히스기야 동지! 뜻밖입니다. 어떻게 여길….."

히스기야는 순간 아무 말도 할 수 없을 만큼 가슴이 턱 막혔다. 바라바와 동지들의 눈길이 감당할 수 없을 만큼 싸늘했다. 어떤 동지는 고개를 흔들다가 바로 히스기야 앞 바닥에 캭 침을 뱉었다.

156

"아! 히스기야!"

오히려 예수가 그를 반갑게 맞았다. 자리에서 벌떡 일어나더니 덥석 히스기야를 끌어안고 등을 쓸어 주었다. 두 사람의 가슴이 맞닿았다. 예수의 가슴은 여전히 따뜻했다. 마치 나사렛 뒷산 독수리바위 앞 가슴에서 끌어안았을 때처럼.

"내 자네를 한 번 볼 수 있을 줄 알았지."

예수는 히스기야 손을 이끌어 자리에 앉히면서 말했다. 그의 말투나 음성은 지금 벌어지고 있는 일과 전혀 어울리지 않을 만큼 아주 부드럽고 조용했다. 마치 아무 일도 없었다는 것처럼, 칼을 단단히 쥐고 둘러싼 하얀리본은 전혀 눈에 안 들어온다는 듯.

바라바는 그 두 사람이 그렇게 편안하게 인사 나누고 대화하도록 놔둘 수 없었다. 그의 눈에는 히스기야가 안 보인다는 듯, 예수에게 거칠게 말을 내뱉었다.

"예수! 내 말대로 하겠는가, 못 하겠는가?"

예수는 조용히 대답했다. 조금도 흔들리지 않는 목소리다.

"내가 이미 전날 그대에게 얘기했지요! 피로 이룰 수 있는 일은 아무것도 없어요."

"피는 내가 흘릴 테니 저 군중들을 동원하기만 해!"

"안 될 말!"

예수는 단호했다. 그의 단호한 거절을 듣고 히스기야는 마음속에 안도감이 스며들었다.

"이래도?"

바라바가 예수의 가슴에 칼을 겨눴다. 칼끝에서 주먹 하나 거리에 예수의 가슴이 있다. 예수의 가슴은 평온한데 바라바의 칼끝이 가늘게 떨리는 것을 히스기야는 놓치지 않고 보았다.

"내 목숨을 취해서 이룰 수 있는 것이 아무것도 없소."

그 말을 듣더니 바라바가 벌컥 화를 냈다.

"지극히 높으신 분의 뜻을 받들어 토라의 나라, 사람들이 온전히 토라에 따라 살아가는 나라를 세우는 일인데, 그대는 이스라엘의 야훼 하느님의 명령을 거역할 셈인가?"

예수는 차분하면서도 돌이킬 수 없을 만큼 단호하게 대답했다.

"성전 뜰 안에 들어온 이 많은 사람의 생명을 토라를 지키기 위해 내놓으라고 요구하는 야훼 하느님이라면 나는 그런 분을 믿고 섬기지 않겠소. 내가 섬기는 하느님은 저들 한 사람 한 사람의 생명이 세상보다 결코 가볍지 않다고, 그러니 모두 귀히 여기라고 말씀하시는 분이오. 그대가 얘기하는 토라의 세상을 위해 나는 저들 중 한 사람의 목숨도 내줄 수 없소! 다른 사람의 생명을 내걸고 이룰 수 있는 일은 없소. 그건 누구라도, 어떤 일을 위한다는 명분으로도 용서할 수 없는 일이오!"

당당하게 거절하면서 바라바를 나무랐다. 목소리는 나지막했지만, 묘한 울림이 섞여 있었다. 모든 사람이 똑똑히 그 말을 들었다.

순간, 제자들 가슴속에 뭉클 뜨거운 것이 뿜어져 나오듯 솟아올랐다. 그것은 알 수 없는 뜨끈한 뭉치였고, 귀를 울리는 소리가 됐다. 갈릴리 호수를 건너오던 파도처럼 쏴아 쏴아 소리를 내더니 가슴을 흔들고 몸을 휘청거리게 했다. 들이댄 칼 앞에서 조금도 동요하지 않으며 조용히 바라바를 타이르는 예수, 제자들 눈에는 하늘에 닿을 만큼 큰사람, 세상 모든 사람의 대표자처럼 보였다.

'왜 선생님은 언제나 세상 사람을 돌보는 일이 자기에게 맡겨진 의무라는 듯 말할까?'

제자들로서는 도무지 알 수 없는 일이다. 그의 신분이나 계급이나 가문이 의무를 지운 일도 아닌데 예수는 늘 그래야 하는 사람처럼 행동했다. 예수가 왜 그러는지 이유를 알면, 그의 전부를 알 수 있을 것 같았다.

예수는 바라바를 따라온 하얀리본을 둘러보며 말을 이었다.

"들으시오! 한 사람의 생명은 모든 사람의 생명과 연결돼 있소!"

혁명을 일으키겠다고, 대제사장과 제사장들을 참살하겠다는 계획으로 칼을 품고 성전에 들어왔던 사람들에게 예수가 하는 말은 귀에 들어오지 않았다. 그저 공허한 말, 아직도 철학자 놀음을 하는 정신 나간 사람처럼 보였다.

"이놈이!"

분통이 터지는 듯, 바라바가 부르르 몸을 떨더니 칼을 예수의 가슴에 바짝 들이댔다. 한 마디만 더 허튼 소리를 하면 가슴을 찌르겠다는 기세다. 그러더니 그는 무슨 생각인지 힐끗 히스기야를 바라보았다. 이제 히스기야가 나서서 설득하라는 몸짓 같았다. 그 눈치를 챈 히스기야가 단호한 어조로 말했다.

"바라바 동지! 칼을 거두시오. 나도 예수와 생각이 같소!"

"뭐라고, 이 배신자!"

바라바의 말을 따라 하얀리본 동지들 중에서 여러 사람이 한목소리로 히스기야를 비난했다.

"배신자! 히스기야 배신자!"

늘 히스기야를 따라다니던 동지까지 배신자라는 말을 입에 올렸다. 그러면서도 그는 괴로운 듯 고개를 돌렸다.

배신자라고 불려도 히스기야는 변명조차 할 수 없다. 감옥에 갇혀 있거나 이미 죽었어야 할 사람이 두 번씩이나 멀쩡한 몸으로 성전 뜰에 나타나지 않았는가? 죽었어야 했을 사람이 살아 있는 것은 다행이 아니라 배신의 증거 아니겠는가? 거사가 뒤틀어진 모든 원인이 히스기야의 배신 때문이라고 동지들이 믿는 것이 당연했다.

"바라바 동지! 그리고 하얀리본 여러 동지들! 내가 이러니저러니 설명할 수 없는 일이오. 다만 내 생각으로는 저들이 성전 뜰에서는 동지들을 체포할 생각은 없는 듯 보이오. 성전 뜰을 물러나시오!"

"뭐야? 이 배신자! 우리더러 이대로 물러나라고? 닥쳐라!"

거친 소리와 함께 바라바는 예수를 겨누었던 칼로 히스기야의 가슴을 겨눴다. 두 사람, 그들은 이제 가슴에 칼을 들이대는 관계가 됐다. 무엇부터, 어디서부터 잘못되어 이 지경에 이르렀는가? 움막마을이 불타는 현장에서 히스기야가 체포된 일 때문에 이렇게 되었는가? 원래 이럴 수밖에 없는 운명인가? 히스기야는 바라바와 지내 왔던 오랜 기간 동안 그를 몰라도 너무 몰랐다는 생각을 했다.

한 사람은 예수를 겁박하여 군중을 선동한 다음 마지막 한판을 벌이려고 칼을 겨누고, 한 사람은 주랑건물 위에 올라 뜰 안을 내려다보던 마음으로 동지들을 돌려세우려고 나섰다. 히스기야는 이미 그때부터 거사가 성공할 수 없음을 알지 않았던가?

한 번이라도 위에서 내려다본 사람이라면 일이 어찌 될지 알 수밖에 없다. 로마군이 겹겹으로 성전 뜰을 둘러싸고 내려다보는데, 성전 경비대가 출입구마다 틀어막고 봉쇄했는데, 도성 예루살렘 전체가 총독의 군대에 포위되어 있는데, 성전 뜰 안에서 군중을 이리 끌고 저리 휘몬다고 될 일이 아니다. 히스기야는 예수가 옳았다는 것을 절실하게 깨달았다.

바라바가 겨눈 칼끝에 조금도 위축되지 않고 히스기야는 동지들을 둘러보며 말했다.

"이미 많은 동지들이 동문 앞에 있는 수사문을 빠져나갔소. 그 문을 벗어난 후 어떤 일이 벌어질지 나는 알 수 없소. 다만 그렇게 하는 것이 성전 뜰 안으로 들어온 수많은 동족이 피를 흘리지 않는 오직 한 가지 방법이오."

"닥쳐라! 한때 우리 결사를 이끌었던 네놈의 배신 때문에 우리 계획이 모두 송두리째 무너졌지만, 그건 오직 오늘 하루뿐이다. 지극히 높으신 분이 우리와 함께하시는 날, 동족을 팔아 권세를 누리는 놈들과 동지를 팔아 생명을 부지한 놈 모두 활활 타오르는 화덕 속에 던져질 것이다!"

바라바는 목이 컥컥 막혀 말도 제대로 못 했다. 그의 눈에는 온 세상을 불태워도 모자랄 만큼 분노와 적개심이 활활 타올랐다. 그때 늘 히스기야를 따라다니던 동지가 왠지 목멘 소리로 외쳤다.

"헤롯왕을 살해하려고 일어섰던 동지를 팔아 자기 목숨을 부지했던 사람이 오늘날까지 살아 있던가요? 그날 밤 유대인들에게 사로잡혀 몸이 갈가리 찢어져 들개 먹이로 던져졌던 일을 기억하시오! 그대에게 내릴 벌은 그보다 크고 무섭다는 것을 잊지 마오. 그대가 땅속으로 숨겠소? 물속으로 숨겠소? 서쪽 하늘 아래 저승에 가서 숨겠소? 우리 하얀리본 동지 중 살아 남는 사람이 한 사람이라도 있다면 이투레아든 시리아든 로마든 땅끝까지 쫓아가 그대를 처단할 거요."

그들이 던지는 저주와 욕설과 비난을 받으면서도 히스기야는 성전 뜰 안에 가득 들어와 있는 군중을 주의 깊게 살폈다. 히스기야의 관심은 오직 군중이었다.

'저 많은 사람들을….'

동지들에게서 비난을 받는 일이야 얼마든지 참을 수 있다. 하얀리본이 군중 속으로 뛰어들어 뒤섞이는 것은 막아야 한다. 그러려면, 바라바가 동지들을 이끌고 퇴각하도록 설득하는 방법밖에 없다.

"바라바 동지! 그리고 꿈에도 잊어 본 적 없는 하얀리본 동지 여러분! 나를 배신자로 처단해도 나는 동지들의 칼을 그냥 받아들일 것입니다. 그러나, 저 많은 사람들을 칼받이로 내몰 수는 없습니다. 수사문 쪽으로는 퇴로가 열려 있으니…."

그는 말을 채 끝마칠 수 없었다. 마리아의 눈과 마주쳤기 때문이다.

'마리아! 내 마음을 그대는 아시겠소?'

마음으로 건네는 말을 알아들었는지 그녀는 동요 없이 꼿꼿하게 선 채 고개를 끄덕였다. 그녀가 알아주었는데 더 이상 무엇을 구차하게 설명할 것인가? 오직 군중을 보호하는 방법만 생각하기로 했다.

'아! 내가 이제 위수대장의 꼭두각시구나! 그러나, 이렇게 해서라도 저 무고한 군중을 보호한다면…그건 천만다행….'

위수대장은 히스기야를 미끼로 내세워 군중과 하얀리본을 분리하려고 계획을 세웠다. 그것을 뻔히 알면서도 두 발로 걸어 성전 뜰에 들어왔으니 해야 할 일을 할 뿐이다. 다른 길은 없었다.

하얀리본에서는 아무도 눈치채지 못했지만 그들의 거사는 시작도 하기 전에 이미 실패했다. 아무리 분에 받친 바라바가 이리 뛰고 저리 달리며 뒤늦게 뒤집으려고 해도, 상황은 이미 로마군과 성전 경비대가 완벽하게 장악하고 있었다. 성전 뜰 안으로 이미 들어온 군중들을 다치게 하지 않고 하얀리본만 고스란히 체포하기 위해 기회를 노리고 있었을 뿐이다.

✠

그날 아침, 바라바가 동지들을 이끌고 성전 뜰 안으로 들어왔을 무렵이었다. 제사장 마티아스는 아나톨리아에서 제사드리러 온다는 사람들이 전날 약속한 대로 동문으로 찾아오기를 기다리고 있었다. 그 때, 야손 제사장이 찾아왔다.

그는 웬일인지 좀 서두르는 기색이었다. 방에 들어서자마자 문을 닫았다. 중요한 얘기가 있다는 표정이다. 마티아스는 괜히 가슴이 덜컥했다. 요즈음 하도 생각지도 않았던 일들이 연거푸 벌어지고 있으니 혹 어떤 일이 잘못되지나 않았는지 걱정부터 들었다. 그런 일이 아니고서야 야손이 저렇게 긴장해서 찾아올 일이 없지 않은가?

"야손 제사장! 웬일로?"

"마티아스 제사장! 중요한 일입니다. 오늘 아나톨리아에서 온 유대인들이 특별 제사를 드리기로 했고, 그 제사를 대제사장 각하가 집례하시기로 했습니까?"

"아니 그걸 어찌 알고?"

"중단하세요!"

야손은 손을 홰홰 내두르며 대뜸 중단하라는 말부터 내뱉었다. 그 표정으로 보아 성전 제사를 드릴 수 없는 부정한 사람이라고 말하려는 것 같았다. 사실 모든 사람, 모든 죄인들이 그들이 지은 죄에 대해 용서를 비는 제사를 드린다. 알고 지은 죄는 속죄제를 드리고, 모르고 부지불식간에 지은 죄는 속건제를 드려야 한다. 성전은 말하기로는 저지른 죄에 대해 하느님께 언제든 용서를 빌고 제사를 드리라고 가르쳤다. 그러나 때로는 도저히 용서하지 못할 죄를 저지른 사람이 속죄 제사를 드리겠다고 나설 경우에는 참으로 난감한 일이었다. 바로 그런 일로 야손이 나선 모양이라고 생각한 마티아스는 느긋하게 말을 받았다.

"이미 각하께 말씀드려 놨고, 조금 있으면 그 사람들이 동문 앞으로 나를 찾아올 것입니다."

"예루살렘에 사는 엘리아잘이 주선했지요? 그 바리새파?"

"예, 그 댁 친척이라고 합디다."

"바라바가 엘리아잘의 사촌동생이라는 걸 알고 계셨습니까? 그자가 어려서부터 그 댁에서 자랐다는 것도?"

"바라바요? 그자가 누군데….."

"도적떼 하얀리본 부두목입니다. 우리가 히스기야를 체포한 다음부터 그자가 두목 자리를 차지했습니다."

"그러면 그 바리새파 의인義人과는….."

"아들입니다."

"그러면 이게 그들의 음모라는 겁니까?"

"분명합니다. 무슨 일이 있어도 꼼짝하지 말고, 방에서 나오지 마세요. 조금 전에 각하께는 직접 말씀드렸습니다. 큰일 날 뻔했다고 가슴을 쓸어내리시더군요."

마티아스는 갑자기 사방이 빙빙 돌듯 어지러움을 느꼈다.

"위수대장의 특별허가를 받고 성전 경비대 병력을 대제사장 각하 집무실 밖에 증강해서 배치했고, 집무실 안에도 두 사람 배치했습니다. 마티아스 제사장의 방 밖에도 경비대 병력을 몇 명 배치했습니다. 이제부터 오늘 하루 동안 절대 문밖에 나가지 마세요. 곧 칼부림이 일어날 겁니다. 그자들이 시카 칼은 소지하고 있을 겁니다."

"아나톨리아에서 온 사람들은?"

마티아스는 그들이 약속한 큰 헌금과 붉은 소와 오늘 드릴 제사에 아직 미련이 남아 헛일인 줄은 알았지만 혼잣말처럼 물었다.

"그자들을 만나면 안 됩니다. 수레에 칼과 유황을 숨겨 들여오던 자들을 모두 체포했습니다. 그리고 그자들이 수사문 밖에 숨겨두었던 무기도 모두 찾아냈습니다."

마티아스는 아무 말도 못 하고 입을 벌린 채 야손의 말을 들었다. 속으로 끊임없이 같은 말만 되풀이했다.

'음모라니, 그게 음모라니….'

"도적들은 무기가 없으면 품고 들어온 단도라도 휘두르며 사람들을 해치려고 나설 겁니다. 도적떼의 목표는 대제사장 각하와 마티아스 제사장 그리고 제사장 뜰 안에 들어와 있는 다른 모든 제사장입니다."

"성전 안에, 그럼 지금, 도적떼가 다 몰려 들어와 있단 말입니까?"

"들어온 놈들도 있고, 지금 들어오는 패거리도 있습니다. 아직은 발각된 것을 눈치채지 못했지만 곧 알게 되겠지요. 그런데 그자들의 얼굴을 모르니 스스로 모습을 드러내도록 유도하는 중입니다."

괴기스럽게 생긴 모습의 야손을 바라보는 것만으로도 가슴이 얼어붙지만, 그에게서는 사태를 장악한 사람의 자부심과 침착한 힘을 느낄 수 있었다. 그런 점에서 그는 제 역할은 틀림없이 해내는 정보책임자다.

"지금은 비상상황입니다. 위수대장이 성전 봉쇄와 함께 모든 병력을 지휘합니다. 성전 경비대도 위수대장의 지휘를 받습니다. 그리 아세요."

"그건 명절 때마다 늘 그랬잖아요?"

"총독 각하의 명령으로 성전 경내와 성전 출입구 봉쇄는 위수대장 관할이 되었습니다. 위수대장이 지휘하던 병력, 성전 경비대를 포함한 모든 병력이 특별지위를 허락받은 셈입니다. 오직 위수대장의 명령만 따르게 됐습니다."

"뭐가 달라졌다는 건지, 나는 통……."

그 말에 야손은 답답하다는 듯, 퉁명스럽게 대답했다.

"성전 제사를 드리는 일을 제외한 모든 일은 로마군 예루살렘 위수대장의 통제 아래 있다는 말입니다."

"아니! 총독 각하라면 몰라도 일개 위수대장이 대제사장 각하와 성전에 명령을 내린다는 말이오? 이제까지 그런 법은 없었소!"

"총독 각하의 명령이라고 말했잖습니까? 지금은 비상상황입니다. 마티아스 제사장, 그걸 알아야 합니다."

그의 어조는 더 이상 예루살렘 성전 제사장의 말투가 아니다. 비상 상황이라는 명분, 로마 총독의 명령이라는 말을 들이대며 사실상 야손이 성전을 장악했다고 선언하는 것과 마찬가지였다. 마티아스는 어질어질 현기증이 일어났다. 의자 팔걸이에 올려놓았던 손에서 힘이 빠져나가고, 자꾸 팔걸이 아래로 손이 떨어져 내렸다.

며칠 전 밤에 성전 제사장들과 대산헤드린 의원들을 불러 모아 놓고 비상상황이 발생할 때 대제사장의 지도력에 따라야 한다고 다짐했던 일이 모두 헛일처럼 느껴졌다. 비상상황이라면 무력을 통제하는 사람에게 힘이 쏠리기 마련이고, 당연히 성전 경비대장을 수족처럼 부리면서 로마군 위수대장과 깊은 관계를 맺고 있는 야손이 실력자로 등장할 것을 예상하지 못한 잘못이었다.

이대로 야손에게 일방적으로 밀리며 순순히 그의 말을 따를 수는 없다는 생각이 들었다. 대제사장의 아들, 성전의 재무를 총괄하는 가장 중요한 자리에 있는 제사장의 체면을 차리고 싶어 마티아스는 겨우 한마디 입에 올렸다.

"그럼 엘리아잘을 당장 체포해야지요!"

"어허, 마티아스 제사장! 지금은 일을 크게 벌일 때가 아닙니다. 지금 병력을 나눌 수도 없고, 게다가 이때에 엘리아잘 집안을 덮친다면 예루살렘 주민들이 얼마나 술렁이겠습니까? 그자나 아비는 유월절을 지낸 다음 처리해도 늦지 않습니다. 지금은 한 사람도 예루살렘성을 마음대로 빠져 나갈 수 없습니다. 그 점은 안심하세요, 허허!"

전날 엘리아잘을 은밀하게 만난 것을 야손이 어떻게 알게 됐는지 궁금했다. 아무리 그가 정보를 관장하는 제사장이라 아는 것이 많다고 하지만, 그런 일까지 그의 눈과 귀를 벗어날 수 없었다니, 새삼 그가 정말 무서운 사람이라는 생각이 들었다. 성전 구석구석 예루살렘 골목골목 그가 펼쳐 놓은 감시의 눈길이 뻗쳐 있다는 것을 다시 한 번 확인했다.

순간, 아레니우스와 위수대에서 은밀하게 만날 일도, 서로 무슨 얘기를 나눴는지 야손이 모두 알고 있을 것 같은 생각이 들었다. 속을 떠보려고 막 한마디 물어보려는데 그의 눈과 마주쳤다. 악마의 눈 같다고 사람들이 몸서리를 치는 눈, 깊게 패인 눈구멍 속에서 차갑고 날카로운 눈이 조용히 그를 바라보고 있었다. 무엇을 더 확인하고 싶은 생각이 싹 사라졌다. 그를 빨리 방에서 내보내고 싶은 생각만 들었다.

"수고했습니다. 큰일 날 뻔했군요!"

"나가보겠습니다. 상황이 정리될 때까지 절대 문밖에 나오지 마세요. 로마군 지시입니다."

야손은 아주 건조한 목소리로 한마디 남기고 방을 나갔다. 문을 닫더니 밖에서 꾹꾹 두어 번 안으로 미는 소리가 들렸다. 그리고 곧 두런두런 말소리도 들렸다. 문밖에 배치한 경비병에게 출입을 통제하라고 지시하는 것 같았다.

'어떻게 저자가 모든 일을 알고 있을까? 어허!'

마티아스는 야손의 눈을 떠올리며 부르르 몸을 떨었다. 그렇게 몸을 떨기라도 해야 끈적하게 달라붙은 불운이 떨어져 나갈 것 같았다.

마티아스에게 단단히 경고하고 제사장의 뜰로 걸어 들어가면서 야손은 혼자 쿡쿡 웃었다. 휘둥그레 놀란 눈으로 말도 제대로 못 하고 자기를 바라보던 마티아스 얼굴을 떠올리니 저절로 웃음이 나왔다.

'대제사장 아들이면 뭐해? 재무를 맡는다고 거들먹거리면 뭐해? 다 내 손안에 있다고…. 정보는 내가 쥐고 있는데 마티아스 당신이 힘을 가진 것 같던가? 어리석은….'

괜히 헛기침을 한 번 크게 한 후, 평소보다 팔을 더 크게 벌려 거만하게 휘저으며 걸었다. 얼추 도적떼가 소란을 피울 때가 됐으니, 제사장의 뜰 준비상황을 마지막 다시 한 번 점검하기로 했다.

사실 야손 제사장이 하얀리본의 거사계획을 알아챈 것은 여러 가지 일을 종합하고 분석해서 얻은 결론이었다. 첩자들이 보고한 내용뿐만 아니라 위수대장에게서 들었던 얘기를 파고든 덕이었다. 사소한 일이라고 가볍게 넘겼더라면 정말 꼼짝없이 당할 뻔했다.

하얀리본 지도부가 지난 며칠 동안 성전을 들락거리는 것은 성전이나 위수대나 알고 있었다. 그러나 히스기야가 체포된 이후 두목으로 올라선 바라바의 얼굴을 확실하게 알고 있는 사람이 경비대나 그가 지휘하는 첩자들 중에 아무도 없었다. 1만여 명 가까운 군중 속에서 얼굴도 모르는 하얀리본의 지도부 열댓 명을 어떻게 한꺼번에 체포할 것인가? 성전 출입구를 봉쇄하고 일일이 검문하는 것도 생각처럼 쉬운 일이 아니었다.

게다가 위수대로부터 엄한 지침이 내려와 있었다.

"유월절 명절기간에 군중들이 불평을 터트리며 술렁거릴 만한 일은 절대 하지 말라! 만일 그런 일이 있다면 성전에 책임을 물을 것이다."

참으로 세상은 묘했다. 사람들마다 각자 자기가 속한 집단의 눈으로 세상을 보기 마련이다. 상대방의 생각을 알 수 없으니 미루어 짐작하고 넘겨짚고, 상대방이 보이는 겉반응을 보고 속마음을 읽어야 한다. 넘겨짚을 줄 알고 반응해야 하고, 넘겨짚은 것을 알았다고 간주하고 계획을 세워야 하고. 그러니 누구도 다른 사람을 못 믿고 속뜻을 파보려고 애쓸 수밖에 없다.

성전이나 바리새파 지도자들은 총독이 기회가 생기면 한번 무력을 휘두르며 피바람을 일으키고 싶어 할 때가 됐다고 생각하면서 겁을 먹고 있었다. 거칠게 무력을 행사하면서 유대를 길들이려고 총독이 벼르고 있다는 예상이야말로 성전이나 대산헤드린이 스스로 움츠러드는 가장 큰 원인이었다.

반대로 총독은 이번 유월절 명절에 어떤 일도 큰 소란으로 번지지 않도록 조용하게 해결하는 것을 가장 중요하게 생각했다. 빌라도는 심지어 갈릴리에서 내려왔다는 예수나 도적떼를 조용히 회유하여 갈릴리로 돌려보낼 방법이 없는지 궁리했을 정도였다.

가야바는 다른 가문에서 이번 기회에 대제사장을 흔들고 나서리라고 예상했고, 가장 강력한 경쟁자 바이투스 가문에서는 가야바가 대제사장으로 모든 일을 떠맡아 해결하기를 원했다.

사람들이 보고 싶은 대로 보고 듣고 싶은 대로 듣는다는 말처럼 서로 상대의 생각을 잘못 짚었고, 잘못 짚은 대로 대책을 잘못 세웠다. 성전에서 그 모든 상황을 가장 정확하게 파악한 사람이 바로 야손 제사장이었다. 그건 비단 모든 정보를 총괄하는 자리에 있어서 그렇다기보다 상대방의 눈으로 상황을 바라보는 사람이기 때문이었다. 또한 가지, 성전 북쪽 안토니오 요새에 자리 잡은 로마군 예루살렘 위수대가 야손에게 힘을 실어주고 있었다.

전날 밤, 위수대장을 단둘이 만난 자리에서 야손이 걱정거리를 털어놓았다.

"성전에 날마다 도적떼가 드나드는데, 군중과 분리해서 조용하게 잡아들일 방법이 없어 걱정입니다."

그 말을 듣고 위수대장이 싱글거리며 귀띔을 했다.

"야손 제사장! 내가 말이오, 하얀리본 도적떼와 예수 무리를 한꺼번에 몽땅 잡아들일 수 있는 계획을 세워 두었소. 두고 보시오! 줄줄이 모습을 드러내고 내 손에 들어올 테니…. 도적떼와 어울리는 예수를 성전 경비대가 체포한다고 할 때 누가 가로막고 나서겠소?"

"그게 무슨 얘깁니까?"

"그런 일이 있어요. 그래서 내가 도적떼 두목인가 그자를 위수대로 넘겨달라고 했던 거요. 이제 거의 다 됐어요."

"성전 뜰에 들어왔을 때 잡아들입니까?"

"그건 너무 위험하오! 그자들이 분명 거세게 저항할 텐데, 그러면 군중 속에 휩쓸리게 되고 큰 혼란이 일어나면서 많은 사람이 피를 흘리게 될 거요. 그건 총독 각하의 뜻이 아니오! 그럴 경우에는 어떻게 하라고 이미 경비대장에게 내가 단단히 지시해 두었소!"

일이 확대되는 것을 방지하는 방향으로 기본계획을 세웠다는 말을 들으니 야손은 큰 유혈사태 없이 상황을 정리할 수 있겠다는 생각이 들어 안심은 됐다. 그런데 경비대장에게 지시해 두었다는 말이 턱 걸렸다. 그 일에 대해서는 경비대장으로부터 아무런 보고를 받은 적이 없기 때문이었다.

야손은 아무렇지도 않은 척 말을 받았다.

"그게 정말입니까? 아주 좋습니다."

"여봐요 야손 제사장! 상황이 어떻게 벌어지느냐 그거에 따라 얼마든지 달라진다는 것을 알아 두시오. 크게 피를 흘려야 할 일이 벌어지면 우리 로마가 언제 주저한 적 있어요? 거침없이 다스릴 거요. 모든 것은 유대인들과 성전에 달려 있다는 것을 명심하시오. 어차피 일어날 소란이라면 충분히 관리할 수 있는 수준으로 낮추시오. 그것이 성전의 임무요."

"그렇게 생각하신다니 참 다행입니다. 그런데 내가 걱정하는 것은 도적떼와 군중을 분리하는 방법이 없다는 겁니다."

"그건 나에게 맡기시오. 그래서 성전 뜰 안에 예수라는 그자가 들어와 있어야 해요! 이건 아주 중요한 일이오. 잘 들으시오. 도적떼는 유대 달력 니산월 13일, 그러니까 날이 밝으면 성전에서 한바탕 소란을 떨 거요."

"어찌 알았습니까?"

"야손 제사장이 내게 도적떼 두목을 넘기지 않았소?"

"어허! 그랬지요. 그러면 예수도 도적떼와 함께 성전 뜰에서 잡아야 하겠습니다!"

"많은 사람들이 눈으로 보고 있는데 그렇게 하면 소동이 일어나지 않겠소?"

알쏭달쏭했다. 조금 전에는 도적떼 무리와 어울렸기 때문에 예수를 군중 앞에서 체포해도 큰 말썽 없으리라 말하더니 이제는 또 성전 뜰 안에서 잡아들이지 않겠다고 말하다니….

천연덕스럽게 말을 바꾸는 위수대장의 얼굴을 한참 쳐다보았다. 그리고 야손은 처음으로 자기가 로마군의 손바닥 안에 놓여 있음을 느꼈다. 그동안 거의 일방적으로 유대 지방에 대한 정보를 위수대장에게 제공했는데 알고 보니 그들이 자기를 내려다보고 있었음에 틀림없다.

하얀리본의 소굴이 어디냐, 그동안 얼마나 도적질을 했느냐 슬금슬금 이상한 소리를 하면서 히스기야를 위수대에 넘기라고 했을 때만 해도, 별 생각 없이 넘겨주었다. 그런데 이제 생각해 보니 히스기야를 이용해서 위수대장이 커다란 그물을 쳐 놓았음을 야손은 깨달았다.

'역시 로마는 로마구나! 위수대장 정도의 하급 장교가 이런 구상을 하다니….'

그것은 충격이었고, 곧 두려움이 되어 그를 덮었다. 이제까지 로마에 대해서라면 누구보다 잘 안다고 자부했던 일이 와그르르 무너지는 것을 느꼈다.

원래 제국이란 언제나 그렇다. 제국에 협력하는 현지 세력에게 무한한 자비와 후원을 베푸는 것처럼 보이다가, 때가 되어 상황이 바뀌면 조금도 거리낌 없이 얼굴을 바꾼다. 로마가 유대를 손에 넣은 지 벌써 백 년, 유대를 어찌 다루어야 할지 로마군 하급 장교까지 이미 잘 알고 있었다. 더구나 유대에는 겉으로는 이방인이니 뭐니 멀리하면서도, 로마의 눈에 들어 선택되기만 기다리는 유대인들이 줄을 서 있는 형편이었다.

로마는 이전에 한 번도 경험해 본 적이 없었던 강력하고 잔인한 제국이었다. 폭력은 가장 효과적이고 안전한 정책이라고 믿고 있었다. 그런 로마제국에게, 지중해 동쪽 세계의 변두리 유대 땅, 예루살렘 성전 정보책임자가 무슨 대단한 가치가 있는 사람일 것인가? 그것은 야손 제사장뿐만 아니라, 성전의 대제사장 가야바도 마찬가지 운명이었다.

야손은 처음으로 세상과 로마와 유대와 이스라엘을 생각했다. 그리고 로마제국 예루살렘 위수대장과 가까이 지낼 수 있는 자기야말로 행운을 타고난 사람이라고 생각했다. 언젠가 때가 되면 그에게 닥칠 수밖에 없는 끝날을 뒤로 미루기 위해서는, 위수대장 앞에 희생제물을 자꾸자꾸 내세워야 한다는 것을 깨달았다.

위수대장이 오늘 도적떼가 소란을 피운다는 것까지 왜 귀띔해 주었겠는가? 조금도 차질 없이 준비해서 일을 잘 수행하라는 말이 아니겠는가? 위수대장의 생각대로라면 도적떼와 군중을 분리하는 방법은 마련된 것으로 보였다. 그런데 무엇을 경비대장에게 특별히 지시해 두었다는 말일까?

지난밤 위수대장에게 그 말을 들은 이후 마티아스의 방에 들어갔다 나온 지금까지 야손은 그것이 무엇인지 골똘하게 생각했다. 경비대장이 스스로 나서서 보고하지 않는데, 야손이 나서서 물어볼 수도 없는 일, 만일 정보책임자가 그 내용을 모르고 있다면 그 자체가 부끄러운 일이었다.

'무엇일까?'

제사장의 뜰 안으로 막 한 발 들어섰을 때 마음속에 무언가 떠오르기 시작했다.

'오늘 도적떼를 잡아들이는 일이…아니, 잡아들일 일이 아니고 성전 뜰에서 내보내야 하는데…. 아하! 성전 뜰에서 군중과 도적떼를 분리한 다음 도적들을 성전 밖으로 밀어내면….'

분명 그럴 것으로 보였다. 그러자 정보책임자라고 아무리 그가 우쫄대도 결국 위수대장 손안에 있는 사람이라는 생각에 다시 한 번 더 짓눌렸다.

'로마의 눈으로 성전을 바라보자! 모든 정보를 나 혼자 움켜쥐고 있다는 생각이 잘못이야! 위수대도 별도로 첩자들을 늘어놓고 있는데, 위수대장이 내가 올리는 보고만 의지했을 리가 없어!'

그렇게 생각하자 등골이 오싹했다.

'위수대장은 내가 일부러 보고에 빠뜨린 내용도 알고 있었을까? 그럴 것이다. 무서운 사람….'

'그럼 왜 나에게 물어보지 않고 모른 체했을까?'

'무엇을 빠뜨리고 무엇을 보고하는지 꼽아가면서 나의 충성심을 헤아리고 있었겠지. 이제부터는 딴 생각 말고, 몸과 마음을 다해 로마에게 충성하는 길밖에 없다.'

그는 갑자기 걸음을 멈추었다.

'그런데….'

따지고 보면 그것은 자기와 위수대장만의 문제가 아니었다. 그와 마티아스 사이도 그러했고, 대제사장과도 그렇다. 상대방 모르는 비밀을 지니고 있으면서 결정적인 때가 되면 꺼내 들겠다고 벼르지만, 이미 상대방은 그것을 꿰뚫어 보면서 이쪽을 가늠하고 있지 않겠는가?

그러자 번개 치듯 가슴속에 한 가지 생각이 떠올랐다.

'대제사장 가야바와 그의 아들 마티아스의 은밀한 비밀을 알고 있다고 해서 내게 무슨 도움이 될 수 있겠는가?'

없을 것 같다.

'가야바 대제사장에게 무슨 일이 생기면, 그러면 나는 어찌 되는가?

성전에서 지금 내 위치를 지킬 수 있는가?'

그는 고개를 흔들었다. 지금 이 시기에 대제사장이 바뀌면 유대에는 큰 혼란이 닥칠 것이고, 성전에서 야손의 지위도 보장받을 수 없을 것이 분명했다. 이미 그는 싫든 좋든 가야바 대제사장 일가와 하나로 묶여 있는 운명이었다.

결심한 듯 야손은 다시 마티아스의 방으로 돌아갔다.

"아니? 어쩐 일로 다시?"

"마티아스 제사장! 로마에서 온 아레니우스라는 사람을 만나 이런 저런 얘기를 나눈 것을 내가 압니다. 내가 알고 있으니 총독 각하도 틀림없이 알고 계시리라 믿습니다. 늦기 전에 빌라도 총독 각하께 그 일을 보고하시지요. 자칫 총독 각하께서 크게 진노하실 일입니다. 아시겠지요? 이만 가 보겠습니다."

마티아스는 아무 반응 없이 야손의 말을 들었다. 그렇거나 말거나 야손은 자기 하고 싶은 말을 모두 마치고 뒤도 안 돌아보고 성큼성큼 문 쪽으로 걸어갔다. 그의 뒷모습을 바라보면서 마티아스는 무언가 무거운 것으로 머리를 세게 얻어맞은 듯 정신이 멍했다. 그러면서도 한편으로는 가슴을 쓸어내렸다.

'큰일 날 뻔했구나! 무엇을 어디까지 알고 있는지, 저자는 정말 무서운 사람이다. 아버지는 모든 것을 내다보시는 분이구나!'

가야바의 지시에 따라 총독을 찾아가서 아레니우스와 있었던 일을 모두 사실대로 얘기한 일이야말로 정말 잘한 일이라고 생각했다. 더구나 위수대장도 며칠 전부터 총독을 찾아가 모두 보고하라고 얘기해 주지 않았던가?

'모든 사람이 자기 일을 은밀하게 숨기지만, 알 만한 사람은 모두 알고 있는 세상이구나! 아버지나 내가 헛꿈을 꾸다가는 그날로 당장 대제사장 자리에서 쫓겨나겠구나!'

그렇게 생각하니 오로지 한 길밖에 보이지 않았다. 총독에게 끝없이 충성하고 총독이 허락해 준 범위 안에서 총독의 눈에 벗어나지 않도록 고분고분 명령에 따를 뿐, 목을 쭉 빼고 울타리 밖을 넘겨보면 안 될 일이다. 으스스 몸이 떨렸다. 돌로 된 벽이 뿜어내는 차가운 기운 때문이 아니고, 목덜미를 움켜쥔 두려움 때문이었다.

문을 열고 나가려던 야손이 걸음을 멈추더니 천천히 몸을 돌렸다. 얼마나 천천히 몸을 돌리는지 마티아스가 보기에는 한나절도 더 걸리는 것 같았다. 어쩌면, 굳은 땅이 세상에 처음 나타났을 때부터 지금까지 걸린 세월보다 더 오랜 세월이 그사이 흐르는 것 같기도 했다. 마티아스는 갑자기 가슴이 덜컥 내려앉았다.

'저자가 왜 또?'

아무 말도 하지 못하고 마티아스는 그저 야손을 지켜보았다. 목구멍으로 꿀꺽 침이 넘어갔다. 침 넘어가는 소리가 얼마나 큰지, 열 걸음도 넘게 떨어진 야손에게도 들릴 것 같았다.

말을 꺼낼까 말까 망설이던 야손이 천천히 걸어 다가왔다. 그 이상하고 거북한 눈으로 똑바로 마티아스를 바라보면서.

'이제 내가 어제 예수를 만났던 일도 야손이 알고 있는가? 그래서 또 무슨 말을 하려고 이러는가? 이미 아무 소득도 없이 지나간 일인데….'

마티아스는 차라리 아무 말도 듣고 싶지 않았다. 그냥 다 알아서 처리하라고 외치고 싶었다.

야손은 낮은 목소리로 또박또박 입을 열었다. 그래서 더 음산했다.

"성전 뜰에서 벌어지는 모든 일은 나와 위수대장 그리고 성전 경비대장이 사전에 준비하고 계획했던 일입니다. 한 가지도 내 계획에 빠진 것이 없습니다. 그러니, 어떤 일이 생기든 놀라지 마세요."

"또 무슨 일?"

"도적떼도 도적떼이지만, 특히 갈릴리 예수 그자는 여러 가지 고려하면서 군중을 격동하지 않는 방향으로 처리할 예정입니다."

"예! 그것이 좋겠네요. 때도 명절이고, 아무래도 유월절은 군중이 좀 흥분돼 있는 때이니…."

마치 아무 생각도 없는 사람처럼 야손의 의견을 전적으로 받아들이는 자신을 발견하고 마티아스는 깜짝 놀랐다. 그는 이미 마음속으로 무너져 내리고 있었다. 충격의 소용돌이를 벗어나지 못한 채 정신이 멍한 상태로 야손의 말을 듣고 있었다.

"조용하게 처리할 방법이 있습니다. 다만, 그자를 체포하면 성전에서 먼저 적당한 조치를 취한 다음 총독궁에 넘겨야 합니다. 이건 총독 각하의 명령입니다."

"그러지요."

총독의 명령이라는데 달리 할 말이 없었다. 더구나 그렇게 처리하기로 이미 며칠 전에 내부에서 결정하지 않았던가? 야손이 경고하는 말이라고 마티아스는 받아들였다. 쓸데없이 예수와 만나서 뒷수작 부리지 말라는 경고.

'그래! 이제부터는 로마가 하라는 대로 하자! 재판해서 넘기라면 재판해서 넘기고, 매질해서 넘기라면 매질하고⋯. 그자 한 사람 때문에 아버지나 나나 성전이 곤란해질 이유가 무엇이 있겠는가? 유대의 자존심? 명예? 그건 유대인들에게 내세우는 말이지 어디 로마 앞에⋯.'

로마가 지배하는 유대에서 어느 누구도 다른 생각을 할 수 없다. 로마가 뜻을 밝히지 않으면 무엇인지 깊게 잘 살펴야 하고, 넌지시 암시만 해도 모두 알아들어야 한다. 명확하게 지시하면 그 한계 내에서 명령을 따르면 되지만, 은근히 암시하면 어디가 끝인지 모를 만큼 깊고 넓게 준비하고 조치해야 한다. 로마 총독의 명령을 받아 유대와 도성 예루살렘을 관장하는 성전의 역할은 그러해야 한다.

"그런데 왜 갑자기 다시?"

마티아스의 말이 채 끝나기 전에 야손이 차갑게 말을 받았다.

"왜 또 그 얘기를 꺼내느냐고요? 오늘 이 시간 이후 벌어지는 일은 통상 생각하던 것과 다르기 때문이지요. 총독 각하께서, 이번 유월절에 피를 많이 흘리지 않고 최소한의 선에서 정리하겠다고 정하셨다는 것을 알아 두세요."

그 말이 무슨 뜻인지 마티아스는 아직 제대로 알아듣지 못했다.

"마티아스 제사장! 우리가, 성전이 한마음이 되어 로마를 섬겨야 할 때입니다. 할 수 있는 일과 할 수 없는 일, 그리고 해서는 안 되는 일의 그 경계를 확실히 알고 실수로라도 그 선을 넘으면 안 됩니다. 대제사장 각하나 우리 성전이 명예니 체면이니 성전의 권위를 앞세우며 자칫 잘못 대응하면 지금껏 누리던 것마저 모두 잃을 것입니다. 이제 시간이 돼서 나는 나가봐야 합니다. 마티아스 제사장은 문밖으로 나가지 말고 안에 계세요. 저쪽 일은 우리가 알아서 처리합니다. 성전과 대제사장 각하와 우리 제사장들이 살아갈 수 있는 유일한 길이 그것입니다."

그 말을 남기고 야손은 방을 나갔다. 혼자 남은 마티아스는 한 마디 한 마디 야손의 말을 떠올리며 곰씹었다. 때로는 고개를 끄덕이고, 때로는 고개를 가로젓고. 그러다가 깊이 한숨을 쉬며 중얼거렸다.

"무슨 다른 길이 있겠는가, 우리 유대에….'"

성전 뜰에서 벌어지는 혼란을 수습하는 일에 성전이 완전히 배제되었다는 점도 문제지만, 앞으로 예루살렘 성전과 대제사장이 유대총독 빌라도와 어떤 관계로 지내게 될지 그 일이 걱정이었다.

✠

히스기야의 눈길을 따라 군중을 힐끔 바라보던 바라바는 갑자기 무슨 생각이 떠올랐는지 성큼성큼 성전 뜰로 걸어 나갔다. 직접 나서서 군중을 선동하겠다고 작정했다. 100여 명의 하얀리본 무리가 바라바를 둘러싸고 나섰다. 건장한 남자들이 솔로몬의 주랑건물에서 우르르 성전 뜰로 나오자 사람들은 다시 술렁이기 시작했다. 무리 중 앞에 선 몇 명은 손에 칼까지 쥐고 있지 않은가? 사람들은 달아나기 시작했다. 어떤 사람은 남쪽 서쪽 주랑건물로 뛰어가고, 어떤 사람들은 성전 경비대가 가로막고 있는 통로 쪽으로 달렸다.

그때, 하얀리본 한 사람이 급히 솔로몬의 주랑건물로 다시 들어가 구석자리에 놓여 있던 탁자를 불끈 들고 나오더니 바라바 앞에 놓았다. 사람 허리 높이에 닿는 탁자였다. 바라바는 그 탁자 위에 성큼 뛰어올랐다. 그리고 큰 소리로 외치기 시작했다.

"사랑하는 나의 동족 유대인 여러분!"

두려워 달아나려던 사람들이 바라바가 큰 소리로 외치자 걸음을 멈추었다. 그러더니 주춤주춤 모여들기 시작했다. 비록 손에 칼은 들었지만, 당장 누구를 찌르고 벨 사람으로는 보이지 않았던 모양이다. 더구나 그는 탁자 위에 올라서서 사람들에게 외치지 않는가? 이제까지 성전 뜰에서 누구도 그런 태도를 보인 사람은 없었다. 지난 며칠 예수도 성전 뜰에서 사람들을 모아 가르쳤지만 결코 높은 자리에 올라서서 웅변한 적은 없었다.

히스기야는 얼른 주랑건물 위에 늘어선 로마군을 올려다보았다. 그들은 그림자처럼 조용히 서서 내려다볼 뿐이다. 아무런 움직임 없이 그들이 지켜보고 있다는 것은 히스기야에게 커다란 압박이었다. 히스기야와 위수대장 그리고 주랑건물과 안토니오 요새에서 내려다보는 로마군 사이에는 하얀리본과 군중을 분리한다는 한 가지 공통의 목표가 있다.

'네가 수습하지 않으면 우리 로마가 나서서 수습한다!'

위수대장이 히스기야에게 시간을 허락해 준 것 같았다.

'내가 하얀리본을 성전 밖으로 다 내보낼 때까지 저들이 기다려 주려나?'

히스기야는 초조했다. 절박한 마음으로 하얀리본과 군중이 섞이지 않도록 막으려고 하는데, 반대로 바라바는 군중을 동원하여 성전을 휩쓸 생각이 분명했다. 탁자 위에 올라선 바라바를 밀어낼 수도 없고,

그렇다고 바라바가 군중을 선동하는 것을 끝까지 놔둘 수도 없으니 아주 난감한 일이었다.

바라바는 모여든 군중에게 그의 뜻을 밝히기 시작했다. 그는 아직도 한손으로 칼을 단단히 움켜쥐고 있었다. 이스라엘의 역사에 나왔던 판관들이나 장군의 모습이 그러했을 것이다.

"나는 모든 유대인이 의인義人이라고 추앙하는 바리새파 순교자의 아들 바라바입니다. 헤롯왕이 우리 아버지와 바리새파 선생님들을 모두 산 채로 불태웠던 37년 전의 일을 여러분은 기억할 것입니다. 성전문에 매달린 황금독수리를 도끼로 찍어 내렸던 의인, 그 독수리를 조각내서 불태웠던 의인, 활활 타오르는 불속에서도 유대의 반역자며 로마의 꼭두각시 왕이었던 헤롯을 마지막까지 당당히 꾸짖었던 의인, 그분의 유복자遺腹子 바라바입니다. 그 아버지의 아들 바라바, 죽지 않고 살아남은 이 바라바가 여러분에게 이제 하느님에게 돌아서라고 외칩니다."

사람들이 눈에 띄게 술렁거렸다. 점점 더 많은 사람들이 모였다. 겨우 조금씩 가라앉던 군중들이 마치 갈릴리 호수에 일어나는 파도처럼 다시 넘실거리기 시작했다.

"나는 하느님의 뜻을 저버린 대제사장과 제사장, 그 무리들을 모조리 처단하려고 일어섰습니다. 저들이 저지른 가증스러운 죄악을 일일이 입에 올리지 않더라도 여러분은 모두 다 알고 있습니다. 혹 저들이 여러분을 꾀고 눈을 속일 수 있었을지 몰라도 이스라엘의 하느님, 전능하신 야훼, 만군의 주 그분의 눈을 속일 수는 없습니다. 그분은 저자들이 저지른 죄악을 하나도 잊지 않으셨고, 진노의 불화로를 저들

머리 위에 쏟아붓기로 작정하셨습니다."

성전 경비대 병력이 사방에서 조금씩 다가왔다. 어떤 사람은 경비대 병력을 보더니 후다닥 다시 자리를 뜨고, 어떤 사람들은 잔뜩 상기된 표정으로 몸을 들썩거렸다.

"하느님이 언제까지 우리를 이방제국의 손아귀에 그대로 놓아두시겠습니까? 우리 유대인들이 내지르는 고통의 신음소리와 울음을 그분이 들으셨습니다. 그래서 이번 유월절에 이스라엘을 해방하시기로 작정하셨습니다. 헤롯왕에게 충성하면서 성전을 차지한 더러운 사두개파 제사장들을 이참에 쓸어버리고, 사독가문의 남은 자 중에서 제비를 뽑아 대제사장 자리를 다시 맡기기로 정하셨습니다. 거룩한 성전에서 하루에 두 번씩 로마황제를 위해 제사드리는 가증한 저 반역의 무리를 쓸어버리겠다고 선언하셨습니다. 입으로는 토라를 외면서 마음으로는 로마황제를 섬기는 반역을 더 이상 두고 보지 않겠다고 하셨습니다. 그래서 그분의 뜻에 따라 우리 혁명군이 일어섰고, 바라바 이 사람에게 하느님의 뜻을 실어 주셨습니다."

바라바는 혁명이라는 말을 입에 올렸다. 그것은 예루살렘 성전에 대한 반대를 넘어 로마황제에 대한 반역이었다.

"하느님의 명령을 여러분에게 전합니다!"

그는 외쳤다. 시나이산에서 야훼로부터 계명을 받고 내려온 모세처럼 그의 표정은 엄숙했고, 자세는 장중했다.

"이스라엘아! 돌아서라! 너희에게 내려 준 토라를 지키는 백성으로 돌아오라!"

그의 외침을 듣던 사람들 중 얼마가 큰 소리로 따라 외쳤다.

"아멘!"

"그래서 나는 토라의 나라를 세우겠다는 뜻으로 혁명을 일으켰습니다. 로마제국의 군병과 그 졸개들과 사두개파 제사장들이 더럽힌 성전을 이스라엘의 하느님이 보호하시겠습니까?"

"아닙니다!"

"야훼 하느님은 오래전에 성전을 떠나셨습니다. 더럽고 가증스러운 곳에 어찌 하느님이 머무실 수 있겠습니까? 깨끗하게 청소해야 합니다! 그리고 성전에 다시 그분을 모셔 들여야 합니다. 그건 나와 여러분이 함께해야 할 일입니다."

"맞소! 하느님이 이스라엘을 잊지 아니하셨고 우리의 울음소리를 들으셨다니 그분의 뜻에 따라 살겠습니다. 토라의 나라를 세우는 일에 함께하겠습니다."

바라바는 뛰어난 웅변가였다. 그는 단번에 군중을 사로잡았다. 두 팔을 크게 벌리고 서서 '이스라엘아 돌아오라!'를 외칠 때, 사람들은 온몸에 소름이 돋을 만큼 찌르르 전율을 느꼈다.

바라바는 목청을 가다듬더니 사람들에게 엄숙한 표정으로 말했다.

"느헤미야가 기록한 다짐을 되새깁시다. 왜 우리가 이방제국의 종이 되었고, 이방제국을 주인으로 섬기는 탐욕스러운 제사장들에게서 이처럼 큰 고통을 당하는지 생각합시다. 그리고 우리가 어떻게 해야 이번 유월절을 맞이하여 하느님의 진정한 백성이 될 것인지 다시 생각합시다."

느헤미야는 페르시아의 왕이 임명한 유대총독이었다. 바빌론에 포로로 끌려갔다가 귀환한 유대인들을 이끌고 무너진 도성 예루살렘의 성벽을 다시 쌓은 사람이다. 처절한 좌절 속에 웅크리고 있던 유대인들에게 그들의 하느님 야훼가 잊지 않고 돌보아 준다고 선언하면서 동족을 일으켜 세운 사람이다. 바라바는 마치 그가 느헤미야라도 된 듯 말을 이어갔다.

"여러분, 느헤미야가 무엇이라 말했습니까? 우리 조상들이 율법을 지키지도 않았고, 하느님의 명령과 경계하신 말씀을 순종하지 않았고, 하느님이 허락하신 기름진 땅에서 살면서 주를 섬기지 않고 악행을 일삼는 죄를 지어서 우리가 이방의 종이 되었다고 기록했습니다. 그리고 이 땅에서 나는 소산을 이방인들이 먹고, 우리의 몸과 가축을 이방인들이 관할해서 우리가 고통 속에 살고 있다고 후회하면서 돌이켜 하느님 앞에 회개하고 언약을 세우겠다고 다짐하지 않았습니까? 그러니, 나의 동족 유대인 여러분! 우리가 무엇을 가장 먼저 해야 하겠습니까? 주님이 우리에게 내려 주신 계명, 견고한 언약을 다시 세우고 올바로 지키는 일부터 시작해야 합니다. 성전을 청소하여 토라의 나라로 돌아갑시다."

바라바는 주먹을 불끈 쥐고 흔들어댔다. 그가 바리새파 의인의 아들이고, 토라라고 하면 한 발자국도 물러서거나 양보하지 않겠다는 굳은 결의에 차 있는 사람이라는 것을 사람들은 모두 알았다.

군중의 뜨거운 분위기를 느꼈는지 그는 점점 흥분했다. 이제 토라의 나라를 세우기 위해 해야 할 일을 쏟아 내기 시작했다.

"여러분! 혁명군의 1차 목표는 성전 대제사장과 제사장들을 처단하는 겁니다."

사람들은 웅성거렸다.

"성전 창고를 열어 그 속에서 썩어가는 곡식과 기름과 포도주를 여러분에게 골고루 나눠 주겠습니다."

먹을 것을 나눠 준다니, 그보다 더 좋을 수 없는 얘기였다.

"성전에서 가지고 있는 모든 빚 문서를 찾아내서 이 뜰 안에 큰 불을 놓고 모두 불태우겠습니다."

"와! 혁명군 만세!"

군중들의 입에서 환호성이 쏟아졌다.

"대산헤드린과 함께 사독 가문 중에 남은 자를 찾아 새 대제사장을 세우겠습니다. 그리고….'"

그는 말을 끊고 사람들을 내려다보았다. 혁명군이 할 일을 하나씩 발표하더니 갑자기 입을 다물자 사람들은 조바심이 나는 표정으로 그의 다음 말을 기다렸다. 바라바는 그가 올라선 탁자 위에서 한 걸음 앞으로 내디뎠다.

"하느님의 도우심에 따라 저 로마군을 모두 쫓아내겠습니다. 우리가 언제까지 저렇게 로마군이 내려다보며 키득거리는 꼴을 보면서 유월절을 지킬 수 있단 말입니까? 유월절이야말로 억압으로부터 해방된 명절이라는 것을 잊었습니까? 이스라엘 사람들이 문설주에 어린 양의 피를 발라 하느님의 보호를 받았듯, 피를 쏟아야 한다면 나 바라바가 가장 먼저 유월절에 피를 흘리는 양이 되겠습니다. 나는 혁명군을 이끌고 이스라엘, 유대의 왕이 되자는 사람이 아닙니다. 다만, 토라의 나라, 하느님의 뜻에 따르는 나라를 세울 수 있다면 어떤 죽음이라도 달게 받겠습니다."

"바라바! 우리를 이끄세요!"

"우리 유대인들이 바라바 머리에 기름을 부으리다, 다윗왕에게 기름 부었듯!"

"메시아!"

"메시아네! 메시아가 나타났네! 메시아 만세!"

사람들은 바라바의 선동에 가슴이 뜨거워졌다. 얼마나 기다렸던가, 하느님이 세상에 보내 줄 메시아를! 이스라엘이, 오랜 세월 동안 이방 제국의 압제를 받던 유대가 드디어 새롭게 일어서는 날이 왔다고 그들은 믿기 시작했다. 그들은 로마군이 주랑건물 위에서 내려다보고, 성전 경비대가 뜰 가장자리에 서서 지켜보고 있다는 것도 잊었다.

군중이란 원래 그런 법이다. 흩어지기 시작하면 걷잡을 수 없이 겁에 질리지만, 모여 있는 동안에는 자기에게 닥칠 위험이 실제보다 훨씬 작아 보인다. 더구나 바리새파 의인의 아들이 탁자에 올라 웅변을 하고 있는데도 로마군이나 경비대는 아무 움직임이 없이 그저 지켜보고 있지 않은가?

"저 봐! 얼마나 당당한 모습인가? 다윗왕이라고 한들 저보다 더 당당하고, 위엄에 가득 찬 모습을 보일 수는 없어. 저 사람이 예루살렘의 의인 바로 그분의 아들이라니, 그동안 어디 가서 얼마나 고생을 했을꼬!"

"이제까지 그 어느 누가 성전 뜰에서 이처럼 해방을 외쳤던가? 비록 저 사람에게 부하는 몇 명 없어도 저 기상과 위엄으로 보면 곧 온 유대가 따라나설 것이 분명해! 다윗왕도 처음에는 군대가 별로 없었잖아? 그저 몇 사람 데리고 도망 다니던 사람이었을 뿐! 바라바 저 사람이 죽기를 각오하고 성전 뜰에 들어와 외치는데 우리가 멀거니 서서 바라보고만 있을 수는 없지 … 우리도 이러고 있을 일이 아니야! 유대의 역사가 바뀐다고…."

몇 사람이 자기들끼리 말을 주거니 받거니 하다 큰 소리로 외쳤다.
"바라바! 우리를 이끌어 주시오! 우리가 목숨을 걸고 따르리다!"

히스기야는 부르르 몸을 떨었다. 피하고 싶었던 일이 눈앞에 벌어
지고 있어서 그렇다. 바라바의 외침이 유대인들의 가슴을 마구 휘저
어 놓았다. 이전 같았다면 실패한 거사를 다시 일으켜 세우려는 그의
눈물겨운 노력에 찬사를 보냈겠지만 이제는 그럴 수 없다. 무엇이 잘
못돼 가고 있는지 그는 알았다. 하느님이 신원伸寃해 준다는 믿음 하나
로 뜰 안에 가득한 사람들을 죽음으로 이끄는 사람, 바로 그 바라바를
바라보며 혼자 중얼거렸다.
'막아야 한다! 사람들이 피를 흘리며 돌이키면 마음을 돌려 개입하
는 분이라면 하느님은 이미 오래전에 여러 번 개입했을 것이다.'
그렇게 생각하는 중에 히스기야는 바라바가 등에 지고 있는 허무를
보았다. 입으로는 가장 강경한 소리를 내뱉고, 죽음의 길에 앞장서겠
다고 선언했지만 그는 허무를 타고난 사람이 분명했다. 한없이 차분
하고 침착하던 사람이 갑자기 벌컥 화를 낼 때 이미 그는 바라바의 가
슴 깊은 곳에 자리 잡고 있는 텅 빈 공간을 보았다.
가말라의 큰 나무 밑에서 처음 만났던 그를 떠올렸다. 그는 사람들
이 '제4철학'이라고 불렀던 유다와 바리새인 사독이 벌인 운동의 뿌리
를 찾아왔다고 말했다. 그 제4철학이 바로 바리새파와 달리 무력마저
불사하겠다는 열심을 가졌던 사람들이었다. 결국 바라바는 무력으로
토라의 나라를 이루겠다는 사람이 아니었던가?

열심의 다른 얼굴이 바로 허무다. 이룰 수 없음을 알면서도 몸을 던지는 사람, 그는 이제 성전 뜰 안에 들어와 있는 모든 사람들의 피로 유월절 제사를 드리려고 작정한 사람처럼 보였다.

'막아야 한다!'

그때 히스기야는 예수가 자기를 바라보고 있음을 알았다.

'자네도 그렇게 생각하는가?'

예수는 그렇게 묻고 있다. 니산월 9일 밤, 여리고 삭개오의 집으로 그를 찾아가서 성전에서 일으킬 거사에 끌어들이려고 설득할 때, 죽음을 두려워하지 않는 열심을 히스기야가 내세우지 않았던가? 하느님의 개입을 촉발시키는 일이야말로 열심밖에 없다고 믿지 않았던가?

'이제 내가 나설 차례!'

히스기야는 마음을 굳혔다. 수많은 군중 앞에서 하얀리본의 두목 히스기야가 동지들의 거사를 부정해야 할 형편이 됐다. 그런데 탁자 위에는 여전히 바라바가 버티고 서 있다. 그를 밀쳐내고 올라갈 수도 없고, 그렇다고 탁자 위에서 그가 외치고 아래에서는 히스기야가 외칠 수는 없었다.

주랑건물 위에 올라서서 뜰을 내려다보는 로마군, 성전 뜰 가장자리에 진을 치고 언제든 들이닥칠 태세를 보이는 성전 경비대, 이대로 놔두면 곧 큰일이 벌어질 형편이다.

앞에 선 사람이 바라바를 바라보며 큰 소리로 외쳤다.

"이제 어찌해야 합니까? 모두 저 성전으로 쳐들어갈까요? 소레그를 넘어?"

그때 뜻밖으로 예수가 앞으로 나섰다. 그리고 큰 소리로 외쳤다.

"아니오! 여러분! 그건 아니오!"

예수는 바라바가 서 있는 탁자 앞으로 성큼성큼 걸어가더니 두 팔을 양쪽으로 좌악 벌렸다. 그가 나서자 군중들은 주춤했다. 바라바도 주춤했다. 생각지도 않았던 일이 벌어졌기 때문이다.

예수를 떠밀어 제칠 수도 없다. 바라바는 예수가 어떻게 군중을 휘어잡는지 지난 며칠 동안 똑똑히 눈여겨보았다. 아마 군중 속에는 예수를 따르거나 그를 보호하려는 사람들도 있을 것이다. 며칠 전, 성전 사람들이 예수를 해하려고 둘러쌌을 때 군중이 그들을 겹겹이 둘러싸서 굴복시키지 않았던가?

어이없고 당황스러운 상황에 바라바는 뒤에 몰려 서 있는 동지들 얼굴을 바라보았다. 늘 히스기야를 따라다니던 동지, 대산헤드린을 먼저 설득하라고 권했던 동지와 눈이 마주쳤다. 그는 히스기야를 눈으로 가리켰다. 그건 예수를 히스기야에게 맡기라는 뜻이다. 바라바와 예수가 직접 부딪치지 말라는 뜻이었다.

바라바가 히스기야에게 눈길을 보내자 틈을 보고 있던 그가 선뜻 탁자 위로 올라섰다. 순간 어떻게 하는 것이 좋을지 바라바는 잠시 멈칫했다.

그때 히스기야가 군중에게 입을 열었다. 그의 목소리는 굵고 우렁찼다. 이투레아 눈 덮인 산을 타고 불어오는 차가운 겨울바람을 이겨낸 목소리다. 더구나 그는 일부러 배 속에서부터 소리를 끌어올리며 말하기 시작했다.

"여러분! 저는 갈릴리의 히스기야라고 합니다. 하얀리본을 이끌던 사람입니다. 지금은 성전 경비대에 체포된 후, 저기 보이는 로마군 안토니오 요새 감옥에 갇혔던 사람입니다. 오늘 벌어질 일이 하도 엄중해서 수단을 부려 잠시 풀려났습니다. 여러분이 안전하게 성전 뜰을 나갈 형편이 되면 저는 다시 로마군 요새로 돌아가 감옥에 갇힐 것입니다. 그리고 유월절 명절이 시작되기 전에 분명 처형될 사람입니다."

사람들은 깜짝 놀랐다. 이게 무슨 일이냐는 듯 서로 얼굴을 마주 보는 사람들, '하얀리본? 하얀리본!' 입으로 중얼거리는 사람들, 더구나 위수대 감옥으로 돌아가고 이제 곧 처형될 사람이라는 말에 충격을 받은 것 같았다.

그때 바라바가 슬그머니 탁자를 내려갔다. 그것은 바로 히스기야가 예상했던 일이다. 체면과 위신과 명예를 중요하게 생각하는 바리새파 사람 바라바, 그가 막무가내 고집스럽게 끝까지 자리를 지키거나 히스기야를 밀어내지 않으리라 믿었다. 몸으로 세상을 산 사람과 몸을 앞뒤로 흔들며 토라 공부를 하던 사람의 차이였다.

갑자기 예루살렘 성전 뜰은 제국의 수도 로마에서 옛 공화정 시대에 볼 수 있었던 토론의 자리로 바뀌었다. 로마에서는 서로 다른 파벌에 속하는 정치가들이 광장에 모인 사람들, 원로원 의원들 앞에 번갈아 나서며 자기 의견을 밝혔다. 군중의 마음을 사로잡는 사람, 원로원의 지지를 받는 사람이 정권을 잡기 마련이었다.

히스기야는 바라바와 달리 자기를 '저'로 낮추어 불렀다. 스스로를 '나'라 부르는 사람과 '저'라 부르는 사람이 번갈아 탁자 위에 올라서서 군중을 설득하기 시작했다. 그러면서 히스기야는 주랑건물 위 로마군과 경비대의 움직임을 살폈다. 예상했던 대로 그들은 아직 지켜보자는 태도를 유지하고 있었다. 하기야 그래서 그를 성전 뜰에 풀어놓지 않았던가?

"저는 바라바 동지와 함께 세상 사람들이 의적義賊이라고 부르는 하얀리본을 조직했습니다. 부족한 제가 동지들의 뜻을 받들어 우두머리 역할을 맡았습니다. 그리고 조금 전 바라바 동지가 여러분에게 얘기한 이번 유월절 혁명을 모두 계획하고 이끌던 사람입니다. 성전 경비대에 체포되어 로마군 위수대 감옥에 갇혀 있던 중에 다른 동지가 저 대신 갇히고 저는 잠시 풀려났습니다."

"하얀리본 두목이었군. 그럼 저기 바라바는 부두목이고?"

"지금 고생이 말도 아니겠구만…. 그런데 두목 대신 갇힌 동지가 있다니 거 참!"

그 말을 듣고 서 있던 사람 중 하나가 큰 소리로 외쳐 물었다.

"그럼, 굶어 죽을 사람들에게 하얀색 리본이 매달린 곡식 자루를 전달해 준 의적, 그 하얀리본이었다는 말이오? 부자들의 장원을 털고, 대제사장 지낸 사람들의 창고를 털어 모두 나눠 줬다던데 그게 사실입니까?

"그렇습니다."

"왜 그랬습니까? 왜 다 나눠 주고 떠났습니까?"

"사람의 목숨이 무엇보다 귀중해서 그랬습니다. 한편에서는 굶어 죽는데, 부자들 창고에서는 곡식과 기름이 썩어 나가는 것을 두고 볼 수 없었습니다. 우리 집 마당에 누가 밀 한 자루를 떨궈 주었더라면 하나밖에 없는 아들에게 빵을 먹이려던 어머니가 그렇게 불쌍하게 세상을 떠나지 않았을 것입니다."

192

사람들 가슴을 사정없이 파고들 만큼 아픈 사연이었지만 그는 길게 늘어놓지 않고 아주 절제된 말로 사연을 얘기했다. 그래서 더욱 가슴 아픈 얘기가 됐다. 금방 사람들 얼굴에 처연한 표정이 감돌았다. 그건 먹고사는 일이다. 사람이 하루하루 살아가는 일이었고, 그들도 겪으며 사는 일이어서 더욱 마음이 아팠다.

"왜, 아버지가 일찍 돌아가셨던 모양이네요?"

히스기야는 작은 목소리로 말했다.

"제 아버지는 헤롯왕이 죽던 해에, 갈릴리 세포리스성에서 갈릴리 유다의 봉기에 참여했다가 로마군에게 잡혔습니다. 그리고 십자가 처형을 받고 돌아가셨습니다. 그래서 저는 유복자입니다, 저기 바라바 동지처럼⋯."

그가 들릴락 말락 작은 소리로 말했기 때문에 뒤쪽에 서 있던 사람들은 그의 말을 못 알아들었다. 히스기야가 땅을 바라보고 하늘을 올려다보고 주랑건물 위에 있는 로마군을 쳐다보는 동안 앞에 있던 사람들이 들은 말 그대로 뒤에 있는 사람들에게 전해 주었다. 갑자기 그 많은 군중이 물을 끼얹은 듯 조용해졌다. 그리고 탁자 위에 올라 서 있는 사내를 쳐다보았다. 그의 기구한 운명, 슬픈 사연이 사람들 마음속을 파고들었다. 그리고 사람 목숨이 무엇보다 귀중하다는 그의 말이 절절히 가슴을 적시기 시작했다.

"무슨 말을 하고 싶은 게요? 의적단 하얀리본의 두목 히스기야!"

맨 앞에 서 있던 사람이 물었다. 그는 혁명군이라 자처하고 나선 바라바와 의적 하얀리본을 구분해서 불렀다.

"여러분! 마음을 가라앉히고 성전 뜰을 빠져나가 집으로 돌아가세요. 지금은 여러분이 피를 흘릴 때가 아닙니다."

사람들은 충격을 받았다. 토라를 위해 목숨을 바치자는 바라바와 집으로 돌아가 목숨을 부지하라는 히스기야 사이에서 선택해야 할 자리에 서 있음을 그들은 깨달았다.

"헤롯왕이 죽던 해, 로마의 시리아 총독 바루스에게 온 이스라엘이 짓밟히고 불에 탔습니다. 여기 예루살렘에서 2천 명도 넘는 사람들이 십자가에 못 박혀 죽었습니다. 예루살렘에 몰려든 군중이 성채를 허물고 헤롯 왕궁을 털었기 때문입니다. 그런데 그때 예루살렘 주민은 어떻게 했습니까?"

"다른 지방에서 몰려온 군중에게 등을 돌렸습니다. 우리에게는 씻을 수 없는 부끄러운 역사지요!"

"부끄럽다고요? 그렇습니다. 부끄러운 일이기는 했지만 그래서 목숨을 구했습니다. 그리고 여러분은 이 자리에 서 있을 수 있게 됐습니다. 여러분의 아버지, 할아버지가 굴욕을 참았기 때문에 여러분은 살아남을 수 있었습니다. 그래서 여러분은 장가를 들 수 있었고, 자식을 낳을 수 있었고, 유월절을 지키려고 이렇게 성전에 올라올 수 있었습니다."

"토라를 짓밟는 무리를 눈으로 보면서도 그때처럼 부끄럽게 물러서라는 말이오?"

"그렇습니다. 토라를 위해 생명을 버리지 말고, 생명을 살리는 일이라면 토라를 내려놓으십시오. 여러분이 피를 흘린다고 토라의 세상은 이뤄지지 않습니다. 하느님은 생명을 내신 분입니다. 토라를 지키기 위해 순교한 사람을 다시 살리시는 분이 아니고, 살리기 위해 죽이시는 분도 아닙니다."

히스기야는 사람들 마음이 움직이고 있음을 느꼈다. 살아오면서 처음으로 그렇게 많은 사람 앞에 섰지만 조금도 떨리지 않았다. 그의 가슴속으로 사람들의 가슴 떨림이 밀려 들어왔다. 말하면서도 유다가 주선한 대로 성전 뜰에 나온 일, 사람들 앞에 선 일이 참 잘한 일이라는 생각을 했다. 그가 왜 주선했는지 목적은 달랐지만….

"지난 몇 년 동안, 하얀리본은 갈릴리나 유대에서 사람의 생명을 빼앗지 않았습니다. 더불어 살아가자고, 먹을 것이 없어 그 밤이 지나면 굶어 죽을 수밖에 없는 사람들을 살리자고, 다른 사람 목숨을 빼앗을 수는 없었습니다. 그랬던 하얀리본이 혁명군이 되었다고 여러분을 죽음으로 몰아넣을 수는 없습니다. 그래서 여러분에게 돌아가라고 말씀드리는 겁니다."

"메시아가 앞장서서 이끌고, 우리가 죽음을 무릅쓰고 나서면 세상을 바꿀 수 있습니다. 우리가 보아하니, 바라바와 히스기야 두 사람이 이제 손을 잡고 우리를 이끌어 주세요!"

바라바를 '메시아'라고 부르면서 당장 따라나설 듯하던 몇 사람이 아직도 타오르는 의기를 주체하지 못하겠다는 듯 큰 목소리로 외쳤다. 그들의 말을 듣고 바라바는 더욱 더 마음을 단단히 다졌고, 탁자 위에 올라선 히스기야는 자기가 꼭 군중을 가로막고 진정시켜야 한다는 생각을 굳혔다. 그는 자기나 바라바가 절대로 메시아가 될 수 있는 사람이라고 생각하지 않았다.

'그저 평범한 목동이었던 다윗도 하느님의 사람에게서 기름 부음을 받지 않았던가?'

'내가 언제 하느님의 음성을 직접 들어 본 적이 있던가? 나는 없어!

예수라면 몰라도….'

'그럼 예수랑 같이 메시아를 하면 되잖아!'

'메시아는 내가 하고 싶다고 맡을 수 있는 일이 아니잖아? 그분에게 선택받아야지.'

'유다의 아들 히스기야! 그럼 너는 뭐냐?'

'뭔지는 모르지만 나는 메시아가 될 수 없어! 무슨 자격으로….'

그 짧은 순간에 그의 가슴속에 여러 가지 생각이 떠올랐다. 스스로 묻고, 대답하고…. 여리고로 예수를 찾아 내려가서 거사에 합류하기를 권했을 때만 해도, 히스기야는 그 자신이 이스라엘의 메시아가 될 수도 있다고 생각했다. 어떤 사람들이 말하듯 두 사람의 메시아, 한 사람은 군사를 일으키고 백성을 다스리는 일을 맡고, 예수는 이스라엘을 하느님의 올바른 길로 인도하는 역할을 맡는다면, 이방의 압제에서도 벗어나고, 불쌍한 사람들에게 새 세상을 살아갈 수 있는 희망을 줄 수 있겠다고 믿었다.

그러나 성전 지하감옥과 위수대 감옥에 갇혀 지낸 지난 며칠 동안에 어딘지 모르지만, 다른 길로 걸어 들어가는 자기를 발견했다. 그렇게 하면 세상을 바꿀 수 있으리라는 희망도 가뭇 사라졌다. 그에게 맡겨진 마지막 일은 오직 하나, 성전 뜰에서 벌어질 대학살만은 막아야 한다는 생각뿐이었다.

'내가 뿌린 씨였으니 내가 수습해야지!'

히스기야는 메시아를 따라 목숨을 버릴 각오가 돼 있다는 사람들을 바라봤다. 나이 스무 살 조금 넘었을 젊은이들. 갈릴리 어디에서도 몸뚱이 하나 붙일 곳이 없어 막막하게 떠돌다가 이투레아 산속으로 현인을 찾아 들어갔던 히스기야 나이가 그랬다.

희망 없는 세상을 사는 젊은이들이 무엇을 할 수 있겠는가? 세상에 젊은이에게 내줄 수 있는 자리는 아무것도 없다. 자기 목소리를 낼 수 없는 세상, 법과 전통의 무게에 짓눌려서 숨도 제대로 쉴 수 없는 그들이다. 적어도 세상 아는 소리를 좀 하고, '내가 보기에는…' 하고 말이라도 붙이려면 나이가 서른은 넘어야 한다.

뒤집지 않고는 아무것도 스스로 할 수 없는 세상을 사는 젊은이들이지만 성전 뜰에서 허무하게 피를 흘리며 쓰러지는 일이 옳은 일이라고 말할 수는 없다. 이제까지 그렇게 목숨을 잃은 사람으로 세상이 흘려야 할 피는 충분히 흘린 셈이다.

"피가 철철 흐르는 성전 뜰에 어찌 토라의 나라를 세울 수 있겠습니까? 피로 덮인 성전에 하느님이 다시 돌아오시겠습니까? 백성의 피를 제물로 바친 한 사람의 메시아를 통해서 그분의 법을 세웠다고 하느님이 영광을 받으시겠습니까? 저는 율법학자도 아니고, 토라를 깊게 공부한 사람도 아닙니다. 더구나 메시아라는 말은 꿈에도 생각해 보지 않았습니다. 다만, 누가 배고픈지, 누가 아픈지, 누가 가장 애타게 하느님을 찾는지 그 울음을 들을 수 있는 귀를 가진 사람입니다."

히스기야의 목소리는 비장했다. 토라 공부를 하지 않은 사람은 어떤 상황이라도 유대에서는 지도자가 될 수 없다. 바리새파 의인의 아들로 토라의 나라를 세우자는 바라바와 달리 유대의 지도자가 될 수 없는 사람이라고 그 스스로 선언한 셈이었다.

"이투레아 눈 덮인 산꼭대기에서, 오직 눈에 덮인 채 거친 바람에 몸을 맡긴 산과 골짜기를 보면서, 저도 울분에 떨었습니다. 이 나라이 땅에 사는 사람들의 운명이 슬펐고, 가난한 사람들의 마지막 한 자루 식량마저 빼앗아 가는 약탈자들이 미웠습니다. 옆에서 누가 죽든 살든 자기 배만 채우는 지배자들을 때가 되면 모두 처단하겠다고 다짐했습니다. 여러분이 미워하는 사람을 저도 미워했고, 여러분이 기다리는 세상을 저도 기다렸습니다. 그러면서, 하느님이 손을 벌리실 때까지 우리가 할 수 있는 일은 우리가 하자는 생각으로 하얀리본을 이끌었습니다. 그래서 성전을 청소하자는 생각도 했습니다."

히스기야의 말을 들으면서 예수는 깜짝 놀랐다. 뜻밖으로 그는 사람들의 마음속에 담겨 있는 깊은 아픔도 어루만지는 사람이 되어 있었다. 극심한 고통을 겪은 사람 중에는 모질어지는 사람도 있고, 다른 사람의 고통을 자기 고통으로 여기며 함께 아파하는 사람도 있다. 히스기야는 세상 고통의 원인을 짚어 내면서 함께 신음하고 그들을 위로하는 사람이 돼 있었다.

"그러나 위수대 감옥에 갇혀 처형을 기다리는 사람입니다. 저는 지금 오직 한 가지만 생각합니다."

그의 목소리에는 처연함이 배어 있었다.

"이제 내일 하루가 지나면 유월절 명절입니다. 이집트에서 우리 조상들이 노예로 살아갈 때, 어린 양을 잡아 문설주에 그 피를 발라 하느님의 보호를 받았던 일을 기념하는 명절입니다. 제국의 압제에서 걸어 나온 날입니다. 그런데, 그때 우리 조상들이 이집트 왕과 전쟁을 벌이면서 벗어났습니까? 창과 칼과 활을 가지고 이집트 왕이 보낸 군사와 대결했습니까? 아닙니다. 하느님이 유월절 양의 피를 바른 우리 조상들의 집을 건너뛰며 죽음으로부터 보호하셨고, 구름기둥 불기둥으로 인도하셨고, 바다를 갈라 마른 땅 위를 우리 조상들이 걸어 건너도록 역사하셨습니다. 그 일을 기념하는 유월절에 저는 로마 군인들에게 처형당할 사람입니다."

예수는 가슴이 저릿저릿했다.

"여러분! 이집트에서 우리 조상이 해방된 일은 하느님의 은총이었습니다. 이집트와 싸워 얻은 해방이 아니고, 아무 데도 기댈 곳 없이 노예가 되어 살아가는 조상들을 불쌍하게 여기신 하느님이 이루신 일입니다. 사람들이 한 일은 양을 잡아 문설주에 피를 바르고, 떠나라 할 때 모든 것 놔두고 떠났을 뿐입니다. 나머지는 모두 하느님께서 하신 일입니다."

히스기야의 말대로라면, 훗날 토라라고 불리는 법을 이스라엘에게 전한 모세는 하느님이 들어서 쓴 수단일 뿐이다. 하느님의 역사를 사람이 자기 공로로 내세울 수 없다는 말과 같았다.

"이번 유월절에 여러분이 하실 일은 메시아든 누구든 지도자를 따라 칼과 창을 휘두르며 성전에 쳐들어가는 일이 아니라 흩어져 집으로 돌아가는 일입니다. 하느님이 하실 수 있는 일이라면 그분이 나서지 않겠습니까? 그분 손에 맡기고 돌아가십시오!"

예수가 듣기에 히스기야는 놀라운 깨달음을 얻은 사람이다. 우선 메시아가 이스라엘을 구할 수 없다는 깨달음은 바로 예수가 그의 길을 걷기 시작했을 때의 생각과 같았다.

'아! 히스기야! 어둠 속에서 빛을 보았구나!'

바라바는 이스라엘이 기다리던 메시아를 사람들 가슴속에서 불러 일으켰다면, 히스기야는 하느님의 최후 역사를 믿고 한 걸음 물러서서 기다리자는 사람으로 변해 있었다.

히스기야의 진정 어린 외침을 듣고 사람들이 수군거리며 고개를 끄덕였다. 바라바를 메시아라고 부르며 금방 목숨을 깃발처럼 휘두르며 그를 따라 성전 뜰을 내달릴 듯하던 젊은이들도 주춤주춤, 한 걸음 물러났다. 군중이란 그렇다. 누가 나서서 격동하고 한 사람이 달리기 시작할 때 모두 따라 달리고, 한 사람이 달아나면 모두 기겁하고 뿔뿔이 흩어져 달아나기 마련이다.

히스기야는 몸을 돌이켜 바라바와 하얀리본 동지들을 바라보았다. 이제 그가 할 수 있는 일은 다한 셈이다.

군중의 기세가 점점 수그러들자 그때까지 참고 있던 바라바가 버럭 큰 소리를 지르며 앞으로 나섰다.

"이 배신자! 하느님의 명령에 따라 살아야 하는 것이 유대인의 본분이거늘, 어찌 그 더러운 주둥이를 놀린단 말이냐? 당장 네 목줄부터 따겠다!"

늘 히스기야를 따라다니던 동지가 앞을 가로막았다.

"바라바 동지! 이미 늦었소!"

"늦다니? 지금이라도 모두 힘을 합쳐 성전으로 몰려가면…."

말은 그렇게 하면서도 목소리에 점점 힘이 빠졌다. 손에 칼을 쥔 사람은 그와 몇 사람뿐, 하얀리본 나머지 동지들은 겨우 조그만 시카 칼 하나씩 몸에 지니고 있을 뿐이다. 그리고 500명이나 되던 동지들은 모두 뿔뿔이 흩어졌고, 지금 바라바를 따르는 사람은 겨우 100명에 불과했다.

더구나 성전 뜰을 메운 군중은 칼은 고사하고 몽둥이 하나도 갖추지 못한 사람들. 만일 주랑건물 위에 늘어선 로마군이 일제히 활을 쏘고, 군중을 둘러싼 성전 경비대 병력이 칼이라도 빼들고 달려든다면 저 많은 사람들은 밀밭에서 낫을 휘둘렀을 때처럼 모두 그 자리에 쓰러질 것이다.

"이렇게 많은 동족이 피 흘리고 죽는다면, 그건 우리가 하느님과 역사 앞에 죄를 짓는 겁니다. 동지! 물러납시다!"

바라바는 처음부터 군중을 방패막이로 삼을 요량으로 이방인의 뜰로 넘어왔다. 지푸라기라도 잡는 심정으로. 그런데 비무장의 군중을 끌고 경비대를 무너뜨리고 성전을 점령할 수 없고, 이미 의원들이 모두 달아나 텅 비었을 대산헤드린을 장악하는 일은 아무 의미도 없게 됐다.

바라바는 부드득 이를 갈았다.

"분하다! 저 배신자 한 놈 때문에 혁명이 무너지다니….."

그들의 얘기를 듣던 예수가 나지막한 소리로 바라바에게 말했다.

"그렇지 않아요! 내 동무 히스기야는 결코 동지를 배반하고 그 한 사람의 목숨을 구걸할 사람이 아니오!"

늘 히스기야를 따라다니던 동지가 다시 나서서 바라바의 옷깃을 잡으며 나지막한 목소리로 그를 설득하기 시작했다.

"백성을 죽이면서 무엇을 이룰 수 있단 말이오! 물러갑시다. 그리고 훗날을 기약합시다."

그들에게 훗날이란 있을 수 없음을 서로 모를 리 없다. 그런데도 그는 훗날이라는 말을 입에 올렸다. 그러지 않고서야 어찌 발길을 돌릴 수 있겠는가?

그들이 하는 말을 들으며 하얀리본의 두목이었던 히스기야는 아무 말도 못하고 처연한 표정으로 서 있다. 그가 무슨 말을 할 수 있을 것인가? 하얀리본은 거사에 실패한 것이 모두 히스기야가 계획을 털어놓았기 때문이라고 굳게 믿고 있을 것을. 참담한 표정을 짓고 있는 히스기야를 한 번 바라보더니 예수가 정색하고 바라바에게 말했다.

"내 동무 히스기야는 뜰에 가득한 저 수많은 사람들 목숨을 위해 자기를 버리기로 작정한 사람이오. 보시오! 저들을 보시오! 그들이 다시 집으로 돌아가 아내와 자식들 얼굴을 보며 살아가는 일보다 더 큰 일이 어디 있단 말이오? 누가 감히 저 많은 사람들의 목숨을 걸고 내기를 할 수 있단 말이오? 세포리스 성문 앞에서 십자가에 매달려 다시는 집에 돌아오지 못한 아버지를 생각하면, 내 동무 히스기야가 할 수 있는 일이 달리 무엇이 있겠소?"

예수의 말을 들으면서 바라바는 힐끔힐끔 수사문 쪽을 바라보았다. 경비대 병력은 동문 앞에만 집결해 있을 뿐 탈출구로 예정했던 수사문을 봉쇄하지 않았다. 마치 그곳으로 빠져나가라는 듯….

"동지들! 여기서 이 비겁한 자들과 더 이상 시간을 끌며 따질 필요가 없소. 우리가 처벌하지 않아도 지극히 높으신 분, 이스라엘의 하느님이 반드시 이자들을 처벌하실 겁니다. 이미 합당한 벌이 저들 머리 위에 쏟아지고 있습니다. 내 눈에는 보입니다. 우리는, 우리 혁명군은 훗날을 도모하기 위해 여기를 벗어납시다."

그 말에 이제까지 입을 꾹 닫고 있던 히스기야가 나섰다.

"그러시오! 바라바 동지, 어서!"

히스기야의 말이 떨어지기도 전에 바라바는 당장이라도 들고 있는 칼로 후려치고 싶다는 듯 팔을 벌벌 떨더니 차마 할 수 없다는 듯 휙 돌아섰다. 그리고 짧게 외쳤다.

"자, 나를 따르시오! 칼이 있는 동지들 앞으로!"

대여섯 명이 바라바 함께 앞에 섰다.

"갑시다!"

그들은 수사문을 향해 달려갔다. 어느 누구라도 막아 설 수 없을 만큼 무서운 기세였다. 그런데 이상하게도 성전 경비대 병력은 그들을 가로막지도 않았고, 추격하지도 않았다. 칼을 휘두르며 앞장선 바라바 뒤를 나머지 하얀리본 동지들이 따랐다. 그들은 열려 있는 수사문을 바람처럼 빠져나갔다.

히스기야는 사라져 가는 동지들 모습을 지켜보고 서 있다. 마지막 한 사람까지 빠져나가자 갑자기 그의 어깨가 축 늘어졌다. 마음 같아서는 동지들을 쫓아가서 그들의 칼에 맞아 죽든 말든 상황을 해명하고 싶었다. 그러나 그가 성전을 벗어나는 순간 위수대 감옥에 대신 갇힌 유다가 처형될 것이고, 한편으로는 아직 예수와 나누고 싶은 말이 있었다. 히스기야는 수사문을 멍하니 바라보았다.

"아! 결국 이렇게 될 것을…바라바! 잘 가시오!"

그는 다리가 턱 꺾이는 것을 느꼈다. 그저 주저앉고 싶었다. 마지막 남았던 산모퉁이를 돈 것 같다. 가쁜 숨을 몰아쉬며 허덕허덕 언덕길을 올랐고, 펄쩍 뛰어 개울을 건넜고, 캄캄한 그믐밤에 부잣집 담장을 넘었지만, 이제 모든 것이 끝날 때가 왔다. 무슨 할 일이 더 남아 있는가? 다시 혼자 남았다. 동지들을 배신한 사람으로, 자기 두 발로 터덜

터덜 걸어 위수대 감옥으로 돌아가야 한다.

바라바를 생각하면 칼로 난도질한 듯 말로 표현할 수 없을 만큼 가슴이 아프다. 수사문 밖에서 무슨 일이 벌어지고 있을지 눈으로 보지 않아도 알 수 있다. 왜 성전 경비대가 수사문을 막지 않았겠는가? 한 사람도 남김없이 동지들 모두 창에 찔리고 칼에 베이고 비처럼 쏟아지는 화살을 맞아 쓰러지고 있으리라.

눈앞이 빙빙 돌았다. 차라리 성전 경비대든 로마군이든 그들에게 그냥 맨몸으로 달려들어 처절하게 죽고 싶다. 가슴이 창에 꿰뚫린 채 벌컥벌컥 피를 쏟으며 죽고 싶다.

"얘야! 스스로 숨을 끊는 법을 수련했더라도 나는 네가 그렇게 죽을 사람이 아니라는 것을 안다."

이투레아 현인의 말이 떠오른다.

"왜 그런 말씀을 하십니까? 그럴 때를 대비해서, 부끄럽지 않게 죽으려고 이렇게 수련했습니다."

"어찌 너 혼자 편하게 눈을 감아 부끄러움을 피할 수 있겠느냐? 네 눈앞에서 죽어가는 사람들을 네가 보리라. 그러면, 세상에는 죽음으로 끝나지 않는 고통이 있다는 것을 알 수 있으리라!"

현인의 말마따나 죽음으로 회피할 일이 아니라는 생각이 들었다.

'아! 어쩌란 말인가! 내가 할 수 있는 일이 모두 꽁꽁 막혔는데….'

히스기야는 그저 꺼이꺼이 목 놓아 울고 싶다. 어릴 적부터 한 번도 소리 내어 울어보지 못했는데, 그냥 마구 외치며, 가슴을 쥐어뜯으며, 머리를 돌바닥에 꽝꽝 찧으며 울고 싶다. 서러움도 아니고, 억울함도 아니고, 한풀이도 아니고 그저 울고 싶다. 흙바닥을 손가락으로 후벼 파며 울던 어머니의 울음도, 세포리스 성문 앞 언덕 십자가에 매달려 천천히 숨을 거두었던 아버지의 비명도 모두 섞어 울고 싶다.

성전 뜰을 달려 나갈 때 바라바의 귀에 비웃음 소리가 들렸다.
"결국 이리되었군! 히히, 이히히!"
앞으로 내달리는데 웃음은 계속 그를 따라붙으며 조롱했다.
"훗날? 바라바! 훗날은 없어!"
그럴수록 더욱 분통이 터졌다. 당장 다시 돌아가 칼을 휘둘러 히스기야를 쳐 죽이고 싶다. 예수의 가슴도 푹 찌르고 싶다.
'왜 그냥 돌아섰던가? 저들 두 사람과 나만 두고 생각한다면 내가 실패한 것이 아닌가?'
군중과 예수와 히스기야를 뒤로하고 수사문으로 내달리는 내내 오직 한 가지 생각에 괴로웠다.
'무엇 때문에 거사를 했단 말인가? 저 무지한 군중들을 위해?'
그가 생각하기에 뜰 안에 들어온 군중들은 모두 무지했다. 그의 말을 알아듣고 좀 들썩거리다가 히스기야의 말과 예수의 손짓 하나로 다시 주저앉는 사람들, 그들은 그저 하루 한 끼라도 빵만 있으면 살아갈 사람들일 뿐이다. 입으로는 토라의 백성이라고 떠들지만, 사실 토라가 무엇인지도 모른다. 그러니 토라에 따라 살겠다고 마음먹었으면서도 무엇을 해야 하는지, 어찌 살아야 하는지 전혀 모르는 사람이다. 그래서 옛 예언자들은 말했다.
"백성은 먹여 주고 재워 주기만 하면 무릎을 꿇는다."
'저들을 위해 내가….'

그런 생각이 들자 휘청 넘어질 뻔했다. 잘못하면 발이 꼬여 고꾸라 질 것 같다. 아무리 힘껏 달려도 마치 땅에 뿌리를 내린 듯 걸음이 떼 어지지 않았다. 수사문이 바로 눈앞에 보이는데 그 거리를 달리는 데 한없이 오랜 시간이 걸린 것 같다. 달리며 살펴보니 성전 경비대 병력 은 성전으로 들어가는 동문 앞을 단단히 지킨 채 소리를 지른다.

"우! 우우 우!"

어떤 병사는 칼로 방패를 탁탁 두드린다. 성전으로 다시 쳐들어갈 힘도 없고 뜻도 없지만, 막상 경비대원들이 놀리듯 그들을 몰아대는 소리를 지르자 왈칵왈칵 분이 치솟아 올랐다. 눈치를 챘는지 늘 히스 기야를 따라다니던 동지가 슬그머니 수사문 쪽으로 그를 민다. 할 수 없이 그저 앞만 보고 달렸다. 칼을 휘두르며 고함은 질렀지만 아무도 그들 앞을 가로막고 나서지 않았다. 그저 허공에 맥없이 헛칼질을 하 는 셈이다.

혁명군이라 자처하던 하얀리본이 허겁지겁 달아났다고 사람들이 얼마나 비웃을지, 자꾸 머리 뒤꼭지를 잡아당겼다. 토라의 나라를 세 우겠다고, 세상을 뒤집어 보겠다고 핏발을 세웠던 눈에 이제 오로지 수사문만 보인다. 부끄럽기 짝이 없다. 수사문은 마치 두 개의 좁고 긴 담장 사이, 저쪽 끝에 있는 것처럼 느껴졌다. 그 길을 달렸다. 달 렸는지 걸었는지 기었는지 문을 벗어났다.

갑자기 눈앞에 올리브산이 턱 버티고 나타났다. 산을 보는 순간 가 슴이 답답하고, 모든 것이 끝이라는 생각이 들었다. 겨우 정신을 차려 계곡 쪽으로 눈을 돌렸다. 그리고 그는 다리에 맥이 탁 풀렸다. 그 자 리에 스르르 쓰러질 것 같다.

"아!"

바라바의 눈에 햇빛에 번쩍이는 칼이 보였다. 금방 찌르고 덤빌 듯 겨눈 날카로운 창끝이 보였다. 계단에 널브러진 동지들이 보였다. 그러고 보니 함정이었다. 그제야 그는 왜 히스기야가 수사문을 가리키며 성전 뜰을 벗어나라고 자꾸 권했는지 깨달았다.

"이런 배신자!"

수사문 밖은 가파른 언덕이다. 계단을 내려가면 아침에 그가 지나갔던 기드론 골짜기 옆길에 이를 수 있다. 그런데 줄잡아 300명쯤 되는 로마군이 수사문 밖 언덕과 계단을 완전히 장악한 채 기다리고 있었다. 긴 창을 겨눈 병사들, 한손에는 방패를 들고 다른 손으로는 뽑아 든 칼로 방패를 두드리는 병사들, 게다가 활을 든 궁수弓手 수십 명이 금방이라도 시위를 당길 듯 그들을 겨누고 있었다.

"동지들! 뒤로! 문으로 다시 들어가요!"

"늦었습니다. 벌써 성전 경비대가 수사문을 장악했습니다."

"그럼 저놈들에게 내달립시다. 자 돌격!"

돌격명령을 내렸지만 전투용 칼로 무장한 사람은 바라바와 네댓 명뿐 나머지는 그저 손에 쥐고 있는 작은 시카 칼 하나뿐이다. 바라바와 하얀리본이 계단을 굴러 내려오듯 로마군을 덮쳤다. 로마군은 조금도 동요하지 않고 그들을 지켜보고 서 있다.

"쏴!"

지휘관의 명령에 따라 궁수들이 활시위를 당겼다. 그 한 번으로 반이나 되는 동지들이 화살에 맞아 굴러 떨어졌다. 바라바는 무장한 동지들과 죽기 살기로 칼을 휘두르며 계단을 달려 내려갔다. 거의 골짜기 옆길에 다다른 순간 그는 허벅지에 화살을 맞고 푹 고꾸라졌다.

"아!"

칼을 짚고 일어서려는 순간 이미 그의 몸 위로 수십 개도 넘는 창끝이 몰려들었다. 어떤 창은 목을 겨누고, 어떤 창은 가슴을 겨누고, 다리 어깨 머리 옆구리, 그가 조금이라도 더 움직이면 창으로 푹 찌를 기세다.

"아! 아악!"

그는 악에 받쳐 짐승처럼 소리를 질렀다.

"아악! 히스기야 이 배반자! 이 도둑놈! 갈릴리 촌놈! 이투레아의 산도적 놈!"

병사 하나가 땅에 벌렁 드러누워 버둥거리는 바라바의 팔을 발로 밟아 비틀어 칼을 빼앗았다. 그러더니 재빨리 바라바를 엎어놓고 팔을 뒤로 묶어 포박했다. 어찌나 거칠게 다루는지 땅바닥 돌에 입이 부딪쳐 앞 이빨 몇 개가 부러지고 깨졌다.

"퉤."

입속에서 이빨을 뱉어냈다. 숨을 들이쉬자 깨진 이빨 자리로 바람이 횡 몰려들었다. 이상하게도 로마군이나 성전 경비대보다 히스기야가 더 미웠다. 눈앞에 가야바 대제사장과 히스기야가 나란히 서 있다면 칼로 히스기야 목을 먼저 칠 것 같다. 로마군보다, 성전 경비대보다 히스기야에게 배신당한 일이 더 분했다.

분노와 증오의 대상이 순식간에 바뀐 것이다. 히스기야가 하얀리본을 배신하고 모든 계획을 털어놓지 않았더라면 성전 경비대와 로마군이 그렇게 완벽하게 준비했을 리 없었을 것이다. 갈릴리 출신과 어울려 큰일을 도모했던 일이 실패의 가장 큰 원인처럼 생각됐다.

로마군이 바라바를 일으켜 세웠다. 다리에 박힌 화살은 그가 엎어지는 바람에 더 깊게 박혔고, 화살 꼬리는 부러졌다. 그를 생포한 솜씨로 보아 이미 로마군은 그가 하얀리본의 두목이라는 것을 알고 있었음이 분명했다. 다리에 부러진 화살이 박혔든 말든, 피가 흐르든 말든 로마군에게는 도적떼 두목을 체포하는 일이 더 중요한 모양이다.

언덕 위를 올려다보니 그를 따라 수사문을 나왔던 동지들 중 멀쩡한 사람은 하나도 없었다. 대부분의 동지들이 화살을 맞아 죽은 듯 널브러져 있고, 겨우 열댓 명이 끌려 내려오고 있다. 화살에 맞아 몸을 가눌 수 없는 동지를 로마군은 무지막지하게 아래로 떼굴떼굴 굴렸다.

로마군은 숨이 붙어 있는 동지들을 올리브산 자락 군영으로 질질 끌고 갔다. 군영으로 끌려가는 동안 숨이 붙어 있던 동지들 몇 명은 숨이 끊어졌다. 로마군은 마치 더러운 물건 치우듯 그들을 골짜기로 굴러 떨어뜨렸다. 500명 동지 중 다른 쪽 성전 문을 맡았던 동지들, 무기를 운반하는 일을 맡았던 동지들, 그리고 거사가 실패했을 때 먼저 수사문을 빠져나갔던 동지들이 어찌 되었는지 알 수 없었다.

✠

예수는 고통스러워하는 히스기야의 모습을 아픈 마음으로 지켜보았다. 그리고 쓰러질 것처럼 심하게 몸을 떠는 마리아도 보았다. 안타깝지만 사람은 세상을 그렇게 살아갈 수밖에 없다고 생각했다.

히스기야와 마리아에게 다가가는 대신 예수는 군중을 향해 몸을 돌렸다. 그리고 조금 전처럼 다시 두 팔을 크게 벌렸다. 그리고 아무런 말도 없이 군중을 바라보고 서 있다. 바라바처럼 웅변을 쏟아 놓지도 않고 그저 사람들을 바라보았다.

예수는 사람들에게 가슴을 열어 보여 줄 뿐이다. 보기에 따라서는 마치 십자가에 매달린 사람 같고, 세상을 끌어안은 사람 같고, 성전으로 가는 길을 막아선 사람 같고, 그리고 막 날아오르려는 사람 같다. 사람들은 예수의 가슴속을 들여다보려고 기웃거리고 예수는 그들 가슴속으로 쑥 걸어 들어갔다. 아무 말 없이 팔을 벌리고 서 있는 것만으로 예수는 술렁거리던 군중을 가라앉혔다.

로마나 헬라에서는 종종 정치가들이 번갈아 나서서 웅변으로 군중의 마음을 휘어잡아 큰일을 도모하지만 이제까지 예루살렘에서는 한 번도 그런 일이 없었고, 가능하지도 않았다. 토라를 따르고 하느님을 섬기는 일밖에는 다른 어떤 길도 걸어보지 않은 사람들이었다. 이스라엘에서 토라는 성전이고, 대제사장과 제사장이고, 날마다 일일이 간섭하는 바리새파 선생들의 가르침이다.

"예수!"

한참 만에 히스기야가 예수에게 탁자 위에 올라가라는 듯 손짓을 하며 권했다.

"아니야! 여기가 내가 설 자리야!"

움막마을 사람들과 얘기할 때는 곧잘 바위 위에 올라서서 가르치던 예수가 탁자에 올라서기는 사양했다.

"쉘라마!"

예수가 군중을 향해 인사했다.

"쉘라마!"

맨 앞쪽에 있던 사람들이 예수가 늘 인사할 때 하던 대로 두 손을 모아 가슴까지 올리고 허리를 굽혀 맞인사를 했다. 뒤에 서서 예수가 눈에 보이지 않는 사람들은 무슨 일인지 몰랐으나 곧 그들도 앞사람이 하는 대로 같은 방식으로 인사했다. 인사는 끊임없이 뒤로 퍼져 나갔다. 성전 뜰에 '쉘라마' 인사의 파도가 일어난 듯, 모든 사람들이 인사에 동참했다.

모인 군중들도 안다, 무슨 일이 일어나고 있는지. 성전 안에서 벌어진 소동과, 건장한 남자 100여 명이 우르르 이방인의 뜰로 쏟아져 들어온 일, 예수의 가슴에 칼을 겨누며 위협했지만 그 겁박이 먹히지 않자 바리새파 의인의 아들이라는 사람이 군중을 선동하기 시작한 일, 의적단 하얀리본 두목이라는 사람이 그들의 선동을 만류한 일.

누가 무슨 뜻으로 그들을 선동하는지 안다. 이 사람의 얘기를 들으면 이리 가슴이 뜨거워지고, 저 사람의 말을 들으면 저리 가슴이 울렁거리지만, 그들이 어찌해야 좋을지 알려 줄 사람, 그들의 안전을 정말 걱정해 주는 사람, 예수의 말을 기다렸다.

히스기야와 마찬가지로 예수도 로마군의 동정을 자주 살폈다. 그런데 이상하게도 성전 뜰을 둘러싼 주랑건물 위에 촘촘히 늘어선 로마군은 너무 조용했다. 뜰 안에서 하고 싶은 대로 떠들든지 토론하든지 맘껏 알아서 하라는 듯, 그저 지켜보고 서 있었다.

성전 경비대도 이방인의 뜰에서 성전 앞 남쪽 광장으로 빠져나갈 수 있는 지하통로 계단과 서쪽 주랑건물을 통해 튀로포에온 골짜기로 나가는 문을 봉쇄한 채 성전 뜰에서 벌어지는 일을 바라보고만 있었다.

그들은 예수가 군중으로부터 분리되기를 기다리는 것처럼 보였다.

'때가 되면 득달같이 달려들겠지. 굶주린 들개가 몰려들듯…내게 남은 시간이 한 시간일지 한나절일지 하루일지는 알 수 없지만….'

예수는 뜰 안에 가득한 사람들에게 가야 할 그곳의 방향을 알려 주겠다고 마음먹었다. 이제까지 예수는 그의 주위에 몰려든 사람들의 형편에 맞는 가르침을 폈다. 눌리고 억울하고 불쌍한 사람들이 많았기 때문에 먼저 그들의 고통을 위로했고, 하느님 나라에 대한 희망을 품고 생명을 이어가는 일을 말했다.

'그러나 이제는 이런 기회가 더 이상 없을 듯….'

예수에게는 그의 말이 전해지는 모든 곳 모든 사람들에게 남기고 싶은 얘기가 남아 있다. 히스기야가 마지막 했던 말을 바로잡는 일이기도 했다.

사람들의 눈을 바라보면 언제나 가슴이 저릿저릿 아팠다.

'누가 저들을 돌본 적이 있는가? 이제까지 오로지 지배의 대상이었을 뿐, 한 번도 세상의 주인으로 대접받지 못했던 사람들…이제 눈을 떠야 할 때가 왔다. 하느님의 이름으로 저들 가슴속에 두려움을 심어 이리저리 끌고 다닌 사람들에게서 풀어 주어야 한다. 지금 당장은 아니더라도, 언젠가 때가 되면 두려움을 이긴 사랑으로 싹이 트지 않겠는가?'

예수가 물었다.

"하느님이 직접 세상을 심판한다는 말이 무엇입니까?"

그는 언제나 그렇게 가르침을 시작했다. 대뜸 새로운 길로 이끌지 않고, 그들이 서 있는 자리에서 길을 바라보도록 가르쳤다. 살기 어려울수록, 그들의 힘으로 어쩔 수 없다는 무력감에 깊이 빠져 있을수록,

이스라엘은 세상 끝날에 닥칠 심판을 기다리며 살았다.

"메시아를 보내서 나쁜 놈들을 모두 물리치고, 이방 압제자들도 내쫓고 다윗왕이 다스리던 그때처럼 이스라엘이 부강한 나라가 되는 겁니다."

"그건 마지막 심판과는 다르지요."

"아! 맞습니다. 메시아도 힘을 못 쓸 때, 하느님이 직접 나서서 원수들을 쓸어내고 복수하는 겁니다."

"아닌데…하느님의 아들이 나타난다고 했는데…."

그러자 한 사람이 큰 목소리로 외쳤다.

"예언자들에 따르면 세상에 큰 환난이 닥치고, 지극히 높으신 분께서 세상을 심판하고, 산 사람과 죽은 사람을 모두 불러 일으켜 심판하여 선한 사람은 영원한 생명을 얻고, 악인은 영원한 벌을 받게 된다고 했습니다."

"맞아! 의로운 사람은 일어나 영생을 얻고, 악한 사람은 수치와 영원한 경멸을 받는다고 했어."

사람들은 자기 생각대로, 들은 대로 대답했다. 그들의 대답은 비슷하지만 달랐고, 달랐지만 비슷했다. 오랜 세월을 두고 전해진 여러 예언자들의 예언과 가르침이 섞여 있었기 때문이다. 시대와 상황에 따라 예언자들의 가르침이 달라졌고, 세월이 지나면서 사람들은 옛 예언에 대해 혼란을 겪고 있었다.

예수가 다시 물었다.

"세상 끝날, 악인은 모두 큰 벌을 받고 선한 사람은 모두 상을 받는다면 여러분 마음에 흡족하겠지요?"

"그럼요! 그게 당연한 일 아닌가요?"

예수는 단호한 목소리로 선언했다.

"하느님은 세상을 심판하지 않으십니다. 그리고, 우리를 대신해서 원수와 맞싸워 굴복시키고 우리가 당한 일을 복수하여 되갚아 주시지도 않습니다."

사람들은 어리둥절했다. 무슨 일인가? 갑자기 무슨 말인가? 바리새파 의인의 아들 바라바는 메시아가 되어 성전을 뒤엎겠다고 나섰고, 의적단 하얀리본의 두목은 하느님의 심판에 맡기고 한발 물러서자고 설득하지 않았던가?

그런데 정작 믿었던 예수는 하느님이 세상을 심판하지도 않고 이스라엘의 원수를 찾아내서 복수하는 분도 아니라고 선언하고 나섰다. 왜 세 사람의 말이 그렇게 서로 다른가? 왜 하느님은 메시아를 보내서 세상을 심판하든, 직접 나서서 심판하지 않고 그저 두고 본다는 말인가? 그러면 성전이 유대를 다스리고, 로마가 성전과 유대를 다스리는 일은 하느님의 뜻이란 말인가?

예수는 심판은 언제 있고, 복수는 언제 어떻게 이뤄질 것인지 때를 구분하고, 대상을 설명할 필요가 없다고 생각했다. 심판이든 복수든 하느님에게 달린 일이 아니라고 믿기 때문이다.

예수는 성큼 한 발을 내딛듯 사람들을 한 단계 위로 끌어올렸다. 이제까지 그들이 한 번도 들어본 적 없는 가르침, 그래서 결코 이해하지 못할 말이었다. 예수이기에 그 말을 해야 했다. 끝없이 이어지는 원수 갚음을 끊어야 하지 않겠는가?

"여러분은 '네 이웃을 사랑하고 네 원수를 미워하라'는 말을 듣고 살았습니다. 그런데 나는 여러분에게 말합니다. '원수를 사랑하며 여러분을 박해하는 사람을 위해 기도하십시오.'"

제자들은 예수의 그 가르침을 이미 여러 번 들었지만 다른 사람들은 깜짝 놀랐다. 처음에는 그가 말실수를 한 줄 알고 피식피식 웃던 사람들도 곧 정말로 그렇게 말했다는 것을 깨달았다. 그러자 물이라도 끼얹은 듯 조용해졌다.

고개를 젓는 사람, 아예 입을 굳게 다물고 예수를 노려보면서 이제부터는 그가 무슨 말을 해도 듣지 않겠다고 마음을 굳히는 사람이 있었지만 아무도 선뜻 나서서 왜 이스라엘의 가르침과 정반대의 말을 하느냐고 묻지 않았다. 지혜자들이 늘 그렇듯 예수도 그 말 속에는 역설을 숨겨 두었다고 믿고 싶었다.

"원수를 사랑하라니! 쳐 죽여도 시원치 않을 원수를 사랑할 뿐만 아니라 기도까지 하라니…."

"그런 가르침이 토라 어디에, 경전 어디에 있어? 나는 들어보지를 못했네!"

무슨 말인가 곰곰 생각하던 사람들이 고개를 흔들기 시작했다. 그리고 술렁이며 불평했다. 예수도 그들이 하는 말을 들었다.

'원수를 사랑하라!'

광야를 나와 갈릴리를 돌아다니면서, 그리고 유월절을 맞이하여 예루살렘까지 걸어오면서 예수의 가슴속에 차곡차곡 쌓였던 깨달음의 핵심이었다. 누구에게 받은 가르침이 아니라, 길을 걸으면서 살랑이는 바람을 맞으면서 그의 마음속에 스며든 깨달음이다. 예수에게는 깨달음일 수도 있고, 가슴속에 들어와 자리 잡은 하느님의 말씀일 수도 있다.

갑자기 예수가 하늘을 올려다봤다. 고개를 젖히고 하늘을 올려다보니, 사람들은 모두 무슨 일인가 그를 따라 하늘을 올려다봤다. 사람들이 하나둘 하늘을 올려다보고 모든 사람들이 올려다보니 성전 경비대 병사들도, 그들을 내려다보던 로마군 병사들도 하늘을 올려다봤다.

유월절 무렵 예루살렘 하늘은 푸르고 높고 맑다. 높은 곳에 조개구름 뭉게구름 새털 같은 구름이 흘러가고 있지만 하늘은 그저 파랬다. 그리고 깊었다. 하늘을 그렇게 보고 있자니, 성전 뜰 안에 들어와 있던 사람들이 마치 껑충 하늘로 뛰어오른 것처럼 넓이와 경계가 아무 의미 없는 것처럼 느껴졌다.

사람들은 고개가 아파서 더 이상 하늘을 우러러보지 못하고 이리저리 고개를 흔들어 굳은 목을 펴는데, 예수는 여전히 하늘을 올려다보고 서 있다. 사람들은 예수의 그런 이상한 행동을 보면서도 끝까지 기다려 줬다. 지난 며칠 동안 성전 뜰 안에 들어와 가르친 내용이나 일들로 보아 무언가 특별한 뜻이 있는 일이 분명하다고 생각했기 때문이다.

한참 만에 예수가 사람들에게 물었다.

"하느님이 여러분에게만 저렇게 맑고 푸른 하늘을 주셨습니까? 저 햇빛도 여러분에게만 내리쬡니까?"

"아이구…그건 아니지요! 다른 사람들도 하늘을 볼 수 있고, 햇빛을 쬘 수 있지요."

"그렇지요? 성전 경비대와 주랑건물 위에 늘어서 있는 저 로마군 병사들도….."

"그렇긴 합니다만… 그건….."

예수가 묻는 대로 대답하다 보니 무언가 이상한 느낌이 들어서 그들은 우물쭈물 말끝을 흐렸다.

"하느님이 비도 내려 주시고, 햇빛도 내려 주시고, 하늘도 열어 주시고….."

그렇게 말하면서 예수는 다시 팔을 펴더니 마치 무엇을 감싸 안듯 천천히 오므렸다. 그러면서 말했다.

"들으세요! 하느님은 선한 사람이나 악한 사람이나, 여러분이 죄인이라고 생각하는 사람도, 그리고 이방인이든 유대인이든 가리지 않고 골고루 비도 내려 주시고 햇빛도 내려 주시고 바람으로 살랑살랑 쓰다듬고 지나가십니다."

그의 말 중에는 하나도 틀린 말이 없었다. 그는 누구나 인정할 수밖에 없는 일을 말했지만 듣다 보니 대단히 불편해지기 시작했다.

"그러니, 하느님이 구분하지 않고 골고루 사람으로 대하시는데 어찌 사람끼리 죄인이니 악인이니 원수니 구분하고 미워하고 그가 망하기를 기다리고, 칼을 들어 그를 해하려고 나설 수 있겠습니까?"

"예? 그럼 하느님은 원수를 갚지 말라! 복수하지 말라! 그들도 사람이니 그냥 당하고 넘어가라! 그러신단 말씀입니까?"

유대인들뿐만 아니라 온 이스라엘 사람들, 그리고 다른 나라 사람들 그 누구도 원수를 사랑하라는 말을 받아들일 수 없다는 것을 예수도 안다. 아직 때가 그러하기 때문이다. 모든 물자가 부족하고 기회가 막혀 있는 세상을 살고 있으니, 나의 원수는 나와 가장 가까이 있으면서 눈앞에 있는 물자와 기회를 나눠야 할 사람이다. 원수는 한 집안 울타리 안에서 자라지 않던가?

그래서 원래 한 어머니의 젖을 먹고 자란 형제가 원수로 바뀌었다고 예수는 생각했다. 따지고 보면, 원수는 경쟁하고 미워하고 처엎어야 할 상대가 아니라 나누어 부족함을 채워 주어야 할 형제다. 미워했더라도 언젠가는 돌아서서 서로 끌어안고 눈물 흘려야 할 핏줄이다. 부모에게 모든 자식이 그러하듯, 하느님 앞에는 모두 똑같은 사람이다. 형제가 서로 돌보아야 하듯 사람이 사람을 돌보지 않으면 누가 사람을 돌볼 것인가?

예수는 유대니 갈릴리라는 구분을 넘은 지 이미 오래됐고, 이스라엘과 이방의 담이 그의 마음속에 사라졌다. 다만 모두 사람일 뿐이다. 땅 위에 함께 살아가는 사람, 그래서 사람이 사람으로 살아가는 일을 억압하는 제도와 정치를 무너뜨리려고 할 뿐이다.

예수가 사람들을 가르치는 얘기를 들으면서 히스기야는 주랑건물 위의 로마군과 성전 뜰 가장자리에서 출입문을 봉쇄한 경비대를 계속 주시했다. 예수가 왜 이스라엘의 가르침과 다른 말을 하는지, 왜 유대인들을 격동하는지 생각할 겨를도 없었다. 하얀리본이 일으킨 소동을 겨우 가라앉혔는데, 예수의 격동으로 군중이 술렁이기 시작하면 자칫 상황판단을 잘못한 로마군이 덤벼들지 모른다는 걱정도 생겼다.

아니나 다를까? 히스기야가 걱정했던 대로 예수의 말이 끝나기가 무섭게 사람들이 흩어지기 시작했다. 고개를 절레절레 흔드는 사람, 입을 비죽거리고 눈까지 흘기는 사람, 그야말로 순식간에 물이 빠지듯 모두 떠나갔다.

"어! 이러면 위험한데! 선생님이 위험한데!"

늘 눈치 없다고 구박받던 시몬 게바까지 위험하다고 느끼는 순간이 왔다. 군중이 예수를 둘러싸고 있으면 감히 성전 경비대가 무리하면서 예수를 체포하러 덤벼들지 못하겠지만 예수와 제자들 몇 사람만 덩그러니 남게 되면 일이 달라질 것이 분명했다.

"선생님!"

게바가 다급한 목소리로 예수를 불렀다. 저들 흩어지는 무리를 끌어모을 방법을 강구하자고 말하려는 생각이었다.

"괜찮아요, 게바! 아직은 괜찮아요. 그런데, 저들에게 내가 꼭 들려주고 싶은 얘기를 들려주었어요. 그러니, 나중에라도 그대들이 다시 차근차근 설명해 주어야 해요. 원수를 미워하고, 꼭 복수하겠다는 마음을 가지고는 하느님 나라를 이룰 수 없어요."

"어허! 어허!"

시몬 게바는 더 이상 무어라 말을 하지 못하고 한 걸음 물러섰다. 그러는 중에도 히스기야는 떨어져 나가는 사람들을 보면서 예수에게 닥칠 위험을 깨달았다.

"예수!"

"히스기야!"

두 사람은 한두 걸음씩 앞으로 내디디더니 와락 끌어안듯 서로의 팔꿈치를 움켜잡았다. 솔로몬의 주랑건물에서 처음 얼굴을 마주했을 때와 달리 이제는 두 사람 모두 좀 편한 마음으로 얘기를 나눌 수 있게 됐다.

"자네가 무사할 수 있어서 다행이네, 예수!"

"그게 무에 그리 큰일인가? 곧 모두에게 닥칠 일이 있는데….

"나는 뜰에 모여 있는 저 많은 사람들을 생각하니 그냥 감옥에 편히
갇혀서 지낼 수 없었네. 유다가 손을 썼기에 망정이지, 아니면 내가
큰 죄를 지을 뻔했네."

감옥에 갇힌 것이 편한 일이라니, 예수는 안쓰러운 마음으로 히스
기야를 바라본다. 나사렛 언덕마을, 바람 부는 독수리바위 앞가슴에
앉아서 늘 그러했듯 두 사람은 대화를 이어갔다. 다른 사람들은 유다
가 손을 썼다는 말이 무슨 뜻인지 알아듣지 못했다.

"예수! 이제 자네에게 저놈들이 덮쳐올 텐데…어서 피신하지!"

"아니야! 내가 몸을 피한다고 해결될 일이 아니야! 그렇지만 내 생
각으로는 지금 덮치지는 못할 걸세. 그나저나 자네 고생 많았지?"

"나야 몸으로 견디는 일이라면 죽음도 견딜 만하지!"

"허허! 히스기야답다. 죽음도 견딜 수 있다니!"

그때 한구석에서 안타까운 마음으로 그 자리를 지켜보던 마리아가
나섰다. 감히 여러 남자들이 모여 있는 자리에, 이스라엘의 여자 마리
아가 체면 불구하고 나섰다. 보통 여자의 경우라면 수치도 모르는 여
자라고 욕을 먹고 비난받을 일이다.

"히스기야 님!"

그 소리는 한 남자를 사모하는 여인의 목소리 이상이었다.

"아!"

히스기야는 마리아의 얼굴을 다시 한 번 바라보며 가볍게 몸을 떨었

다. 얼마나 그리워했던 사람인가? 얼마나 기다렸던 순간인가? 위수대 감옥을 걸어 나올 때 얼마나 그녀의 이름을 불렀던가?

그에게 닥친 일보다, 성전 뜰에 들어온 그 많은 사람들을 위해서 하얀리본 동지들과 맞섰던 일보다, 폭동에 휩쓸리게 될 군중을 선무宣撫한 일보다 마리아를 만나는 일이 더 중요했다는 말이 아니다. 사람은 생각하면서 숨을 쉰다. 마찬가지로 히스기야는 할 일을 하면서 마리아를 생각했다. 이 일을 위해 저 일을 버려야 하는 것은 아니었기 때문이다. 그런데 아무 생각 없이 들이쉬고 내쉬었던 숨처럼, 이제 그녀 앞에 섰다. 그녀가 숨이었다.

예수는 마리아가 히스기야 앞에 바로 설 수 있게 옆으로 비켜섰다. 동무를 생각해서도 아니고, 마리아를 위해서도 아니다. 절절한 그들의 얼굴을 본 사람이라면 누구라도 자연스럽게 그래야 할 일이었다.

"이렇게 다시 뵐 수 있어서 다행입니다."

"그러네요….."

히스기야는 목소리마저 떨렸다. 그는 더 이상 당차고 의젓한 세포리스의 젊은이가 아니고, 하얀리본을 이끌고 갈릴리로 유대로 부자들 가슴이 서늘하게 휩쓸던 의적 두목이 아니다. 그는 속절없이 허물어진 사람이다. 두 발을 디디고 설 한 뼘 땅마저 상실하고 겨우 한 발로 서 있는 절박한 사람이다. 생사를 같이하기로 약속했던 동지들이 그의 얼굴 앞에서 침을 뱉은 사람이다.

마리아도 히스기야도 더 이상 아무 말도 할 수 없었다. 그때 작은 시몬이 사람들 침묵을 깨고 끼어들었다.

"히스기야 동지! 어떻게 여길 나올 수 있었습니까? 감옥에 갇혀 있는 것을 우리가 모두 아는데….”

그는 사람들 눈을 의식하지 않고 이제는 서슴없이 히스기야를 ‘동지’
라고 불렀다.

“유다 동지가 내 대신 지금 갇혀 있습니다.”

그 소리를 듣고 모두 깜짝 놀랐다. 예수도 놀랐다. 작은 시몬이 다
시 물었다.

“아니 그게 무슨 말입니까? 아침부터 유다 동지가 어디로 사라졌다
했더니, 지금 감옥에 갇혀 있다고요? 히스기야 동지 대신에?”

예수의 제자들에게는 히스기야, 유다, 그리고 작은 시몬이 모두 하
얀리본 패거리였다는 것이 드러나는 순간이다. ‘그러면 그렇지’ 하는
표정을 짓는 사람, 정말 한 번도 그런 일은 생각해 본 적 없는 듯 놀라
는 사람, 제각각 다른 반응을 보였다. 작은 시몬의 물음에 대답하지
않고 히스기야는 괴로운 표정을 지으며 예수를 바라보았다. 참으로
여러 얘기가 들어 있는 눈빛이다.

“다시 돌아가야겠지?”

예수가 무겁게 입을 열었다. 어찌할 것인가? 다른 길이 없는 외길을
걷고 있는 사람들인 것을…. 히스기야는 대답하지 못했다. 돌아가지
않겠다는 뜻이 아니라 할 말이 너무 많기 때문이리라. 그때 마리아가
입을 열었다. 모든 것을 각오한 사람의 얼굴, 그녀는 운명 저 너머를
보는 사람 같았다.

“히스기야 님!”

예수가 권했다.

“자네나 마리아나 서로 할 말이 많을 테니 여기에서 얘기 나누게!

내가 저쪽으로 옮겨 감세."

예수는 히스기야와 마리아만 남겨 놓고 제자들을 이끌고 다시 솔로몬의 주랑건물 안으로 걸어갔다. 제자들과 예수를 지켜보던 사람들이 모두 예수를 따라갔다.

예수가 걸음을 멈추고 바라보니 마리아와 히스기야가 나란히 뜰 바닥에 앉았다. 그리고 그 둘은 성전 뜰을 함께 바라보고 있었다. 아마 세상에 태어나서 처음으로 두 사람이 나란히 앉아 한곳을 바라보는 기회이리라. 그들이 무엇을 보든, 무엇을 생각하든, 무엇을 얘기하든 히스기야에게 닥치는 일과 마리아가 겪어야 할 일이 더 이상 각각 혼자 겪는 일이 아니라는 것을 확인하는 시간이다. 가장 슬프게 외롭게 세상을 살았던 그에게 마리아는 어머니, 아내, 누이가 될 것이고, 살아온 이유와 삶을 놓고 떠날 수 있는 이유로 삼을 유일한 사람이 되리라.

'진작에 한 번이라도 저런 자리를 마련해 줄 것을…….'

마리아가 살그머니 히스기야의 손을 잡는 것을 보니 그런 생각이 들었다. 잠시 멈칫하며 당황하던 히스기야도 마리아의 손을 잡았다. 그러자 마리아가 그의 어깨에 머리를 기댔다.

예수의 눈에 보였다. 나사렛 언덕마을, 히스기야의 어머니와 아버지 유다가 그렇게 살구나무 아래 바위에 앉아서 아랫마을을 내려다보고 있었으리라. 하얀 이가 가지런한 히스기야 어머니는 그렇게 남편을 바라보며 웃었을 테고, 뱃속에 든 아이가 언제 태어날지 서로 가늠하며 얘기를 나누었을 것이다. 얼마 후 아내와 뱃속에 든 아이를 남겨놓고 남편은 언덕마을을 내려갔지만…….

'저 두 사람은 이미 이루어진 그 세상으로 들어갔구나!'

그들에게 그 세상이 100년이든 1년이든 단 하루든 그 기간은 상관 없을 것이다. 그들은 둘이 함께 그 세상에 잠시 들어가 본 것만으로 세상 끝날까지 살아 본 사람의 행복을 느끼리라. 그건 모든 사람에게 마찬가지다. 어머니의 따스한 품에 안겨, 한 모금 젖을 빨 때마다 울컥울컥 목을 타고 넘어가는 젖의 맛, 그 포근하고 충만함을 생각한다면 세상 누구나 기억하고 간직하고 싶은 순간이 있기 마련이다. 마지막 숨을 거둘 때까지 지키고 싶은 순간이 있다면 하느님 나라는 그런 나라라는 것을 알게 될 것이다.

주랑건물 안에 들어와서도 예수가 가끔가끔 히스기야와 마리아를 바라보자 다른 제자들도, 그리고 주위에 모여 있던 사람들도 덩달아 그 두 사람을 눈여겨보고 있다. 속으로 '별일이네, 별일이네!' 고개를 저으면서 보는 사람도 있을 것이고, 잊고 살았던 어느 옛날을 떠올리는 사람도 있을 것이다.

그런데 작은 시몬은 히스기야에게 하고 싶은 말이 있고, 물어보고 싶은 말도 있는 모양이다. 일어서서 다가갈까 말까 망설이는 표정을 보면서 예수가 그에게 말했다.

"시몬! 궁금해도 좀 놔두시오!"

"예! 선생님! 그런데 너무 이상한 것이 많아서…. 그리고 유다 동지도 걱정되고."

"그 사람이 스스로 자청해서 한 일일 테니 너무 걱정 마시오. 나는 다만 그대와 유다가 다른 사람들과 앞으로 어찌 지내게 될지 그 일이 마음에 걸리오."

"저는 걱정하지 마십시오. 저를 그대로 받아 주면 함께할 것이고 밀어내면 떠나면 되지요. 떼를 지어 돌아다녀야 이룰 수 있는 일이 아니잖습니까? 선생님 말씀처럼 밭에는 씨를 모아 뿌려야 하지만, 그냥 들에 뿌린다면 여기저기 휘휘 뿌려도 되지 않겠습니까?"

"허허 시몬, 그대는 이미 많은 것을 깨달았군요."

"그런데 유다 동지는 다릅니다. 제 생각으로 유다 동지는 이번 거사가 성공할 것으로 믿고 히스기야 동지를 빼냈는데, 일이 이렇게 됐으니 어찌 견딜 수 있을지 모르겠습니다. 선생님과 우리를 다시 찾아오면 좋으련만⋯."

"그래요. 나도 그 점은 걱정이 되오."

뜰에 앉은 히스기야는 마리아에게 그의 마음을 전했다. 그녀는 한 마디 한 마디를 주의 깊게 들었고, 고개를 끄덕였고, 때로는 망연히 성전 뜰을 내다보았다. 딱히 성전 뜰에 눈길을 준다기보다 어느 먼 곳을 눈으로 더듬고 있음에 틀림없다. 그들이 함께 살지는 못했지만 하나로 묶어 놓은 세상을 보고 있으리라.

"마리아! 나는 이제 돌아가야 하오!"

"히스기야 님!"

"내가 이처럼 마리아와 단둘이 앉아 얘기를 나눌 수 있다니, 꿈만 같소."

"히스기야 님! 저도 그렇습니다."

"마지막 순간까지 그대 모습을 마음속에 꼭 담아 두겠소. 잘 있으시오!"

이제까지 살아오면서 얼마나 원했던 순간이었나? 헤어져야 할 시간이 다가오자 절벽에 매달려 붙잡고 있던 끈이 탁 끊어진 듯, 그래서 대롱대롱 허공에 매달렸다가 떨어져 내리듯, 막막하고 허망했다.

말로는 마리아의 모습을 마음속에 담아두겠다고 했지만, 이제 다시는 만날 수 없다는 것을 히스기야는 안다. 살풋 그녀에게서 풍겨왔던 상큼한 살구냄새도 이제 그만이고, 한없이 깊고 부드러운 그 눈길도 다시 마주할 수 없다. 남아 있는 시간이 토막토막 잘라져 제각각 땅으로 떨어진다. 잘라진 시간의 토막들은 그저 그 자리에서 꿈틀꿈틀할 뿐, 일어서지도 못하고 기어가지도 못한다.

두 사람은 손을 맞잡고 솔로몬의 주랑건물로 걸어왔다. 아주 작은 두 사람의 그림자도 그들과 함께 들어왔다. 남자와 여자가 손을 잡고 걷는 일은 어디에서도 본 적 없는 이상한 광경이었지만, 그들은 그래도 되는 사람들 같았다.

예수 앞에 서더니 히스기야가 태연하게 말했다.
"예수! 나 감옥으로 돌아가겠네!"
마치 잠시 외출 나왔던 사람처럼, 당연히 들어가야 하는 사람처럼 별일 아니라는 듯 말했다. 태연하려고 애쓰는 히스기야를 바라보다가 예수가 조용히 그의 어깨를 끌어안았다. 무슨 말을 할 수 있으랴! 그저 그의 등을 쓰다듬어 주었다.
"그래야겠지! 자네라면 응당 그러겠지!"
두 사람 사이에 나사렛 뒷산 독수리바위 앞가슴에 불던 바람이 불어들었다. 20여 년 전 나사렛 언덕을 내려가 떠나가는 히스기야를 바라보면서 예수가 히스기야네 마당가 살구나무를 주먹으로 꽝꽝 치며 안타까워했다. 그러나 20여 년 전 헤어졌던 일과 지금 헤어지는 일은 다르다. 그때는 언젠가 어디에서 만나겠지 막연한 희망이 있었지만 이번에는 아무것도 기대할 수 없는 헤어짐이다.

히스기야가 떠날 조짐을 보이자 예수의 제자들이 모두 우르르 몰려들어 두 사람을 둘러쌌다. 그들도 이제는 무슨 일이 벌어지고 있는지 알 만큼 알았고, 애써 아픔을 꾹꾹 참고 있는 마리아 모습을 보면서 요한은 곧 울음을 터트릴 듯 얼굴이 일그러졌다.

"예수 자네가 움직이지 않아서 저들이 모두 무사했네!"

히스기야는 성전 뜰 안에서 부지런히 오고가는 사람들을 잠시 바라보더니 한마디 말을 남겼다.

"자네가 나타나서 말린 덕이지."

둘이서 위로의 말을 주고받았다. 서로 텅 빈 가슴을 채우자니 그런 말이라도 할 수밖에 없었다.

"또 볼 수 있으려나?"

히스기야가 물었다.

"내일 볼 걸세."

히스기야는 예수의 눈을 똑바로 바라볼 수 없었다. 자꾸 눈물이 나려고 했다. 예수 옆에 서 있는 마리아의 얼굴도 똑바로 볼 수 없다. 그녀는 언덕 위에 혼자 서서 손을 흔들고 있었다. 마치 나사렛 언덕을 내려가던 아버지에게 어머니가 손을 흔들듯. 왜 슬픈 사람들에게는 같은 일이 거푸 일어나는가? 왜 남자는 여자를 남겨 두고 떠나는가? 그건 이스라엘 남자가 걷는 길인 모양이다.

히스기야는 등을 돌려 걸어갔다. 마음 절절하게 그리워했던 마리아, 그리고 예수와 그의 제자들에게 등을 보이며 걸어갔다. 마리아는 히스기야를 따라가지 않고 그대로 서서 그의 등을 하염없이 바라보았다. 히스기야 머리 위에 니산월 13일 정오, 제6시의 따가운 햇빛이 사정없이 내리꽂히고 그는 아주 자그만 그림자를 끌고 위수대 감옥으로 걸어갔다.

담장 밖 세상

———·———

대산헤드린 의장 가말리엘은 주의 깊게 동정을 살폈다. 이방인의 뜰
에서도 소란은 정리된 듯 보였고, 로마군이나 성전 경비대가 군중과
충돌하지도 않았다.

'다행이기는 한데, 뭔가 이상한데?'

그때 가슴속으로 무서운 생각이 스며들어 왔다. 혁명은 실패했고
이번 일을 기회로 대제사장 가야바가 어떤 일을 벌일 것인지 걱정되기
시작했다. 그러자 점점 쿵쾅쿵쾅 가슴이 빨리 뛰기 시작했다. 별의별
불길한 일들이 다 눈앞에 보이기 시작했다.

'어쩐다!'

자기가 나서서 실패한 혁명을 돌이킬 수 없고, 무너진 혁명군을 다
시 불러들일 수도 없다면 이제는 현장에서 되도록 멀리 피하는 것이
가문을 지키는 일이라는 생각이 들었다.

'이 자리를 우선 떠야겠는데!'

'대산헤드린 나시가? 훗날 받을 비웃음은 어찌하고?'

그래도 일단 위험은 피하자는 생각이 들었다. 혼자 자리를 피하기보다 대산헤드린 회의 자체를 산회하고 모두 한꺼번에 흩어지는 것이 좋겠다고 판단했다. 가말리엘은 자리에서 벌떡 일어나더니 의원들을 향해 외쳤다. 평소답지 않게 큰 목소리였다.

"대산헤드린 회의를 산회합니다."

그가 갑자기 산회를 선포하자 의원들이 갑자기 소란스러워졌다.

"성전에서 아직 보고는 없지만 상황은 아직 위험한 것 같습니다. 무슨 일이 다시 또 일어날지 모르니, 의원 여러분은 모두 조심해서 집으로 돌아가십시오. 한 사람도 남아 있으면 안 됩니다. 모두 물러가세요! 의원 여러분의 안전이 대산헤드린의 안전이고 이스라엘의 안전입니다."

대산헤드린의 위엄과 명예를 지키겠다는 생각은 이미 사라졌다. 상황에 따라 말을 바꾸고 이리하든 저리하든 명분을 찾는 일이야 그들보다 더 뛰어난 사람이 있겠는가? 그렇지 않아도 그 자리를 피하고 싶은 마음에 밖을 내다보고 또 내다보던 의원들은 의장의 말이 떨어지자마자 모두 우르르 회의실을 빠져나갔다. 가말리엘도 서둘러 나섰다. 땀을 뻘뻘 흘리며 성전을 빠져나와 달음질치듯 빠른 걸음으로 다리를 건너 집으로 돌아갔다. 그가 그처럼 빨리 걸었던 적은 일찍이 한 번도 없었다.

아침에 나갈 때와는 달리 바리새파 의원 아무도 그를 따라오지 않았다. 그들 모두 집으로 돌아가 가족과 함께 있으면서 상황을 지켜보는 것이 더 안전하다고 생각하고 있었다. 설사 가말리엘이 자기 집으로 가자고 청해도 모두 핑계를 대고 빠졌을 것이 분명했다.

하인들을 통해 시시각각 성전 소식을 듣고 있던 가족은 가말리엘이 무사히 집에 돌아오자 모두 안도의 숨을 크게 내쉬었다. 그는 아버지 랍비 시몬과 이름이 같은 큰아들 시몬을 데리고 아버지 방에 들어가서 성전에서 일어난 일을 알렸다.

"아버님! 한바탕 회오리바람이 불고 지나간 것 같습니다."

"나도 소식을 들었다. 어허! 일이 그리됐구나!"

"안타깝게 된 일입니다."

"오늘내일 중에 일어날 일도 있고…."

"그렇겠지요, 아버님?"

"그럼! 혁명군이 일으키려고 했던 일이야 이전에도 수없이 있었고 다시 또 일어날 일이지만, 그 갈릴리 사람이 하려는 일은 한 번도 경험해 보지 못한 일이니 어디까지 어떻게 번져 나갈지 내가 가늠할 수가 없구나!"

사람들은 늘 경험에 비추어 어떤 일을 판단한다. 한 번 일어났던 일은 다시 또 일어나게 마련이고, 그 일이 어떻게 끝났는지 생각해 보면 앞으로 일어날 일도 어찌 끝나게 될지 예측할 수 있기 마련이다. 그런데 예수가 몰고 온 일은 경험해 보지 못한 일이고, 그래서 결과가 어찌 될지 아무도 섣부르게 미리 말할 수 없었다.

"그런데 아버님! 지금은 예수 그 사람 일보다 우리 가문의 일이 더 급하게 생겼습니다."

"어젯밤 일로?"

"아버님도 그리 생각하셨습니까?"

입에 올려 이러니저러니 자세히 얘기하지는 않았지만, 랍비 시몬과 가말리엘은 지난밤, 대산헤드린 의원들과 바리새파 선생들을 모아 놓고 미리 상의했던 일이 큰 문제가 되리라는 것을 똑같이 염려했다. 대산헤드린 의장 나시 가말리엘이 은근히 혁명에 동조하고 사전준비라도 하는 듯 말하더라고 떠드는 사람이 있지 않겠는가?

한동안 눈을 감고 있던 랍비 시몬이 입을 열었다.

"당분간은 별일 없을 게다."

"그리 보십니까?"

"그래! 왜 가야바가 여기저기 여러 곳에 전장을 벌이겠느냐? 혁명군 처리하는 문제, 갈릴리 예수 처리하는 문제, 총독을 잘 다독거려야 하는 문제, 이 틈을 노리는 바이투스 가문을 견제하는 일…. 아마 우리 집안을 우군으로 끌어들이려고 나설 거다. 가야바는 결코 어리석은 사람이 아니다. 그러니…."

"예, 아버님!"

"바이투스 가문에 유월절 명절 선물을 보내 놓거라! 아주 살찐 양으로."

"예! 무슨 뜻으로 그리 말씀하시는지 알겠습니다."

"가야바에게도…."

"예! 그 집에는 양을 두 마리 보내겠습니다."

"그래라! 그러면 무슨 뜻인지 그들도 알아들을 것이다."

가말리엘의 아버지 랍비 시몬도 일찍이 대산헤드린의 의장 나시를 지낸 사람으로 예루살렘 정치는 알 만큼 아는 사람이었다. 비록 아버지 힐렐이 세상을 떠난 후 1년여 그 자리를 맡았다가 랍비 샤마이에게 밀려났지만…. 이때까지는 대산헤드린 의장을 했던 사람도 그저 '랍비'라고 불렀고 '라반'이라고 부른 것은 훗날의 일이었다.

사두개파가 지배하는 성전과 바리새파가 주도권을 쥐고 해석하고 운용하는 토라, 그 두 가지는 어느 한쪽이 다른 쪽을 완전히 배제할 수 없는 관계였다. 토라를 사람들 눈과 귀에 드러낸 것이 성전과 그곳에서 거행되는 의식이었으니, 바리새파를 완전히 궤멸시킬 수 없는 한 사두개파의 성전은 항상 바리새파와 공존할 수밖에 없었다.

'유대의 선생'이라 불리고, 대산헤드린 의장 자리에 올라 있어서 사람들이 나시라고 공경하는 가말리엘이지만 그는 이번 일로 유대와 예루살렘 사람들의 삶에 어떤 변화가 일어날지, 무슨 일이 생길지 특별히 걱정하지 않았다. 비록 실패는 했지만 하얀리본이 일으키려던 혁명이 이스라엘에 뿌려진 씨가 되어 머지않아 싹이 틀 것이라고 생각하지 못했다. 하느님이 이끄는 역사는 언제나 역사를 바라보며 해석하는 사람에게만 의미가 있다고 생각하기 때문이었다. 유대에서 역사를 해석하는 일은 오직 바리새파 사람들만 할 수 있는 일이라고 믿었다.

사두개파든 바리새파든 하느님의 뜻을 살피고 받드는 일이 중요하지 사람이 사람과 더불어 살아가는 일이 중요하다고는 한 번도 생각해 본 적이 없다. 그러니 토라에서 정해 준 관계를 지키는 일에 힘을 쏟으면 그들이 할 수 있는 일은 모두 했다고 믿었다. 바리새파 지도자는 그가 힐렐파든 샤마이파든 성전과의 관계를 어떻게 설정하고 자기 파당의 이익과 명예를 높일지 오로지 그 일에만 정신을 쏟고 살았다.

그중에서도 가말리엘은 민중혁명과 바리새파혁명의 중간 성격을 띠었던 하얀리본의 거사가 허무하게 사그라지는 것을 직접 눈으로 보면서도 그 의미를 전혀 고민하지 않았다. 그리고 그 결과는 머지않은 장래에 엄청난 파국으로 다가올 것이다. 다만 사람들이 모르고 있었을 뿐.

✝

경비대장은 야손의 얼굴을 바라보며 의미심장한 눈길을 보냈다.

'어땠습니까? 이만하면 소동을 성공적으로 진압한 셈 아닙니까?'

그렇게 말하고 싶은 표정이다. 하얀리본은 성전 밖으로 유인해서 로마군이 처리했고, 성전 뜰 안에 들어와 있던 군중들은 예수와 히스기야가 나서서 진정시켰으니 생각했던 것보다 훨씬 더 잘 처리된 셈이다. 경비대장의 마음을 읽은 야손이 입을 열었다.

"수고했어요, 경비대장! 히스기야인가 그 도적은 제 발로 걸어 위수대 감옥으로 돌아갔고, 이제 예수와 제자들만 남았는데….”

"저는 그 도적떼 두목 두 놈이 함께 어울려 일을 더 크게 벌이지 않을까 속으로는 크게 걱정했는데, 히스기야가 도적떼를 밖으로 내보내고 군중을 가라앉히는 일에 나선 것을 보고 깜짝 놀랐습니다.”

"위수대장도 처음에는 그걸 많이 걱정했는데, 내가 생각해 보니 오히려 그자를 잠시 풀어놓는 것이 도움이 되겠더라고. 그자와 부하가 감옥에서 만나 주고받았다는 얘기를 전해 듣고 보니 분명 도움이 될 만한 사람이라는 생각이 들었어요. 그자의 아비가 십자가에 못 박혀 죽었으니까…로마군이 무슨 짓인들 못할 군대가 아니라는 것을 깊이 깨달은 모양이더군.”

야손은 마치 자기가 나서서 그렇게 일을 꾸민 것처럼 얘기했다. 로마군 위수대장이 모든 일을 조종했다는 사실을 알고 있는 경비대장이지만, 야손의 말을 그냥 그대로 듣고 있었다. 그로서는 굳이 실제로는 그런 것이 아니고 저런 것이라고 밝혀야 할 이유가 없었다. 다만, 자기 직속부하처럼 경비대장을 휘두르며 부려먹던 야손 제사장이 이번에 무언가 느끼는 것이 있으리라고 생각했다.

"그런데, 야손 제사장님! 그자가 다시 위수대 감옥으로 돌아갔는데… 그럴 수 있는 일입니까? 믿어지지 않았습니다."

"다른 도적이 대신 잡혀 있으니까!"

"그래도 그렇지, 그게 정말…."

"두목급이나 되는 자라 그런 거요. 그냥 졸개 같았으면 다른 도적떼 따라 수사문 밖으로 달아났겠지. 하기야 달아났어도 꼼짝없이 잡혔겠지만."

"두목 대신 위수대 감옥에 갇혔던 그자를 아직 풀어주지 않은 모양입니다, 위수대장이…."

"풀어줄 거요."

"그럼 우리가 데려와서 한번 다뤄볼까요?"

"그럴 필요 없어요. 그자는 이미 하얀리본이나 예수 제자 무리 모두에게서 버림을 받았을 게요. 그냥 한 사람 몰래 붙여 두고 지켜봐요! 혹 남은 자들이 무슨 엉뚱한 짓을 꾸밀 때 그자를 내세워서 할 일이 있을 거요."

야손은 참 멀리 보고 깊이도 보는 사람이다. 이미 그는 본래 자기 자리로 돌아왔다. 히스기야가 어떤 마음으로 제 발로 걸어 위수대 감옥으로 돌아갔는지 짚어냈고, 앞으로 예수의 제자 무리가 어떤 일을 할지, 이번에 동원되지 않은 하얀리본의 잔당들에 대한 대비책까지 생각하고 있었다. 그는 위수대장이 교묘하게 활용했던 유다를 달리 써먹을 방법을 생각하기로 했다.

야손은 하얀리본 도적떼가 이번에 처음 무기를 손에 들었다는 사실을 매우 중요하게 생각했다. 비록 무기를 성전에 반입하려던 일은 실패했지만 그들은 '시카 칼'이라 부르는 작은 단도를 손에 들고 휘두르며 날뛰었다. 한번 무기를 손에 쥐어 본 사람은 내려놓는 법이 없다. 무기를 숨겨 들여온 무리가 있었으니 앞으로 성전에 저항하는 무리들은 너나 할 것 없이 시카 칼을 몸에 지니고 성전에 들어오거나 칼을 끌어들일 방법을 찾을 것이 분명했다.

'그자들이 전투용 칼을 손에 넣은 일이 참 기발했는데… 앞으로는 대장장이들을 잘 감시해야겠어! 이러다가 잘못하면 큰일 나지….'

하얀리본이 500자루나 되는 칼을 손에 넣은 것은 정말 상상할 수 없는 교묘한 수법이었다. 바라바쯤 되는 인물이었기에 그런 방법을 생각했다고 믿고 싶지만 훗날이 걱정됐다. 이미 무기가 어떻게 만들어지고 어떻게 거래되는지 정확하게 파악하고 손에 넣은 사람이 나타났으니, 앞으로도 그런 방법으로 무기를 손에 쥐는 무리가 생길 것이라고 보았다. 성전 뜰에 진짜 피가 흐르는 일이 언젠가 실제로 벌어질 수밖에 없다고 그는 판단했다.

야손은 야손대로, 경비대장은 경비대장대로 잠시 자기 생각에 빠졌다. 이번 일로 자기가 세운 공은 무엇이고, 자기에게 돌아올 비난이나 칭송은 무엇인지 따져 보지 않을 수 없었다.

"흠, 흠!"

야손이 혼자 무슨 생각을 했는지 고개를 끄덕였다.

"제사장님! 무슨 좋은 생각이?"

"아니오, 그저!"

그러나 야손에게 아무 생각도 없을 상황은 아니다. 첫째는 아직 성전 뜰 솔로몬 주랑건물 안에 모여 있는 예수와 그 제자들을 큰 소란 없이 군중과 분리해서 체포하는 일이 남아 있고, 대제사장 가야바 부자와 함께 제사장의 뜰에서 일하던 제사장들 모두를 위험에 빠트린 바리새파 엘리아잘과 그 집안을 처리하는 일, 지난밤에 바리새파 지도자들을 모아 놓고 혁명이니 어쩌니 마치 도적떼의 소란을 미리 예측하고 은근히 동조하는 태도를 보였던 가말리엘 가문에 대한 문제가 있었다.

'이 몇 가지 일을 잘 처리하면 예루살렘 바리새파를 한꺼번에 모두 꺾어 주저앉힐 수가 있는데….'

엘리아잘의 일이야 아침나절에 가야바나 마티아스에게 터놓고 얘기해 줄 수밖에 없었다. 그러나 가말리엘 일은 오로지 자기 혼자만 알고 있는 것으로 야손은 생각했다.

'지금쯤 가말리엘은 정신이 하나도 없겠지…가슴이 콩닥콩닥 뛰고. 내가 그 사실을 모를 줄 알고?'

도적떼가 모두 물러나고, 이방인의 뜰에서 예수가 군중들과 어울려 있을 그때 얼굴이 하얘져서 대산헤드린 뒷문을 빠져나와 달아나던 그들의 몰골이 우스웠다. 의원들은 감히 성전 앞뜰로 나가지 못하고 위수대가 주둔한 안토니오 요새와 성전 사이의 길을 빠져나갔다.

그들을 보고 야손이 외쳤다.

"괜찮아요! 이제 괜찮아요!"

그 소리를 들었는지 어쨌는지 모두 뒤도 안 돌아보고 도망쳤다.

'그 일로 대산헤드린 의장을 갈아 치워?'

그건 예루살렘의 권력 판도를 크게 바꾸는 일이다. 이리저리 생각하던 야손의 깊은 눈이 음산하게 번쩍였다.

"흠!"

그리고 그는 만족한 듯 눈을 지그시 감았다. 예루살렘 권력의 한 축을 손에 쥘 계획이 떠올랐기 때문이다. 얼마 전까지만 해도 자기 혼자만 알고 있는 비밀은 없으리라 생각했는데 일이 어느 정도 수습되자 다시 또 본래의 야손으로 돌아갔다.

"그런데, 야손 제사장님! 이제 예수와 제자 무리만 남았는데, 제가 나가서 잡아들이겠습니다."

"그러시오! 그런데 그자 옆에 사람이 쉰 명 넘게 모여 있으면 절대로 손을 쓰지 마세요. 저번에도 보았던 것처럼 만일 제자들과 군중이 예수를 둘러싸고 보호하면서 소리를 지르면 뜰 안에 들어와 있던 무리들까지 합세할 가능성이 있어요."

"아니! 아까 예수가 쓸데없는 소리를 해서 군중이 다 흩어졌습니다. 몇 명 남지 않고 다 고개를 내두르며 물러났습니다."

그는 군중을 격동하지 않는 방법으로 예수를 체포하라는 위수대장의 말만 믿고 지금 나가서 잡아들여도 별문제 없겠다고 생각했던 참이다. 그때 사람 하나가 들어오더니 슬금슬금 야손에게 다가가서 귓속말로 보고했다.

"뭐야? 왜 또 그 사람이!"

"무슨 일인데요?"

경비대장이 궁금한 듯 묻자 야손이 대답했다.

"요하난 선생이 지금 예수를 만나려고 성전으로 올라오고 있대요. 지금쯤이면 벌써 뜰에 들어왔을 거라고 하는데?"

"막으라고 할까요?"

"아니오! 놔둬요! 무슨 수로 막아요? 로마군도 요하난 선생을 알아보고 막지 않았는데…. 만일 우리가 나서면 바리새파가 벌떼처럼 일어나 떠들어 댈 겁니다."

"분명 예수를 지금 성전 뜰에서 체포하지 못하도록 막으려는 뜻이 있을 겁니다."

"나도 같은 생각이오! 어허, 참! 왜 다른 바리새파와 달리 요하난 선생은 자꾸 예수를 보호하려고 나설까?"

그러면서 위수대장이 했던 말을 떠올렸다.

'야손 제사장! 성전 뜰에서 일이 벌어지면 수많은 사람들이 피를 흘리며 고꾸라지게 될 거요. 그 꼴을 보기 싫으면 예수를 체포하는 일로 괜히 소동의 빌미를 주지 마시오. 성전 뜰 군중 눈앞에서 체포하지 않아도 다른 방법이 있지 않겠소?'

위수대장이 유대인을 생각해서, 아니면 예수를 생각해서 그렇게 말하는 것은 아닐 것이 분명하다. 성전 뜰에서 또다시 수많은 유대인이 죽거나 다치면 이번에는 황제가 총독을 문책할 것이 분명해서 그러리라. 로마가 피하려는 일을 성전 경비대가 일부러 나서서 일을 크게 키울 필요는 없으리라고 생각했다.

"경비대장! 도적떼야 칼을 들고 날뛰었으니 경비대가 나서는 것을 군중이 그냥 보고 있었지만, 예수는 달라요. 무리하지 말아요. 오늘 밤 안으로만 잡아들이면 될 테니 절대 군중을 격동하지 말아요. 명심해요."

"무슨 말씀인지 알겠습니다. 우선 나가서 알아보고…제가 적당하게 조치하겠습니다."

그 한마디를 남기고 성전 뜰로 나가면서 위수대장이 지시했던 대로 일을 준비하기로 했다.

✠

햇빛이 총독궁 정원 위에 쏟아졌다. 정원 한가운데 분수에서는 주루룩 주루룩 물줄기를 쉬지 않고 쏟아낸다. 정원을 지나 빌라도의 집무실 쪽으로 걸음을 옮기면서 아레니우스는 묘한 혼돈을 느꼈다.

'세상은 참 비현실적으로 아름답구나!'

'비현실? 그래 비현실!'

사람 살아가는 일과 그 삶을 지켜보는 자연 사이에는 넘겨볼 수 없는 깊은 간격이 있다는 생각이 들었다. 나무도 돌도 분수도 그리고 버티고 서 있는 총독궁, 웅장하면서도 구석구석 화려한 궁전도, 한번 그 자리에 자리 잡으면 사람의 삶에서 한발 물러선 것처럼 느껴졌다. 지켜보되 간여하지 않는, 보고 들었지만 퍼뜨리지 않으면서 그저 현실을 벗어났는지 비켜섰는지 제자리를 지키고 있다.

'얼마나 많은 사람이 이 정원을 걸었을까? 무슨 생각을 하며….'

자기에게 무슨 일이 일어나든, 총독궁 건물도 정원도 분수도 나무도 아무 얘기도 전하지 않고 그저 그대로 여기 있으리라 생각하니, 로마에서 유대로 건너온 일이 아득한 옛날이야기같이 느껴졌다.

　문득 총독의 얼굴을 떠올렸다.

　"코뿔소!"

　누가 처음 그를 코뿔소라고 부르기 시작했는지 모르지만 그것은 분명 빌라도의 겉모습과 말투와 과장된 몸짓만 보고 판단했음이 분명했다. 총독은 코뿔소라고 부르기보다는 차라리 '하마'라고 부르는 것이 때로는 더 어울렸다. 어쩌면 '악어'일지도 모르는 사람이다. 조용히 물속에 몸을 담그고 있다가 물을 먹으러 다가오는 목마른 짐승을 덥석 물어 끌고 들어가는 악어. 워낙 움직임 없이 조용히 기다리고 있기 때문에 거기 악어가 있는 줄 알면서도 한 발 한 발 물가에 다가갈 수밖에 없다. 지금 빌라도는 분명 그런 사람이다.

　빌라도가 보낸 사람으로부터 만나자는 전갈을 받자마자 아레니우스는 빌라도가 덮칠 준비를 마쳤다는 얘기로 알아들었다.

　"몰리면 대들어 물어야 합니다. 서로 입을 벌리고 상대 다리나 머리를 물려고 노리며 겨루지 말고 쓱 몸을 돌려 꼬리를 무세요. 그러면 최소한 일방적으로 당할 일은 없습니다. 그러고 나서 협상하세요. 그대들이 찾아가는 그자들은 하나같이 치명적인 약점이 있습니다. 그 사람의 얼굴을 보지 말고 꼬리를 보세요. 얼굴은 험악해도 꼬리는 두려움에 떨고 있을 겁니다."

　아레니우스는 로마를 떠나오기 전 동료들과 함께 구경했던 뱀 그림을 떠올렸다. 그건 끔찍하게 생긴 뱀 두 마리가 서로 상대의 꼬리를 물고 있는 그림이었다. 그 그림을 보여 주면서 일의 책임을 맡고 있는 사람이 했던 말이다.

'이제 꼬리를 물어야 할지 대뜸 머리를 물려고 덤벼도 될지, 어디 두고 보자!'

그는 총독이 그의 모든 행동을 감시하고 있었음을 알았다. 하기야 예루살렘 성안에서 아무리 은밀하게 누구를 만난들 총독이 펼쳐 놓은 감시의 눈을 피할 수 없으리라는 것쯤 충분히 예상했지만 생각보다 빌라도는 훨씬 더 치밀한 사람이었다.

지난 며칠 동안에 빌라도의 꼬리, 약점을 아레니우스는 정확하게 파악했다. 다행스럽게도 빌라도에게는 약점이 수도 없이 많았다. 우선 유대총독 자리에 7년이라는 오랜 세월 있었다는 것이 무엇보다 큰 약점이다. 어느 순간에 총독 자리에서 물러나 로마로 소환된다고 해도 전혀 이상스럽지 않았다.

게다가 그는 이미 로마 정치에서는 끈 떨어진 사람이다. 장인이 로마에서 뒤를 봐준다지만 직접 먹이사슬로 연결된 후원자가 없다는 것만큼 치명적인 약점은 없다. 당장 어느 누구라도 돈과 선물을 싸 들고 로마 원로원에 드나들거나 카프리섬에 손을 댄다면 며칠 안으로 그는 자리를 잃고 로마로 소환될 사람이다.

'클라우디아!'

그런데 문제는 빌라도의 아내 클라우디아였다. 아레니우스는 계속 떠오르는 그녀의 아름다운 얼굴을 떨쳐버릴 수 없다. 더구나 전날에도 그녀는 은밀하게 사람을 보내 만일의 사태가 벌어졌을 때 남편을 도와 달라고 부탁하지 않았던가? 그녀의 말대로 빌라도에게 3년의 세월을 보장해 줄 수 있는 방법을 찾고 싶다. 왠지 자꾸 마음이 쓰였다.

집무실에 들어서자 빌라도가 반갑게 손을 내밀며 맞았다.

"어서 오세요! 아레니우스 공!"

원래 그런 자리에서는 아랫사람이 먼저 인사를 드리는 법이다. 두 사람이 마주 섰을 때 누가 위인지 아래인지, 누가 더 큰 명예를 누리는 사람인지, 먼저 움직이고 말을 붙이는 사람이 늘 아랫사람 취급을 받는 법이다. 그리고 의례적인 인사가 끝난 다음 누가 먼저 입을 여는지 그것은 언제나 그 자리에 작용하는 힘의 관계다. 그런 자리를 지켜보면 체면과 명예가 남자들 사회에서 어떻게 작동하는지 확실하게 알 수 있다.

그런 관습은 마음에 두지 않는 사람이라는 듯, 빌라도는 큰 소리로 그를 환영하면서 팔뚝을 힘 있게 잡았다.

'흠! 나를 이제 구석에 몰아넣었다는 말이지?'

그의 말소리와 손의 힘을 느끼면서 아레니우스는 재빨리 상황을 파악했다. 그가 스스로 강하다고 느낀다면, 무언가 손에 쥐고 있어서 유리한 위치에 섰다고 느낀다면, 그렇게 느끼도록 놔두는 것도 나쁘지 않다. 어차피 부딪칠 일이라면 부딪쳐야 하고, 주고받고 타협할 일이라면 적게 주고 많이 받아야 한다. 그가 물고 덤비려고 하면 슬쩍 몸을 피해 그의 꼬리를 물고 덤비리라, 로마에서 보았던 그림처럼.

"요즈음 총독 각하께서 많이 바쁘신 듯 보여서 제가 자주 찾아뵙지 못했습니다."

"바쁘기는요! 부하들이 모두 자기 몫은 제대로 감당하는 사람들이라 총독이 특별하게 마음 쓰며 챙겨야 할 일은 별로 없습니다."

빌라도는 입으로는 웃으면서 말을 이었다. 입과 달리 눈이 아주 차갑게 번쩍이는 것을 아레니우스는 보았다. 그의 눈길을 받아내면서 부지런히 마음속으로 궁리했다.

'무엇부터, 어디까지 얘기를 털어놓을까?'

설령 빌라도가 부르지 않았어도 이제는 어차피 총독과 마주 앉아 계획했던 일을 조금씩 시도할 때가 됐다고 아레니우스는 생각하고 있었다. 유대 땅에 건너온 지 얼마 안 됐지만 적어도 지금까지 해온 일들은 모두 성공적이었다. 조금씩 애매하고 모호하게 슬쩍슬쩍 여기저기 던져두었던 얘기들이 때가 되니 제각기 모양을 갖추어 부풀어 오르고 있었다. 어떤 사람들, 특히 빌라도와 그의 아내 클라우디아는 아레니우스를 로마에서 건너온 감찰관으로 생각하고 있을 것이고, 갈릴리의 알렉산더나 예루살렘 성전에서는 카프리섬의 가이우스 사람으로 알고 있을 것이다.

'확인해 줄 것은 확인해 주고 나머지는 잡아떼고….'

아레니우스의 생각과 달리 빌라도는 나름대로 다른 속셈이 있었다. 아레니우스를 반갑게 맞아들이며 인사할 때와는 달리, 자리에 앉자 그는 입을 굳게 다물었다.

'어디 당신이 무어라고 하는지 한번 들어 보자.'

마치 그렇게 한마디 내뱉고 기다리듯.

총독이 예루살렘에 입성하면서 선포한 포고령은 이미 엄중하게 적용되기 시작했다. 따라서 예루살렘 성안은 비상사태 아래에 있는 것과 마찬가지다. 그러니 총독은 전장戰場에서처럼 군율軍律을 적용할 수 있고, 비록 로마 시민이라도 즉시 처형할 수 있는 권한을 보유한다. 더구나 2천 7백 명의 로마군 병력과 성전 경비대 병력, 대제사장 가문들이 보유한 가병들까지 통괄하는 권력자의 지위를 가진 사람이다.

로마황제의 대리인으로서 예루살렘에서 유대인들의 현실과 정신세계를 아울러 지배하는 유일한 존재인 셈이다.

"음!"

아레니우스는 자기도 모르게 깊은 숨을 쉬었다. 총독의 달라진 위상을 예루살렘에 들어온 후 처음 깨달았기 때문이다. 평상시가 아니고 비상시이기 때문에 처신하기에 따라서는 목숨도 위태로울 순간이 왔음을 깨달았다. 로마에서 멀리 떨어진 변방 유대, 이곳에서 무슨 일이 일어나든 총독 빌라도가 보고하기 나름이다.

"각하! 그렇지 않아도 각하를 찾아뵙고 드리고 싶은 말씀이 있었습니다."

드디어 아레니우스가 먼저 입을 열었다.

"그래요?"

천천히 길게 끌며 빌라도가 말을 받았다. 며칠 전과는 달리 친밀함도, 그렇다고 적대감도 느껴지지 않는 건조한 목소리였다. 어느 방향으로 일이 풀릴 것인지 오로지 아레니우스에게 달린 일이라고 경고하는 목소리처럼 느꼈다.

이제 슬쩍 얘기를 돌리며 빌라도의 꼬리를 찾아야 할 때다. 그러려면 빌라도가 자세를 흐트러뜨리도록 아레니우스도 몸을 흔들어야 한다. 꼿꼿하게 머리를 곧추든 채 상대를 노려보지 말고, 끊임없이 몸을 흔들고 머리를 흔들고 혀를 날름거려야 한다.

"오늘 도성 안에 있는 모든 사람들이 숨을 죽이고 총독궁을 바라보고 있습니다."

본론을 꺼내기 전에 다시 슬쩍 한 발짝 벗어나는 말을 던졌다. 그래도 빌라도는 말이 없다.

"유월절마다 이랬습니까? 아니면 이번에 특별히?"

"이번에는 좀 상황이 특별해서…."

아레니우스는 그 말꼬리를 물고 한발 더 나아갔다.

"갈릴리 사람들 때문입니까? 이미 큰 줄기는 잡아 돌리신 것으로 알고 있습니다만…."

"지금 성전 뜰에서 일이 벌어지고 있겠지요."

그러더니 빌라도는 다시 입을 다물었다. 굳게 다문 입을 보면서 더 이상 그 얘기를 끌며 방향을 돌릴 수 없음을 아레니우스는 알아챘다.

'총독이 생각 외로 단단하고 강하구나! 저돌적인 기운과 한발도 물러서지 않겠다는 강인함이 있으니…함께 포도주 잔을 기울이면서 세상을 얘기하고 유대의 역사를 입에 올렸던 며칠 전의 총독 빌라도가 아니군!'

상대방이 무엇을 얼마나 알고 있는지 알 수 없는 경우처럼 두려운 일은 없다. 무엇을 어디까지 얘기해야 할지 오로지 자기의 판단에 따라서 대처해야 하기 때문이다.

처음 로마에서 건너올 때 생각으로는 유대에서는 일이 아주 쉬울 줄로 믿었다. 동료들과 로마에서 분석하기로는 겨우겨우 균형을 맞춰 지탱하는 예루살렘에서 살짝 손만 대면 와르르 균형이 무너지고 쉽게 상황을 조정할 수 있을 것 같았다. 로마 원로원 의원의 소개장 하나면 총독은 쉽게 다룰 수 있을 것처럼 보였고, 예루살렘 성전 지도자들과 유대인 유지들도 쉽게 휘어잡을 수 있으리라 생각했다.

그런데 막상 성안에 들어와 보니 상황은 그렇지 녹록하지 않았다.

'코뿔소'라고 소문난 빌라도 총독은 의외로 깊게 넓게 그리고 뒤까지 꿰뚫어 볼 수 있는 눈을 가진 사람이었다. 유대에 관한 한 로마에 앉아 이러니저러니 하는 사람보다 훨씬 더 정통했다. 대제사장은 철저하게 몸을 사렸고, 그 아들 마티아스 제사장도 눈앞에 대고 흔들어 대는 이 익보다는 더 큰 것을 바라볼 줄 아는 사람이었다.

소득이래야 겨우 갈릴리 알렉산더로부터 선물을 조금 받기로 한 것 뿐이다. 누구보다 단단해 보였던 알렉산더가 제일 다루기 쉬웠다. 선 물을 내놓는 것이야 아무것도 아니라는 듯, 선선히 약속했지만 어찌 보면 아레니우스가 제시하는 장래 일에 대해 크게 믿지 않기 때문이었 을 수도 있다.

아레니우스가 부지런히 생각을 굴리는 중에도 빌라도는 침묵을 지 키며 그가 입을 열기를 기다렸다. 길어지는 침묵은 위험신호다. 자기 가 불러 놓고 입을 다무는 것은 모두 다 실토하라는 압박이다. 거칠게 저항하기보다는 뜻을 굽힌 것처럼 보이는 것이 안전하다고 느꼈다.

"각하께서 유대, 사마리아, 이두매 지방의 총독으로 다스리기 시작 한지 7년여 세월이 지났습니다."

빌라도의 눈이 반짝 움직이는 것을 아레니우스는 놓치지 않았다.

"그러니 예루살렘이든 사마리아의 세바스테든 어디에서 무슨 일이 일어나더라도 눈도 깜짝하지 않고 조용히 처리하는 일이야 각하께는 정말 쉬운 일이시겠지요. 그만한 역량이야 차고 넘치시는 분이니까 요. 그러니 황제 폐하께서도 그 오랜 세월 각하께 유대를 마음 놓고 맡 겨 놓은 것 아니겠습니까? 그러다보니 로마에서도 총독 각하와 관련 된 일이라면 웬만하면 모두 그냥 넘어가지요. 지켜보기는 하되 간섭

하지 않는다 … 뭐 그런 셈이지요."

빌라도를 칭찬하는 말 같아도 따지고 보면 그 속에 은근한 칼날을 숨겼다.

'총독! 내가 다 귀로 듣고, 눈으로 보고 있소! 성전 뜰에서 무슨 일이 벌어지든 내가 모르고 넘어갈 수는 없지요. 입을 막는 방법은 두 가지, 나를 없애거나 타협하거나… 원로원 의원의 소개장을 가지고 온 나를 합당한 이유와 근거 없이 없앨 수 있소, 당신이?'

그렇게 묻는 말이다. 일단 빌라도가 할 수 있는 일과 할 수 없는 일의 울타리를 친 셈이다. 그러니 협상해서 서로 주고받을 수 있는 일을 찾아보자는 말이다. 아레니우스는 빌라도의 미세한 움직임과 숨소리를 통하여 그의 마음이 조금씩 흔들리고 있음을 알았다.

"총독 각하께서 몇 년 전부터 로마에 이렇다 할 후원자가 없어 좀 어려워하신다는 것을 우리 동료들이 알고 있었습니다."

"어!"

빌라도가 자기도 모르게 움찔하는 것을 아레니우스는 느꼈다. 갑자기 한 번 깊숙이 찔렀더니 놀란 모양이다. 다시 한 번 찔렀다.

"총독 각하도 살고, 우리도 큰 뜻을 이룰 수 있는 방안을 찾아보자는 생각에 동료들을 대표해서 제가 유대에 건너왔습니다."

일부러 우리라는 말에 힘을 주었다. 생각이 있는 사람이라면, 그 우리라는 말 속에 원로원 의원도 들어 있고, 같은 뜻을 가진 동료들도 있다는 것을 알아듣고 그들이 계획하는 큰 뜻이 무엇인지 궁금하기 마련이다. 그래서 아레니우스는 며칠 전 빌라도를 만났을 때 카프리섬 얘기를 슬쩍 던져 놓았었다. 이제 그 얘기를 다시 꺼낼 때가 됐다.

"카프리섬에 계신 분의 뜻도 그러합니다."

빌라도의 틈을 본 아레니우스는 거침없이 카프리섬 얘기를 던졌다. 그리고 반응을 살폈다. 적지 않게 놀란 듯 그의 눈동자가 커졌다 작아지고 다시 커지기를 여러 번 반복했다. 마음이 심하게 흔들리고 있다는 증거였다. 왜 안 그럴 것인가?

카프리섬 얘기는 자칫하면 반역으로 몰릴 수 있을 만큼 위험한 얘기다. 카프리섬에서 은둔하고 있는 황제의 얘기가 아니라는 것쯤은 빌라도도 알고 있을 것이다. 아레니우스가 입에 올린 카프리섬은 게르마니쿠스 대장군의 아들, '꼬마병정의 작은 장화'라는 뜻을 가진 '칼리굴라'라는 별명으로 불리는 사람 가이우스를 의미했다.

'그러면 그렇지! 변방 유대총독이 상상할 수 있는 일이 아니니까.'

빌라도의 꼬리를 물지 않고 덥석 머리를 물려고 대든 셈이다. 꼬리를 무는 일이야 하책下策 중에 하책이다. 머리를 물 수 있는데 왜 꼬리를 노릴 것인가? 아나나 다를까? 빌라도는 적잖이 놀란 듯, 수그러들었다. 그리고 띄엄띄엄 조심스럽게 입을 열었다.

"아레니우스 공이 그런 큰 뜻을 품고 유대에 건너오신 것을 이 빌라도가 모르고 있었소이다. 좀 더 깊게 얘기를 나눠야 할 일이니 다시 시간을 냅시다. 오늘내일은 공도 아시다시피 상황에 따라 긴급하게 처리해야 할 중요한 일들이 여럿 있습니다. 황제 폐하의 명을 받아 이 땅을 다스리는 총독으로서 한 가지 일도 소홀하게 다룰 수 없는 중요한 때입니다. 유월절 명절 다음 날, 다시 만나 상의합시다. 지난 며칠 못 만났기에 공에게 혹 불편한 일은 없었는지 궁금해서 한 번 뵙자고 한 겁니다."

빌라도는 한발 물러나는 소리를 했다. 그럴 수밖에 없는 일이다. 지금 성전 뜰에서 벌어지는 일을 제대로 처리하지 못하면 무슨 얘기를 나누든 다 헛일이 될 뿐이리라. 빌라도와 아레니우스 두 사람 모두 그런 상황을 너무 잘 알고 있었다.

"그러시지요! 각하께서 일을 잘 수습하실 줄 믿습니다. 그런데, 갈릴리의 떠돌이 선생이라는 사람, 그의 가르침이 예사롭지가 않다고 들었습니다. 어쩌면 천하에 큰 우환거리를 남길 수 있더군요."

"그렇지요. 오늘내일 중으로 정리될 겁니다. 앞으로 그 어떤 사람도 그의 가르침을 입에 올리거나 그를 기념하지 못하도록 철저하게 조치할 것입니다."

빌라도는 단호한 어조로 대답했다. 아레니우스는 클라우디아의 부탁을 떠올렸다. 그래서 한마디 덧붙였다.

"어떤 한 사람을 제거하는 일이 새로운 문제를 만드는 경우도 있더군요. 레반트 지역 전체의 안정을 위해 총독 각하께서 깊이 생각하셨을 줄 믿습니다만….."

그 말을 듣자 빌라도는 이상하다는 표정으로 아레니우스를 바라보았다. 그러더니 괜한 의심이라 생각했는지 표정을 바꾸면서 지나가는 말투로 물었다.

"그런데 성전은 언제 구경하고 싶다고 했지요?"

"지난번에 유월절 밤이 좋겠다고 말씀하셔서 그날을 기다리고 있습니다."

"허허! 그랬지요. 그리 준비하도록 지시해 두겠습니다."

그리고 두 사람은 자리에서 일어났다. 총독의 집무실 문을 나서면서 아레니우스는 남몰래 크게 숨을 내쉬었다. 코뿔소에 받히지 않고,

어쩌면 악어에게 물리지 않고 오히려 그 등에 한 발을 올려놓은 셈이었다. 한 가지 걱정은 클라우디아가 전했던 말을 그가 그대로 다시 입에 올리자 빌라도가 보였던 반응이다.

아레니우스도 왜 클라우디아가 자꾸 예수에 대하여 남다른 걱정을 하는지 알 수 없었다. 여자의 특별한 예감 때문일 수도 있고, 지혜로운 여자이니 달리 생각하는 일이 있을지도 모르겠다. 그러나 따지고 보면 이상한 일이었다.

총독궁 자기 처소로 걸어가는 중에 골짜기 동쪽 성전에서 함성이 들렸다. 그러자 예루살렘에 처음 들어오던 날부터 그의 마음속에 자리잡은 묘한 느낌이 슬그머니 다시 위로 치솟아 올랐다. 생각지도 않은 계기로 역사의 현장에 들어와 있다는 느낌이었다. 누가 알려 줘서 그런 것이 아니고, 사전에 무슨 낌새를 챈 것도 아니고, 그저 마음속에 스며든 예감이다.

'가 볼까?'

'혹시 무슨 안 좋은 일이라도 생기면?'

'그래도 성전에 투입된 로마군이 얼만데, 나에게 무슨 일이 생길 만큼 악화되기야 하겠나?'

그는 자기도 모르게 총독궁 밖으로 걸어 나가고 있었다. 정문을 벗어나려고 하자 경비하는 장교가 쫓아 나왔다. 자연스럽게 군례를 받으면서 아레니우스가 장교에게 말했다.

"나 잠깐 성전에 좀 가 보고 싶어서…."

"오늘은 위험할 것 같습니다."

"위험하기야 뭘?"

"아닙니다. 유대인들은 절대로 그냥 얕볼 상대가 아닙니다. 더구나 때가 유월절이니 자칫하면 예상하지 못한 방향으로 일이 번질 수도 있습니다. 오늘 큰일이 벌어진다는 소문이 있었는데 지금 들리는 함성으로 보아 그 일인 것 같습니다. 절대 유대 군중 속에 들어가지 마십시오. 그리고, 만일을 위해서 이것…."

그는 손바닥 길이의 물건을 품에서 내놓았다.

"피리입니다. 곤란한 상황이 생기면 이걸 부십시오. 성전 경내에서는 경비대원들이 즉시 달려올 것이고, 밖에서라면 가장 가까이 있는 로마군 병력이 달려와 보호할 것입니다."

"고맙소! 그런 일이야 없겠지. 다녀오겠소."

그는 장교가 내미는 누런 황동피리를 품에 넣고 총독궁을 나와 튀로포에온 골짜기 쪽으로 걸어 내려갔다.

아레니우스가 돌아간 다음 빌라도는 한동안 꼼짝하지 않고 자리에 앉아 있었다. 무엇이 무엇이고 누가 누구인지, 혼란스러운 생각들이 끊임없이 밀려오고 물러갔다. 한참 그러고 있으니, 어떤 생각이 먼저였고 무엇이 나중인지, 그마저 알 수 없게 됐다. 이럴 때 붙잡고 같이 상의할 친구가 한 명도 없다는 사실을 깨달으니 먼 나라 유대 땅에 혼자 덩그러니 떨어져 있다는 생각이 들었다.

다른 일 같으면 아내 클라우디아와 상의하겠지만, 카프리섬의 가이우스 얘기까지 그녀에게 말할 수는 없다는 생각이 들었다. 여자는 여자 아닌가?

그때였다. 부장이 조심스럽게 안으로 들어왔다. 빌라도는 아무 말

252

없이 턱을 쳐들어 바라보았다. 그럴 때면 부하들 모두 긴장하고 더욱 조심한다. 턱을 쳐들고 눈을 약간 찌푸리고 바라보는 것은 방해받고 싶지 않다는 표현인 것을 경험으로 알기 때문이다.

마음을 누그러뜨렸다. 그리고 될 수 있는 한 날카롭지 않은 목소리로 부장을 바라보며 먼저 물었다.

"무슨 일인가?"

"예, 각하! 바이투스 가문에서 각하를 찾아뵙고 싶은데 언제 찾아뵙는 것이 편할지 여쭤봐 달라는 전갈이 왔습니다."

"바이투스 가문? 시몬 칸데라스?"

"예! 그전에 각하를 찾아뵌 적이 있는 사람입니다. 지금은 바이투스 가문의 수장으로…."

"아! 알아! 다음 제사장은 자기가 맡아야 한다고 건방 떠는 사람!"

그 말을 듣고 부장의 얼굴에는 순간 당혹하는 기색이 스쳤다. 총독과 면담을 성사시켜 주면 큰 선물을 받을 수 있을 텐데, 빌라도의 말투로 보아 별로 탐탁하게 여기지 않는 것을 눈치 챘기 때문이다.

무언가 좀 생각하던 빌라도가 입을 열었다.

"만나지 뭐! 총독을 면담하겠다는데 거절할 거야 있나! 그런데, 오늘내일 이 바쁜 중에는 말고…내가 다 정리하고 카이사레아로 돌아가기 전에 부장이 다시 나에게 얘기해 봐. 내가 잊을 수도 있으니까! 그런데 말이야! 시몬 칸데라스 그 사람 할아버지, 아버지, 형 모두 대제사장을 지냈잖아?"

"예! 각하! 예전 헤롯왕 때와 전임 총독 시절입니다."

"음!"

빌라도는 무슨 생각을 하는지 연신 고개를 끄덕였다. 마치 바이투스 가문의 수장 시몬 칸데라스가 만나자는 목적을 알고 있다는 듯…. 그러더니 그냥 그 자리에 서 있는 부장을 바라보며 한 번 씩 웃었다. 그리고 나가보라는 손짓을 했다.

부장이 물러나 문을 완전히 닫고 나가자 빌라도는 혼잣말을 했다.

"좋아! 이제는 바이투스 가문도 부장한테 줄을 대고 한번 움직여보겠다 이 말이지! 안나스 가문을 뒤엎겠다고? 나쁠 거야 없지. 그쪽은 부장에게 맡기면 되겠군!"

그 짧은 시간에 빌라도는 몇 가지 마음속으로 결정을 했다. 부장에게는 카이사레아로 돌아가기 직전에 만나겠다고 말은 했지만 갈릴리 무리들 일만 다 정리되면 며칠 후라도 만나겠다고 생각했다. 아무리 바이투스 가문이 은밀하게 총독을 찾는다고 해도 안나스 가문 쪽에서 모르고 있을 수는 없다. 그러면 한동안 잠잠하던 예루살렘 정치가 한 바탕 요동을 치기 시작할 것이다. 판을 어느 정도로 키울 것인지 그것은 오롯이 총독이 마음먹기 나름이다.

'바이투스 가문을 만나주면…사위 가야바 후임으로 다시 자기 아들을 대제사장으로 앉히고 싶은 안나스도 움직일 것이고, 장인의 아들들에게 넘기지 않고 자기 아들 마티아스에게 그 자리를 넘겨주고 싶은 가야바도 움직일 것이고, 바이투스 가문은 안나스를 압도할 만큼 크게 손을 쓰고 나서겠지.'

총독이 직접 나서서 흔들지 않아도, 시몬 칸데라스를 만나주는 것만으로 연쇄적으로 예루살렘은 요란스럽게 흔들리기 시작할 것이다.

'그래야 아레니우스 손에 무언가 쥐여 줄 수도 있고….'

아레니우스가 괜히 자기 신분을 밝히고 나설 리 없었다. 더구나 그런 일이라면 설사 총독이 그를 잡아 가두고 고문한다고 하더라도 발설하면 안 되는 일이 분명했다. 그런데 그가 스스로 입을 열었다는 것은 사기꾼이 완전히 본색을 드러냈거나 아니면 빌라도와 큰일을 걸고 협상하자고 제안한 것으로 보였다.

'비록 한두 마디 말이었지만 그가 입에 올린 내용은 카프리섬과 로마 정치사정에 정통해야 알 수 있는 일…사기꾼은 아니야! 사기꾼이라면 잡아 족치는 대신 한두 푼 쥐여 줘 보내고.'

적어도 유대총독을 대상으로 사기를 치려고 로마에서 건너왔다면 미친 사람이든지 뒷배가 있는 사람이 분명했다. 지금은 로마에 사람을 보내 파악할 시간도 없고, 그저 상황을 판단하여 결심할 수밖에 없는 일이다.

'그건 그렇고…아직도 해결해야 할 일이 많은데…공물을 어찌 메꾼다? 대제사장에게 맡아 해결하라고 할 수밖에…그러려면…. '

성전 뜰에서 벌어지는 일이 제대로 수습돼야 한다. 만일 군중이 피를 흘리는 불상사가 벌어진다면, 로마 쪽에 끈이 떨어진 빌라도로서는 감당할 수 있는 일이 아니다. 그때부터는 유대 군중을 상대로 로마가 전쟁을 치르게 될 것이다.

'어휴!'

생각만 해도 그건 끔찍한 일이다. 카이사레아에서 몰고 내려온 군대를 동원하여 군중을 진압해야 하고, 일이 잘못되면 시리아 주둔 총독이 군대를 끌고 내려와 개입할 수도 있다. 그렇게 일이 커지면 빌라도 자기만 총독에서 물러나는 것이 아니고 예루살렘 성전 지도부도 붕

괴하게 될 것이다. 빌라도가 아니라, 시리아 총독이 새 대제사장을 임명하는 일도 벌어지고.

'나는?'

물어보나 마나, 로마로 소환돼서 처형되든지 노예 신분으로 떨어지든지…. 아레니우스를 통해 카프리의 가이우스와 연줄을 맺는다고 해도 그가 나서서 빌라도를 구해 줄 수 있는 형편은 아니다. 엄연히 티베리우스 황제가 살아있기 때문이다.

그러다가 빌라도는 무서운 일을 깨달았다.

"씨! 씨를 뿌린다!"

예수라는 갈릴리 떠돌이 선생이 성전 뜰에서 입에 올렸다는 말이었다. 씨 뿌리는 사람을 없앤다고, 이미 뿌려진 씨가 싹을 내지 못할까? 씨는 때가 되면 싹이 트기 마련인 것을…. 그건 세상 권력으로 막아지는 일이 아니다. 황제의 명령으로도 막을 수 없다.

"내가 깊게 잠든 밤에, 원수가 내 밭에 들어와 가라지 씨를 뿌렸다."

그런 말이 있다. 만약 이 일이 그런 일이라면? 밭을 갈아엎는다고 될 일인가? 한번 가라지가 밭에 나타나면 뽑아도 뽑아도 해마다 나타난다.

'다음 해에 또 나타나도 할 수 없는 일, 우선은 갈아엎을 수밖에…. 적어도 내가 총독으로 다스리고 있는 유대에서 가라지가 밀밭을 덮는 일이 있어서야 말이 되나?'

끔찍하고 진저리 칠 만큼 무섭게 예수를 처형하기로 마음먹었다. 유대 땅이 그처럼 무서우면, 무리들이 갈릴리로 도망가지 않겠는가? 분봉왕의 밭이야 가라지가 덮든 깜부기가 덮든 유대총독이 걱정할 일은 아니라고 생각했다.

정오 무렵, 부장이 다시 들어와 보고했다.

"성전 일은 정리됐습니다. 위수대장이 아주 일을 제대로 잘 처리했습니다."

"그래? 그럼 그 떠돌이 선생인가 그자도?"

"기회를 보고 있습니다. 적당하지 않으면 날이 어두워졌을 때 조용히 처리하겠다는 보고입니다."

"그 자리를 오래 맡겨 두었더니 위수대장이 상황을 잘 관리하는군!"

"그렇습니다, 각하! 각하께 바치는 충성 또한 대단한 사람입니다."

"음! 그건 두고 보자고…아직 제 입으로 보고 안 한 것이 있어. 안하는지 못 하는지…그건 그렇고, 성전 지도부는 모두 무사한 거지?"

"예! 다친 사람은 한 명도 없습니다."

빌라도는 만족스럽다는 듯, 의자에 몸을 기대며 다리를 쭉 뻗었다. 하나씩 하나씩 풀어갈 일이다. 더 이상 뒤엉키지만 않으면 생각보다 큰 소란 없이 진정시킬 수 있어 보였다.

✠

의기소침해서 축 늘어져 있던 제자들이 갑자기 술렁거렸다.

"선생님! 저기 요하난 선생님이 여기로 걸어오고 계십니다. 분명 요하난 선생님입니다."

제자들 중 한 사람이 들뜬 목소리로 예수에게 알려 주었다. 그가 다시 성전 뜰에 모습을 드러냈으니 어떤 돌파구가 마련될 수 있다고 기대한 모양이다.

예수도 제자들이 가리키는 쪽을 바라보았다. 니산월 13일 정오가 지난 시간, 밝은 햇빛 아래 요하난 벤 자카이가 제자들을 이끌고 천천히 걸어왔다. 햇빛이 그의 머리에 두른 하얀 터번과 줄무늬 바리새파 의복 위에 쏟아지며 걸음걸이에 따라 일렁였다.

"선생님! 어서 오십시오. 다시 뵐 수 있어서 기쁩니다."

손님을 맞아들이는 주인처럼 환한 얼굴로 예수는 요하난을 자리로 안내했다. 사실 그는 솔로몬 주랑건물의 주인이나 마찬가지였다. 이미 여러 날 동안 이곳에 자리를 잡은 채 이방인의 뜰을 드나들며 사람들을 가르쳤고, 그를 만나려는 사람들도 늘 솔로몬의 주랑건물로 찾아왔다.

"어허, 예수 선생. 반갑소! 정말 반갑소! 선생이 무사한 것을 보니 이제 좀 마음이 놓입니다."

요하난은 숨이 좀 가쁜 듯 헐떡이면서, 그리고 잔기침이 배어 있는 목소리로 말했다. 그러더니 예수의 두 손을 덥석 움켜잡고 여러 번 위아래로 흔들어댔다. 가족이나 특별히 가까운 친구가 아니면 그렇게 손을 부여잡고 인사하는 일은 보기 드물었다.

"성전 뜰 분위기가 하도 험악하다고 해서 얼마나 걱정이 되는지…. 그래서 허위허위 올라왔는데 오히려 선생은 아주 태평한 얼굴입니다!"

"그러셨습니까? 선생님이 저를 걱정해 주셨군요."

"듣기로는 당장 성전 뜰에 칼바람, 피바람이 불게 생겼다고…."

요하난에게 손을 잡힌 채 예수는 다시 한 번 깊게 고개 숙였다. 성전에서 벌어진 살벌한 일을 들었으면 누구라도 멀리 달아나고 싶을 것이다. 그런데 70살이나 되는 노인이 오히려 예수를 찾아 올라오다니, 더구나 숨까지 헐떡이면서. 가슴이 울컥할 만큼 요하난의 마음이 고마웠다.

묻지 않아도 요하난이 왜 위험한 성전 뜰에 들어왔는지 예수는 알았다. 함께 앉아 있으면 성전 경비대나 예루살렘 주민 누구든 감히 예수를 해치려고 덤벼들 수 없으리라 믿었기 때문이리라. 예수를 보호하는 방패막이가 되려고 늙은 몸을 이끌고 힘든 걸음을 한 요하난, 그의 얼굴을 다시 바라보았다. 오래전 세상을 떠난 아버지를 만난 듯 마음이 편안했다.

'더불어 세상을 얘기할 수 있는 사람을 만났으니 무엇을 주저하랴? 요하난 선생이 깨닫지 못하면 어느 누가 깨달을 수 있겠는가?'

그렇지 않아도 예수는 요하난을 만나 마음을 터놓고 얘기를 나누고 싶었다. 사람이 겪는 아픔과 기쁨을 공감하는 요하난, 예수는 그와 깨달음을 나누고 싶었다. 새 세상이 어찌 이뤄지는지 자기 두 눈으로 직접 지켜볼 수는 없지만, 뿌린 씨에 대해서, 그리고 그가 그렸던 세상에 대해서 생각을 털어놓고 싶었다. 깊은 곳까지 들어와 천천히 살펴보고 찬찬히 뒤적이도록 마음을 열어 보여 주기로 작정했다.

요하난은 예수에게 꼭 해 줄 말이 있고 할 일이 있어 성전에 올라왔다. 성전 뜰에 들어오면서, 그리고 뜰을 가로질러 솔로몬 주랑건물까지 걸어오는 내내 단단히 마음먹었다.

'예수를 직접 끌고 나가리라! 이대로 놔두면, 이스라엘의 등불이 될 사람 하나가 허무하게 사라질 테니….'

한바탕 소동을 피운 하얀리본이 성전 뜰에서 물러난 이후, 이제 다음 차례는 예수라는 것을 누구라도 알 수 있었다.

"예수 선생! 지난번 이 늙은이가 했던 말을 다시 생각해 보시오. 아직은 기회가 있습니다. 우선은 나랑 같이 이 포위망을 벗어납시다. 저들이 나를 막지는 못할 겁니다. 성전을 벗어난 다음 선생이 가고 싶은 곳으로 갈 수 있도록 내가 주선하겠소. 내게 아직 그럴 힘이 있어요."

요하난의 눈에 안타까움이 철철 흘러넘쳤다. 말은 그렇게 했지만 예수를 끝까지 보호할 수 없다는 것을 그도 안다. 다만 당장 눈앞에 닥친 위험에서 예수가 벗어나도록 해 주고 싶을 뿐이다.

예수는 요하난의 눈을 바라보았다. 말이 되지 못한 안타까움이 가득 고인 눈이다. 가슴이 뭉클하더니 따뜻한 물속에 들어가 앉아 있는 것처럼 편안한 기운이 서서히 퍼져 올랐다. 그와 가슴과 가슴이 연결돼 있음을 느꼈다.

그러나 마음과 달리 피할 수 없는 일이라는 것을 예수는 안다.

"요하난 선생님! 감사합니다. 그러나 제가 걸어온 길의 끝이 여기고, 세상이 걸어갈 길의 시작도 여기입니다."

요하난은 예수의 말에 고개를 가로저으며 성전 뜰을 내다보았다. 경비대 병력이 몇십 명씩 조를 짜서 이방인의 뜰 여기저기 대기하고 있었다. 언제든지 몰려올 준비를 마친 것처럼 보였다.

"저들이 곧 여기로 몰려오려고 하는 것 같은데….."

요하난의 목소리가 어두웠다. 그의 마음을 가라앉히려는 듯 예수가 일부러 밝은 목소리로 대답했다.

"선생님! 그렇게 하지 못할 겁니다. 뜰 안에 가득한 이 많은 사람들 때문에 그럴 수 없습니다."

"그렇지 않소! 예수 선생! 저들은 언제라도 덮쳐올 거요. 내가 올라오다 보니 로마군이 성전을 완전히 둘러싸고 한 사람도 드나들지 못하도록 막습디다."

예수가 하는 말과 요하난이 하려는 일은 접점을 찾지 못하고 서로 다른 방향으로 뻗어 나갔다. 요하난은 가슴이 답답한 듯 숨을 여러 번 크게 들이쉬고 내쉬었다. 그럴 때면 영락없이 자식을 걱정하는 늙은 아버지였다.

"도적떼가 다 물러갔는데, 로마군이 왜 아직 성전 봉쇄를 풀지 않겠소? 선생을 겨냥해서 그러는 것이 아니겠소? 자! 이제 나와 손을 맞잡고 걸어 나가면 로마군이나 성전 경비대가 길을 막지 못할 거요. 더 늦기 전에⋯."

그는 정말 예수를 데리고 성전을 벗어날 수 있으리라고 믿었을까? 병사들이 무지막지 가로막고 나서지 않을 것이라고 생각했을까? 요하난은 앉아서 운명을 기다리는 사람이 아니다. 무슨 일이라도 해 보겠다고 마음먹었을 뿐이다. 성전 뜰에 예수를 그대로 놔두고 그가 당하는 꼴을 지켜보고 있을 수 없다는 생각이다.

그러나 성전 뜰을 덮고 있는 기묘한 평온은 로마군 위수대장이 조심스럽게 조이는 그물이었다. 황금색 깃발이 펄럭이는 총독궁에서 아래턱을 쑥 내밀고 총독이 바라보고, 갈릴리 분봉왕은 하스몬 왕궁에서 눈을 반짝이며 기다리고 있다. 알렉산더는 올가미를 걸어 놓고 여기저기 함정도 파 놓은 채 한 발짝 한 발짝 예수를 몰고 있었다.

요하난은 성전 뜰을 무겁게 덮고 있는 정치의 힘을 보지 못했다. 그저 첨벙첨벙 물로 걸어 들어가는 자식을 바라보는 부모 마음과 같을 뿐이다.

"왜 여기서 지금 목숨을 버리려고 하는지요, 예수 선생!"

"제가 버리는 것이 아닙니다. 그렇게 되었을 뿐입니다."

"그래도 이건 자살이나 마찬가지요. 사람들은 예수 선생이 저들에게 체포돼서 참혹한 죽임을 당해도 왜 죽는지 이해를 못 할 겁니다. 경비대가 달려들면 저 사람들은 선생 앞을 가로막아 보호하는 대신 좌우로 쫙 갈라져 길을 터 줄 겁니다."

경비대가 달려든다면 차라리 사람들이 그렇게 길을 터 주어야 희생을 줄일 수 있다고 예수는 생각했다. 한편으로는, 경비대든 로마군이든 자기를 무리하게 성전 뜰에서 체포하지는 않으리라고 예상했다. 하얀리본을 성전 뜰에서 체포하지 않은 것으로 보아 예수와 군중이 분리될 때를 기다리고 있음이 분명했다.

요하난이 걱정하는 말을 계속했다.

"안된 말이지만 선생의 죽음을 이해하지 못하기는 세상 사람들뿐만 아니라 선생의 제자들도 마찬가지⋯. 선생을 순교자로 생각하는 사람은 아무도 없을 겁니다. 토라에서 가르친 하느님이 아니라 선생 혼자 생각하는 하느님, 세상 사람들 중 아무도 이해하지 못하는 하느님을 가르쳤기 때문이지요. 그러니 선생 혼자서 그 험한 일을 겪을 수밖에 없어요. 이 늙은이는 그것이 걱정입니다. 얼마나 외롭고 고통스러울지⋯."

요하난은 예수가 겪을 철저한 외로움을 마음으로 느낀 사람이다.

요하난도 무척 외롭겠다고 예수는 생각했다. 생각하는 세상과 살고 있는 세상이 다르기 때문이리라. 눈을 뜬 사람만 느끼는 고독, 눈을 뜨고 보니 주위에 아무도 없을 때, 하늘 아래 오직 자기 한 사람만 서 있음을 알게 됐을 때 느끼는 절대 고독. 그러면 누구를 만나든 먼저 손 내밀고 싶지 않겠는가?

"그렇겠지요. 말씀을 듣고 보니 그럴 것 같습니다. 선생님도 외롭고 고통스럽듯….'

예루살렘 성전 솔로몬의 주랑건물, 마주 앉은 두 사람은 상대의 고독을 나의 외로움으로 절절히 깨달았다. 역사의 흐름을 짚은 사람, 나의 일뿐만 아니라 우리의 일 세상의 일, 눈 못 뜬 모든 사람의 일이 훤히 보이는데 함께 길을 걸을 사람이 하나도 없다는 것처럼 고통스럽고 외로운 일이 어디 있으랴!

그런데 예수는 참으로 끔찍한 일을 남의 말 하듯 태연하게 입에 올렸다.

"제가 죽는다면, 죽을 운명이기 때문에 죽는 것이 아니고, 사람이 사람을 얼마나 잔인하게 살해하느냐를 보여 주는 일입니다. 그건 하느님의 일이 아니고 사람이 사람에게 저지르는 일이지요."

예수의 얘기를 들으면서 요하난은 자기도 모르게 다리가 후들후들 떨렸다. 예수의 고난과 죽음은 결국 사람이 사람에게 저지르는 일이라는 그의 말을 어떻게 감당한단 말인가?

"하느님은 그런 일에 상관 안 하고 그냥 내려다보신다는 뜻 같군요?"

"예, 선생님!'

예수는 머뭇거리다가 대답했다. 토라 선생에게 할 수 있는 말이 아니기 때문이다. 그러더니 한참 무언가 생각하다가 입을 열었다.

"선생님께서 염려하며 대비하시는 그날, 유대에 그날이 닥치면, 그 일을 하느님이 허락하시는 일이라고 말씀하실 수 있겠습니까? 지금까지 이스라엘이 겪어온 참혹한 일이나, 땅 위에 살다가 목숨을 잃은 사람들의 고통과 슬픔이 모두 그분에게 책임이 있다고 말할 수 있겠습니까?"

요하난은 대답할 수 없었다. 토라 선생으로서는 하느님이 내리는 벌이라고 말해야 하지만, 그 일을 다 하느님이 허락했거나 관여한 일이라고 말하려니 입이 떨어지지 않았다. 만일 정말 그렇다면 하느님은 무섭고 잔인하고 결코 가까이하고 싶지 않은 분일 수밖에 없다.

갈등을 느끼며 요하난이 물었다.

"그러면 예수 선생이 당할 일들은?"

"하느님이 지켜보고 계시겠지요. 사람이 사람을 얼마나 잔인하게 생명이 끊어질 때까지 오래 고문하는지…그 일을 통해 사람이 무엇을 배우고 깨달을지…."

요하난은 더 이상 예수의 얼굴을 바라볼 수 없을 만큼 마음이 흔들렸다. 무슨 말로도 그의 마음을 돌릴 수 없음을 알았다. 토라의 가르침을 지키기 위해 받는 고난이 아니니 세상은 그의 죽음을 외면하리라. 갑자기 성전 뜰이 텅 빈 것처럼 쓸쓸했다.

"내가, 이 늙은 요하난이 예수 선생을 위해 할 수 있는 일이 아무것도 없구려!"

한숨을 길게 쉬면서 요하난은 예수의 얼굴을 다시 바라보았다. 십자가에 매달린 그의 모습이 보였다.

'총독이 포고령에서 밝혔듯 로마군은 분명 십자가 처형을 하려고 덤

빌 텐데…. 아! 십자가, 얼마나 끔찍하고 수치스러운 일인가?'

헤롯왕이 죽었을 때 로마군이 십자가에 매달았던 2천 명이나 되는 주검이 눈앞에 스쳐 지나갔다. 그냥 놔둘 수 없다는 생각이 들었다. 다시 한 번 설득해 보기로 마음먹었다.

"이런 얘기를 하기는 좀 뭐하지만, 로마군은 선생에게 십자가 처형을 내릴 것이 분명합니다. 십자가는 사형을 위한 제도가 아닙니다. 그건 고문입니다. 숨이 끊어질 때까지 계속되는 고문이고, 그 끝에 죽는다고 해도 주검이 땅에 묻히지 못하니 사람이 생각할 수 있는 수치 중 가장 큰 수치입니다."

"그렇다고 들었습니다."

예수는 왜 갑자기 요하난이 십자가 얘기를 꺼내는지 알았다. 죽고 싶어도 죽을 수 없는 끈질긴 고문이고, 주검조차 수습할 수 없는 수치가 십자가라는 것을 그도 알았다. 세포리스 성문 앞 언덕이 그런 곳이었고, 그곳 땅과 하늘은 아침저녁 그 앞을 지나다니던 동무 히스기야가 눈을 들어 똑바로 바라보지도 못하던 장소였다.

"예수 선생이 십자가에 달려 고문받다가 죽는다면, 선생의 제자들이 무슨 일을 할 수 있겠습니까? 세상 사람들에게 선생을 누구라고, 무슨 일을 했던 사람이라고 설명할 수 있겠어요? 누가 십자가에 매달려 처형된 사람 얘기를 귀담아듣겠어요?"

그는 요하난이 하고 싶은 말, 그러나 차마 입에 올릴 수 없는 말이 무엇인지 안다. 세상에는 무슨 말로 설득해도 사람들이 가진 선입견을 바꿀 수 없는 몇 가지가 있다. 간음이나 강간처럼 비릿한 정욕의 냄새를 풍기는 말도 그렇고, 먹을 것이 없어 어린 자식을 삶아 먹었다는 얘기처럼 듣는 사람이 눈감고 귀 막고 멀리 달아나고 싶은 말도 있다.

십자가에 매달려서 죽었다는 말도 그렇다. 무슨 일 때문에 왜 십자가에 매달렸는지, 누가 매달렸는지, 얼마나 오래 고통받다가 숨이 끊어졌는지 사람들은 전혀 듣고 싶어 하지 않는다. 십자가라는 말이 나오면 귀를 막고 고개를 돌릴 뿐이다.

십자가는 무슨 말로도 설명할 수 없는 가장 처참하고 수치스러운 말이다. 결코 어떤 깊은 의미를 나타내는 상징이 아니다. 십자가를 통해서는 어떤 교훈도 설명할 수 없고, 사색과 명상으로 사람들을 이끌 수 없다. 그 말은 듣는 사람의 삶을 거칠게 공격하면서 그가 결코 맞닥뜨리고 싶지 않은 가장 어둡고 처참하고 불행한 일을 끄집어 올려 눈앞에 흔들어 대는 일이다.

사람이 얼마만큼 깊은 어둠을 품고 있는지, 사람 얼굴로 천연덕스럽게 살아가는 일이 얼마나 아슬아슬한 일인지 문득 일깨워 주는 말이다. 십자가에 매달리느니 차라리 칼로 목을 베거나 그도 어려우면 가슴을 깊게 푹 찔러 죽여 달라고 애원할 수밖에 없을 만큼 처참한 일이다.

"하느님이 사랑했다는 사람이 십자가 매달렸다면 사람들이 어떻게 그 하느님을 능력 있는 하느님, 사랑의 하느님으로 받아들일 수 있겠어요? 십자가에 달린 사람 얘기는 유대인들에게는 걸림돌이고, 이방인들에게는 웃음거리가 될 얘기지요."

요하난은 토라 선생답게 설득하려고 애썼다.

"십자가에 매달리면 사람들은 당연히 그런 벌을 받을 죄인이라고 생각할 겁니다. 선생의 제자들이나 가르침을 듣고 눈떴던 사람들에게 악몽처럼 달라붙게 될 일입니다. 그들이 어떻게 그 악몽을 극복하고

266

선생의 가르침을 널리 펼칠 수가 있겠어요?"

예수는 요하난의 말을 부정할 수 없다. 십자가에 매달렸다는 말을 들으면, 그가 정의를 위해 목숨을 버렸다거나 하느님의 뜻에 따르기 위해 순교했다고 믿을 사람이 세상에는 하나도 없을 것이다.

로마는 제국의 안정을 위해 곳곳에서 사람을 십자가에 매달았다. 십자가 세상과 연결된 끈을 철저하게 끊는다는 것을 잘 알았기 때문이다. 기억하지 말고 그저 잊어야 할 사람이라는 가장 강력한 낙인烙印이 십자가에 매다는 일이다.

"요하난 선생님! 그렇게 저를 생각해 주시니 감사합니다."

십자가 처형을 받을 수밖에 없는 예수를 위험에서 벗어나게 하려고 애쓰는 요하난은 예수를 쓰러뜨리려고 날마다 모여 수군거리는 바리새파 선생과는 다른 사람이었다.

"당연하지요! 이 일이야 나이 먹은 내가 나서야지요! 그런데 예수 선생! 왜 그 길을 걸어가야 합니까? 왜 다른 길을 보지 않습니까?"

"말씀드렸던 것처럼 그것이 끝이 아니고 시작이기 때문입니다."

"다른 세상, 새로운 세상으로 들어가는?"

"아닙니다. 이 세상을 바꾸는 시작입니다."

"어허!"

요하난은 깊은 탄식을 내뱉을 수밖에 없었다. 그리고 전전날과 마찬가지로 오늘도 예수를 설득하는 일에 철저히 실패했음을 절감했다.

자기 자신을 소진消盡시키는 장소와 때를 눈으로 바라보면서 길을 걸어온 사람 예수. 몸으로 이루려는 사람인가, 몸으로 저항하는 사람인가? 어찌 보면 그 두 가지 모두인 것도 같고, 두 가지 다 아닌 것도 같았다.

요하난은 예수의 얼굴을 찬찬히 다시 살펴보다가 무거운 목소리로 그를 불렀다.

"예수 선생!"

깊은 생각에 빠져 있어서 그런지 요하난이 부르는 소리를 못 들었다. 누가 부르는 소리를 못 들은 적이 한 번도 없는 예수였는데, 아마 너무 먼 곳을 더듬고 있었나 보다.

"예수 선생!"

다시 요하난이 불렀고 그제야 예수는 현실로 돌아왔다.

"나는 예수 선생이 무슨 뜻으로 그런 얘기를 하는지 알아들을 수는 없지만, 그리고 그건 나 같은 한 사람의 바리새파 선생이 동의하고 말고 할 문제가 아니라고 생각합니다. 다만, 안타깝게도 나는 선생이 생각하는 일이 설령 맞다고 치더라도 지금은 단 한 사람의 동조자를 얻지 못하리라는 것은 알고 있어요."

"그렇겠지요, 요하난 선생님! 저도 아직은 그때가 오지 않았다는 것은 압니다. 다만 저의 때는 지금입니다."

"그러면?"

"기다려야겠지요! 이제 겨우 여기까지 왔는데, 앞으로 얼마나 더 걸려야 할지, 그날과 때는 저도 모르겠습니다."

"예수 선생은 어느 때가 되면 사람들이 선생의 가르침을 받아들일 거라고 생각하나요? 지금은 나도 받아들일 수가 없으니…. 허허! 미안합니다."

268

요하난이 갑자기 물었다. 그러고 보니 요하난은 예수 마음속에 밀려오고 밀려가는 생각의 물결에 몸을 실었던 모양이다.

"한 사람 한 사람이 온 세상만큼 귀하다는 것을 깨달을 때겠지요. 그때가 언제 오든 저는 손안에 쥐고 있는 씨를 뿌릴 뿐입니다."

그렇게 말하면서 예수는 성전 뜰을 내다보았다. 그의 눈길을 따라 요하난도 성전 뜰에 들어와 있는 많은 사람들에게 눈길을 주었다. 요하난과 예수는 결국 한곳을 바라보는 사람이다. 두 사람 중에 누가 옳고 누가 그르고, 누가 크고 누가 작다고 말할 수 없는 일이다.

성전 뜰을 내다보며 요하난은 깊은 한숨을 내쉬었다. 그는 유대를 대표하는 바리새파 선생으로 지켜야 할 것이 무엇이고, 바뀌어야 할 것이 무엇인지 아는 사람, 도도히 흘러가는 역사의 강물 앞에 서서 발꿈치를 들고 멀리멀리 내다보는 사람이다.

역사란 시간의 흐름이 아니라 사건의 진행이다. 그 일을 겪으며 살아가는 사람들의 경험이다. 요하난은 눈으로 그 역사를 바라보다가 다시 예수에게 눈을 돌리며 결연하게 말했다. 뜬금없이 껑충 뛰어오르는 얘기처럼 들렸다.

"나는 로마나 이전의 헬라 그 이전의 페르시아 그리고 바빌론 앗시리아 그 이방 제국들이 하느님이 유대를 가르치고 깨우치기 위한 회초리였다고 생각하지 않습니다. 그 점에서 유대의 선생들과 나는 다릅니다."

그가 왜 그런 말을 하는지 예수는 알기에 잠자코 그의 말을 들었다.

"그런데, 사람들 중에는, 아주 많은 사람들은 예수 선생 때문에 하느님이 다시 회초리를 드실 수밖에 없게 생겼다고 걱정하지요. 로마라는 회초리보다 더 무서운 회초리를 맞을지 모른다고 두려워합니다. 선생의 가르침을 들으러 사람들이 성전 뜰로 모여들었듯 제거하려는 사람들도 모였지요. 그리고 이제 저들은 하나로 굳게 뭉쳤어요, 선생을 무너뜨리려고…. 선생의 가르침을 받았던 사람들은 흩어졌는데….”

예수는 요하난의 가슴속에 일어나고 스러지는 생각들을 눈으로 보고 귀로 들었다. 그는 몸은 비록 바리새파의 옷을 입었지만, 마음은 자기가 속한 파당을 넘어 세상과 맞닿은 사람이다. 사람이 저지른 죄와 하느님의 구원 계획이 바로 세상의 역사라고 믿지 않는다는 점을 요하난이 분명하게 말한 셈이다.

‘바리새파 선생으로서 그런 말을 어찌 다른 사람에게 할 수 있으랴! 그도 나에게 마음을 열었구나!’

그의 가슴속에 강물이 흘러가듯 역사가 흐르고 있음을 알았다. 그 강은 흘러 흘러 처음으로 되돌아가는 강이 아니고, 아래로 더 아래로 흐르는 강이 분명했다.

‘선생님! 제 시간은 그저 흘러가는 물줄기가 아닙니다. 거쳐야 할 곳을 거치는 사건입니다. 그러니 시간의 자로 잴 수 있는 것이 아니고 인간 역사의 마디마디, 매듭으로 재야 합니다. 하느님 나라는 그렇게 매듭을 겪으며 이뤄집니다.’

참으로 이상한 것이 요하난과 예수는 일일이 이렇고 저렇고 말을 나누지 않고도 대화를 할 수 있다는 점이다.

예수에게 하느님 나라는 미래의 어느 때에 이뤄지는 세상이 아니고 사람들이 살아가는 지금 이 세상이다. 포도주 잔에 포도주가 반이 남앉을 때, 그 잔을 버리고 술을 새로 따르는 것이 아니고 그 잔을 마시는 일이다. 반쯤 담겨 있는 그 잔 안에 생명이 있다. 삶이 있다. 나머지 반을 사람이 살아가며 채워야 한다.

예수가 조용히 입을 열었다. 혼잣말 같기도 하고, 요하난에게 당부하는 말 같기도 하고.

"사람들은 격언처럼 '새 술은 새 부대에 담아야 한다'고 말합니다. 그런데 저는 지금 손에 들고 있는 부대에 담아야 한다고 생각합니다. 이 세상은 다음 세상의 바로 전 단계가 아니고, 우리가 숨 쉬며 사랑하며 가족과 이웃과 함께 살아가는 마지막 세상이기 때문입니다."

요하난은 눈을 크게 떴다. 그의 눈에 놀라움이 가득했다. 바리새파 선생들 중에 아주 드물게 현실주의자이지만, 그 나이까지 살아오면서 예수처럼 오늘 사람들이 살아가는 현실을 단단히 붙잡은 사람을 처음 만났기 때문이다.

"어허! 이 세상이 마지막 세상이라⋯."

"그렇습니다, 선생님! 이 세상 외에 다른 세상은 없습니다. 그래서 '새로운 세상'은 이 세상을 변화시켜 우리 모두가 함께 살아가야 할 세상의 비전입니다. 우리가 이 땅 이 세상에서 마지막 삶을 산다면 사람끼리 더불어 살 수 있도록 세상을 바꾸지 않고 다른 무슨 방법이 있겠습니까? 그래서, 모든 사람이 함께 살아야 할 세상으로 바꾸는 일은 이 땅에서 이 세상을 살아가는 모든 사람이 짊어진 의무입니다."

그 말을 듣고 요하난은 눈을 가느스름히 뜨고 예수를 바라보았다. 예수를 가늠해 보려고 애썼다.

'이 사람은 정녕 누구인가?'

누구인가 묻는 것은 존재를 묻는 말이다. 예수에게서 듣고 볼 수 있는 놀라운 말과 행동은 예수가 과연 어떤 존재이기에 그런 일을 할 수 있는지 묻는 일이다. 하기야 세상은 누가 무슨 일을 했는지, 하는지, 할 것인지 묻기보다 그가 누구인가를 묻는다. 그런 일을 할 수 있는 사람은 특별히 정해져 있다고 믿기 때문에, 말과 행동을 통해 존재를 묻게 되는 셈이다. 아무리 훌륭한 일을 한 사람이라도, 그 일을 할 수 없는 신분의 사람이라면 세상의 기본 틀을 뒤흔드는 사람으로 배척할 수밖에 없는 세상이다. 그런 세상을 살아온 요하난과 세상을 그렇게 규정할 수 없다는 예수가 마주보고 앉아 있는 셈이다.

요하난은 예수와 앉아 얘기를 나누다 보니 왜 성전에 올라왔는지 잊고 있었다. 평생 토라를 연구하고, 하느님 섬김과 사람들과 더불어 살아가는 법을 얘기했지만 예수처럼 말하는 사람을 처음 보았기 때문이다. 들을수록 놀랍고, 얘기를 나눌수록 아까운 사람이다.

얘기를 나누면서 요하난은 예수의 존재에 대해 다시 궁금해지기 시작했고, 예수는 그가 하려는 일과 요하난에게 맡겨 놓은 일을 생각했다.

"선생님께 제 뜻을 들려드린 다음 떠나고 싶었습니다. 그래서 이렇게 선생님과 마주 앉아 있는 일이 정말 기쁩니다."

예수의 말을 들으면서 요하난은 속으로 계속 예수에 대해 생각했다.

'세상 사람들은 그를 무어라고 부를까? 구세주? 메시아? 아니지! 도덕 선생으로⋯. 도덕은 사람과 사람 사이의 일이고, 죄는 하느님의 법을 어긴 것이다.'

요하난이 생각하기로 예수는 하느님과 사람의 관계보다 사람과 사람의 관계에 더 매달리는 것으로 보였다. 토라를 연구하는 이스라엘의 선생으로서 그가 예수를 완전히 이해할 수 없는 이유였다.

그런데 문제는 사람 사이의 관계, 세상을 살아가는 예수의 가르침이 하느님과 사람의 관계를 정한 토라와 정면으로 부딪친다는 점이었다. 그렇다고 지금 이 자리에서 예수와 그 문제를 두고 토론을 할 수는 없는 형편이다.

두 사람이 마주 앉아 애기하는 동안에도 성전 뜰에는 많은 사람들이 이리저리 몰려다녔다. 성전 출입구가 봉쇄됐으니 특별한 경우가 아니라면 사람들이 들고 날 수가 없다.

'요하난 선생이 받아들이지 못할진대 다른 사람이야 어쩌하리….'
'새 항아리가 필요하다. 빈 항아리가….'

그러나 세상에 어찌 빈 항아리가 있으랴! 예수는 아득함을 느꼈다.

성전 뜰에는 밝은 햇빛이 하얗게 쏟아지고, 성전 경비대 병력은 요하난이 떠나면 곧 들이닥칠 요량으로 주랑건물을 살피는 것 같다. 로마군도 주랑건물 위에서 성전 뜰을 내려다보며 시간을 재고 있다. 로마는 성전이라는 장소만 포위한 것이 아니고, 세상 사람들이 살아가는 시간마저 그들의 시간으로 둘러쌌다.

로마는 이스라엘의 유월절이 빛을 앞으로 비추지 못하고 오로지 과거만 비추도록 통제한다. 그러나 예수는 안다. 언젠가 때가 되면, 요하난도 그리고 다른 사람들도 과거의 문을 나와 미래로 걸어갈 것을. 하얀 머리, 하얀 수염, 눈썹마저 하얀 요하난에게 유대의 미래가 걸려 있음을 본다.

요하난이 예수를 한참 바라보다가 입을 열었다.

"예수 선생! 어제 토라 선생들과 나눴다는 얘기를 들었습니다."

"그러셨습니까?"

예수는 요하난이 무슨 얘기를 할지 이미 알았다. 귀가 열려 있는 사람이라면 예수가 던지고 떠난 그 얘기가 무슨 뜻이라는 것을 알아들었을 것이다.

"두 가지를 비유로 얘기했다고 들었습니다. 그리고 이 늙은이는 많이 걱정할 수밖에 없었습니다."

"그러셨습니까?"

예수는 다시 같은 말로 대답할 수밖에 없었다. 그 많은 사람들 중에 그 자리에 없었던 요하난만 진정 그가 하려는 말을 깨달았다는 말인가?

"우리 유대의 가르침에서 이미 많이 벗어났더군요."

"그렇게 들으셨습니까?"

예수는 요하난의 얼굴에 드러나는 고통스러운 표정을 보았다.

"나는 내 당대에 그런 얘기를 들으리라고 생각도 못 하고 살았습니다. 선생이 걸어가려는 그 길이야말로 내가 평생 공부하고 가르친 토라의 길에서 멀어져야 한다는 말처럼 들렸습니다. 진정 어떤 아들을 잃었는지 깨닫지 못한 아버지의 얘기도 그렇지만, 내가 놀란 것은 작은아들이 다시 먼 곳으로 떠난다는 암시였습니다."

"선생님! 첫 사람 아담과 하와가 에덴동산에서 쫓겨난 것이 아니고 스스로 걸어 나왔다고 생각하면…."

"예?"

요하난은 깜짝 놀라는 목소리였다. 작은아들이 아버지 집을 떠난다는 얘기를 예수는 에덴동산의 첫 사람과 결부시켰기 때문이다.

"어찌 그런?"

요하난은 뭐라고 더 말할 수 없었다. 평생 토라를 배우고, 가르침대로 살아야 한다고 생각했던 사람인데, 갑자기 예수가 휘장을 확 열어젖히고 한 번도 생각해 본 적 없는 다른 하늘을 보여 준 듯 느껴졌다.

사람들은 에덴동산을 생각하면서 언제나 죄와 벌을 떠올렸다. 하느님의 용서를 받아 관계를 회복하고 다시 돌아가야 할 목적지라고 생각했다.

"에덴동산 울타리 밖도 하느님이 창조하신 세상이라고 생각하면 쫓겨났다고 생각할 이유가 없지 않습니까?"

예수는 하느님 옆에 살던 사람이 가정을 이뤄 밖으로 이사했다는 정도로 말했다. 아들이 장성해서 부모 곁을 떠나 가정을 이루고 다른 집을 지어 이사하듯, 하느님 품을 떠나 사람끼리 살아가는 세상으로 옮겨갔다면…. 꼭 죄를 짓고 벌을 받아 쫓겨났다고 생각할 필요가 없다는 말 같았다.

예수의 말을 들으니 아담이 에덴동산을 떠나던 날을 요하난은 눈앞에 그릴 수 있었다. 땅 위에서 살도록 생명을 받은 첫 사람 둘이 손을 잡고 에덴동산을 걸어 나간다. 그 모습은 비참한 추방이 아니라 그들의 앞길을 빌어주고 싶을 만큼 아름다운 새 출발 아니었겠는가?

하느님의 모습도 보였다. 아담과 그의 아내 하와가 에덴동산을 떠날 때 하느님은 동산 밖까지 걸어 나가 배웅하지 않았겠는가? 하느님은 아버지의 모습이었다. 권력자, 통치자, 왕, 만군의 주±라는 모습 대신에 창조세계와 생명과 사람을 아끼고 사랑하는 아버지, 예수가 말하는 하느님 아버지를 요한난도 느낄 수 있었다.

예수 말대로, 에덴동산을 걸어 나가는 첫 사람을 받아들인다면 아버지 집을 떠나는 작은아들 얘기를 못 받아들일 일도 아니었다.

"선생님! 아버지의 집을 떠난 작은아들 얘기로 사람들이 하느님과 어떤 관계를 맺고 살아갈 것인지, 언제 그런 일이 벌어질지 생각해 보라고 권한 겁니다. 사람에 따라 각각 다른 얘기로 들을 수 있겠지요. 하느님과 관계를 회복하자는 얘기로 들을 수도 있고, 가족 간에 화목을 강조하는 얘기로도 들을 수 있고, 부모가 된 사람이나 지도자들이 진정 어떤 아들을 잃었는지 다시 눈을 뜨라는 얘기로 들을 수도 있고…."

"그래서 얘기를 듣고 곰곰이 생각해 보면 예수 선생의 비유는 대단히 큰 도전이 되더군요. 한 가지 뜻이 아니고 받아들이는 사람, 듣는 사람, 전하는 사람이 각자 자기의 얘기라고 들을 수도 있고, 이제까지 살아왔던 일을 뒤집는 얘기…."

"그런데 선생님! 사람들이 성전을 떠나면, 하느님을 섬기지 않고도 살 수 있는 세상이 오면, 그때도 여전히 하느님 앞으로 사람들이 모여들까요? 아버지 집에 자식들이 모여들 듯?"

"아버지 집이라고 말하면, 간단하게 보면 성전을 얘기하겠고, 크게 보면 지극히 높으신 분이 다스리는 세상이라고 볼 수 있겠습니다. 그런데 아버지 집에 모여들지 않는다고 얘기하는 겁니까?"

"그렇습니다, 선생님! 하느님의 그늘, 하느님이 관장하시는 그 영역을 벗어나 사람이 사람의 세상으로 나갈 날이 온다고 생각합니다. 그 세상은 서로 사랑하고 서로 원하고 서로 그가 가진 욕구를 충족시켜 줄 수 있는 세상입니다. 그래서 저는 '사람의 세상'이라고 부릅니다. 그 세상에 나가 본 사람이면 다시는 아버지 집에 돌아오지 않을 것입니다."

요하난은 예수의 말에 아무 대꾸도 못하고 그저 깊은 한숨을 내쉬었다. 예수는 좀 상기된 표정으로 말을 이었다.

"선생님! 저는 사람과 하느님과의 관계, 지금까지 이어져 왔던 그 관계가 끊어진다고 봅니다. 집을 나가는 것처럼….."

"집을 나간다…다시 돌아오지 않는다?"

요하난은 괴로운 표정을 지었다. 예수는 그의 질문에 고개를 끄덕이더니 한마디 덧붙였다.

"아버지의 집을 나갔다가 돌아오지 않는 작은아들인데, 만일 아버지의 집이 아니라면 어떠하겠습니까? 지금 예루살렘 성전은 작은아들이 찾아 돌아갈 아버지의 집이 아닙니다. 참으로 조화할 수 없는 두 가지가 함께 어우러진 역설逆說입니다."

"어째서 역설이라고 말하는 겁니까? 하기야 성전의 모습이…내가 얘기하기는 좀 뭐하지만….."

요하난도 예수가 무슨 얘기를 하려는지 짐작한 모양이다. 예수에게는 하느님이 머문다는 예루살렘 성전이나 하느님께 드리는 성전 제사가 아무 의미가 없었다. 그러나 요하난이 이스라엘의 토라 선생이므로 성전에 대한 생각을 얘기하기로 예수는 마음먹었다.

"저는 로마의 황제 숭배와 예루살렘 성전의 하느님 섬김이 닮았다고 봅니다. 토라에 따라 하느님께 제사를 드리지만 하는 짓은 황제를 섬기는 일과 같습니다. 말하자면 성전이 두 신을 섬기는 셈이지요. 마치 하느님 섬김과 제국의 황제를 섬기는 일이 하나로 합쳐졌다고 말할 수 있습니다. 심지어 황제를 위한 제사에 더 정성을 들인다고 들었습니다.”

요하난도 바리새파 선생으로서 성전이 황제를 위해 드리는 제사를 용납할 수 없었다. 마치 예전 헤롯왕 때 성전 정문에 황금독수리를 걸어 놓고서도 여전히 제단 위에 제물을 태우며 제사드렸던 일과 마찬가지였다.

‘그러나, 황제를 위해 드리는 제사가 중단되는 날, 황제에 대한 반역이라고 판단한 로마가 성전을 무너뜨리고 말 텐데…. 성전만 무너지는 것이 아니고, 유대와 이스라엘이 반역의 무리로 처참하게 처벌받을 것이고….’

그런 생각을 하면서 요하난은 부끄러움을 느낄 수밖에 없었다. 예수는 성전이 토라를 벗어났고 그래서 이미 토라가 무너지기 시작했다고 말한 셈이다.

요하난은 어쩔 수 없이 성전을 옹호할 수밖에 없다. 아직 성전 없는 토라의 때가 이르지 않았기 때문이지만, 한편으로는 로마제국의 무력통치를 받는 유대에서 성전이 다른 길을 찾을 수 없다는 것도 인정할 수밖에 없었다. 그는 괴로운 표정으로 말을 이었다.

“그렇다고, 사람들이 성전에서 걸어 나가고, 하느님 섬김을 떠난다는 말은 도저히 받아들일 수 없습니다. 그건 지극히 높으신 분의 뜻이 아닙니다.”

“저는 그분의 뜻이 그러하다고 생각합니다.”

“왜? 아! 그래서 작은아들이 다시 집을 나간다! 그리고 다시는 돌아오지 않는다!”

“사람에게 자율성自律性을 가지라고 한 말입니다.”

요하난은 큰 충격을 받은 듯 보였다. 혼자 '자율성'이라는 말을 여러 번 입으로 되뇌었다. 그러더니 드디어 바리새파 토라 선생이 할 수 있는 말을 입 밖에 냈다.

"그건 참람한 말로 들립니다."

예수는 대답하지 않았다. 사람이 자율성을 가져야 한다고 말하면 요하난뿐만 아니라 모든 사람들이 '참람하다'는 말을 입에 올릴 수밖에 없다. 사람이 하느님만 의지하고 살아야 한다고 토라는 가르쳤기 때문이다.

"나는 역사상 어느 누구도 그런 말을 입에 올렸다는 말을 들어 본 적 없습니다."

"물이 흘러내리다가 어느 모퉁이를 휘돈 셈이겠지요."

얘기는 다시 끊어졌다. 요하난은 난감하다는 듯, 거푸 밭은기침을 했다. 예수는 요하난을 언덕 이편으로 끌어올 수 없음을 안다. 그가 살아온 70여 년 평생이 그의 몸을 휘감고 있다. 더구나 그는 언덕 저쪽에 토라의 깃발을 꽂고 사람들을 이끌어야 할 유대인 지도자다.

그렇다고 요하난이 예수를 그가 서 있는 언덕으로 끌어올리려고 하는 것도 아니다. 예루살렘 성전 솔로몬 주랑건물 안에 같이 앉아 있지만 그들 사이에는 가늠할 수도 없을 만큼 먼 시간의 강이 흐르고 있다. 아마도 하느님이 천지를 창조했다고 믿어지는 그때로부터 지금까지의 시간보다 더 먼 시간처럼 예수는 느꼈다.

성전 뜰에 드리운 로마군과 경비대의 위협은 아랑곳하지 않고 예수가 요하난에게 다시 말을 걸었다.

"요하난 선생님! 하느님을 어떤 분으로 만나느냐? 그건 모든 사람에게 각자 다른 경험이 될 것입니다. 그런데 제 생각으로 그분은 사람이 생각하기에 따라 달라지는 분입니다."

요하난은 짧게 신음소리를 내뱉었다. 그가 예수의 마음을 읽을 수 있는 것처럼, 예수도 그의 마음속에 깊숙이 들어와서 생각을 읽고 있었기 때문이다.

"결국 하느님을 만난다는 얘기는 사람을 만나고, 자연 속에서 그분을 경험하는 것이 아니겠습니까?

"하느님은 밖에서 보시는 분이군요?"

"사람 눈에 보이는 모든 것들을 통해서 그분의 존재를 느낄 수 있으니 밖에 계시다고 말할 수도 있고, 그분을 느끼는 사람 속에 계신다고도 볼 수 있지요. 그러니 하느님에 대한 이야기는 사람에 대한 이야기라는 생각이 듭니다."

요하난은 눈앞에 앉아 있는 예수가 세상 시작하던 어느 날 헤어진 사람처럼 아득하니 멀게 느껴졌다. 때로는 미리 상의라도 한 듯 생각이나 말이 척척 맞았지만, 어찌 보면 두 사람은 나이와 신분의 차이보다 훨씬 더 멀었다.

요하난은 다시 한 번 예수를 바라보았다. 마치 처음 만난 사람을 살피듯. 예수는 그 나이에 맞는 얼굴이고, 체형이다. 예수는 이스라엘 사람으로는 꽤 나이를 먹었다. 사람들은 대부분 나이 30이 되기 전에 숨을 거둔다. 예수 나이까지 살아남은 사람이라면 대개 이빨도 빠지고, 먹는 것이 부실하니 눈도 잘 안 보이고 온 몸에 이런저런 병을 달고 살기 마련이다.

그런데 예수의 신체는 비교적 강건했다. 이도 앞니는 온전했고 몸으로 일하며 살아서 그런지 어깨도 벌어지고 허리도 꼿꼿했다. 턱과 귀밑을 온통 덮은 수염은 그 나이 사람들이 그러하듯 희끔희끔 셌다.

어디로 보아도 영웅의 모습은 아니다. 그저 그 나이에 든 이스라엘의 평범한 장년이었다. 이마가 약간 도드라지고 넓어서 지혜로워 보였고, 오뚝한 콧날로 보아 고집도 있어 보이지만, 깊고 부드러운 눈과 온화한 음성이 사람의 마음을 부드럽게 어루만졌다.

요하난이 보기에 예수는 세상을 뒤집으려는 사람이다. 이스라엘이 지켰던 선을 넘으려는 사람, 아예 그런 선을 인정하지도 않는 사람이다. 하느님이 할 일이라고 믿었던 일을 사람이 대신할 수 있다고 나서는 예수, 왜 랍비 요하난은 그에게 마음을 주는가?

'무엇이 이 사람을 여기까지 이끌고 왔을까? 흔들림 없는 저 자세는 어디에서 연유했을까? 지극히 높으신 분이 그를 이끌고 있는가?'

하느님이 그를 이끌고 있다면 그 하느님은 분명 이제까지 요하난이나 이스라엘이 알고 섬겼던 하느님과는 다른 분이라는 생각이 들었다.

'누가 그를 증언하는가?'

전통적으로 하느님이 누구를 내세우기로 선택하면 반드시 그를 증언하는 사람도 따라 세우기 마련이었다. 그런데 아직 아무도 예수를 증언하는 사람이 없었다. 세례자 요한의 제자였다고 알려졌지만, 그도 예수에 대해서는 남긴 말이 없었다.

그런 생각을 하고 있는 중에 요하난은 그의 가슴 가장 깊은 곳에서 누가 불쑥 외치는 소리를 들었다.

"너다!"

그는 당황해서 아무 소리도 못 했다.

"네가 그 사람이다!"

요하난으로서 감당할 수 없는 일이다. 기름을 부어 누구를 왕으로 삼든 예언자로 삼든, 증언자가 되어 누구를 세우려면 적어도 스승이나 제자, 윗사람과 아랫사람의 위계가 정해져 있어야 한다. 사무엘이 다윗에게 기름을 부어 왕으로 삼았듯, 예언자 엘리야가 엘리사를 후계자로 세웠듯. 그런데 요하난이 보기에 이미 예수는 자기보다 큰 사람이다. 더구나 곧 십자가 처형을 받게 될 예수를 증언하는 일에 유대의 선생 요하난이 나설 일은 아니다.

요하난은 물끄러미 바라보고 있는 예수의 눈과 마주쳤다. 마치 요하난 가슴을 일깨웠던 소리를 그도 들은 것처럼….

"아!"

요하난은 터져 나오는 한숨을 속으로 삼키며 성전 뜰을 바라보았다. 때마침 비둘기 떼가 후루룩 날아올라 하늘을 한 바퀴 돌더니 성전 건물 위로 날아갔다.

요하난과 예수 두 사람이 왜 한자리에 앉아 있는지, 무슨 얘기를 서로 나누는지 도무지 알 수가 없어 사람들은 고개를 갸웃거렸다. 막대기의 양쪽 끝처럼 서로 만날 수도 없고 어울릴 수도 없는 관계라고 생각했기 때문이다. 그들은 막대기가 하나라는 것을 보지 못하고 양쪽 끝만 보았다.

"틀림없이, 요하난 선생은 일부러 성전 뜰에 들어와 예수와 함께 앉아 있는 게야!"

"왜 그럴까? 다른 바리새파 선생들은 안 그렇던데?"

"뜻이야 모르겠지만, 무슨 생각이 있겠지. 그러나 저러나, 언제까지 저러고 앉아 있을 건가, 노인이?"

"하여튼 요하난 선생은 달라! 아까 얘기를 들으니 대산헤드린에 들었던 바리새파 의원들이 모두 기겁하고 달아나더래요, 뒤도 안 돌아보고…."

힐끔힐끔 주랑건물 안을 쳐다보며 사람들은 수군거렸다. 그러자 지난 며칠 동안 늘 예수 옆을 뱅뱅 돌던 젊은이가 슬그머니 끼어들었다.

"요하난 선생님이 예수와 미리 어떤 얘기가 있었던 것 아닐까요?"

"그건 또 무슨 소리여?"

"아, 요하난 선생님도 갈릴리 사람이니까 분명 예수와 무슨 관계가 있을 거라는 얘기가 돌더라고요."

"갈릴리 사람?"

그러면서 그들은 서로 얼굴을 바라보았다.

"에이! 그래도 그렇지, 요하난 선생님을 예수와 연관 짓는 것은 말이 안 돼!"

"우리 아랫구역에서는 그리 말하는 사람이 제법 많아요. 저번 날에도 요하난 선생님이 성전 뜰에 들어와 예수와 한참 얘기하고 내려가셨잖아요?"

"이 사람! 젊은 사람이 그러면 못 써! 예수야 그렇다고 치더라도 요하난 선생님에 대해 이상한 말을 하면 나쁜 사람이야! 그분을 그렇게 얽으려는 걸 보니, 자네 거 젊은 사람이 세상 잘못 배웠구먼!"

"아닙니다. 저도 요새 예수 선생님이 성전 뜰에 들어오실 때마다 가까이 앉아 배웠습니다. 가르치신 말씀은 하나도 놓치지 않고 다 외우고 있습니다."

젊은이는 당황한 듯 어물어물 그 자리에서 물러났다. 그의 모습을 보고 있던 사람들이 못마땅한 듯 고개를 저었다.

젊은이는 슬슬 주랑건물 안으로 걸어 들어가 요하난의 제자들 틈에 끼어 앉았다. 그리고 자기 또래로 보이는 사람에게 친근한 말로 물었다.

"요하난 선생님이 오늘도 올라오셨네요?"

"글쎄, 몸도 편치 않으신데 굳이 서둘러 올라오셨어요."

"무슨 일로? 예수 선생님하고 두 분이 계속 말씀을 나누시네요. 원래 서로 잘 아시는 사이인가요? 갈릴리 출신으로?"

"선생님이 갈릴리를 떠나셨을 그때면 예수 선생은 세상에 태어나지도 않았을 나이인데⋯."

"그래도 같은 갈릴리라 혹 서로 인연이 닿는가 생각이 들어서요."

그러면서 그는 혼자 계속 고개를 끄덕였다.

그때 예수의 제자 무리에 있던 요한이 이쪽을 건너다보며 젊은이를 보고 아는 체했다. 젊은이는 슬그머니 예수의 제자들 쪽으로 자리를 옮겼다. 요한이 그 젊은이에게 말을 걸었다.

"오늘도 올라왔네요!"

"선생님 가르침을 들으러 올라왔어요."

"성전 문을 막아서 웬만한 사람들은 안 들여보낸다던데?"

"그래도 나는 들어올 수 있었어요."

"재주가 용하오!"

"예루살렘 토박이야 경비대 사람들도 다 알아보니까⋯. 그런데,

오늘은 영 분위기가 험악하네요."

"아까 큰일 벌어지는 줄 알았어요. 도적떼 두목이 우리 선생님에게 막 칼을 들이대고…."

"그건 나도 봤어요."

그렇게 얘기를 주고받다가 요한이 젊은이에게 물었다.

"무슨 일을 하오?"

"어? 별거 없어요, 그냥 이것저것 심부름도 하고…. 뭐, 그래요."

"예루살렘 사람 같던데…. 매일 가르침을 받으러 왔잖아요?"

"아랫구역에 삽니다."

"아랫구역 어디? 혹 내가 몇 사람과 찾아가면 하루이틀 묵을 수 있을까요?"

"남동쪽 성문에서 들어와서 쭉 올라가다가…."

그러더니 그는 갑자기 말을 끊었다. 그러고는 무슨 급한 일이 있는 사람처럼 벌떡 자리에서 일어났다.

"아이구! 내 정신이야!"

그러더니 서둘러 자리를 떴다.

요한은 대수롭지 않게 생각했다. 아마도 갈릴리 사람이 떼를 지어 찾아오는 것을 꺼려해서 그러려니 생각하고 곧 잊었다. 그리고 다시 제자들과 이런 얘기 저런 얘기를 주고받았다. 사실 제자들에게는 오늘 일어났던 모든 일이 큰 충격이었다.

갈릴리 호수에서 배를 타고 그물을 내리던 사람, 가버나움 세관에 앉아 드나드는 장사꾼들 짐 보따리를 뒤적이던 사람으로서 한 번도 생각해 본 적이 없던 일을 겪었다. 제자들은 무서워서 모두 벌벌 떠는데 선생은 늘 그런 일을 겪으며 살았던 사람처럼, 동요하지도 않고 오히려 침착하게 대처하는 것을 보고 그저 벌린 입을 다물 수 없었다.

"어이! 요한! 어떻게 생각해?"

갑자기 시몬 게바가 요한에게 물었다. 다른 생각에 잠겨 있다 보니 그의 말을 못들은 요한은 멀뚱하니 게바를 쳐다보았다.

"원래 이런 일은 요한이 누구보다 판단을 잘하잖아! 요한 생각은 어 떠냐구?"

"나는 무슨 일인지, 왜 우리가 여기 이렇게 앉아 있는지, 앞으로 무 슨 일이 벌어질지 아무것도 생각이 안 나요. 자다가 꿈을 깨 보니 선생 님을 따라 성전 뜰에 들어와 있고, 도적떼가 칼을 휘두르더라…. 아 이고, 참…나도 모르겠어요."

제자들 중 제일 둔한 사람이라고 부르는 시몬 게바도 걱정이 점점 커지는 모양이다. 전날, 만일을 대비해서 잠시 몸을 숨길 은신처를 알 아보라고 글로바에게 부탁했지만 성전 뜰에서 밖으로 나가는 모든 통 로를 성전 경비대가 가로막고, 성전 밖과 예루살렘 도성은 로마군이 둘러싸 봉쇄하고 있다니, 아랫구역에 들어가 숨는 일도 쉬운 일이 아 니었다. 성전을 빠져나갈 방법이 도무지 없어 보였다.

"이거야 원…성전 뜰을 벗어날 길이 전혀 없네."

성전 뜰을 벗어난다는 말에 요한은 얼른 아랫구역 젊은이를 찾았 다. 그가 포위된 성전에 들어왔으니, 나갈 방법도 알고 있으리라는 생 각이 들어서였다. 젊은이는 예수가 요하난과 마주 앉아 얘기를 나누 는 자리 곁에서 얼쩡거리고 있었다.

요한이 그에게 손을 흔들어 좀 보자고 신호를 보내도 못 본 체하더니 슬그머니 사라졌다. 요한의 가슴속에 불길한 예감이 훅 스쳤다.

배신자는 므나헴 한 사람뿐만 아니라, 성전 뜰에서 따라붙었던 사람들 중에도 있을 것 같았다. 어쩌면 예수 곁에 모여들었던 그 많은 사람들 대부분 성전에서 풀어놓은 사람들일 수도 있었다. 며칠 전 희년을 실시하자고 선동했던 무리, 성전을 모욕하고 이스라엘의 가르침을 거부했다면서 예수를 체포하여 성전에 넘기겠다고 덤벼들었던 무리, 어디 그들뿐이었을까?

요한의 생각으로는 제자들 중에도, 정말로 선생을 따르는 사람, 므나헴 같은 배반자, 유다나 작은 시몬처럼 하얀리본 도적떼에 속했으면서도 정체를 감추고 끼어들었던 사람이 있었다. 따지고 보면, 제자들 중 누가 어떤 사람인지 의심스러운 사람들이 아직 많이 있었다.

아무리 그렇다고 해도, 다른 사람들이 듣는 데서 이러니저러니 제자들 내부 일을 입에 올리는 것은 좋을 것 같지 않아 그 일에는 입을 다물고 게바가 물었던 질문에 대해 자기 생각을 말했다.

"어찌 되었든, 내 생각으로는 로마군이나 경비대가 이 뜰 안에 있는 모든 사람들을 지금 당장 어쩌려는 것은 아니라고 보여요. 덤벼들려면 벌써 덤벼들었겠지요. 저놈들이 성전 뜰을 봉쇄하고 지켜보는 뜻이 무엇이겠어요? 이 사람들을 차곡차곡 훑으면서 잡아들일 사람만 골라서 잡을 생각이겠지요."

"그러네! 요한의 말을 들어보니 그러네!"

얼른 시몬 게바가 요한의 말에 동의하고 나섰다. 그러자 빌립이 근심스러운 표정으로 말을 받았다.

"그러니 … 지금 아주 위험한 상황이라는 판단이 드네요."

그 말에, 안드레는 시몬 게바를 쳐다보고, 야고보와 요한은 서로의 얼굴을 쳐다보고, 작은 야고보는 형 레위의 얼굴을 바라보았다. 그들끼리 누구보다 마음이 잘 통하기도 하지만, 이럴 때일수록 피를 나눈 형제, 피붙이가 먼저 걱정되기 때문이다.

그렇게 생각하니, 성전 뜰은 한 치 앞도 내다볼 수 없고, 조그만 움직임이라도 큰일을 불러올 수밖에 없을 만큼 쨍쨍하고 팽팽한 긴장의 얼음판 같았다.

갈릴리 호수에도 겨울이 되면 드물기는 하지만 호수 가장자리에 얇은 얼음이 얼었다.

"움직이지 마라! 요한! 거기 그대로 서 있어, 안 돼!"

어린 요한이 얇은 얼음판 위에 서 있을 때 아버지가 얼마나 애타게 그를 불렀던가? 아버지는 얼음 위에 올라서지 못했다. 요한이 걸어 들어간 얼음은 하필 사람 키로 몇 길이나 되는 깊은 곳이었다. 아버지가 던져 준 줄을 허리에 동여매고 한 발 한 발 얼음 위를 걸어 나왔던 기억이 떠올랐다. 그 생각을 하니 정말 성전 뜰이 살얼음판 같았다. 요한은 마음속으로 다짐했다.

'성전 뜰만 벗어나면 당장 갈릴리로 돌아가리라. 아버지 집으로 ….'

무슨 뜻으로 예수가 제자들을 이끌고 예루살렘에 왔는지, 제자들 중 아무도 아직 제대로 알지 못했다. 일이 벌어졌을 때 어떻게 대응하라고 가르친 적도 없다. 고작, 일이 생기면 달아나라는 말밖에 ….

그 생각이 들자 볼멘소리가 저절로 요한 입에서 나왔다.

"이건 선생님이 우리 모두를 위험 속으로 끌고 들어오신 거요. 우리 중에 누가 얘기를 들어본 적 있어요? 어떤 일이 생길지, 그럴 때 우리는 어떻게 해야 하는지? 무슨 생각으로 선생님은 대책도 없이 우리를 끌어들이셨을까? 나는 그게 영 궁금해요. 알다가도 모를 일….”

요한이 투덜거렸지만 이번에는 아무도 그의 말을 반박하지 않았다. 선생님을 따르는 제자의 도리를 입에 올렸던 도마도, 레위도 이번에는 말없이 듣기만 했다. 그런데 게바가 투박한 목소리로 요한의 말을 받았다.

“그래도 우리는 예수 선생님의 제자요. 선생님께서 늘 ‘때가 이르면, 때가 되면’ 그런 말로 우리에게 말씀하셨는데, 그때가 지금이고, 그때가 우리가 겪을 일을 얘기한다는 생각이 들어요, 나는…선생님의 뜻을 알 수는 없지만, 선생님 혼자 남겨 놓고 우리가 달아날 수는 없어요, 지금은 달아나려야 달아날 수도 없고. 오늘 밤에 선생님을 모시고 다시 한 번 얘기를 나눠봅시다.”

그때 야고보가 나섰다. 워낙 말수도 적고, 여간해서는 다른 사람들 앞에 나서지 않는 그였지만 이번에는 자기 생각을 말할 수밖에 없다고 생각했다.

“그럴 시간이 있으면 좋겠지만, 내 예감으로는 어쩐지 그럴 수 없을 것 같아요. 모두 각오해야 할 거요. 그나마 하얀리본이 거사에 성공했더라면 얘기가 달라졌겠지만 그들도 실패했고, 선생님 동무 히스기야는 다시 로마군 감옥으로 돌아갔고.”

히스기야 얘기가 나오자 모두 저만치 따로 떨어져 앉아 있는 마리아를 쳐다보았다. 그녀는 요안나, 살로메, 그리고 갈릴리에서 올라온 다른 마리아와 근심스러운 모습으로 앉아 있었다. 제자들이 일제히 그녀를 바라보자 마리아는 다른 여자 제자들과 함께 남자 제자들 자리로 다가왔다. 여자들도 앉을 수 있도록 모두 조금씩 자리를 좁혔다.

마리아는 무슨 일이냐는 듯 남자 제자들 얼굴을 둘러보았다. 그녀와 눈을 마주치면, 제일 나이가 어린 요한을 빼놓고 시몬 게바든 야고보든 무슨 이유인지 눈길을 돌린다. 서늘하고 한없이 깊은 그녀의 눈길을 똑바로 받아낼 수 없었나 보다.

여자들을 제자로 받아들여 함께 돌아다니는 일을 제일 불평했던 야고보도 때때로 마리아의 모습을 넋 놓은 듯 바라보는 경우가 많았다. 울근불근하며 얼굴을 붉히다가도 여자 제자들이 자리를 함께하면, 특히 마리아가 끼면, 남자 제자들은 서로 눈치를 보는 듯 일제히 수그러들었다. 그런 광경을 보면서 재미있어 했던 요한이지만, 오늘 이 자리에서는 그럴 수 없었다.

아무도 먼저 얘기를 꺼내지 않자 그래도 마리아와 자주 얘기를 나눴던 요한이 나섰다.

"마리아! 오늘 성전 뜰 안에서 일어났던 일들을 보면서 우리 모두 걱정이 많아요. 히스기야 일로 마리아의 마음도 많이 안타깝고 복잡하리라 생각은 하는데….."

"괜찮아요! 지금은 걸어가는 길이 다르지만, 결국 모두 그 길 끝에서 만날 겁니다."

"어찌 그런 생각을….."

요한은 차마 말을 잇지 못했다. 의외로 담담한 그녀를 보고 있자니 가슴이 울컥했다. 그런 마리아를 놔두고, 자기들 일만 걱정하는 남자들이 부끄럽다는 생각마저 들었다.

"우리가 얘기를 나누다가, 혹 마리아는 선생님께 별도로 들은 것이 있는지, 아니면 생각한 것이 있는지 궁금해서요."

"말씀하세요."

그녀는 요한의 얼굴을 마주 보며 물었다. 나이로 치면 요한의 나이 두 배쯤이나 되는 마리아는 팔딱팔딱하는 그의 성미를 잘 알았다. 그녀는 때로 어머니같이, 나이 많은 누이처럼 요한을 잘 대해 주었다.

"나는, 아니 우리 모두, 도대체 일이 어찌 돌아가는지, 왜 선생님이 우리를 이끌고 예루살렘에 오셨는지, 그걸 당최 모르겠어요. 더구나, 오늘 아침나절에 겪은 일은 꿈에도 생각 못 했던 일이고…. 선생님도 미리 아무 말씀도 안 해 주셨고…."

요한이 띄엄띄엄 말했다.

제자들이란 누구인가? 선생의 뜻을 깨닫고, 선생이 하려는 일에 앞장서서 나서고, 선생을 보호하고, 선생과 함께 어떤 일을 이루는 사람들 아닌가? 그런 뜻에서 본다면 예수와 제자들은 세상 사람들이 생각하는 선생과 제자가 아니었다. 심하게 말하자면, 어디로 가는지도 모르고, 무슨 일을 할지도 모르면서 그저 줄렁줄렁 선생의 뒤를 따른 무리였다.

예수의 제자들이 남자 여자 모두 한자리에 모여 무언가 심각한 얘기를 나누는 것처럼 보이자 주랑건물 여기저기 흩어져 있던 사람들이 차츰차츰 모여들었다. 그들은 제자들을 빙 둘러쌌다. 그리고 무슨 얘기를 하는지 귀를 기울였다. 요하난을 따라온 바리새파 학생도 그중에 끼어들었다.

사람들이 모여들어 그들을 둘러싸자 제자들은 무척 거북한 표정을 지었다. 그들은 한 번도 세상 사람들의 주목을 받아본 적 없는 사람들이다. 그런데 마리아는 생각보다 당찼다. 그녀는 사람들이 모여들었건 말건, 요한의 물음에 대답하기 시작했다. 부드럽고 낮은 목소리, 그러나 한 마디 한 마디 모두 알아들을 수 있을 만큼 명확한 목소리로 얘기했다. 그것은 둘러선 사람들에게는 보기 드문 구경거리였다.

'허! 여자가 남자들 틈에 끼어 앉은 것도 별일인데, 남자들에게 또 렷또렷하게 말도 잘하네⋯. 더구나 늘 그랬던 것처럼 남자들은 모두 스스럼없이 여자의 말을 듣고 앉아 있고⋯. 그것도 예루살렘 성전 뜰에서⋯. 예수의 제자들이란 사람들은 정말 별종이구나!'

좋게 보이지 않고 있을 수 없는 일로 보였다. 여자는 남편이나 남자 형제나 아들과 함께 성전에 들어오면 늘 남자 몇 걸음 뒤를 따라야 했다. 이스라엘의 여자라면 성전 여자의 뜰에서 그 안쪽 이스라엘의 뜰과 제사장의 뜰을 바라보며 조용히 기도드리는 것이 보통이었다.

여자가 누구를 가르치는 일은 집안에서 어린 아들을 가르칠 때뿐이다. 그리고 세상일이나 토라를 가르치는 일은 엄연히 남자의 몫이다.

'별일이네! 정말 별일이네!'

사람들의 그런 생각을 아는지 모르는지 마리아는 말하기 시작했다.

"선생님은 늘 '때가 되면'이란 말씀을 하셨습니다. 그 때라는 말씀은 한 달 두 달, 어느 날이라는 시간의 때가 아니었습니다. 바로 '겪어야할' 일을 말씀하신 거지요. 봄이 되면 꽃이 피고, 겨울이 되면 비가 온다는 그런 시간의 때를 말씀하신 것이 아니고, 꽃이 필 때, 비바람이 몰아칠 때, 가물 때, 눈이 올 때, 그처럼 어떤 일이 일어나는 때, 말하자면 사건을 말씀하셨다고 저는 생각했습니다."

그러자 요한이 말했다.

"글쎄, 그건 우리도 선생님께 여러 번 들어서 알겠는데, 그때가 지금이라는 말인가요?"

"그래요, 요한! 지금이 그때의 한 부분이라고 말씀하시는 겁니다. 어떻게 보면 여러분이 선생님을 갈릴리에서 처음 만나고 제자가 되겠다고 무릎을 꿇었던 그 순간부터 때가 시작됐습니다."

"그건 어려운 말이네요."

도마의 말에 마리아는 차분하게 대답했다.

"여러분은 선생님을 따라 예루살렘 성전에 드나들었던 요즈음의 일을 얘기하고, 지금 눈으로 보고 귀로 듣는 대로 이런 일이 생기고 저런 일이 벌어져서 걱정하고 있습니다. 그런데, 선생님이 말씀하셨던 때는 이미 갈릴리에서, 유대 땅의 지경地境을 지나면서, 올리브산을 넘어 성전에 들어오면서, 첫째 날 둘째 날 셋째 날 일을 겪으면서, 꾸준히 진행됐다고 말씀드릴 수 있습니다."

"그래도 '때가 돼서 겪을 일'이라고 말씀하셨는데…."

"맞습니다. 씨를 뿌리고 가꾸고 추수하고…. 그렇게 때가 되면 일을 해야 하지요. 선생님은 씨를 뿌리면서 밀과 보리를 베어 들이는 그 일을 생각하셨던 것입니다. 밭에 밀 보리가 익었는데, 추수할 일꾼을 부른다고 말씀하셨습니다. 추수꾼이 어디 따로 있겠습니까? 심고 가꾸었던 그 농부들이지요."

그래도 제자들은 마리아의 말을 제대로 알아듣지 못했다. 그럴 수밖에 없었다. 제자들은 갈릴리 때, 유대로 넘어온 때, 성전에 들어온 때, 그때를 시간으로 알아들었고, 마리아는 일어났던 일을 중심으로 때를 구분했기 때문이다.

"마리아! 나는 정말 무슨 얘기인지 못 알아듣겠네요. 그 때나 저 때나 뭐가 어찌 서로 다르고 같은지…. 아이구, 내 참!"

시몬 게바가 멋쩍은 표정으로 물었다.

"선생님은 '그대들이 무슨 일을 겪고 나면…' 그렇게 말씀하신 겁니다. 그런데 그 일은 여기 예루살렘에서 시작되고 여기서 끝나는 일이 아니고, 이미 여러분이 처음 선생님을 만났을 때 시작돼서 지금까지 계속 겪는 일입니다. 이제 곧 닥칠 일을 겪으면, 새로운 단계로 들어가게 된다고, 말하자면 '보리가 익었다. 그러니 그대들이 다음에 해야 할 일을 찾아서 해라' 그렇게 말씀하신 겁니다."

그 말끝에 요하난의 제자로 사람들 틈에 끼어 서 있던 바리새파 학생이 물었다.

"내가 끼어들기는 좀 적절치 않은 것 같기는 합니다만, 궁금해서 예수 선생님의 제자 되신다는 여러분에게 묻겠습니다."

그는 마리아에게 묻지 않고 남자 제자들을 쳐다보며 물었다. 바리새파 학생으로서 여자인 마리아에게 묻는 일이 온당치 않다고 생각했기 때문이다.

"예수 선생님은, 이번 예루살렘에서 어떤 일을 겪을지 각오하신 분이라는 말로 들리는데, 그 일로 끝나지 않고 다른 일들도 일어난다고 말씀하셨습니까? 이번 일 다음에 앞으로 무슨 일이 일어날지 말씀하신 적이 있습니까? 혹 세상에 큰 환난이 닥치고, 예언자들이 얘기했듯 지극히 높으신 분의 마지막 심판이 있으리라고 말씀하신 적은 없습니까?"

그러자 빌립이 대답하고 나섰다. 그는 바리새파 학생이 물었던 일이 일어나리라고 믿는 사람이었다.

"글쎄, 나는 그렇게 되리라고 믿고 있었는데 선생님 말씀은 다릅니다. '그런 일은 없다. 그러니 우리끼리, 사람끼리, 서로서로 사랑하고 형제처럼 한 가족처럼 손을 잡고 새 세상을 향해 함께 걸어가라'고 말씀하셨습니다."

"지극히 높으신 분의 심판이 없다?"

"그분은 심판하시는 분이 아니라고 말씀하셨지요."

"그럼, 앞으로 예루살렘에서 무슨 일이 생기면 여러분더러 어떻게 하라고 말씀하셨습니까?"

그러자 요한이 대답했다.

"달아나라고 말씀하셨습니다."

"달아나요? 어허!"

그는 더 말할 필요가 없다는 듯 고개를 절레절레 흔들며 물러섰다. 듣고 있던 다른 사람들도 모두 어이없다는 듯 헛웃음을 지었다.

그러자 요한이 마리아를 쳐다보며 눈짓했다. 좀 나서라는 신호였다. 그러나 마리아는 조용히 고개를 흔들었다. 이스라엘에서, 더구나 성전 뜰에서 여자가 추썩대며 남자들 얘기하는 중에 끼어드는 일은 생각도 할 수 없다. 더구나 마리아는 사람들이 예수를 비난할 때 여자 제자들에 대한 악담까지 없는 것을 무척 경계했다.

요하난의 제자가 같잖다는 듯이 물었다. 그는 턱을 비스듬히 추켜 쳐들고, 마리아를 내려다보면서 입을 열었다.

"왜! 뭐 할 말이 있소? 여자가?"

마리아는 지체하지 않고 대답했다.

"없습니다. 다만 캄캄한 밤이 보일 뿐입니다."

"어?"

그 사람도 제자들도 모두 놀랐다. 밤이라니, 성전 뜰에는 따가운 햇빛이 사정없이 내리쪼여서 한낮이면 달궈진 자갈들이 뜨끈뜨끈한데 지금 밤이 보인다니. 그녀의 말뜻을 알아들을 수 없어 고개를 갸우뚱하던 그가 이번에는 정색을 하고 마리아에게 말했다.

"무슨 소리요? 밤이라니! 예수 선생이 한 말을 내가 잘못 알아들었단 말이오? 달아나라고 했다면서?"

"손에 들고 있는 귀한 씨를 모닥불에 던져 넣지 말고, 들과 산과 밭에 뿌리라고 말씀하셨습니다. 그건 무서워 달아나는 것이 아니라 씨 뿌리는 일을 맡은 사람들에게 맡은 땅으로 흩어져 씨를 뿌리라는 말씀입니다."

"여기 예루살렘에서 승부를 걸지 않고?"

"선생님께서는 '모이고 뭉치면 단단해진다. 단단함 속에는 생명이 깃들 수 없다. 그러니 뭉치는 대신 퍼져야 하고, 모이는 대신 흩어져야 하고, 움켜쥐는 대신 뿌리라'고 말씀하셨습니다."

마리아는 마치 예수가 그러하듯 낮은 목소리로 조곤조곤 얘기했다.

누가 보아도 마리아는 단아하면서도 곧았다. 원래 자태가 곱기도 하지만 그녀에게는 함부로 대할 수 없는 우아한 기품이 있다. 세월을 이겨낸 여인, 삶의 고통에 쓰러지지 않은 여인의 모습이다. 새삼 마리아를 다시 쳐다본 요하난의 제자는 그녀의 대답에 놀라고, 그녀의 기품에 눌린 듯 입을 다물었다.

마리아는 예수의 가르침과 제자들의 갈 길을 짧은 대답 속에 정리해서 표현한 셈이다. 그녀의 말을 듣고 어쩐 일인지 야고보가 크게 고개를 끄덕였다. 야고보가 그러했듯 곧 다른 제자들도 고개를 끄덕이거나 마리아의 말에 찬동한다는 표정을 지었다.

"마리아! 우리가 씨를 뿌리러 흩어지기 전에 겪어야 할 일이 있다고 선생님이 말씀하신 것이라 그 말이오?"

야고보의 말에 그녀는 그저 조용히 고개를 끄덕이다가 한마디 입에 올렸다.

"그렇습니다. 선생님에게 그런 일이 있었다고 말로만 전하지 말고, 우리 제자들이 모두 경험해야 하는 일이라고 생각하신 듯합니다."

"경험을 하면?"

"선생님의 아픔과 고통을 우리도 경험하는 셈이지요. 한없는 절망과 고통에 동참하는 것이지요. 그리고 일어서서 선생님이 보여 주신 그 길을 가야 한다는 부탁이지요."

"그러면?"

"선생님의 아픔과 안타까움과 절망, 그리고 외로움을 우리도 경험하고, 경험을 통해 깨달은 길로 나아가야 하겠지요. 선생님의 가르침을 받은 사람들로 똘똘 뭉쳐 어려움을 헤쳐 나가려고 하지 말고 뿔뿔이 흩어지라고 말씀하시는 겁니다."

"왜 그래야 하나요?"

"그게 선생님이 깨달으셨고, 이루려고 하셨던 하느님 나라입니다. 제자들이 차지해야 할 자리가 따로 있는 것이 아니고, 내가 서 있던 자리를 늘 남에게 내주면서 민들레 꽃씨가 바람에 날리듯 훨훨 날아가라는 말씀입니다. 들에 내려앉으면 그곳에서 꽃을 피우고, 산에 내려앉으면 그곳에 자리 잡고, 어느 곳이든 싹을 틔울 만하면 싹을 틔우고 뿌리를 내릴 만하면 내리라는 말씀입니다."

아직도 선생이 왜 자기들을 이끌고 예루살렘에 와서 이런 고생을 시키는지 불만스럽게 생각하던 요한을 보면서 마리아가 입을 열었다.

"요한! 가을보리는 차가운 날씨를 지내야 싹이 트지 않던가요?"

마리아가 그 얘기를 입에 올리자 그제야 제자들은 수긍하기 시작했다. 그러면서 예수가 얼마나 혼자 외로워했을지 문득 깨달았다. 그는 점점 추위가 다가오는 늦가을 밭에 뿌려진 씨처럼 다가올 추위를 혼자 견디려고 마음먹었다는 것을 깨달았다.

요하난과 앉아 얘기를 나누던 예수는 제자들의 움직임을 눈여겨보았다. 자기들끼리 모여 앉아 상의하고, 여자 제자들까지 함께 앉아 얘기 나누는 광경을 보면서 마음속으로 흐뭇한 생각이 들었다. 마리아가 무언가 설명하고, 제자들이 모두 고개를 끄덕이고, 둘러섰던 사람들까지 이러고저러고 얘기에 끼어드는 것을 보면서 대충 무슨 일인지 알 수 있었다.

'저들이 스스로 걸음마를 뗄 수 있겠구나!'

사람을 낚는 어부로 삼겠다고 그들을 끌어모아 하느님 나라를 가르치던 일이 생각났다. 하느님 나라가 높은 사람 낮은 사람, 먼저 들어갈 사람 나중 들어갈 사람이 정해진 나라가 아니라는 것을 이제는 제자들도 알았으리라 믿었다. 사람을 낚는다는 말이 분봉왕의 관리처럼 높은 자리에 앉아 이 사람 저 사람 손가락이나 턱으로 지목해서 뽑는 것이 아니고 사람을 섬기는 일이라는 걸 알았을 것이다.

예수의 눈길을 따라 요하난도 제자들의 움직임을 지켜보고 있었다. 그러더니 한마디 물었다.

"저 여제자가 전에 얘기했던 그 여자분인가요?"

"그렇습니다."

"천상 어머니처럼 보이는 사람이군요."

예수도 그 말이 무엇을 의미하는지 알아들었다.

"그렇습니다. 궂은일 도맡고, 자식 뒷바라지하면서 늘 빵을 남겨 어린 자식 먹이는 여인 같습니다."

"어허! 그래요?"

"아픔을 많이 겪다 보니 다른 사람의 아픔을 예민하게 자기 아픔으로 받아들입니다. 그러니, 어머니처럼 보이는 여인이라는 선생님 말씀이 정녕 꼭 들어맞습니다. 그런데, 세상에서 여인으로 살아야 한다는 일이 얼마나 어려운지…."

예수는 마리아를 생각하며 말을 잇지 못했다.

마리아의 앞날이 그러하듯, 유대에게 닥칠 일을 헤쳐 나갈 요하난의 앞날도 신산스럽기는 마찬가지라서 예수는 안타까움을 느꼈다.

"선생님! 때가 이르면 세상은 선생님을 비겁한 사람이라고 부를 겁니다."

요하난은 갑작스러운 예수의 말을 듣고 움찔 놀랐다. 그리고 한동안 괴로운 표정으로 앉아 있다가 길게 한숨을 내쉬고 입을 열었다.

"그러겠지요. 자식이 열 명인데 겨우 막내아들 하나 달랑 끌어안고

집 밖으로 뛰어 나온 어미…. 나머지 아홉 명의 자식은 불에 휩싸인 집 안에서 울부짖고 있는데….'

"겪지 않은 사람이 어찌 그 마음을 알겠습니까?"

"예수 선생, 고맙소!"

세상에 오직 그 두 사람, 예수와 요하난만 남아 있는 것 같다. 그들은 스러지고 무너지는 세상을 똑같이 겪고 있다.

요하난이 만일 하느님의 원수 갚음을 믿는다면 열 자식 모두 데리고 불속에서 죽음을 맞을 사람이다. 그런데 그는 '토라'라고 부르든 '이스라엘의 생명'이라고 부르든 마지막 한줄기 생명마저 끊어지는 것을 두고 볼 수 없어 늙은 몸을 이끌고 이리저리 움직일 사람이다. 하느님에게만 맡기고 있을 수 없어서…예수를 밖으로 내보내기 위해 성전에 올라왔듯.

그렇게 따지자면, 발 디디고 선 땅은 다르지만 예수와 요하난은 비슷한 일, 생명을 지키는 일을 하려는 사람일 수밖에 없다. 요하난이 겪는 불은 예루살렘과 성전과 유대를 태우는 불이고, 예수가 겪는 불은 사람의 생명을 끊으려는 폭력이다. 예수는 폭력에 마주 서서, 폭력의 눈을 똑바로 바라보며 다른 쪽 뺨을 돌려 대려는 생각이었다.

요하난은 예수를 걱정해서 성전 뜰에 올라왔고, 예수는 요하난의 앞날을 내다보았다.

'세상은 내가 겪는 일을 나 한 사람의 일로 볼 테고, 요하난 선생의 일은 유대 민족의 일로 보리라. 정녕 그 두 가지 일이 하나인 것을….'

요하난은 고깃배의 키잡이다. 그가 잡은 키는 토라다. 갈릴리 호수에서 고기잡이배를 탔던 예수는 키잡이가 얼마나 중요한지 잘 안다.

키를 잡고 거친 물결을 헤쳐 가는 요하난의 모습이 눈에 보였다. 세상을 떠돌게 될 유대인을 배에 태우고⋯. 유대의 운명이 그러하고 요하난에게 맡겨진 일이 그 일이다.

"선생님은 세상 질서가 하느님의 거룩한 뜻에 의해 운용된다고 생각하시니⋯. 그 바다에 배를 띄우고 키를 잡으셨군요."

뜬금없이 던진 예수의 말에 요하난은 조용히 고개를 끄덕였다. 언제 닥쳐도 닥칠 일, 피할 수 없다는 마음이리라.

바리새파 다른 선생들은 토라를 생명으로 여겼다. 그러나 요하난은 세상을 헤쳐 나가는 키로 삼은 사람이다. 토라와 성전, 토라와 성전 제사를 구분할 첫 사람이 이미 요하난의 속에서 눈을 뜬 셈이다.

요하난은 눈을 돌려 성전 뜰을 내다보았다. 이미 성전에 올라온 지 꽤 시간이 흘렀지만 그는 자리에서 일어날 기미를 안 보였다. 예수와 함께 성전을 벗어나는 일은 포기했지만 차마 예수를 그대로 놔두고는 일어설 수 없는 모양이다.

"선생님! 이미 시간이 오래됐습니다. 이제 댁으로 들어가시지요!"

"아직은 괜찮아요. 내가, 예수 선생을 이대로 놔두고 자리를 뜰 수 없구려."

요하난은 자기가 자리를 뜨면 성전 경비대가 예수를 덮칠 것으로 생각했다.

"아닙니다. 선생님! 어차피 제가 당할 일입니다. 다만, 제가 걱정하는 것은 선생님께서 오래오래 건강을 보전하셔야 어느 때든 그 일이 닥쳤을 때 유대를 지키실 수 있다는 것입니다. 선생님이 눈으로 보시는 것을 저도 봅니다."

요하난이 예수에게 물었다.

"저 소리가 들리시오?"

"예! 들립니다."

"어찌하면 저 일을 피할 수 있겠소?"

"제가 어찌 알겠습니까? 다 사람에게 달린 일인데…."

"막을 방법이 없다는 말이오?"

"선생님! 제가 제자들에게 당부했습니다. 저에게 무슨 일이 생기면 멀리멀리 달아나라고…. 손에 들고 있는 씨를 모닥불 속에 던져 넣지 말라고…. 그래야 땅에 뿌릴 씨가 남고, 그래야 씨 뿌릴 사람이 남지 않겠습니까?"

"알겠소! 무슨 얘기인지 알겠소!"

"선생님이 지고 가시는 짐이 제가 지게 될 십자가보다 가볍지 않습니다."

"고맙소! 씨를 남겨 둬라! 씨를 손에 쥐고 달아나라…. 허허, 고맙소 예수 선생. 내 마음에 위안이 됩니다."

탄식하듯 건네는 요하난의 말에 예수는 빙그레 웃으며 대답했다.

"아닙니다, 선생님이 제 얘기를 들어주셨습니다. 저는 사람 중에 가장 큰 후원자를 만난 셈입니다."

"후원자?"

"예! 선생님은 예수의 후원자이십니다."

둘이 웃었다. 큰 소리로 웃었다. 사람이 한 번도 넘어 본 적 없는 담장 밖의 세상을 바라본 두 사람이 서로 얼굴을 바라보며 웃었다.

그러다가 예수가 정색을 하고 몸을 요하난 쪽으로 숙이며 말했다.

"선생님! 그때가 돼도 사람들은 선생님을 이해하지 못할 겁니다. 그러나 기억하십시오. 이 예수가 선생님의 마음을 압니다."

"어허!"

"저는 선생님이 하시려는 일이 옳다는 것을 압니다."

"이 늙은이 하려는 일을?"

"손에 들고 있는 나무를 먼저 심겠다고 말씀하셨을 때…."

"그런 말을 했지요."

"옳은 말씀입니다. 저는 선생님이 과거를 뒤돌아보며 현재를 해석하는 분이라고 생각하지 않습니다. 제가 현재를 미래로 끌고 가는 사람이 아니듯…."

요하난은 예수의 말을 듣고 고개를 여러 번 크게 끄덕였다. 사람들이 몸으로 살아가는 오늘의 현실이 제일 중요하다는 말로 알아들었다.

"한 그루의 나무를 심듯, 유대를 생각하실 분이지요. 무엇을 위해 다른 무엇을 희생하실 분이 아니지요. 전능하신 분의 손에 맡기고 하늘만 우러러볼 분이 아니지요."

요하난은 예수의 얘기를 가늠하려고 애썼다. 무엇을 말하려는지 알 것 같지만, 다시 곰곰이 생각하면 애매한 말이기도 했다. 마치 언덕 저쪽에서 누가 등불을 켜 들고 흔드는 것 같았다. 누구인지 모르지만 거기 사람이 있다는 표시, 어둔 길 조심해서 오라는 신호 아니겠는가? 내가 어둠 속을 헤맬 때 걱정해 주는 사람이 있다는 말이 아니겠는가?

예수를 걱정해서 성전 뜰에 올라왔는데 이제 보니 오히려 그가 자기를 걱정하고 있음을 요하난은 알았다. 그는 요하난의 무엇을 걱정했을까? 입에 올리지 않았지만 요하난이 겪을 일이 아니겠는가?

"선생님! 이제 댁으로 내려가시지요."

예수가 다시 권했다. 혹 험한 일에 그가 휘말릴까 걱정됐기 때문이다. 로마군이든 성전 경비대든 니산월 14일을 넘기지 않고 예수를 처리하려고 당장 몰려들 수도 있다는 생각이 들었다.

"내 이제 내려가리다. 내가 나설 일이 다시 생길 그때까지 성전에는 다시 오르지 않겠소! 이렇게 헤어집시다."

"요하난 벤 자카이 선생님! 축복합니다. 쉘라마!"

"허허! 예수 선생, 쉘라마!"

그가 자리에서 일어나자 그를 따라왔던 제자들이 우르르 몰려와 부축하려고 했다. 그는 제자들의 부축을 뿌리치고 천천히 성전 뜰로 걸어 나갔다. 이방인의 뜰 안에 가득 들어찼던 사람들은 요하난이 걸음을 옮기는 대로 좌우로 좌악 갈라졌다가 그가 지나가니 다시 합쳐졌다. 마치 물을 가른 것 같았다.

전과 달리 요하난은 한 번도 뒤돌아보지 않고 성전 뜰을 가로질러 서쪽 주랑건물에 이르렀다. 그곳에서도 멈칫거리거나 뒤를 돌아보지 않고 천천히 성전 문을 나갔다. 그의 뒷모습과 어깨를 본 사람들은 그가 마음속으로 통곡하고 있음을 알았을 것이다.

예수를 남겨 놓고 성전을 떠난 요하난은 집에 돌아가자 주위 사람을 모두 물리치고 문을 닫아걸었다. 그리고 며칠 동안 금식을 하며 눈물을 흘렸다.

십자가에 달리게 될 예수를 생각하며 울었고, 유대를 생각하며 울었고, 끔찍한 폭력의 실체를 똑바로 바라보며 울었다. 그리고 마지막 숨을 거둘 때까지 예수가 그에게 남겼던 말을 떠올리며 살았다.

"한 그루의 나무를 심으면 세상에 나무가 남아 있게 됩니다. 한 사람을 살리면 세상에 사람이 살아 있게 됩니다. 한 민족을 살리면 세상에 모든 민족이 살아남는 것입니다."

씨와 씨 뿌릴 사람을 남겨 둔 예수나, 36년 후 유대의 싹을 살린 요하난이나 그들은 생명이 무엇인지 누구보다 절실하게 깨달은 사람들이었다. 예수가 뿌린 씨가 오랜 세월을 거치며 천천히 싹이 나고 꽃이 피고 열매를 맺게 되었듯, 요하난이 심은 나무도 뿌리를 깊게 내렸다. 오래오래 생명을 유지하는 큰 나무가 됐다.

그들은 무슨 나무였는지 무슨 씨였는지 기억하려고 굳이 애쓰지 않았다. 다만 생명의 원형을 보존하겠다는 생각뿐이었다. 언젠가 세상 모든 생명이 서로 손 벌리는 일이 일어나리라고 믿었기 때문이었다.

유대인에게 예수는 발에 걸리는 돌, 어리석은 사람이 됐고, 요하난은 영원히 기억할 선생이 됐다. 요하난이 이끈 대로 유대인은 토라를 키로 삼아 세상을 떠돌았고, 예수는 사람이 세상의 주인이 되는 날까지 아무도 이해 못 하는 사람으로 남게 됐다.

요하난이 성전 뜰에서 예수를 끌고 나가려고 했을 때, 열 자식 중 하나라도 품에 안고 불속을 헤쳐 나가려는 어미였다. 하느님의 구원을 기다리지 않고 현실에서 할 수 있는 가장 고통스러운 결정을 내린 토라 선생이었다. 폭력으로부터 예수를 피신시키는 일에서는 실패했지만, 요하난에게는 그가 맡은 일이 있었다. 그의 때에….

예수가 십자가에 매달려 처형되고 33년이 지난 후, 유대와 로마 사이에 전쟁이 일어나 4년 넘게 치열한 공방전이 계속됐다. 유대는 로마의 적수가 아니었다. 결국 예루살렘은 로마에 의해 점령돼 완전히 파괴됐다. 성전도 불타 무너져 돌 위에 돌 하나도 남지 않게 됐다. 유대인들은 모두 예루살렘에서 쫓겨났고, '유대'라는 이름을 가진 나라는 그로부터 영원히 땅 위에서 사라졌다.

유대가 무너지기 1년 전, 요하난 벤 자카이는 관棺 속에 몸을 숨겨 로마군이 포위한 성을 빠져 나가 로마 장군 베스파시안과 담판을 벌였다. 그는 베스파시안이 로마황제가 될 것이라 예언했는데 때마침 북아프리카 로마군을 중심으로 각지의 로마군 사령관들이 실제로 그를 로마황제로 추대했다.

베스파시안은 요하난의 세 가지 소원을 받아들였고, 예루살렘성 포위망을 벗어날 수 있도록 허락했다. 요하난은 바닷가 도시로 옮겨가 토라 학당을 세우고 유대인을 모아 가르쳤다.

예루살렘 성전이 완전히 파괴되자 요하난이 세운 토라 학당이 대산헤드린 역할을 맡았고 그는 몇 년간 대산헤드린 의장을 맡았다. 그 이후로 사람들은 요하난을 '라반'이라고 불렀다. 라반은 대산헤드린 의장을 지낸 사람에 대한 존칭이 되었다.

요하난은 성전이 사라진 이후에도 유대인이 정체성을 지키고 토라의 가르침에 따라 하느님의 백성으로 살아갈 수 있는 길을 마련했다. 그는 랍비가 지도하는 '유대교'를 세운 사람이 됐다.

120살에 죽어 갈릴리에 묻힐 때까지 요하난의 가슴속에는 언제나 예수가 살아 있었다.

"이 성전 뜰에서 저를 끌어 내 피신시키는 대신, 선생님이 하실 일은 나무 한 그루를 심어 키우는 일입니다. 손에 들려 있는 나무를 내려놓고 어찌 다른 나무를 찾으려고 하십니까?"

생명에 대한 깨우침이었다. 예수의 뜻을 받아들인 요하난은 토라 학당에서 다른 생명을 제물로 바치는 희생제사를 금지했다. 그는 예수를 비웃거나 모욕하지 못하도록 제자들을 경계했다. 그리고 늘 입버릇처럼 말했다.

"나는 자식 하나 끌어안고 불속에서 나온 사람이지만, 예수는 활활 타는 불속으로 불을 끄러 걸어 들어간 사람이다."

뿌려진 씨앗들

성전을 한바탕 휩쓸고 지나간 소동이 우선 가라앉았지만 마티아스는 꼼짝도 않고 자기 방에 틀어박혀 있었다. 도저히 문밖으로 나갈 용기가 나지 않았다. 그러는 중 예루살렘 주둔 로마군 위수대에서 연락이 왔다. 빌라도 총독의 허락이 떨어졌으니 유월절 명절에 입어야 할 대제사장과 제사장들의 예복을 받아가라는 통보였다.

"마티아스 제사장님께서 직접 찾아와서 받아가라는 위수대장님의 말씀을 전합니다."

"내가 지금 자리를 뜰 형편이 아니니 대신 다른 제사장을 보내겠소."

"그런데 위수대장님께서는 이번에 꼭 마티아스 제사장님께서 직접 오시라고 거듭 말씀하셨습니다."

마티아스는 그 말을 듣고 마음을 바꿨다. 분명 마티아스에게 직접 할 말이 있는 것이 분명했다. 아침나절, 야손 제사장의 말로는 이미 총독의 명령으로 위수대장이 성전을 완전히 장악한 사람이었다. 괜히 뻗댈 일이 아니라고 생각했다.

"알았어요. 곧 갈 테니 그리 전하시오."

그는 곧 성전 경비대장을 불러 경호병력을 붙이라고 지시했다. 다른 일 같으면 성전 지하에서 위수대로 통하는 비밀통로를 이용하면 되지만 대제사장과 제사장들이 입을 예복을 수령하는 일을 그렇게 비공식으로 지하통로를 왔다 갔다 하며 처리할 수는 없었다. 더구나 제사장들을 이끌고 위수대에 들어가는 일이니 더욱 위세를 갖추고 싶었다.

경비대 병사의 호위를 받으며 제사장 2명, 그리고 성전 하인 5명을 데리고 위수대에 들어갔다. 위수대장의 요구에 따라 다른 사람들은 대기실에서 기다리고 마티아스만 접견실에 들어갔다.

"마티아스 제사장! 내가 직접 꼭 만나자고 해서 불편했습니까?"

"그건 아닌데, 오늘은 출입하기가…."

"그렇지요. 그렇겠지요, 흠흠! 성전 뜰에서 벌어졌던 소동은 가라앉았으니 이제 좀 마음을 놓아도 될 것 같습니다."

"수고하셨습니다. 야손 제사장을 통하여 위수대장이 얼마나 애를 썼는지 다 얘기 들었습니다. 대제사장 각하께서 무척 고마워하실 일입니다. 그런데, 아직 한 가지가 남아 있으니…."

"그 갈릴리 선생 얘기입니까? 크게 걱정 마십시오. 그자도 적당한 때 처리할 겁니다. 그자야 뭐 성전을 뒤엎자고 날뛰는 사람은 아니니…그런데…."

그는 연신 고개를 끄덕이더니 은근한 목소리로 물었다.

"어젯밤 총독 각하를 직접 만나셨다면서요?"

"그랬습니다. 그리고 예복 건도 부탁드렸습니다."

"예, 각하의 명에 따라 위수대에 보관하던 예복은 내드립니다. 그런데, 내가 부탁했던 일은 각하께 말씀드렸습니까?"

"그랬습니다. 특히 '위수대장이 총독 각하께 대한 충성은 변함이 없다. 다만 아레니우스 공이 워낙 엄하게 직접 압박해서 총독 각하께 저간의 사정을 말씀드릴 수 없었다', 그렇게 말씀드렸습니다."

"그랬더니 어쩌시든가요?"

"그 일에 대해서는 아무 말씀도 없으셨지만 그저 고개를 끄덕이신 것으로 보아 크게 진노하신 것 같지는 않았습니다."

지난밤 늦게 병력 운영을 총독에게 보고했을 때 빌라도의 태도에 전혀 변화가 없어 위수대장은 은근히 걱정하던 참이었다.

"다행입니다. 내가 마티아스 제사장에게 신세졌습니다."

"신세라고 말할 거야 뭐 있나요?"

그 두 사람은 아레니우스와 성전이 나눴던 은밀한 거래에 대하여는 일부러 입에 올리지 않았다. 얘기하기도, 듣기도 서로 부담스러운 일이었다.

"마티아스 제사장! 아마 오늘 낮에 총독 각하께서 아레니우스 공을 직접 불러들여 말씀을 나누셨을 겁니다. 그러니 아레니우스 공과 관련된 얘기를 지난밤에 성전에서 미리 총독 각하께 보고드린 일이 잘한 일입니다. 숨기려고 했다가 자칫 드러나면 얼마나 대제사장 각하께서 난처한 처지가 될지 걱정이 되더군요. 그래서 미리 총독 각하께 말씀드려 두라고 했던 겁니다."

"예! 감사합니다. 나는 곧 성전으로 돌아가야 해서 …."

"그러시지요. 예복을 넘겨드리겠습니다. 대제사장 각하와 마티아스 제사장이 총독 각하의 지시와 포고령을 잘 지키도록 애써 주셔서 위수대 일이 한결 수월합니다. 감사말씀을 대제사장 각하께 전해드리세요."

말은 정중했지만 힘이 어디에 있고, 누가 명령하고 누가 그 명령에 따라야 하는지 다시 한 번 콕 집는 말이었다.

'아무리 주인의 사랑을 받는 짐승이라도 주인의 마음이 돌아서면, 하루아침에 도살장으로 끌려가는 신세가 되지.'

모든 식민지의 현지인 지도자들이 처한 운명이다.

'주인이 아끼며 돌보았던 양이라도 명절이 되거나 귀한 손님이 찾아오는 날이면 주인의 손짓에 따라 하인이 달려들어 목통을 따고 껍질을 벗기고 사정없이 배를 갈라 내장을 빼내 꼬치에 꿰어 빙빙 돌려 구운 다음 은쟁반에 담겨 잔칫상 위에 오르는 것을…….'

주인이 손가락으로 가리키기 전까지 우리에 들고, 들로 산으로 목동이 끌고 다니는 대로 따라다닐 뿐이다. 총독이 주인이라면 로마군 예루살렘 위수대장은 지팡이를 들고 양을 모는 목동이다. 그 사실을 잊는 순간, 다음 잔칫상에 오를 가능성이 커질 뿐이다.

"후!"

마티아스는 위수대 문을 나서면서 하늘을 올려다본다. 그리고 크게 숨을 내쉰다. 눈앞을 가로막고 서 있는 웅장한 성전이 오늘은 그저 건물로만 보이는 것은 웬일일까?

"가자!"

성전 하인들은 예복을 담은 상자 고리에 천을 걸어 어깨에 메고 일어서고, 제사장 두 사람은 대제사장이 머리에 써야 할 관과 부속물을 넣은 상자를 조심스럽게 손으로 받쳐 들고 종종걸음으로 뒤따른다.

성전으로 돌아가면 적어도 하루 동안은 예복을 꺼내 바람 잘 부는 곳에 걸어 두어야 한다. 몇 달 궤짝 속에 넣어두어서 퀴퀴한 냄새 때문에 그대로 입을 수 없다. 그럴 때는 햇빛에 내걸고 바람을 맞게 한 다음, 향내 나는 돌가루를 태운 연기를 쏘여야 한다.

원칙대로 하자면 대제사장 예복에 달린 보석들이 제대로 다 달려 있는지 그 자리에서 확인하고 인수하지만 오늘은 그렇게 한가롭게 절차대로 할 수 없을 만큼 마티아스의 마음이 바빴다.

로마군 위수대에 담보물로 잡혀 궤짝 속에 들어 있던 예복이지만 대제사장은 그 예복을 입고 이스라엘의 하느님을 대신해서 백성들을 만날 것이다. 유대 땅에 살거나 유대 밖에 살거나 이방 지역에 사는 모든 이스라엘 사람을 대신해서 야훼 하느님께 이스라엘의 해방 명절을 기리는 유월절 거룩한 제사를 드릴 것이다.

예복이야 잠깐 돌려받아 몸에 걸칠 수 있지만 유대는 나라 전체가 로마에게 담보 잡혀 있는 셈이다. 예복이야 1년에 몇 번 돌려받지만 유대는 숨 쉬는 것만 빼놓고는 모두 로마의 명령에 따라야 한다. 마음대로 죽을 수도 없다. 로마는 사람 머릿수대로 세금을 걷어 가기 때문이다.

대제사장이 예복을 입고 성전의 성소에 들어가면 그는 야훼 하느님 앞에 인간을 대표할 뿐만 아니라 하느님이 창조한 세상을 대표한 것으로 간주한다. 흙, 물, 공기 그리고 불로 대표되는 만물의 대표자다. 대제사장의 예복은 우주적 의미를 지닌다. 그가 입은 속옷은 하늘과 땅을 상징하고 겉옷은 만물의 4가지 요소를 나타낸다.

대제사장이 속죄일에 성소에 들 때는 하얀 세마포 옷으로 갈아입는

다. 그 옷은 바로 하느님 앞에서 시중드는 천사들이 입는 옷이다. 말하자면 대제사장은 그 순간 성聖과 속俗을 매개하는 사람이 된다. 명절에 제사드리려고 대제사장이 토라에 정해진 예복을 입는 순간 그는 더이상 예루살렘 성전의 대제사장 지위를 가진 사람이 아니고, 사람과 하느님을 땅 위에서 연결하는 특수한 신분으로 변한다. 더구나 예복가슴팍에 붙인 12개의 보석은 이스라엘 열두 지파를 상징하기 때문에 모든 이스라엘 사람을 대표하는 존재다.

하느님과 사람을 매개하고, 성과 속을 매개하고, 하느님이 창조한만물을 대표하고, 열두 지파 이스라엘 사람을 대표하는 지위, 예복을차려입고 성소에 들어가는 순간 대제사장의 위엄은 이스라엘 사람이라면 하느님 아래 그 누구도 덮을 수 없을 만큼 크고 무겁다. 따라서예복을 입은 대제사장은 잠시 동안이나마 왕의 정치권력을 능가하는힘을 보유하게 된다. 어떤 사람이 어떻게 대제사장이 되었든 예복을입는 순간 그는 아무도 침범할 수 없는 절대권력과 위엄을 가진 사람이 된다.

그 위험성을 가장 먼저 깨달은 사람이 이두매 출신으로 유대의 왕이된 헤롯이었다. 원래 유대 지방 출신이 아니었기 때문에 그는 늘 정통성 문제에 시달렸고, 비록 로마의 후원으로 왕위에 오르기는 했지만사람들로부터 마음속에서 우러나오는 충성을 받지는 못했다. 그런 형편에서는 대제사장이 하느님의 뜻이라며 얼마든지 유대인들을 충동하여 왕에게 저항할 수 있었다. 남달리 영민한 헤롯왕은 대제사장의 권위와 위엄이 사람이 아니라 예복에서 나온다는 것을 간파했다. 타고난 정치가요 권력자였기에 가능한 일이었다.

헤롯왕은 대제사장의 권위를 대제사장을 맡은 사람으로부터 분리하는 방법을 강구했다. 예복을 입지 않은 대제사장은 그저 성전 제사장 중 우두머리일 뿐이다. 헤롯왕은 명절제사를 드려야 할 때를 제외하고는 대제사장과 제사장들의 예복을 모두 걷어 들여 성전 옆의 요새에 보관하고, 명절 제사를 드릴 때만 예복을 내주었다. 로마황제의 특별 허가를 받지 않으면 성전이 예복을 받아 보관할 수 없도록 조치했다. 사실상 성전은 왕에게 애걸복걸 사정해서 겨우 명절기간에만 예복을 입을 수 있게 된 셈이다. 헤롯왕 시절에 시작된 일이 육칠십 년이나 지난 빌라도 총독 시절까지 변함없이 유지됐다. 명절 때마다 성전에서는 총독에게 예복을 내려달라고 사정할 수밖에 없었다.

이런 조치는 단순히 예복을 성전이 보관하지 못한다는 의미를 넘어, 성전의 권위와 역할이 대폭 축소됐다는 의미였다. 성전이 더 이상 하느님과 세상, 하느님과 사람, 성과 속의 실질적 매개자 역할을 할 수 없다는 말이다. 명절제사 때를 제외하고는 언제나 헤롯왕의 왕권에 머리를 조아리며 복종해야 할 신하가 되었고, 로마총독 시절부터는 총독궁의 명령에 따라 세금을 걷어 바치고 예루살렘과 유대 지방의 치안을 담당하는 역할로 격하됐다.

명절이 아니더라도 매일 아침저녁으로 여전히 제단에서 하느님께 제사를 드릴 수는 있지만, 그건 하느님을 대리하는 위치가 아니라 제사드리는 사람을 대표하여 신에게 청원하는 행위였다. 더 이상 매개자가 아니었다.

그런데 명절제사는 달랐다. 어떤 경우에도 토라에 정해진 예복을 입지 않은 대제사장이 명절제사를 드릴 수는 없다. 역사상 성전에서 명절제사를 지낼 수 있던 기간 중에 예복을 입지 않은 대제사장은 한 사람도 없었다. 유대인들로서는 예복을 입지 않은 대제사장은 명절제사를 드리기에 결격사유가 있는 사람일 수밖에 없고, 그런 대제사장이 주재하는 제사를 하느님이 받으실 리가 없다고 믿는다.

더구나 예복을 허락받지도 못할 만큼 왕이나 총독과 사이가 틀어졌다면 그는 이미 예루살렘 성전을 지도하는 사람의 자격을 상실했다고 만천하에 밝히는 셈이 된다.

'예복은 받았으니….'

예복을 인수해서 위수대를 나오면서 마티아스는 성전체제가 얼마나 허약한 기반 위에 세워졌는지 다시 한 번 깊이 깨달았다. 어찌 보면 '유대'라고 부르는 이스라엘은 속이 텅 빈 껍데기 성전의 실체를 알면서도 일부러 눈감고 여전히 성전을 모시며 살고 있다. 대제사장이 아니라 그가 입는 예복이 더 중요한 세상을 산다.

한 번도 로마에 대해 다른 마음 품지 않았고, 성전을 모신다는 일에 늘 자부심을 가지고 살아온 마티아스였다. 그러나 예복을 고이 받쳐 들고 뒤를 따르는 제사장들과 하인들 앞에서 걸어가면서 성전 위에 쏟아져 내리는 눈부신 햇빛이 아무 의미 없다고 처음으로 느꼈다.

☩

사람마다 성전을 바라보는 속마음은 다 달랐다. 그러나 속마음을 숨기고, 겉으로 표시하는 일에는 조금도 실수하지 않고 토라와 경전과 장로들의 가르침을 따랐다. 세세하게 정해져 있으니 얼마동안 따르다 보면 누구나 익숙하기 마련이었다. 성전을 중심으로 살아가는 예루살렘 사람들이 그러했다.

먹고 마실 것과 돈이 오로지 성전에서 흘러나오니 일 없는 사람들도 늘 성전에 올라 기웃거렸다. 사람이 많이 모이는 곳이면 별별 사람들이 다 끼어들게 마련이다. 이스라엘에 전해져 내려온 예언을 풀어 해설하면서 사람들의 호기심을 끄는 사람, 일반 사람들은 알 수 없는 로마, 헬라, 시리아, 파르티아, 이집트 소식을 전하면서 국제정세를 짚어주는 사람도 있었다.

그중에는 간혹 헬라나 로마에서 유행한다는 거지차림의 철학자도 있었지만 그런 사람들은 성전 이방인의 뜰에 들어올 수 없어서 성전 밖 광장이나 서쪽 튀로포에온 골짜기에 늘어선 가게들 앞에서 사람들을 가르쳤다.

별일 없이 기웃거리는 사람들이 있지만 명절에 성전을 찾아오는 지방 사람들에게는 제사드리는 일이 가장 큰 목적이다. 제사드릴 제물도 바치고, 헌물과 세금도 바치고, 성전에 갚아야 할 빚도 셈하고 나면 유월절 명절을 기다리며 시간을 보낸다.

성전 뜰 주랑건물 안에 마련된 토라 학당에 들어 공부하든지, 튀로포에온 골짜기를 따라 죽 늘어선 가게를 기웃거린다. 니산월 14일 해 떨어지기 전에 양을 잡고, 성전 제사를 드린 후 그 밤으로 양고기를 모두 나눠 먹는 유월절 명절이야말로, 벼르고 별러 예루살렘 성전에 올라온 시골 사람들에게는 1년 중 가장 큰 행사다.

그런데 이번 유월절을 맞이해서 사람들에게 큰 관심을 끈 사람이 바로 갈릴리의 예수였다. 어떤 사람들은 서둘러 볼일을 끝내고 할 수만 있으면 예수 주변을 맴돌며 그의 가르침을 들었다.

"하느님 나라는 여러분의 나라입니다."

늘 들었던 얘기 같지만 달랐다. 문이 활짝 열려 있어서 누구나 들어갈 수 있고, 이런저런 조건을 따지지 않는다니 이제까지 가슴 조이며 들었던 바리새파 선생들의 가르침보다는 훨씬 더 기쁜 소식이었다.

그런데 그들도 예수의 가르침이 얼마나 위험한지 느낄 수 있었다.

"얘기하는 것을 들어보면 속은 시원한데, 어째 위태위태하게 들려. 저 사람은 위험한 소리를 너무 거침없이 내뱉더라고…. 가까이하다가는 우리가 큰 봉변을 당할 수도 있어…조심해야 해!"

"아까 그 도적떼인지 혁명군인지 그 무리들이 일으켰던 소란 말고 앞으로 또 무슨 일이 일어날 것 같은 생각이 들어! 분위기가 좀 수상하단 말이야!"

적어도 사람들이 기억하는 한, 유월절 명절 무렵 성전 뜰에서 혁명을 내세우며 하얀리본처럼 대놓고 소란을 피운 사람들은 몇십 년 만에 처음이었다.

"그래! 무슨 일이 더 일어날 것 같아! 내 생각으로는 저 사람 예수 때문에 그렇게 되겠지. 갈릴리 사람 주제에…."

"그런데 말이야! 예수가 도적떼하고 아주 잘 아는 것 같지 않았어? 옛날 두목이었다는 사람하고는 아예 동무처럼 끌어안던데!"

"어려서부터 한마을에서 자랐대요."

"어? 수상하구만! 원래 그런 관계구만!"

사람이 자라면서 특별히 훌륭한 사람이 되거나 악한 사람으로 변한다고는 아무도 생각하지 않았다. 미천한 사람이 자라서 훌륭한 사람이 되는 예를 그들은 보거나 들은 일이 없었다. 훌륭한 사람은 훌륭한 가문에 훌륭한 사람으로 태어나고, 악한 사람은 태어나기를 악하게 태어났다고 믿었다. 그러니 갈릴리 시골 어디 조그만 마을에서 도적이든 의적이라고 부르든 하얀리본의 두목이 태어났고, 예수도 태어났다니, 그리고 그 두 사람이 동무라니 참 알 수 없는 일이었다.

"예수가 잘못됐거나 도적 두목이 잘못됐거나…."

"예언자나 선생이 나올 수 없는 지방이니 당연히 예수 쪽에 문제가 있는 것이지. 갈릴리가 원래 그런 곳 아니야?"

그들 생각으로는 예수가 앞장서서 무슨 일을 벌일 것도 같고, 별일 없을 것도 같고. 하얀리본의 소동이 가라앉자 성전 뜰 안에 들어온 사람들의 관심은 이제 예수가 어떻게 하는지, 어찌 되는지 그것이었다.

예수의 가르침이 흥미롭기는 했지만, 그렇다고 목숨을 걸고 따를 생각은 절대 없었다. 사람에게 무엇이 중요한지, 무엇을 위해, 무엇을 지키며, 어떻게 살아야 하는지 조상 대대로 물려받은 분명한 가르침이 있는데, 그 길을 버리고 위험한 새 가르침을 따라나설 사람도 없었다.

다만 '무엇을 해라, 하지 말라, 그러면 죄짓는 일이고 부정한 일'이라고 끊임없이 닦달하고 볶아치는 바리새파 선생들 가르침보다 재미는 있고 알아듣기도 쉬웠다. 그러나 예수가 가르치는 하느님 나라든 사람의 나라든 실제적으로 그들의 삶을 확 바꿔줄 수 있는 것은 없어 보였다. 뜻은 좋지만 그 방법이 애매하고, 언제 확 이뤄진다고 가슴을 탁 치는 내용이 없었다. 다만 며칠 전 성전 뜰이 들썩들썩했다는 희년禧年 얘기는 관심을 끌었다.

"로마에게 세금을 바쳐야 하느냐?"

"하느님의 것은 하느님께 바쳐라!"

성전 뜰에서 가르쳤다는 예수의 얘기도 원칙은 옳게 보였다. 그러나 사람들이 목숨 걸고 지키려고 나설 일은 아니었다. 보통 사람들이야 로마에 바치는 세금인지 뭔지 따지지 못하고, 그저 성전에서 정해준 액수만 바쳤을 뿐이다. 그 돈에서 로마에 얼마를 바치든 그것은 성전이 맡은 일이었다.

성전이나 바리새파나 지배자들의 눈에는 예수가 세상 위아래를 뒤집고 2천여 년간 지속됐던 지배체제를 무너뜨리려는 사람이었지만, 하루하루 살기 힘든 사람들에게는 너무 느린 방안을 해결책이라고 제시한 사람으로 보였다.

그런 면에서 예수를 처음 만났을 때 요하난 벤 자카이가 물었던 질문은 아주 정확하게 예수 가르침의 약점을 파고들었다.

"그런 하느님 나라를 실현할 힘과 수단을 가지고 있느냐?"

뜻은 좋으나, 현실성이 부족하다고 보았기 때문이다. 제도를 흔들어 무너뜨리면서도 새로운 제도를 세우기 위한 대안으로서는 너무 오래 걸리고 불확실하다고 보았다.

배운 것 없는 사람들 눈에도 보였다. 예수가 던지는 장기적인 위협 때문에 지배자들이 예수를 제거할 수밖에 없을 것이라는 예루살렘 정치를 그들은 꿰뚫어 보았다.

"예수! 저 사람까지 처리해야 일이 끝날 것이 분명해! 나는 그리 생각해!"

"아침나절 하얀리본이 일으킨 소란은 앞으로 더 큰 일이 일어날 징조에 불과해!"

비록 그가 나서서 혁명군을 자처하는 하얀리본의 뜻을 꺾었지만, 그의 가르침으로 보아 성전이나 로마군이 그대로 놔두지 않을 것이라고 판단했다. 이제 분명 예수가 당할 차례라는 생각이 들자 눈치 빠른 유대인들이 슬슬 예수 일행의 곁을 떠났다.

유월절 무렵이면 어디서 불어오는지 몰라도 가끔 성전 뜰 안에 바람이 넘실거리다가 사라진다. 그런데 예감은 바람과 달리 사람들 마음속에 스며들어와 착 달라붙어 떨어질 줄 모른다.

비록 예감은 수상하고 분위기는 점점 어수선해지지만 하루 한나절 남은 유월절 명절마저 포기하고 고향으로 내려갈 수는 없는 일이다. 성전 문이 봉쇄돼 있으니 떠나고 싶다고 떠날 수도 없고, 머물러 있기도 불안한 시간을 보내면서 예수 일행과 성전 경비대의 움직임을 사람들은 주의 깊게 관찰했다.

가끔가끔 대오를 지은 경비대 병력이 군호에 맞춰 성전 뜰을 행진할 때마다 사람들은 무슨 일이 벌어지는지 가슴이 덜컹하며 주랑건물 쪽을 바라보았다.

요하난이 떠나고 난 다음 제자들은 예수 곁에 모여들었다. 눈앞에 위험이 닥쳐올 때 그래도 선생 옆에 바짝 붙어 있으면 걱정이 덜한 모양이다. 제자들의 그런 마음을 예수는 안다.

'나라고 별다른 사람인가? 그대들이 걱정하는 것을 나도 걱정한다오. 그대들이 무서운 것처럼 나도 무섭고, 그대들이 두려운 것처럼 나도 두렵소!'

예수는 그 말은 할 수 없다. 그는 제자들이 마지막 한 모퉁이 더 도는 그곳까지 이끌고 가야 한다. 제자들이 길을 떠날 수 있는 곳까지는 함께 걸어야 한다. 그들이 주섬주섬 지고 있는 짐이 보인다.

'저들이 지고 가는 짐! 아직 무엇이 무엇인지 모르면서 짊어진 짐!'

그들이 살아 갈 앞날이 보인다. 무너지고 넘어지고 쓰러지면서 그들이 기억하는 예수 뒤를 따를 것이다.

"선생님! 여쭙고 싶은 것이 있습니다."

마리아가 예수를 바라보며 말했다.

제자들은 랍비 요하난과 선생이 나눈 얘기가 궁금해서 마리아가 그러는 줄 알고 가까이 다가앉으며 귀를 기울였다. 온 이스라엘에서 가장 유명하다는 토라 선생, 성전 대제사장도 어렵게 여긴다는 요하난 선생과 오랜 시간 얘기를 나누었으니 제자들에게 해 줄 말이 있으리라고 생각했다.

"요하난 선생이 찾아와 저렇게 오래 선생님과 상의하는 것으로 보아, 별일 없을 거야."

그렇게 생각하는 사람도 있고, 오히려 예수의 명예와 지위가 쑥 올라가는 일이었다고 믿는 제자도 있다. 마음만 먹는다면 선생은 무슨 일이든 할 수 있는 사람 같았다. 설사 두려운 일이 벌어진다고 해도 예수에게는 별일 아니라는 생각마저 들었다.

"이제 이 성전 뜰 안에서 예수 선생님과 견줄 만한 사람은 랍비 요하난, 성전의 대제사장 가야바 정도밖에 없다. 그런 소동이 일어났는데도 불구하고 성전에서나 로마군 아무도 선생님께 시비를 걸지 못하고, 경비대는 멀찍이 서서 눈치만 보고 있으니….."

"우리 선생님이야말로, 엘리야에 비견할 수 있는 예언자야!"

사람이란 참으로 묘해서 눈에 뻔히 보이는 일도 못 볼 때가 많다. 예수가 평소 했던 말대로라면 보고 싶은 것만 보고 듣고 싶은 것만 듣기 때문이리라. 늘 설마설마하면서 요행을 바라고 그리고 위험을 눈감는다.

사실 예루살렘 성전 뜰에 들어온 이후, 제자들이 겪은 하루하루는 마치 거센 파도가 일렁이는 갈릴리 호수에 배를 띄운 것과 마찬가지였다. 어찌 보면 금방 파도가 배를 뒤집을 것도 같고, 어찌 보면 키를 잡고 있는 예수가 파도를 잘 타고 넘을 수 있을 것처럼 보였다. 이리 보면 곧 죽음이 뒷덜미를 잡아채는 것처럼 무섭고, 저리 생각하면 마지막에는 예수가 최후의 승리를 얻을 것 같았다. 당장 몸을 빼 달아나고 싶을 때도 있었지만, 보물이 가득한 창고 앞에서 멍청하게 발길을 돌리는 일처럼 생각돼서 갈팡질팡했다.

아무리 생각해도, 4년 넘게 예수를 선생으로 모시고 따랐지만 아직도 그를 제대로 다 알지 못했다는 생각이 들었다. 무엇이 예수 속에 숨어 있는가? 왜 그 앞에 서면 그렇게 기세당당하던 사람들이 산봉우리 봄눈 녹아내리듯 스스로 무너지고 물러서는가? 선생으로 모신 첫날에 그러했듯 제자들에게 예수는 아직도 그 깊이와 높이와 넓이를 알 수 없는 신비였다.

이제는 예수가 진정 그가 누구인지, 무엇을 하려는지, 제자들에게 어떤 일을 맡기려는지, 입을 열어 말해 줄 때가 됐다고 제자들은 생각했다. 더 이상 미룰 일이 아니지 않은가?

"선생님! 이제 어떻게 하시려는지요?"

마리아가 예수에게 물었다. 제자들 생각에는 엉뚱한 질문 같지만,

마리아에게는 가장 절실한 물음이었다.

예수는 선뜻 대답할 수 없었다. 어떤 일이 일어날지 누구보다 더 잘 알고 있을 그녀가 묻는 뜻을 알기 때문이다. 그녀의 얼굴을 바라보았다. 그녀의 눈에 말로 표현하지 못하는 깊은 슬픔이 고여 있다. 늘 서늘하던 눈이 그렇게 슬플 수도 있다니…. 찌르르 마음으로 흘러드는 아픔을 느꼈다. 감옥으로 돌아가는 히스기야를 바라볼 때보다 더 슬프고 더 안타까워 보였다. 예수나 히스기야에게 다른 길이 없다는 것이야 그도 알고 마리아도 알고 있지 않은가?

"마리아! 히스기야도 그랬고, 나도 그렇고…. 그는 감옥으로 돌아갔고, 나는 떠나지만, 이제 그나 나나 자유로운 사람이 될 것이오. 자유란 더 이상 아무것도 잃어버릴 것이 없는 상태라오."

제자들은 예수가 뜬금없이 히스기야 이름을 입에 올리자 이상하게 생각하다가 슬그머니 곁눈으로 마리아를 살펴봤다. 예수의 말을 듣고 마리아는 고개를 숙였다. 제자들은 모두 그녀가 우는가 보다 생각했는데 그녀는 곧 고개를 들더니 예수에게 다시 말했다.

"그렇게 해야 자유로울 수 있다면, 세상 어느 사람이 감히 자유를 얻을 수 있겠습니까?"

"다른 길이 없으니…."

예수는 말꼬리를 흐렸다. 그리고 한동안 예수도 침묵하고, 그녀도 더 이상 묻지 않고 입을 다물었다.

그런데 눈치 빠른 요한이 예수에게 물었다.

"선생님! 떠나시려고요?"

"때가 되면 떠나야 하지요."

그러자 요한이 다시 물었다.

"그리고 저희를 데리러 다시 오십니까?"

동생 요한의 말을 받아 그의 형 야고보도 물었다.

"떠날 때를 아시니 돌아오실 때도 아시겠지요?"

"모릅니다. 그러나 그대들도 언젠가는 각자 길을 떠날 겁니다. 그대들의 길을….."

그러자 제자들은 답답한 생각이 들었다. 왜 선생은 늘 애매모호하게 말끝을 흐리는가? 돌아올 기약 없이, 그리고 가는 곳을 모르면서 길을 떠나는 사람이 세상에 어디 있단 말인가? 적어도 어디로 가는지, 언제쯤 그곳에 도착하고, 얼마 있다가 돌아올 것인지, 가는 목적은 무엇이며 무엇을 한 아름 안고 돌아올 것인지 가늠은 해야 하지 않겠는가? 그런데 예수는 떠난다고 하면서 어디로 가는지, 언제 돌아오는지 모른다고 말하고는 입을 다물었다.

그러자 도마가 나섰다. 용기를 내서 이제까지 가슴속에만 묻어두고 있던 말을 물어보기로 했다. 지난 초겨울, 분봉왕 빌립의 영지 카이사레아에서 예수가 남겼던 말을 가슴 깊은 곳에 담고 있었다. 이제 그때가 됐다는 말인가? 다른 제자들에게도 말하지 못하고 그 혼자 간직하고 있었던 무서운 그 일이 이제 일어날 때가 됐단 말인가? 왜 선생이 은밀하게 그에게만 귀띔을 했단 말인가?

"선생님! 가시는 곳을 우리가 알지 못하는데 어찌 선생님을 따를 수 있겠습니까?"

예수가 도마를 바라보며 한 마디 한 마디 또박또박 말했다.

"내가 그대들에게 이미 얘기했고, 때가 되었으니 그대들도 이제 곧 직접 보게 될 텐데 무엇을 걱정한단 말이오?"

그러자 나다나엘이 조심스럽게 물었다. 제자들 중에서는 그래도 제일 토라에 대해 많이 알고 있었기에 그는 배운 대로 물었다.

"돌아오시면 무슨 일이 일어납니까? 저 악인들이 영원한 처벌을 받게 됩니까? 하느님 나라가 이뤄집니까? 돌아오시면 우리를 그곳으로 데려가실 겁니까?"

이미 그들은 예수가 가는 곳이 하느님 나라이고, 제자들을 그곳으로 이끌고 갈 것이라고 지레 짐작했다. 그동안 그렇게 여러 번 하느님 나라는 이 땅에 지금 이뤄지고 있다고 예수가 가르쳤지만, 그 말을 제대로 이해하지 못했으니 각자 자기가 생각하는 하느님 나라를 기준으로 생각할 뿐이었다.

알패오의 아들, 가버나움에서 세리를 하다가 예수를 따라나선 레위가 물었다.

"돌아가신 아버지를 거기서 만날 수 있을까요? 영원히 같이 살 수 있을까요?"

아버지 얘기를 입에 올리면서 그의 눈은 벌써 빨개졌다. 알 수 없는 외마디 소리를 지르며 거리를 내달리던 아버지, 마지막 숨을 힘들게 내쉬던 아버지의 모습을 떠올리니 저절로 눈에 눈물이 고이는 모양이었다.

예수에게 궁금한 것을 거푸 물어 대는 제자들을 보면서 마리아는 안타까운 마음을 금할 수 없었다. 떠날 때가 됐다는 예수의 말을 그저 옆마을 마실이라도 간다는 듯 생각하는 제자들이 정말 답답했다. 때가 되면 제자들 모두 턱을 덜덜 떨며 어둔 밤길을 엎어지며 자빠지며 도망갈 것이라고 예수가 했던 말을 그녀는 떠올렸다. 그 일이 얼마나 무서운 일인지 제대로 생각도 못 하는 그들이다.

'제자들은 예수 선생님은 과연 어떤 분이라고 아직까지 믿고 있는가? 아직도 그들에게는 오리라 예언된 메시아인가? 엘리야 같은 예언자인가? 세례자 요한의 뒤를 이어 세상 종말을 예언하는 사람인가?'

아주 낭패한 표정으로, 멍한 눈으로 곧 하늘을 올려다볼 제자들의 얼굴을 마리아는 그려볼 수 있었다. 그들에게 남은 것은 놀람과 공포와 시간을 되돌릴 수 없다는 후회, 그리고 앞이 보이지 않는 캄캄한 밤길일 것이다. 어깨를 들썩이며 따라나섰던 길을 사람들 눈을 피해 밤에만 걸어갈 것이다.

예수는 가볍게 한숨을 쉬었다.

'이제 남은 시간이 얼마 없다. 지금은 그들이 깨닫지 못하더라도 늦기 전에 일러둘 말이 있다.'

제자들을 둘러보자 모두 고개를 들고 예수를 바라본다. 이제 제자들도 예수의 마음을 읽는다. 천천히 그들을 둘러보면 무언가 얘기할 것이 있다는 표시이고, 한 사람씩 찬찬히 살펴보면 그들의 마음을 알고 있다는 표시였다.

"제자란 선생이 걸어간 길을 그대로 따라 걷는 사람이라고 알고 있지요?"

예수의 말을 듣고 그들은 바짝 긴장했다. 세상 모든 제자는 선생의 뒤를 따르는 사람이다. 선생은 언제나 제자보다 먼저 깨달은 사람이고, 제자보다 많이 알고 멀리 보고 자기가 깨달은 자리까지 제자를 인도하는 사람이다. 그 당연한 것을 왜 제자들에게 묻는가?

'선생님이 우리를 꾸중하려고 저러시는가?'

어찌 생각하면 제자라면 어떠해야 한다고 요구하려고 그러는 것 같기도 하고, 그들이 선생의 뜻을 제대로 살펴 따라오지 못했다고 책망하려는 말처럼 들리기도 했다. 그런데 레위가 먼저 나서서 대답했다.

"그렇습니다. 그렇게 알고 있습니다. 그런데, 저희가 선생님의 기대에 못 미쳐서 죄송하고 부끄럽습니다."

"저도 그렇게 생각합니다."

시몬 게바가 머리를 긁적거리면서 대답했다. 다른 제자들도 고개를 끄덕였다. 그런데 예수의 입에서는 뜻밖의 말이 나왔다.

"아닙니다!"

단호하게 예수는 고개를 저었다.

"예? 아니라면?"

모두 깜짝 놀라는 표정으로 예수를 바라보았다. 그러자 예수가 천천히, 그러나 잊지 말라는 듯, 또박또박 그들의 가슴속에 한 포기 한 포기 정성스럽게 모종을 심듯 얘기했다.

"선생의 뒤를 따라가기만 해서는 그대들은 영원히 선생을 뛰어 넘을 수 없습니다. 강물은 뒤에 흐르는 물이 앞에 흐른 물을 앞지르지 못하지만, 사람은 뒤에 오는 사람이 앞사람을 앞질러야 합니다. 제자가 선생을 앞질러야 합니다."

"아이구 선생님! 저희가 어떻게 선생님을 앞지릅니까? 따라가기도 벅차서 허덕허덕 하는데요."

시몬 게바가 투박한 말로 가볍게 항의했다.

"들으세요! 나는 그대들이 어디로 가야 한다고 길을 알려주는 이정표일 뿐입니다."

느닷없이 이정표 얘기를 꺼내는 예수의 얼굴을 제자들은 그저 아연한 눈으로 바라볼 수밖에 없었다. 이정표, 로마가 이스라엘을 통치하기 시작하면서 큰길이면 여기저기 이정표를 세워 놓았다. 로마 글자, 유대 글자, 그리고 글을 읽지 못하는 사람들을 위해서 거리를 기호로 표시해 놓았다. 10리면 세로금 하나, 20리면 세로금 둘, 50리마다 세로금 위에 가로금을 그었다. 그런데 예수가 이정표라니, 그럼 어디로 가라고 제자들에게 말하려는 것일까?

"하느님 나라가 어떠해야 한다고 이미 여러 번 말했습니다. 말하자면 가야 할 목적지를 그대들에게 얘기해 준 셈입니다. 그런데, 그 나라를 이루겠다고 길을 떠난 사람들이 이정표 앞 길거리에 주저앉아 있으면 되겠습니까? 이정표를 보았으니, 어느 방향으로 얼마만큼 더 걸어야 할지 알게 됐고, 그러면 그 길을 계속 걸어야 하지요."

말은 맞는 말 같은데, 어쩐지 예수가 중간에서 그들을 잡고 있던 손을 탁 놓겠다는 말처럼 들렸다. 아니나 다를까? 드디어 예수 입에서 그 말이 나왔다.

"여기까지는 내가 그대들을 안내해 왔지만, 이제는 각자 자기가 생각하는 길로 걸어가세요."

"이제부터 제각각 자기 길로 간다고요?"

요한이 눈을 동그랗게 뜨고 물었다. 그는 갑자기 막막한 생각에 사로잡혔다. 성전만 벗어나면 예수를 떠나 바로 가버나움으로 돌아가겠다고 생각했는데, 갑자기 어머니 옷자락 붙잡고 늘어지는 아이처럼 예수를 붙잡으려고 했다. 나이 스물이 넘었지만 그런 모습은 아직도 세배대의 막내아들 그대로였다.

"안내자라고요?"

안내자는 어느 지점까지 사람들에게 길을 안내하고, 그곳에 이르면 다시 돌아가는 사람이다. 그곳에 이르면 각자 자기가 하려는 일을 하게 마련이다.

"그렇지요! 모두 한길로 우르르 몰려가는 것이 아니고, 이제부터는 제각각 자기 길로 걸어가면서 씨 뿌리고 하느님 나라를 이뤄야지요."

"아니! 선생님! 이미 선생님을 따라 여기까지 걸어왔으니 하느님 나라는 이뤄진 것 아닌가요? 아직 완성된 거는 아니지만….."

"맞아요! 요한의 말이 맞아요, 그런 셈이지요. 그러니 이뤄지기 시작한 나라, 그리고 내가 이루는 나라. 그런데 잊지 마시오. 한 사람이라도 빼놓는다면 아직 그 나라는 완성된 나라가 아니라는 것을. 모두 들어가는 나라입니다, 하느님 나라는!"

토라 선생들은 하나에서 열까지 미리 모든 것이 정해져 있고, 정해진 방법으로 살아야 하늘나라 문 앞에 이를 수 있다고 가르쳤다. 그리고 마지막에는 심판이 기다리고 있다고 말한다. 심판에 따라 그 나라에 들어가는 사람이 정해지고, 심판을 통과하지 못했거나 중도에서 포기한 사람은 죄인으로 남아 영원한 수치를 겪게 된다고 가르쳤다.

그런데 예수는 제자들이 각자 따로 흩어져서 자기들이 생각하는 하느님 나라의 씨를 뿌리라고 말한다. 그렇게 뿌린 씨가 자라듯 하느님 나라가 이뤄진다니…. 그렇다면 그 나라는 어떤 틀이 아직 정해지지 않은 나라가 분명했다.

제자들 모두 당황한 표정을 감추지 못했다. 그럴 때마다 그들은 마리아를 쳐다본다. 그러나 이제 마리아도 제자들의 그런 눈길을 모른 체하기로 마음먹었다.

'선생님이 말씀하셨듯이 각자 자기 길을 찾아야 하고, 자기가 그 길을 걸어야 하고…. 그래서 선생님은 여태까지 그렇게 여러 번 '왜 그러냐?' 스스로 묻고 답을 찾으라고 말씀하신 거예요.'

각자 자기 길을 걸어야 한다고 예수가 말했듯 마리아가 남자 제자들에게 그들이 해야 할 일을 일일이 설명해 줄 수는 없는 일이다.

'선생님!'

마리아는 예수를 바라보며 히스기야나 그나 자유를 찾는다는 말을 떠올리며 궁금한 것을 물었다. 다시 확인하고 싶은 생각이었다.

'선생님도 자유를 찾으려고 일부러 그리하십니까?'

'일부러 그랬다기보다 그리할 수밖에 없었지요. 내 눈으로 보고, 내 귀로 듣고, 세상 사람들과 함께 그 속에서 살다 보니 다른 길이 없었소. 아무도 이전에는 걷지 않은 길이지만 그 길에 들어서고 보니 혼자라도 계속 걸을 수밖에 없었소.'

'돌아설 수 있었는데 선생님은 되돌아가지 않으셨습니다. 어제 일도 그러했듯 … 하느님의 인도하심에 따르셨겠지요.'

예수는 더 이상 그녀에게 말을 걸 수 없었다. 그는 혼잣말마저 가슴에 삼켰다.

'하느님이 그 길을 인도하신다고? 아니오! 그건 이스라엘이 믿는 하느님에게서 벗어나는 길이오. 사람들 삶 속으로 난 길, 그러니 사람이 걸어야 하는 길이오!'

예수는 마리아를 정면으로 한참 바라보더니 모든 사람이 알아들을 수 있도록 말했다.

"마리아! 내가 그대에게 꼭 할 말이 있소."

"예! 선생님 말씀하십시오. 마리아가 듣겠습니다."

듣는다는 말은 그저 귀로 듣겠다는 말이 아니다. 몸과 마음을 다해, 온전한 삶으로 받아들이고 지키겠다는 말이다. 제자들 앞에서 그녀에게 예수는 특별한 임무를 부여했다.

"그대는 할 일이 한 가지 더 있소. 사람들을 위로하시오! 손잡아 일으키시오! 어머니의 마음으로⋯위로하고, 손잡아 주고, 일으키는 일이 한 생명이 다른 생명에게 보이는 가장 큰 사랑이오. 어디서든 내 이름으로 하느님 나라를 전하는 사람은 그 마음으로 시작해야 합니다. 어머니 마음으로⋯."

예수는 어머니의 마음이라는 말을 두 번이나 거푸 썼다. 남자나 여자나 다 세상을 살아가는 사람이지만, 예수는 마리아에게 특별히 어머니의 마음을 부탁한 셈이다. 가장 밑바닥을 헤맸던 사람이라 아픔과 외로움과 슬픔을 누구보다 더 잘 알기 때문이다. 예수가 떠난 후 그녀가 어머니의 마음으로 제자들을 일으켜 세울 것이다. 상처받고 좌절한 제자들이야말로 위로받을 사람들이기 때문이다.

예수와 제자들이 한참 침묵에 잠겨 있을 때, 나다나엘이 헛기침을 한번 하더니 무슨 말인가 하고 싶은 듯 자세를 고쳐 앉았다. 그가 나서면 으레 경전이나 역사에 대해 얘기라고 제자들은 생각했다.

"선생님이 겪으실 고난이, 이미 경전에 예고되어 있던 그 고난입니까?"

"아니오!"

"그러면 왜 선생님 같은 분이 고난을 받으셔야 합니까? 죄를 저지른 사람이라면 몰라도⋯."

그러자 도마가 물었다.

"이스라엘이 저지른 악행 때문입니까?"

"아니오!"

제자들 뒤에 서 있던 사람 하나가 나섰다.

"역사를 보면, 우리 이스라엘이 지극히 높으신 분의 징벌을 받기 전에 선한 사람들이 먼저 고난을 겪는 일이 많았습니다. 바로 그런 일입니까? 저는 선생님이 큰 고난을 받게 되실 것 같아 걱정이 돼서 여쭙습니다."

"아닙니다."

예수는 단호하게 고개를 저었다. 그러더니 그는 둘러선 사람들과 앞에 죽 앉은 제자들을 바라보며 또박또박, 모든 사람이 똑똑히 알아듣고 기억할 수 있도록 말했다.

"사람이 받는 고난, 죽음을 하느님의 징벌이나, 하느님의 법을 지키기 위한 순교殉教라고 생각한다면, 그건 세상에서 가장 비겁한 일입니다. 사람이 저지른 일, 사람이 다른 사람을 죽인 일의 책임을 사람에게 묻지 않고 하느님의 뜻이라고 말하면 하느님을 모욕하고 하느님께 수치를 안겨드리는 겁니다. 그분은 세상의 어떤 고난과 죽음에도 책임지실 일이 없습니다."

이제까지 제자들은 한 번도 예수가 그처럼 강경하게 말하는 것을 들어본 적이 없었다.

"지금은 성전이 자리 잡은 옛 모리아산에서 아브라함이 그 아들 이삭을 하느님께 제물로 바치려고 했다는 얘기를 모두 알고 있지요?"

"예!"

예수의 물음에 모두 한목소리로 대답했다.

"들으세요! 아브라함이 이삭을 희생 제물로 하느님께 바치려 했다고 말하지만, 달리 말하면 아버지가 아들 이삭을 살해하려고 한 일입니다. 귀가 있는 사람은 들으세요! 그리고 스스로 물어보세요! 희생 제물로 생각할 것인지 살인으로 생각할 것인지! 그 물음에 대한 답이 여러분과 여러분 후손의 삶을 결정할 것입니다."

사람들은 숨을 멈추고 예수의 말을 들었다. 커다란 충격이 그들을 짓눌렀다.

"살인을 막으신 하느님입니다. 그런 분을 사람을 제물로 바치도록 명령하는 분으로 바꿔 부르고 섬기겠습니까? 눈감은 믿음이 아니라 도덕이 중요하다는 것을 깨달으세요! 하느님 섬기는 일보다 내 이웃을 섬기고 손잡고 살아가는 일이 더 중요하다는 것을 깨달으세요. 그것이 바로 하느님이 토라를 기록하도록 명령하신 뜻이라는 것을 깨달으세요. 깨달음은 마음에서 나옵니다. 그러니 어떤 일을 듣고 보게 되면 마음에게 물어 보세요! 그러면 가슴속에 자리 잡은 하느님의 형상이 대답해 주실 겁니다."

제자들은 예수가 폭포처럼 쏟아내는 말에 정신을 차릴 수 없었다. 마치 갈릴리 호수 저쪽에서 몰려오는 커다란 파도를 보고 있는 것처럼, 곧 배를 휩쓸고 지나갈 파도를 입을 벌린 채 바라보는 심정이었다.

'왜 선생님이 이처럼 격하게 말씀하시는가? 우리가 무엇을 잘못해

서 화가 나셨나?'

제자들 마음속에는 검은 먹구름이 몰려들기 시작했다. 선생의 격정이 낯설기 때문이다. 특히 나다나엘이 그러했다. 그는 아직도 예수를 토라의 틀 안에서 이해하려고 노력하고 있었다.

"선생님…"

그가 떨리는 목소리로 입을 열었다.

"선생님이 하느님의 형상을 여러 번 말씀하셨는데, 제 생각으로는 사람을 하느님 앞으로 끌어올리기보다 사람 쪽으로 하느님을 내려 모신다는 생각이 듭니다."

"허허!"

예수는 웃었다. 소리 내어 웃었다. 그가 웃자 제자들도 맥없이, 선생이 왜 웃는지 알지도 못하고 따라 웃었다. 그렇게 웃고 나니, 서로 마음이 풀렸는지 얼굴도 풀렸다. 그리고 예수가 나다나엘에게 무어라 말할지 귀를 기울였다.

"허허! 나다나엘, 잘 보았어요. 정말 잘 알아들었어요. 하늘을 보고, 땅을 본 사람이어야 그렇게 말할 수 있을 겁니다."

예수는 나다나엘이 눈을 크게 뜨고 전체를 바라볼 줄 안다고 칭찬한 셈이다.

"하느님의 눈으로 사람을 바라보고, 사람의 눈으로 하느님을 바라보고…."

그렇게 말하면서 예수는 거듭 고개를 끄덕였다.

"들으세요! 하느님이 그분 자신의 형상에 따라 사람을 지었다는 가르침이 무엇보다 중요합니다."

사실 그 말에서 예수의 모든 생각과 깨달음이 시작됐다고 말할 수 있다. 다른 말을 사용할 수 없어 '형상'이라는 말을 썼겠지만, 형상이란 모양이 닮았다는 뜻이 아니고 사람의 본성 품성이 하느님을 닮았다는 말이 아니겠는가?

"하느님의 품성을 닮은 사람들이 세상을 살아가는 일은 결국 그분이 지어준 동료사람, 그분이 지어주고 연결시킨 다른 모든 생명과 함께 살아가는 일이지요. 생명이 모두 하느님 사랑 한 줄기에 달려 있는데, 귀중한 생명과 하찮은 생명이 따로 있을 수 없습니다. 그러니, 나와 가까운 사람에게서 사랑을 멈추지 말고, 사람에게서 사랑을 끝내지 말고, 하느님이 지으신 모든 생명으로 뻗쳐야 합니다. 그것이 바로 하느님이 사람 속에 심어준 형상, 품성입니다."

그러더니 손을 벌렸다.

"사랑은 대상을 찾아 무한히 뻗어 나가고, 내 밖에 있는 모든 존재를 끌어안는 일입니다. 나와 관계없어 멀리 떨어져 있는 그 사람을 찾아가 눈앞에 마주 서서 '나의 당신'으로 삼고, 그 당신이 결국 내가 되는 일입니다. 들으십시오! 하느님은 그분의 형상대로 사람을 지음으로써 우리가 되신 분입니다. 세상 존재, 다른 생명을 나와 너와 그로 가르지 말고 '우리'라고 부르도록 알려 주신 분입니다."

제자들은 무슨 말인지 제대로 알아듣지 못하고 눈을 끔벅거렸다. 아직도 그들은 '나와 너, 그리고 그'를 구분하는 틀을 지니고 있으니 '그'에게 다가가 '너'로 끌어들이고 그 '너'가 '내'가 되어야 한다는 말을 알아듣지 못하는 것이 당연할지도 모른다.

예수가 처형받고 사라지면 제자들은 세상에 굴복해서 살든지, 저항하든지 스스로 결정해야 할 것이다. 그러나 모든 것을 잊고 다시 예전처럼 고깃배를 타고 물속을 들여다보며 그물 던질 곳을 찾는 사람으로는 살 수 없을 것이다.

'저들이 무엇에 굴복하고, 무엇에 저항하고 어떤 일을 기다릴 것인가?'

예수는 걱정했다. 소금호수 부근에 모여 사는 사람들처럼 제자들도 세상에서 물러나 어느 외딴 곳에 모여 하느님의 처벌과 구원을 기다리며 사는 사람들이 될 것을…. 그것은 예수에게는 실패일 뿐이다. 그런데 제자들이 용기를 내서 일어나 세상을 향해 나가면 새로운 문제에 부딪칠 것이다. 요하난은 바로 그 점을 미리 짚은 셈이다.

"선생의 제자들이 전하는 말을 세상 어느 누가 귀담아 듣겠습니까? 십자가에 못 박힌 사람의 가르침을…. "

그들은 수없이 문전에서 박대를 당하고, 들개 쫓듯 막대기를 휘두르며 쫓는 사람들에게서 도망쳐야 할 것이고, 불빛을 피해 어둔 밤길을 걸어야 할 것이다. 범죄자보다 더, 죄인보다 더 미움을 받을 것이다.

그러나 선생을 십자가에 매달고 그들마저 배척하는 세상에 대한 미움과 원한과 복수를 마음에 품는 대신 그들 손에 들고 있는 씨를 건네주는 사람이 되기를 예수는 바랐다. 예수가 처형되는 때를 맞이하면 그들은 숨을 곳을 찾아 달아날 것이고, 뒤돌아볼 것이고, 손에 한 움큼 씨가 들려 있는 것을 깨닫게 될 것이다. 그 씨는 신비해서 손에 쥔 것을 다 뿌리면, 들고 있던 빈 자루에 또 다른 씨가 가득 채워진 것을 알게 되리라. 그들이 씨 뿌리는 사람이 되고, 스스로 씨가 되고, 처음 씨가 뿌려지는 마음 밭이 될 것이다.

제자들의 얼굴을 바라보자 예수 가슴 가장 깊은 곳에서 찌르르 아픔
이 퍼져 올라왔다. 그들이 겪을 캄캄한 밤이 눈에 보였다. 그래도 그
들에게 맡긴 일이니 그들 손에 씨를 들려 주어야 한다.

"해방은⋯."

예수는 말을 이었다. 이제 또 한 모퉁이를 돌아야 한다. 하느님 나
라는 찾아가는 목적지가 아니고 찾아가는 길 걸음이다. 자기 두 발로
걸어가며 겪는 일이 바로 하느님 나라를 걷는 일이다.

"억제된 하느님의 형상을 풀어 주는 일입니다."

예수는 억압받는 생명이 생명의 가치를 회복하는 일을 '해방'이라
부른다. 해방을 이루지 못하면 하느님 나라는 원천적으로 허상이다.

"해방은 이방제국의 압제에서 벗어나는 것뿐만 아니라 생명이 태어
나고 자라나고 꽃 피우는 것을 가로막는 모든 억압에서 풀려나는 일입
니다. 하느님이 각 존재에 불어넣어 주신 생명이 그 존재에 걸맞은 형
상으로 살아가도록 하는 일입니다. 사람으로 말하자면 모든 사람이
자기에게 맞도록 하느님의 형상을 이뤄 살아가는 일입니다."

모든 존재가 그러하듯, 모든 생명이 그러하듯, 서로 이어져 있음을
인정하고 진정한 해방을 이루려면 세상구원이라는 거대한 환상에서
벗어나야 한다. 거대함은, 그리고 위에서부터 구원이 이뤄진다는 환
상은 세상 왕국과 압제자들이 가졌던 환상과 제도를 하느님에게 비춘
것이다. 하느님은 거대한 분이 아니었다. 그분은 사람이 생각할 수 없
을 정도로 섬세한 분이고 작은 분이고 부드럽게 스며드는 분이다.

하느님이 천지를 창조하고 사람에게 맡겼을 때 그 첫 사람이 죄를

지었고, 하느님은 죄 지은 사람을 구원하기 위해 큰 계획을 세웠다는 얘기를 예수는 받아들일 수 없었다.

'하느님은 타락의 과정과 회개의 과정을 통해서 다시 인간과 화해하시는 분이 아니다.'

'타락'이라고 부르든 '죄'라고 부르든 그 일들이 하느님의 진노와 처벌을 불러일으킨다고 사람들은 믿었다. 벌을 받은 이후 돌이켜서, 아니면 벌이 무서워 하느님 앞에 돌아간다는 섭리를 예수는 거부했다. 법을 내려 주고 어기면 심판하고 벌을 주는 분이 하느님이라고 믿지 않기 때문이다.

그 틀을 벗어나야 한다.

"들으세요! 지금 우리와 함께 여기 계신 하느님을 만나기 위해 왜 천 년, 2천 년 전으로 거슬러 올라가야 합니까? 하느님은 우리에게 영혼을 불어넣어 주셨고, 그분을 향해 걸어가는 정신을 주었고, 나를 판단하는 양심을 주셨습니다. 그렇게 필요한 것을 다 주신 분이 왜 우리를 꼭두각시처럼 손바닥 위에 올려놓고 어찌하는지 지켜보신단 말입니까? 사람은 하느님이 세운 극장에서 연극이나 하는 존재가 아닙니다. 바로 하느님 형상을 지닌 첫 번째 존재가 사람입니다. 따라서 사랑은 나 외의 존재와 나 사이의 관계입니다. 하느님은 그분이 창조하신 다른 생명과 사람을 연결시켜 놓으셨습니다."

예수의 가르침을 들으면서 제자들은 무덤덤한 표정이었다. 둘러서 있던 사람들 중에서 어떤 사람은 도저히 받아들일 수 없다는 듯 고개를 젓고, 어떤 사람은 크게 감동한 표정이었다. 열 사람 중에 한 사람, 백 사람 중에 한 사람이라도 그 말을 들어 뿌리를 내리는 사람이 있다면 아직은 실패한 것이 아니라고 예수는 스스로 위안을 삼았다.

아직 때가 이르지 않았음을 예수는 가슴 떨리는 고통을 통해서 알았다. 그의 때는 이르렀으나, 하느님이 사람에게 맡겨 준 때는 아직 보이지 않는 먼 곳에 있다.

한참 예수가 사람들을 가르치고 있는 중에 요한이 자지러지는 소리로 크게 외쳤다.

"선생님! 선생님! 저놈들이 옵니다. 지금 여기로 옵니다."

그 바람에 모두 깜짝 놀라 요한이 손으로 가리키는 쪽을 쳐다봤다.

"어! 어어!"

예수 곁에 모여 있던 사람들이 후다닥 일어나고, 여러 사람이 달아났다. 어떤 사람은 혼자 달아나고, 어떤 사람은 솔로몬 주랑건물 밖으로 나가다가 뒤를 돌아보며 같이 온 사람을 큰 소리로 불러댔다.

순간 요한이 예수의 뒤로 얼른 몸을 숨겼다. 제자들도 엉겁결에 요한을 따라 예수 뒤로 물러섰다.

"이거! 이거!"

당황해서 그런지 시몬 게바는 말도 하지 못하고 같은 소리만 자꾸 입에 올렸다.

성전 이방인의 뜰을 가로질러 경비대 병력이 예수 쪽으로 행진해 오고 있었다. 앞줄에 열 명, 그다음 줄도 열 명, 줄잡아 삼사십 명의 경비대 병력이 몰려오고 있었다. 성전 뜰에 워낙 사람이 많아 그들이 몰려오고 있는 줄 아무도 몰랐다. 갑자기 이방인의 뜰 중간부터 솔로몬 주랑건물 앞까지 사람들이 모두 양쪽으로 쫙 갈라져서 피하며 길을 터

주었다. 경비대는 병아리를 채려고 하늘에서 내리꽂히는 독수리처럼 똑바로 몰려왔다.

"아이구! 저놈들이 기어이 선생님을 어찌해 보려고….."

제자들 중 누군가가 신음소리 비슷하게 말했다.

"아니! 우리가 지금…이러면 안 돼! 게바, 도마, 앞으로!"

갑자기 작은 시몬이 큰 소리를 외치며 예수 앞을 가로막고 나섰다. 그의 외침을 듣고 시몬 게바, 도마, 빌립, 나다나엘, 작은 야고보, 안드레 등이 얼른 앞에 나서고, 다른 제자들도 모두 예수 앞을 가로막았다. 특히 예수 뒤에 맨 먼저 몸을 숨겼던 요한은 아주 멋쩍은 몸짓으로 야고보와 함께 앞으로 나섰다.

"탁 탁 두두 탁 탁 두두."

경비병들은 칼을 빼 들더니 방패를 두드리기 시작했다. 마치 주랑 건물 위에 늘어선 로마군이 때때로 그런 소리를 내며 성전 뜰 안에 들어온 유대인들을 위협했듯. 그들은 거침없이 예수가 있는 곳으로 행진해 다가왔다. 누가 보아도 이제 예수를 체포하겠다는 선언이나 마찬가지다.

절거덕 절거덕 저벅저벅.

그들은 발걸음을 맞추어 걸어왔다. 뛰지도 않고 일정한 속도로 걸어왔다. 그 소리는 예루살렘에 사는 유대인들이라면 꿈속에서도 기억하는 소리다. 밤마다 그들이 누워 있는 집 밖을 성전 경비대든 로마군이든 그렇게 저벅거리며 순찰을 돌았다.

그때 작은 시몬이 달려 나갔다.

"에잇!"

그러더니 그는 어디서 그런 소리가 나올 수 있는지 놀랄 만큼 큰 소리로 외쳤다.

"이방인의 개! 거기 멈춰라!"

행진해 들어오는 성전 경비대 병력에 정신이 팔려 있던 사람들은 갑자기 달려 나오는 작은 시몬을 보고 깜짝 놀랐다. 순간 성전 뜰 전체가 조용해졌다. 경비대 병력의 발자국 소리도 들리지 않고, 그들을 향해 달려가며 외치는 작은 시몬의 소리도 들리지 않았다.

갑자기 세상이 탁 풀어진 것처럼 그저 모든 광경이 느릿느릿 움직이는 것처럼 보이기 시작했다. 그리고 시야에 오직 경비대와 작은 시몬만 보였다. 그러다가 귓속으로 스며드는 바람소리가 들렸다. 소리는 점점 커졌다. 쏴아쏴아 귓속을 맴돌더니 바람은 머리로 치솟고 그리고 가슴으로 쏟아져 내렸다.

그때 군중 속에서 두 사람이 튀어 나오더니 작은 시몬의 옆에 나란히 붙어서 앞으로 달려갔다. 세 사람은 성전 경비대 병력과 솔로몬 주랑건물 중간, 사람들이 양옆으로 물러서서 휑하게 길을 틔워 준 한가운데에 멈춰 섰다.

"나도 함께하겠소!"

또 한 사람이 군중 속에서 뛰어들어 왔다.

"아! 글로바!"

작은 시몬이 짧게 그의 이름을 부르며 맞았다. 그리고 오른쪽과 왼쪽 옆에 따라 붙은 두 사람을 쳐다보더니 큰 소리로 외쳤다. 모든 사람이 다 들을 수 있도록 토막토막 말을 끊고 한 마디 한 마디에 힘을 실어 외쳤다.

"고맙소! 우리 네 사람! 여기서 오늘 죽읍시다. 우리의 죽음은 선생님을 지켜드리는 일일 뿐만 아니라, 이 땅에 하느님 나라의 씨앗을 뿌릴 수 있도록 시간을 버는 일입니다. 우리가 흘린 피를 먹고 씨가 싹트게 합시다!"

성전 뜰 가운데서부터 솔로몬 주랑건물까지 이르는 공간에 사람들이 양쪽으로 쫙 갈라져 넓게 터진 커다란 길, 그 위에 네 사람이 서 있다. 점점 다가오는 경비대 병력이 눈에도 들어오지 않는다는 듯.

"탁탁 두두두! 탁탁 두두두!"

경비병들은 칼로 방패를 좀 더 빨리 두드리기 시작했다. 대오를 지어 다가오는 삼사십 명의 경비병과 마주선 네 명, 그중에서도 알렉산더와 함께 뛰어 들어온 사람은 그보다도 어려 보였다. 아직 아이 틀도 제대로 벗지 못한 새파란 젊은이다.

주랑건물 안에 남아 있던 다른 제자들이 서로 얼굴을 쳐다보다가 누가 먼저라 말할 것도 없이 모두 뜰로 달려가기 시작했다. 그때 예수가 외쳤다.

"모두 돌아와요! 돌아와요, 지금!"

그래도 제자들은 뒤도 안 돌아보고 내달리더니 작은 시몬과 이름 모를 젊은이, 알렉산더, 그리고 글로바가 서 있는 곳에 이르렀다. 그리고 그들과 한데 어울려 서로 팔뚝을 단단히 끼고 일렬로 죽 늘어섰다. 기묘한 대치였다. 제자들이 그러거나 말거나 경비병들은 일정한 걸음으로 다가왔다. 거리가 가까워지자 방패를 두드리는 소리가 점점 더 커졌다. 그리고 마치 로마군 병정들이 그러하듯 그들도 소리를 지르기 시작했다.

"우! 우! 우우우! 우! 우! 우우우!"

칼로 방패 두드리는 소리, 입으로 내는 괴성, 그리고 일정하게 저벅 저벅 발맞추어 걷는 소리가 점점 더 크게 들리고, 분위기는 험악했다.

그런데 주랑건물에서 예수가 걸어 나왔다.

"선생님! 선생님! 잠깐만 계세요! 나가지 마세요!"

마리아와 요안나, 살로메 그리고 갈릴리에서 내려온 다른 여자 제자 마리아가 깜짝 놀라 소리를 지르며 예수의 앞길을 막아선다.

"아니오! 나는 괜찮소! 그대들은 이 안에서 기다리시오!"

"그러면 저희가 앞장서겠습니다."

모처럼 요안나가 나서더니 다부진 소리로 말했다. 그리고 그녀들은 예수 앞에서 달리듯 빠른 걸음으로 걸어 나갔다. 저만치 앞에서 버티고 서 있는 남자 제자들과 함께 진을 짜려는 것처럼.

참으로 기묘한 광경이 벌어졌다. 성전 이방인의 뜰 광장에 유대인들이 가득 들어찼고, 뜰 중간 지점부터 솔로몬 주랑건물까지 경비대 열 명이 팔을 벌리고 선만큼 너비로 커다란 길이 난 듯, 사람들이 왼쪽 오른쪽으로 쫙 갈려 서 있다. 그 한가운데 경비대 가까운 쪽에 예수의 제자들이 모여 서 있고, 방금 쫓아 나온 여자들 4명도 합세하여 서 있다. 주랑건물 쪽에서 예수가 걸어 나오고, 그 뒤로 많은 사람들이 예수를 따라왔다. 성전 경비대 뒤에도 유대인들이 빽빽하게 따랐다. 마치 길게 늘어 깔아 놓은 하얀 천이 양쪽 끝에서부터 둘둘 말려들듯, 검정 돌로 만든 사각형 격자와 격자를 채운 하얀 돌이 사람들에 의해 점점 좁혀지는 모양이다.

"이거! 여자들도 나서고, 제자들도 나서는데…저거 봐! 저 사람들은 아직 애들이잖아! 우리가 이럴 수는 없지! 우리도 가세!"

한두 사람씩 슬금슬금 안쪽으로 모여들기 시작했다. 곧 기묘한 형상을 이뤘다. 서쪽 끝에 경비대 병력 삼사십 명이 대오를 이뤄 동쪽으로 이동하고, 가운데에 제자들이 서 있고, 그리고 맨 뒤 예수가 다가갈 때 그 뒤로 사람들이 따르니, 서쪽에서 동쪽으로 삼각형이 형성됐다. 양쪽에 몰려섰던 사람들도 점점 안으로 좁혀 들었다.

결국 무슨 일이 벌어진다면, 경비대가 먼저 제자들을 칼로 쓰러뜨리리라. 그다음에는 여자 제자들, 그리고 마지막으로 예수를 쓰러뜨리든 잡아가든. 그런데 경비대 병력은 헤아릴 수 없이 많은 군중에게 둘러싸인 셈이다. 아직은 군중이 예수를 편들지, 그저 몰려들어 벌어지는 일을 구경만 할지 알 수 없으나, 경비대가 얼마나 잔인하고 난폭하게 제자들을 쓰러뜨리고 예수를 잡아가느냐에 따라 상황이 얼마든지 달라질 일이다.

부지런히 제자들 쪽으로 걸어온 예수가 서로서로 팔을 걸고 서 있는 제자들 앞으로 나가 섰다. 그리고 그는 경비대가 다가오는 것을 조용히 바라보고 서 있다. 그러자 경비대를 이끌고 맨 앞에 나와 걸어오던 장교가 대오 사이를 지나 경비대 맨 뒤로 물러나서 앞서가는 경비대를 바라보고 서 있다. 거리는 점점 가까워지고, 경비대와 제자들은 서로 얼굴을 볼 수 있을 만큼 가까워졌다.

그런데 주랑건물 위에 늘어선 로마군은 재미있는 구경거리라는 듯 그저 내려다보기만 했다. 마치 개미들이 모여 서로 싸우는 것을 구경하는 사람처럼.

거리가 가까워졌다. 60걸음에서 50걸음 40걸음 30걸음. 경비대는 여전히 '우우!' 소리를 내며 방패를 두드렸다. 그들 눈앞에 버티고 서 있는 사람들이 안 보인다는 듯, 조금도 걸음을 늦추지 않았다. 막 경비대와 제자들 맨 앞에 선 예수가 맞부딪치려는 순간, 주랑건물 위 서쪽 끝에서 날카로운 피리소리가 들렸다. 한 사람이 부는지, 여러 사람이 한꺼번에 부는지, 그 소란 속에서도 피리소리는 모든 사람이 들을 수 있을 만큼 똑똑하게 들렸다.

경비대 병력이 걸음을 멈추었다. 그리고 칼을 앞으로 길게 뽑아 내세웠다. 이제 명령만 떨어지면 그 칼을 휘두르며 맨 처음 예수에게 덮칠 것이다.

"삐빅 삐익 삐이익 삑삑."

다시 피리소리가 들렸다. 그러자 뽑아 들었던 칼을 거두어 옆구리 칼집에 꽂았다.

"삐이익."

그 소리에 방패로 땅을 한 번 쿵 내려쳤다. 그리고 다시 피리신호가 들리자 모두 척척 발을 구르며 뒤로 돌더니 장교의 지휘에 따라 오던 길로 걸어가기 시작했다.

사람들은 모두 안도의 한숨을 쉬었다. 그들이 직접 뛰어들어 예수 일행을 막아줄 것인가, 아니면 그대로 처참한 광경을 구경만 할 것인가, 더 이상 망설이며 마음 졸이지 않게 됐다.

예수는 그저 아무 표정 없이 서 있는데 제자들과 군중은 자기들이 경비대를 물리치기라도 한 듯 자랑스럽게 함성을 질렀다. 그리고 서로 팔뚝을 끌어 잡거나 어깨를 두드리며 위기의 순간을 넘긴 것을 자랑스럽게 생각하며 격려했다. 글로바와 알렉산더 그리고 젊은이를 데리고 작은 시몬이 예수 앞에 섰다.

"선생님! 저들이 물러갔습니다."

아직 앳된 알렉산더와 젊은이는 장한 일이라도 한 듯 볼이 빨갛게 상기되었고, 글로바는 눈물을 글썽거렸다. 예수는 그들을 끌어안았다. 그들도 예수를 끌어안았다.

"선생님!"

주위에 몰려온 군중이 두 젊은이와 작은 시몬 그리고 글로바에게 몇 마디 칭찬하는 말을 건넸다. 사실 그런 상황에서 경비대 병력을 막아 선다는 것은 자기 목숨을 버리겠다는 각오였음에 틀림없었다.

"모르겠어요! 그냥 그래야 할 것 같았는데, 작은 시몬이 뛰어 나온 것을 보고 그냥 저도 모르게⋯. 참! 선생님 제 동생 루포입니다. 아주 착한 동생입니다."

알렉산더가 동생 루포를 예수에게 인사시켰다. 그리고 동생의 어깨를 감싸 안았다.

"오 루포! 알렉산더에게서 얘기를 들었어요! 그런데, 그대는 아직 그렇게 나서면 안 돼요! 그러나 오늘 일은 고마웠어요."

그리고 예수는 시몬에게 몸을 돌렸다.

"시몬!"

예수가 작은 시몬의 어깨를 만지면서 불렀다. 모두 두려움에 떨고 있을 때 맨 먼저 그가 나서지 않았던가?

"선생님! 하얀리본 동지들은 모두 죽었는지 살았는지⋯선생님도 떠나신다고 하고⋯히스기야 동지도 감옥으로 돌아가고. 유다는 감옥에서 어찌됐는지 모르겠고."

그는 그저 차라리 죽는 것이 낫다고 생각했을지도 모른다. 예수를 잡아가려고 한 걸음 한 걸음 몰려오는 성전 경비대를 눈 멀쩡히 뜨고 주랑건물 안에서 맞이할 수는 없었는지 모른다. 그러나 무슨 생각을 했든, 그는 몸을 날렸다. 맨 먼저 뜰 가운데로 달려 나가 온몸으로 경비대를 막아섰다.

　"시몬! 그대 손에 들려 있는 씨를 내던지고 달려가더군요! 그러지 마시오!"

　그 말은 대의명분보다, 선생을 따르는 충성보다, 동지들을 생각하는 마음보다 앞으로 그가 살아야 할 일이 더 중요하다는 말이다.

　"그러지 마시오!"

　예수의 눈을 바라본 작은 시몬은 그 눈 속에 들어 있는 알 수 없는 힘을 느꼈다. 그것은 비겁하게 목숨을 부지하며 살라는 말이 아니고, 작은 시몬에게 맡겨진 일을 생각하라는 말이다.

　"예!"

　그는 눈을 내리깔고, 루포와 알렉산더를 데리고 제자들 쪽으로 걸어갔다.

　"글로바! 아내는 어디 있어요?"

　"아 참! 내 정신 좀 봐!"

　그는 분명 아내와 함께 있다가 자기도 모르게 내달렸을 것이다. 마침 그때 그의 아내가 나타났다. 그녀는 원망 가득한 눈으로 남편을 쳐다봤다. 왜 안 그렇겠는가? 처자식 다 있는 사람이 성전 뜰에서 경비대를 막아선다고 뛰어들었으니….

　"다행입니다."

예수는 그녀에게 그렇게 위로할 수밖에 없었다. 그리고 둘러서 있던 군중들에게 다시 그가 늘 하던 대로 인사를 했다. 두 손을 정성스럽게 모아 가슴에 대고, 허리를 굽혔다. 그 모습은 사람들을 모아 가르치는 선생이 아니고, 그들 모두를 섬기는 사람의 신실한 자세였다. 사람들도 예수에게 같은 인사를 했다.

"쉘라마!"

"쉘라마!"

그들은 그렇게 인사를 주고받았다.

예수가 사람들과 인사를 마치고 돌아서자 제자들이 모두 기다리고 서 있었다. 그리고 그가 걸음을 옮기는 대로 그를 둘러싸고 모두 주랑 건물로 걸었다. 얼마 전까지 침울하게 고개를 떨구고 앉아 있던 그들이 이제는 상당이 고조된 기분으로 웃고 떠들면서 걸었다. 그리고 가끔가끔 예수의 얼굴을 쳐다보며 눈길이 마주칠 때마다 마치 어린아이가 그러하듯 환하게 웃었다.

주랑건물에 들어가 자리에 앉자 모두 예수 곁 가까운 자리로 모여들었다. 제자들뿐만 아니라 다른 사람들까지 모여들어 사람들은 얼추 백여 명 가까이 됐다.

"시몬! 이름도 나하고 똑같은 작은 시몬! 오늘 내가 아주 시몬한테 놀랐다니까!"

시몬 게바가 너털웃음을 웃으며 맨 처음 뛰어나가 경비대와 당당히 마주선 작은 시몬을 추켜세웠다. 그러자 서로서로 그를 칭찬했다.

"나는 좀 어찌 되나 두고 보느라고….."

늘 선생 일이라면 앞장섰던 도마가 주저했던 일이 부끄러운 듯 자그

맑게 얘기했다. 그때 야고보가 루포, 알렉산더, 그리고 글로바를 한참 쳐다보더니 입을 열었다.

"세 사람! 오늘 고마웠어요. 선생님을 따르기 시작한 지 얼마 되지도 않았는데 그런 용기를 내서 선뜻 앞장서다니…. 내가 그 모습을 보면서 선생님께서 하셨던 말씀을 떠올렸어요. '처음 된 사람이 나중 되고, 나중 된 사람이 처음 된다.' 바로 그 말씀이 우리 눈앞에서 이뤄졌어요."

"어이! 야고보! 그럼 내가 맨 끄트머리네? 아이구…."

빌립이 익살을 부렸다. 제자가 된 순서로 말하면 그가 맨 먼저 예수를 따랐다.

가만히 듣고 있던 요한이 한마디를 던졌다.

"나는 처음부터 그렇게 큰 걱정은 안 했어요!"

"응? 어째서?"

"주랑건물 위를 올려다보니 로마군이 그저 구경만 하고 있더라고요. 만일 정말 선생님과 우리를 잡아가거나 쓰러뜨리려고 했더라면, 그놈들이 그렇게 구경만 하고 있었겠어요? 쏟아져 내려올 채비를 차렸겠지요. 그걸 보고, 나는 '아하! 저놈들이 무슨 뜻인지는 모르지만, 겁을 주려고 그러는구나' 그렇게 생각했다니까요."

그 말이 나오자마자 제자들 모두 시무룩했다. 예수가 요한을 쳐다보자 그는 슬그머니 고개를 돌리고 이내 푹 수그렸다. 남달리 눈치가 빠른 요한이니 그럴 수 있었을 것이다. 로마군과 경비대가 서로 짜고 한바탕 성전 뜰을 흔들면서 모든 사람에게 한 번 겁을 주었다고 생각할 수도 있다. 그렇다고 해서 위험을 무릅쓰고 달려 나간 작은 시몬이나, 그 광경을 보고 군중 속에 섞여 있다가 뛰어들었던 알렉산더와 루포, 글로바가 했던 일이 별것 아니었다고 말할 수는 없다.

"들으세요! 나는 오늘 그대들 한 사람 한 사람 어떤 마음으로 그리했는지 잘 알고 있어요. 그리고 경비대는 분명 나를 잡으려고 다가오고 있었다는 사실도 확실히 알아요. 그대들이나 군중들이 한마음이 돼서 나서지 않았더라면, 아마 그들은 자기들 원래 계획했던 대로 했겠지요. 계획이야 상황에 따라 늘 바뀔 수 있는 거니까!"

예수는 그렇게 말함으로써 모든 사람들의 마음을 어루만졌다. 그의 눈길을 받은 요한이 이미 책망받고 깨달았으니 더 이상 이렇고 저렇고 따질 일은 아니었다.

"들으세요! 내가 그대들에게 여러 번 얘기했듯, 무슨 일이 생기면 멀리 떠나라는 말이 빈말이 아니라는 것을 다시 마음에 새겨 두세요. 나를 위해 나서 주는 마음은 귀하고 고맙지만, 그대들이 맡은 일은 그보다 더 귀한 일입니다. 기억하세요."

그렇게 말하면서 그는 잠깐씩 말을 끊고 무언가 생각하는 표정이었다. 다른 사람들은 그것이 무엇인지 눈치를 채지 못했지만 마리아는 마음속에 떠오르는 생각이 있었다. 그리고 후에 보니 그녀의 생각이 맞았다.

그때 아주 키가 작은 사람이 두리번거리며 솔로몬 주랑건물로 들어섰다.

"삭개오다! 저기, 삭개오!"

제자들이 반가워하며 그를 맞이했다. 돈 많겠다, 예루살렘에 아는 사람 많겠다, 여리고의 세리장 삭개오야말로 제자들에게는 누구보다 믿음직한 동료였다.

"어떻게 성전에 들어왔어요? 여기 아주 험악한데…."

예수가 물었다.

"그래서 들어왔습니다. 선생님과 다른 분들이 모두 걱정돼서 그냥 있을 수가 없어서요."

"아직은 괜찮아요!"

예수가 그렇게 대답하는데 요한이 불쑥 끼어들었다. 조금 전에 했던 말과는 전혀 다른 말을 엄살까지 부리면서 천연덕스럽게 입에 올렸다.

"괜찮은 게 뭡니까? 조금 전에 한바탕 난리가 났었는데…. 성전 경비대는 그렇다고 쳐도, 저기 주랑건물 위에 늘어선 로마군만 봐도 다리가 떨립니다."

그러자 야고보가 동생 어깨를 끌어안고 토닥거렸다. 나이가 그 나이래도, 세베대의 막내아들은 어디를 가나 막내 노릇을 했다.

"제가 밖에서 살펴보니 로마군이 모든 성문을 봉쇄했어요. 그리고 성에서 밖으로 나가는 모든 길도 다 막았습니다. 아무도 성안으로 들어오거나 나갈 수 없게 됐습니다."

그때 시몬 게바가 눈을 깜박깜박하다가 물었다.

"그런데 삭개오는 어떻게 성전에 들어왔어요? 다른 사람들은 나가지도 들어오지도 못하는데…."

그러자 삭개오가 좀 쑥스러운 듯 머뭇거리다가 말했다.

"저야 좀, 예, 저는 들랑거릴 수 있습니다."

"아! 세리라서? 로마군에 협력하는 세리!"

요한이 불쑥 말을 내뱉었다. 삭개오는 어디에 눈을 둘지 몰라 한참 당황하다가 고개를 숙였다. 예수는 삭개오의 얼굴이 빨개지는 것을 보았다. 모두 요한을 나무라는 눈빛으로 쳐다보자 그는 어깨를 움찔하고 고개를 어깨 속에 감추는 시늉을 했다. 한참 그러고 있더니 삭개오에게 사과했다.

"미안해요, 삭개오! 그런 뜻은 아닌데, 그만 이 주둥이가, 에구, 이거 다 네 잘못이야!"

그러면서 주먹으로 제 입을 쥐는 시늉을 했다. 그 모습이 어찌 익살스럽고 귀여운지 모두 그만 허허 웃었다. 좀 분위기가 풀리자 삭개오가 시몬 게바에게 눈짓했다.

"게바! 잠깐!"

게바가 그를 따라 자리에서 일어서자 삭개오를 따라온 하인들도 그들을 따라갔다. 시몬 게바를 붙잡고 한참 무어라고 말을 한 삭개오는 하인이 들고 들어온 조그만 보퉁이를 건넸다. 그때 게바의 목소리가 다른 사람에게도 들렸다.

"고마운데…. 여자 제자들은?"

"내가 마련한 장소에서 당분간 지내면 돼요!"

자리로 돌아온 시몬이 무척 안심된다는 표정으로 예수에게 말했다.

"삭개오가 우리 모두 빠져 나갈 수 있는 패찰을 구해왔네요. 이것만 있으면 성전 문이든 성문이든, 심지어 로마군 주둔지도 통과할 수 있답니다. 30명이 나갈 수 있습니다. 마리아와 요안나가 며칠 묵을 수 있는 집도 별도로 마련했답니다, 여기 예루살렘 아랫구역에."

그 말을 듣자 제자들 모두 얼굴에 웃음이 돌았다. 그건 나무랄 수 없는 일이다. 그들이 얼마나 마음을 졸이고 있었을지 예수도 알았다.

그때 삭개오가 제자들을 둘러보더니 고개를 갸웃거렸다.

"어째 유다가 안 보입니다?"

그러자 야고보가 불편한 듯 툭 말을 받았다.

"어제 저녁에 베다니에도 안 돌아왔고, 새벽에 잠깐 왔다가 성전에 들어와서는 또 어디로 사라졌는데, 얘기를 듣자니 저기, 요새에 있는 로마군 감옥에 갇혀 있대요."

그러자 삭개오는 알 수 없다는 표정을 지으며 고개를 갸웃거렸다.

"그럴 리가 없는데? 이상하네! 나왔을 텐데!"

그러나 그는 더 이상 다른 말을 하지 않았다. 마리아와 몇몇 눈치 빠른 제자들은 삭개오와 유다 사이에 특별한 일이 있다는 것을 즉각 깨달았다. 그리고 전날, 성문 앞에서 삭개오를 만나자 유다가 볼 일이 있어 베다니로 넘어가지 않겠다고 뒤로 처졌던 일을 떠올렸다. 이미 눈치 빠른 사람은 유다가 삭개오에게서 예수 일행이 예루살렘에서 쓸 노자 정도는 받았을 것이라고 짐작했다.

'베다니 여인숙에는 돈도 안 내고 묵는데, 그 돈을 유다는 어디에 썼을까?'

'하얀리본 두목 뒷바라지에 썼겠지!'

말은 안 하지만 그런 생각을 하는 제자들이 여럿 있었다. 다른 사람들은 입 다물고 있는데, 빌립이 불쑥 하고 싶었던 말을 입 밖에 냈다.

"선생님을 따르는 제자가 하얀리본 두목을 위해 대신 감옥에 갇히다니…. 하얀리본 그 사람들 편에 서서 생각하면 그럴 수도 있겠지만, 선생님을 따르는 제자로서는 그럴 수 없어요! 선생님이 여러 번 말씀하셨잖아요? 우리는 씨를 뿌리는 일을 맡은 사람들이라고! 그건, '네 목숨이 네 목숨 아니다!' 그 말씀 아니에요?"

그의 말에 작은 시몬이 무언가 할 말이 있는 듯하다가 참았다. 조금 전까지 서로 애썼네, 대단하네 칭찬하던 사람들이 또 의견이 갈리는 순간이다. 예수는 제자들 사이에 일어나는 그런 문제에 간여하지 않고 지켜보았다.

'세상 어디에서나 볼 수 있는 일이니…저들이라고 지금 당장 그 본모습을 벗어 던질 수는 없는 일. 때가 되면 그것보다 더 중요한 것이 무엇인지 알 테니….'

무슨 이유로 벗어났든 유다는 이미 스스로 제자 무리에서 벗어난 사람 취급을 받을 수밖에 없게 됐다.

'저들이 무리가 돼서 한 가지 일을 이룰 것이 아니고, 각자 자기 길을 갈 터인데….'

예수는 유다 일에 이래라 저래라 말하지 않기로 마음먹었다. 다만, 때가 되기 전에 유다의 얼굴을 한번 보고 싶었다. 그가 살아가는 것을 포기하지 않도록 일으켜 세워 주고 싶다.

그러나 예수라도 알지 못하는 일은 있다. 그는 유다가 앞으로 어떤 길을 걸어갈지 전혀 생각하지 못했지만, 유다야말로 끈질기게 거사와 혁명을 꿈꾸며 일생을 살아갈 사람이다. 히스기야와 바라바가 이끌었던 거사가 어떻게 실패했는지 두 눈으로 똑똑히 보았기 때문에 그는 더 치밀하게 다음 일을 준비할 것이다.

제 10시가 훨씬 넘어 해가 점점 서쪽하늘로 기울기 시작했다. 더구나 예루살렘은 분지라서 해가 일찍 진다. 해가 질 무렵이 되면 금방 날

씨가 쌀쌀하다. 가끔가끔 손을 맞비비며 추위를 느끼기 시작할 때쯤, 갑자기 둑이 터진 못에서 물 빠지듯 사람들이 성전 문으로 몰려 나갔다. 그러나 주랑건물 위에 늘어선 로마군과 성전 출입구를 지키던 경비대 병력은 꼼짝하지 않고 그 위치에서 군중의 움직임을 감시하고 있었다.

"무슨 일이지?"

요한이 뛰어가서 사람들을 붙잡고 물어보더니 숨을 헐떡이며 달려와 예수에게 말했다.

"선생님! 로마군과 경비대가 성전 문과 성문 봉쇄를 풀었답니다. 이제 나가도 된답니다."

그 말을 듣고 야고보와 빌립 등이 벌떡 자리에서 일어나면서 큰 소리로 말했다.

"잘됐습니다. 선생님! 우리도 이제 나가지요!"

"선생님! 늦어지면 또 무슨 일 있을지 모르니 어서 나가시지요!"

그 말을 듣고 다른 제자들도 주섬주섬 자기들이 들고 들어왔던 짐을 챙겨서 일어섰다.

"선생님! 가시지요!"

그들이 서두르며 한 마디씩 하는 말을 듣고서도 예수는 가만히 앉아 있다. 그는 사람들이 빠져 나가는 성전 뜰을 바라보고 있었지만, 성전 뜰이 아니라 다른 무엇을 보고 있는 사람 같았다. 예수가 무슨 생각에 빠지면, 무엇을 깊게 생각하고 있으면 한참 기다려야 한다는 것을 제자들은 알았다.

그들은 마음이 급했다. 만일 사람들이 얼추 빠져나간 다음, 성전 경비대가 예수를 체포하려고 덤벼들면 어쩔 것인가? 다른 제자들의 눈짓을 받고 시몬 게바가 예수 옆으로 다가가 예수의 팔에 손을 댔다. 그가 그렇게 예수의 몸에 손을 대기는 같이 배를 타고 고기잡이 할 때를 빼고는 처음이었다.

예수는 아무 말도 없이 조용히 시몬을 쳐다보다가 입을 열었다.

"먼저들 나가세요!"

"예? 선생님, 같이 안 나가시겠어요?"

"나는 좀 더 있다가⋯."

그러자 작은 시몬과 도마가 나섰다.

"안 됩니다. 선생님! 지금은 안 됩니다. 같이 나가셔야 합니다."

예수가 그들의 표정을 보니 아주 절박했다. 자꾸 힐끔힐끔 몰려나가는 다른 사람들을 쳐다보고, 또 성전 뜰 여기저기에 떼를 지어 몰려있는 경비대를 바라보고 있었다.

"선생님! 저희들만 나갈 수 없습니다."

짐짓 도마가 자리에 앉는 시늉을 하자 할 수 없다는 듯 예수도 일어났다.

"그래요! 같이 갑시다."

아직 성전 뜰에 해가 비추고 있지만, 예수나 제자들이나 모두 추운 기운을 느꼈다. 그들이 솔로몬 주랑건물에서 나오자 멀리 서 있던 성전 경비대가 움직이기 시작했다. 소레그 너머 이스라엘의 뜰 안에 몰려 있던 한 무리, 뜰 건너 서쪽 주랑건물 아래 모여 있던 무리, 성전 뜰 남쪽 왕의 주랑건물 부근에 있던 무리들이 모두 한꺼번에 움직이기 시작했다.

그들은 뛰거나 달리지도 않고 조용히 다가왔다.

"에구! 저놈들이 또 우리 쪽으로 오네! 이번에는 진짜 같네!"

요한이 잔뜩 겁먹은 목소리로 중얼거리더니 형 야고보 뒤로 몸을 감추었다.

"요한! 걱정 마오! 내가 앞장서리다."

예수가 제자들 앞에 섰다. 그리고 그들을 이끌고 이방인의 뜰에서 남쪽 광장으로 나가는 지하통로 계단 쪽으로 성큼성큼 걸음을 옮겼다. 경비대 병력이 차츰 뜰 안으로 조여 들어오자 남아 있던 사람들의 발걸음이 갑자기 빨라졌다. 어떤 사람은 뛰고, 어떤 사람은 자기 일행을 다급하게 불러 모아 계단 쪽으로 달렸다. 예수 일행을 밀치고 뛰어가는 사람도 있었다.

"밀지 마요!"

시몬 게바가 불편한 듯 큰 소리로 그들을 나무라자 예수가 말했다.

"놔둬요! 무서우면 그럴 수 있지….."

그래도 꽤 많은 사람들이 예수 일행을 둘러싸고 걸었다. 아마 그들은 예수와 경비대가 맞부딪치면 소리를 지르고 돌팔매질을 해서라도 경비대에 맞섰을 사람들이 분명했다. 그들에게 로마군은 한없이 무서운 존재였지만, 성전 경비대는 해볼 만한 상대였다.

경비대는 곧 예수 일행에게 덮치기라도 할 듯 겁주면서 사람들을 성전 뜰에서 모두 몰아냈다. 그렇지만 예수와 제자들을 가로막지는 않았다.

"휴! 나는 가슴이 조마조마하고 다리가 덜덜 떨려서 어찌 계단을 걸어 내려왔는지 모르겠네요. 다행이네!"

홀다문으로 나가는 통로를 걸으면서 요한이 옆에서 걷는 도마에게 소곤거리며 말했다. 그러나 도마는 무슨 생각을 하는지 심각한 표정으로 아무 말도 하지 않고 주위를 살펴보며 걷고 있었다.

"도마!"

요한이 불러도 대답이 없다. 그러더니 그는 힐끗 뒤를 돌아보았다.

"흠!"

그가 나지막하게 신음소리를 냈다. 그리고는 요한을 놔두고 빨리 앞으로 걸어가 시몬 게바 옆에 서더니 무어라 얘기를 나누었다. 도마의 말을 듣고 게바도 얼른 뒤를 돌아보았다.

도마의 하는 짓이 이상해서 요한은 빨리 걸어 그들 뒤에 따라붙었다. 많은 사람들이 앞으로 뒤로 옆으로 바짝 붙어 걷고 있어서 도마처럼 그렇게 재빨리 걸을 수가 없었다. 게바와 도마는 사람들을 헤치고 예수 곁으로 다가가서 나란히 걸으며 무슨 말을 건넸다. 예수는 알았다는 듯 고개를 끄덕였다.

그러는 중에 홀다문까지 걸어 나왔다.

"아!"

광장을 내려다보던 사람들은 갑자기 주춤 그 자리에 멈춰 섰다. 로마군이 광장을 장악하고 있었다. 그냥 장악한 것이 아니고, 성전 앞 광장에서 바로 튀로포에온 골짜기로 내려가는 길을 막았고, 중간에서 아랫구역으로 나가는 길도 막고, 오로지 남동쪽 성문으로 걸어 내려가는 길만 터놓고 있었다. 마치 양 우리에 양을 몰아넣을 때처럼.

로마군이 대오를 맞추어 서 있는 광경을 보고 놀란 군중은 이제 정말 달아나는 사람들이 됐다. 앞다퉈 홀다문 앞 계단을 내려가는데 뒤에서 우르르 사람들이 몰려나왔다. 그들 뒤에서 경비대 병력이 사람들을 몰아냈다.

"나가! 빨리 나가!"

마치 로마 군인들이 무력시위를 할 때 그러했듯, 경비대는 칼을 빼들고 방패를 두드리며 걸어 나왔다. 성전 뜰과 통로에서 사람들을 모두 성전 앞 광장으로 몰아낸 경비대는 계단 맨 위에 두 열로 길게 늘어섰다. 이중문과 삼중문 모두 봉쇄한 셈이다. 이제 성전에는 제사장들과 성전 일을 거드는 레위 사람들, 성전에서 부리는 종들, 그리고 경비대 병력 외에는 아무도 드나들 수 없게 됐다.

홀다문 밖은 로마군이 장악한 지역이다. 이제 문밖으로 밀려나오고 계단 아래로 쫓겨 내려간 유대인들은 전적으로 로마 군인들의 통제를 받게 됐다. 성전 구역이 아니기 때문에 로마군이 아무런 이유 없이 유대인을 체포하든, 엎어 놓고 두들겨 패든, 발로 차든 어디에 하소연도 할 수 없는 처지가 됐다. 그나마 명목상으로 유대인을 보호해야 할 의무를 졌던 성전이 그들을 모두 성전 밖으로 뱉어 낸 셈이다.

군중은 함께 모여 있으면, 옆에 서 있는 사람이 큰 소리로 외치면 자기도 모르게 따라 외치며 동조한다. 개인이 아니고, 말 그대로 군중, 큰 덩어리로 움직이고 반응하기 때문이다. 그러나 어떤 형편에서 자기가 개인으로 노출되었다고 판단하는 순간 급격하게 무너진다. 사람들은 살아오면서 자기를 개인이라고 생각해 본 적이 없다. 늘 누구네 집, 어떤 마을, 어느 지방, 다른 사람들과 더불어 한 덩어리로 살아왔기 때문이다.

그런데 지금은 그를 보호해 주던 군중의 힘이 허무하게 사라졌다는

360

걸 알게 됐다. 몇 사람씩 주춤주춤 로마군이 길을 터놓은 쪽으로 몰려 갔다. 어깨를 늘어뜨리고, 주위를 두리번거리면서, 몰려간다. 이미 앞서 나온 사람들 모두 그렇게 온순하게 몰려나갔으리라. 뒤쪽에서는 경비대가 사람들을 사정없이 아래로 밀어붙였다.

"게바! 야고보! 이러다가 사람들 다치겠어요! 서두르지 말고 천천 히 걸어가라고 외치세요. 쫓겨 내려가지 말고 걸어 내려가라고 외치 세요! 한목소리로!"

"예! 알겠습니다. 선생님!"

그러더니 시몬 게바와 야고보, 그리고 그들 바로 뒤에서 걷던 작은 시몬, 레위, 그의 동생 작은 야고보, 빌립 도마 등이 여자 제자들을 보호하듯 둘러싸고 걸으면서 큰 소리로 외치기 시작했다.

"천천히! 천천히!"

"천천히! 천천히!"

처음에는 갑작스럽게 무슨 일인가 놀라던 사람들도 예수 제자들이 외치는 소리를 알아듣고는 그들도 따라 외쳤다.

"천천히! 천천히!"

곧 앞에서 걷던 사람, 뒤에서 걷던 사람, 그들 모두 따라서 외치기 시작했다.

"천천히! 천천히!"

사람들은 그 외침에 따라 발을 맞추어 걸었다. 그리고 얼굴에 조금 씩 생기가 돌았다. 어떤 젊은이들은 더 큰 소리로 외치며 옆 사람의 어 깨를 끌어안고 걸었다.

이제 그들은 허둥지둥 쫓겨 내려가는 사람들이 아니다. 내 목숨이 위태롭다는 생각에 발걸음 어지럽게 달아나는 사람들이 아니다. 성전에 들어갔다가 니산월 13일 해지기 전에 물러나는 사람들이다. 혼자가 아니고, 옆과 앞뒤에 동료 유대인과 함께 걷는 사람이다.

정말 놀라운 일이 벌어졌다. 사람들은 모두 전장으로 나가는 병사들처럼 가슴을 펴고 구호에 맞추어 걸었다. 그저 천천히 걷자는 그 말 한 마디가 그들을 일깨웠다. 그들이 할 수 있는 별것도 아닌 방법만으로도 두려움을 쫓아낼 수 있다는 것을 깨달았다. 수백 수천 명의 사람들이 구호에 맞추어 출렁거리며 걸어 내려가는 광경은 그야말로 장관이었다. 튀로포에온 골짜기로, 그 건너 아랫구역, 그리고 성문 밖 기드론 골짜기와 힌놈 골짜기로 그들의 외침이 퍼져 나갔다.

로마군도 그들의 입을 막을 수 없었다. 로마군이 과시하는 위협에 대한 저항의 소리는 분명했지만, 유대인들은 단지 천천히 발맞추어 걸어가자고 외칠 뿐이었다. 그러나 로마군이나 성전 경비대나, 심지어 발맞추어 구호를 외치며 걸어가는 사람들도 자기 한 사람 개인이 아니라 한 덩어리 유대인이 되었음을 알았다.

그것은 제자들에게도 깜짝 놀랄 만한 경험이 됐다. 칼과 창, 힘에 의하지 않고도 얼마든지 군대의 막강한 무력 앞에 힘없이 무너지지 않을 수 있는 방법이 있다는 것을 깨달았다. 완전히 주도권을 빼앗긴 채 로마군의 지시에 따라 포로처럼 터덜터덜 걸어야 했던 사람들이 스스로 속도를 조절하며 자기 길을 걷게 됐다.

"선생님!"

도마가 감격스럽다는 눈빛으로 예수를 불렀다.

"내가 나의 위엄을 되찾으면 내 길을 걷는 셈이지요."

예수는 그 한 마디를 하고는 남동쪽 성문을 바라보았다. 그곳에 사람들이 많이 몰려 있었다. 그런데 놀랍게도 그 자리에 몰려 있는 사람들이 모두 제자리걸음을 하며 계속 구호를 외치고 있었다.

　"천천히! 천천히!"

　사람들 귀에는 '천천히' 그 구호가 이제 여러 의미를 띠기 시작했다.

　"두려워 말라! 우리는 하나다!"

　"내 길은 내가 걷는다!"

　위협에 굴복하지 않겠다는 다짐이고, 이리 몰면 이리 가고, 저리 몰면 저리로 쫓겨 가는 양 떼가 아니라는 확인이다.

　남동쪽 성문 안쪽에서 로마군은 세 방향으로 길을 터놓았다. 아랫구역으로 들어가는 사람, 튀로포에온 골짜기 쪽으로 올라갈 사람, 그리고 성밖으로 나갈 사람으로 그곳에서 갈라져 헤어지도록 통제했다.

　세 갈래로 갈라지는 사람들을 한참 바라보던 예수는 제자들을 이끌고 성문 쪽으로 걸어갔다.

　"선생님! 저희들이 앞서겠습니다."

　작은 시몬과 도마가 예수 앞에 서려고 했다.

　"괜찮아요! 내 뒤로 물러서시오!"

　다시 무어라고 말할 수 없을 만큼 예수의 말은 엄정했다. 하기야 위험 앞에 제자들을 앞세울 그는 아니었으니 당연한 일이다.

　성문을 지키는 로마군 경비병과 성전 경비대 병력은 예수를 위아래로 훑어보며 지나가라는 신호를 보냈다. 이미 앞서서 성문을 빠져나간 사람들이 모두 뒤돌아서서 예수가 무사히 성문 밖으로 나올 수 있는지 지켜보았다. 그들은 분명 경비대와 로마군이 달려들어 그 자리에서 예수를 체포할 것으로 생각하고 있었으리라. 그렇기 때문에 도마와 작은 시몬도 자기들이 예수 앞에 서겠다고 나선 것이다.

성문을 나와서 보니, 넓은 터 오른쪽에 움막마을 사람들이 잔뜩 나와 서 있었다. 그들은 예수를 보자 모두 손을 흔들었다. 그중에 한 명이 똑똑히 들릴 만큼 큰 소리로 외쳤다.

"선생님! 무사하셔서 다행입니다."

다른 사람이 외쳤다.

"분명 성전 뜰 안에서 무슨 일을 당하시는 줄 알았습니다. 다행입니다. 도적떼는 저 위 수사문 밖에서 모두 죽거나 잡혔습니다."

그 말이 날카로운 비수처럼 예수의 가슴을 푹 찔렀다. 그러리라고 예상은 했다. 그렇지 않고서야 성전 경비대가 수사문을 터놓고 그쪽으로 달아나도록 유도할 리가 없었다. 작은 시몬도 그 말을 듣고 얼굴이 일그러졌다. 얼마나 입술을 힘껏 깨물었는지, 곧 피가 흘러나올 만큼 벌겋게 변했다.

"선생님! 올리브산 잘 넘어가십시오. 내일 아침에 뵙겠습니다."

그들 앞을 가로막고 선 로마군인들 때문에 가까이 다가오지는 못해도 그 마음은 알 수 있었다. 어린아이를 안고 있는 젊은 어머니도 연신 손을 흔들었다. 예수는 늘 그러했듯, 가슴까지 두 손을 모아 올린 후 허리를 굽혀 그들에게 인사했다. 그리고 그를 둘러싸고 서 있던 사람들에게도 똑같은 자세로 인사했다. 이제 언덕을 내려가면, 예루살렘 남쪽 베들레헴 방향으로 갈 사람은 힌놈 골짜기를 따라 내려가고, 예수처럼 베다니나 벳바게로 갈 사람들은 기드론 골짜기로 걸어 올라가야 한다.

무엇인가 깊은 생각에 잠겨 예수는 언덕을 걸어 내려갔다. 그의 걸음이 위태로워 보였는지 빌립이 옆으로 다가오더니 슬그머니 옷자락을 잡았다.

"빌립! 괜찮아요. 고마워요!"

예수는 별것 아닌 일에도, 어떤 사람이 보이는 조그만 호의에도 늘 빼놓지 않고 고맙다고 인사하는 사람이다. 마치 세상 모든 일을 다 고마워하는 사람처럼.

골짜기를 내려와 갈림길에 이르렀을 때 그는 다시 남쪽으로 갈라져 내려가는 사람들에게 인사했다. 그들도 예수에게 허리 굽혀 인사했다.

"잘 가세요, 선생님! 내일 또 뵙지요."

"그러지요! 잘 가세요! 쉘라마!"

"쉘라마!"

예수는 제자들 그리고 많은 사람들과 함께 기드론 골짜기를 따라 걸었다. 그때 시몬 게바가 부지런히 예수 옆에 따라붙더니 작은 목소리로 말했다.

"선생님! 아까 삭개오가 주고 간 패찰이 있는데, 그걸 쓰면 이쪽 베다니로 직접 올라갈 수 있답니다. 30개를 받았으니 우리 일행하고 저 사람들 중 몇 사람은 함께 지름길로 올라갈 수 있습니다."

예수는 고개를 흔들었다.

"넣어 두시오! 그대들에게 필요한 때가 있을 거요. 우리는 어제처럼 저 위쪽 길로 갑시다."

그리고 그는 먼저 발걸음을 떼었다. 예수가 한번 그렇게 말하면 다시 그의 마음을 돌릴 수 없음을 시몬은 안다. 그는 할 수 없다는 듯, 패찰 30개가 든 조그만 보따리를 다시 어깨에 올려 메었다.

움막마을 사람들이 천막을 치고 지내던 산자락 밑을 지나 기드론 골짜기 북쪽으로 천천히 걸었다. 로마 군인들은 모두 군막 밖으로 나와 늘어서서 골짜기를 지나가는 예수 일행을 지켜보았다. 13일 햇빛이 그들 로마군 군막을 지나 좀 더 산 위로 올라갔다. 햇빛과 그늘의 경계가 언제나 그렇듯, 로마군 군막과 기드론 골짜기는 갑자기 더 어두워진 것 같았다.

전전날 요하난과 헤어진 후 예수가 혼자 골짜기 바닥에 내려와 무릎을 꿇었던 하얀 바위가 보이는 곳까지 왔다.

"먼저 넘어가시오! 나는 여기 좀 있다가 뒤쫓아 가리다."

"아니! 선생님!"

모두 나서서 한목소리로 말리는 제자들을 뒤로하고 예수는 길을 벗어나 골짜기로 내려갔다.

"선생님!"

마리아는 울음 섞인 목소리로 예수를 불렀다. 그녀는 이미 성전 솔로몬 주랑건물에서 선생이 제자들과 떨어지려고 한다는 것을 알아챘다. 그때 선생은 제자들에게 먼저 나가라고 말하지 않았던가?

"선생님!"

마리아가 부르는 소리는 이제 울음이다. 안토니오 요새에 있는 로마군 위수대 감옥으로 등을 보이며 걸어가던 히스기야를 담담하게 보냈던 그녀였다. 그러나 골짜기로 내려서서 하얀 바위 쪽으로 허청허

청 발걸음을 떼는 예수를 보면서 이제는 주저앉아 울고 싶었다.

'아! 선생님! 기어이 그리하시렵니까?'

여러 번 마음속으로 말을 건 끝에 겨우 예수의 대답을 들었다.

'이럴 수밖에 없소! 마리아! 남자 제자들, 요안나와 함께 어서 넘어가시오. 이제 곧 어두워질 터이니, 어서…. '

예수는 이미 성전 뜰에서부터 알았다.

'이 밤 안으로 저들이 나에게 손을 댈 것이니…. '

왜 부모는 자식의 눈을 가리는가, 양의 목을 딸 때? 언젠가는 그 자식도 장성하고 스스로 양을 잡는 날이 오겠지만, 어린 자식에게 차마 양의 생명을 끊는 모습을 보여 주고 싶지 않고, 그 마지막 내쉬는 숨소리를 들려주고 싶지 않은 법이다. 숨이 끊어질 때, 버르적거리다가 부들부들 떨다가 푸우 마지막 뜨거운 숨을 내쉬면서 다리를 쭉 뻗는 장면에서 아이를 돌려세워 팔로 껴안는다.

비단 그뿐이 아니었다. 성전 경비대와 로마군 병사들이 그를 체포하러 움직일 시간이 가까워졌는데 제자들 앞에서 체포된다면 그들이 위험에 빠질 것 같았다. 만일 베다니 여인숙에 병사들이 들이닥친다면, 제자들은 목숨을 걸고 격렬하게 저항할 것이 분명했다. 로마군이나 경비대가 제자들에게 손을 대는 일이 벌어질 것이다. 제자들마저 모두 체포되는 일만은 피하고 싶었다. 그가 늘 했던 말대로 손에 들고 있는 씨를 모두 모닥불 속에 털어 넣는다면 누가 남아 무슨 일을 할 수 있을 것인가?

베다니로 제자들이 무사히 돌아가면, 예수가 기드론 골짜기에서 붙잡혀간다고 해도 그들이 달아날 짬이 될 수 있으리라고 생각했다. 무슨 일이 생기면 모두 달아나라는 말만 그들이 지킨다면….

마리아 생각으로는 남자 제자들은 아무도 다른 낌새를 채지 못한 모양이다. 그러니 저렇게 무덤덤하게 바라보고 있지. 그들은 전전날과 마찬가지로 선생이 그곳에서 기도를 한 후 산을 넘어오리라고 생각하는 것 같았다.

"게바! 어떻게 좀 해봐요! 다들…선생님을 모시고 가자고요!"

시몬 게바를 쳐다보며, 다른 제자들을 둘러보며 마리아가 안타깝다는 듯 말했지만 그들은 아직도 상황을 못 알아채고 서 있다.

"기도하시고 곧 넘어오시겠지요!"

야고보가 말했다. 그때, 레위가 무엇을 깨달았는지 울음 섞인 목소리로 예수를 불렀다.

"선생님! 그러시면, 저희는…같이 넘어가셔야지요!"

그 소리를 듣고 예수는 돌아섰다. 그리고 손을 흔들며 어서 넘어가라고 재촉했다. 한 걸음 걸어가면 한 걸음만큼 제자들로부터 멀어지는 것이다. 지난 세월이 눈앞에 스쳐 지나갔다. 제자 한 사람 한 사람 맞아들이던 날들이 떠올랐다. 한 사람이 새로 들어오면 새 세상이 그만큼 가까워진 것 같았고, 한 사람이 떨어져 나가면 그만큼 옆자리가 허전했다.

예수는 제자들의 눈길을 뒤로하고 하얀 바위에 가서 등을 기대고 앉았다. 제자들 중 아무도 골짜기로 내려가서 선생을 강제로라도 모시고 나올 생각을 하지 못했다. 무엇인가 이상하다는 생각이 들기는 했지만, 선생이 한번 무엇을 결정하면 되돌릴 수 없다는 것을 그들도 알고 있었다.

그때 예수가 큰 소리로 시몬 게바를 불러 단호한 어조로 일렀다.

"게바! 그대가 제자들 모두 이끌고 산을 넘어가시오! 내가 그대들 뒤를 따르리다."

"예! 선생님"

게바는 큰 소리로 대답했다. 하기야 며칠 전에도 올리브산 중턱에 선생 혼자 남겨 놓고 베다니로 돌아가지 않았던가?

"자 갑시다! 뒤를 따라 곧 오시겠다고 했으니…마리아! 어서 가요!"

마리아는 고개를 끄덕였다. 무슨 말로도 예수의 마음을 돌릴 수 없음을 알기도 했지만, 제자들과 떨어질 수밖에 없는 예수의 마음을 그녀는 깨닫고 있었다.

그녀는 자세를 가다듬더니 예수에게 깊게 허리를 굽혀 인사했다. 그녀가 늘 들고 다니던 보퉁이를 가슴에 안고, 천천히 고개를 숙이고 허리를 굽히고 그리고 한참 허리를 펴지 않았다. 그 광경을 보면서 제자들은 어떤 절절함을 느꼈다. 예수도 자리에서 일어서더니 제자들을 향해 인사했다. 두 손을 가슴까지 모아 올리고, 깊이 허리를 숙였다.

"쉘라마!"

제자들도 황급히 몸을 가다듬고 예수처럼 가슴에 손을 모아 인사를 했다.

"쉘라마! 선생님 쉘라마!"

그들은 그저 선생이 하는 인사를 따라 했을 뿐이고, 예수는 제자들에게 특별한 인사를 했다. 작별의 인사였다.

제자들은 게바의 손짓에 따라 한 사람 두 사람 골짜기 길을 걸어 올랐고, 맨 마지막으로 마리아가 제자들의 뒤를 따랐다. 그녀는 걸으면서도 자꾸 뒤를 돌아보았고, 그럴 때마다 예수는 어서 올라가라는 듯 손을 흔들었다.

벳바게로 올라가는 중턱에 제자들이 오를 때까지 예수는 그들을 바라보고 서 있었다. 날이 어두워지고 있었다. 이미 골짜기는 깊게 어둡고, 길을 걷는 제자들도 형체를 알아볼 수 없이 희미한 움직임으로만 보였다.

골짜기 바닥에 선생을 남겨 놓고 느릿느릿 산길을 올라가는 제자들, 마치 그들이 앞으로 살아가야 할 길이 그렇겠다고 예수는 생각했다.

"예수의 제자들!"

사실 무엇으로도 지울 수 없는 커다란 낙인烙印을 이마에 받은 사람들로 그들은 살아가야 한다. 소금호수 부근에 사는 사람들과도 다르고, 세례자 요한의 제자들과도 다른 예수의 제자로 살아야 한다. 바리새파도 아니고, 사두개파도 아니고, 제 4철학도 아닌 사람들로 살아야 한다. 그들 각자가 자기 걸음으로 자기 길을 걷겠지만, 결국 십자가에 매달린 예수의 제자였던 사람으로 살아가야 할 감당하기 힘든 운명을 짊어진 사람이다.

"십자가에 매달려 고통받다가 사라진 예수의 제자들!"

그들은 갈릴리 어부, 세리, 농사꾼, 귀신들렸던 여자라는 명칭보다 더 처참하고 잊고 싶은 새 이름을 얻게 될 것이다. 세상이 예수를 받아들이지 못하니 어찌 제자들을 받아들일 것인가?

"시몬 게바, 안드레, 야고보, 요한, 레위, 작은 야고보, 작은 시몬, 빌립, 나다나엘, 도마 … 저들은 남자이니 좀 낫겠지만, 여자 제자들,

마리아와 요안나, 베다니의 마르다 삼남매 … 저들이 살아갈 세상에서 얼마나 멸시와 천대를 받을 것인가?"

예수는 제자들의 얼굴을 하나씩 떠올렸다. 아직도 어린애 같은 요한이 눈을 동그랗게 뜨고 쳐다보는 모습도 떠올랐다. 예루살렘에 머무르고 있을 삭개오, 므나헴, 유다, 글로바와 마리아, 살로메, 다른 마리아, 알렉산더와 루포 형제 얼굴도 떠올랐다. 지난 며칠 동안 주위를 맴돌던 젊은이와 매일 성전 뜰에 올라와 눈을 반짝이며 가르침을 듣던 새 제자들도 생각이 났다.

'저들에게 이제 마지막 남은 고비가 있으니 … .'

그런데 갈릴리에서 이끌고 내려온 제자들이 더욱 걱정이 됐다. 어두워지는 산길을 헉헉거리고 올라 터덜터덜 베다니로 걸어 내려가는 모습이 눈앞에 어른거렸다.

"나를 따르시오! 사람을 낚는 어부가 됩시다."

그들은 진정 무엇을 기대했을 것인가? 예수는 그들에게 무엇을 줄 수 있었던가? 갈릴리에서의 예수는 무엇인가 그들 손에 쥐여 줄 수 있을 것 같았다. 새 세상을 이루고 뿌듯한 마음으로 그들이 입을 크게 벌리면서 기뻐할 무엇을 가슴에 안겨줄 수 있을 것 같았다. 그러나 이제 제자들은 예수에게서 받아 든 것이 아니라 자기들 손에 쥔 씨를 뿌려야 하는 사람이 됐다. 그들 또한 씨가 되어 죽어야 싹이 트는 운명이 됐다.

캄캄한 밤에 그들은 그들의 길을 걸어야 한다. 더 이상 예수가 손을 잡고 이끌 수는 없다. 예수는 골짜기 가장 낮은 곳에 앉은 사람이기 때문이다.

그 시간에 예수의 어머니 마리아와 동생 야고보는 올리브산 동쪽 중턱, 베다니 마을에 들어서고 있었다.

"저 사람한테 물어 봐라!"

그렇지 않아도 야고보는 큰 나무 밑에 앉아 있는 사람에게 물어 볼 생각이었다. 지금 시간에 예루살렘에 들어가면 성문도 닫힐 것이고, 어디가 어딘지 지리도 모르고 예수를 찾을 길이 없을 것 같은 생각이 들었다.

야고보는 원래 예수네 형제 중에 가장 수줍음도 많이 타고 말수도 적은 사람이다. 좀처럼 누구에게 먼저 말을 걸지도 않고, 하루 종일 같이 있어도 묻는 말에 대답만 해서 답답하다는 소리마저 듣기 일쑤다. 더구나 누구에게 길을 묻거나, 부탁하는 것을 아주 싫어했다.

그런 야고보라도 때가 때인 만큼 자기가 나서야 한다는 것은 알았다. 그는 나무 밑에 앉아 있는 사람들에게 걸어가면서 작은 기침을 했다. 좀 물어볼 말이 있다는 신호다.

"저 말씀 좀 여쭤려고 …"

"예! 뭔데요? 방이 필요한가요?"

"아니, 그게 아니고 … 혹 갈릴리에서 온 예수라는 사람 어디 있는지 아시나 해서 … 제자들까지 일행 숫자가 꽤 될 겁니다."

"어? 우리 여인숙에 묵고 계신데요?"

"잘됐습니다. 저는 야고보라고 예수 큰동생이고요, 저기 어머니 모시고 형을 찾아왔습니다."

"아이고! 그럼 예수 선생님을 찾아 갈릴리에서, 그 먼 길을 걸어오셨다는 말이에요? 저는 나사로입니다. 여기에서 여인숙을 하는…. 저도 지금 선생님 일행이 산을 넘어오시는 것을 기다리고 있습니다. 오늘 성전 안에서 큰일이 벌어졌다는 얘기를 들었거든요."

그러면서 그는 얼른 일어나 예수의 어머니 마리아에게 달려갔다.

"어서 오세요. 선생님 어머니 되신다고요? 저는 나사로입니다. 큰어머니, 누이 그리고 여동생과 여기서 여인숙을 합니다. 예수 선생님은 저희 집에 묵고 계십니다. 아마 곧 산을 넘어오실 테니 먼저 들어가셔서 기다리시지요."

붙임성 좋은 나사로는 두 사람을 안내해서 여인숙으로 맞아들였다. 야고보가 들은 대로 마리아에게 간단하게 설명해 주었다.

"여기 묵고 있다는데요, 아직 산을 안 넘어온 모양이에요. 곧 온답니다."

그는 예루살렘 성전에서 큰일이 일어났다는 말은 일부러 숨겼다. 여리고에서 아침 일찍 출발하긴 했지만, 그 멀고 험한 산길을 걸어 올라오느라 지쳐서 그런지 마리아는 아무 말도 하지 않고 그저 고개만 끄덕이며 여인숙으로 걸어 들어갔다.

여자에게는, 특별히 어머니에게는 남다른 육감이 있는 모양이다. 곧 예수가 산을 넘어 돌아올 거라는 말을 들었지만 그녀는 두근거리는 가슴을 진정할 수가 없다. 어쩐지, 아들을 영원히 안아주지 못할 거라는 생각에 사로잡혔다.

예전부터 가끔 보았던 환상이 다시 보인다. 하얀 옷을 입은 사람들이 예수를 끌고 언덕 위로 올라간다. 아들은 저항하지도 않고, 그저 끌려 올라간다. 사람들이 아들을 나무에 높이 매단다. 그리고 참을 수 없을 만큼 큰 아픔이 가슴을 찌르고 들어왔다.

'찌르는 것.'

그녀는 옛일을 떠올렸다. 예수를 낳은 지 여드레 만에 베들레헴 마을에서 할례를 베풀던 날이었다. 요셉의 삼촌 시몬이 자지러지게 우는 아기를 건네주며 그녀에게 말했다.

"이 아기는 많은 사람을 넘어지게도 하고 일어서게도 할 거요. 그리고 찌르는 것이 마리아 그대 가슴을 깊이 찌르는 날이 올 텐데⋯."

찌르는 것, 날카로운 칼, 꼬챙이, 그것이 무엇이든 이미 마리아의 가슴을 찌르기 시작했다. 이미 늦었다는 생각이 들었다.

여인숙 마리아의 안내로 방에 들어가 자매의 큰어머니라는 눈이 잘 보이지 않는 여인과 인사하는 둥 마는 둥, 벽에 기대어 앉아 숨을 헐떡거렸다.

'저들이 아들을 아주 멀리 끌고 가기 전에 뒤쫓아야 한다!'

마리아는 벌떡 일어나 밖으로 나갔다.

"애야! 야고보야! 산을 넘어가자! 늦기 전에 가 보자. 저기 끌고 간다. 네 형을 끌고 간다. 어서 가 보자!"

그녀는 토막토막, 무슨 말인지 제대로 알아들을 수 없는 말을 했다.

야고보가 말렸다.

"어머니! 형이 곧 넘어올 테니 좀 쉬고 기다리세요. 지금이라도 곧 제자들 다 끌고 들어올 거예요. 틀림없이⋯."

마르다와 마리아 자매, 그리고 그녀들의 큰어머니까지 나서서 말렸다. 할 수 없이 다시 방 안으로 들어갔다가 금방 다시 나왔다.

374

"안 되겠다! 가 보자, 야고보야! 네 형에게 가 보자!"

그러더니 손을 허우적거리며 외친다.

"예수야! 애야! 기다려라! 에미가 지금 간다!"

겨우 주저앉으니 그녀의 손이 자꾸 바닥을 판다. 눈에 아무것도 보이지 않는 듯, 멍하니 어느 곳을 바라보면서 나무 등걸 같은 손가락으로 바닥을 후벼 파고 있다. 꺼이꺼이 소리 내고 우는 것보다, 가슴을 풀어헤치고 눈물 콧물 흘리고 우는 것보다 더 처절하게 울고 있다. 눈물도 못 흘리고….

✝

기드론 골짜기에 예수를 혼자 남겨 두고 벳바게로 올라가는 산길을 걸으면서 마리아는 여러 번 멈춰 서서 뒤돌아 골짜기를 내려다보았다. 이미 골짜기에는 어둠이 점점 짙어져서 하얀 바위에 기대앉은 예수의 모습이 겨우 희미하게 보였다.

예수는 그 어둠 속에 혼자 남아 무슨 생각을 하고 있을까? 왜 제자들과 함께 산을 넘지 않고 그곳에 떨어져 남았을까? 억지로라도 잡아끌고 올라오지 못한 것이 안타까웠다. 그럴 수 없어서 가슴이 아팠다. 예수의 마음을 알아채고 있어서 더욱 가슴이 쓰렸다. 숨을 쉴 때마다 찌르르 고통이 가슴을 파고들고, 걸을 때마다 마음이 쭐렁거렸다.

산길에서 마주 내려다보이는 성전산, 성전에는 성벽과 주랑건물을 따라 불이 환하게 켜져 있고, 이스라엘의 뜰, 제사장의 뜰에도 불이 환했다. 밝은 불빛으로 어디쯤이 성소인지 가늠할 수 있었다. 성전 북

서쪽 모퉁이에 안토니오 요새가 서 있다. 그곳은 성전보다 더 환했다. 안토니오 요새 밖으로 많은 사람들이 움직이고 있다. 아마 로마군 병사들이 집결한 것처럼 보였다.

"마리아! 가요! 너무 늦으면 밤길 위험해요!"

아직 길을 못 걸을 만큼 어둡지는 않은데도 남자 제자들이 자꾸 그녀를 재촉했고, 요안나가 근심스러운 듯 다가와 팔을 잡아끌었다. 그녀라고 마음이 편할까마는 그래도 그녀는 기쁜 일이든 슬픈 일이든 크게 동요하지 않고 조용히 속으로 삭이는 여자였다.

올리브산 동쪽으로 넘어가는 산 중턱을 넘으며 그녀는 다시 한 번 예루살렘을 내려다봤다. 중턱에서는 기드론 골짜기는 잘 보이지 않고, 멀리 예루살렘 윗구역이 눈에 들어왔다. 군데군데 불이 켜진 곳에는 하얀 저택들이 보였고, 나머지 어두운 곳은 모두 빈 터나 숲이리라. 윗구역 서쪽, 맨 위쪽에 길게 남북으로 뻗은 총독궁이 보인다. 예루살렘 모든 불빛을 합친 것보다 더 환하게 밝은 불빛이 옛 헤롯 왕궁을 비췄다. 아름답기보다는 잔인하고 거만하고 오만한 눈으로 도성을 굽어보는 건물이다.

중턱 벳바게 마을을 지나 베다니로 내려가는 길에 들어서자 마리아는 여러 번 발을 헛디뎌 넘어질 뻔했다. 그럴 때마다 요안나가 그녀를 붙잡아 주었고, 바로 앞에서 걸어 내려가던 요한은 걸음을 멈추고 뒤를 돌아다보았다. 괜찮으냐고 묻는 몸짓이다. 멀리 고원 위에 달이 떠올랐지만 웬일인지 길이 점점 더 어두웠다.

요한이 걸음을 멈추고 마리아를 기다렸다.

"괜찮아요. 어서 앞서가세요."

그래도 그냥 서서 기다리다가 아예 그녀 옆에 나란히 서서 걸었다. 요한이 옆으로 오자 요안나가 그들보다 몇 걸음 앞서 걸었다.

"고마워요, 요한!"

마리아가 요한에게 나지막한 목소리로 말했다. 따지고 보면 이제 갓 스무 살 넘긴 요한과 나이 마흔을 넘긴 마리아는 보통 어머니와 아들 같은 나이지만 그래도 마리아는 요한을 늘 남자로 앞세우고 남자로 대했다. 이스라엘에서 여자가 살아가는 법이 그랬다.

늘 말이 많고 안 끼어드는 데 없이 온갖 일에 참견하고, 이 사람에게 왔다 저 사람에게 갔다 끝없이 분주했던 요한이지만 베다니로 내려가는 길에는 어깨가 축 늘어져 있었다. 마리아가 그에게 말을 걸었다.

"요한! 내 말 좀 들어 보세요. 중요한 얘기예요."

"뭔데요?"

"이 밤 안으로 큰일이 벌어질 겁니다. 분명해요."

"어쩐지 나도 그런 생각이 들고, 자꾸 떨려요."

"선생님이 며칠 전에 말씀하신 적이 있어요. 무슨 일이 생기면 므나헴을 찾으라고…."

"왜요?"

"므나헴이 선생님을 돌볼 수는 없지만, 우리 제자들은 돌봐 줄 수 있을 거라고 하셨어요."

"에이! 그자가 무슨! 갈릴리 분봉왕의 첩자잖아요!"

"그래서 그럴 수 있다고 하셨어요. 그럴 경우, 다른 사람은 므나헴에게 말을 붙이기 쉽지 않을 테니 요한이 좀 나서야 할 거예요. 그냥 예전처럼, 형 대하듯 대하면서 부탁해 봐요."

"나는 싫은데⋯."

"요한 생각만 하지 말고 다른 제자들 모두 생각하세요. 씨를 뿌릴 사람을 남겨 두려는 선생님의 생각, 그리고 우리를 세상에 뿌려야 할 '씨'라고 부르셨던 선생님의 마음을 생각하세요. 우리더러 씨도 되고 씨 뿌리는 사람도 되라고."

"그래서 우리 보고 먼저 넘어가라고 하신 건가요, 선생님이?"

"농사를 지으려면 씨 나락을 남겨 두어야 하지요. 농부들은 굶어 죽으면서도 씨 자루는 베고 죽는답니다."

"그럼⋯ 선생님은 안 넘어오시고 저기 그냥 계실 건가요?"

마리아는 가슴이 아팠다. 레위는 겨우 무엇을 느꼈음에 틀림없지만, 눈치 빠른 요한이 그렇게 물으니 다른 제자들이야 더 말할 나위가 없었다.

"아니에요! 늦게라도 넘어오실 거예요."

마리아는 마음과 달리 요한에게 거짓말을 했다. 만일 선생과 이미 헤어진 셈이라고 말한다면 분명 수선을 떨고 다시 기드론 골짜기로 넘어가 선생님을 모셔 오자고 나설 것이 분명했다. 일부러 제자들을 떼어 보낸 선생의 마음이 마리아의 가슴에 와닿더니 깊은 슬픔이 돼 그녀의 가슴을 파고들었다.

"아하! 아하!"

요한이 알아들었다는 듯 고개를 끄덕이더니 갑자기 말을 뚝 끊었다. 그는 아무 말도 하지 않고 앞에서 걸어가는 다른 제자들 뒤를 훑어보았다. 그러더니 정말 모를 일이라는 듯 고개를 갸웃거리다가 마리아를 바라보며 물었다. 그 얼굴이 아직 어머니 곁을 맴도는 어린 아들 같았다. 자식을 낳아본 적 없는 마리아였지만 요한의 그런 모습을 보니 갑자기 그를 와락 끌어안아 주고 싶었다. 그의 마음속에 뭉게뭉게 일어나 덮어오는 두려움의 구름을 가려 주고 싶었다. 예수가 이 자리에 있었으면 정녕 그도 요한에게 그랬으리라.

"내가 정말 알 수 없는 것이 있어요. 선생님에게 여쭤보고 싶은 적이 많았으나 다른 제자들 눈도 있고⋯."

그러더니 다른 사람들이 들을 수 없을 만큼 목소리를 낮추어 요한이 물었다.

"왜 선생님이 우리를 제자로 가려 뽑으셨을까요?"

"왜 그 일이 궁금했어요?"

"아니, 우리야 정말 별거 아닌 사람들이잖아요! 글을 읽고 쓰는 선생도 아니고 관리도 아니고 군인도 아니고 무슨 일 맡겨 주셨어도 제대로 똑바로 한 일도 없고⋯. 따지고 보면, 갈릴리에서 선생님이 만나는 대부분 다른 사람들보다 하나도 잘난 것이 없는데 우리를 가려 뽑으셨단 말이에요. 그러니 지금 이처럼 고생하시는 것 아닌가⋯. 하다못해 삭개오 같은 사람만 해도 세리장으로 돈도 많고 예루살렘에 아는 사람도 많은데, 도대체 우리를 어디에 쓰시겠다고 제자로 삼아 여기까지 데리고 오셨는지⋯. 생각해 보면 혹 선생님께 무슨 일이 생겼을 때, 여기 우리 중에 나서서 손을 쓰고 누구라도 쫓아가 힘을 쓸 수 있는 사람이 하나도 없으니. 심지어 마리아 같은 경우에는 분봉왕 부하라도 알고 있잖아요?"

"그런데 왜 그 말을 하기에 다른 제자들이 마음에 걸렸어요?"

"그냥 걸리더라고요. 지금이야 이렇지만 그래도 한참 희망에 부풀어서 따라오고 있는데, '왜 우리 같은 사람을 뽑으셨습니까?' 내가 떡 그렇게 물으면 얼마나 기분이 나쁘겠어요? 아마 도마나 작은 시몬이 나 나다나엘, 빌립 저런 사람들은 나한테 싸우자고 덤빌 거예요."

"요한은 스스로 어떻게 생각했어요? 왜 그러셨다고?"

요한은 잠시 생각했다. 마리아는 잠자코 기다렸다. 선생 예수가 늘 그러했듯.

"내 생각으로는, 틀린 생각이 분명한데, 내 생각으로는…."

그가 거듭거듭 주저하며 말을 하지 못하자 마리아가 그를 쳐다보았다. 마리아가 무슨 말이든 해도 좋다고 용기를 북돋워 주는 것 같아서 그는 마음속에 생각하고 있던 말을 꺼냈다.

"우리 같은 사람들, 아무것도 아닌 사람들, 세상 누구도 인정해 주지 않는 사람들, 우리가 씨가 되고 씨 뿌리는 사람이 될 수 있다면 세상 사람 모두 그럴 수 있다고 생각하신 것 같아요."

"요한! 잘 들어 둬요. 선생님이 그렇게 생각하셨는지 아닌지, 그 말이 맞는지 틀렸는지 전혀 중요하지 않아요. 요한이 그렇게 생각한다면 나는 그것이 중요하다고 생각해요. 그렇게 앞으로 세상을 살면 되지요. 그러면 넘어져도 일어서고, 무너져도 다시 세우고, 하기로 마음먹은 일을 할 수 있겠지요. 선생님이 요한의 가슴속에 꼭꼭 심어 놓으신 씨에서 싹이 나고 자라 나무가 되고. 요한이 그렇게 되는 날을 나는 지금 이미 보고 있네요."

"마리아!"

요한은 더 이상 말을 잇지 못했다. 그녀가 다른 제자들보다 선생님의 가르침을 늘 먼저 알아듣고 더 잘 깨닫는다고 제자들 사이에 말이

오고간 일이 여러 번 있었지만 말하는 것까지 예수를 그대로 닮았다는 것을 새삼 깨달았다.

'씨를 뿌리는 사람, 남겨진 씨. 그러면 선생님이 베개로 삼아 베고 누웠다는 씨 자루가 우리인가?'

그랬음이 틀림없다. 예수는 그들을 가려 뽑지 않았다. 무엇을 보고 가렸을 것인가? 그랬더라면 이처럼 어부도 있고 세리도 있고 떠돌이 도적도 있고 헤롯 왕성 관리 아내도 있고, 더구나 그를 무너뜨리려는 분봉왕의 첩자도 받아들이지 않았을 것이다.

그의 마음을 꿰뚫어 본 듯 마리아가 한마디 덧붙였다.

"선생님이 하느님 나라는 새 세상이라고 말씀하시면서 겨자씨 겨자 풀 얘기도 하셨잖아요? 우리가, 세상을 살아가는 우리가 바로 하느님 나라라는 뜻이지요."

"하느님 나라의 일꾼이 아니고요?"

"일꾼이지요. 그리고 우리가 하느님 나라지요. 부풀어 가는 하느님 나라, 세상에 눈뜨고 싹을 내밀며 흙을 들고 살포시 일어나는 새싹이 바로 하느님 나라지요. 따로 있는 것 아니고, 여기 우리 속에, 이뤄지고, 우리 한 사람 한 사람이 하느님 나라라고 말씀하신 거지요."

"아하! 그래서⋯."

요한은 계속 고개를 끄덕였다. 그러고 보니, 앞서서 터덜터덜 걸어 내려가는 동료 제자들이 모두 세상에서 제일 귀한 사람처럼 생각됐다.

한참 만에 요한이 조심스럽게 물었다.

"마리아의 말을 듣고 생각해 보니 무슨 일이 있으면 그 일에 뛰어들 지 말고 달아나라는 말처럼 들리네요?"

"그래요! 그것이 선생님의 뜻입니다. 이미 오래전에 말씀하셨잖아요? '와들와들 떨고 턱을 덜덜 떨면서 달아날 것'이라고. 그 말씀은 제자들을 꾸짖으려는 뜻이 아니고 일어날 일을 말씀하신 것이라고 나는 생각해요. 그리고 직접 말씀하신 적도 있어요, '갈릴리로 돌아가라'고⋯. 왜 그러셨을까요? 내 생각으로는 선생님이 갈릴리에서 처음 시작하셨듯이 우리 제자들도 각자 일을 시작하라는 말씀이겠지요. 꼭 땅으로 갈릴리를 말씀하셨다기보다 갈릴리처럼 사람들이 고통에 시달리는 곳이면 어디든 갈릴리겠지요, 여기 유대도."

"마리아는 어떻게 그런 것을 다 깨달았어요? 우리도 선생님 말씀을 똑같이 듣기는 했는데 왜 몰랐을까요?"

"아니에요. 때가 되면 모든 것이 분명해진다고 이미 말씀하셨잖아요? 지금이 그때예요. 그리고 선생님이 말씀하셨듯이 늘 '왜?'라는 궁금함이 있으면 세상 모든 문제가 어떻게 하는 것이 좋을지 그 길까지 보여 주더라고요."

예수는 산 너머 기드론 골짜기 하얀 바위에 혼자 기대 앉아 제자들을 생각하며 그들의 걸음을 걱정하고 있는데, 제자들 대부분은 그저 터덜터덜 베다니 여인숙으로 걸어 내려가고 있다.

"오늘 참 무서운 일들이 여러 번 일어났는데 그래도 이렇게 무사하게 돌아올 수 있어서 다행이네요."

몇 사람과 함께 앞에서 걸어가던 작은 야고보가 일행 모두 들으라는 듯 크게 말했다. 그러자 그의 형 레위가 침울한 목소리로 동생 작은 야고보를 단속했다.

"우리가 무사한 것이 아니야! 곧 무서운 일이 벌어질 것이고, 선생님은 혼자 떨어져 남아 그 일을 겪으려고 작정하셨어…."

그의 목소리에는 울음이 반이나 섞여 있었다. 그러자 작은 야고보가 깜짝 놀라는 소리로 물었다.

"선생님 혼자? 그럼 우리가 쫓아가 봐야지 않아, 형?"

"선생님이 우리더러 넘어가라고 말씀하셨잖아! 지금은 그 말씀을 따라야 해! 괜히 앞장서서 소란 떨지 말고!"

그들 형제가 하는 말을 듣고도 다들 이상하게 조용했다. 나다나엘은 다른 사람들에게도 다 들릴 만큼 한숨을 크게 쉬고 묵묵히 걸어 내려갔다. 그러자 시몬 게바가 한마디 했다.

"선생님께서 나를 콕 집어 말씀하셨는데… 우리 모두 산을 넘어가라고… 우리를 뒤따르시겠다고…. 그러니, 꼭 오실 거요. 다들 마음이 무겁겠지만 우선 여인숙에 가서 기다리면서 일이 어찌 되는지 살펴봅시다."

그러자 도마가 작은 시몬과 무어라 얘기를 나누더니 자기 생각을 얘기했다.

"나는 도저히 걸음이 안 떨어지네… 선생님 혼자 골짜기, 그것도 가장 밑바닥 바위 옆에 계신데…. 나라도 넘어가 볼까 봐… 밤이 되면 짐승도 돌아다니고… 작은 시몬도 내가 가면 자기도 같이 넘어간다고하니…."

그는 이상하게 띄엄띄엄 말을 했다. 그 바람에 제자들 모두 발걸음을 멈추고 옹기종기 모이게 됐다.

시몬 게바가 다시 제자들을 둘러보며 말했다.

"선생님이 넘어가라고 분명 말씀하시는 것 모두 들었잖아요! 우리가 우르르 넘어가면 화내실 거요. 안 그래요, 마리아?"

그는 예수의 마음을 짚어내야 할 일이면 언제나 마리아를 찾았다. 요안나와 무슨 얘기를 나누고 있던 마리아가 나설 수밖에 없게 됐다. 모든 제자들이 그녀를 바라보고 있으니 그냥 입을 다물고 있을 수 없었다.

"잠깐만요!"

그렇게 요안나에게 말한 다음 시몬 게바 앞으로 걸어 내려갔다. 제자들이 길 옆으로 앞뒤로 둥글게 모인 가운데에 시몬 게바와 마리아 두 사람이 선 꼴이 됐다.

"선생님에게 생각이 있으셔서 우리더러 먼저 넘어가라고 하셨으니 그냥 여인숙으로 가시지요. 이 일은 선생님께서 여러분 모두에게, 그리고 특별히 시몬 게바를 지목해서 하신 말씀이니 게바가 앞장서서 내려가는 것이 옳지 않겠습니까?"

예수가 십자가에서 처형당한 후 백여 년 동안, 누가 예수의 뜻을 가장 잘 아는 제자였는가? 누가 제자들의 우두머리인가? 누가 예수의 뜻을 세상에 전할 때 가장 권위 있는 사람인가? 제자들 사이에, 그들을 따르던 사람들 사이에 끊임없이 다툼이 일어났다. 게바, 헬라 말로 '베드로'라는 이름을 예수에게서 받은 시몬 게바가 예수를 따르던 제자들의 수장이었다고 말하기도 하고, 예수의 진정한 뜻을 가장 잘 알았던 마리아가 제일 중요한 제자라고 주장하는 사람도 있었다.

그러나 마리아는 여자의 몸으로 예수의 가장 중요한 제자로 불릴 수도 없었고 제자들을 이끄는 위치를 맡을 수 없었다. 여자로서 세상을 살아가는 일이 그러했다. 더구나 십자가에 못 박혀 처형당한 죄인의 제자들 중에 여자가 우두머리라는 것은 누구도 받아들일 수 없는 일이었다.

마리아의 말을 듣고 모두 그 말이 옳다고 생각하면서 길을 걸어 내려갔다. 누구도 다시는 산을 넘어가자는 말을 하지 않았다. 그리고 무슨 일이 일어날지 짐작하면서 무거운 발길을 떼었다.

멀리 베다니 마을이 보이기 시작할 때, 참지 못하고 마리아가 소리 없이 울음을 터트렸다.

"흑! 흐흑!"

요안나가 마리아를 부축했다. 요한이 걸음을 멈추고 한참 마리아를 바라보다가 두 여자를 앞세우고 그 뒤를 따라 걸었다.

하느님 탯줄을 끊은 첫 사람

—·—

성전 뜰에 풀려났다가 스스로 감옥으로 걸어 돌아온 정오 무렵부터 히스기야는 위수대장을 찾았다. 하다못해 로마 말을 통역하던 병사라도 만나게 해달라고 소리소리 질렀지만 소용이 없었다. 다른 때와 달리 이번에는 묶지도 않고 그냥 등을 떠밀어 방에다 가둔 후로 하루 종일 아무도 나타나지 않았다.

"유다! 유다 동지!"

그는 캄캄한 방에 혼자 서서 유다를 외쳐 불렀다. 아무런 대답이 없었다. 나중에는 하도 소리를 질러서 목이 다 쉬었다.

"이놈들이!"

답답하고 속이 터졌다. 유다가 어찌 되었는지 그 일이 가장 큰 걱정이었다. 아무리 생각해도 위수대장에게 속아 넘어간 것 같았다.

눈치로 보아 안토니오 요새 감옥에서 잠시라도 그를 빼내기 위해 유다는 위수대장에게 큰돈을 쓴 것 같았다. 그 돈을 어찌 마련했는지 알 수 없지만, 유다가 공작해서 그를 빼낸 것은 예수와 손잡고 하얀리본의 거사를 성공시키라는 뜻이었다. 토라의 나라를 세우겠다는 바라바를 제어하고, 원래 계획했던 대로 가난한 사람도 당당하게 살아가는 세상을 만들자는 거사를 생각했을 것이다.

유다에게 거사계획을 처음 알려줬던 그때 일을 떠올렸다. 히스기야 얼굴을 한참 찬찬히 바라보던 그가 불쑥 물었다.

"동지! 정치를 하려고 하우?"

"그게 무슨 소리요? 우리 같은 사람들이 무슨 정치를 해요?"

"성전을 뒤집어엎고, 성전 재물을 흩어 가난한 사람에게 나눠 주고, 빚 문서를 불태우고, 새로 대제사장을 세우고, 그런 일이 다 가능하다고 칩시다. 잘하면 그중 한두 가지는 이룰 수 있겠지요. 그런데….."

그는 말을 끊고 히스기야의 반응을 살폈다. 예수를 따라다니더니 어느덧 말투까지 조금씩 닮아가고 있었다.

"그다음에는 무얼 할 겁니까?"

그 말에 히스기야는 대답할 수 없었다. 그런 말까지 그가 묻고 따질 것으로는 생각하지 못했다. 그렇다고 거짓말로 대답할 수는 없어서 솔직하게 털어놓았다.

"동지! 내가 그것까지는 생각하지 못했소."

"그랬겠지요. 거사를 성공한다는 확신이 없는데 그다음 일이야 당연히 생각도 못 했겠지요. 이미 그렇게 보입디다."

"아!"

탄성을 지를 수밖에 없었다. 이투레아 현인의 말이 떠올랐다.

"백 리 길을 가려면, 다음 백 리 길도 생각해 두어야 한다. 돌아올 길이든, 앞으로 더 갈 길이든···."

유다는 백 리 밖 길을 물은 셈이었다.

"내가 그건 생각 못 했소. 동지! 어찌하면 좋겠소?"

"정말 나에게 묻는 겁니까? 내가 뭐라고 하든 깊게 생각해 보겠습니까?"

"그러리다!"

그러자 유다는 얼굴을 풀었다. 그리고 조금 다가와 앉더니 아주 신중하게 입을 열었다.

"돌아갑시다. 다시 하얀리본으로···."

"그러면 그다음 일은?"

"다른 사람들이 맡아 하겠지요! 새 대제사장, 새로 세운 정치가들이 알아서 하겠지요. 우리는 바람처럼 사라지는 겁니다. 장원을 털어 사람들에게 모두 나눠 주고 그 밤 안으로 사라졌던 것처럼. 우리가 언제 밀 한 자루를 끌고 갔습니까, 금붙이 하나라도 챙겼습니까? 모두 나눠 주고 훌훌 털고 떠났지 않습니까? 그러니 얼마나 가벼웠습니까?"

그의 말이 무슨 말인지 알아들었다. 그래야 될 것 같았다. 그도 맞장구를 치기 시작했다.

"그다음부터는 대제사장이나 성전이 잘하는지 잘못하는지 멀리서 지켜보는 사람들로 남아 있자!"

"바로 그겁니다, 동지! 로마군이 손쓸 틈도 없이 번개처럼 하루 이틀 안에 해치우고 사라져야 합니다. 그래야 그다음부터 성전이 정신을 차리고 잘할 겁니다."

"맞아요! 언제든지 하얀리본이 또 들이닥칠 것이라 생각하면, 두려워서라도 앞으로는 잘하겠지!"

"로마군이 덤벼들지 못하도록 막으면서 그 짧은 시간에 거사를 성공하고 사라지려면, 예수 선생님을 끌어들이십시오. 그 일에는 선생님보다 더 잘할 수 있는 사람이 없습니다. 우리는 정치가가 아닙니다. 할 수 없는 일에 나서면 곧바로 무너집니다. 보세요! 자리다툼도 벌어질 겁니다. 그것이 내 생각입니다."

유다의 말을 듣고 보니 정말 그랬다. 하얀리본이 어떻게 로마를 물리치고 예루살렘을 다스릴 것인가? 하얀리본 중에는 대제사장을 맡을 만한 제사장 가문 사람도 없고, 대산헤드린 의원을 맡을 만한 사람도 없다. 유다가 말한 대로 사라지는 것이 가장 좋은 방법이었다. 그것이 바로 끊임없는 폭력의 굴레에 갇히지 않는 길이었다.

그러나 히스기야는 유다와 상의했던 내용을 바라바나 다른 동지들에게는 얘기하지 않았다. 부잣집 장원이나 창고를 터는 일과 달리 목숨을 걸어야 할 일이 분명했다. 보상 없이 목숨을 거는 일이라면 분명 반대하는 동지도 있을 것이고, 생각했던 것보다 더 큰 꿈을 가진 사람도 있을 것이었다.

유다가 했던 말을 떠올리니 왜 그가 엉뚱하고 허황하게 보이는 일을 저질렀는지 히스기야는 똑똑히 알 수 있었다.

'그래서 유다 동지가 나를 성전 뜰로 끌어냈구나! 바라바 동지의 계획을 저지하고 원래 생각했던 대로 하얀리본은 거사 후 바람처럼 사라지도록 이끌어야 한다고….'

유다는 생각보다 훨씬 더 큰 사람이었다. 그가 자기 목을 걸고 히스기야를 성전 뜰에 풀어놓았으니.

'그런데, 지금 그 동지가 어찌 되었나? 내가 성전 뜰에 나가서 한 일은 하얀리본이 군중 속에 숨어들어 가는 것을 막은 일…, 바라바 동지의 선동을 막은 일, 결국 모두 위수대장의 계략에 놀아난 일이었구나! 그자는 돈도 챙기고, 목적도 달성하고. 나는 다시 감옥으로 걸어 들어왔고, 유다 동지는 어찌 됐는지 소식도 모르고. 아!'

히스기야는 그가 감옥에 걸어 들어오면 위수대에서 곧바로 유다를 풀어 줄 것으로 믿었다. 유다라면 미리 그런 조건을 마련했을 줄로 믿었다. 그러나 감옥에 돌아왔지만 유다를 만나지도 못하고 어찌 됐는지 소식조차 못 들었다. 그야말로 손에 들고 있던 것을 모두 톡 털어 상대의 입에 넣어주고, 아무런 대응수단도 없이 그저 처분만 바라는 형편이 되었다.

제 발로 위수대를 찾아 들어와 감옥에 갇힌 시간이 정오 무렵이니, 시간으로 보자면 해가 지고도 한참 지난 늦은 밤이 됐을 것이다. 그동안 아무리 소리쳐도, 벽이나 문을 발로 걸어차고 소란을 떨어도 아무도 들여다보지 않았다. 어눌한 말투로 유대 말을 재미있게 하던 병사도, 실실 웃던 위수대장도 얼굴을 들이밀지 않았다. 완전히 감옥에 갇힌 채 잊힌 사람이 됐다.

"유다 동지! 유다!"

히스기야는 혹시 하는 마음에 가끔 벽도 발로 차 보고 등으로 문도 쾅쾅 부딪치면서 유다를 불렀다. 혹 그가 감옥 안의 옆방이든 어디든 가까운 방에 갇혀 있으면 소리를 듣고 반응을 보일 것을 기대해서 그랬다. 그러나 아무런 반응이 없었다. 저녁때까지는 가끔가끔 누가 와서 기척을 살폈는데 이제는 그나마 끊어졌다.

이투레아의 수련과 현인의 가르침이 아무 소용없다. 마음을 가라앉힐 수도 없고, 눈으로 보지 않아도 보고 귀로 듣지 않아도 사방 몇 백 걸음 밖에서 일어나는 일을 알 수 있었던 수련이 모두 헛일이 됐다.

배신자라면서 눈앞에서 침을 퉤 뱉던 동지들의 얼굴이 떠오르고 또 떠올랐다. 금방 칼을 휘둘러 가슴을 찌르고 덤비려던 바라바의 눈, 분노와 증오가 뒤엉켜 이글거리던 눈을 잊을 수가 없다. 성전 뜰을 떠나 안토니오 요새 감옥으로 걸어 올 때, 히스기야는 이미 죽은 사람이 되었다.

하얀리본 동지들은 모두 수사문 밖에서 참살당했을 것이다. 경비대나 로마군이 미리 그곳에 매복하여 기다리지 않고서야 수사문 쪽으로 달아나도록 길을 터줄 이유가 없지 않은가?

"500명 동지들이 나 때문에….."

말하자면 그는 바라바와 다른 동지들을 죽음의 문으로 내보낸 셈이다. 짐승처럼 소리 지르며 벽에 머리를 짓찧고 울부짖었다.

"으흐, 으흐."

그의 울음소리가 벽을 울리고 그가 갇힌 감방 안을 돌고 또 돌았다. 앞으로 그에게 무슨 일이 생기든, 어떤 고통을 겪게 되든 스스로 숨을 끊지 않겠다고 마음먹었다. 무슨 짓을 한다고 해도 눈도 못 감고 죽었을 동지들에게 용서받지 못할 배신자일 수밖에 없다. 가슴이 뻐근하고 아리아리하고 쿡쿡 쑤시다가 찢어지도록 아팠다.

울다가, 벽에 머리를 찧다가, 발로 벽을 쾅쾅 차다가, 힘없이 벽에 등을 대고 넋 놓은 사람처럼 앉아 있을 때였다. 덜그럭거리며 열쇠로 감방 문을 여는 소리가 들렸다. 그는 고개도 돌리지 않고 그냥 앉아 기다렸다.

'이제 나를 끌어다 고문하겠지! 어떤 고문이든 다 받으리라! 이제는 고문이 아니고 고문을 즐기는 사람의 노리개가 되는 일이겠지!'

몇 사람이 불을 들고 들어왔다. 그리고 그들은 벽에 기대앉은 히스기야를 한참 아무 말 없이 바라보고 서 있다. 그도 그들을 쳐다보지 않았다. 무거운 한숨소리가 들리더니 한 사람이 그에게 다가왔다.

"히스기야 동지!"

유다였다. 죽었는지 살았는지 그렇게 목이 터져라 불렀던 유다였다. 마음 같아서는 와락 그를 끌어안고 싶은데, 그럴 수 없었다. 모든 것을 잃은 사람이 무슨 낯으로 그를 껴안을 수 있단 말인가?

그런데 유다가 다가오더니 그의 팔을 잡아 일으켰다. 겨우 몸을 일으키니 오히려 유다가 그를 끌어안았다.

"동지! 동지가 돌아오다니⋯."

"실패했어요! 미안하오!"

"그건 동지가 실패한 것이 아니고 실패할 수밖에 없는 일이었던 모양입니다. 동지가 너무 자책할 필요는 없어요."

"그런데, 어찌?"

"이놈들이 이렇다 저렇다 말도 없이 여태까지 나를 가둬 놓고 있었습니다. 나는 동지까지 모두 다 죽은 줄 알았어요. 그런데 여기로 나를 끌고 오면서 이제야 얘기하더라고요. 동지가 이미 정오 무렵에 감옥으로 돌아왔다고."

그때 통역하던 로마 병사가 끼어들었다.

"히스기야 벤 유다! 네가 돌아왔으니, 이자는 살려서 내보내 준다.

위수대장님의 친절이다."

"도대체 왜 그리 됐나요? 바라바 동지가 제법 단단히 챙기면서 준비했는데, 허무하게 모두 무너졌다면서요?"

유다가 히스기야에게 궁금한 것을 묻는데 병사들은 유다를 끌고 나갔다.

"이제 가라! 안 그러면 너도 다시 가둔다! 가라! 살려 줄 때 가라!"

"유다 동지! 내 걱정하지 말고 어서 나가시오! 그리고 예수를 찾아보시오. 이제 그가 당할 차례요."

유다가 무어라 대답하는데 병사들이 문을 쾅 닫았다. 다시 빛 한줄기도 들어오지 않고 캄캄한 어둠 속에 혼자 남겨졌다. 그나마 유다 한 사람이라도 살려 내보낸다니 그것은 다행이다.

유다가 혼자 지고 가야 할 비참한 운명과 저주를 생각하니 히스기야는 가슴이 아팠다. 그가 앞으로 얼마나 외로울 것인가? 세상 사람들은 영원히 그를 '배신자'로 부를 것이다. 배신이란 개인이든 집단이든 서로 지키기로 했던 공동의 가치를 저버린 사람에게 붙이는 이름이다.

유다는 하얀리본의 거사 명분에 동조하지 않았고, 거사에도 끼어들지 않았으니 그들 쪽에서 보면 커다란 배신자다. 예수의 제자들 눈에도 그는 배반자일 수밖에 없다. 하얀리본 신분을 감추고 제자들 무리에 끼어들었고, 선생의 가르침을 어기고 하얀리본의 거사에 합류했으니 배신자도 보통의 배신자가 아닐 것이다. 그리고 유다는 같은 하얀리본 사람이었지만 끝까지 예수 곁을 지킨 작은 시몬과 전혀 다른 대우를 받을 것이다.

유다가 끌려 나간 다음 혼자 벽에 기대앉아 있자니 캄캄했던 나사렛 밤이 생각났다.

'그 깊은 밤, 어머니는 멀리 떠났지. 별도 달도 없고, 세상에 빛이란 빛은 모두 사라진 어둠 속에 혼자 어머니를 배웅했지. 그 후로 20여 년, 무엇을 이뤘고 무엇을 잃었나!'

남은 것은 빈손뿐이다. 그리고 어머니가 떠나던 밤처럼 여전히 어둠 속에 혼자 남아있다.

"히스기야 님! 저는 부끄럽지 않아요!"

마리아였다. 그를 내려다보고 서 있었다.

"나는 다 잃었어요."

"히스기야 님은 부끄러운 사람이 아니에요. 오히려 제 부끄러움을 씻어주셨어요."

그러더니 그녀는 히스기야 옆에 앉았다. 바짝 붙어 앉았다. 그녀의 가슴 떨림이 고스란히 가슴으로 전해질 만큼 가까웠다.

"정말 히스기야 님이 진정 어떤 사람인지 보여 주실 때가 됐어요. 이제 세상은 '마리아는 수치를 잃은 여자'라고 말하지 못할 거예요. 오늘 낮에 우리 둘이서 손을 잡고 성전 뜰을 걸었으니까요."

그랬다. 두 사람은 손을 마주 잡고 솔로몬의 주랑건물로 걸어 들어갔다.

"저는 세상 모든 사람들에게 히스기야 님이 나를 지켜주는 분이라고 선언한 셈이에요.

'이 마리아에게도 수치를 지켜줄 남자가 있다! 보라! 바로 이 사람이다!'

그렇게 말한 셈이에요."

"마리아! 나도 이제는 나를 지킬 수 없는 사람 … ."

"아니에요! 바로 지금부터예요! 한 여자를 지켰으니 이제는 히스기야 님을 지키세요. 당당하고 의연하게 끝까지 포기하지 말고 걸으세요. 그 모습은 누구도 빼앗아 갈 수 없고, 막을 수 없지요. 저는 자랑스럽게 그 모습을 가슴에 안고 살아갈 겁니다. 그러면 히스기야 님이 저에게는 늘 살아 있는 분이지요."

"내 어머니가 그러했듯 … ."

히스기야는 갑자기 온몸이 저릿저릿할 만큼 커다란 충격을 받았다. 충격인지 가슴 떨리는 기쁨인지 뭐라고 말할 수도 없는 이상한 느낌이었다.

갈릴리든 유대든 여자의 수치를 지켜줄 수 있는 사람은 아버지나 남자 형제나 남편이나 아들이다. 여자가 지켜야 할 수치는 남자가 지켜야 할 명예와 마찬가지였다. 명예를 잃은 남자가 이스라엘에서는 사람들 틈에 끼어 살아갈 수 없듯, 수치를 잃은 여자는 어디에 얼굴을 내밀고 살아갈 수 없다. 하늘을 잃은 사람이고, 발 디딜 땅을 잃은 사람이고, 지켜줄 벽이 허물어진 사람일 뿐이다.

'마리아의 수치를 지켜주는 남자.'

그녀는 히스기야를 남편으로 받아들이겠다고 말한 셈이다. 비록 혼인은 하지 않았지만, 예루살렘 성전 넓은 뜰 높은 하늘 아래에서 히스기야가 내 남편이라고, 마리아가 아내라고 선언한 것 아니겠는가?

일곱 귀신이나 들린 여자라고, 수치를 잃은 여자라고 손가락질 받으며 살다가 예수의 제자가 됨으로써 그녀는 예수를 중심으로 한 가족이 되었다. 그로부터 사람들은 더 이상 그녀를 수치를 잃은 여자, 귀신들린 여자라고 부르지 않았다. 그녀가 평생 안고 살아가야 할 불명예를 예수와 남자 제자들이 회복시켜 주었다.

그래도 그녀는 남편 없는 여자였다. 지난날의 수치는 회복됐지만, 앞으로 살아갈 세상에서는 지켜줄 사람 없이 거친 들판에 홀로 남겨진 여자였다.

"저는 더 이상 남편이 없는 여자가 아닙니다. 히스기야 님의 아내입니다. 마리아의 남편은 당당하게 이스라엘 남자의 명예를 지킨 히스기야 님입니다."

"마리아! 내가 그대에게 약속하겠소! 부끄럽지 않게 끝까지 유다의 아들 히스기야, 마리아의 남편 히스기야로 기억되도록 하겠소."

"그러실 줄 알았어요! 자랑스러워요!"

그 말을 남기고 그녀는 일어섰다. 어둠 속에서도 그녀의 모습은 똑똑히 볼 수 있었다.

그 순간 시간과 장소가 아무런 의미가 없는 것처럼 느껴졌다. 그녀가 그 자리에 함께 있든 아니든, 마리아를 느낄 수 있고, 얘기할 수 있게 됐다. 그것은 분명 꿈이 아니었다. 그 순간 그는 그녀와 하나가 되었음을 느꼈다.

'어머니도 그랬겠지!'

어머니를 지켜준 힘이 아버지였을 것이다. 혼자 사는 여자가 아니라 갈릴리 농민군 유다의 아내였고, 히스기야의 어머니였기 때문에 그녀는 아무것도 가진 것 없는 삶을 이어갈 수 있었을 것이다.

'아버지와 이어져 왔던 끈을 끊을 수밖에 없게 된 그날부터 어머니는 떠날 준비를 했겠지. 수치를 잃은 어미로 아들에게 수치를 안겨 주

기 싫어서, 어머니는 그 밤에 뽕나무 밭 가장 안쪽에 있는 나무 위를 올라갔겠지.'

마리아를 생각하니 어머니의 한을 알 수 있게 됐다.

어머니와 마리아의 한을 깨닫고 보니, 히스기야에게 위수대 감옥은 더 이상 감옥이 아니다. 그는 더 이상 걸친 몸을 붙잡고 매달리며 살지 않아도 되는 자유를 얻었다. 이스라엘은 그리고 유대는 유월절 해방을 얻지 못했지만, 히스기야는 자유를 얻었다.

✠

13일 해가 지고 14일이 시작된 그날 밤, 예수를 체포하는 일을 총지휘하는 책임을 맡은 위수대장은 휘하 백부장 중에서 가장 믿을 만한 장교를 불러들였다.

"오늘 밤 2경二夷 무렵에 예수 그자를 체포해서 대제사장 가야바에게 인계하라! 너무 이르지도, 너무 늦지도 않게."

밤 2경이면 자정이 되기 전이라는 말이다. 유대에서는 밤 시간과 낮 시간을 달리 구분했다. 밤은 4경으로 구분해서 초경은 해가 지고 하늘에 별이 3개 이상 보일 때부터 3시간, 2경은 그로부터 자정까지 3시간, 3경은 자정부터 새벽닭이 울 때까지 3시간, 4경은 그로부터 아침 해가 뜨기 전까지 3시간이었다. 낮 시간은 해가 뜬 시각부터 해가 질 때까지 12시간으로 나눴다.

"내가 보고받기로는 그자가 산 너머에 있는 여인숙으로 돌아가지 않고, 올리브산 밑 골짜기 어디에 숨어 있다고 한다. 성밖에 나가면 우선 골짜기를 샅샅이 수색하도록. 자네 휘하의 백인부대를 이끌고 가라. 성전 경비대에서 병력 십여 명을 지원할 것이고, 대제사장의 가병들도 합세할 것이다."

"예수 한 사람을 체포하는 데 그렇게 많은 병력이 필요하겠습니까?"

"아니야! 실제 예수를 체포하여 포박하는 일은 성전 경비대 병력에게 맡기고, 대제사장 집으로 끌고 가는 일은 성전 경비대 외에 대제사장 가병들도 행렬의 앞에 세우도록. 무슨 말인지 알아듣겠나? 올리브산 자락에 주둔한 우리 로마 병력이 지원하도록 조치했으니 필요하면 도움을 받도록. 아침나절에 성전에서 소란을 피운 도적떼 중에 아직 몇 명은 체포하지 못했다고 한다. 아마 산자락이나 골짜기 어디에 숨어 있다가 예수를 체포할 때 덤벼들 수도 있어."

"예수 그자를 따르는 패거리도 함께 몰려 있겠군요."

"아니야! 웬일인지 그자가 해 떨어지기 전에 제자 무리는 모두 산너머로 떼어 보냈다는 보고를 받았어."

백부장은 곧 부대를 이끌고 요새를 나섰다. 그는 십부장 두 사람에게 각각 열 명씩 부하를 나눠 주어 한 부대는 성전 옆에서 골짜기를 내려다보며 감시하고 한 부대는 요새에서 곧장 동쪽으로 내려가 골짜기 윗부분에 매복하도록 지시했다. 그곳은 기드론 골짜기를 벗어나 올리브산 북쪽을 걸어올라 벳바게로 가는 길목이다. 수색부대의 움직임을 눈치챈 예수가 벳바게 쪽으로 달아나는 것을 차단하려는 계획이었다. 백부장은 예루살렘 남동쪽 성문 부근에서부터 골짜기를 거슬러 오르며 수색할 생각이었다.

그들이 튀로포에온 골짜기를 행진해 내려가 남동쪽 성문을 벗어나는 동안, 아랫구역 주민들은 무슨 일인지 궁금해 언덕에 서서 내려다보았다. 순찰을 도는 로마군 병사들이 그들을 골목으로 쫓아 보냈다.

"정말 무슨 일이 일어나고 있는 게야!"

"우리는 귀 막고 눈 감고 지내세. 드디어 일이 벌어지는 것 같아."

그럴 수밖에. 로마군 병사들과 성전 경비대, 그리고 대제사장의 가병까지 합하여 1백 몇십 명 넘는 병력이 횃불을 들고 저벅거리며 움직이는 일은 보통 순찰과는 분명 달랐다.

백인부대가 출동하고 얼마 지나지 않아 성전 경비대장과 야손 제사장이 위수대로 들어왔다. 그리고 곧 갈릴리 분봉왕의 부하 알렉산더도 찾아왔다. 이제 위수대에 로마군, 성전, 갈릴리 3자 통합지휘부가 설치된 셈이다.

어떤 일에 대하여 자기들 혼자 전적으로 책임을 지지 않으려면 가능한 한 많은 세력을 끌어들여야 한다. 그래야 만일의 경우 성전에서는 로마군에게 책임을 떠넘기고, 로마군은 성전에 떠넘기길 수 있게 된다. 그렇게 본다면 분봉왕 측에서는 병력을 한 명도 동원하지 않고, 그저 알렉산더의 입 하나만 가지고 갈릴리의 골칫거리를 일거에 해결하는 셈이었다.

회의가 시작되자마자 야손이 그 깊은 눈을 번쩍이면서 음산한 목소리로 알렉산더에게 물었다.

"이번 일을 처리하면서 분봉왕 저하께서 특별히 원하시는 일이 있는지요? 대제사장 각하께서는 원래 저자들이 모두 갈릴리 사람들이니 분봉왕 저하의 뜻을 잘 받들어 시행하라고 여러 번 지시하셨습니다."

"감사합니다만, 뭐 특별히….."

알렉산더는 심드렁하게 받아넘겼다.

"대제사장 각하께서는 이번에 총독 각하의 지시를 받들어서 엄중하게, 그리고 나중에 누가 나서서 이러니저러니 뒷말하지 못하도록 깔끔하게 처리해야 한다고 말씀하셨습니다."

나중에 뒷말이 나오지 않도록 하라는 말은 결국 갈릴리 분봉왕을 겨냥한 말이 분명했다. 뻔히 그런 뜻을 알면서도 알렉산더는 시침 뚝 떼고 받아넘겼다.

"그러셨군요…. 분봉왕 저하께 꼭 그 뜻을 전해 올리겠습니다."

그들의 대화를 들으면서 위수대장은 계속 고개를 끄덕였다. 비록 로마군 쪽에서 보면 하급 장교에 속하지만, 그도 예루살렘 위수대장을 오래 역임한 탓에 이스라엘의 정치와 갈릴리와 유대 사이에 깊게 파여 있는 갈등의 골을 알고 있었기 때문이다.

위수대장이 드디어 입을 열었다.

"대제사장 각하가 분봉왕 저하께 큰 우정을 보이셨군요. 참 아름답고 보기 좋은 일입니다."

위수대장의 말을 듣고 나서야 알렉산더와 야손은 그들이 로마의 큰 그물 속에 들어와 있는 물고기 신세라는 것을 다시 깨달았다. 그러나 그물을 벗어나려고 퍼덕거리는 물고기가 아니다. 로마가 그물을 걷어 올리기 전까지는 비록 그물 속에서나마 이리저리 방향을 바꾸며 자유롭게 헤엄치는 물고기였다.

알렉산더는 위수대장에게 말했다.

"그건 그렇고…. 총독 각하께서는 저들을 어찌 처벌하실 생각이신지요?"

"각하의 뜻은 확고합니다. 로마의 법을 어겼고, 각하께서 내리신 포고령을 위반했으니 십자가 처벌을 내리실 겁니다. 이건 분명합니다. 왜, 공에게 다른 생각이 있는 모양이지요?"

"다른 생각은 아니고 도적떼 두목들 처리가 궁금해서요."

"소란을 일으켰으니 당연히 그놈들도 모두 십자가 처벌이 내려질 겁니다. 물론 각하께서 결정하실 일이지만요."

"제 생각으로는⋯."

알렉산더가 말을 끝맺지 않고 슬쩍 위수대장과 야손과 경비대장의 눈치를 보았다.

"말씀하시지요!"

"예수 그자는 반드시 성전의 재판과 총독 각하께서 재판을 통하여 처벌하시는 것이 훗날 생길 문제를 사전에 방지하는 일이 될 것입니다. 이스라엘의 법과 로마법을 위반해서 총독 각하의 처벌을 받았는데 누가 감히 이러니저러니 입에 올리겠습니까? 그런데, 도적떼 두목들은 군중들 앞에 내세워서 번거롭게 재판을 거치지 않고 처형해도 아무도 문제 삼지 않을 겁니다."

"오늘 밤 총독 각하를 뵐 때 그렇게 말씀드리겠습니다."

"우리 성전 측에서도 그렇게 하도록 저도 대제사장 각하께 말씀드리겠습니다.

그러자 위수대장이 명령을 내리듯 말했다.

"예수를 잡아들이면 우선 성전에서 재판하고 그 결과와 함께 총독궁으로 예수를 압송하세요!"

"그런데 히스기야 그자는 ⋯ 왜 먼저 잡아들인 두목 말입니다."

알렉산더가 따로 무슨 할 말이 있는지 하얀리본의 두목 히스기야를 별도로 다시 입에 올렸다.

"왜 그러시는지요?"

야손과 성전 경비대장이 동시에 알렉산더에게 물었다.

"히스기야 그자는 갈릴리에서 잡혔더라면 분명 목을 베었을 겁니다. 그런데 총독 각하께서 십자가형으로 처벌하신다면 그보다 더한 벌은 없겠습니다만, 한 가지를 더하면 어떨까 … 이건 제 생각입니다."

"어떻게?"

"처벌 중에 살아 있는 상태로 살을 조금씩 떼어 내는 벌이 있습니다. 이번에 명절을 맞아 성전에 올라온 모든 사람들에게 그 참혹한 모습을 보여 주면 모두 크게 놀라 움츠러들고 앞으로는 감히 그 누구도 성전에 들어와 소란을 피울 생각을 못할 겁니다."

"음! 좋은 생각이네요. 그럼 낮에 잡아들인 또 한 사람의 두목도?"

"바라바 말씀입니까? 그자는 유대 사람이고, 바리새파 사람이라니, 제가 나서서 뭐라고 하기에는 적절하지 않습니다."

그러면서 알렉산더는 바라바에게도 똑같은 형벌을 가하자는 말은 일부러 하지 않았다. 유대와 예루살렘의 바리새파 사람들의 분노를 살 일을 괜히 갈릴리의 분봉왕 측에서 들고 나설 일은 아니라고 생각했기 때문이다. 야손 제사장이나 성전 경비대장도 일부러 바리새파를 들쑤실 필요는 없다는 생각이기 때문에 그저 잠자코 있었다.

"좋습니다. 히스기야 그자에 관한 일이라면 맡길 만한 병사가 있습니다. 지난 며칠 그자가 우리 위수대를 농락하면서 별 소리를 다 해도 꾹 참으며 상대하면서 되갚아 줄 날을 기다렸지요."

"잘 생각하셨습니다."

알렉산더는 비틀비틀 십자가 밑으로 다가가는 마리아의 모습을 떠올렸다. 독하게 입을 다물고 있지만, 그녀의 눈은 살점이 뭉텅뭉텅 떨어져 나간 히스기야 몸에 꽂히리라. 허옇게 드러난 뼈를 보면서 그녀는 무슨 생각을 할까?

십자가에 달려 있으면 어차피 숨이 끊어지기 전에 들개 떼나 산짐승이 달려들어 물어뜯고 찢어 먹을 테니, 이러나저러나 마찬가지다. 그러나 그녀에게 히스기야의 그런 처참한 모습을 보여 주고 싶다.

'이건 네 탓이야!'

알렉산더는 마리아에게 그렇게 말하고 싶다.

'네 탓이야! 이제 너희들은 차라리 죽는 것이 낫겠다고 생각할 만큼 가장 비참한 일을 겪을 것이야!'

그리고 감히 알렉산더를 조롱하듯 제 맘대로 휘젓던 히스기야와 예수에게 그가 줄 수 있는 가장 큰 고통을 생각해 냈다. 죽음이 고통이라면 죽음보다 더한 수치를 안고 죽을 수밖에 없도록 할 것이다. 십자가 처형에 버금갈 만한 수치, 그러면 그들의 수치는 두 배가 될 것이다.

"십자가 처형을 할 때, 그 위치도 중요합니다. 내 생각으로는…."

야손이 때때로 그러하듯, 알렉산더도 더부룩한 수염 속에서 입술을 씰룩씰룩했다. 그리고 잽싸게 붉은 혀가 입술을 핥았다. 그는 소곤거리며 자기 생각을 말했다. 그 말을 듣던 야손은 크게 놀란 듯, 자기도 모르게 그도 입을 이상하게 실룩거렸다.

"아! 좋지요! 그거 좋지요! 더 큰 수치를 안겨 주는 것 … 호호!"

그는 거듭 탄성을 내뱉더니 음산하게 웃었다.

위수대 회의를 마치고 하스몬 왕궁으로 돌아가자마자 알렉산더는 므나헴을 불렀다. 그날 아침 무렵 성전이 큰 혼란에 빠졌을 때 하얀리본 바라바가 칼을 빼 들고 위협하는데도 굴하지 않고 끝끝내 예수가 거사에 가담하지 않았다는 얘기를 야손에게서 들었기 때문이었다.

"예수 그자가 아침나절 그 소란스러운 중에 도적떼의 요구를 뿌리쳤다던데…. 므나헴은 어찌 생각하나?"

"선생님은 피 흘리는 일에 참여할 분이 아닙니다."

"으? 선생님? 이제 아예 예수당이 되었군! 그건 그렇고, 왜?"

"선생님이 이루려는 하느님 나라는 폭력으로 이룰 수 없는 나라이기 때문이라고 저는 생각합니다."

므나헴은 여전히 예수를 '선생님'이라고 불렀다. 선생님이 아니면 무어라 부를 것인가?

"왜? 그자는 겁쟁이구만!"

"그게 아니고, 철저하게 폭력을 반대하십니다. 비폭력으로 세상을 바꿀 수 있다고 믿습니다."

"왜? 예수가 비폭력을 내세우는 이유가 하느님이 폭력으로 갚아 주신다고 믿기 때문인가?"

"하느님도 비폭력으로 역사하시는 분이라고 믿습니다."

"하느님이 비폭력이라고? 오히려 그 반대지! 벌을 주시는 분이니."

"선생님은 그렇게 생각하지 않으십니다."

"이상하군! 자네 좀 앉아 보게! 자세히 얘기해 봐!"

므나헴은 알렉산더에게 자기 생각을 정리해서 얘기했다. 때로는 얼굴을 찡그리며, 가끔 코웃음을 치며 알렉산더는 그의 얘기를 들었다. 그러나 말을 끊지는 않았다.

지난밤에 예수의 제자들에게서 쫓겨나자 므나헴은 곧장 올리브산을 넘어 성으로 들어왔다. 마음 같아서는 멀리 달아나고 싶었지만 그럴 수 없었다. 일이 벌어졌을 때 제자들을 보호하고 피신시키는 일을 예수가 그에게 당부했기 때문이다. 그러려면 알렉산더 옆에 머물러 있어야 한다는 점을 그는 알고 있었다. 더구나 알렉산더가 그에게 맡길 마지막 일이 있다. 그 일을 마치지 않으면 갈릴리 왕성 티베리아스에 있는 가족이 온전치 못할 것을 그는 알고 있었다.

"므나헴! 어디 멀리 가지 말고 궁 안에 대기하고 있어! 알겠나!"

"예!"

므나헴은 무슨 일 때문에 대기하라는지 짐작했다. 그리고 그를 찍어 누르며 덮어씌우는 캄캄함을 느꼈다. 드디어 그가 해야 할 무서운 일, 그 일이 눈앞에 다가오는 밤이 됐다.

✠

14일의 밤은 점점 깊어지고 곧 2경에 접어들 무렵이 됐다. 제자들을 억지로 떼어 베다니로 보낸 이후, 예수는 하얀 바위에 등을 기대고 앉아 오래오래 생각에 잠겼다. 마치 나사렛을 떠나 처음 갈릴리로 왔을 때 아벨산 동굴에서 호수를 내려다보던 그 밤처럼. 그동안 지냈던 여러 일들이 마음속에 떠오르고 스러진다.

'여기까지 걸어왔으니….'

갈릴리에서 처음 사람들을 가르치기 시작할 때부터 예수의 '하느님 나라 운동'은 끊임없이 밖으로 뻗어 나갔다. 갈릴리 호숫가에서 시작하여 가버나움 길에서 사람들을 찾아다니며 가르쳤고, 예수의 명성을 듣고 사람들이 모여들자 집이나 회당에서 가르쳤다. 더 이상 좁은 공간에서 사람들을 만날 수 없게 되자 산이나 언덕 들판에서 사람들을 가르쳤고, 마지막으로는 유월절 명절에 예루살렘 성전 뜰에서 한꺼번에 많은 사람들을 만나 가르쳤다.

나사렛 시골에서 자란 예수는 마을이나 친족이 어떻게 서로 관계를 맺고 유지하는지 잘 알았다. 자기에게 주어진 기회 이상으로, 주위 사람들이 알고 기대하는 이상으로 누구도 갑자기 변할 수 없는 사회다. 어떤 사람이 갑자기 부자가 될 수도 없고, 혹 부자가 됐다면 그가 어떤 방법으로 재산을 모았는지 마을 사람들로부터 도덕적 평가를 받게 된다.

재산이 그러한 것처럼 평판도 그렇다. 어떤 사람이 갑자기 현자로 대접받을 수 없다. 갑자기 지혜를 얻는 일도 없고, 혹 그런 일이 생긴다면 하느님이 특별히 그 사람을 사랑해서 지혜를 부어 주었다고 생각할 만큼 신비한 얘기가 뒤따르게 마련이다. 그래서 언제나 지혜는 특별한 사람에게 태어날 때부터 하느님이 허락한 은총이었다.

예수가 갈릴리에서 가르침을 시작했을 때 부딪친 가장 큰 문제가 바로 그의 갑작스러운 등장을 그럴듯하게 미화美化하는 장치를 마련하지 못했다는 점이다. 하느님과 만나고 그분의 말씀을 들었던 일을 실감나면서도 거룩하고 신비한 얘기로 포장하지 않았고, 그를 따르는 제자들 중에서 그런 일을 할 수 있는 사람이 아무도 없었다. 그런 일이 필요하다고 생각한 사람조차 없었다.

결과적으로 어려서부터 자란 마을 나사렛에서 그는 실패했다. 나사렛 출신이라는 것을 내세울 수 없도록 마을에서 쫓겨난 사람이 되었다. 가버나움에 근거를 두고 갈릴리 여러 마을을 찾아다니며 가르쳤지만 그에 대한 부정적인 소문도 함께 번져 나갔다. 그의 가르침은 갈릴리 가장 밑바닥에서 아무런 희망도 갖지 못한 채 살아가는 사람들에게는 희망이 되었지만, 지도층과 지배자들, 부자들로부터는 철저히 외면당했다.

예루살렘에 올라왔어도 상황은 바뀌지 않았다. 예수가 예루살렘에서 경험한 여러 갈등은 갈릴리 출신이라는 지역적 한계뿐만 아니라 사회 지배세력과 연계할 수 있는 아무런 끈을 가지지 못한 원인도 있었다. 그는 지배자 중 아무도 만나 본 적이 없고, 지배자들의 삶을 알지도 못했다. 지배자들이 가진 아픔도 즐거움도 탐욕도 허무도 이해하지 못했다.

그 자신이 하층민 출신이었으므로 우선 하층민을 보듬고 그들이 사람답게 살아가는 세상을 중요하게 얘기했다. 하느님 나라에 그런 사람들이 먼저 들어간다고 선언했지만, 듣기에 따라서는 지배자와 부자는 하느님 나라에 들어갈 수 없다는 말처럼 들렸다.

"부자가 하느님 나라에 들어가는 것은 낙타가 바늘귀를 통과하는 것만큼 어렵다."

"모든 부자는 그 사람이든 조상이 도적이었던 사람이다."

가난한 사람들에게서 재산을 빼앗아 부자가 된 사람들에 대한 반감만으로 세상을 바꿀 수는 없었다. 이방제국 로마에 빌붙어서 이스라엘을 배반한 지배자들에 대한 통렬한 꾸짖음도 필요했지만 그런 사람들조차 배제하지 않고 기꺼이 그들이 자기 가진 것을 내놓고 이웃과 더불어 살아가는 세상을 만들기 위한 비전에서는 취약했다. 최소한의 의무일망정 부자에게 부담을 지웠던 토라의 권위를 흔들면서 새로운 세상을 강제할 장치를 만들지 않았다. 그 장치는 하느님이 만들 수도 없고, 사람이 만들기로는 먼 훗날에나 가능한 일이었다. 모든 강제와 억압으로부터 해방을 이루자는 생각이었으나, 토라가 성립되기 이전부터 이스라엘이 지녀왔던 귀중한 흐름마저 끊어지게 될 위험을 예수는 보았다.

"이루어지기 시작했으나, 아직 이뤄지지는 않은 하느님 나라! 그 세상은 아무런 보호도 작동하지 않는 나라가 될 수 있으리 …."

하느님도 모르고 사람도 모르는 그 길, 일어나 그 길을 걸으라고 얘기하면서 예수의 가슴엔 죽을 만큼 고민이 가득 찼다. 그러나 하느님은 대답 없이 지켜보고 있을 뿐이다. 시간이 지나며 확신은 구름으로 덮였다.

예수뿐만 아니라 그의 제자들도 마찬가지였다. 갈릴리 어부들의 얘기를 누가 귀담아들을 것인가? 그들이 이상적으로 생각하는 세상과 힘있는 사람들이 이상적으로 생각하는 세상은 다를 수밖에 없었다. 비록 숫자로는 예수와 제자들처럼 하층민 출신이 전체 인구의 9할이 넘지만, 한두 사람의 지배자를 강고하게 둘러싼 1할의 사람들이 경영하는 세상이었다. 그들이 법을 만드는 사람들이었고, 그들이 농부들이 농사지은 모든 것을 훑어가 자기 창고에 쌓아 놓는 사람들이었다.

'니고데모를 앞세울 수 있었다면….'

그런 사람 몇 명이라도 끌어들여 앞세웠다면 예수의 하느님 나라 운동은 확실히 달랐을 것이다. 아직 가난하고 힘없는 사람들이 역사의 전면에 나서서 흐름을 주도하지 못하는 때에 그가 선언하고 가르친 내용들은 때를 기다려야 할 운명이었다. 더구나 사람들은 '개인'이라는 말을 알지 못했다. 오로지 자기가 속한 집단의 한 사람으로서 세상을 살았다. 반면에 예수는 그 어느 누구도 눈을 두지 않았던 개인, 사람 하나하나를 중심에 놓고 세상을 보았다.

'역사를 너무 앞서서 걸어왔구나.'

갈릴리 농촌 마을들을 돌아다니면서 성공하는 듯 느꼈던 예수였지만, 갈릴리를 떠나 예루살렘 길에 오르면서부터 그는 깊은 골짜기 속으로 걸어 내려가는 느낌을 지울 수 없었다. 그의 가르침을 듣는 사람들 숫자는 대폭 늘어났지만, 골짜기 속에서 고함을 지르면 늘 그렇듯, 메아리는 그 안에서만 되돌이로 울렸을 뿐이다.

'너무 쉽게 생각했나? 내가 자만했나, 작은 성공에?'

초기 갈릴리에서 제자들을 모아 가르치고, 따르는 사람들의 숫자가 늘어나기 시작했을 때부터 슬그머니 마음속으로 스며들어와 깊은 곳에 자리 잡은 자만심 때문이었을 수도 있다.

아버지는 아침마다 일터에 나가면 예수에게 주의를 주는 일을 한 번도 잊은 적이 없었다.

"애야! 일이 손에 익기 시작했을 때가 가장 위험한 때란다."

"예, 아버지! 주의하겠습니다."

"연장은 늘 미리미리 잘 챙겨야 한다. 자루가 단단히 박혔는지, 쐐기가 혹 헐거워지지 않았는지, 헝겊이 풀리지 않았는지…."

"예!"

"건성으로 대답하지 말고! 그리고, 망치질할 때 절대로 손을 보지 말고 끌 댄 곳을 봐라. 손을 보면 손을 치게 마련이다."

"예, 아버지. 주의하겠습니다."

그는 한 번도 '아니오'라고 말한 적이 없었다. 아들을 사랑하는 아버지의 마음을 잘 알기 때문이었다.

아버지와 같이 일을 다니며 돌을 쪼아 다듬고 깎고 나무를 켤 때 늘 아버지가 주의를 주었듯, 그도 제자들을 이끌고 갈릴리를 돌아다닐 때 늘 제자들에게 주의를 주었다. 어느 마을에 들어가든 선생 노릇을 하며 가르치려 들지 말 것과, 무거운 짐은 먼저 지고 나설 것, 남자 없이 여자들끼리 살면서 농사짓는 집 일을 먼저 거들라고 일렀다. 불한당 패거리가 아니라 일꾼으로 마을에 들어가도록 가르쳤다.

'그런데, 정작 내 가슴속에 숨어 들어온 키 큰 그림자를 내가 보지 못한 모양이었다.'

가는 곳마다 많은 사람들이 그를 칭송하고, 하느님을 찬양하고, 그의 가르침에 귀를 기울였다. 가르침을 들으면서 눈물 흘리는 사람들을 바라볼 때마다, 그는 자기 속에 하느님의 큰 힘이 스며들어 운동하고 역사함을 믿기 시작했다.

그가 하는 말은 늘 옳았고, 행동은 늘 사람들을 감동시켰다. 가버나움의 선생도, 예루살렘에서 내려왔다는 바리새파 선생도 가볍게 몇 마디 말로 물러서게 만들었고, 귀신들렸던 사람들도 그가 손을 잡아 일으키면 다소곳이 일어서서 두 손을 가지런히 모은 채 그의 말을 기다렸다.

환자들을 돌보고, 고쳐 주는 일에도 대단히 성공적이었다. 마리아가 지은 약도 효험이 있었지만, 예수가 직접 환자에게 손을 대고 치료할 때마다 그들은 하나같이 무릎을 꿇고 제자가 되기를 청했다.

"때가 되었으니 예루살렘에 갑시다! 세상을 지배하고 법을 움켜쥔 예루살렘 성전 앞에 섭시다."

제자들을 이끌고 예루살렘 길을 떠날 때만 해도 성전에서 특별한 일을 할 수 있으리라는 생각이 들었다. 엄밀하게 말하면, 제자들만 들뜬 것이 아니고, 그의 가슴속에 숨어 있는 키 큰 그림자도 몸을 쫘악 펼날을 기다렸는지 모를 일이었다.

'내가 성전 뜰에서 하느님 나라를 얘기하면 사람들이 눈을 뜨고, 성전도 눈을 뜨고, 이스라엘이 눈을 뜨고, 마침내 세상이 눈을 뜨고 하느님 나라를 이루는 일에 손잡고 나서겠지.'

그런 일은 결코 가능하지 않고 결국 고난을 받을 수밖에 없으리라는 생각 뒤에, 혹 그럴 수도 있다는 생각도 가슴속에서 조금씩 키를 키우고 있었던 모양이다. 누르면 누를수록 점점 키를 키우는 그림자는 끈질겼다.

유대 광야에서 그를 찾아와 유혹하던 시험자가 흘린 묘한 웃음을 떠올렸다. 시험자는 예수로부터 떠나가면서 한 마디 말을 남겼다.

'두고 봅시다. 그대는 어찌하는지….'

시험자의 그 웃음은 철석같이 마음에 달라붙어 있었다. 그리고 끈적끈적했다. 손을 씻은 듯해도, 무슨 일을 하든 무엇을 만지든 끈적끈적 달라붙는 느낌이었다. 이상하게도 늘 성공한 일에 달라붙었다, 끈적거리면서.

정작 예루살렘에 드나들면서, 성전 뜰에서 성공적으로 사람들을 이끌고 가르치면서 예수는 키 큰 그림자가 조금씩 몸을 낮추는 것을 느꼈다. 예루살렘은 달랐다. 성전도 달랐다. 그리고 사람들이 달랐다. 그들은 갈릴리 농부, 어부들이 아니었다. 세상을 알 만큼 아는 사람들이었고, 심지어 움막마을 사람들도 내일의 하느님 나라보다 오늘 빵 한 조각이 더 급한 사람들이었다.

그 사람들이 당장 원하는 것을 줄 수 없었다.

"내가 줄 수 있는 것은 세상이 주는 것과 다르오!"

누가 그 말을 받아들일 것인가? 빵 한 조각과 등을 대고 몸을 눕힐 잠자리가 필요한 사람들에게 하느님이 바로 그들을 사랑하는 아버지라는 가르침은 감동스럽기는 해도 도움이 되는 얘기는 아니었다. 신선한 가르침이기는 해도 이제까지 믿어 왔고 지켰던 일을 모두 집어던져야 할 만큼 매력적이거나 강력하지 않았다.

이스라엘, 유대, 예루살렘에서는 죽음을 각오하고, 가장 수치스러운 처벌을 각오하지 않는 한 예수의 가르침을 따르는 일이 불가능했다.

"하느님이 어떤 하느님이냐? 하느님 나라에 누가 들어가느냐? 나는 이 세상에서 무엇을 하려는 사람이냐?"

사람들은 그런 질문에 관심을 갖지 않았다. 성전에 올라 제사를 드리기만 하면 그분이 앞으로도 보호해 준다는 약속을 언제든 다시 확인받을 수 있었다. 새로운 진리를 찾지 않고도, 이제까지 해 오던 대로 성전을 섬기는 것만으로도 마음이 평안할 수 있었다. 의로운 사람으로 인정받을 수 있는 길을 알기 때문이었다.

예수는 예루살렘 사람들의 생각을 잘못이라고 나무랄 수는 없었다.

안타깝기는 해도 그들은 그렇게 살아왔고 앞으로도 그렇게 살 수 있는 사람들이었다. 며칠 전, 성전 뜰에서 사람들에게 가르치고 있을 때, 나이가 쉰은 됨 직한 사람이 혼잣말처럼 내뱉는 말을 예수는 들었다.

"아니! 하느님이 마음을 바꾸셨나? 이제까지 지배자들에게 모두 맡겨두고 지켜보던 분이 무슨 일로 갑자기 직접 돌보겠다고 나서시나?"

예수가 전하는 하느님은 그만큼 사람들에게는 생소한 분이었다. 이제까지 믿고 섬기던 하느님이 바로 그분이라면 변해도 너무 변한 셈이고, 아니라면 예수가 말하는 하느님이든 자기들이 믿었던 하느님이든 둘 중 한 분은 잘못됐음이 틀림없었다.

"하느님이 변할 수는 없을 테니…. 그렇다면 예수가 전한 하느님은 새로운 분이신가?"

하느님의 새로운 계획을 전하려면 예수는 예언자여야 했다. 그런데 그나 그의 가르침은 사람들이 생각했던 이스라엘 예언자의 전통에 맞지 않았다. 어떤 예언자가 전통을 부인하고 자기 멋대로 입에서 나오는 대로 하느님을 끌어댄다는 말인가? 예루살렘 사람들이 보기에 예수는 갈릴리에서 데려왔다는 제자들 몇십 명, 그것도 배우지 못한 농부, 어부, 세금쟁이 무리를 끌고 성전에 들어온 이상한 사람일 뿐이었다.

예루살렘 성전을 며칠 드나들면서 큰 키를 이끌고 그를 따르던 그림자가 사라지고, 덩그러니 혼자 남았다는 것을 예수는 느꼈다.

그러자 손에 들려 있는 씨를 다시 들여다봤다. 몇 가지 귀중한 곡식의 씨를 들고 있는 줄 알았는데, 찬찬히 들여다보니 밀도 있고, 보리도 있고, 겨자씨도 있고, 엉겅퀴씨도 있고, 무슨 씨인지도 모를 씨까지 손에 쥐고 있었다. 밭에 뿌려야 할 씨, 들에 뿌려야 할 씨, 개울가에 뿌려야 할 씨, 산에 뿌려야 할 씨….

"왜 이렇게 많은 가지가지 씨를 내 손에 들고 있을까?"

스스로 묻고 또 물었다. 조금 전까지 물었는데, 그 대답을 예수는 지금 들었다. 기드론 골짜기 하얀 바위 옆에서.

"한 가지로 세상을 덮을 수는 없잖아? 골고루 뿌려 골고루 자라야 한다고 이제까지 네 입으로 말했잖아? 네가 씨라며? 어떤 씨가 되기를 바랐어? 네가 씨 뿌리는 사람이라며? 밭에만 씨를 뿌리고 싶었어?"

갑자기 빙그르르 어지럼증이 일어났다. 하늘이 빙글빙글 돌고, 땅이 따라 돌고, 때로는 같은 방향으로 때로는 반대 방향으로. 그러다가 땅이 출렁이기 시작했다. 갈릴리 호수에서 처음 배를 탔을 때처럼 속이 울렁거리고 가슴이 답답했다.

예수는 기드론 골짜기 바닥 가장 낮은 곳에 엎드려 헛구역질을 했다. 아침에 일찍 베다니 여인숙을 나선 이후, 하루 종일 아무것도 입에 넣은 것이 없으니 무얼 토해 낼 것도 없었다. 그저 메슥메슥 울렁거리기만 할 뿐….

다시 하얀 바위에 등을 기대고 앉아 숨을 골랐다.

'내 제자들… 나를 따르던 사람들….'

그들이 그렇게 불쌍하고 안타까울 수가 없다. 따지고 보면, 그들은 모두 깊은 상처를 입었거나 세상 어느 곳에도 기댈 곳 없는 사람들, 아무도 그들을 친구 삼아 주지 않는 사람들이었다. 먹고살 만하고, 그런 대로 다른 사람들에게서 대접을 받고, 유대든 갈릴리든 다른 사람들과 그럭저럭 어울려 살 수 있는 사람들은 예수를 따라나서기가 탐탁한 일은 아니었다.

집을 떠난다는 일, 가족을 남겨 두고 떠돌아다녀야 한다는 일, 물고기를 잡든 농사를 짓든 돌을 쪼든 하던 일을 접고 선생을 따라나서는 일은 정상으로 살아가는 사람이라면 결코 하지 않는 일이었다. 남자가 일하지 않는데 남은 가족이 어찌 먹고살 수 있으며, 직업을 팽개치고 마을을 떠난 사람을 가족이든 친척이든 마을 사람들이든 어찌 비난하지 않겠는가?

한번 예수의 제자가 되어 떠났던 사람은 다시는 원래 자기가 있었던 자리로 돌아갈 수 없다. 예수를 따라나서는 순간 그들은 이제까지 어울려 살았던 사회에서 완전히 쫓겨난 사람이 되었다.

예수가 나사렛에 돌아갈 수 없는 것처럼 제자들도 원래 자기 자리로 돌아갈 수 없는 사람들이 됐다. 세베대의 아들 야고보와 요한이라면 아버지의 배를 다시 탈 수 있겠지만, 남의 배를 타던 시몬과 안드레는 가버나움에 돌아가서 예전처럼 배를 타고 고기를 잡을 수 없을 것이다. 레위는 세관으로 돌아갈 수 없고, 그의 동생 작은 야고보를 누가 고깃배에 태워 줄 것인가?

'일이 벌어지면 처음에는 모두 갈릴리로 돌아가리라! 그리고 다시 그곳을 떠날 수밖에 없으리니…. 그들 마음속에 솟구치는 생각도 생각이지만, 이미 받아들일 수 없는 사람이 되었으니….'

제자들은 원래 있었던 자기 자리로 언제든 돌아갈 수 있을 줄 믿는다. 하느님 나라가 성공해서 의기양양하게 돌아가든 실패해서 돌아가든…. 이제 두려움과 공포에 질려 허둥허둥 달려간 갈릴리에서 그들은 더 깊은 좌절을 맛볼 것이다.

"예수를 따라다니던 사람!"

죽을 때까지 이마에 깊게 새겨진 낙인을 그들은 지울 수 없을 것이다. 그래서 예수가 마리아에게 '손잡아 일으키고 위로하라'고 일렀다.

남긴 가르침과 제자들이 부닥칠 현실이 얼마나 크게 충돌할지 예수는 알았다. 그리고 요하난의 예측이 정확하다는 것도 깨달았다.

'뭉치지 말라고 가르쳤지만, 뭉칠 수밖에 없는 현실. 울타리를 치지 말라고 했으나 세상이 그들을 울타리 밖에 내칠 테니, 그들은 그들의 울타리를 만들 수밖에….'

'내가 걸어 나왔던 하느님에게 저들은 다시 걸어 돌아갈 수밖에 없을 것이니….'

그럴 것이다. 그들은 전능하신 하느님, 세상을 심판하시는 하느님, 의인과 의로운 일을 높이 들어 칭찬하는 하느님, 벌을 주고 축복을 내리는 하느님, 왕 같은 하느님에게 돌아갈 것이다.

그렇더라도 예수는 희망의 끈을 놓지 않는다.

'윗물로 튀어 오르는 물고기가 한 마리쯤은 있겠지!'

갈릴리 호수로 흘러드는 윗요단강을 거슬러 올라간 적이 있었다. 강의 흐름을 따라 강가를 걸어가다가 한 곳에서 놀라운 광경을 목격했다. 한 길 정도 높이의 작은 폭포였다. 위에서 쏟아지는 거센 물결을 물고기가 거슬러 오르고 있었다. 튀어 오르다 떨어지고 또 튀어 오르고, 한 마리가 아니고 여러 마리였다. 보고 있는 중에, 물살을 거슬러 튀어 오른 물고기들이 윗물을 헤엄쳐 갔다.

그것은 사람이 겪는 깨달음의 길이다. 예수는 깨달음을 씨로 남겼다. 제자들은 씨를 뿌리는 사람들이고 그들 스스로 씨가 되기도 하는 사람들이다.

'어미 검은 소에게서 누런 소도 나오고 검은 소도 나오듯, 어미 소가 암송아지만 내지 않고 수송아지도 내듯, 생명이 생명으로 이어지면서 어느 날이 되면 신비가 현실이 될 수 있겠지. 하느님이 허락하셨으니! 그러나 저들에게는 아직 얘기할 수 없는 일, 첫 씨가 싹이 틀 때 저들 스스로 깨달으리니…….'

제자들을 통해 생명이 전해져 내려갈 것이다. 그들이 뿌린 씨를 통해서 어느 날 신비가 현실이 될 것이다.

예수는 제자를 가려 뽑지 않았다. 하느님 나라는 특별한 사람만 모여 이룰 수 있는 나라가 아니고 가슴을 열고, 팔을 벌리고, 길을 걸을 수 있는 사람이면 모두 이룰 수 있다고 믿었다. 예수가 그들의 선생이고 앞으로 그들의 삶을 책임지는 사람이 된다는 말이었다. 제자들은 선생이 이룰 새 세상에서 그들이 차지할 몫과 자리가 있다는 희망을 붙잡고 비 맞고 눈 맞고 굶으며 그를 따랐다.

그런데 예루살렘 성전 뜰에서 무엇을 이뤘던가?

'성전에서 만난 대부분의 사람들, 그들의 삶을 바꾸는 일에 실패했구나!'

그의 가르침에 가슴이 뜨거워 눈물을 흘렸던 사람도 하룻밤 자고 나면 그들이 살아왔던 일상 속에 다시 깊게 가라앉았다. 결국 예수는 유대와 예루살렘 속에 어울려 들어가지 못했다. 물 위에 뜬 기름처럼 들랑날랑 겉돌았다. 그런 생각에 예수는 혼잣말을 중얼거렸던 적이 있다.

"내가 피리를 불어도, 너희는 춤을 추지 않았다."

웅덩이에 돌을 던져 넣으면 풍덩 큰 소리와 함께 물도 튀어 오르고 파문이 일지만, 시간이 지나면 그저 다시 잠잠해진다. 바닥에 가라앉은 돌은 다시 떠오르지 않는다. 돌이 던져졌을 때를 기억하며 웅덩이가 스스로 소용돌이칠 수도 없다. 그것은 예수의 잘못도 아니고, 웅덩이 잘못도 아니고, 세상은 원래 그런 것이다.

바위에 등을 기대고 앉아 예수는 밤하늘을 다시 올려다본다. 기드론 골짜기 바닥, 별들이 무심하게 그를 내려다보고, 달은 언제나 그러했듯 차갑고 푸른빛을 조용히 쏟아 놓으며 조금씩 서쪽으로 흘러간다. 이제 정말 그의 때가 되었음을 알았다.

때가 됐다는 생각 때문에 가슴이 두근거린다. 그 소리가 귀에도 들린다. 귓속을 꽉 채웠다가 물러나고 다시 채우며 밀려온다. 왼쪽 귀에서 오른쪽 귀로 찌르르 흘러갔다가 금방 다시 왼쪽으로 돌아간다. 몸이 앞뒤로 흔들거리기 시작했다. 두려움 때문이라는 것을 안다. 어찌할 것인가? 다리에 맥이 풀리고 손발이 보들보들 떨리는 것을.

사람들은 예수가 하느님의 거룩한 영에 이끌리어 두려움 없이 침착하게 오늘 그 자리까지 걸어왔다고 믿는다. 제자들도 그렇게 믿는다. 다만 막달라 마리아 그녀 한 사람은 예수의 가슴속을 들여다본 듯 예수의 떨림에 그녀도 떨었다. 그래서 그녀는 예수가 골짜기에 혼자 남아 있겠다고 했을 때 발걸음을 떼지 못했으리라.

"하늘 아버지!"

예수는 다시 소리 내어 그분을 불렀다. 그동안 '하늘 아버지'를 '아빠 아버지'라 수도 없이 불렀지만, 사실 예수는 하늘 아버지를 따로 상상할 수 없었다. 예수의 마음을 울리며 들려준 그분의 음성은 늘 아버지 요셉의 목소리였고, 그분의 눈길은 아버지의 눈길이었다. 예수가 경험한 그분은 늘 아버지의 모습이었다. 예수가 경험한 그분의 나라는 꽃이 지천으로 피는 갈릴리 언덕마을이다. 햇빛을 받아 반짝이며 흐르는 개울물 속을 헤엄쳐 다니는 물고기의 자유였다. 입으로 부르면 경험이 눈앞에 모습을 드러낸다.

　　'아버지!'

　　예수가 다시 아버지를 불렀다. 달이 있고, 별이 있고, 어둠이 있고, 고요함으로 꽉 찬 하늘을 올려다보며 불렀다.

　　'애야! 내 아들아! 예수야!'

　　아버지가 그의 눈을 들여다보며 말을 건다. 아버지의 마지막 날과 달리 예수는 누워 있고, 아버지는 그를 내려다보고 앉아 있다.

　　'이 일이었습니까? 아버지가 걸으라고 부탁하신 길이?'

　　'그건 나도 모른다.'

　　'왜 제가?'

　　'누구라도 대답하고 나서야 하지 않겠니?'

　　아버지는 부름에 대답해야 할 사람이 예수라고 지목한 셈이다.

　　'왜 그러해야 합니까, 아버지?'

　　'부름을 들었으니까….'

　　그것은 이제껏 묻고 또 물어도 대답을 받지 못한 질문이다. 그 말은 사람이 하느님을 찾으며 울부짖은 것이 아니고 오히려 그분이 찾고 있었다는 말이다. 그분의 말을 듣고 나설 사람을…. 그렇게 생각하니 그분도 지금 예수 자신만큼이나 외로웠던 분이라는 생각이 들었다. 서로 다른 모습의 상대를 찾으며 끝없이 지나치면서도 알아보지 못했음이 분명했다.

'이것이 그분의 뜻이라는 것을 제가 어찌 알고….'

'그것도 할 수 없는 일! 누가 그분의 뜻이라고 확인해 줄 수 있겠나? 그저 돌을 쪼아 가면서 형상을 찾아내듯, 그분의 뜻을 더듬어 볼 수밖에.'

'아버지! 그건 아무도 해 보지 않았던 일 같습니다.'

'그럴 거다, 예수야! 누가 이미 그 길을 걸었다면 발자국이 남아 있겠지…. 그러나 보아라! 네 눈앞에는 아무도 걸어가지 않은 길이 있을 뿐! 그건 그분에게도 마찬가지!'

예수의 눈에 나사렛에 내린 겨울 눈이 떠올랐다. 이른 아침, 마당에 내린 눈을 보면 으레 누구보다 먼저 그 눈 위를 걸었다. 뽀드득뽀드득 샌들 아래 눈이 들려주는 소리도 즐거웠고, 그가 눈 위에 남긴 발자국도 즐거웠다. 한 걸음 한 걸음 걸어온 발자국, 가까이서 보면 그 발자국은 모두 따로 떨어져 있었지만 조금 떨어진 곳에서 보면 한 선으로 이어져 있었다.

'발자국을 남기며 눈 위를 처음 걸어가는 사람인가요?'

'그렇다! 처음 사람, 처음 길, 첫발자국.'

그런데 예수는 숨어버린 하느님을 도저히 알 수 없었다. 확실히 만난 듯했는데 지나고 보면 만난 적이 없었고, 그분의 말을 들은 듯했는데 돌이켜 생각하면 그런 일이 전혀 없었다. 그분은 그저 예수의 마음속에 눈 위를 걸은 첫발자국처럼 먼 옛날로 기억될 뿐이다. 붙잡고 살아온 일이, 그분의 뜻이라고 믿고 외치며 가르쳤던 하느님 나라, 생각해 보면 하느님의 뜻이 아니라 예수의 생각이었을 수도 있다.

"아버지! 왜 고통 속에서만 씨는 싹 눈을 틔웁니까?"

예수는 불쑥 하늘을 쳐다보며 물었다. 하늘은 대답이 없다. 우렁우렁 천둥으로도 대답하지 않고, 번쩍 번개로도 대답하지 않고, 땅 한쪽을 뚝 떼어 내 쓸어내릴 듯 폭우로도 대답하지 않고, 하늘은 아무 일도 없다는 듯, 그것은 내가 관여할 일 아니라는 듯, 잠잠했다. 달은 구름 속에 숨었다가 다시 나타나 푸르스름한 빛을 뿌리며 흐른다.

그런데 불쑥 마음속에 한 가지 생각이 떠올랐다.

'그럼 어찌하랴? 달콤하고 아름다우랴? 싹 틔우는 일에 고통이 없으면, 자기를 내려놓는 자기부정이 없으면 무엇으로 생명의 연약함을 알 수 있으리? 갈릴리 들과 산과 밭과 길옆 풀숲에서 돋아난 연녹색 새싹을 보며 생명이 어떻게 이어지는지 보지 않았느냐? 생명이 따로따로 떨어져 있는 것 같아도 서로 연결되어 있지 않던? 너에게서 시작되는 것도 아니고, 네게서 끝나는 것도 아닌 것을….'

'그렇기는 한데, 두렵습니다. 무섭습니다.'

'나도 그렇다!'

뜻밖으로 그분도 두렵단다.

'이렇게 말고, 다른 방법은 없습니까?'

'그건 나도 모른다. 그런데, 지금 걷는 길은 돌이킬 수 없는 길이다. 가장 비참하게 자기를 내려놓는 일을 통해, 인간과 하느님이 완전히 절연絕緣되었다는 것을 보여 주는 방법밖에…. 안 그러면 끊임없이 칭얼거리고 매달릴 테니….'

예수는 그분의 뜻을 따르는 방법밖에 없다는 것을 안다. 비록 그 길이 처절한 고통을 겪으며 걸어야 한다는 것을 알면서도. 더 이상 매달리거나 애원할 수도 없다. 그분은 '완전한 절연'을 기대하고 있음을 알았다. 첫 사람 아담을 그분의 동산에서 내보냈던 분이 이제는 인간과 완전히 연을 끊겠다고 나섰다. 그 일은 하느님이 오랜 세월을 두고 차근차근 계획을 실행하신 일이 아니겠는가?

'사람이 죄를 지어 에덴동산에서 추방된 것이 아니라면?'

사람의 역사에서 예수 혼자 그런 의문을 가졌을까? 기록된 역사는 후대 사람들이 결과를 이미 모두 알고 그 원인을 찾아 거슬러 올라간 작업이 아니겠는가? 그랬을 것 같았다. 그래서 이스라엘의 역사에는 왜 고통을 받고 추방당하고 노예로 끌려갔는지, 왜 이스라엘보다 월등히 강력한 이방제국의 침입에 시달려야 했는지 그 원인을 짚어냈고 기록했다.

'하느님 앞에 죄를 지었다.'

세상을 지금 살아가는 사람부터 첫 사람까지, 사람이 언제나 하느님 앞에 죄를 짓고 그분의 혹독한 처벌을 받았다는 얘기를 예수는 도저히 받아들일 수 없었다. 그런 세상을 살아내야 한다면 삶은 축복이 아니고 처벌의 연속이지 않겠는가? 고난은 언제나 죄의 결과로 받은 처벌이었지 않은가?

예수는 하느님 앞에서 사람이 죄를 지었고 그래서 벌을 받았다는 내용을 제거했다.

'죄와 처벌을 역사의 큰 줄거리에서 걷어 낸다면, 복종과 축복도 역시 걷어 내야 할 터….'

그 두 가지를 걷어 내고 보니 이스라엘의 하느님 야훼가 달리 보였다. 세상을 창조하고 보기 좋다며 스스로 만족하던 하느님의 모습이 보였다. 해질 무렵 서늘한 에덴동산에서 마치 아버지 요셉이 어린 예수를 데리고 거닐 듯 이리저리 거닐면서 나무도 풀도 새도 짐승도 불러내 이름을 지으라고 첫 사람에게 데려 온 하느님이 보였다. 하느님에게 사람은 말동무가 됐고, 그래서 그분은 사람의 말동무도 창조하여 주었다. 하느님 형상을 따라 첫 사람을 지었다는 말은 서로 말을 주고받을 수 있는 상대를 찾았다는 말이 아니겠는가?

예수의 생각은 한동안 그곳에 머물러 있었다. 에덴동산에서 만난 하느님은 아버지 요셉 같은 분이었다. 아니 다른 말로, 아버지 요셉처럼 하느님도 아담을 사랑하고 아끼고, 무엇이든 가르쳐 주려 하고, 아들이 잘하는 일이 있으면 어깨를 힘껏 끌어안고 기뻐했으리라.

"그래! 사람아! 정말 잘했어, 그거야 바로! 네가 점점 살아가는 법을 알아가는구나!"

사람은 그때 하느님을 만나 같이 거닐고, 같이 얘기를 나누고, 밤이면 동산 이쪽저쪽에서, 어쩌면 아주 가까운 곳에 누워 하늘을 올려다보았으리라. 어두우면서 밝고, 짙으면서도 엷고, 깊고 높은 아름다운 밤하늘과 가까운 곳에서 반짝이는 별을 보고 얘기를 나눴을 것이다. 예수의 눈에는 그 장면이 보였고 귀로 들을 수 있었다.

천지를 창조한 얘기를 들으며 누워 있던 아담이 물었다.

"하느님! 그렇게 세상을 만드셨어요? 저보고 즐기며 살라고?"

"그럼! 너에게 주려고 만들었지 뭐 심심해서 만들었겠니? 엿새나 걸렸단다. 나는 내 나름대로 바빴다. 처음 만들어 본 거였으니까….."

"이렇게 밤에 누워서 보니 너무 좋네요!"

"밤에만 좋더냐? 낮은 안 좋고?"

"웬걸요! 낮도 좋아요! 반짝반짝 해가 빛나고, 그 빛을 받아 나뭇잎들이 살랑이며 여기저기로 빛을 흩뿌릴 때, 새는 높이 날고 숲속에서 바스락바스락 소리 내며 걸어 다니는 짐승들을 볼 때 너무 좋아요. 저는요, 하느님! 특별히 그림자가 좋아요."

"왜?"

"늘 저를 따라다니더라고요."

"오! 네가 좀 외로웠던 모양이구나! 네 말 상대를 만들어 주마! 네가 원하면 무엇이든 만들어 줄 테니 말해라! 이처럼 세상도 만들었는데 무엇인들 더 못 만들어 주겠나! 그런데, 잘 알아 둬라! 그 사람은 여자인데, 너와 똑같은 사람이다. 내가 너를 만들었듯 여자도 내가 지을 터인데, 네가 나의 종이 아니듯 여자도 너의 종이 아니다. 똑같이 이 세상을 누리고, 손잡고 부부 되어 살고, 자식을 낳아 세상을 채워라. 너에게 내 형상이 들어 있듯 여자에게도 나의 형상이 들어 있을 터이니, 너희 둘 사이에는 앞과 뒤가 없고 높고 낮음이 없고, 크고 작음이 없고 세고 약함이 없으니 여자는 영원히 너의 동반자가 되리라."

하느님과 첫 사람 아담, 그리고 곧 여자가 새로 생겨 에덴에서 함께 살았다. 하느님은 구름도 아니었고, 무섭게 휘몰아치는 바람도 아니었고, 격렬하게 타오르며 모든 것을 핥고 태우는 불도 아니었고, 조용히 숨만 쉬는 땅도 아니었다. 사람과 말하고 손잡아 주는 분이었다.

언제부터인가 가끔가끔 아담 부부가 에덴동산 너머 저쪽을 건너다보는 것을 알아챈 하느님이 어느 날 그들 부부를 불러 놓고 말했다.

"호기심은 언제나 좋은 거다. 동산 너머를 바라본다는 말은 이제 너희들이 이 동산 안을 다 둘러보았다는 뜻이겠지. 원하면 동산을 벗어나 너희가 가 보고 싶은 곳 어디든지 가거라! 너희 발길 닿는 곳이면 어디든 가거라! 그곳에서는 사람이라면 너희가 처음일 테니 여기서 잘 지냈듯 가는 곳마다 잘 지내라!"

"가끔가끔 하느님 찾아뵈러 올게요!"

"그래라. 언제든지 오려무나. 너희가 나를 부르면 어디든 너희를 찾아가마."

첫 사람 부부는 그렇게 에덴을 떠났다. 돌아다니다가 가끔가끔 에덴동산으로 돌아가 하느님과 지냈다. 넘어져 무릎이 깨졌을 때도 하느님에게 돌아갔고, 첫 아이를 낳고 어쩔 줄 모를 때, 그때는 큰 소리로 하느님을 불러 찾았다. 길에 넘어진 어린 아이가 어머니 얼굴 빤히 쳐다보며 울고 그대로 엎어져 있듯, 첫 사람 부부도 그렇게 살았다.

"하느님은 아버지고 어머니고 그 둘을 합친 분이고……."

그래서 예수의 가르침은 하느님이 벌주시는 분이 아니고 돌보고 아끼고 사랑하시는 분이라고 가르치는 일부터 시작했다. 아버지 요셉과 어머니 마리아의 사랑을 생각하면 하느님의 사랑이 어떠할지 깨달을 수 있었다. 험한 세상에 홀로 남겨져 허덕허덕 고통받는 사람들, 힘센 사람들이 누르는 대로, 빼앗아 가는 대로 당하고 사는 사람들에게 아버지 어머니 품으로 돌려주는 일처럼 하느님의 품안으로 불렀다.

그런데 카인이 동생 아벨을 돌로 쳐 죽였다는 얘기를 들으면서, 노아의 홍수 얘기를 들으면서, 예수는 하느님이 변했음을 깨달았다. 그때까지 모습을 드러내 보이고 사람과 손잡고 동산을 걷고 내를 건너던

426

하느님 모습이 갑자기 사라지고 목소리의 하느님으로 변했다. 명령하고, 법을 세우고, 앞서서 이끌고, 가라 와라 올라가라 내려와라, 제사를 드려라, 그 제사를 받겠다 안 받겠다, 이것은 좋고 내 마음에 든다, 저것은 싫다, 마치 세상의 왕 같은 분, 타협할 줄 모르고 고집 센 할아버지, 툭하면 벼락같이 호통 치는 무서운 아버지 같았다.

'왜 하느님 모습이 사라지고 목소리로 남았을까? 왜 하느님이 그처럼 무서운 분으로 변했을까?'
'그건 지배자들의 모습이지!'
'하느님이 지배자로 군림하기 시작했나?'
'지배자가 하느님의 옷을 빌려 입고 법을 세우기 시작한 거지.'
'왜 그랬을까?'
'왜는? 메소포타미아에서는 종으로 부려먹으려고 사람을 신이 만들었다고 한다는데 뭘….'
그때부터 예수는 하느님의 옷을 입은 지배자들의 민낯을 보기 시작했다. 모으고 조직하고 법을 세우고, 명령하고 복종하고, 법을 지키지 않으면 처벌받는 세상의 본모습을 꿰뚫어 보았다. 법을 세우기 위해 지배자들이 하느님의 옷을 입고, 그 옷 위에 권위와 정통성의 옷을 걸치려고 어떤 얘기를 만들어냈는지 깨달았다.
그래서 예수는 갈릴리를 돌아다니다가, 억압과 법의 중심 예루살렘으로 왔다. 그들의 법은 하느님의 법이 아니라고, 억압의 발톱이 움켜쥔 사람들을 풀어놓으라고 외치기 위해 성전에 들었다.
'모든 법과 지배자와 신을 섬기면서 신전이 사람을 억압한다면 그건

하느님의 뜻이 아니오! 당신들은 성전이라고 부르지만, 내 눈에는 신전으로 보일 뿐이오!'

그런 마음이었다. 안식일의 주인이 사람이라고 얘기했고, 하느님의 뜻으로 돌아가 희년을 실시하자고 사람들을 깨우쳤다. 그러면서 예수는 조금씩 다른 음성을 들었다. 그분의 음성인지, 마음의 소리인지, 그를 한 번도 가 보지 못한 길로 이끌었다. 안식일의 주인이 사람이라는 생각으로부터 시작됐다.

'안식일의 주인, 시간의 주인이 사람이라면 세상의 주인이 사람이라는 뜻….'

'그럼 하느님은? 그분은 에덴동산으로 돌아가서 사람이 다시 돌아오기를 기다리고 계신가?'

'아니면, 창조 이전의 텅 빈 그 흑암黑暗 속으로 들어가셨는가?'

그럴 수 없었다. 그분은 다시 그 흑암 속으로 되돌아가실 분이 아니다. 세상에 아무것도 없고 텅 비어 있을 때, 빛도 없고 땅도 하늘도 없을 때, 그때 그분은 몸을 일으켜 세상을 창조한 분이다. 왜 그랬는지 사람마다 해석이 다르겠지만 그분은 더 이상 그 상태를 견딜 수 없었으리라.

'텅 빈 허무와 혼돈 속에서 하느님은 무엇을 하셨나?'

'무엇을 하시기 전에 이미 무엇으로 계셨지. 존재이셨지. 그리고 창조를 시작하셨지! 날짜를 세면서 시간도 만드시고….'

'그럼 하느님은 어디로 가셨나?'

하느님이 존재였다면, 사라질 수는 없다. 자리는 비워도 사라질 수는 없다. 성전을 드나들면서, 성전 뜰에 쏟아지는 햇빛을 바라보면서, 성전 뜰을 오가는 사람들을 보면서 예수는 하느님을 찾았다. 그분의 흔적을 찾아내야 다음 걸음을 걸을 수 있는데 하느님은 어디에도 없었다. 일부러 몸을 숨기신 분을 어디로 가야 찾을 수 있단 말인가?

암담했다. 역사의 주인이 자리를 비워 놓았으니….

그러다가 번뜩 깨달았다. 매일 달도 뜨고, 해도 뜨고, 해가 질 때면 그처럼 아름다운 석양을 하늘에 펼쳐 놓겠지만, 그 아래 살아가는 사람이 변하지 않으면 그저 의미 없는 반복일 뿐이다.

'사람이 변한다? 어떻게? 내가 혼자 어떻게 변화를 일으킬 수 있나?'

세상은 예수 혼자 지고가기에는 너무 무겁고 컸다.

'누가 너 보고 혼자 지고 가라고 하더냐? 모든 생명의 세상인데…. 나에게 맡겨 두고 울고불고하지 말고, 너희가 그 속에서 아끼고 돌보고 서로 누리며 살아가라고 마련했던 세상이거늘…어허!'

그분은 혀를 끌끌 찼다.

그런데 혀를 차는 소리는 사람들 인기척 소리가 됐다. 횃불을 들고 기드론 골짜기 아래쪽에서 사람들이 떼를 지어 올라오고 있었다.

"여기 어디쯤입니다. 두 눈으로 똑똑히 봐두었습니다. 분명합니다."

그들은 바싹 마른 개울바닥에서 돌짝을 하나씩 뒤집듯, 골짜기 바위 사이를 샅샅이 살펴보며 올라왔다. 올리브산 자락에 진을 친 로마 군인들 군막에도 불이 환하게 밝혀졌다. 성전 북쪽 '양의 문' 조금 아래 베데스다 연못 부근에도 갑자기 횃불을 켜든 사람들이 나타나더니 쭉 늘어서서 골짜기를 비추었다.

순간 예수는 그들이 자기를 찾고 있음을 알았다. 밤을 넘기지 않고 일이 벌어지리라고 예상은 했지만 막상 그들이 점점 다가오는 것을 알게 되니 갑자기 어쩔어찔 어지럽고 정신이 아득했다.

애써 마음을 가라앉히며 고개를 쭉 빼고 병사들과 거리가 얼마나 되는지 가늠해 보았다. 골짜기 아래에서부터 더듬어 올라오는 병사들은 피할 수 있을 것 같지만, 베데스다 연못 부근에서 횃불을 밝히고 골짜기를 살피는 병사들 눈은 피할 수 없을 것 같았다. 더구나 그들 중 한 무리는 이미 골짜기로 내려와 벳바게 올라가는 길을 막고 있지 않은가? 몸을 일으켜 어디로든 움직이면 그들의 눈에 띌 수밖에 없었다.

연못가에 선 병사들이 어느 쪽을 가리키며 큰 소리로 신호를 보내면 골짜기를 더듬어 올라오던 병사들이 횃불을 휘두르며 우르르 몰려가 이곳저곳 샅샅이 뒤졌다.

예수는 이러지도 저러지도 못하고 바위에 등을 대고 딱 붙어 앉았다. 후다닥 달아나 쫓고 쫓기다가 붙잡히기는 싫었다. 그럴 경우, 병사들이 골짜기가 떠들썩할 만큼 소란을 떨며 쫓아올 것이 뻔했다. 더구나 도망가다가 붙잡혔다는 소리는 정말 듣기 싫었다. 그 소식을 듣는 사람들이 얼마나 입을 비죽거리며 비웃을 것인가?

가슴이 점점 크게 벌렁거렸다. 뻣뻣하게 몸이 굳더니 앞뒤로 흔들리기 시작했다. 괜히 두 다리가 움찔움찔했다. 속이 메슥메슥하고 헛구역질이 났다. 앉아 있는 자리가 기우뚱 한쪽으로 무너지는 듯하다가 갑자기 반대편으로 쏠리기도 하고, 등을 기댄 바위가 차갑기도 하고 뜨겁기도 했다. 때로는 불룩불룩 배를 내밀 듯 바위가 불쑥거렸다.

'이것이 두려움인가?'

담담하게 이때를 맞이하리라고 거듭거듭 다짐했는데, 실제 그때가 닥치니 그런 다짐이 모두 소용없다. 그저 떨리고 무섭고 어찌하면 좋을지 망연했다. 몸을 기댄 채 앉아 있는 하얀 바위가 꿈틀꿈틀하면서 그를 일으켜 세우려고 밀어 올리는 것 같다. 이제까지 기대앉았던 바위마저 그를 밀어내기로 작정한 모양이다. 세상뿐만 아니고 바위까지 예수를 받아들일 수 없게 된 모양이다.

이제 곧 불빛에 몸이 드러나고 그들이 우악스럽게 달려들어 꽁꽁 묶어갈 것이 분명했다. 마치 처음으로 세상에 몸을 드러낸 사람을 찾았다는 듯.

아직 하느님의 말을 듣지 못했다.

"아버지!"

예수는 낮은 목소리로 하느님을 불렀다. 속으로만 부르기보다 이제 직접 소리를 내서 불러야 할 것 같았다. 그래야 그분이 모습을 드러내거나 음성이라도 들려줄 것 같다. 그런데 예수의 귀에 들린 그의 목소리는 끈기 없이 부석거리는 흙 같다. 무엇이 빠졌을까? 무엇을 놓쳤을까? 그분의 뜻 안에서 걸어왔다고 생각했는데, 정말 끝까지 모습을 숨기는가?

아직 그분의 모습을 보지 못했다. 최소한 그분이 직접 말하는 소리도 못 들었다. 두서없이 마음속에 떠올랐던 생각들이 그분의 말인지 그의 생각인지 알 수도 없었다. 그런데 이제 예수를 찾는 사람들이 가까이 다가오고 있다.

'이건 일이 너무 급박하게 흘러가는데…이렇게 말고….'

각오는 한 일이지만 숱한 다짐을 떠받쳤던 기둥들이 흐물흐물 무너져 내리는 것이 보였다. 이제 정말 하느님 없이 그 혼자 걸어가야 할 때가 왔다.

순간 예수는 그 자리에서 조용히 일어섰다. 쭈그리고 앉아 있다가 발각되는 대신 스스로 몸을 드러내기로 했다.

일어서니 더 멀리 보이고 확실하게 보였다. 그 자리에 서서 점점 다가오는 불빛을 바라보고 섰다. 그들은 눈앞의 바위는 앞뒤를 살펴보면서도 장정 걸음 백 걸음도 안 되는 곳에 서 있는 예수는 보지 못했다.

선뜻 바람이 분다. 옷자락이 펄럭인다. 달빛은 그의 옷에 맺히더니 더 푸르러진다. 예수는 병사들을 기다렸다. 몸을 일으켜 세우니 떨리던 것도 멎고, 메슥거리며 속이 울렁거리던 증상도 사라졌다. 바위에 기대지 않으니 스스로 설 수 있게 됐다.

"저기 뭐가 보입니다."

병사 하나가 예수 서 있는 곳을 가리키며 외쳤다.

"가 보자! 빨리빨리! 달아날라, 서둘러!"

우르르 그들이 골짜기 바닥을 달려왔다. 지천으로 널린 바위와 돌 때문에 비틀비틀하면서 달려왔다. 어떤 사람은 횃불을 홰홰 내두르며 외쳤다.

"꼼짝 말고 거기 서 있거라!"

서서 그들을 기다리는 예수에게 달아나지 말고 꼼짝 말고 서 있으라니, 그들도 어지간히 당황했음이 분명했다.

"어이쿠! 저게 뭐야!"

"뭐?"

"저기 희끄무레한 거…. 사람 같기도 하고 귀신 같기도 하고…무서워라!"

예수 앞 한 스무 걸음쯤 앞까지 기세 좋게 달려왔던 사람들이 갑자기 주춤주춤 그 자리에 발걸음을 멈추고 예수 쪽으로 횃불을 비췄다.

"나요! 그대들이 찾는 예수요!"

한 걸음 그들 쪽으로 나서며 예수가 나지막한 소리로 대답했다.

"으엑? 예수? 안 달아나고 우리를 기다리네!"

그때 우두머리쯤 되는 사람이 로마 말로 외치고, 곧 다른 사람이 유대 말로 외쳤다.

"잡아라! 꽁꽁 묶어라! 중죄인이니 인정사정 두지 말고 꼼짝 못 하게 다뤄라!"

네댓 명 경비대 병사가 우르르 달려들었다. 그런데 예수에게 손을 대지 못하고 멈칫 그 자리에 섰다. 달빛과 별빛 아래, 일렁이는 횃불을 받으며 예수가 조용히 서 있으니 그들이 선뜻 손을 대지 못하는 모양이다.

"무엇 하느냐! 어서 묶지 않고!"

우두머리가 소리를 질렀지만 그들은 예수의 얼굴을 그대로 바라만 본다. 도망가려 하지도 않고 저항도 하지 않고, 조용히 서서 기다리는 예수를 우격다짐 막무가내 묶기는 마음이 내키지 않는 모양이었다.

"자!"

예수가 두 손을 앞으로 내밀었다. 그러자 경비대 병사가 예수를 묶었다. 그들이 오히려 덜덜 떨었다. 횃불을 들고 서 있던 병사가 갑자기 불을 떨어뜨렸다.

"어이구, 어이구! 이런!"

병사는 당황해서 얼른 불을 집어 들려고 허리를 굽히다가 예수를 올려다보았다. 아래에서 위로 비친 불빛에 예수는 아주 키가 큰 사람처럼 보였다. 그 키가 하늘에 닿을 만큼 큰 사람으로…….

✠

예수를 체포하기는 했지만 성전 경비대 병사들은 우왕좌왕했다. 손이 떨려서 제대로 줄을 묶지도 못하고 이리 꼬았다 저리 꼬는 바람에 시간만 지체했다. 그러자 경비대 병력 중에서는 우두머리인 듯한 사람이 나서서 야무지게, 묶은 자리에 조그만 나무 꼬챙이 하나도 들어가지 않을 만큼 단단하게 묶었다. 두 손을 단단히 뒤로 결박해서 등까지 끌어올리고 허리 왼쪽 오른쪽에 하나씩 그리고 목덜미 쪽에서 아래로도 하나 그렇게 3개의 나무 봉棒을 끼웠다.

로마군 백부장은 그들을 지켜보고 있었다. 위수대장이 백부장에게 로마군이 예수에게 손을 대지 않도록 각별히 여러 번 주의를 주었기 때문이었다.

"어디로 끌고 가지요?"

성전 경비대의 우두머리가 백부장에게 물었다.

"너희 대제사장 집으로 끌고 가라! 우리가 호위는 한다."

백부장이 차가운 목소리로 대답했다. 경비대 배속 병력의 우두머리는 고개를 갸웃거리며 이상하게 생각했다.

'위수대 감옥도 아니고, 성전 감옥도 아니고, 이 밤중에 대제사장 각하 댁으로 끌고 가라니… 무슨 이런 일이 있는가?'

그가 이해할 수 없는 일이 당연했다. 불과 몇 시간 전, 3자 통합지 휘부에서 그렇게 결정한 일이니…. 그러나 로마군 백부장과 경비대 배속 병력에게 어떤 경로를 통해 대제사장 집까지 예수를 압송하라는 지시가 제대로 전달이 안 됐다.

그래서 처음에는 성전 '양의 문'까지 예수를 끌고 올라갔다가 그 문을 통과하지 못하고 다시 기드론 골짜기로 내려가는 등 우왕좌왕 시간을 끌었다. 결국 골짜기 아래로 걸어 내려간 다음 언덕길을 올라 남동쪽 성문으로 압송했다.

"정신 차려!"

예수는 하루 종일 굶은 데다가 한없이 깊은 웅덩이 속으로 가라앉는 듯 정신이 몽롱했다. 발을 헛디며 삐끗 넘어지려고 하자 왼쪽에서 붙잡고 가던 성전 경비대 병사가 예수를 일으켜 세우며 말을 건넸다. 골짜기에서부터 그를 끌고 오면서도 한 번도 입을 열지 않았던 병사였다. 예수는 그에게 말을 건 경비대 병사를 바라보며 잔잔한 미소를 띤 채 말했다. 이제 평소의 예수로 돌아온 듯 보였다.

"고맙소! 그대에게 축복을 빌겠소."

병사는 흠칫했다. 오른쪽에서 예수를 밀던 병사도 흠칫했다. 그런데 목덜미 쪽 세로로 세운 봉을 잡고 예수를 밀던 병사가 같잖다는 듯 코웃음을 쳤다.

"주제에, 누가 누구에게 축복한다고! 네 앞길이나 챙겨, 넘어지지 말고!"

예수가 조용히 말했다. 무섭도록 침착한 목소리였다.

"그대들은 잊지 못할 것이오! 마지막 사람이며 첫 사람인 나를 끌고 이 언덕을 올랐다는 것을. 언젠가 깨닫는 날이 오면 그대들도 언덕을 오를 것이오."

그들 세 사람 중, 왼쪽 오른쪽 두 사람은 예수의 말을 듣고 갑자기 전율처럼 온 몸을 훑고 지나가는 뜨거움을 느꼈고, 뒤에서 밀던 사람은 갑자기 잡고 있던 봉을 뒤로 잡아당기며 예수에게 고통을 주었다. 그리고 뜨거운 입김을 씩씩거리며 예수에게 쏘아붙였다.

"잔소리 말고 올라가! 무슨 말로 우리를 홀리려고…. 네가 한 짓을 내가 모를 줄 알고? 지난 며칠 동안 내가 똑똑히 눈여겨보았어. 그리고 누구든 너를 잡아들여야 한다면 내가 바로 그 사람이 되리라고 작정했지. 거짓 예언자, 눈은 감고 입만 살아 있는 예언자! 세상 사람들을 걸려 넘어지게 하는 놈이야, 너는!"

예수는 아무 말도 하지 않고 묵묵히 그 병사의 말을 들었다. 그럴 것이다. 누가 그의 가르침을 지금 당장 알아들을 수 있단 말인가? 때가 언제가 됐든, 샘에서 솟아난 물이 마르지 않고 아래로 아래로 흘러내려가 다른 골짜기를 타고 흘러내린 물과 합쳐져 큰 내를 이루고, 강을 이루고 바다에 이르기를 바랄 뿐이다.

"여기가 예수 선생님 묵던 집인가요?"

어떤 사람이 여인숙으로 뛰어 들어오며 물었다.

"그렇소만…."

시몬 게바는 불길한 예감에 가슴이 덜컥했다. 갑자기 목이 콱 막혔다. 방 안에 있던 제자들이 쫓아 나오고 뜰 안을 서성이던 제자들도 다 모여들었다.

"선생님이…. 예수 선생님이 잡혀갔어요!"

"에? 그게 무슨 소리요?"

요한이 깜짝 놀라며 물었다.

"그놈들이 선생님을…. 아이구, 큰일 났어요. 여럿이, 로마군이랑 성전 경비대가 나와서…."

막달라 마리아, 여인숙 마리아, 마르다 자매와 함께 방 안에 있던 예수의 어머니 마리아가 쫓아 나왔다. 마침 집 밖에 나가 바람을 쐬고 있던 예수의 동생 야고보도 뜰 안으로 들어서고 있었다.

늘 입이 무겁고 침착한 나다나엘이 그 사람을 가라앉히며 물었다.

"자! 숨을 돌리면서 자세히 얘기해 봐요! 선생님이 잡혀가셨다고요?"

그 소리를 들은 예수의 어머니 마리아가 털썩 주저앉았다. 그녀는 아무 말도 못 하고 그저 자꾸 손을 내저었다. 막달라 마리아가 예수의 어머니 마리아의 손을 잡아 준다. 그 사람의 얘기를 들어 봐야 하는데 모두 더 듣고 싶지 않을 만큼 두렵고 무서워서 잠시 침묵이 감돈다.

"저는 움막마을 사람인데, 그놈들이 선생님을 잡아끌고 성문 안으로 들어가는 것을 봤어요. 그래서 제가 그 소식을 알려드리려고 바로 달려 왔어요. 바로 오는 길을 로마 놈들이 막아서 올리브산 북쪽으로 돌아오 느라고…. 지금 어디로 끌려가셨는지 몰라요. 성문이 닫혔으니까."

그 말을 듣고도 어쩌자고 나서는 사람이 아무도 없다. 무슨 일을 해야 할지, 어디로 쫓아가 봐야 할지 알 수 없기도 했지만 아무 생각도 할 수 없을 만큼 정신이 텅 비었기 때문이다. 요안나가 울음을 터뜨렸다. 그러나 소리 내어 울지도 못하고 꾹꾹 눌러 조금씩 한 줄기씩 흘러 나오는 울음이다.

막달라 마리아가 마리아를 부축해 일으키더니 조그맣게 말했다.

"어머님! 제가 가 봐야 하겠습니다."

"어디로? 나도 같이 가요!"

"제가 가 볼 데가 있습니다."

그러자 도마가 나섰다.

"우리, 이러고 있을 때가 아니오! 다 함께 가 봅시다. 가서 선생님이 어찌 되셨는지, 이놈들이 선생님을 어디로 끌고 갔는지, 죽든 살든 가서 부딪쳐 봅시다."

작은 시몬도 나섰다.

"무어 그리 우물쭈물하고들 서 있어요? 갑시다!"

그런데 늘 나서기 좋아하던 요한이 아무 말 없이 서 있어서 좀 이상했다. 요한의 형 야고보도 입을 다물고 서 있다. 레위도, 레위 동생 작은 야고보도. 그때 빌립이 입을 열었다.

"우리가 우르르 몰려가서 좋을 일이 하나도 없어요. 보나마나 우리까지 냉큼 잡아들일 텐데…. 예전에 세례자 요한 선생님이 분봉왕에게 잡혀 마케루스에 끌려갔을 때보다 상황이 더 안 좋아요. 로마군인 놈들이 잡아갔다니…."

도마가 나섰다.

"그럼 어쩌자는 거야? 이러고 우두커니 서 있어? 안 쫓아가고? 제자라는 사람들이? 나는 가 볼 거요! 게바! 왜 그리 말이 없어요? 무슨 말을 좀 해 봐요!"

그러자 시몬 게바는 정말 아무 생각도 할 수 없는 사람이 된 듯, 정신이 하나도 없는 사람처럼 혼잣말처럼 입을 열었다.

"이거 어째야 하나!"

시몬 게바의 말을 받아 요한이 말했다.

"내 생각으로는 지금 우리가 성문 앞에 가서 얼쩡거리면 모두 한꺼번에 잡혀 들어갈 겁니다. 그러니 몇 사람은 산을 넘어가서 형편을 살펴보고, 몇 사람은 여기서 대책을 강구해 보고. 왜 선생님이 우리보고 먼저 산을 넘어가라고 하시면서 혼자 떨어져 남으셨는지 그 뜻을 생각해 봐야 합니다. 예, 내 생각은 그렇습니다."

그러자 제자들 대부분 고개를 끄덕였다. 그 광경을 보고 있던 예수의 동생 야고보가 나지막한 신음소리를 내더니 한 마디 내뱉었다.

"사람들 하고는…."

그리고 성큼 어머니 마리아에게 다가가 팔을 부축하면서 말했다.

"어머니! 옷 챙겨 입으세요! 형을 찾아가 봐야지요. 이러고 여기서 시간만 보낼 수는 없어요."

도마와 작은 시몬이 나섰다.

"우리도 같이 갑니다."

그 사이 마리아는 안으로 들어가 늘 들고 다니는 작은 보퉁이를 안고 나왔다. 여인숙 마르다와 마리아가 막달라 마리아의 팔을 잡으면서 안타깝게 말을 건넸다.

"마리아! 돈이 좀 필요할 텐데, 잠깐 기다려요. 얼마 안 되지만 그래도 쓸 데가 있을 거예요."

막달라 마리아는 사양하지 않았다.

"고마워요, 정말!"

레위가 따라나서려고 하니 작은 야고보가 슬그머니 형의 옷을 붙잡아 말렸다. 큰 야고보나 요한은 아예 처음부터 따라나설 생각이 없는 사람이고, 빌립은 고개를 갸웃갸웃하며 무언가 나름대로 궁리하고 서 있다.

"그럼, 다녀올 사람은 다녀오고, 나는 여기서 대기하고 있을 게요. 이거 내가 삭개오에게 받은 패찰이니 필요하면 가져가고."

시몬 게바가 겨우 입을 열자 도마가 퉁명스럽게 말을 받았다.

"일 없어요! 대기? 대기는 무슨! 도망갈 궁리들만 하겠지. 내일 아침이면 모두 달아나고 없을 사람들이⋯."

그러자 요한이 발끈하고 나섰다.

"아니, 도마! 그걸 말이라고 해? 지금?"

"안 그러면? 왜 우물쭈물 주저앉어, 주저앉길? 그러고서도 입으로는 잘도 '선생님 선생님' 불러대면서 따르더니⋯요한! 그러면 안 돼!"

"왜 갑자기 나를 걸고 넘어가요, 도마는! 다녀와요! 우리는 여기서 좀 대책을 세우고 있을 테니까!"

막달라 마리아는 한 손에 보퉁이를 들고 예수 어머니 마리아를 부축하며 걸음을 떼었다. 얼른 야고보가 어머니 옆을 따랐다. 작은 시몬과 도마가 그 뒤를 따라나서자 움막마을 사람이 얼른 일행의 맨 앞으로 나서더니 큰 소리로 말했다.

"바로 가면 로마군 때문에 위험해요. 여자들이 끼어 있으니, 벳바게 쪽으로 넘어가는 것이 좋겠습니다."

문밖으로 나가기 전에 그는 뜰 안에 엉거주춤 서 있는 제자들을 쓱 돌아보며 한마디 내뱉었다.

"사람들이 그러면 못 써요! 우리 같은 사람들도 그렇게는 안 합니다!"

뜰 안에 있던 사람들은 아무 말도 못 하고 그저 머쓱한 표정으로 서 있다. 요한이나 나다나엘이나 빌립도 입을 다물고 있었다.

모두 정신 나간 사람처럼 한동안 멍한 상태에 빠졌다. 무너지듯 아무렇게나 여기저기 앉거나 벽에 등을 기대고 섰거나 턱을 괴고 문턱에 앉았다. 밤이 깊어 이미 날씨가 많이 추워졌지만 누구 한 사람 모닥불 피울 생각도 못 했다.

예수가 체포됐다는 소식을 들은 그 순간부터, 산을 넘어 예루살렘으로 간 제자나 남아 있는 사람들이나 갑자기 땅이 무너진 사람, 하늘이 꺼진 사람들이 됐다. 눈앞이 하얘지고, 땅이 흔들거리는 것을 느꼈다. 그러면서 같은 말을 속으로 묻고 또 물었다.

'이게 무슨 일이람? 이거 이제 어찌 해야 하나?'

스스로 어떤 일을 계획하고 실행해 본 사람이 제자들 중에 한 명도 없다. 사람들을 이끌기보다는 지시받은 대로 주어진 일만 했던 사람들이다. 무엇을 어찌해야 할지 그저 막막했다.

더구나 아침나절부터 성전에서 연이어 겪은 일 때문에 그들은 이미 무너진 사람들이다. 스스로 생각할 힘을 잃고 거친 물결에 휩쓸리지 않으려고 애를 쓸 뿐이다. 가슴이 벌렁거리고 충격을 받아 몸이 흔들릴 만큼 지칠 대로 지쳤다.

'결국 이리될 것을…. '

마리아가 왜 예수 머리에 향유를 부었는지, 며칠 전 밤에 치른 의식이 무엇을 뜻했는지 그 의미가 그들 가슴속에서 되살아났다.

남아 있는 제자들로서는 작은 시몬이나 도마처럼 용기를 내어 산을 넘어 예루살렘에 가지 못한 일이 부끄럽기도 했다. 한편으로는 성문 앞에 우르르 몰려간다고 해도 그들은 아무것도 할 수 없는 사람이라는 것을 잘 안다. 성문을 두드리며 선생을 내놓으라고 외칠 것인가? 엄두가 나지 않는 일이다. 오히려 로마군과 성전 경비대는 제자들이 나타나기를 기다렸다가 체포하러 나설 것이 분명했다. 살아오면서 여태 얼굴 붉히고 목에 핏줄 세우면서 누구와 대판 싸워 본 적이 없는 사람들로서 성문 앞에 쫓아가기는 두렵기 짝이 없는 일이다.

지난 며칠 동안, 그들은 무척 침울해졌다. 처음 예수의 제자가 되어 따르던 한동안은 우쭐한 마음으로 살았다. 갈릴리 마을 사람들, 농부들, 어부들보다 자기들이 무언가 더 많이 알고 높아졌다는 생각도 했었다. 그러나 그건 모두 갈릴리에서의 일이었다. 예루살렘을 보고 난 후 그들은 기가 확 꺾였다. 세상은 자기들이 손을 뻗어 붙잡기에 너무 크고 너무 높았다. 세상에서 그들이 할 수 있는 일은 아무것도 없어 보였다.

사람들은 그들을 하나로 묶어 '예수의 제자'라고 불렀지만 예수의 제자 공동체는 아직 생기지 않았다. 예수는 제자들에게 그들만의 공동체를 세우기보다 사방으로 활짝 열린 모임으로 살아가도록 가르쳤다. 누구나 제자가 될 수 있고, 언제든 빠져나갈 수 있고.

"내 제자들이라면 마땅히 이렇게 해야 한다."

한 번도 예수는 그렇게 가르치지 않았다. 오히려 뭉치면 굳어진다고 가르쳤다. 그러니 선생의 가르침을 지키기 위해 목숨을 걸어야 한다는 생각은 아예 없었다. 토라를 위해서는 목숨을 거는 사람들이 있지만, 예수의 가르침을 위해서 목숨까지 걸어야 한다면 그것은 너무 실체가 없는 일이었다. 눈에 보이지 않는 하느님의 나라를 위해서, 성전에서도 바리새파 선생들도 인정하지 않는 하느님 나라를 위해 목숨을 걸 수는 없는 일이었다.

새로운 가르침이 사람들에게 힘을 불어넣고 자리에서 벌떡 일으켜 세우려면 아직 거쳐야 할 때가 많이 남아 있었다. 예수의 가르침이 아니라 예수를 위한 헌신으로 운동의 방향이 바뀐 다음에나 가능한 일이다. 예수가 누구인지, 왜 고난을 받았는지, 고난에 누가 책임이 있는지, 하느님의 어떤 계획이 예수의 가르침과 삶을 이끌었는지 큰 줄기의 믿음이 세워진 이후에 일어날 일이다.

오히려 제자들 중 가장 약삭빠른 요한은 선생이 제대로 된 계획도 세우지 않고, 무엇을 어떻게 이루겠다는 전략도 없이 제자들을 이끌고 예루살렘에 올라왔다고 생각했다. 그래서 제자들 모두 위험에 빠졌다고 그는 혼자 불평하던 참이다.

더구나 제자들에게는 얼마라도 비겁해질 수 있는 훌륭한 명분이 있었다.

"무슨 일이 벌어졌다는 소식을 들으면 즉시 달아나시오! 세상에 뿌려야 할 씨가 그대들 손에 들려 있다는 것을 잊지 마시오. 그리고 그대들이 씨이고, 씨 뿌리는 사람이고 씨가 뿌려질 마음 밭이오."

그러나 막상 손에 들고 있는 씨가 무엇인지, 어디에 뿌려야 할지, 어떻게 뿌려야 할지 제자들은 아직 아무것도 알지 못했다.

요하난이 얘기했듯, 예수와 제자들 사이에는 지향하는 목표에 커다란 차이가 있었다. 예수의 하느님 나라 운동이 아무리 매력적으로 보여도 해방이라는 문을 통하여 들어가야 한다. 그런데, 갈릴리 하층민 출신의 제자들은 해방을 이뤄낼 능력도 의지도 없었다. 밖으로 뻗어

나가는 운동이 아니라 파도처럼 덮쳐오는 위험에서 살아남아야 했다. 예수의 처형과 하늘 무너지는 절망을 겪으면서 예수의 제자들은 안으로 단단히 뭉치는 길을 걷게 된다.

그래도 제자들은 당장 짐을 싸들고 산을 내려가지는 않았다. 마음이야 그러고 싶지만, 아직은 차마 그럴 수 없었다. 올리브산 동쪽 줄기를 타고 달아난 첫 사람이 되고 싶지는 않았다.

결정하기 쉽지 않을 때는 결정을 미루는 법이다. 제자들은 베다니 여인숙에 남아 상황이 어찌될지 좀 더 지켜보기로 했다.

얼마 전에 앞서거니 뒤서거니 제자들과 함께 걸어 내려왔던 벳바게 쪽 올리브산 길을 올라가면서 마리아는 뒤에 남아 있는 남자 제자들을 떠올렸다. 어찌 보면 비겁하기도 하고, 달리 생각하면 이미 선생님은 그들이 그렇다는 것을 미리 내다보았음 직했다.

그러다가 요한의 얼굴을 떠올렸다. 왜 예수가 그들 형제, 세베대의 아들들을 '보아너게, 우뢰 천둥의 아들'이라고 불렀을까? 아마 동생 요한이 수선을 떨면 곧 조용하고 침착하던 형 야고보까지 우르릉거리며 일어난다는 뜻이 아니었을까?

천둥이 치고 번개가 친다는 것은 곧 비가 쏟아진다는 말이다. 하늘을 캄캄하게 덮은 구름 속에서 우르릉 쾅 천둥이 치고, 번개가 번쩍번쩍하면 이스라엘 사람들이 기다리고 기다리던 비가 내린다는 말이다. 이스라엘에게 비는 하느님의 축복이었다. 오죽하면 전쟁의 신, 광야의 신 야훼 하느님보다 가나안 사람들이 섬기던 비의 신 바알을 부러워했었을까? 비는 축복이고 풍년과 다산多産의 상징이었다.

마리아는 평범했던 그들 형제에게 '보아너게'라는 이름을 지어 줌으로 그들이 맡아야 할 역할을 정해 주었던 예수의 뜻을 미뤄 짐작했다. 그 스스로 모든 일을 맡아 처리하려고 하지 않고 제자들에게 일을 넘겨주려는 예수, 그는 선생이고 길잡이고 제자들의 형제였다. 그는 제자를 내려다보는 사람이 아니라 마주 바라보는 사람이었다. 어쩌면 어깨를 걸고 발걸음을 맞춰 준 사람이었다.

이제 선생 예수는 세상과 제자들을 남겨 두고 길을 떠나려 하고 있다. 예루살렘으로 내려올 때까지만 해도 여기가 최종 목적지려니 믿었는데 예수는 새로운 목적지를 향해 이미 떠날 채비를 했다.

이름을 지어주는 것은 부모의 의무이고 권리다. 야고보 요한 형제를 '보아너게'라고 부른다든지, 시몬에게 '게바'라는 이름을 지어 주었다는 말은 그들에게 각자의 몫에 합당한 역할을 맡겼다는 의미다. 마치 먼 길 떠나는 아버지가 아내의 뱃속에 들어 있는 자식의 이름을 지어 주고 집을 나서듯 예수는 길을 떠나려 한다.

마리아에게는 예수 다시 만나 물어볼 일이 남아 있다.

"선생님! 생수生水가 솟아나는 샘을 어디서 찾을 수 있습니까?"

아직도 그녀는 예수야말로 생수가 솟아나는 유일한 샘이라고 믿었다. 예수가 떠나고 나면 생명의 근원이 되는 생수의 샘을 어디에 가서 어떻게 찾아야 할지 물어보고 싶다. 그녀는 아직도 다른 곳 어디 밖에서 샘을 찾고 있었다.

갑자기 무슨 생각이 들었는지 자리에서 벌떡 일어난 시몬 게바가 여인숙 마당을 계속 빙빙 돌았다. 그러더니 한참 만에 야고보와 그의 동생 요한에게 물었다.

"어이! 야고보! 그때 말이야, 자네도 분명 보았지? 요한도 봤지? 구름에 덮였던 거?"

요한이 퉁명스럽게 대답했다.

"갑자기 무슨 뜬금없는 소리예요? 구름이 덮다니?"

"아니 그때 왜 산꼭대기에 선생님하고 야고보하고 요한하고 우리 같이 올라갔었잖아? 높은 산에!"

"그게 지금 무슨 상관이야! 선생님은 잡혀 가셨는데⋯."

"그때, 우리가 좀 특별한 것을 느꼈잖아! 구름 속에서⋯. 누구를 본 것도 같고, 무슨 얘기를 들은 것도 같고. 그 얘기를 좀 하려고 했더니 선생님이 산을 내려가자고 하셨잖아!"

그제야 야고보와 요한은 그때 일을 기억해냈다. 시몬 게바가 괜히 입을 덜덜 떨면서 이상한 말을 중얼거렸고 예수는 누구에게도 그런 얘기를 하지 말라고 단단히 일렀다.

"두 사람은 웃고 넘겼지만 그때 나는 분명 구름 속에서 어렴풋이 그 모습을 보았거든, 분명? 선생님이 모세와 예언자 엘리야하고, 그렇게 세 분이 얘기를 나누는 것을?"

"그래서? 그분들이 모세와 엘리야인지 게바가 어찌 알아요? 그리고 왜 지금 그 얘기를 하는 거요?"

나다나엘이 물었다.

"내 생각으로는 비록 선생님이 잡혀갔다고 하지만, 우리 선생님이 누구여? 모세와 같은 분이고 엘리야 예언자 같은 분인데⋯. 그렇게 쉽게 잡히거나 끌려가거나 처벌을 받으실 분이 아니라고⋯. 내가 내 눈으로 그때 분명 보았다니까!"

"그런데, 그건 게바의 말이고, 내가 그때 일을 기억하기로는 선생님께서 '내가 고난을 받게 되리라. 그때까지 이 일을 아무에게도 말하지 말라' 그렇게 말씀하셨던 것만 기억하는데, 나는?"

야고보의 말을 듣고 시몬 게바가 말을 이었다.

"선생님이 체포되셨다는 것은 이제부터 고난을 받으신다는 말인데, 왜 그때 선생님이 나보고 아무에게도 말하지 말라고 하셨냐고, 고난 받는 일이 생길 때까지?"

그제야 다른 제자들도 시몬의 말에 관심을 보였다.

"왜 이제 그 얘기를 해?"

"선생님이 엄하게 말씀하셨다고! 함부로 입을 놀리지 말라고…."

그러자 나다나엘이 고개를 숙이고 계속 무언가 깊은 생각을 하다가 입을 열었다.

"내 생각에는… 우리가 혹시 예수 선생님이 모세나 엘리야 예언자 같은 분이라고 떠들고 다닐까 봐 단단히 단속하신 것 같은데."

"고난을 받으시는 것은 뭐고?"

"그거야 누구라도 다 예상할 수 있는 일이었지! 그때 이미 선생님은 예루살렘에 가자고 결심하셨을 때니까."

"그럴까? 뭔가 다른 생각이 드는데? 꼭 집어 말할 수는 없지만?"

시몬 게바는 계속 고개를 갸웃거렸다. 예수가 겪는 고난과 옛 예언자 모세와 엘리아를 연결하는 무엇인가를 찾기 위해 생각에 생각을 거듭했다.

예수를 따르는 제자들 중 대부분은 얼마 전까지 그를 메시아라고 믿었다. 그가 하느님의 권능을 받아 이방제국을 물리치고, 타락한 성전을 청소하여 깨끗이 바로 세우고, 예언자 이사야가 말한 것처럼 이방 사람들이 경배를 드리러 찾아오는 예루살렘, 그리고 거룩한 나라 이스라엘을 회복할 사람이라고 굳게 믿었다.

"나는 예루살렘에 올라가면 분명 지배자들에 의해 고난을 받게 될 것이오. 그때가 되면 그대들 모두 겁에 질려 허둥지둥 밤길을 달려 도망갈 것이오."

예루살렘 길에 예수는 제자들에게 그가 어떻게 성전과 로마에게서 거부당할지 미리 얘기해 주었다. 그러나 제자들은 선생이 고난을 받는다는 말을 허투루 흘려들었다. 고난을 받기 위해 예루살렘에 올라가는 것이 아니고, 고난은 받되 다시 하느님에 의해 신원伸冤되어 높임을 받고 하느님의 아들이라 불리게 될 것으로 믿었다. 그것은 다 이스라엘의 하느님이 미리 계획한 일이라고 생각했다.

예수의 경고를 듣고 나서 시몬 게바가 다른 제자들에게 물었던 적이 있었다.

"선생님이 고난을 받으시게 된다는데, 어떤 고난일까? 나는 그 일이 걱정되네. 그런 일이 있으면 이렇게 예루살렘 길을 계속 걸을 것이 아니라 갈릴리로 돌아가야 하는 것 아냐?"

"아이고 게바! 참 말을 못 알아들으시네요. 고난을 받은 다음 하느님의 특별하신 사랑으로 다시 회복한다는 얘기지요. 선생님은 이미 그런 일을 알고 계시니 저렇게 태연하게 걸음을 옮기시지요."

요한의 말을 듣고 있던 므나헴이 참견하고 나섰다.

"예언자 이사야가 얘기했던 것처럼?"

이사야라는 말을 듣고 나다나엘이 예언서 한 구절을 외웠다.

"그가 찔림은 우리의 허물 때문이요, 그가 상함은 우리의 죄악 때문이라. 그가 징계를 받으므로 우리는 평화를 누리고, 그가 채찍에 맞음으로 우리는 나음을 받았도다."

그러더니 그는 주위를 한 번 쓱 둘러보고 말을 이어갔다.

"그러므로 내가 그에게 존귀한 자와 함께 몫을 받게 하며, 강한 자와 함께 탈취한 것을 나누게 하리니…."

마치 이 말이 무슨 뜻인지 아느냐고 묻는 것 같았다.

"더 들어봐요! 마지막에 그분이 무어라고 하셨는지…. '내가 잠시 너를 버렸으나 큰 긍휼로 너를 모을 것이요, 내가 넘치는 진노로 내 얼굴을 네게서 잠시 가렸으나 영원한 자비가 너를 긍휼히 여기리라. 네 구속자 야훼께서 말씀하셨느니라'."

생각이 빠른 요한은 알아들었고 다른 제자들도 얼추 무슨 얘기인지 알았지만 언제나 깨닫기가 더딘 시몬 게바는 눈만 껌벅거렸다. 그러자 역시 요한이 참지 못하고 나섰다.

"선생님이 고난을 받으시게 된다면, 그건 곧 우리 이스라엘을 대표해서 고난을 받고, 지극히 높으신 그분 하느님이 선생님에게 영광을 허락하시고 높이 들어 올리시겠다는 예언 아니고 무엇이겠어요. 그러니, 이 길은 선생님에게는 이미 오래전에 예언된 길이고 예언된 과정이라고요. 고난을 받으셔도 '내 얼굴을 잠시 가렸다'고 말씀하신 것으로 보아 그리 오래는 아니고, 정말 잠시일 거예요. 그러니, 우리가 선생님께서 고난받는다고 겁먹고 흩어져 달아나면 안 돼요. 잠시 고난을 받으신 후에, 다시 주위를 둘러보았을 때, 우리가, 선생님이 직접 가려 뽑은 우리 제자가 달아나고 한 사람도 없으면 선생님이 얼마나 서운하시겠어요. '너희가 달아나리라' 말씀하셨는데 그 말씀은 '달아나지 말고 기다려라!' 바로 그런 말씀이라고요."

"그러네! 그러네!"

제자들은 그때 모두 고개를 끄덕였다. 예수가 겪을 고난은 그 일로 이뤄질 영광의 시작이라고 믿었었다.

지금 그런 생각을 떠올리는 것은 마지막 한 가닥 희망의 끈을 놓고 싶지 않다는 마음이다. 그렇게 희망을 붙잡고 있으면 눈앞에 벌어지는 일을 보고 크게 두려워하고 실망하다가도 다시 일어설 수 있다. 고난의 끝에 어떤 일이 생기고 고난을 견딘 사람들에게 얼마나 큰 상급이 주어질지 알기 때문이다.

'존귀한 자와 함께 몫을 받고, 강한 자가 탈취한 것을 나눈다.'

왜 그런 일이 일어날 것인가? 고난을 견디면서 하느님의 예정을 벗어나지 않고 지켰기 때문이다. 그 예언대로 하자면 로마 총독과 예루살렘 대제사장, 그들과 예수가 동등한 자리에 앉아 셈을 하리라는 말이라고 믿었다. 어쩌면, 예수는 그런 지배자들보다 훨씬 더 높고 고귀한 사람일지 모른다는 생각도 언뜻 들었다.

방에 들어가 짐을 싸 놓는 것이 좋겠다고 생각했던 사람도 무슨 일이 어떻게 일어날지 조금 더 지켜보기로 했다. 제자들은 자기들도 모르는 사이에 앞으로 50년 100년 사이에 일어날 일을 시작한 셈이다.

✝

　유다는 전날 삭개오가 들어갔던 골목을 기웃거렸다. 그를 만나서 다음 일을 상의하고 싶었다. 하얀리본의 거사도 실패했고, 히스기야는 다시 위수대 감옥에 들어와 갇혔으니 이제 무슨 일이 일어날지 뻔히 보였다. 틀림없이 예수 선생을 잡아들일 것이다. 삭개오라면 무슨 방법이 있을 것 같아 골목을 기웃거렸지만 도대체 어느 집에 묵고 있는지 알 수가 없었다. 그렇다고 큰 소리로 외쳐 부를 수도 없고.

　그때 아랫구역 사람 둘이 지붕 위에 올라 앉아 얘기하는 소리가 들렸다.

　"예수 그 사람 결국 붙잡혀 가더군. 그런데 제자들이라나 뭐라나 줄줄 따라다니던 자들은 한 사람도 안 보이고 혼자 끌려가던데?"

　"내 진즉 그럴 줄 알았어. 아까 낮에 성전 뜰에서 왜 안 잡아들이나 이상하게 생각했다니까?"

　유다가 지붕을 올려다보며 물었다.

　"예수가 잡혔나요?"

　그들은 골목에 서 있는 유다를 이상하다는 듯 내려다보며 말했다.

　"아니! 이 시간에 그렇게 골목을 어정거리고 돌아다니다가는 로마군한테 잡혀가요! 왜 그러고 다녀?"

　"예수가 잡혔냐고요?"

　그는 일부러 예수를 선생이라고 부르지 않았다. 그들이 하는 말투로 미뤄보아 예수에게 별로 호의적이지 않은 사람들이 분명했기 때문이다.

"조금 전에 잡혀 들어왔어요."

"그래, 어디로 끌려갔습니까? 누가 잡아왔습니까? 몇 사람이나 잡혀왔어요?"

"혼자 잡혔더라고요. 제자들인가 그자들은 모두 '나 살려라!' 도망갔는지…. 로마 군인들하고 성전 경비대하고 대제사장 댁 가병들이 모두 합세해서 잡아왔는데, 내가 듣기로는 대제사장 댁으로 끌고 간다고 합디다."

"위수대가 아니고요?"

"아 거기로 끌고 갔으면 우리가 여기서 어찌 알았겠소? 여기 지나서 저 위 대제사장 댁으로 끌고 갔으니 우리가 구경했지."

"고맙소."

유다는 갑작스런 소식을 듣고 무엇부터 어찌해야 할지 한동안 막막했다.

'아니, 내가 여기서 이러고 시간을 끌 일이 아니지! 위수대장을 찾아가 보자. 그런데 그자를 만나려면 손에 좀 쥔 것이 있어야 하는데…. 날이 밝으면 준다고 하고 한번 만나 부탁해 봐야겠다.'

그러다가 위수대장을 만나기 전에 삭개오부터 만나 상의하는 것이 좋겠다는 생각이 들어 아랫구역 쪽으로 발걸음을 옮겼다. 채 백 걸음도 걷지 못해 다시 위수대 쪽으로 방향을 돌렸다. 삭개오가 묵는 집을 알 수도 없고, 위수대장과 먼저 얘기를 해 보아야 삭개오에게 다시 부탁해도 할 수 있을 것 같았다. 그는 한 번 마음먹으면 늘 거침없이 밀고 나갔었는데 이번에는 웬일인지 자꾸 마음이나 몸이 허둥거렸다.

'이제 정말 다 끝인가? 결국 이렇게 허망하게 무너지는가?'

452

'그럴 수 없다! 완전히 끝났을 때까지는 끝난 것이 아니다. 방법을 찾아보자! 유다! 포기하지 마!'

밤기운이 쌀쌀했다. 윗구역 저택들은 군데군데 불이 켜 있는 집이 있지만 아랫구역은 정말 깜깜했다. 그는 뒤로포에온 골짜기로 내려가 왼쪽으로 꺾어져 올라갔다. 안토니오 요새가 보였다. 입구 정문에는 경비병들 십여 명이 활활 불을 피워 놓고 불을 쬐고 서 있었다.

지난 며칠 늘 하던 대로 패찰을 보여 주니 정문을 통과시켜 주었다. 그러나 문을 들어섰다고 해도 아무 데나 마음대로 돌아다닐 수는 없다. 그는 대기실 문을 열고 들어갔다. 대기실 안에는 유대인 여러 명이 앉아 있다가 그를 멀끔히 쳐다보았다. 서로 쑥스럽기는 마찬가지다. 사람들 눈에 띄지 않는 시간에 위수대에 드나드는 사람들이라면 묻지 않아도 무슨 일로 찾아왔는지 뻔했다. 서로 눈을 피하며 어색한 침묵이 흐르는 중에 병사 둘이 들어오더니 그중 한 병사가 그들을 인솔해서 안으로 들어갔다. 나머지 한 병사가 무슨 일로 들어왔냐는 듯 그를 쳐다보았다. 로마 군인들이 늘 그렇듯 병사는 턱을 약간 쳐들고 그를 내리깔듯 바라보았다.

"위수대장님을 만나러 왔어요! 긴급한 일이니 꼭 좀 뵙고 싶다고 전해 주세요!"

손짓 발짓 할 수 있는 방법을 다 동원하고 품속에서 패찰을 꺼내 보여 주며 말했다. 그는 정말 유대 말을 한 마디도 할 줄 몰랐고, 그나마 유다가 겨우 몇 마디 하는 로마 말조차도 못 알아들었다. 그러나 한참 만에 위수대장을 만나고 싶다는 말을 겨우 알아들었는지 그가 보여 준 패찰을 받아 들고 안으로 들어갔다. 위수대장이 유다에게 특별히 만들어준 패찰이었으니 그것을 보면 누가 찾아왔는지 위수대장이 분명 알 것이다.

유다는 위수대장에게 부탁할 일을 마음속으로 정리했다.

'예수를 잡아들인 이유가 무엇인가? 어찌 조치할 것인가? 대제사장의 집으로 보낸 이유는 무엇인가? 예수는 위험한 사람이 아니다. 낮에 직접 눈으로 보지 않았느냐? 오히려 예수가 나서서 하얀리본의 봉기를 저지하지 않았던가? 그만하면 상을 주지는 못할망정 잡아들이는 것은 부당한 대우다. 위수대장과 총독에게 사례할 테니 예수를 풀어달라. 그대로 내보낼 수 없으면 채찍질 몇 대는 좋다. 그러나 큰 상처가 생기면 안 된다. 이미 예수는 유대의 선생으로 사람들이 떠받들기 시작한 사람이다.'

그러면서 위수대장에게 얼마를 뇌물로 준다고 해야 그가 말을 들을지 금액을 어림해 보기에 바빴다. 하얀리본과 예수가 연합하여 거사하는 것이 실패했으니 아무리 삭개오라도 당장 자금을 마련하기에는 어려움이 있을 것 같아 걱정이 됐다. 거사가 성공하면 삭개오와 그의 친구들에게 이권을 나눠 주기로 하고 자금을 빌려 위수대장에게 주었는데 그 일도 이만저만 걱정이 아니다. 결국 삭개오가 그 돈을 책임지도록 잘 구슬릴 도리밖에 없어 보였다.

한참 이런저런 궁리를 하고 있는데 병사가 돌아왔다. 그는 다짜고짜 유다를 쫓아내기 시작했다.

"나가! 나가!"

그 말은 알아들을 수 있었다.

"위수대장님을 만나야 한다니까?"

"나가! 나가!"

그는 막무가내였다. 유다가 위수대장을 만나야 한다고 계속 큰 소리로 따지려고 하자 그는 대기실 벽에 걸린 채찍을 풀어 내렸다. 그러더니 말을 안 듣고 버티면 당장 후려칠 기세로 채찍을 흔들댔다. 칼이나 창을 겨누며 위협하는 것은 상대를 사람으로 볼 경우다. 그러나 채찍으로 위협하는 것은 상대를 짐승이나 노예로 본다는 의미다. 사람이 당할 수 있는 가장 큰 수치가 채찍을 맞거나 손등이나 왼손으로 뺨을 맞거나 바로 눈앞에 침을 뱉는 일이다.

"내 패찰! 아까 주었던 패찰!"

병사는 또 한 번만 입을 열고 반항하면 채찍으로 때리겠다는 듯 로마 말로 거듭 위협하면서 그를 쫓아냈다.

대기실 밖으로 쫓겨나면서, 정문을 걸어 나오면서, 그를 바라보며 키득거리는 정문 경비병들을 보면서 유다는 고래고래 고함을 지르고 싶었다.

"야! 이 로마 돼지들아!"

실실 웃어 가면서 그를 대해 주었던 위수대장과 유대 말을 좀 하는 병사에게 완전히 놀아났음을 깨달았다. 정문을 걸어 나올 때, 아무라도 나서서 유다를 칼로 쳐 죽인다고 해도 누구도 문제 삼지 못할 자신의 처지를 깨달았다. 로마군 위수대를 들락거린 유대인, 선생과 동료들 몰래 위수대장과 거래한 배반자, 거사에 실패한 하얀리본 결사의 한 사람이다. 더구나 로마군은 유대인 하나쯤 눈 하나 깜짝 안 하고 목을 칠 수 있다. 그는 세상에서 가장 비참한 구덩이에 굴러 떨어진 사람이 되어 고개를 떨구고 위수대 밖으로 쫓겨났다.

패찰이 없으니 밤거리를 돌아다닐 수 없게 됐다. 튀로포에온 골짜기를 걸어 내려갈 수도 없고, 윗구역 경비초소를 통과할 수도 없고, 성밖으로 빠져나갈 수도 없다. 그는 광장을 가로질러 '양의 문' 쪽으로 걸어갔다. 거기 모닥불이 펴 있으니 그곳에 가서 불을 쬐며 밤을 새울 생각이었다. 그러다가 곧 마음을 바꿨다. 생각해 보니 세상 어느 한 곳에 몸뚱이 하나 뉘일 곳이 없고, 웅크리고 기대앉아 밤을 새울 곳도 없었다. 베다니로 돌아갈 수도 없다.

그는 이를 부드득 갈았다. 세상에게서 또 한 번 배반당한 날이다. 하얀리본도 무너졌고, 히스기야는 감옥에 갇혀 처형을 기다리고, 이제 예수 선생마저 체포됐으니 이스라엘의 운명을 바꿀 사람 중에 오직 남은 사람은 자기 하나뿐이다.

'내가, 이 유다가 목숨이 붙어 있는 한 반드시 이 원수를 갚으리라! 기다려라! 이번 경험을 바탕 삼아 절대로 너희들에게 무너지지 않을 힘을 길러 덮칠 것이다."

그는 어둠 속으로 비틀비틀 걸어 들어갔다.

✛

밤이 깊었지만 빌라도는 쉽게 잠에 들지 못했다. 해가 질 무렵 위수대장에게서 밤 안으로 예수를 체포하고 성전 측에서 재판할 것이라는 보고를 들었기 때문이었다. 로마 총독이 자기가 다스리는 영지에서 사람 하나를 체포하고 처형하는 일에 그렇게 마음을 쓴다는 일이 우습기도 하지만, 예수라는 사람은 그가 예루살렘에 입성하기 전부터 가

습속에 매달린 무거운 돌덩어리처럼 느껴졌기 때문이다. 로마 시민권을 가진 사람도 아니고 속주의 주민이라면 재판절차 없이 그저 명령 하나로 처형할 수 있는 권한을 가진 총독이지만 예수를 그렇게 처리할 수는 없었다.

갈릴리 분봉왕 측이나 예루살렘 성전의 의견도 그러했지만 빌라도 스스로 예수에 대해서는 남다른 예감을 느끼고 있었다. 더구나 아내 클라우디아마저 원인을 알 수 없는 불안에 사로잡혀 카이사레아로 돌아가자고 여러 번 졸랐다. 그런 소리를 들을 때마다 빌라도는 마음이 무거웠다. 생각해 보면, 총독이라고 마음대로 휘둘러 처리할 수 있는 일이 하나도 없는 형편이다. 유대뿐만 아니라 로마에서도, 카프리섬에서도 지켜보는 눈이 있다고 생각하니 그는 평소답지 않게 움츠러들 수밖에 없었다.

자정 무렵, 그는 집무실로 나가 보고를 받았다.

"각하! 예수를 체포해서 가야바 대제사장 집으로 압송했습니다."

"그래 다른 일은 없고?"

"체포는 위수대장 휘하의 백부장이 했지만 대제사장 집에 인계하는 일은 성전 경비대를 앞세웠습니다. 지금 성 안팎은 철저하게 봉쇄했습니다. 예수의 제자나 낮에 성전에서 소란을 피웠던 도적떼, 그리고 예루살렘 아랫구역 주민들 중 아무도 나서는 자가 없었답니다. 아직까지는 평온합니다. 아마도 저들 모두 두려움에 떨고 있을 것입니다. 성전 측에서 재판을 마친 후 아침 해가 뜨기 전에 총독궁으로 넘길 예정입니다."

"대제사장 집을 잘 감시하도록! 누가 드나드는지, 혹 불순한 무리들이 넘볼 수도 있으니까."

"예, 각하! 그렇지 않아도 그쪽 병력을 배로 늘렸다고 위수대장이 보고했습니다."

"그런데, 아레니우스 공은 지금 자기 처소에 있나?"

"초저녁에 잠시 나갔다가 지금은 처소에 들어갔습니다. 혹 출입자가 있으면 일일이 확인한 다음 들여보내도록 지시했습니다."

보고를 받고 침실에 들어가자 아내가 눈을 동그랗게 뜨고 기다리고 있었다. 하고 싶은 얘기가 있는 표정이었지만 빌라도는 일부러 그녀의 눈을 피하면서 모른 척하기로 마음먹었다. 아내가 무슨 얘기를 할지 들어 보지 않아도 알 수 있었기 때문이다. 어색한 침묵이 흘렀다. 남편의 성정을 잘 알기 때문에 그녀는 조용히 입을 열 기회를 기다리고 있음이 분명했다.

보통의 경우, 남편이 싫어하는 눈치를 보이면 클라우디아는 입을 다물었다. 그러나 집무실 밖에서 부하의 보고를 엿들은 몸종의 얘기를 듣고서도 모른 척 그 밤을 지낼 수는 없었다.

"저기…그 갈릴리 사람 얘기인데요…."

빌라도는 눈을 찌푸리며 아내를 쳐다보았다. 그렇지 않아도 혹 잘못될까 조심히 일을 처리하는 중인데 여자까지 참견하고 나서는 일이 못마땅했다. 그때는 클라우디아가 아내가 아니라 그저 여자였다.

'어딜 여자가!'

한마디 하려다가 그녀의 눈을 보았다. 남편을 바라보는 아내의 눈, 어찌 소리를 지를 수 있을 것인가? 그는 애써 부드러운 말로 물었다.

"왜요?"

"그 일에 간여하지 않았으면…."

"황제 폐하의 명을 받들어 유대를 다스리는 로마총독으로 이런 일에 간여하지 않으면 무슨 일을 한단 말이오? 무엇을 걱정하는지는 모르겠으나, 당신은 걱정할 일 아니니 그리 아시오."

"당신의 뜻은 알겠는데, 로마를 떠나올 때 아버님이 하셨던 말씀이 떠올라서요. 아버님이 말씀하셨어요. '싹을 자른다고 생각하지 마라! 어떤 싹이든 그곳을 자기 자리라고 믿고 눈을 틔우고 땅을 떠들고 솟아오른다.' 그리고 또 말씀하셨어요. '흐르는 물을 막는다고 물이 다시 제 왔던 길을 거슬러 올라가겠느냐?' 지금 당신이 다루고 있는 일이 그런 일이 아닌지 걱정됩니다. 이 나라 백성들이 황제 폐하의 백성이기도 하지만, 로마보다 오랜 역사를 가진 백성, 온갖 수난과 고통 속에서도 살아남은 백성이라는 점을 생각한다면 싹을 자를 수 없다는 것을 아실 겁니다. 제가 들은 얘기가 있어 드리는 말씀이 아니고, 오로지 당신에게 해가 되지 않을까 걱정하는 마음에서…."

"알았소! 알았으니 이제 그만 자요!"

"그러지 말고…레반트 전체가 흔들릴 수도 있는 일이라…."

"또 그 소리! 알았다니까!"

드디어 빌라도가 짜증 섞인 소리를 했다. 클라우디아는 할 수 없이 입을 다물었다. 평소에는 한없이 부드러운 남편이지만, 한번 고집을 부리기 시작하면 도저히 어떻게 해 볼 수 없을 만큼 말이 통하지 않는 사람이었기 때문이다.

아내의 마음을 아는지 모르는지 빌라도는 침대에 눕자마자 곧 코를 드르렁거리며 깊은 잠에 빠져들었다.

"아!"

클라우디아는 소리 죽여 한숨을 쉬었다. 자꾸 가슴이 울렁거려서 잠자리에 들 수 없었다.

'로마 총독이 개입한 일이 됐으니….'

성전 사람들이 나서서 예수를 체포하고 처벌한대도 총독의 명령이라고 사람들은 생각할 텐데 로마군이 직접 그 사람을 체포했다니, 이제 빠져나갈 길이 없어 보였다.

'내 남편 본디오 빌라도가….'

그런 생각을 하자 로마를 떠나올 때 아버지가 당부했던 말을 다시 떠올랐다.

"발을 담글 때와 손을 뗄 때를 잘 알아야 하느니…. 네 남편에게서 눈을 떼지 말아라!"

끔찍하게 사랑하는 외동딸을 딸려 보내면서 아버지는 사위의 무모함이 마음에 크게 걸렸으리라.

예루살렘에 입성하기 전부터 그녀는 피하고 싶은 어떤 일이 한 발짝 한 발짝 다가오고 있음을 느꼈다. 침실 동쪽으로 난 베란다에 나가 성전을 바라볼 때마다 가슴에서 무언가 묵직하면서도 불길한 것이 쿵 내려앉는 느낌을 받았다. 세상에서 제일 아름답고 화려하다는 성전이, 햇빛을 받아 하얀 대리석이 환하게 빛날 때도, 푸른 달빛을 받아 그냥 처연하게 어둠 저쪽에 서 있을 때도, 섬뜩하니 싫었다. 무언가 썩어가는 냄새가 햇빛을 타고 건너오고 바람에 실려 건너오고 스멀스멀 달빛 속을 흘러왔다.

'내가 관여할 일은 아니지….'

아무리 마음을 돌리려 애써도, 남편이 깊은 수렁 속으로 걸어 들어가는 모습이 보였다. 한번 빠지면 다시는 걸어 나올 수 없는 수렁…. 빠져들어 가면서 손을 휘젓는 빌라도의 손 위로 출렁이며 강물이 흐른다. 거세게 흐른다. 소용돌이치며 흐른다. 시간 같기도 하고, 역사 같기도 하고, 그들 부부의 불행한 운명 같기도 했다.

'어쩐다?'

아무리 총독의 아내라지만, 그녀가 할 수 있는 일은 아무것도 없어 보였다. 로마에서나 유대에서나, 여자가 나서서 할 수 있는 일은 아무것도 없는 세상이다. 사람들이 모여 있는 곳에 아내가 모습을 드러내면 남편이 수치를 당한 것으로 생각하는 세상, 총독궁에 들어와 있는 클라우디아가 할 수 있는 일이 정말 아무것도 없었다.

✝

백여 명 넘는 병력이 횃불을 들고 언덕길을 걸어 올라오니 성벽 밖에 천막을 치고 있던 움막마을 사람들 눈에 금방 띄었다. 성문에 이르는 동안 움막마을 사람들이 어린애까지 모두 몰려나와 구경했다. 며칠 전 예수의 무릎에 앉았던 아이, 예수가 품어 안아 주었던 아이들은 울음을 터뜨렸다가 부모의 주의를 받고는 소리 내 울지도 못하고 입만 비죽거리며 눈물을 흘렸다.

무슨 일이 일어나고 있는지 재빨리 눈치챈 움막마을 사람들은 그저 안타까운 눈으로 예수를 바라보기만 했다. 그가 성문 안으로 끌려 들어가고 다시 성문이 굳게 닫히자 그제야 꿈에서 깬 정신을 차린 듯 와글와글 떠들었다. 움막마을에서 제일 나이도 많고, 첫날부터 마을 사람들을 대표해서 예수에게 인사도 하고 하소연도 했던 사람이 나섰다.

"왜 예수 선생님이 혼자 잡혀 와? 제자들이란 사람들은 다 어디 갔고? 모두 선생님 혼자 놔두고 달아난 것 아닌가?"

"아녀요! 아까 우리 애한테 들으니 제자들은 모두 벳바게 올라가는 길로 해 떨어지기 전에 일찌감치 산을 넘어갔고, 예수 선생님 혼자 기드론 골짜기에 앉아 있었다고 하던데요?"

"왜 거기 혼자 떨어져 있다가 잡혀 왔냐고! 이 일을 어쩐다?"

백부장은 성안으로 들어오자마자 바로 정면으로 뻗어 있는 길로 들어섰다. 아랫구역에서 윗구역으로 올라가는 큰길이다.

사람들은 감히 골목에서 나오지 못하고 지붕에 올라가 끌려가는 예수를 내려다보았다. 며칠 전 예수가 메시아라느니 아니라느니 아웅다웅하던 사람들도 입을 다물고 그저 쳐다만 보았다. 그들은 안다. 만일 누가 이상한 말을 던지면 로마 군인들과 성전 경비대 병력, 대제사장의 가병家兵 중 몇 명이 집 안으로 쫓아 들어와 그들을 두드려 패거나 끌고 갈 것이 분명했다. 전날 밤, 베다니 여인숙까지 몰래 찾아왔던 사람들은 예수가 잡혀 들어오는 것을 보면서도 아무 말도 하지 못했다. 그저 어둠 속에서 눈을 돌려 외면할 수밖에 없었다.

"흥! 메시아! 꼴좋다!"

그런데 젊은 사람 하나가 빈정거리며 큰 소리로 예수를 조롱했다. 이미 어느 쪽으로 일이 기울었는지 눈으로 보았으니 이럴 때면 재빨리 유리한 쪽 편을 들어 두어야 한다는 것을 그는 너무 잘 알았다.

"그러게 말이야, 내 저럴 줄 알았어! 갈릴리 사람 주제에…."

그런 비웃음과 조롱이 예수의 귀에도 들렸다. 그는 분하지도 슬프지도 않았다. 그럴 수밖에 없는 처지의 사람들에게서 다른 말을 기대하는 것이 잘못이라는 것을 그는 잘 안다.

그렇게 해서라도 성전과 연결된 끈을 놓치지 않아야 내일을 살아갈 수 있는 사람들에게 세상의 대의大義가 무슨 의미가 있을까? 세상을 위해, 정의를 위해 누구나 기꺼이 목숨을 바칠 수 있어야 한다고 말하는 사람이 있다면 그는 세상을 너무 가볍게 보는 것이다.

'생명보다 중요한 것은 없나니….'

예수가 늘 입에 올렸던 말이다. 그는 모든 생명이 하느님과 연결되어 있다고 믿었다. 생명을 함부로 다루는 일은 하느님의 손을 놓는 것이다.

'하늘 아버지에게는 한 생명이 천 명, 만 명 땅 위에 있는 모든 생명보다 결코 가볍지 않다.'

한 생명을 희생해서 두 생명 세 생명 천만 생명을 구할 수 있다고 믿고서 한 생명을 묶어 제단 위에 올리는 일에 예수는 어릴 적부터 전율을 느꼈다. 예수는 자기 목숨을 버림으로 이스라엘이 산다거나, 하느님의 구원을 받는다고는 생각하지 않았다. 그저 그의 마음과 닿지 못한 세상이 그를 지우려고 한다는 것을 알고 있을 뿐이다.

'그런데… 생명이란 무엇인가? 살아가는 삶과 분리하여 생명이 따로 있을 수 있는가? 그럴 수 없다. 삶은 생명을 지고 걸어가고, 생명은 삶을 몸으로 입지 않는가?'

그는 눈앞에 닥친 죽음에 저항할 생각이 없다. 사람들의 비웃음에 무너질 수도 없고, 맞설 수도 없다. 다만 언젠가 때가 되면, 어떻게 생명을 빼앗고, 사람의 귀중함을 말살하려고 대들어도 결국 폭력이 실패할 수밖에 없었다는 것을 세상 사람들이 깨닫는 날이 온다는 희망을 간직했다. 그런 생각을 하며 묵묵히 길을 걸어 올라갔다.

윗구역에 있다는 대제사장의 집으로 끌려가면서 갑자기 어머니가 생각났다. 나사렛에 남아 있는 동생들도 생각났다. 가슴을 저미듯 마음이 아플 때 그때마다 어머니는 허둥지둥 찾아왔다. 후유후유 가쁜 숨을 쉬면서 예수 곁에 찾아와서 꿈속에서나마 아들의 이마를 짚었다.

'어머니….'

어머니를 떠난 일, 가족을 떠나 헤맨 일이 살아오면서 가장 가슴 아픈 일이었다. 막내 여동생 요한나, 작고 앙증맞은 손을 마지막 한 번 더 잡아주지 못한 채 떠나보낸 일이 늘 슬펐다. 그것은 아버지가 그렇게 애를 쓰며 지키려던 가족이 흩어지고 헤어지는 일이었다.

'사람이 살아가는 중 제일 큰 행복은 식구들이 모두 둘러 앉아 빵을 떼는 일, 마당에 깔아 놓은 멍석에 드러누워 하늘을 올려다보며 별을 세는 일, 마을 사람들이 모두 모여들어 우물을 파고, 오래된 우물을 손보고 떠들썩 웃으며 잔치 벌이는 일…. 굶는 사람도 없고 문 닫아걸고 식구들끼리 숨어 앉아 빵을 떼지 않아도 되는 세상인 것을….'

그런 세상을 이루기 위해 집을 떠났고 아버지와 어머니와 동생들을 떠났고, 갈릴리 호수 물속을 들여다보며 고기떼를 찾았고, 광야를 헤맸고, 이제 결박된 채 예루살렘 윗구역으로 걸어 올라가고 있다.

'잃은 것이 무엇이고, 얻은 것이 무엇인가?'

그러다가 아무것도 잃을 것이 없었고, 얻을 것도 없었다는 생각을 했다. 세상은 밤이 영원히 계속되지도 않고 낮도 하루의 절반일 뿐이다. 불덩어리처럼 뜨겁게 돌을 지글지글 달구던 해가 넘어가면 유대 광야에도 밤바람이 불었다. 무엇을 먹고 살았는지 모를 밤새가 깊은 밤에 아주 낮은 소리로 울었다. 귀를 기울이면 사르르 돌을 타고 넘어 기어가는 뱀 소리도 들을 수 있었다. 어떤 때는 달이 한없이 창백하고 추웠고, 어떤 때는 환하게 웃는 어머니처럼 따스했다.

'결국 다 그런 것을….'

이제 그런 모든 기억과 하려고 했던 일과 할 수 없었던 일들까지 다 뒤로 하고 예수는 그의 때를 맞아야 한다. 저들은 예수를 꺾었다고 즐 거워할 것이고 사람들은 예수가 떠났다고, 고개를 넘어 그곳으로 갔 다고 생각할 것이다.

그러나 예수에게 그곳은 사람이 사는 여기, 기다렸던 그때는 사람 이 살아가는 지금이었다. '돌아가지 말고 여기서 지금 그분과 함께 이 루라'고 예수가 했던 말에 사람들이 고개를 끄덕이며 뒤를 돌아보지 않고 앞을 바라보는 날이 올 것이다.

'보시기에 좋았던 세상을 창조해 놓고 왜 세상을 떠나 하늘로 올라 가셨겠는가? 혼돈과 공허 속에서 한없이 외로웠던 하느님은 창조를 통해 동반자를 찾으신 것이 아닐까?'

그렇게 생각하면 하늘은 저쪽이 아니라 여기다. 저쪽 어디 멀리 떨 어진 곳에서 바라보다가, 높은 하늘에서 땅을 내려다보다가, 때가 되 면 슬슬 찾아와 슬쩍 건들고 떠나가는 하느님이 아니라 여기 땅에서 사람과 함께 지내는 분일 수밖에 없다. 엎드려 절하지 않고 일어나 마 주보고 내 안에 품는 일이 그분을 만나는 일이다.

겨자씨에 숨겨진 하느님의 생명 사랑은 약하고 볼품없는 생명을 더 사랑하는 자비 때문이 아니고, 바로 하느님이 겨자씨이기 때문이다. 하느님도 바람에 날리는 겨자씨나 민들레 꽃씨처럼 두둥실 바람에 실려 떠다니는 분이라는 생각이 들었다. 씨가 어디 찾아가려는 목적지를 정해 놓고 바람에 날리랴? 땅에 떨어지고 싹이 틀 만하면 트고, 아니면 그저 사라지지 않겠는가?

예수의 눈에는 보였다. 하느님 나라는 이제 더 이상 사람이 허덕허덕 찾아가야 할 그곳에 있지 않고, 땅 위에 내려와 있었다. 어쩌면 처음부터 그 나라는 땅에 세워진 나라였다. 그래서 하느님은 쉬지 않고 천지를 창조하지 않았겠는가? 지금도 여전히….

예수는 땅으로 내려온 하늘을 본 첫 사람이었다.

7권으로 계속

이스라엘 연표

	이스라엘	주변국
기원전 2000	**성서 시대 [전사 (前史). 성경 기록에 의거]** 기원전 21세기 아브라함이 가족을 이끌고 가나안으로 이주. 　　　　　　뒤이어 이삭, 야곱이 활동한 족장시대. 기원전 19세기 이집트 종살이(430년) 기원전 15세기 이집트 탈출(성전 건축 480년 전), 광야 유랑(40년). 기원전 14세기 가나안 정복 시작.	
기원전 1000	**왕정 시대** 기원전 1020　사울왕 즉위. 기원전 1000　다윗왕 즉위. 기원전 960　솔로몬왕 즉위. 성전 건축(기원전 957). 기원전 930　남왕국 유다와 북왕국 이스라엘로 분열. 기원전 722　앗시리아의 침공으로 북왕국 이스라엘이 멸망. 기원전 587　바빌론이 남왕국 유다를 정복하고 성전을 파괴. 　　　　　　유대인들이 바빌론 포로로 끌려감(기원전 586). 기원전 538　바빌론 포로들이 귀환하여 예루살렘에 정착. 　　　　　　성전 재건 착수(기원전 515 재건 완료).	기원전 1279　**이집트** 람세스 2세 즉위 　　　　　　(재위~1213).
기원전 500	**헬라 지배기** 기원전 330　헬라의 지배 시작. 기원전 167　헬라 통치에 대항해 유다 마카비가 독립전쟁 시작. **하스몬 왕조** 기원전 142　유다의 동생 시몬이 유대인을 해방하고 왕으로 추대. 기원전 104　하스몬 왕조가 이두매, 사마리아, 갈릴리를 정복	기원전 330　**마케도니아** 알렉산드로스 대왕이 　　　　　　페르시아 정복.
서기 1	**로마 지배기** (기원전 1세기~서기 4세기) 기원전 63　로마에 의해 정복됨. 기원전 40　로마 원로원이 헤롯을 유대왕으로 임명. 기원전 37　헤롯이 로마군의 도움을 받아 예루살렘을 　　　　　　함락시키고 왕위에 오름. 기원전 5/4　겨울. 예수 탄생. 기원전 4　헤롯왕 사망. 로마황제가 헤롯왕의 세 아들 　　　　　　(아켈라우스, 안티파스, 빌립)을 분할 통치자로 임명. 서기 6　아켈라우스 폐위, 로마제국이 임명한 총독이 　　　　　　아켈라우스의 영지(유대, 사마리아, 이두매) 통치. 서기 18　가야바가 예루살렘 성전 대제사장이 됨. 서기 26　본디오 빌라도가 로마총독으로 부임. 서기 29　예수가 세례자 요한으로부터 세례를 받음. 서기 33　예수 처형.	**로마 제국** (기원전 1세기~서기 5세기) 기원전 63　폼페이우스 장군이 예루살렘 정복. 　　　　　　성전 약탈. 기원전 44　율리우스 카이사르가 암살됨. 기원전 31　악티움 해전에서 옥타비아누스가 　　　　　　안토니우스, 클레오파트라 연합군 　　　　　　격퇴. 로마의 1인 통치자가 됨. 기원전 27　옥타비아누스가 초대황제 등극. 　　　　　　아우구스투스 황제로 불림. 서기 14　아우구스투스 황제 사망. 　　　　　　양아들 티베리우스가 2대 황제 즉위.

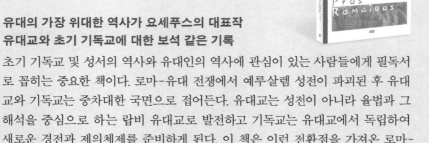